CONTES

DU

DOCTEUR SAM

PAR

S. HENRY BERTHOUD

ILLUSTRÉS

D'UN GRAND NOMBRE DE VIGNETTES DANS LE TEXTE ET DE DIX GRANDS BOIS HORS TEXTE

PAR G. STAAL, PIZETTA, ETC.

GRAVÉS

Par Pannemaeker, Hildebrand, Midderich, Mouard, Huyot, Trichon, etc.

PARIS

GARNIER FRÈRES, LIBRAIRES-ÉDITEURS

6, RUE DES SAINTS-PÈRES, ET PALAIS-ROYAL, 215

CONTES

DU

DOCTEUR SAM

PARIS. — TYP. SIMON RAÇON ET COMP., RUE D'ERFURTH, 1.

CONTES

DU

DOCTEUR SAM

PAR

S. HENRY BERTHOUD

ILLUSTRÉS

D'UN GRAND NOMBRE DE VIGNETTES DANS LE TEXTE ET DE DIX GRANDS BOIS HORS TEXTE

D'APRÈS LES DESSINS DE G. STAAL, PIZETTA, ETC.

GRAVÉS PAR LES MEILLEURS ARTISTES

DEUXIÈME ÉDITION, REVUE ET CORRIGÉE

PARIS

GARNIER FRÈRES, LIBRAIRES-ÉDITEURS

6, RUE DES SAINTS-PÈRES, ET PALAIS-ROYAL, 215

1866

CONTES

DU

DOCTEUR SAM

CHAPITRE PREMIER

LE DOCTEUR

aris est fait de telle façon que, d'ordinaire, on peut y habiter une maison, pendant un grand nombre d'années, sans connaître les autres locataires de cette espèce de ruche humaine.

La différence d'habitudes et d'occupations, et, par-dessus tout, le désir fort naturel de conserver, dans son intégrité la plus absolue, l'indépendance de la vie privée, permettent rarement que des relations s'établissent entre des personnes qui, pour demeurer sous le même toit, n'en ignorent pas moins, la plupart du temps, leurs noms réciproques, et se connaissent à peine de vue.

Aussi, quoique M. de Moronval, à qui m'attache une vieille et fidèle amitié, occupât depuis dix ans un appartement au-dessus de l'appartement du docteur Sam, il ne savait guère autre chose de ce voisin, sinon qu'on n'entendait jamais le moindre bruit chez lui.

La famille de M. de Moronval se compose de quatre enfants que j'ai vus naître; ses deux filles aînées, Antoinette et Louise, touchent aujourd'hui, la première, à sa dix-huitième année, et la seconde, à sa seizième; Étienne, leur frère, un des meilleurs élèves du collège Rollin, est de deux ans le cadet de Louise; enfin la petite Marie compte six ans.

Madame de Moronval élève sa famille avec autant de tendresse que d'intelligence. Aussi ne peut-on se défendre d'un sentiment de respectueuse admiration quand on la voit, avec le produit assez médiocre du travail de son mari, diriger honorablement son modeste ménage et donner à ses enfants une éducation à la fois solide et brillante. On ne se douterait guère le soir, quand Antoinette et Louise font de la musique en artistes consommées, qu'elles consacrent la matinée aux soins les plus humbles et les plus laborieux du logis, et que la petite Marie elle-même, si rieuse, si jolie, si gâtée par tous, commence à devenir une couturière habile qui ourle parfaitement du gros linge, et au besoin sait faire un point de couture à celui de ses vêtements qui le demande. Une riante propreté et une bonne humeur avenante règnent constamment dans cette demeure bénie par le travail, où tout se fait gaiement, alertement et avec plaisir.

Un soir de l'hiver dernier, nous nous trouvions tous réunis autour de la cheminée où brûlait un grand et bon feu. Antoinette et Louise s'occupaient de préparer le thé; M. de Moronval donnait à Étienne quelques explications sur un passage difficile de Tite Live que ce dernier voulait traduire, et Marie se tenait assise aux pieds de sa mère, qui contemplait avec un sentiment ineffable de joie le charmant tableau placé sous ses yeux.

Tout à coup Antoinette et Marie poussèrent à la fois un cri déchirant; le manche de la théière s'était brisé dans la main de la première, et l'eau bouillante, en tombant sur le pied de la seconde, l'avait cruellement brûlé.

La pauvre petite se tordait en proie à d'atroces douleurs. Le désespoir nous faisait perdre à tous la tête.

Seule, madame de Moronval, quoique pâle et tremblante, conserva son sang-froid.

— Allez vite, mon ami, chercher le médecin, dit-elle à son mari.

Et se faisant apporter par ses filles du coton, elle se mit à en envelopper le pied de l'enfant.

Celle-ci, malgré ses efforts pour contenir les cris que lui arrachait la souffrance, car elle possédait un peu du courage et de l'énergie de sa mère, ne pouvait parvenir à l'étouffer : on les entendait dans toute la maison.

Tout à coup nous vîmes entrer un vieillard d'une physionomie douce et triste.

— Madame, dit-il, je viens de rencontrer dans l'escalier M. de Moronval qui courait chez son médecin ; il m'a dit l'accident arrivé à mademoiselle votre fille ; je lui ai offert mes soins. Si vous voulez bien me le permettre, je crois pouvoir la soulager.

En s'exprimant ainsi, il fendait en deux une large feuille charnue qu'il tenait à la main, en exprimait le jus sur la brûlure de Marie, et frottait ensuite doucement, avec l'intérieur de cette feuille dédoublée, la partie malade ; les plaintes de l'enfant s'apaisèrent, les larmes s'arrêtèrent dans ses yeux, et bientôt elle sourit en disant :

— Merci ! je ne souffre plus.

— On ne connaît pas assez en France l'efficacité de l'aloès médicinal contre la brûlure, dit le vieillard en continuant ses frictions.

Heureusement, j'en cultive toujours deux ou trois pieds dans mon appartement. Là ! voilà qui est parfait ! Vous n'éprouverez plus désormais la moindre souffrance, ma petite demoiselle, et vous en serez quitte pour tenir pendant quelques jours immobile sur un coussin votre pied teint en couleur orangée.

— Comment vous remercier, monsieur ? comment vous exprimer ma reconnaissance ? dit madame de Monroval en prenant affectueusement les mains du vieillard qui venait d'opérer une cure si miraculeuse.

— Je suis trop heureux, madame, d'avoir pu soulager cette charmante enfant ; veuillez me permettre maintenant de me retirer, quelqu'un m'attend chez moi...

— Vous mettrez le comble à vos bontés, n'est-ce pas, monsieur, en me permettant d'apprendre à M. de Moronval le nom de la personne à qui nous devons un si grand service ?

— Je suis votre voisin, dit-il en saluant pour sortir ; je me nomme le docteur Sam.

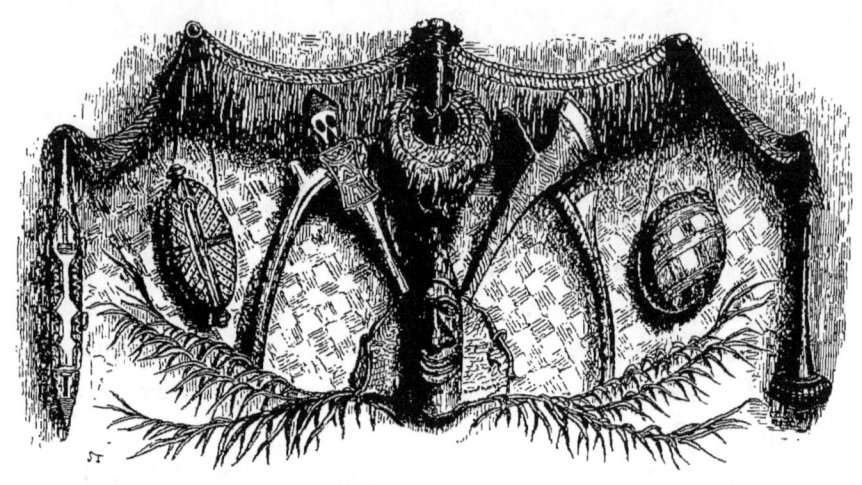

CHAPITRE DEUXIÈME

L'APPARTEMENT DU DOCTEUR

 uelques instants après, M. de Moronval revint avec le médecin, comme moi vieil ami de la maison. Celui-ci, en examinant le pied brûlé de Marie et en constatant les heureux résultats obtenus par l'emploi de l'aloès médicinal ou soccotrin, ne put retenir un mouvement de surprise.

— Cela tient vraiment du prodige, dit-il, et voici une preuve de plus de la difficulté avec laquelle une bonne idée fait son chemin à travers la routine et l'insouciance! Qui de nous, excepté le docteur Sam, cultive chez soi un pied d'aloès, charmante plante grasse qui cependant produirait un aussi bon effet dans un salon, sur une étagère, que beaucoup d'autres arbrisseaux adoptés par la mode et par l'habitude?

— Je n'avais jamais entendu parler de la propriété que possédait l'aloès de guérir les brûlures, objectai-je.

— Cette propriété, reprit le médecin, et l'histoire de sa découverte, ont produit, il y a quatre ou cinq ans, une assez vive sensation sans que, pour cela, personne songe à acheter un pied d'aloès soccotrin et à le garder chez soi en cas d'accident.

— En effet, reprit M. de Moronval, il me souvient de ce que nous dit le docteur, et les détails m'en reviennent à la mémoire.

Un jour, M. Lemon, horticulteur distingué, mort aujourd'hui, et qui habitait Belleville, se heurta à un vase d'eau bouillante qui lui brûla profondément les pieds. Il se trouvait seul : la douleur le clouait sur place et l'empêchait d'aller demander du secours. Une plante d'aloès s'épanouissait près de lui : il arracha une de ses feuilles

en forme de sabre, la fendit en deux et l'appliqua sur la brûlure, pour que la sensation de fraîcheur de la plante grasse diminuât un peu les angoisses qu'il éprouvait. A sa grande surprise, à mesure qu'il oignait ses pieds du suc vert que contenait la feuille, ses pieds se teignaient en violet, et la souffrance disparaissait, pour employer une expression populaire, *comme si on l'eût enlevée avec la main.*

Le lendemain, il ne restait pas même de traces des ravages qu'avait faits l'eau bouillante, seulement la teinture violette persista pendant une dizaine de jours.

A quelque temps de là, M. Lemaire, professeur de botanique à Gand, renouvela sur sa cuisinière le traitement dont M. Lemon devait la découverte au hasard. Il appliqua sur le bras cruellement brûlé de la pauvre fille un pansement fait avec des feuilles d'aloès, et il obtint les mêmes résultats que l'horticulteur de Belleville.

Enfin M. Houllet, directeur des serres du Muséum, agit de la même manière à l'égard d'un ouvrier dont un jet de vapeur transformait le dos en une vaste plaie; la guérison s'opéra aussi ra-

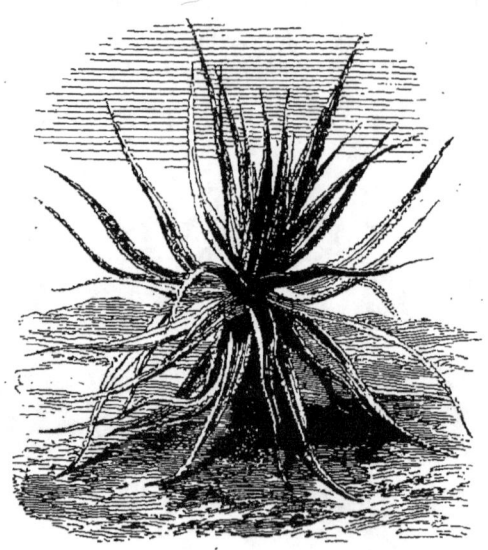

pide et aussi complète que dans les deux autres cas dont je viens de parler.

— Qu'est-ce que l'aloès? demanda la petite Marie.

— L'aloès soccotrin, reprit son père, provient du cap de Bonne-Espérance. Charmante plante grasse que chacun peut cultiver chez soi, dans son salon ou dans sa salle à manger, il produit une jolie fleur, et ses feuilles épaisses et charnues peuvent se conserver pendant tout l'hiver au fond des caves des herboristes. On se procurerait donc toujours avec facilité un spécifique efficace, si par malheur l'insouciance et sa stupide sœur la routine n'étaient pas là toujours pour passer à côté d'un progrès ou d'une amélioration sans songer à se les approprier.

— Mais quel est donc ce docteur Sam? demanda le médecin.

— Je n'en sais rien, répondit madame de Moronval. Je ne l'en aime pas moins de tout mon cœur pour le service qu'il nous a rendu, et je compte bien que mon mari, dès demain, ira le remercier.

— De bon cœur et en compagnie de notre ami que voici, répliqua M. de Moronval, en me désignant du doigt.

— Et puis, père, tu le prieras de venir me voir, n'est-ce pas? demanda la petite Marie.

— Il a l'air si intelligent! remarqua Étienne.

— Et si bon! s'écria Louise.

— Et si triste! ajouta Antoinette; il faut qu'il souffre d'un grand chagrin.

— Je voudrais être à demain, conclut chacun en chœur, pour le revoir, pour le remercier...

— Et pour lui dire que nous l'aimerons tous, et que nous tâcherons de le consoler s'il a du chagrin, conclut la petite Marie.

Là-dessus on prit le thé, et l'heure habituelle de la retraite ayant sonné à la pendule, nous retournâmes chacun chez nous.

Le lendemain matin, j'étais avant onze heures chez M. de Moronval, pour l'accompagner dans sa visite chez le docteur Sam.

Nous avions choisi cette heure matinale parce que nous avions appris du concierge que celui que nous voulions voir sortait d'habitude vers midi, pour ne rentrer que le soir; enfin, une fois six heures du soir sonnées, il ne recevait jamais personne.

Donc, à onze heures et demie nous sonnâmes à la porte du docteur

Sam. Une de ces vieilles domestiques que, du premier coup d'œil, on reconnaît servir depuis longtemps leur maître, nous ouvrit et nous demanda nos noms. A peine les eut-elle transmis au docteur qu'il vint lui-même nous recevoir sur le seuil de son cabinet où il nous introduisit.

J'éprouvai une sorte d'éblouissement en entrant dans cette pièce singulière.

On ne pouvait, en effet, rien voir de plus extraordinaire. La grande pièce qui servait à la fois de cabinet et de chambre à coucher au docteur semblait un véritable musée d'ethnologie. Chacun des panneaux se trouvait couvert de panoplies des diverses parties du monde.

Sur l'un s'étalaient, artistement disposés, les armes et les costumes de l'Amérique du Nord, d'un aspect sévère, et à la fabrication desquels les peaux de bison et d'antilope contribuaient à peu près exclusivement.

En regard, l'Amérique du Sud se montrait parée de plumes aux couleurs éclatantes ; plus loin, l'Océanie apparaissait avec ses pagnes sombres, ses pagayes ciselées artistement en bois de fer, ses couronnes élégantes et légères, et son étrange bijouterie, trop souvent empruntée à des ossements humains.

Et puis c'étaient la Nouvelle-Hollande et la Tasmanie aux boucliers en bois et aux massues à peine dégrossies, l'Afrique et sa civilisation ébauchée et farouche, l'Inde somptueuse, la Chine opulente, Java et ses flèches empoisonnées.

De riches et rares pelleteries complétaient l'aspect bizarre de cet appartement, unique sans doute à Paris. Une peau d'ours blanc recouvrait le lit du docteur ; deux peaux de tigre et de lion lui servaient de rideaux ; enfin on hésitait à poser le pied sur les dépouilles d'ours gris et d'ours noirs, de panthères, de lynx, de lionnes, d'hyènes, qui recouvraient le parquet et servaient de tapis.

Tout cela n'était rien cependant à côté de deux animaux noncha-

lamment étendus devant la cheminée, où flambait un grand feu, et
qui tournèrent la tête pour regarder les inconnus qui venaient visiter leur maître.

Le premier était un petit chien de la Havane, blanc comme la
neige ; il se souleva de dessus le coussin qui lui servait de couche,
nous flaira ; et, satisfait sans doute de cet examen, reprit paresseusement sa place.

L'autre y mit plus de façon : d'un seul bond il sauta du parquet
sur un meuble élevé et nous regarda de ses grands yeux d'or, en
faisant entendre une sorte de voix qui tenait à la fois de l'aboiement
du chien et du ronflement du chat.

— Allons, mademoiselle Mine, dit le docteur en s'adressant à la
jolie bête, allons ! ces messieurs sont des amis. Embrassez-les, et
venez ensuite vous asseoir sur mes genoux.

L'animal étrange obéit à son maître, et nous embrassa en passant
ses deux petits bras autour de nos cous et en faisant entendre une
sorte de psalmodie amicale.

— Mademoiselle Mine, ajouta le docteur, est un maki à front noir que j'ai ramené de Madagascar. On ne saurait, n'est-ce pas, voir une plus jolie bête, avec son museau fin et recouvert d'un véritable velours noir, ses quatre mains, sa longue queue en panache et son pelage d'un fauve foncé. Quant à son caractère, il réunit à la tendresse du chien la pétulance et les caprices du singe. Ce petit tyran trouve moyen, dans l'espace d'une même minute, de me caresser, de me gronder, et même quelquefois de me battre. Voici bientôt quatre ans que nous vivons ensemble, et je ne puis ni lire, ni écrire, ni travailler sans la permission de mademoiselle Mine.

Il en est de même pour les remontrances que je crois devoir parfois adresser à mon chien, maître Flock. Mine et lui sont souvent en guerre, et la moindre friandise donnée à l'un des deux les fait en venir aux pattes. Mais la plupart du temps, quand je les sépare, Flock me saute aux jambes et Mine au visage; ils veulent bien se battre l'un l'autre, mais ils ne reconnaissent ce droit qu'à eux seuls exclusivement.

Le docteur, tout en nous racontant ces détails avec bonhomie, nous faisait asseoir dans d'excellents fauteuils indiens.

—Monsieur, lui dit M. de Moronval, permettez-moi de vous exprimer combien je suis touché de l'empressement avec lequel vous avez donné à ma fille des soins si bienveillants et si efficaces.

— Chacun en eût fait autant, reprit le docteur. Et comment va notre petite malade?

— Grâce à vous, aussi bien que possible, répliquai-je. Elle demande à grands cris, pour l'embrasser, le docteur qui l'a si bien guérie.

Un nuage passa sur les traits fatigués et sur la physionomie triste de Sam; je crus même apercevoir une larme couler sur sa joue.

— Excusez mon hésitation et ma faiblesse, dit-il; moi aussi, j'ai été père, et aujourd'hui je suis seul au monde. Vous comprendrez donc que le mot d'enfant commence toujours par me faire mal.

Mais cela ne dure pas longtemps, et je maîtrise bientôt mon émotion, ajouta-t-il en marchant à grands pas.

Il s'arrêta brusquement devant nous.

— J'irai ce soir rendre visite à mademoiselle Marie; c'est ainsi qu'elle se nomme, n'est-ce pas? demanda-t-il d'une voix encore émue et en s'efforçant de sourire.

M. de Moronval et moi nous lui prîmes chacun la main et nous la lui serrâmes avec émotion.

— Voyons, voyons, ne nous attendrissons pas, interrompit-il avec effort. Venez visiter ma collection : je l'ai recueillie presque tout entière pendant mes longs et aventureux voyages dans les diverses parties du monde. Chacun des objets qui la composent me rappelle un souvenir. Sans joie dans le présent, sans espoir dans l'avenir; en les regardant, je revis dans le passé.

Enfin, si le passé,—ce qui parfois m'arrive,—devient trop lourd, alors je demande à Celui qui a tant souffert pour les hommes de me donner la force de supporter mes souffrances, ajouta-t-il en nous montrant un magnifique crucifix d'ivoire du seizième siècle.

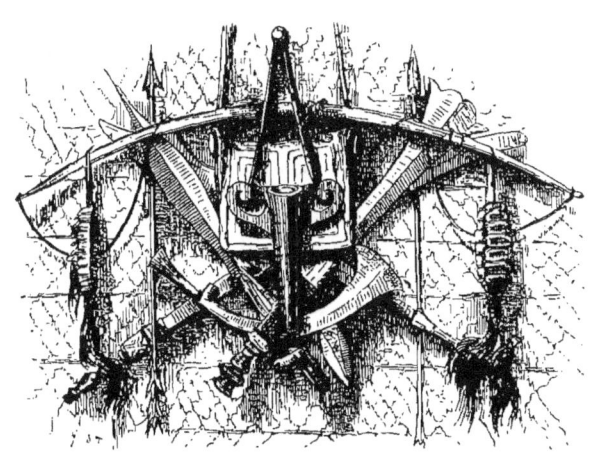

CHAPITRE TROISIÈME

LE PREMIER CONTE DU DOCTEUR SAM

Dans la vie calme, douce, laborieuse et uniforme de la famille de Moronval, le plus petit événement prenait naturellement de grandes proportions. Je n'ai donc pas besoin de vous dire que la visite du docteur Sam, promise pour le soir, préoccupa durant la journée entière tous les esprits et produisit une sorte d'agitation fiévreuse

L'impatiente Marie, que sa brûlure condamnait à rester étendue sur une chaise longue, comptait et décomptait les heures; Louise disposait des fleurs dans les corbeilles et sur les étagères, de façon à les faire paraître plus fraîches et plus belles; Antoinette se hâtait de terminer une broderie au crochet dont elle voulait revêtir le dossier du fauteuil destiné au docteur; madame de Moronval elle-même ne restait pas étrangère à l'émotion générale. Elle se disposait à sortir pour acheter du thé plus frais et quelques pâtisseries, quand j'arrivai les bras surchargés de paquets remplis de gâteaux et de petits fours. Jamais on ne reçut un accueil pareil à l'accueil que je reçus! On me salua de trois cris joyeux, et Marie, ma favorite, voulut absolument ouvrir les sacs et voir de ses propres yeux les trésors gastronomiques qu'ils renfermaient.

Sur ces entrefaites, on servit le dîner, mais on dîna d'une façon distraite. On me permit à peine de manger, tant on m'adressa de questions sur l'appartement du docteur, sur son singe de Madagascar, si doux et si joli, sur son petit chien blanc de la Havane, sur ses belles fourrures, sur ses panoplies sauvages, sur tout enfin. Une question satisfaite, il fallait aussitôt et absolument en satisfaire une autre.

Sur ces entrefaites, sept heures et demie sonnèrent. Chacun se leva précipitamment de table, les jeunes filles firent disparaître le service, l'une rangea, l'autre balaya, et on épousseta la salle à manger, qu'il fallait traverser pour se rendre au salon. Antoinette alluma les lampes, Louise disposa les fauteuils autour de la cheminée, et elle achevait à peine que la porte s'ouvrit et que Nanette, une excellente servante depuis vingt ans au service de la famille, montra à travers la porte entre-bâillée sa bonne tête parée de son plus beau bonnet à rubans, et annonça d'une voix quelque peu émue :

— Monsieur le docteur Sam.

Madame de Moronval et ses deux filles aînées firent leurs plus

belles révérences au docteur; M. de Moronval et moi nous lui serrâmes affectueusement la main : Marie, rouge comme une cerise,
lui tendit les bras pour l'embrasser.

Il l'embrassa sur le front et s'assit près d'elle, dans le meilleur
fauteuil du salon, qu'Antoinette lui avança. Puis il se fit un petit
moment de silence, chacun hésitait à prendre la parole le premier.

Le docteur se trouvait placé de façon à ce que la lumière de la
lampe tombât en plein sur son visage que caractérisait une grande
expression de douceur et de mélancolie. Son front chauve, ses cheveux blancs, ses traits ravagés par les fatigues, les voyages, et sans
doute plus encore par les chagrins, inspiraient tout d'abord la sympathie et la confiance.

—J'ai fait pour vous, madame, dit-il en s'adressant avec un sourire à madame de Moronval, ce que mes habitudes et mes goûts solitaires ne me permettent guère de faire.

— Aussi nous savons-vous un gré infini de votre visite, se hâta-
t-elle de répondre.

— Et vous nous auriez causé un véritable chagrin, ajouta Antoinette, si vous ne nous aviez point permis de vous remercier tous
du grand service que vous nous avez rendu hier, avec une grâce si
parfaite et un empressement auquel nous devons la guérison de
notre sœur.

—Laissons les compliments de côté, interrompit le docteur. Prenez-y bien garde; autant je me suis montré sauvage avec vous, pendant dix ans, autant je me sens disposé aujourd'hui à devenir l'ami
de votre maison. Pour les natures tristes et un peu timides comme
la mienne, le premier pas coûte seul.

— Oui, s'écria Marie; venez nous voir! venez nous voir souvent!
venez nous voir tous les jours. Et puis vous nous amènerez quelquefois, n'est-ce pas, votre petit chien blanc et votre joli singe au visage
noir, dont papa nous a déjà dit tant de merveilles?

— Maître Flock sera charmé de faire votre connaissance, ma petite voisine; quant à mademoiselle Mine, je craindrais qu'elle ne commît de graves désordres dans votre appartement; elle a encore moins que son maître l'habitude de faire des visites.

— Mais le petit chien! le petit chien! demanda Marie avec l'impatience d'une enfant gâté.

Le docteur se leva, ouvrit la fenêtre et siffla d'une certaine façon. Un jappement lui répondit; puis on entendit la porte de l'appartement du docteur et celle de l'appartement de M. de Moronval s'ouvrir successivement, et un petit terrier blanc comme la neige s'élança gaiement dans le salon et sauta sur les genoux du docteur, qu'il combla de caresses.

Faut-il ajouter que Marie voulut prendre aussi dans ses bras maître Flock, qui d'abord résista un peu, et qui finit toutefois par trouver de son goût la petite fille, qui le comblait de baisers et surtout de gimblettes?

— Vous voici les meilleurs amis du monde, dit le docteur, et cette amitié me rappelle une histoire fort touchante, où le père de mon chien, maître Flock, premier du nom, joue un rôle important.

— Si vous voulez me conter cette histoire je vous embrasserai
deux fois, et je vous appellerai mon bon ami, dit Marie, qui, voyant
l'amitié que le docteur commençait à éprouver pour elle, se mettait
déjà à en abuser un peu.

— Soit! dit M. Sam, mais je veux être payé d'avance.

— D'avance et encore après, car je vous aime bien! répliqua la
petite fille.

— Eh bien! je commence donc, dit-il en posant ses lèvres sur le
front de Marie.

— Comment s'appelle votre histoire, docteur?

— Nous l'appellerons, mon enfant : *Deux mois de convalescence.*

CHAPITRE QUATRIÈME

DEUX MOIS DE CONVALESCENCE

I

LES DEUX SŒURS

l y a deux ans à peu près, par une piquante matinée encore fraîche de printemps, deux jeunes filles causaient gaiement devant une de ces grandes cheminées qu'on ne retrouve guère que dans les vieux édifices, et particulièrement dans certaines habitations champêtres des départements du nord de la France.

L'une de ces jeunes filles semblait âgée de dix-sept ans, et l'autre de douze; l'aînée, Marguerite Daubencourt, offrait le type à la fois splendide et mignon qui caractérise la race flamande; de magnifiques cheveux blonds, en ce moment épars sur ses épaules, touchaient presque le sol et l'enveloppaient d'un véritable manteau d'une merveilleuse beauté. La fraîcheur de son teint blanc et rose, la régularité de ses traits et l'expression douce et affectueuse de ses yeux bleus lui donnaient un charme indicible.

La plus jeune, brune, svelte, aux grands yeux noirs, à la peau bronzée, un peu maigre, comme les enfants de son âge, achevait de rattacher sur sa tête les longues tresses de ses cheveux couleur d'ébène.

— Allons! Marthe, lui dit sa sœur, voici trop longtemps que nous jasons au coin du feu, et que nous oublions l'heure à laquelle notre mère veut que nous descendions à la salle à manger. Nous allons encore la faire attendre et mériter d'être grondées.

— Marguerite! Marguerite! tu seras toujours la même! répliqua Marthe en riant. Il est à peine neuf heures et demie, et la cloche ne sonne le déjeuner qu'à dix heures.

Et elle se renfonça nonchalamment dans son fauteuil, plaça ses pieds sur les chenets, et, appelant un petit chien de la Havane qui gambadait sur un canapé, elle se mit à jouer avec lui.

— Je te le répète, toi aussi tu seras toujours la même! reprit gaiement Marguerite : il faut que je me hâte de terminer ma toilette, car, lorsque la cloche sonnera, je te verrai encore là, méchante fille, flânant et ayant grand besoin de mon aide pour te trouver prête à temps.

Marguerite, en effet, s'assit à l'autre extrémité de la chambre devant une glace de Venise; elle commençait à rassembler ses beaux cheveux pour les rattacher sur sa tête, quand un cri déchirant partit du coin de la cheminée. Elle se retourna vivement. Sa sœur Marthe était enveloppée de flammes; sa jupe, imprudemment approchée du foyer, avait pris feu.

Marguerite s'élança, et entoura Marthe de ses bras pour étouffer la flamme ; soudain cette flamme s'attacha à ses longs cheveux épars

On accourut aux cris des deux jeunes filles. On trouva Marthe évanouie, mais sans brûlure sérieuse; quant à Marguerite, ses cheveux étaient consumés, et le feu lui avait dévoré le visage.

Je vous laisse à penser de quel désespoir se sentirent frappés leur père et leur mère à la vue de cet affreux spectacle; cependant tous les deux trouvèrent en un si terrible moment le sang-froid nécessaire pour donner les soins que réclamait l'affreuse position de leurs enfants.

Tandis que madame Daubencourt transportait sur un lit Marthe encore sans connaissance, M. Daubencourt, l'un des médecins les plus justement renommés du pays, donnait à Marguerite les premiers soins qu'exigeaient ses cruelles et profondes brûlures; celle-ci, malgré les atroces souffrances qu'elle éprouvait, semblait surtout préoccupée de rassurer son père et sa mère.

Quant à Marthe, à peine eut-elle repris connaissance, qu'elle voulut courir près de sa sœur, et rien ne put, dès ce moment, la déterminer à la quitter d'un instant.

Vous pouvez supposer quelle triste existence pesa dès lors sur cette famille naguère calme et heureuse. On craignit longtemps pour la vie de Marguerite, et les médecins, ses confrères, que M. Daubencourt avait fait appeler dans l'espoir de s'éclairer de leurs conseils, ne partagèrent que trop les craintes du pauvre père.

Après trois semaines d'alternative d'espoir, de craintes, d'angoisses de toute nature, Marguerite était sauvée; mais, hélas ! elle n'avait point recouvré la vue, et on craignait qu'elle ne la recouvrât jamais.

Malgré cette triste conviction, ce fut presque un jour de fête pour la famille Daubencourt que celui où Marguerite, pour la vie de la-

quelle on avait si longtemps tremblé, put quitter son lit, et s'approcher de la fenêtre, afin de respirer l'air tiède d'une belle matinée de
printemps.

Seule, Marthe l'aida à quitter sa couche, seule, Marthe la soutint
et la guida vers le fenêtre; Marthe encore disposa les oreillers de son
fauteuil, Marthe plaça des coussins sous ses pieds. — Elle n'avait
point voulu, je vous l'ai dit, quitter sa sœur d'un moment pendant
toute la durée de sa maladie. Malgré ce qu'on put lui dire, malgré
les supplications de ses parents, elle passa les jours et les nuits dans
la chambre de sa sœur, prête, à la première plainte de la malade,
à se trouver auprès d'elle et à lui venir en aide. Cette enfant frivole
et pétulante s'était faite, pour sa sœur, une garde-malade attentive,
dévouée, infatigable et d'une patience angélique.

Aussi, quand Marguerite se sentit ranimée par le bon air pur
qu'elle respirait et par les rayons du soleil qui semblaient la caresser et l'envelopper, elle chercha en tâtonnant la main de sa sœur,
et lui dit :

— O ma chère Marthe, que je me sens bien !

Marthe, qui pleurait silencieusement en regardant Marguerite,
s'efforça de donner à sa voix un peu de fermeté pour répondre; mais
elle ne put contenir ses sanglots.

Marguerite l'attira dans ses bras et posa sur son front ses lèvres
à peine cicatrisées.

— Aveugle! aveugle à cause de moi! s'écria Marthe qui ne put
réprimer plus longtemps son désespoir.

— Allons, lui dit sa sœur d'une voix faible encore, allons, Marthe,
pourquoi ces vilaines pensées? Dieu, qui m'a rappelée de la mort,
me guérira de la cécité. D'ici là, toi qui m'as si bien soignée, tu seras mes yeux; tu verras pour toi et pour moi ; ce sera une bonne
raison pour ne plus nous quitter un seul jour, un seul moment, une
seule minute ! A nous deux nous ne ferons plus qu'une seule.

— O ma sœur! ma bonne sœur!

— N'avons-nous point déjà commencé? n'est-ce pas toi qui récitais matin et soir, à mon chevet, les prières que nous adressions à Dieu? N'est-ce pas toi, qui, dans mes heures de calme, et quand notre père le permettait, me lisais quelques pages d'un livre amusant? Ce que je ne verrai pas, tu me le raconteras. Mais Flock n'est pas là? dit-elle! Pauvre petit chien! lui non plus ne m'a point quittée pendant ma maladie! Il s'est tenu obstinément sur le pied de mon lit, et il n'a point aboyé une seule fois, comme s'il eût compris que ses aboiements pouvaient me fatiguer.

— Flock est dans le jardin, repartit Marthe, et je t'assure qu'il rattrape le temps perdu. Il court comme un fou dans les allées, sur la pelouse, et même dans les plates-bandes. Le voici qui poursuit des oiseaux jusqu'à la lisière du bois!

— Oui, j'entends ses bons petits jappements. Et, dis-moi, sœur, la feuillée commence-t-elle déjà à paraître? Il me semble que oui. Je crois le reconnaître au murmure que produit le vent en soufflant à travers les rameaux.

— Les arbres sont déjà verts, mais d'un vert tendre et délicat qui deviendra bientôt plus accentué.

En ce moment M. Daubencourt entra.

— Comment te trouves-tu, mon enfant? demanda-t-il en prenant dans ses mains les mains de Marguerite.

— Bien, mon père! très-bien, je vous l'assure.

M. Daubencourt interrogea le pouls de sa fille.

— En effet, dit-il, tu n'as pas le moindre symptôme de fièvre.

— Et si vous saviez avec quel plaisir j'ai croqué la bonne aile de poulet que vous m'aviez permis de manger. Ah! père, me voici guérie!

M. Daubencourt leva un regard douloureux sur sa fille aveugle.

— Guérie! pensa-t-il; guérie!

— Si vous saviez, père, comme c'est bon de se sentir renaître à l'existence ! de ne plus avoir la tête embarrassée par la fièvre, de manger avec bon appétit, — de pouvoir se lever, se rasseoir, aller, venir, en liberté ! Mon père, je suis bien heureuse !

— Ma chère enfant !

— J'ai de grands projets pour demain — si vous le permettez, bien entendu. — D'abord ma mère, vous, Marthe et moi, nous irons tous les quatre à l'église, remercier Dieu de ma convalescence.

— J'espère que tu le pourras, mon enfant.

— Et puis ensuite, en compagnie de ma chère Marthe, je m'assoirai dans le jardin, au soleil et bien abritée par le grand mur du potager. Ah ! il me tarde de revoir mes beaux arbres et mes belles fleurs !

— Revoir ! ne put s'empêcher de murmurer le pauvre père.

— Eh oui, voir, répliqua-t-elle gaiement. N'ai-je pas les yeux de Marthe ? comme je le lui disais tout à l'heure.

II

LES FLEURS DU PRINTEMPS

Le lendemain matin, ce fut une grande joie dans la maison du docteur Daubencourt; car, après une nuit excellente, sans fièvre, sans agitation, une nuit comme n'en avait point passé Marguerite depuis son fatal accident, la convalescente descendit au jardin et s'y installa dans un fauteuil.

Son père et sa mère s'assirent à côté d'elle, et Marthe se coucha à ses pieds, sur l'herbe. L'air était tiède et doux, le soleil caressant, et de tous côtés arrivaient ces vagues senteurs qu'exhalent les premières fleurs du printemps. Les oiseaux volaient çà et là, jetant des cris joyeux, et venaient jusqu'auprès de la famille réunie, ramasser des brins d'herbe et des débris de laine et de coton pour garnir leurs nids, qu'ils commençaient à édifier, les uns au sommet des grands arbres, les autres dans l'épaisseur des buissons.

À l'âge de Marthe, on ne saurait demeurer longtemps en place. Aussi la jeune fille ne tarda point à se lever doucement et à se diriger vers la prairie qui touchait au jardin, et qui s'étendait jusqu'à un petit bois. Personne ne s'aperçut de son départ, si ce n'est toutefois maître Flock, le petit chien blanc de la Havane, qui commençait, lui aussi, à trouver bien longue une immobilité de dix minutes.

Marthe et Flock se mirent donc à courir tous les deux dans la prairie, d'où leur arrivée fit s'envoler des nuages de papillons et d'insectes.

Après avoir couru et gambadé quelques instants comme une che-

vrette mise tout à coup en liberté, après avoir respiré à pleins pou-
mons la fraîcheur du grand air dont elle se trouvait depuis si longtemps privée, Marthe se mit à cueillir les plus belles des fleurs des
champs, qui s'épanouissaient, tantôt au milieu même de la prairie,
tantôt sur la lisière du bois, ou au bord d'un ruisseau. Puis, toujours suivie de Flock, qui gambadait sur ses talons, elle revint sans
bruit et déposa doucement sa moisson parfumée dans les mains de
Marguerite.

Le visage de la jeune aveugle devint radieux ; elle respira avec dé-
lice l'odeur des fleurs ; elle les prit une à une ; elle les caressa de
ses doigts amaigris.

—Merci ! Marthe, dit-elle, merci ! que tu me fais de plaisir ! O
les belles fleurs ! Je suis sûre que je reconnaîtrai plusieurs d'entre
elles rien qu'au toucher, rien qu'en sentant leurs parfums. Ah !
voici une marguerite ! Cette petite branche est de l'aubépine, et
celle-ci, mon père, dont la feuille est si bizarrement découpée?

— C'est le *gouet* ou *pied-de-veau*, mon enfant.

— Le gouet, oui, c'est bien cela, père. Je me rappelle qu'au printemps dernier, un matin que j'étais sortie de bonne heure, avec toi,
pour visiter un pauvre malade, au hameau voisin, tu me montras,
contre un buisson, un gouet dont les feuilles lisses, d'un vert foncé,
tachées de noir, attiraient mon attention. Ses fleurs, d'un blanc sale,
devaient bientôt produire, me dis-tu, des baies écarlates. Toutes
les parties de cette plante, ajoutas-tu, contiennent un suc laiteux,
de saveur âcre et piquante, et cependant sa racine peut au besoin
fournir un aliment. Parmentier, à qui l'on doit l'importation de la
pomme de terre en Europe, recommandait la racine du gouet
comme une nourriture saine.

— En certains pays, ajouta M. Daubencourt, on sert le gouet sur
les meilleures tables. Les Romains, qui se connaissaient en gastro-
nomie, le faisaient venir à grands frais d'Alexandrie, et Lucullus, le

premier, l'acclimata dans ses jardins de Rome. Enfin, réduite en poudre, cette même racine produit un excellent dentifrice; elle rend, en outre, de la force au vin devenu trop faible, et, dissoute dans de l'eau tiède, elle mousse et remplace jusqu'à un certain point le savon.

— Et l'aubépine, père, et l'aubépine jouit-elle aussi de propriétés utiles?

— Les médecins russes l'emploient pour combattre les rhumatismes. Elle jouait un grand rôle dans les fêtes nuptiales de l'antiquité. Les fiancées se couronnaient de ces fleurs. Il n'y a pas bien longtemps que, dans le midi de la France et surtout à Bordeaux, on suspendait, au printemps, au milieu de certaines rues, d'immenses couronnes d'aubépine qu'on éclairait, le soir, avec des verres de couleur. Enfin, dans les Pyrénées, aux bords des champs, on plante toujours une petite croix entourée d'aubépine pour obtenir de belles récoltes.

— La jolie coutume!

— L'aubépine est, dans ces contrées, à la fois le symbole de la candeur et de la charité. On raconte que, vers les premiers temps du christianisme, un paysan tomba malade et ne put ni labourer ni ensemencer ses champs. Des voisins résolurent de lui venir en aide et s'associèrent pour labourer et ensemencer la terre du pauvre homme, qui serait, sans cela, restée en jachère. Ils se mirent donc bravement à l'œuvre, et, en deux jours, tout se trouva en bon état. Or, comme ils terminaient leur besogne charitable, ils remarquèrent trois enfants inconnus dans le village et qui, vêtus de blanc et la tête couronnée de fleurs, plantaient de distance en distance, sur la lisière des champs de tous les travailleurs, des croix de bois entourées de branches d'aubépine.

Tandis qu'on s'étonnait de leur présence, du soin qu'ils prenaient et des motifs qui leur faisaient accomplir cette besogne, ils déployèrent tout à coup de grandes ailes et s'envolèrent dans le ciel en faisant entendre des cantiques.

Or, il se fit que tous les champs marqués par eux d'une croix produisirent une récolte double : de là, la coutume dont je t'ai parlé.

— Et la marguerite, mon père?

— La marguerite pourrait passer pour le symbole de la fidélité, car elle est la dernière fleur à disparaître quand l'hiver sévit, et la première à reparaître quand le printemps revient. Souvent même elle résiste aux rigueurs de la mauvaise saison, et ne cesse de montrer ses pétales d'or entourés d'une couronne blanche, que lorsque les gelées la flétrissent.

— Ah! père, dit Marthe, qui écoutait attentivement, je sais, moi, une histoire sur la marguerite.

— Eh bien! dis-la-nous, mon enfant.

— C'est ma nourrice qui me l'a contée, il y a bien longtemps, mais elle était si belle que je ne l'ai jamais oubliée.

— Nous t'écoutons, petite sœur.

— Eh bien! pendant que les Romains poursuivaient et mettaient à mort les chrétiens de nos pays, saint Druon dit un jour à sa sœur sainte Olle : « — Sœur, voici les jours de la persécution qui arrivent. Moi, qui suis prêtre, je dois mourir à mon poste, et, sans reculer d'un pas, attendre le martyre. Mais toi, mon enfant, tu ne peux t'exposer avec les religieuses que tu diriges dans la voie du Seigneur, aux supplices dont ils ne tarderaient point à torturer votre pieux essaim. Tu vas donc quitter cette contrée avec tes compagnes et chercher un asile où vous puissiez prier Dieu en paix. »

Sainte Olle résista longtemps; mais il lui fallut, à la fin, obéir aux volontés de saint Druon, qui était à la fois son frère et son évêque.

Au bout d'un an, la persécution avait cessé et le bon prélat aurait bien voulu revoir sa sœur. Or, la chose n'était point facile, car il ne savait en quel pays celle-ci s'était réfugiée; mais, plein de confiance pans le bon Dieu, il se mit à marcher tout droit devant lui, au hasard et en priant.

Quoiqu'on fût à la fin de l'automne, il ne tarda point à remarquer qu'à mesure qu'il marchait des touffes de petites fleurs blanches semblaient sortir de terre.

Il se mit donc à suivre le sentier indiqué par ces fleurs, et, après neuf jours de marche, il arriva dans un lieu désert, tout plein de grottes et de cavernes, dans lesquelles s'étaient réfugiées sa sœur et les saintes filles ses compagnes. C'est depuis ce temps que les marguerites fleurissent en toutes saisons.

— Tu viens de nous raconter, mon enfant, une de ces charmantes et naïves histoires que nos pères aimaient à imaginer sur tous les objets qui les entouraient. Ces légendes, qu'on se transmettait de bouche en bouche, de génération en génération, suppléaient à la poésie écrite et la valaient bien, peut-être. Mais, pendant que nous devisons là, voici le vent qui fraîchit et le ciel qui se couvre un peu; Marguerite, donne le bras à ta sœur, et rentrons au salon.

— Oui, mon père, mais je ne veux pas me séparer de mes belles fleurs.

— Non, certes, mon enfant. Nous les placerons dans un vase plein d'eau, près de ton fauteuil, et, à mesure que tu les y déposeras, si tu le désires, je te les nommerai, et je te dirai ce que je sais d'elles.

— Oh! que vous êtes bon, mon père.

Ils se levèrent tous et rentrèrent dans le salon, maître Flock en tête.

III

ENCORE LES FLEURS DES CHAMPS

Cette première sortie, tout en ranimant Marguerite et en fortifiant sa convalescence, n'avait point laissé que de la fatiguer un peu; elle se coucha plutôt qu'elle ne s'assit dans un de ces grands canapés du dix-huitième siècle où l'on se trouve si bien. Sa famille la crut assoupie, et Marthe fit signe du doigt à chacun pour qu'on se tût et qu'on ne troublât point le sommeil de sa sœur.

Mais, au bout de quelques instants, Marguerite releva la tête.

— Suis-je donc seule? demanda-t-elle avec un sentiment de frayeur.

— Non, ma chère Marguerite, s'empressa de répondre Marthe en lui prenant la main. Mon père, ma mère, moi et même maître Flock nous te tenons compagnie.

En entendant prononcer son nom, le petit chien, comme s'il eût voulu constater sa présence, se mit à japper, et d'un seul bond s'élança sur le canapé; Marguerite le flatta de la main.

— Je suis une ingrate, dit-elle; je me disais : Ils me croient endormie et ils se sont éloignés... Hélas! on ne peut plus distinguer quand je dors ou quand je veille !

Des larmes vinrent aux yeux de Marthe.

— Ma sœur! oh! que mon imprudence et ton dévouement te coûtent cher!

— Allons, dit Marguerite en souriant, voilà que tu pleures maintenant! ne suis-je pas heureuse, bien heureuse auprès de vous tous?... Et mes fleurs, mes belles fleurs que tu m'as cueillies, où sont-elles?

Marthe approcha de sa sœur le bouquet de fleurs champêtres.

Marguerite prit le bouquet dans ses mains et respira longuement ses parfums, en saisissant du bout des lèvres une fleur d'un rouge pourpre. Certaines des feuilles de cette fleur, longues, étroites, nerveuses et pointues, se pressaient contre la base de la tige; les autres l'enveloppaient dans sa longueur.

— Prends garde, mon enfant! s'écria M. Daubencourt en se levant avec précipitation pour écarter la fleur des lèvres de Marguerite : prends garde! cette plante est un poison!

Marthe, effrayée, se jeta sur la fleur, l'arracha des mains de sa sœur et la lança sur le parquet pour la fouler aux pieds.

— Contente-toi, lui dit sa mère, de la placer dans un autre vase. Tu vois combien elle est jolie!

— Ta mère a raison, ma fille; bornons-nous à la mettre dans l'impossibilité de nuire. Tu l'as cueillie au bord de l'eau. Elle se nomme le glaïeul, et elle a servi longtemps à commettre bien des crimes. Sa racine agit à la manière de l'opium, et produit à la fois de la stupeur et des hallucinations. Tu as vu et recueilli près d'elle le cresson des prés, que voici. Il est aussi bon que le glaïeul est méchant; car le cresson, en quelques jours, guérit nos marins d'une maladie produite par un trop long usage des aliments salés, et qu'on nomme le scorbut. Le frère du cresson, le sisymbre amphibie, fournit un excellent comestible; l'herbe de Sainte-Barbe, l'erosymum, raffermit les gencives, et l'iris, que je te montre, est le lis des lieux humides et leur souveraine.

3

Car Dieu a assigné à chaque plante une espèce particulière de sol. A l'une il faut les bords de l'eau, comme à l'iris et comme aux cressons ; aux autres il faut ces eaux elles-mêmes, témoin le nénuphar, dont la fleur ressemble à une coupe d'or qui surnage à la surface des étangs, et le rubanier, dont la longue tige flottante mesure plus de trente à trente-cinq centimètres ; il ressemble à un des beaux rubans richement teintés auxquels il emprunte son nom.

Les pieds des murs et leurs crêtes, les endroits humides ou secs, la terre légère ou la terre compacte, le sable et les interstices des pierres ont chacun leurs plantes spéciales. Il y a des plantes parasites, qui ne vivent que parmi les plantes cultivées et à leurs dépens, comme certains chardons, la dauphinelle ou le pied d'alouette, dont les fleurs forment un véritable bouquet, et la fumeterre, qui emprunte son non (fumée de terre) du goût âcre et amer, semblable à celui de la suie, que ses feuilles laissent sur les lèvres. Une espèce de fumeterre — et c'est la plus commune — ne cesse pas, durant huit mois de l'année, de produire des fleurs blanchâtres. Ces fleurs sont douées de la bienfaisante propriété de rétablir la transpiration chez les malades, et de rendre aux estomacs faibles de la vigueur. Vous voyez qu'elles ressemblent à ces bourrus bienfaisants qui, tout en n'épargnant pas au besoin l'amertume et la brusquerie, n'en rendent pas moins de grands services.

— Je connais de ces bourrus-là, dit madame Daubencourt en souriant et en frappant avec affection sur l'épaule de son mari.

— La chose est possible ! répliqua sur le même ton gai et tendre M. Daubencourt. Cependant, est-ce bien toujours la faute des bourrus quand ils bourrent ? ceux qui vivent avec eux n'ont-ils jamais rien à s'en reprocher ? ne justifient-ils point parfois une boutade et un mouvement de mauvaise humeur ?

— La chose est possible, répondrai-je à mon tour. Mais quelle est cette plante d'une tige peu élevée et dont les feuilles, qui s'alternent, sont profondément découpées et ressemblent à des ailes? Quel joli bleu teint sa fleur!

— Il est assez singulier qu'elle se trouve dans ce bouquet, car elle ne fleurit ordinairement que vers la fin de mai, et pousse dans les champs. Elle provient de quelque graine égarée et emportée au hasard par les vents; c'est la nigelle, qu'on nomme encore cheveux de Vénus.

« Le chimiste Lamouroux a découvert qu'en infusant les graines de la nigelle dans de l'alcool, on en obtenait une liqueur qui possédait le parfum des fraises; l'hiver, elle permet ainsi aux maîtresses de maison prévoyante, de confectionner, à peu de frais, d'excellentes crèmes à l'essence de fraises. En Orient, on l'emploie à un usage singulier et dont voici l'origine :

« Le sultan Achmet II avait une fille unique, nommée Aïchah, qu'il idolâtrait et qui possédait les talents les plus recherchés parmi les musulmans. Personne ne savait mieux qu'elle chanter en se couvrant à demi la bouche de ses mains peintes en jaune par le henneh ; elle jouait à ravir du derbouckah, sorte de tambourin en terre cuite, et ressemblant beaucoup à un pot sans fond; enfin elle dansait comme une houri. Mais par malheur sa taille était svelte et souple ; et ce qu'on eût regardé en Europe comme une rare beauté passait aux yeux du sultan, de sa fille et de tout le harem pour une sorte de difformité. Les Orientaux ne prisent chez les femmes qu'un énorme embonpoint.

« Un soir que le sultan, à l'exemple de son aïeul Aroun-al-Raschid, parcourait les rues de Bagdad, rêvant aux affaires de l'État et à la déplorable maigreur de sa fille, il fit rencontre d'un derviche qui lui cria :

« — Commandeur des croyants, je sais ce qui cause ta tristesse, et je t'en apporte le remède.

« Achmet, fort mécontent de se savoir reconnu dans sa promenade nocturne, fit signe au derviche d'approcher.

« — Écoute, lui dit-il, si tu me dis ce qui me préoccupe, je te donnerai une bourse ; si tu trouves moyen de m'ôter le motif de cette préoccupation, je t'en donnerai mille ; si tu te trompes, je te ferai trancher la tête.

« — J'accepte, répondit hardiment le derviche.

« — Alors, parle ! et parle vite.

« — Il y a dans le jardin de ta joie une fleur que tu ne trouves pas assez épanouie.

« Le sultan resta émerveillé de la perspicacité avec laquelle le derviche devinait sa pensée, et de la délicatesse avec laquelle il désignait sa fille Aïchah.

« — Voici la bourse que je t'ai promise. Peux-tu et veux-tu gagner les mille autres ?

« — Il y a des services qu'on ne paye point avec de l'or, répliqua le derviche. D'ailleurs, que veux-tu que fasse de ton or un pauvre religieux tout entier au culte d'Allah ?

« — Que désires-tu en échange de ce que je te demande ?

« — Ton serment de m'accorder ce que je requerrai de toi, après le miracle opéré.

« — Soit, je te le jure par Mahomet.

« Le derviche tira, de dessous le haïck en guenilles qui lui servait de manteau, un sac rempli d'une farine brunâtre.

« — Voici, lui dit-il, ce que tu me demandes. Fais façonner avec cette farine des pastilles dont la perle de ta maison mangera sept fois par jour, pendant sept semaines. Adieu, dans trois mois je reviendrai te sommer de tenir ton serment. Donne-moi l'anneau que tu portes à ton doigt, pour que je puisse arriver jusqu'à toi quand je le voudrai.

« Trois mois après, en effet, la belle Aïchah possédait l'embonpoint qu'elle désirait tant, et ne se sentait pas de joie de dépasser en obésité les plus grosses personnes de Bagdad.

« Un matin, le sultan vit arriver dans son palais le derviche.

« — Sois le bienvenu, lui cria Achmet dès qu'il le vit ; je t'ai juré de te donner ce que tu me demanderais, et puisque tu as tenu ta promesse, je tiendrai la mienne.

« — Donne-moi donc pour épouse la fleur qui me doit sa beauté.

« Le sultan pâlit et fronça le sourcil. Puis, après un moment de réflexion :

« — Les noces se célébreront ce soir même, dit-il.

« — Et en sortant de la mosquée un de tes bourreaux m'abattra la tête d'un coup de son sabre. Voilà ta pensée, sultan ! Eh bien, apprends quel gendre tu perds !

« Et jetant le haïck qui l'enveloppait, il montra au sultan déconcerté le visage d'un génie resplendissant comme le soleil, et disparut.

« Le sultan passa en prière la journée et la nuit pour apaiser la colère du génie, et promit deux mille bourses d'or à celui qui lui dirait de quelle graine provenait la farine à laquelle Aïchah devait son embonpoint. Personne ne put le découvrir ; on pensa néanmoins que c'était de la graine de nigelle, appelée en Orient *obésode*.

« Quoi qu'il en soit, les Orientaux saupoudrent de farine de nigelle leurs pains et leurs gâteaux ; enfin, ils la broient et la réduisent en poudre pour en fabriquer, à l'instar du génie, des pastilles contre la maigreur. »

— Voilà une histoire bien singulière, mon père, dit Marguerite… J'aurais bien besoin d'un peu de pastille de nigelle, ajouta-t-elle, en montrant ses mains amaigries par la maladie.

— Il vaut mieux demander cela à l'air pur de la campagne.

— Et à votre tendresse à tous ! interrompit-elle.

Et, s'appuyant affectueusement sur le bras de Marthe, elle se leva pour passer dans la salle à manger, car la cloche venait d'annoncer que le dîner était servi.

IV

La santé de Marguerite, grâce aux soins dont l'entourait sa famille et à la sollicitude de tous les instants que sa sœur Marthe lui prodiguait avec un dévouement au-dessus de son âge, mit à se rétablir une promptitude qui tenait du prodige. Ses forces reparurent ; les traces que le feu avait imprimées sur ses joues commencèrent à pâlir, et, à voir ses beaux yeux, un étranger n'eût pu supposer qu'elle était privée de la vue.

Chaque matin, appuyée sur le bras de Marthe, elle sortait de bonne heure pour faire une longue promenade ; grâce à l'exercice salutaire qu'elle y prenait, elle en revenait toujours mieux portante et plus gaie. Marthe trouvait moyen, à chaque instant, d'amener le sourire sur les lèvres de sa sœur et de l'intéresser en lui racontant tout ce qu'elle voyait.

Une fois, par exemple, qu'elles atteignaient les limites du parc de leur père, elles se sentirent fatiguées et s'assirent sur le gazon, au bord d'une fontaine limpide, large de plus de deux mètres, et qui fermait de ses rives plantureuses et de ses eaux transparentes cette partie de la propriété. Les oiseaux chantaient dans les arbres, ou ramassaient çà et là des brindilles pour construire leurs nids ; les insectes qui foisonnaient dans l'herbe faisaient entendre leurs cris que dominait l'étrange et strident appel du grillon. Maître Flock, le nez au vent, courait de tous côtés, tantôt poursuivant un beau lézard vert qui lui échappait en grimpant agilement sur un tronc d'arbre, tantôt chassant une abeille qui, loin de refuser le combat, volait et bourdonnait autour du petit chien, le menaçait, s'abattait à ras de son museau, s'enfuyait, revenait, le harcelait, et finissait par s'élever

dans les airs et par disparaître, sans tenir compte des jappements
irrités du terrier en miniature.

Tout à coup, Marthe prit la main de sa sœur et lui dit à voix basse :

—Si tu savais, Marguerite, quelle belle épinoche je vois nager dans
la fontaine, là, presqu'à nos pieds ! Elle va, elle vient, elle s'agite,
elle recueille de tous côtés des débris de plantes et de brins d'herbe
qu'elle apporte dans sa bouche, pour les déposer au fond d'une petite
anse grande comme les deux mains et profonde de cinquante centimètres. Sœur, je ne puis en croire mes yeux ! elle enlace ces herbes
les unes aux autres avec une promptitude et une adresse que lui en-
vierait un vannier de profession.

—Que tu es heureuse de voir cela ! chère petite sœur.

—L'intelligent poisson a façonné une sorte de natte. Mais il s'a-
perçoit que l'eau, si doucement qu'elle coule dans l'endroit où il
édifie son œuvre, entraine doucement ce mignon tapis à la dérive, et
parfois même le soulève à la surface. Elle réfléchit quelques secondes
avec un désappointement visible. Que va-t-elle faire ? elle part comme
un trait ! Où va-t-elle ? La voici qui revient déjà ! elle est chargée d'un

cailloux presque aussi gros que sa tête, et que peuvent à peine tenir ses larges mâchoires.

Elle dépose la pierre en plein milieu du tissu végétal. Elle s'en va encore. Autre pierre qu'elle rapporte ! Sept voyages, autant de cail-

loux ! Aussi, comme le tapis est bien lesté. Il ne bouge plus ; il se trouve installé avec une solidité à toute épreuve. Cependant, par surcroît de précautions, l'architecte à nageoires remplit de sable sa gueule et le souffle sur la natte, qui s'en trouve peu à peu à demi recouverte.

— Pourquoi le pauvre petit poisson se donne-t-il tant de mal ? Regarde toujours, Marthe, il serait bien curieux de le savoir.

— L'épinoche contemple ce qu'elle a fait. A juger par le fré-
tillement de sa queue et par les mouvements de ses nageoires, elle
paraît satisfaite de son ouvrage... Elle se met à l'œuvre avec plus
d'activité encore, elle glisse lentement sur les herbes enlacées ; elle
les lisse à l'aide de son ventre armé de deux épines plates, comme un
maçon le ferait avec sa truelle... Non ! je ne me trompe pas ! elle
frotte chaque nœud du tissu des mucosités qui recouvrent son corps,
comme le corps de tous les poissons, et qui les rendent si glissants
quand on veut les saisir.

— Voilà donc la natte terminée et devenue imperméable ; mais
que compte-t-elle faire de cette natte ?

— Les fondations de l'édifice mystérieux sont achevées. Elle s'assure de leur solidité en agitant avec une extrême agilité ses nageoires
de devant, pour produire dans l'eau de petits remous qu'elle dirige
vers son œuvre. Deux ou trois brins d'herbe ne résistent pas à cette
épreuve, et font mine de se détacher ; elle les renfonce au moyen de
son museau ; elle les tasse, elle les englue. Rien ne bouge plus, à
présent ! Les remous restent sans action ; aussi combien elle est contente ! Elle tourne autour de la natte, elle la regarde de ses gros yeux ;
elle semble vraiment s'applaudir.

— Pauvre petite bête, qu'elle m'intéresse !

— Je commence à comprendre ce qu'elle veut faire. Mais je peux
à peine en croire ce que je vois. C'est un plancher qu'elle a construit
et c'est une habitation, un nid qu'elle va placer sur ces fondations.
Oui, avec une activité plus fébrile que jamais, elle rassemble encore
des matériaux végétaux ; mais, cette fois, elle les choisit plus solides.
Elle rapporte des racines, des fétus de paille, des petits bâtons, et elle
les fiche dans l'épaisseur de la natte. Quelle adresse et quelle persévérance elle y met !... Quelque chose ne va pas à son gré... elle le démolit courageusement ; elle travaille à nouveaux frais, elle rejette les
brins qui ne lui conviennent pas ; elle va en chercher d'autres. Que de

voyages ! que d'essais !... Enfin elle termine son enclos ! Non ! elle ne l'a pas terminé ; il y manque encore la toiture !

— La toiture? Marthe, es-tu bien sûre de ce que tu dis là? tes yeux ne te trompent-ils point?

— Non, ma sœur, non ! elle se sert, pour cette toiture, de matériaux légers, souples, lisses, et qu'elle encolle au préalable. Ils forment un véritable feutrage végétal. Seulement elle a soin de ménager, au milieu, un trou rond par lequel elle entre souvent la tête pour s'assurer que les parois ne s'écartent point, qu'elles ne manquent point de solidité, et qu'elles fournissent un passage commode.

Enfin, elle couvre les bords de cette couverture d'une couche épaisse du ciment gélatineux qui suinte de son corps, et dont elle s'est déjà servie plusieurs fois. Si tu savais comme les bords reluisent au soleil ! On dirait un anneau de cristal.

En ce moment maître Flock, qui dormait profondément aux pieds de ses maîtresses, leva la tête, dressa les oreilles, et courut en aboyant et en gambadant au-devant de madame Daubencourt, qui venait, un peu inquiète, chercher ses filles. L'épinoche et son nid préoccupaient tellement les deux sœurs, qu'elles n'avaient point pris garde à la cloche du déjeuner, dont les tintements répétés les conviaient à rentrer.

Marguerite raconta à son père ce qu'elle et Marthe avaient *vu* au bord de l'eau. On convint que, vers le soir, quand une légère pluie qui tombait cesserait, on visiterait de nouveau les constructions de l'épinoche.

En effet, vers quatre heures, Marthe ramena Marguerite près de la fontaine, et montra à son père et à sa mère le joli nid du poisson.

Marthe eut d'abord quelque peine à reconnaître son ouvrière du matin. Celle-ci avait changé son costume grisâtre de travailleuse pour se revêtir des couleurs les plus riches et les plus éclatantes. L'or, l'opale, nuancés de mille façons radieuses, se jouaient sur sa robe, aux

rayons du soleil, et formaient des reflets dignes des feux du plus pur
diamant. Elle nageait coquettement devant son nid, se pavanait, faisait la belle, et parfois nageait sur le dos, comme pour montrer la
belle teinte orangée qui colorait sa poitrine. On eût dit un ouvrier,
le dimanche, libre, heureux, en habits de fête, et n'ayant plus qu'à
s'amuser et à se reposer.

Le lendemain, Marthe raconta à sa sœur que non-seulement l'ouverture du nid se trouvait rétrécie de façon à ce que l'épinoche elle-
même pût à peine y pénétrer en s'y glissant; mais encore que le
poisson, qui avait repris son costume de travail, fortifiait son habitation en la recouvrant de pierres, qu'il choisissait avec beaucoup
de soin, dont quelques-unes dépassaient en grosseur plus de la
moitié de son corps, et que, certes, on ne l'aurait point cru capable
de soulever et de transporter.

Cette besogne terminée, elle se mit en faction devant le nid.

Jamais sentinelle ne se montra plus sévère sur sa consigne; il
fallait que tous les importuns passassent au large, s'ils ne voulaient
point voir le factionnaire se ruer sur eux, dresser les épines qu'il
porte sur son dos, et qui valent au petit poisson le nom d'épinoche.
Lui résistait-on, ou voulait-on déjouer ses précautions, l'œil en feu,
il frappait l'eau de sa queue, il courait sus à l'ennemi, saisissait
dans sa gueule les nageoires de l'un d'eux, en arrachait des lam-
beaux, et ne tenait point compte des blessures que lui-même recevait parfois.

Marguerite, qui ne voyait pourtant point, hélas! les scènes de
combats qui se passaient sous ses yeux, ne tarda point à deviner,
par les récits de sa sœur, quel trésor renfermait le nid de l'épinoche, et ce qu'elle défendait si valeureusement : c'était les œufs
qu'elle y avait pondus.

Faut-il en faire l'aveu? parmi les pillards avides de dévorer la
couvée de l'épinoche, les plus acharnés étaient d'autres épinoches.

Un triton, grand lézard d'eau, d'un beau noir parsemé de taches d'une vive couleur d'orangé, et une bande de dytisques, gros insectes d'eau recouverts de carapaces brillantes, et armés de mandibules tranchantes comme des rasoirs, avaient été repoussés avec perte. Le triton y avait laissé une de ses pattes, et un dytisque, percé par l'une des pointes acérées que l'épinoche porte sur le dos et sous le ventre, s'en était allé mourant et à la dérive. Les épinoches, en véritables *épinochophages*, revenaient sans cesse à la charge.

Ce ne fut qu'au soir qu'elles se retirèrent, laissant la pauvre mère accablée de fatigues et criblée de blessures.

Hélas! le siége devait recommencer le lendemain, comme le vit Marthe, et comme elle le raconta à sa sœur, à mesure que se succédaient les phases obsidionales.

V

LES MALHEURS D'UNE ÉPINOCHE

Chaque matin, Marguerite et sa sœur venaient au bord du ruisseau pour suivre les péripéties du petit drame dont l'héroïne principale était l'épinoche. La jeune aveugle, qui ne voyait ce drame que par les récits que lui en faisait sa sœur, n'était point celle des deux qui pourtant y prenait le moindre intérêt. D'ordinaire, elle racontait à son père et à sa mère, pendant le dîner, ce qui s'était passé dans la fontaine, et certes, à l'entendre, on eût pu croire que les faits qu'elle exposait avec tant de netteté et de plaisir avaient réellement eu lieu sous ses yeux.

— Oh! notre épinoche a été bien rusée et bien intrépide aujourd'hui, disait-elle. Il y eut, vers onze heures, un moment où le nombre des assiégeants se trouvait si nombreux, qu'elle ne pouvait plus suffire à les tenir éloignés de son nid. Tout à coup elle s'élança, par un bond rapide, à la distance de cinquante centimètres environ, et elle se mit à barboter à la surface de l'eau, comme si elle eût trouvé une excellente proie; elle ne semblait plus penser ni à son nid, ni aux œufs qu'il contenait.

Les autres épinoches crurent naturellement qu'il fallait que leur congénère trouvât une bien excellente proie pour qu'elle abandonnât ainsi la défense de sa citadelle. Elles se mirent donc toutes à sa poursuite, afin de lui disputer son butin. Quand elle eut constaté le succès de sa ruse, l'épinoche glissa entre deux eaux comme une flèche, se posta cette fois à deux mètres, et recommença le même manége; bientôt elle disparut à nos... aux yeux de Marthe, et, dix minutes après, elle revint accablée de fatigue, mais seule.

— La paternité des animaux est vraiment bien ingénieuse! s'écria M. Daubencourt.

— Après cela, père, reprit Marthe, l'épinoche, quand elle se retrouva seule et tranquille, se livra à un exercice dont ni ma sœur ni moi nous n'avons pu deviner le but; elle se mit, de temps à autre, à fouetter rapidement l'eau avec ses nageoires devant l'entrée du nid, et à y former de petits courants assez vifs. Pourquoi cela? le sais-tu?

— Un membre de l'Institut, M. Coste, qui, le premier, a observé et fait connaître la nidification de l'épinoche, explique que ces courants ont pour but de laver constamment les œufs, et de les empêcher de se couvrir d'une sorte de byssus[1] qui en arrêterait le développement ou les empêcherait d'éclore.

— Mais ce poisson se montre aussi intelligent que certains hommes, fit observer madame Daubencourt.

— Dieu a donné à tous les êtres l'instinct nécessaire à leur con-

---

[1] Espèce de lichen qui se développe en filaments très-déliés et entrelacés.

servation et à celle de leurs petits. Il y a des moments où, vous avez raison, cet instinct ressemble singulièrement à l'intelligence humaine.

Après douze jours, pendant lesquels se succédèrent un grand nombre d'incidents pleins d'intérêt, mais qu'il faudrait un volume pour raconter, Marthe vit l'épinoche qui ôtait les pierres dont elle avait chargé son nid.

Elle cherchait évidemment à rendre ce nid plus léger et plus perméable à l'eau.

Elle faisait, en outre, des ouvertures et multipliait, à l'aide de ses nageoires, les courants d'eau signalés déjà par Marthe.

On put alors la voir distinctement remuer ses œufs avec précaution ; tantôt elle les amenait à la surface ; tantôt, au contraire, elle les plongeait plus avant. Elle agissait ainsi pour modifier les rapports de ces œufs avec l'air et l'eau.

Le lendemain de cette besogne, par un beau soleil qui attiédissait la fontaine et l'éclairait jusqu'au fond le plus extrême de son lit, une nuée de petites épinoches, à peine visibles, commença lentement à sortir du nid, tandis que leur mère, dans une extase extrême, les regardait, le corps tout tremblant de joie et d'orgueil.

Les enfants, hélas ! comme le fit observer Marthe à sa sœur, justifiaient peu cet orgueil ; ils traînaient après eux une vésicule fort laide attachée au milieu du ventre, et tellement volumineuse qu'à peine ils pouvaient en supporter le poids ; aussi nageaient-ils avec effort, et restaient-ils exposés à devenir la proie du premier ennemi venu.

Et les ennemis ne leur manquaient point, grand Dieu ! Sans compter une bande d'épinoches, on voyait accourir de toutes parts des tritons, des dytisques, et toutes ces hordes d'insectes qui peuplent les fontaines et les mares.

L'un courait sur l'eau comme sur un sol solide, l'autre glissait entre deux eaux pour saisir traîtreusement sa proie en dessous, ceux-ci volaient, ceux-là nageaient ou plongeaient. L'épinoche faisait tête à tous ; elle repoussait les plus avancés, tenait à distance les moins hardis et les moins forts, veillait sur sa couvée, ne la quittait pas de l'œil, allait et venait autour d'elle, et l'empêchait de s'éloigner. Si l'un des petits trompait sa vigilance et s'écartait, elle le prenait dans sa bouche et le ramenait au bercail. Mais ce qu'il fallait voir, c'était l'ardeur avec laquelle elle poussait devant sa couvée tous les détritus qui pouvaient lui servir d'aliment. Or il en fallait beaucoup, car les poussins aquatiques atteignaient au nombre de deux mille environ.

Le lendemain, les nouveau-nés étaient considérablement plus gros ; la plupart commençaient même à se débarrasser de l'espèce de vessie qu'ils traînaient après eux.

Alors, grâce à leur désobéissance et à leur étourderie, les chasseurs qui les guettaient firent leurs affaires. Au lieu de se tenir prudemment dans un certain rayon près du nid où ils pouvaient se réfugier quand ils se sentaient poursuivis de trop près, les petits imprudents laissaient là l'abondante picorée que leur fournissait leur mère, pour s'en aller bien loin en quête de quelque mauvaise petite bribe.

Malheur à ces indociles, car ils disparaissaient bientôt dans la gueule béante des autres épinoches, ou dans les serres des gros insectes d'eau, qui les déchiraient et les mettaient en pièces ! Avant que leur mère eût pu seulement s'apercevoir de leur péril et accourir à leur aide, c'en était déjà fait d'eux.

Marthe calcula que, dès la première journée, le nombre des petits avait diminué de plus d'un tiers.

Cependant les pirates ne restèrent pas tous impunis. Un triton s'aventura trop près du nid et se prit la patte dans les nœuds d'un des brins d'herbes qui commençaient à se détacher de la petite forteresse, déjà un peu démantelée par le remous de l'eau. L'épinoche, dont on décimait si cruellement et si impitoyablement la progéniture, se montra elle-même sans pitié. Elle se rua sur le triton, qui eut beau ouvrir sa large gueule de lézard, secouer son corps souple, agiter ses quatre pattes et fouetter l'eau de sa longue queue; il se trouva face à face avec la terrible mère. Celle-ci dressa sur son dos neuf épines, neuf lames longues, roides, fortes, acérées. Ses nageoires devinrent elles-mêmes des armes. En moins de temps que je n'en mets à vous le dire, le triton, percé d'outre en outre, flottait mort et renversé sur le dos, et toutes les petites épinoches, alléchées par le sang qui colorait la surface de l'eau, se disputaient entre elles chaque parcelle de ce sang, qu'elles avalaient avec gloutonnerie.

— Pourquoi ne protéges-tu pas la pauvre épinoche, qui finira par succomber sous le nombre? demanda Marguerite à Marthe. Si j'y voyais, je voudrais, avec une longue branche, effrayer et chasser les pillards, et procurer au moins quelques instants de relâche aux assiégés.

Marthe suivit ce conseil, alla cueillir une branche de lilas, et se mit à fouetter l'eau. Tout prit la fuite, excepté l'épinoche qui, d'abord, s'était prudemment retirée à l'écart avec son troupeau effarouché.

Quand elle eut bien remarqué que le calme renaissait, et qu'elle restait débarrassée de ses ennemis, en commandant expérimenté de citadelle, elle songea à ravitailler son nid. Sans compter le cadavre du triton, Dieu sait ce qu'elle rassembla, en une demi-heure, de provisions de différentes espèces! Il y en avait pour plus d'une semaine de nourriture ; avec cela, elle pouvait défier les assiégeants.

Pauvre bête! tandis qu'elle songeait à se prémunir contre ses adversaires extérieurs, elle ne soupçonnait pas que des ennemis plus redoutables encore se glissaient dans sa demeure et y apportaient le deuil et la mort.

A trois jours de là, tout était solitaire dans les environs du nid. Un poisson venait-il à s'en approcher par hasard, il fuyait aussitôt à tire de nageoires.

Bientôt on vit surnager au-dessus de l'eau des centaines de petits cadavres, dont le nombre allait sans cesse s'augmentant.

Marthe, à l'aide de son mouchoir noué au bout d'une branche, en pêcha quelques-uns qu'elle rapporta à son père ; celui-ci les examina à la loupe, et fit voir à sa fille qu'à chacun des pauvres petits poissons se trouvaient attachés plusieurs crustacés à peine visibles à l'œil nu. Ils se cramponnaient sur leurs victimes au moyen de leurs ongles aigus, et, avec leur bouche armée d'une trompe flanquée de deux ventouses garnies de dents tranchantes à la manière des requins, ils suçaient, véritables vampires, leur victime jusqu'à ce qu'elle expirât. Ces monstres se nomment argules foliacées.

A trois jours de là, il ne restait plus qu'une dizaine de petites épinoches que leur mère conduisait à la picorée, et qui, à mesure qu'elles grandissaient, s'éloignaient d'elle, les ingrates, pour ne jamais revenir.

En visitant cette partie du ruisseau naguère si animée, alors tout à fait solitaire, et où l'on retrouvait à peine quelques traces du nid édifié avec tant d'intelligence et de peine, Marguerite fit observer à sa sœur que le petit chien Flock aboyait d'une singulière façon, et restait en arrière. Marthe retourna sur ses pas, et vit le petit terrier aux prises avec un gros lézard vert qu'il tenait en arrêt, et sur lequel il s'était déjà rué plusieurs fois.

Après un instant d'hésitation et de crainte, la jeune fille jeta son mouchoir sur le lézard, le saisit et le rapporta au logis.

Quand on le débarrassa du mouchoir qui lui servait de prison, on vit que maître Flock l'avait blessé aux flancs, et, de plus, lui avait arraché un morceau notable de la queue.

4

VI

LE LÉZARD

C'est surtout lorsqu'on souffre soi-même qu'on compatit à la souffrance des autres. Aussi Marguerite s'intéressa-t-elle au lézard blessé
plus que personne de sa famille, et plus qu'elle ne l'eût sans doute
fait avant d'avoir perdu la vue.

Secondée par Marthe, elle appliqua de petites bandelettes de spa-
radrap sur les blessures de la pauvre bête, puis elle la déposa dans
un carton rempli de ouate, et elle voulut que ce carton restât près
d'elle.

Chez les animaux à sang froid, c'est-à-dire dont le sang a moins
de chaleur que le sang des mammifères, la nature répare vite les
blessures. Le lézard, qui avait failli mourir sous la dent du chien,
resta trois ou quatre jours immobile dans le nid que lui avait fait la
jeune aveugle ; et puis, un matin que le soleil donnait chaud et d'a-
plomb, Marguerite, seule en ce moment, resta tout étonnée de sentir de petites pattes qui trottaient sur ses genoux, et qui montaient
sur sa poitrine. D'abord elle éprouva un léger frisson de crainte, et
elle porta doucement la main vers l'endroit où se manifestait ce
singulier mouvement. Elle ne tarda point à reconnaître que le lézard
le produisait. Sans s'inquiéter des doigts qui effleuraient sa robe
d'émeraude, le petit animal continua en paix sa course, grimpa
jusqu'aux lèvres de sa protectrice, et effleura de sa langue fine,
noire et fourchue, leur surface humide.

Après quoi il reprit sa promenade sur les cheveux, sur les bras
et sur les genoux de Marguerite, et il finit par se blottir dans sa
poitrine et par s'y endormir.

Marguerite n'osait remuer, dans la crainte de l'effaroucher ; mais elle ne tarda point à constater que son nouvel ami n'était point un lézard à s'inquiéter du mouvement et du bruit. Le retour de Marthe et de M. et de madame Daubencourt ne lui causa pas plus de préoccupation. Seulement, quand il entendit le trottement de Flock sur le tapis, et deux ou trois jappements de celui qui l'avait blessé, il sortit sa petite tête fine de l'asile qu'il s'était choisi, et s'y reblottit aussitôt.

Dès lors Marguerite et Jacques, — ce fut le nom que reçut, je ne sais trop pourquoi, le lézard, — devinrent inséparables. Jacques ne tarda point à en user familièrement avec les différentes personnes de la maison. A table, il se promenait sur les fruits du dessert et parmi les fleurs du surtout ; il y cherchait les petits insectes cachés et les croquait gaiement. A la promenade, il s'élançait d'un bond sur l'herbe ou sur une branche d'arbre à sa portée, et y chassait avec ardeur ; à la moindre alerte, toutefois, il regrimpait sur l'épaule de sa maîtresse.

Jacques, du reste, ne vivait, à proprement parler, que le temps où le soleil donnait de la lumière et de la chaleur; le soir, ou par le froid, il restait nonchalamment assoupi dans le giron de Marguerite. L'appelait-elle, il montrait paresseusement son museau mordoré d'émeraude et d'or, agitait sa langue en signe de caresse, et retombait dans son engourdissement. Le soleil brillait-il, alors gai, pétulant, hardi, il allait de l'un à l'autre, grimpait aux rideaux, et ne dédaignait même pas d'agacer Flock et de lui tenir tête, — à distance, bien entendu. Le chien faisait-il mine de s'élancer sur lui, Jacques, d'un saut, se mettait hors de portée, et narguait le roquet.

Trois mois ne s'étaient pas même écoulés que chien et lézard vivaient en bonne amitié. Il arriva plus d'une fois que, dans le jardin, Jacques fatigué grimpa sur le dos de Flock; celui-ci promenait bénignement, dans sa fourrure épaisse, chaude et soyeuse, ce singulier cavalier, et tournait même quelquefois la tête pour le caresser de sa langue rose.

Si trois mois avaient suffi pour faire de Flock et de Jacques des amis, le même laps de temps avait également suffi pour rendre au dernier toute sa beauté. Non-seulement il ne restait plus de ses blessures aux flancs d'autres traces que des cicatrices imperceptibles, mais encore le tronçon enlevé de sa queue était complétement repoussé. Un bourgeon, apparu au bout de la partie mutilée, n'avait point tardé à s'allonger peu à peu, et à devenir aussi long et aussi élégant que la portion perdue. Néanmoins, on remarquait dans les couleurs de cette portion restaurée des tons moins accentués et d'un vert plus pâle.

Jacques appartenait à la famille des lézards ocellés dont foisonne la forêt de Fontainebleau. La robe de cette magnifique espèce, d'un vert de feuille naissante, semble saupoudrée de grains d'or, et miroite au soleil d'une façon splendide. Sa taille, qui atteint parfois trente centimètres, est souple et robuste à la fois; son œil, à paupière mobile, prend une vive expression d'énergie quand il se pré-

sente un ennemi ou un danger, d'une touchante expression de tendresse quand il regarde une personne qu'il aime. Intelligent, gai,
tendre, en captivité il reconnaît parfaitement ses maîtres, et devient
audacieux jusqu'à l'effronterie. L'intimité de Jacques avec la famille
Daubencourt ne forme point un fait exceptionnel, et le vieux pro-
verbe qui professe que *le lézard est l'ami de l'homme*, reçoit souvent
des preuves de sa véracité.

Marguerite puisait de bonnes distractions de ce nouvel ami que le
hasard lui donnait, et Marthe, de son côté, trouvait un grand plaisir à exciter les petites colères de Jacques, soit en feignant de vouloir l'enlever de dessus les genoux de sa maîtresse, soit en le tara-
bustant quelque peu. Il fallait voir alors l'irascible Jacques se
gonfler, ouvrir sa gueule, se jeter sur les doigts de sa provocatrice,
et souvent les pincer assez énergiquement, puis, de guerre lasse, se
réfugier dans le corsage de Marguerite.

Un jour que celle-ci, appuyée au bras de son père, se promenait
dans le bois voisin de la propriété, elle sentit tout à coup Jacques,
qui picorait des insectes sur un saule, venir se réfugier précipitamment sur elle, tandis que M. Daubencourt voyait un pic s'envoler de
ce saule.

— Je suis sûr, dit le médecin, qu'il existe un nid dans cet arbre;
voici bien longtemps que je veux me procurer, pour ma collection
d'ovologie, des œufs de cet oiseau ; l'occasion est bonne, j'en profi-
terai.

Et il fourra son bras le plus avant possible au fond d'un trou
creusé par le temps dans le tronc de l'arbre, mais il ne put atteindre
au nid.

— Je reviendrai bientôt avec les instruments nécessaires pour
prendre ces œufs, dit-il. En attendant, comme je ne les destine point
à être couvés, mais bien à figurer vides dans ma collection, je vais
fermer l'entrée de l'arbre avec la grosse pierre qui semble se trou-

ver-là tout exprès. Le père et la mère, ne pouvant point rentrer, construiront ailleurs un autre nid.

Et il le fit comme il le disait.

— Père, demanda Marguerite, à quel oiseau donnes-tu le nom de pic?

— Les espèces en sont nombreuses, mon enfant. Toutes jouissent de la propriété de pouvoir fendre l'écorce des arbres au moyen de leur bec droit, anguleux, comprimé en coin à son extrémité, et de saisir les insectes qu'avec leur langue grêle ils trouvent sous ces écorces. Cette langue est un véritable projectile garni vers le bout d'épines recourbées en arrière; de plus, leurs quatre doigts armés d'ongles aigus, et disposés, deux en avant, deux en arrière, leur permettent de grimper et de se tenir solidement sur les écorces les plus lisses.

Ordinairement solitaires et craintifs, les pics fréquentent les grandes forêts ou les arbres qui garnissent la lisière des bois; c'est contre l'écorce de ces arbres qu'ils exercent leur industrie; quelques-uns, pourtant, nichent à terre ou contre les rochers. Les insectes, soit à l'état parfait, soit à l'état de larves, composent leur principale nourriture; ils la cherchent au-dessous des portions d'écorce soulevées ou dans les trous pratiqués sur la partie ligneuse. Pour y parvenir, ils se cramponnent contre le tronc, se font un point d'appui de leur queue courte, composée de plumes roides légèrement recourbées, et garnies à leur extrémité de barbules également roides et courtes.

Dans cette attitude, et solidement installés, ils visitent, avec leur langue, les anfractuosités, les accidents et les trous à leur portée. Aperçoivent-ils une larve ou un insecte qu'ils ne puissent ramener, et saisir à l'aide des crochets qui terminent leur langue, alors, ils font usage du bec.

Au moyen de ce coin dont la nature les pourvoit, ils frappent à coups redoublés sur la portion d'écorce qui recèle l'insecte, et finissent par s'emparer de leur proie. D'autres fois, ils sondent le tronc d'un arbre pour s'assurer s'il n'existe pas quelques creux contenant des insectes. Si les points sonores leur indiquent un de ces creux, ils en cherchent l'ouverture extérieure, et ils y dardent leur langue ou bien élargissent le trou.

En parlant ainsi, M. Daubencourt ramenait sa fille au logis.

Après le déjeuner, il se disposa à aller chercher dans le saule creux les œufs de pic qu'il convoitait; mais quelques visites qu'il lui fallut recevoir l'en détournèrent.

Il ne put réaliser son projet qu'à la chute du jour.

VII

HISTOIRE D'OISEAUX

L'*ovologie*, ou l'étude des œufs, est une science toute nouvelle, et destinée à jeter, plus tard, un grand jour sur les mystères de l'histoire naturelle.

Aujourd'hui, elle se borne, ou peu s'en faut, à former des collections aussi charmantes que curieuses. En effet, les œufs présentent à peu près toutes les formes, et se parent de toutes les nuances de couleur. Il y en a de longs, de courts, de larges, d'étroits, d'oblongs, de verts, de bleus, de jaunes, de mouchetés, et même de tigrés à la façon d'une peau de panthère. Ils atteignent d'énormes proportions, comme ceux de l'épiornis, un oiseau de la Nouvelle-Zélande, encore inconnu, et qui contiennent vingt fois ce que contiendrait un œuf d'autruche; ou bien, ils sont d'une petitesse incroyable. Si l'œuf d'épiornis dépasse en contenance vingt œufs d'autruche, l'œuf d'autruche, de son côté, égale vingt œufs de poule, et l'œuf de poule soixante-huit œufs d'oiseaux-mouches.

Depuis plusieurs années, M. Daubencourt s'occupait de rassembler une collection d'œufs d'oiseaux indigènes; il lui manquait ceux de certaines espèces de pics, et il espérait bien trouver dans le creux du saule dont je vous ai parlé, un de ses *desiderata*. On appelle de ce nom latin les objets qu'un collectionneur ne possède point et qu'il convoite pour sa collection. *Desideratum* signifie en latin *une chose désirée.*

Quand il se trouva débarrassé de ses visiteurs et de ses malades, M. Daubencourt se dirigea vers le petit bois. Il entendit, dans la direction où s'élevait l'arbre creux, des coups secs, sonores et réitérés, sur la nature desquels ne se trompa point son oreille exercée.

— Voici un pic à l'œuvre, se dit-il.

Et, suivant la direction du bruit, il arriva doucement, avec précaution et caché par les arbres, juste en face du saule creux dont il avait fermé le matin l'ouverture avec une grosse pierre.

Un pic, cramponné sur le tronc de l'arbre, à peu près à la hauteur où devait se terminer l'espèce de boyau formé par le temps dans l'intérieur du saule, frappait à grands coups de bec.

Un mouvement de M. Daubencourt révéla à l'oiseau la présence d'un étranger, et le fit s'envoler.

A sa grande surprise, le chasseur d'œufs entendit des coups de bec qui frappaient l'arbre à l'intérieur.

Il en croyait à peine ce qu'il entendait et ce qu'il avait vu.

— Sans le vouloir, j'ai enfermé la femelle dans l'intérieur du saule, se dit-il enfin. Le mâle travaille avec elle à la délivrer; ils cherchent chacun de leur côté à ouvrir une percée qui puisse rendre la liberté à la prisonnière. Voyons ce qu'il en adviendra.

Il se coucha dans les hautes herbes, et il attendit avec la patience d'un observateur.

Environ à un quart d'heure de là, le pic mâle revint, et s'assura que rien ne pouvait le déranger. Se replaçant ensuite au bas du tronc, à la place où il s'était envolé, il asséna un grand coup de bec sur l'écorce déjà profondément entamée, et qui laissait voir l'aubier lui-même déchiqueté profondément.

A cet appel, un coup répondit à l'intérieur. Du dedans et du dehors on recommença à attaquer le bois à demi pourri.

Il fallait voir travailler le mâle avec une ardeur désespérée; il donnait plus de cinquante coups de bec par minute, et il y allait de si bon cœur et avec tant de force, qu'il finit par tomber épuisé sur le gazon.

Il y resta quelques secondes, et il s'envola péniblement.

— Pauvre oiseau! se dit l'observateur, ses forces sont à bout, et il renonce à délivrer sa femelle. Allons, pas de cruauté, mettons-la en liberté, et ôtons la pierre qui clôt l'arbre.

Il allait le faire, en effet, quand il vit arriver le pic, en compagnie de deux autres oiseaux de son espèce. Alors ce ne fut plus un seul bec, mais trois qui se mirent à frapper et à creuser. Aussi, dix minutes après, ils s'arrêtaient; une petite tête se montrait à travers l'ouverture, puis un corps suivait péniblement la tête, et quatre oiseaux s'envolaient en jetant des cris de triomphe et de joie.

M. Daubencourt revint au logis, et raconta à ses filles le petit drame dont il venait d'être témoin.

— Quelle intelligence chez les oiseaux! disait-il; comment le pic mâle a-t-il pu expliquer aux deux pics qui lui sont venus en aide la captivité de sa femelle, et le besoin qu'elle éprouvait de leur secours? Et puis, quel dévouement, quelle intelligence!

— Mon ami, lui répondit madame Daubencourt, ce que tu viens de voir et de nous raconter me rappelle un fait qui s'est passé à la campagne dans la maison de ma mère.

J'étais à peu près de l'âge de Marguerite, et j'aimais beaucoup les oiseaux. Des hirondelles avaient fait leur nid dans un immense vestibule qu'elles ne quittaient que pour émigrer à l'automne; elles revenaient l'année suivante en reprendre possession au printemps. Nous étions donc de vieilles connaissances. Aussi ne se gênaient-elles pas pour frapper de leur bec aux vitres, quand elles voulaient rentrer, et que la porte était fermée, et il me suffisait de prendre, du bout des doigts, une mouche, et de la leur montrer, pour que toutes, père, mère et petits, se disputassent à qui m'arracherait et goberait le pauvre insecte.

Or, il advint, le dernier hiver que nous habitâmes cette maison et qui précéda mon mariage, que ma mère tomba malade. Il fallut établir dans sa chambre une sonnette qui communiquât avec ma chambre; le serrurier chargé de cette besogne, ayant à poser un fil de fer tout le long du corridor, démolit une portion du nid des hirondelles.

Celles-ci, à leur retour printanier, se mirent à réparer ou plutôt à reconstruire leur nid, et les choses allèrent le mieux du monde pendant quinze jours.

Mais, une nuit, ma mère, se sentant plus souffrante, tira la sonnette pour m'appeler; le fil de fer, sur lequel les hirondelles avaient rebâti leur nid, ébranla ce nid et le brisa en partie.

Ce fut une grande émotion pour les hirondelles. Je les vois encore, le lendemain matin, voletant autour de leur demeure en ruine, et jetant de petits cris de colère et de douleur.

Après s'être livrées au mécontentement, elles avisèrent. L'endroit était des meilleurs pour leur nid : on n'avait à y redouter ni le froid, ni la pluie, ni surtout les chats.

Elles se remirent donc à l'œuvre, allèrent chercher dans leurs becs de petites boules de terre glaise, et deux heures après le dégât se trouvait réparé.

Je voulus faire comprendre à ces pauvres oiseaux que leur peine était inutile, et que leur nid serait renversé de nouveau la première fois qu'on mettrait en mouvement le fil de fer. Je priai donc ma mère de tirer sa sonnette; elle le fit : à ma grande surprise, le nid ne bougea pas. Le fil de fer s'agita de nouveau. Rien ! Je passai le reste de la journée à chercher la solution de ce problème, et, n'y tenant plus, le lendemain matin je me fis apporter une échelle; j'y montai, et j'examinai les choses de près. Je pus à peine en croire mes yeux; entre le nid et le fil de fer, les hirondelles avaient façonné une sorte de conduit qui permettait à la sonnette d'agir librement sans rien dégrader.

— Assurément, voilà qui égale au moins la mystérieuse délivrance de la famille du pic, dit Marguerite.

— Les hirondelles ne sont pas seulement intelligentes, reprit M. Daubencourt, elles sont encore vindicatives. Il arrive souvent qu'on trouve, dans de vieux nids d'hirondelles abandonnés, des cadavres desséchés de moineaux ou de mulots. Un de nos observateurs les plus connus, M. Frédéric Cuvier, raconte, dans un de ses ouvrages, avoir vu se passer sous ses yeux l'incident qui amène là d'ordinaire ces animaux, et qui les y fait mourir de faim.

« Un jour, dit-il, je vis un petit mulot qui grimpait le long d'une muraille, et qui cherchait aventure. Il arriva au nid d'une hirondelle, sous le chéneau même de la goutière, et présenta effrontément son museau pointu à l'entrée de ce nid ; la mère, qui était seule près de ses petits, sortit brusquement pour chasser le dangereux étranger. Aussitôt celui-ci se glissa dans le nid en poussant dehors trois des petits, qui tombèrent et vinrent se briser sur le pavé, et se mit à dévorer le quatrième.

« La pauvre mère éperdue de douleur, volait autour du brigand, et cherchait à le frapper avec son bec, trop mince et trop frêle pour blesser le mulot. Celui-ci continua donc impunément son sanglant repas, sans s'inquiéter autrement du désespoir de l'hirondelle. Une fois qu'il fut bien repu, il mit son nez à l'entrée du nid, et joignit ainsi la goguenarderie à la déprédation.

« L'hirondelle finit par s'éloigner. Quelques minutes après, elle revint accompagnée d'une bande d'hirondelles. Toutes portaient

dans leur bec un de ces petits paquets de terre glaise dont elles se
servent pour construire leur nid. Avant que le mulot eût eu le
temps de se reconnaître, le nid se trouvait hermétiquement fermé,
et couvert d'une épaisse couche qui rendait impossible au mulot de
s'ouvrir une ouverture pour sortir de sa prison. La vengeance avait
suivi de près le forfait. »

Je vous laisse à penser si ces récits intéressèrent Marguerite et sa
sœur.

VIII

INESPÉRÉ

Les traces du fatal accident dont Marguerite avait été victime disparaissaient peu à peu. Sa chevelure, abondamment repoussée,
commençait déjà à entourer son visage de belles boucles blondes ;
sur ce visage lui-même à peine restait-il quelques légères cicatrices
peu visibles, et qui ne le défiguraient en rien. Enfin, elle avait insensiblement recouvré la santé et la force. Seulement, hélas ! la cécité
qui l'affligeait persistait sans espoir de guérison ; les médecins les
plus célèbres, consultés par M. Daubencourt, répondaient en secouant tristement la tête, et en déclarant qu'ils regardaient comme
peu probable tout espoir de guérison.

Quoiqu'on n'eût rien dit de cet arrêt à Marguerite, elle ne l'avait
que trop deviné, et malgré la sollicitude qu'elle mettait à cacher son
désespoir à ses parents, il n'était que trop aisé de voir combien la
pauvre enfant souffrait de rester ainsi séparée du monde réel par la
perte de la vue. Jamais une plainte ne s'échappait de ses lèvres,
mais il y avait des moments où, se croyant seule, elle se cachait le
visage dans les mains et se mettait à pleurer amèrement. Au moindre bruit, elle essuyait ses larmes et s'efforçait de sourire ; mais ce

sourire était plus poignant pour sa famille que si elle eût donné un libre cours à sa douleur.

Un matin que Marthe travaillait près de sa sœur, celle-ci se leva brusquement et demanda qu'on la conduisît dans le jardin.

— Je t'empêche d'étudier à ton aise, ma chère Marthe, dit-elle : puisque je ne peux, comme toi, m'adonner au bonheur de l'étude et compléter mon éducation, je ne veux point te gêner dans la tienne. Tu t'occupes toujours de moi, tu quittes ton livre à chaque instant, et les yeux que le bon Dieu t'a laissés sont, j'en ai bien peur, plus souvent attachés sur moi que sur tes cahiers et sur tes livres. Il faut que nous soyons raisonnables ! Ce que tu apprends, d'ailleurs, n'est-ce pas pour moi que tu l'apprends ? ne me le diras-tu pas un jour ? Embrasse-moi, et laisse-moi aller seule au jardin, toute seule, entends-tu ? Depuis six mois, ai-je eu le temps d'étudier et de savoir par cœur les moindres détails du chemin qui m'y conduit! J'en connais mieux que toi les plus petites sinuosités, je sais même où il faut lever le pied pour ne point se heurter à une plate-bande, et où je puis rencontrer un arbre.

En achevant ces mots, elle appela le petit chien Flock, sortit, et marcha seule, sans hésitation apparente, d'un pas ferme et tout droit, jusqu'à un banc exposé au soleil, sur lequel la famille venait s'asseoir chaque après-midi.

Marthe la suivit des yeux, et, quand elle l'eut vue bien installée, elle reprit son travail.

Une demi-heure après, le petit chien, haletant, éperdu, et dans une agitation extrême, accourut au logis et se mit à tourner autour

de Marthe, qui le repoussa sans détourner les yeux de dessus son travail. Flock la tira par sa robe, aboya et sauta sur ses genoux sans qu'elle y prît garde, car elle était habituée aux caresses pétulantes du petit terrier chaque fois qu'il la retrouvait après une absence, si courte qu'elle eût été.

M. Daubencourt survint en ce moment. Alors le chien s'adressa à lui. Il le prit par le pan de sa redingote, l'attira vers la porte, fit quelques pas dehors, et finit par attirer l'attention de son maître.

— Où donc est Marguerite ? demanda M. Daubencourt.

A ce nom, Flock aboya et redoubla d'instance pour amener dehors son maître.

— Ma sœur est là-bas dans le jardin, assise sur le banc, répondit Marthe sans lever les yeux.

— Je ne la vois pas.

A ces paroles, Flock, qui tenait ses yeux noirs attachés sur M. Daubencourt, partit avec la rapidité d'une flèche vers le bois, revint aussitôt, et recommença la même course.

M. Daubencourt se sentit pris d'inquiétude, il suivit précipitamment le chien, qui le conduisit à l'extrémité du jardin.

Là, sur le bord de la fontaine, il trouva Marguerite évanouie et les vêtements trempés.

Il la prit dans ses bras, la rapporta au logis, et tandis que sa mère et sa sœur la changeaient de vêtements, il chercha à lui faire reprendre connaissance à l'aide de cordiaux.

Marguerite se ranima peu à peu, se mit sur son séant, ouvrit les yeux et jeta un cri :

— Mon père, je vous vois !

M. Daubencourt crut d'abord que le délire faisait ainsi parler la jeune fille ; mais elle lui sauta au cou, l'embrassa en sanglotant, et, se dirigeant vers sa mère et vers sa sœur, elle les étreignit passionnément dans ses bras.

— Je vous vois aussi, ma mère ! je te vois aussi, ma sœur ! Oh ! comme tu as grandi depuis que mes yeux n'ont pu te voir !... Ta robe est rose... Celle de ma mère est bleue ! Ah ! que je suis heureuse !

Et, vaincue par l'émotion, elle retomba évanouie.

Heureusement cet évanouissement ne dura point longtemps.

Quand elle fut bien revenue à elle et qu'elle eut retrouvé un peu

de calme, elle raconta qu'après être restée environ dix minutes assise sur le banc, le soleil lui tomba d'aplomb sur le visage et l'in-
commoda.

Alors elle se sentit prise d'un désir invincible de se promener
seule et d'aller jusqu'au petit bois.

— Je marchai d'abord en tâtonnant et avec hésitation, dit-elle.
Mon pied interrogeait craintivement le sol, et mes mains palpaient
chaque arbre et chaque buisson ; je m'aidais en même temps de mes
souvenirs. Voyant que rien de fâcheux ne m'arrivait, je m'enhardis
et marchai résolûment. J'atteignis ainsi le petit bois ; guidée par le
murmure de la fontaine, je gagnai sans encombre le bord de l'eau :
le gazon y est épais et doux, l'ombre des arbres m'abritait contre le
soleil ; je voulus m'asseoir en ce bon endroit. Tout à coup mon pied
heurta une racine : je tombai les mains étendues en avant. Je cherchai à me relever :
je m'orientai mal,

et je roulai dans la
fontaine. Oh! alors,
ma terreur ne sau-
rait s'exprimer. Trois fois j'allai au fond : la respiration me manquait ; mes forces défaillaient ; un horrible bruit bourdonnait dans
mes oreilles... En ce moment, j'entendis les jappements de Flock.
La fidèle petite bête aboyait avec acharnement et m'appelait. Guidée
par sa voix, je fis un mouvement vers lui ; j'étendis les mains par un

5

effort désespéré. Une branche d'arbre, qui s'étendait au-dessus de l'eau, toucha mes mains ; je la saisis ; je pus alors sortir à moitié du ruisseau ; je gagnai péniblement la rive, et puis je ne sais plus rien ! Je me suis retrouvée près de vous ! Je vous vois ! mes yeux ont recouvré la vue ! Que Dieu soit béni pour sa miséricorde !

— Mon enfant, dit M. Daubencourt, quand ses larmes lui permirent de parler, Dieu a opéré en ta faveur un miracle. La violente émotion que t'a fait éprouver le péril que tu as couru a dissipé la congestion cérébrale déjà, sans doute, en voie de guérison, qui te privait de la vue et paralysait le nerf optique. Jusqu'à un certain point, la science peut expliquer ta guérison ; aussi vais-je exiger de toi d'excessives précautions pour ne point compromettre le bienfait inespéré que nous recevons du ciel. Il faut, mon enfant, que tu me laisses couvrir tes yeux d'un bandeau ; chaque jour je le rendrai moins épais, et je finirai par le faire disparaître. Tes yeux, si longtemps étrangers à la lumière, doivent s'y habituer graduellement et en éviter le premier choc, qui pourrait leur devenir fatal. Allons, ma pauvre fille, redeviens aveugle, mais, cette fois, ce n'est pas pour longtemps.

Marguerite se soumit avec résignation au désir de son père, et peu à peu, cédant à l'extrême fatigue et aux poignantes émotions qu'elle éprouvait, elle ne tarda point à s'endormir d'un profond sommeil.

Alors M. Daubencourt emmena madame Daubencourt à l'écart, et lui dit :

— Ma chère amie, veillez avec sollicitude sur notre fille ; prolongez son sommeil aussi longtemps que vous le pourrez ; évitez-lui les moindres émotions ; une secousse imprévue, une crise nerveuse pourraient non-seulement la priver de nouveau de la vue, mais encore compromettre sa vie.

— Oh ! que me dites-vous là, mon ami !

— Je pars à l'instant pour Paris ; je ramènerai avec moi le docteur Bernard, mon maître ; ses conseils me sont nécessaires dans le trouble où je me sens. Adieu ! à bientôt !

— Adieu, et que le ciel veille sur nous ! murmura madame Daubencourt, en suivant des yeux son mari qui montait précipitamment en voiture et qui s'éloignait de toute la vitesse de ses chevaux.

I X

LA FIN

Marguerite avait subi tant de secousses physiques et morales qu'on craignit, pendant plus d'une semaine, pour sa vie, et qu'il fallut les soins de son père, la sollicitude du célèbre médecin que ce dernier avait été chercher, et la tendresse infatigable de sa mère et de sa sœur, pour triompher de la fièvre ardente et du délire auxquels elle était en proie.

Enfin, peu à peu la convalescence arriva ; la convalescence plus douce peut-être que la santé ! la convalescence qui entoure de tant de bonnes sensations le malade qui se sent renaître à la vie !

Marguerite, quoique pâle et faible encore, se sentait bien heureuse, je vous l'assure. Elle voyait maintenant ! elle contemplait avec un bonheur ineffable son père, sa mère, sa sœur, ses amis ; elle ne pouvait se lasser de regarder avec attendrissement sa chambre, le jardin, la maison, les meubles, les moindres objets qu'elle avait crus si longtemps devoir à jamais rester étrangers à ses regards ! Elle retrouvait son petit chien Flock, avec ses yeux semblables à des perles de jais ; son minois futé, ses longs poils soyeux et ses bonds pétulants.

Flock était devenu l'ami du lézard, avec lequel il avait fait d'abord une si brutale connaissance. C'était lui maintenant qui subissait les volontés et les caprices de son exigeant compagnon.

Jacques, qui prisait par-dessus toutes choses la chaleur, se blottissait sous le ventre laineux de Flock, couché au pied du lit de Marguerite. Il ne fallait point que le roquet bougeât, car son hôte se fâchait, faisait le gros dos, et même au besoin frappait entre ses dures mâchoires les toutes petites pattes du chien. Celui-ci le laissait faire avec la douceur que les animaux témoignent aux êtres plus faibles qu'eux; il se contentait de retirer sa patte et de pousser un petit cri quand son colérique ami le pinçait trop fort.

Il est vrai de dire que le lézard ne restait point avec Flock en reste de bons offices. Une mouche importune harcelait-elle et piquait-elle ce dernier deçà et delà, comme ce n'est que trop l'habitude des insectes de cette espèce, le lézard, par un bond aussi rapide qu'inattendu, se ruait sur la mouche et la saisissait en moins de temps que je ne mets à vous le dire. Après quoi il la croquait et se replongeait au plus profond du poil de son ami.

Lorsque Marguerite put quitter sa chambre et recommencer ses promenades dans le jardin, il n'y eut plus que du bonheur au logis de M. Daubencourt.

Marguerite voulut se faire un herbier des fleurs d'automne. Elle demanda à son père de lui nommer celles que, cette fois, elle recueillait chaque jour elle-même, et qu'elle pouvait considérer à loisir. Je vous laisse à penser si son père se complut à satisfaire cette fantaisie, et si Marthe se prêta à seconder sa sœur.

La nature prodigue à l'automne ses plus charmantes fleurs champêtres; comme une mère qui va se séparer de son enfant pendant de longs mois, elle le comble de ses dons les plus précieux.

—Mon père, demanda Marguerite, un soir que la famille, après le dîner, se tenait rassemblée autour de la cheminée, où, pour la première fois, on allumait un grand feu clair et flambant, quelle est

cette plante qui ressemble à une longue chenille, qui rampe comme
elle, et que termine une petite grappe de fleurs jaunes?

— Mon enfant, c'est le sénevé.

— Et celle-ci, dont les fleurs sortent régulièrement de dessous
deux larges feuilles, le long d'une tige forte et un peu laineuse?...

— On la nomme la menthe-pouillot. Quand on la broie entre les
doigts, elle exhale une odeur assez vive. Mets une de ses feuilles sur
ta langue.

— Elle y cause une sensation de fraîcheur.

— Voyons! dit Marthe, qui se hâta de répéter l'expérience. En
effet, elle me fait froid à la langue; mais elle me pique aussi.

— La menthe-pouillot était le parfum favori de Marie de Médicis;
l'alchimiste Pouillotti en préparait chaque année de grandes quan-
tités pour la reine, avec laquelle il était venu d'Italie en France.
Non-seulement il en extrayait l'essence, mais encore il en préparait
des infusions aux lotions desquelles la belle souveraine, si souvent
peinte par Rubens, devait, disait-on, la fraîcheur et l'éclat de son
teint. Quand Richelieu l'eut bannie de France, il dit en souriant
amèrement ce mot cruel :

— La menthe-pouillot sera à bon marché désormais!

— Quant à l'anneau de Salomon, que voici, dit Marthe, je le sais
sur le bout du doigt, car tu m'as conté son histoire l'année dernière.
Je le connais à la forme oblongue de sa feuille, qui ressemble à un
des sceaux du moyen âge qui se trouvent fixés par un ruban de
soie aux parchemins que tu conserves avec soin dans ta bibliothèque.
Est-ce à la forme de ses feuilles, est-ce à des propriétés médici-
nales qu'il doit son nom? car, si je m'en souviens bien, on l'employait autrefois pour les jugements de Dieu, dans les Flandres. On
le faisait boire en infusion aux accusés; s'ils n'en éprouvaient point
de malaise, on les proclamait innocents; le rejetaient-ils, on les dé-
clarait coupables.

— Prends un couteau, coupe en rondelles la racine de cette plante, et regarde-la.

— Oh! quelles bizarres figures j'y vois! On dirait les caractères fantastiques d'un alphabet inconnu.

— Eh bien, mon enfant, ces lignes, sans doute bizarres, prises au moyen âge pour des caractères magiques, ont fait donner à la plante le nom d'anneau de Salomon. Salomon alors passait pour le prototype des magiciens. J'ai, du reste, retrouvé une pareille superstition chez les Arabes, qui, lors d'une invasion de sauterelles, me montraient les taches brunes imprimées sur les ailes de ces insectes, et me disaient que c'étaient des caractères signifiant : « Je suis là colère d'Allah! »

— Voici la marjolaine, n'est-ce pas, mon père? demanda Marguerite!

— Oui, et à côté d'elle je vois la luzerne odorante, l'argentine, le mouron, la cymbalaire aux fleurs d'un jaune pâle et aux feuilles finement découpées; l'herbe de Saint-Jean, qui exhale un arome délicieux et possède un goût un peu amer. On peut l'employer efficacement pour guérir les premiers rhumes que cause l'automne.

Cette grande feuille appartient au velar ; tu viens de laisser tomber l'ivraie. Regarde-la bien ; son épi est denté et sa tige roide, au moins dans le haut. L'ivraie passe pour un poison ; elle cause souvent des accidents d'un caractère tout particulier.

L'année dernière, on m'a appelé chez un malade qui, le soir, en rentrant chez lui, avait été pris d'un délire singulier. Je le trouvai sans fièvre, et cependant en proie à une vive agitation. Il se promenait à grands pas; il prétendait voir des oiseaux noirs qui volaient autour de lui. Quand je voulus le faire asseoir, il se releva tout à coup brusquement de sa chaise en prétendant qu'un gros chat le menaçait de ses ongles ; je lui prescrivis quelques calmants ; il s'endormit, et le soir, à son réveil, il se sentait complétement débarrassé de ses vi-

sions. Il me restait à en connaître la cause. Après avoir longtemps
pressé de questions le malade, il finit par se rappeler qu'il avait, en
revenant à sa ferme, arraché sur le bord d'un champ, un brin
d'herbe, qu'il l'avait pris dans ses lèvres, qu'il l'avait mâché et
même sucé jusqu'à sa rentrée au logis ; peu à peu il avait senti sa
tête s'alourdir et ses idées se troubler.

Je cherchai dans la chambre, et je finis par y trouver les restes
d'une tige d'ivraie. Tout alors s'expliqua pour moi.

— Voilà une vilaine plante à laquelle je me garderai bien de toucher, dit Marthe tout en étalant sur le papier buvard rose de l'herbier de sa sœur une plante à tige fière, haute, robuste, ligneuse,
qui ressemblait à une branche d'arbuste et dont un velouté blan-
châtre recouvrait les belles feuilles.

— Quel nom faut-il inscrire au-dessous de cette plante qui porte
une véritable couronne de fleurs rouges?

— Si tu veux ses noms scientifiques, mets : *Anchusa* ou *Buglosse* ;
si tu veux ses noms populaires, écris : *Langue-de-bœuf* ou *Réveille-
matin*.

— Pourquoi ces singuliers noms?

— On l'appelle langue-de-bœuf à cause de la forme de ses feuilles,
et réveille-matin à cause de la légende suivante, qui a cours dans
nos campagnes :

« Un jour saint Nicolas rencontra une petite fille qui s'en allait à
l'école, son panier sous le bras, et qui pleurait. Le saint se sentit
ému du chagrin de l'enfant et lui en demanda la cause.

« — Ah ! répondit-elle, je me suis encore éveillée trop tard aujourd'hui ! Quand j'arriverai à l'école, ma maîtresse me grondera et
m'accusera de paresse. Et cependant, Dieu sait que ce n'est point
ma faute !

« Le saint passa sa main bénie sur les cheveux blonds de la petite
fille, et lui dit :

« — Tu ne seras point grondée, car je viens de retarder non-seulement l'horloge de la maîtresse d'école, mais encore toutes celles
du pays. Voici pour aujourd'hui. Pour demain et pour les autres
jours, prend cette plante, mets-la au chevet de ton lit et demande à
ton bon ange de t'éveiller.

« Il arracha un pied de buglosse, fit dessus le signe de la croix, le
donna à sa petite protégée et disparut. »

Comme l'enfant raconta à tout le hameau l'apparition du saint, et
que désormais elle arriva toujours la première à l'école, la plante
prit le nom de réveille-matin. Quand on veut se lever de bonne heure,
dans les villages de la Flandre, on en place une tige à son chevet.

— Je crois mon herbier des fleurs d'automne à peu près complet,
dit Marguerite.

— L'herbier est complet, puisque j'ai recueilli les plantes du
printemps, fit observer Marthe.

— Oui, répliqua Marguerite, je les vois là desséchées. Mais, grâce
à la bonté divine, au printemps prochain je les admirerai vivantes,
fraiches, belles, dans les lieux où la nature les sème avec tant de

prodigalité! Qué Dieu en soit béni à tout jamais, car maintenant je vois!...

— O la jolie histoire! la jolie histoire! s'écria Marie.

— Elle nous a menés un peu loin et un peu tard, dit le docteur; car dix heures viennent de sonner; et il est temps que maître Flock et moi rentrions au logis.

— Vous reviendrez demain, n'est-ce pas, docteur?

— Oui, mon enfant.

— Vous me conterez une nouvelle histoire?

Le docteur se prit à rire, et madame de Moronval se hâta de réprimander Marie sur son indiscrétion.

— Ne la grondez pas, madame, dit le docteur. J'appartiens corps et âme à ce joli petit tyran; puisque mademoiselle Marie le veut, je lui conterai une histoire tous les jours, jusqu'à sa complète guérison.

— Alors je ne me dépêcherai pas de guérir, mon bon ami.

Antoinette présenta une tasse de thé au docteur, qui, peu d'instants après l'avoir bue, prit maître Flock sous son bras et remonta chez lui.

CHAPITRE CINQUIÈME

LA SECONDE HISTOIRE DU DOCTEUR

Le lendemain, au moment même où la pendule tintait le dernier coup de huit heures, on entendit un petit jappement, la porte s'ouvrit, et le docteur entra précédé de maître Flock, qui courut faire à la hâte une petite caresse à tous ses nouveaux amis.

Ce devoir de politesse rempli, il se blottit sans façon sur les genoux de

Marie, comme s'il en eût contracté l'habitude déjà depuis bien long-temps.

Tandis qu'il agissait ainsi, le docteur s'asseyait dans le fauteuil qu'il avait occupé la veille, et, portant ses regards autour de lui, remarqua que madame de Moronval et ses trois filles, au lieu de broder comme la veille, travaillaient à coudre des étoffes communes. Marie achevait d'ourler un tablier en grosse toile, Antoinette achevait une brassière d'enfant, Louise taillait dans un morceau d'indienne un bonnet de nouveau-né, et madame de Moronval mettait la dernière main à des langes. Enfin, à côté d'elles, se trouvait une grande corbeille remplie de jupes, de chemises et de vêtements qui n'étaient point évidemment destinés aux personnes de la famille.

— Docteur, dit-elle, nous consacrons notre soirée du vendredi à travailler pour les pauvres, et, comme nous vous savons indulgent, nous n'avons point voulu déroger aujourd'hui à cette habitude, quoique nous attendions votre visite.

— Je vous sais un gré infini, madame, de me traiter en ami et de ne point m'avoir caché votre charité, répondit le docteur. Si vous me le permettez, je mettrai demain à votre disposition quelques pièces d'étoffes, qui rendront votre besogne plus grande, mais aussi qui vous permettront de soulager quelques misères de plus.

—Nous acceptons de grand cœur et avec une vraie reconnaissance.

— Voilà qui est entendu, reprit-il, et puisque vous aimez tant la charité, et que Marie elle-même s'associe à vos travaux pour les pauvres, je vais lui conter une histoire, où la charité joue un rôle.

— Le nom de cette histoire, mon bon ami? dites-moi ce nom, je vous en supplie !

— La chemise mal cousue.

Et il commença l'histoire qu'on lira au chapitre suivant.

LA CHEMISE MAL COUSUE.

CHAPITRE SIXIÈME

LA CHEMISE MAL COUSUE

I

UN CARROSSE MYSTÉRIEUX

Il n'y a pas plus d'une vingtaine d'années, qu'une femme jeune encore, vêtue avec élégance et accompagnée de trois jeunes filles, descendit de voiture devant la boutique d'un boulanger. C'était dans un des plus pauvres quartiers de Paris. On peut juger de la surprise du boulanger en voyant de pareilles acheteuses s'approcher de son comptoir.

Les jeunes filles demandèrent chacune un pain de six livres ; elles tirèrent d'une bourse richement brodée l'argent nécessaire pour payer leur emplette, chargèrent les pains sur leurs bras délicats, et les portèrent jusqu'à la voiture. Après quoi, elles remontèrent elles-mêmes dans le landau, le cocher fouetta l'attelage et tout disparut.

La curiosité du boulanger se sentit vivement éveillée par cet incident. Il se demanda quels motifs pouvaient amener tout exprès des personnes qui habitaient évidemment un autre quartier que le sien, chez un humble boulanger, dans une rue pauvre, afin d'y acheter trois pains. Pourquoi ne chargeaient-elles pas de cette peine un des deux domestiques montés derrière le siége de la voiture? pourquoi laissait-on aux petites filles le soin de transporter elles-mêmes ces pains, dont le poids dépassait presque leurs forces? pourquoi enfin chacune d'elles tirait-elle d'une bourse particulière le prix de chaque pain? Tout cela était autant d'énigmes pour lui.

Huit jours après, également un jeudi, la voiture reparut, et s'arrêta de nouveau devant la boutique du même boulanger. Cette fois encore, de jeunes filles, mais deux seulement, descendirent avec la dame inconnue et achetèrent chacune deux pains.

Le boulanger jeta les yeux dans la voiture ; il y vit la troisième jeune fille assise tristement.

— Et vous, ma jolie demoiselle, demanda-t-il en s'approchant du landau, ne vous vendrai-je rien aujourd'hui?

La jeune fille cacha son visage dans ses deux mains et se mit à pleurer.

— Louise n'a point d'argent pour payer un pain, répondit la mère.

— Qu'à cela ne tienne ! s'empressa de répliquer le boulanger ; je ferai crédit à mademoiselle Louise.

Il prit aussitôt, sur les planches qui garnissaient sa boutique, deux beaux pains et les porta à Louise, dont les larmes redoublèrent.

— Merci, monsieur le boulanger, dit-elle quand elle eut repris un peu de sang-froid, merci ; vous venez de m'ôter un grand chagrin, que je m'étais attiré par ma faute. Soyez bien convaincu que je me montrerai digne de votre confiance. Dussé-je passer toutes les nuits

au travail, je gagnerai assez d'argent d'ici à huit jours pour vous
payer.

Le boulanger sourit.

— Ne vous fatiguez point à passer les nuits, dit-il. A votre âge, mademoiselle, une pareille fatigue serait dangereuse ; si vous n'avez
point, jeudi, la somme nécessaire pour me payer, j'attendrai. Je
suis habitué à faire crédit, ajouta-t-il ; dans ce quartier, on compte
plus de pauvres que de riches.

La dame remercia le boulanger de la confiance qu'il voulait bien
témoigner à sa fille, exhorta celle-ci à la justifier et remonta dans
sa voiture, sans remettre en secret au boulanger, comme il s'y attendait, le prix des deux pains.

« Voilà qui est singulier ! se dit le brave homme. Cette dame possède un beau carrosse, se fait accompagner de deux domestiques et
laisse sa fille me faire un crédit de quelques sous ! ».

L'étonnement du boulanger devint encore plus grand, lorsqu'il
vit, le jeudi suivant se passer sans que le carrosse, comme les deux
semaines précédentes, s'arrêtât devant sa porte. Il ne pouvait avoir
été la dupe d'une escroquerie ; on ne vient point voler deux pains
de six livres dans une riche voiture et avec des laquais en livrée. Il
se cachait évidemment une énigme sous cette aventure.

Quel était le mot de l'énigme ? Là se perdaient ses conjectures et
ses suppositions. Le vendredi, le samedi, le dimanche s'écoulèrent
sans que ses débiteurs inconnus reparussent. Enfin, le lundi il entendit un bruit de pas de chevaux dans la rue ; il accourut sur le
seuil de sa boutique, et vit la voiture mystérieuse.

La première des jeunes filles qui s'élança sur le marche-pied,
quand un des laquais l'eut déployé, fut Louise.

— Excusez-moi, monsieur, dit-elle en présentant au marchand de
pain l'argent qu'elle lui devait ; il m'a fallu travailler beaucoup pour
regagner le temps perdu la semaine dernière. Je n'ai pu compléter

qu'hier la somme dont j'étais votre débitrice. Encore ai-je dû prier mes sœurs de m'aider. Grâce à Dieu, tout est réparé ; je vous assure qu'à l'avenir je ne contracterai plus de dettes. Si vous saviez combien je me sentais honteuse en songeant que vous m'accuseriez peut-être de négligence et de mauvaise foi !

Comme d'habitude, les trois jeunes filles achetèrent chacune deux pains, les portèrent dans la voiture, et s'éloignèrent avec leur mère.

Le lendemain, le boulanger, préoccupé de cette aventure, la raconta à une lingère du quartier.

— Je tiens pour certain, répliqua celle-ci, que la voiture dont vous parlez est celle qui vient également tous les jeudis matin stationner à ma porte. La dame a de beaux cheveux blonds ; les jeunes filles peuvent compter l'une quatorze ans, l'autre treize, et la plus jeune douze environ.

« La première fois qu'elles sont venues chez moi cet été, pour me demander si je n'avais point d'ouvrage à leur donner, je me suis prise à rire.

« — Mes bonnes dames, ai-je fait, comment voulez-vous que je vous donne de l'ouvrage? Vous l'ignorez donc, je ne vends que des objets de lingerie façonnés avec de la grosse toile, et ça est pénible à coudre?

« — Nous nous y habituerons, me répondit d'un petit air capable l'aînée des jeunes demoiselles, qui s'appelle Mélanie et qui a des cheveux blonds comme sa mère.

« — Ce n'est point la première fois que nous cousons de la grosse toile, ajouta une petite brune, à laquelle ses sœurs donnaient le nom de Louise.

« — Sans doute! dit de son côté Marie, la troisième : quand nous habitions la campagne, nous faisions pour les paysans des chemises de toile plus grosse que celles que je vois dans votre magasin.

« — Je ne refuse point de vous donner de l'ouvrage, continuai-je. Cependant je dois vous prévenir qu'il faut travailler beaucoup pour gagner peu ; je suis obligée de vendre à très-bon marché : par conséquent, je ne puis rétribuer que médiocrement les personnes que j'emploie.

« — Rien de plus juste, dit la mère ; soyez assez bonne pour nous apprendre ce que vous payez par chemise.

« Je proposai mon prix.

« Les dames le discutèrent sou à sou, centime à centime ; enfin nous tombâmes d'accord : je donnai six chemises à faire. Huit jours après, le jeudi matin, on me les rapporta. J'examinai si elles étaient cousues avec soin : rien n'y manquait ; il n'y avait pas le plus petit reproche à faire ; mes plus habiles ouvrières n'auraient pas mieux travaillé. Je payai à chacune des jeunes filles soixante centimes par chemise ; elles prirent cet argent avec empressement, me prièrent de leur donner encore de l'ouvrage, et remontèrent en voiture.

« — Et le jeudi suivant? demanda le boulanger.

« — Le jeudi suivant? reprit la lingère. Attendez, les choses ne se passèrent pas de même.

« — Qu'arriva-t-il, voisine?

« — Lorsque mademoiselle Mélanie, l'aînée des trois filles, me
remit les chemises qu'elle avait cousues, je n'eus que des éloges à
donner à la besogne; il en fut de même du linge confectionné par
mademoiselle Marie. Quant à mademoiselle Louise, les coutures
étaient faites sans soin; le point était inégal, et on remarquait partout le manque d'application.

« — Je ne puis, dis-je, recevoir de la marchandise si peu soignée.
Les acheteurs qui m'honorent de leur confiance me reprocheraient
avec raison de les tromper. Je me vois donc forcée de vous laisser
pour votre compte la chemise que vous me rapportez; je retiendrai
la valeur de la toile sur le prix de la première chemise que vous
coudrez pour moi, si vous désirez en coudre encore.

« Le visage de la jeune fille se couvrit d'une vive rougeur; elle me
regarda et regarda sa mère. Les traits de celle-ci restèrent impas-
sibles; elle semblait n'avoir rien entendu. Je donnai aux deux autres
jeunes filles l'argent que je leur devais; j'y joignis pour chacune de
nouvelles chemises à confectionner. La petite Louise se tint éloignée
de moi et se dirigea vers la voiture.

« La mère me fit un signe.

« — Si mademoiselle Louise, dis-je alors, ne veut point prendre
de nouvelles chemises à faire, il faut qu'elle me rembourse la toile
qu'elle m'a gâtée.

« — Eh bien, reprit-elle d'un ton sec et irrité, maman vous rem-
boursera.

« — Moi? demanda d'une voix douce et ferme la dame, moi? à
Dieu ne plaise que j'acquitte de pareilles dettes! »

« Je présentai à la petite fille un paquet de quatre chemises tail-
lées; elle les prit avec un mouvement plein d'orgueil et de dépit, et
s'élança dans la voiture.

« Le jeudi suivant, je ne vis personne; le lundi après, le carrosse reparut, et mademoiselle Louise m'apporta quatre chemises cousues dans la perfection : la meilleure ouvrière de Paris n'eût pu mieux faire.

« — A la bonne heure ! dis-je, ceci vaut cinq centimes de plus par chemise.

« Et je payai dix centimes à chacune de mes petites ouvrières, car les sœurs de mademoiselle Louise avaient fait aussi bien qu'elle. »

— Il n'y a plus à en douter, dit le boulanger après un instant de réflexion, ce sont les mêmes personnes qui viennent chez moi m'acheter du pain. Je veux, jeudi prochain, suivre la voiture et savoir ce que signifie ce mystère.

— Je suis aussi curieuse que vous d'en connaître le secret, ajouta la lingère : en nous associant tous les deux nous parviendrons assurément à connaître ce que signifie ce mélange de luxe et de pauvreté, et pourquoi des personnes riches, dans le but de gagner un salaire de vingt-quatre sous, dépensent huit ou dix fois cette somme en voiture.

La conspiration décidée, les deux voisins se mirent sur leurs gardes et attendirent le jeudi avec impatience.

II

OU L'ON CHERCHE A DEVINER UN SECRET

Le jeudi suivant, la lingère, après avoir vu s'éloigner de chez elle ses ouvrières mystérieuses, sortit aussitôt et courut se mettre en embuscade près de la maison de son voisin le boulanger. Comme elle s'y attendait, elle vit, arrêtée devant la boutique, la voiture qui avait tout à l'heure amené à son propre magasin les trois jeunes sœurs et leur mère. Elle entra aussitôt chez le boulanger ; cette visite imprévue ne déconcerta en aucune façon ni la dame ni les filles.

— Ah ! dit la lingère avec un sourire, je ne savais pas que ces demoiselles travaillassent pour gagner du pain ?

— Il en est pourtant ainsi, répliqua sérieusement la dame ; pas une seule de mes trois filles ne voudrait s'exposer à ne point avoir ce pain en sa possession.

En même temps qu'elle disait cela, l'inconnue, que ses filles attendaient déjà dans la voiture, des pains sur leurs genoux, remonta dans le landau. Le cocher fouetta aussitôt les chevaux, et la lingère, résolue à savoir jusqu'à la fin le mot de l'énigme, se mit, en compagnie du boulanger, à suivre de loin les personnages mystérieux.

La voiture n'allait pas très-vite ; les curieux, après cinq ou six minutes de marche, non-seulement ne la perdirent point de vue, mais encore ils s'assurèrent qu'elle s'arrêtait devant une de ces maisons misérables, habitées par de pauvres gens, et dans lesquelles se trouvent enlassées toutes sortes de souffrances et de privations. Un long corridor, étroit, noir, humide, au fond duquel se dressait un escalier roide et glissant, formait l'entrée de cette maison. Après avoir hésité quelques instants, le boulanger et la lingère, s'encourageant l'un l'autre dans leur curiosité, et soutenus surtout par cette pensée qu'ils n'agissaient dans aucune mauvaise intention, se hasardèrent sur l'escalier et montèrent jusqu'au troisième étage. Là, dans une obscurité presque complète, ils écoutèrent.

Une voix disait :

— Comment vous remercier de votre bonté, madame? Grâce à vous, j'ai des vêtements et du travail autant que ma faible santé me permet d'en faire ; grâce à mesdemoiselles vos filles, le pain ne manque plus au logis... C'est une chose bien affreuse que de voir souffrir de la faim sa fille, son enfant, qu'on voudrait, au prix de sa propre vie, soustraire à des douleurs dont on connaît la violence puisqu'on les subit soi-même.

— J'espère que vous voici désormais à l'abri de pareilles épreuves, madame. Mes filles continueront à travailler activement pour vous et pour votre enfant, jusqu'à ce que vous puissiez reprendre votre activité d'autrefois. Allons, mesdemoiselles, à l'œuvre!

On entendit alors un bruit de chaises, semblable à celui de personnes qui s'installent pour travailler; bientôt il se fit un silence profond qu'interrompaient seuls, de temps à autre, la toux sèche de la malade, ou quelque conseil de la mère à ses trois filles.

— Allons-nous-en, voisine, dit le boulanger : nous savons maintenant à quoi nous en tenir sur ces charitables personnes. Jeudi prochain je ferai amende honorable de ma curiosité, en donnant à chaque jeune fille un pain de plus. Elles sauront en faire un aussi bon usage que des trois qu'elles ont emportés ce matin de chez moi, et qu'elles comptent distribuer à d'autres pauvres; car deux restent dans la voiture.

— Et moi, reprit la lingère, je vais mettre la façon de mes chemises à quinze sous, pour mes trois jolies petites ouvrières. Je ne gagnerai plus grand'chose; mais si je fais de mauvaises affaires avec mes chalands, j'en ferai de meilleures avec le bon Dieu.

Ils se disposaient à se retirer, quand tout à coup la porte, devant laquelle ils se trouvaient, s'ouvrit brusquement. Trois joyeux éclats de rire saluèrent leur présence et leur confusion. Le boulanger, embarrassé, tournait et retournait dans ses mains son chapeau, qu'il avait ôté, et n'osait lever les yeux; la lingère partagea un moment la honte et la surprise de son voisin, mais elle ne tarda pas à se rassurer.

— Bah! dit-elle, nous y sommes pris, et nous recevons une leçon pour notre curiosité! Après tout, nos intentions n'étaient par mauvaises. J'ai bien envie d'imiter ces jolies demoiselles, et de rire comme elles de la mine passablement ridicule que nous devons faire tous les deux, surtout si la mienne ressemble à celle de mon brave voisin le boulanger.

— N'importe! reprit celui-ci, je ne regrette pas, même au prix de la leçon qu'elle me coûte, la découverte de cette bonne action. Cela réjouit le cœur et fait bien à penser.

En achevant ces paroles il leva ses yeux et les porta autour de lui. Il se trouvait dans une chambre tenue proprement, quoiqu'elle ne renfermât que les meubles les plus indispensables : un lit, une armoire, quelques chaises et un fauteuil, où reposait une femme de quarante ans environ, sur les traits de laquelle on lisait encore les ravages d'une maladie grave et longue.

— Entrez, dit-elle, entrez, que je puisse soulager mon cœur, en

exprimant une fois du moins avec liberté ma reconnaissance pour
cette bonne dame et pour ses filles angéliques. Elles sont venues
découvrir ma misère dans cette maison ; elles m'ont arrachée à une
mort certaine. Jugez combien était amer mon désespoir de mourir,
puisque je laissais seule au monde et sans appui ma fille, ma pauvre
enfant, qui ne compte que onze ans ! Tandis que la mère me donnait du linge, amenait un médecin et me faisait fournir des médicaments, les filles prenaient dans leur garde-robe ce qu'il fallait
pour habiller ma Julie. Ce n'est pas tout, elles viennent chaque
jour, pendant une partie de l'après-midi, faire les travaux de couture auxquels la maladie m'oblige de renoncer. Elles secondent
Julie ; elles luttent avec elle d'activité et d'ardeur. Digne mère,
dignes filles, que Dieu vous bénisse et vous récompense comme
vous le méritez !

— Puisque le hasard rend deux personnes témoins de ce petit
mystère, interrompit la dame inconnue, il faut qu'elles le connaissent tout entier et qu'elles ne s'exagèrent pas le mérite de ce
qui n'est qu'un devoir. Mes filles et moi nous utilisons quatre
heures par jour près d'une mère que la fièvre empêche de travailler. N'est-ce pas notre devoir à nous, que la bonté de Dieu dispense
de gagner notre pain par le travail de nos mains, de venir en aide
et de consacrer nos loisirs aux personnes laborieuses réduites à
l'inaction par la maladie ? Le reste de notre temps s'emploie à confectionner les chemises que madame la lingère veut bien nous confier. Avec le produit de ce travail nous pouvons, chaque semaine,
distribuer trois pains de six livres à trois familles de pauvres artisans.

— Vous êtes une bonne et charitable dame. Dieu vous bénira,
car vous donnez là de nobles et saints exemples à vos enfants.

— Je ne fais que soulager un peu ceux qui souffrent, comme on
m'a secourue autrefois quand je souffrais et que je me débattais

contre l'infortune. Je n'ai point toujours été dans l'aisance dont je jouis maintenant; j'ai passé par de pénibles épreuves. Comme madame, j'ai été abandonnée, malade, entourée d'êtres aimés qui souffraient du froid et même de la faim. Aussi, quand Dieu, dans sa miséricorde divine, a changé les mauvais jours en jours heureux; quand, par un miracle inespéré, il m'a fait passer de la misère à une position calme et à l'abri de la pauvreté, j'ai pris avec moi l'engagement solennel et irrévocable de ne point perdre mon temps à des plaisirs futiles et de consacrer aux autres les travaux que la nécessité ne m'obligeait plus à faire pour moi-même. Ma récompense se trouve dans ces travaux mêmes. J'éprouve une joie indicible à me rappeler les temps où le pain de la journée se trouvait au bout d'une tâche longue et pénible. Ce n'est plus pour apaiser ma faim et celle des miens, me dis-je, que je manie l'aiguille et que je taille la toile; les consolations que je ressentais pour moi, je les porte à d'autres. J'en éprouve tant de bonheur, que je veux associer mes filles, dès leur plus tendre enfance, à de pareilles joies. Dès qu'elles seront en âge de travailler, je leur montrerai combien il est doux de prendre sa part des souffrances des autres et d'en diminuer le fardeau en le partageant. Elles m'ont comprise, et voilà pourquoi nous sommes ici aujourd'hui, et pourquoi, jeudi, madame la lingère et M. le boulanger recevront notre visite.

La lingère sentit plus d'une fois ses yeux s'emplir de larmes durant ces paroles, et le boulanger dut recourir à son mouchoir pour essuyer ses joues humides.

— Vous avez été pauvre! vous, madame? bégaya enfin ce dernier. Quoi! il vous a fallu travailler pour vivre? vous avez passé par les angoisses de la misère!

— Assurément, répliqua-t-elle, et je bénis Dieu de m'avoir soumise à ces épreuves. Tenez, puisque le hasard nous réunit, puisque vous ne savez point et que vous ne saurez jamais mon nom véritable, car il serait indigne à vous de chercher à me voler ce que je veux vous cacher de mon secret, je vais vous conter les premières années de ma vie. Elles seront un enseignement pour tous et une consolation et un motif d'espérance pour notre chère malade. D'ailleurs je ne puis trop répéter cette histoire à mes filles, afin de leur apprendre combien la fortune est fragile, et par quels coups inattendus elle frappe ceux qui comptent le plus sur elle et qui semblent avoir le plus de droit d'y compter. Asseyez-vous près de moi... Mais n'allez pas croire que je vous dirai cette histoire sans payement et que je vous laisserai m'écouter à rien faire. Vous, monsieur le boulanger, voici de la charpie à préparer. Quant à vous, madame la lingère, qui êtes notre maîtresse à tous, vous allez tailler des robes pour la petite Julie, et vous surveillerez la manière dont les quatre jeunes filles assembleront et coudront votre besogne. Enfin, il y aura, aux dépens de mon auditoire, une chemise donnée à une petite fille pauvre et un pain de six livres remis à un indigent.

— C'est convenu, dit gaiement le boulanger, qui commençait à se sentir à l'aise devant l'inconnue. Jeudi prochain, je vous donnerai huit pains au lieu de six.

— Moi, j'habillerai une petite fille des pieds à la tête, reprit la lingère.

— Me voici payée à l'avance; il faut que je gagne convenablement mes honoraires, répondit la dame avec un sourire ; mettons-nous tous à la besogne. Je commence mon récit.

Chacun, à l'exception de la malade, s'assit et prit de l'ouvrage. La lingère et les jeunes filles faisaient courir leurs aiguilles ou manœuvrer leurs ciseaux et le boulanger effilait gravement de la charpie, quoique ses gros doigts ne fussent guère propres à un travail auquel il s'essayait d'ailleurs pour la première fois.

III

DIEU VEILLE SUR LES ORPHELINS

« Ma mère, dit la dame inconnue, habitait à Paris, dans le Marais, un petit hôtel où se trouvaient réunis tous les agréments qui peuvent donner du bien-être à la vie. Nous comptions plusieurs domestiques à notre service. Cependant, malgré ces apparences de grande fortune, la sainte femme voulut que, dès notre plus tendre enfance, nous fussions, mes sœurs et moi, habituées au travail ; elle m'enseigna à broder et à coudre avec une grande perfection. Quand ma sœur cadette, plus jeune que moi de six ans, se trouva en âge de recevoir les mêmes leçons, on me chargea de cet enseignement près de ma sœur. Ma mère était d'une douceur et d'une bonté que je ne puis encore me rappeler sans émotion et sans larmes; elle joignait à ces qualités, quand l'occasion l'exigeait, une énergie que rien ne brisait. Du reste, active, simple, aimant la paix de son intérieur, elle ne sortait que pour nous promener, ma sœur et moi, n'allait dans le monde que pour complaire à son mari, et réunissait toutes les qualités qu'un époux peut désirer chez sa femme et chez la mère de ses enfants.

« Mon père se livrait à de vastes opérations de commerce; toujours préoccupé, toujours au milieu des inquiétudes et des agitations de ses affaires, il trouvait à peine une heure, chaque matin, pour nous embrasser et recevoir les témoignages de notre tendresse. Souvent même il entreprenait de longs voyages, qui le tenaient éloigné de sa famille pendant plusieurs mois. Je n'oublierai jamais la dernière fois qu'il se sépara de nous : pâle, inquiet, des larmes s'échappaient malgré lui de ses paupières. Il nous rappela le respect et l'obéissance que nous devions à notre mère, nous embrassa avec une sorte de désespoir, et ne put s'arracher d'auprès de nous qu'en usant sur lui-même de violence.

« Ma mère partageait la douleur de mon père; quand il nous eut quittées, elle nous fit mettre en prières. Chaque matin elle nous exhortait à implorer, de toute la ferveur de notre âme, la miséricorde du Très-Haut.

« Deux mois s'écoulèrent de la sorte.

« Un matin, ma mère entra dans la chambre où je couchais avec ma sœur. Ma mère était pâle, comme on doit l'être dans le tombeau. Ses mains tremblaient, agitées par un mouvement nerveux, et les paroles ne pouvaient sortir de ses lèvres péniblement contractées. Elle tomba à genoux et nous fit signe de l'imiter. Nous obéîmes, le cœur serré par l'épouvante. Mille pressentiments douloureux m'oppressaient.

« — Seigneur, m'écriai-je instinctivement, Seigneur, veillez sur mon père.

« — Ce n'est pas pour votre père qu'il faut prier, mes enfants, mais pour vous. Votre père a reçu la récompense de sa vie irréprochable, il repose dans le sein de Dieu.

« A ces paroles funestes, je ne sais ce qu'il m'arriva; je sentis comme un grand coup dans le cerveau. Tout sentiment m'abandonna. Lorsque je repris connaissance, je portai autour de moi des regards étonnés; les lieux où je me trouvais ne me rappelaient en rien ni notre maison, ni la chambre que j'y occupais. Ma mère, assise à mon chevet, me fit signe de ne point parler, et posa ses lèvres sur mon front brûlant. Après quoi elle reprit un travail à l'aiguille qu'elle avait quitté à mon réveil. Huit ou dix jours s'écoulèrent encore sans que ma mère répondît autrement que d'une manière évasive à mes questions.

« Quand ma convalescence prit un caractère plus certain et plus rassurant, ma mère me dit avec sa simplicité habituelle :

« —Mon enfant, la volonté de Dieu nous soumet à de grandes et difficiles épreuves. Votre père a succombé aux inquiétudes et aux chagrins; frappé, sans qu'il pût le prévoir, par des revers terribles et irréparables, il est mort. Toute sa fortune ne pouvait suffire à réparer les pertes qui l'avaient accablé; il fallait que le nom de cet homme d'honneur restât souillé de la honte d'une faillite et qu'il ne le léguât point sans tache à sa famille. Je n'ai point hésité pour lui et pour vous, mes enfants; j'ai remis aux créanciers de votre père la dot que j'avais reçue de mes parents. L'accomplissement de ce devoir nous laisse sans fortune et sans ressources. Ne préférez-vous point la pauvreté au déshonneur, ma fille?

« Je sautai au cou de ma mère et l'embrassai avec effusion.

« —Le travail nous viendra en aide, ajouta la sainte femme; il ne vous paraîtra point trop pénible, car Dieu, dans sa miséricorde, m'a inspiré depuis longtemps la pensée de vous le rendre familier dès votre plus tendre enfance.

« Bientôt ma guérison devint complète, et je pus aider ma mère à travailler. Nous nous mettions à l'ouvrage dès le point du jour, et nous ne le quittions que fort avant dans la nuit. Une récréation d'une demi-heure, après nos repas, interrompait seule ces longues heures, qui passaient plus rapidement qu'on ne se l'imagine. Ma mère, en nous donnant l'exemple de l'activité et de la persévérance dans le travail, se plaisait souvent à nous dire des histoires édifiantes ou des récits attachants. Elle savait conter avec un charme infini; la fatigue semblait disparaître quand nous entendions cette voix douce, harmonieuse, qui disait, avec une simplicité pleine de charmes, des histoires qui nous faisaient tour à tour rire et pleurer.

« Une année s'écoula de la sorte. Je l'avoue, pas un seul regret de ma vie passée et de notre opulence perdue n'arriva jusqu'à mon cœur. Nous n'avions plus de domestiques pour nous servir, mais ma mère préparait elle-même, de ses mains, les aliments qui composaient nos repas; ces repas étaient d'une appétissante frugalité. Ma mère m'enseignait à la seconder dans les soins domestiques, et savait leur ôter ce qu'ils pouvaient présenter de rebutant. Nous avions quitté l'hôtel où s'étaient écoulées mon enfance et celle de ma sœur. Nous habitions maintenant dans le quartier Saint-Antoine un joli petit appartement exposé au midi, bien aéré, attendu qu'il se trouvait au quatrième étage, et composé de deux chambres et d'une cuisine; l'une de ces deux chambres servait de dortoir à ma mère, à ma sœur et à moi; l'autre nous servait d'atelier et de salon, comme nous disions en riant. Avec le fruit de notre travail nous trouvions moyen de suffire à nos modestes dépenses, et même de faire quelques économies et de garnir de fleurs notre fenêtre. C'était là notre luxe et notre joie; un bouton de rose qui tardait à s'épanouir, une fleur qui s'ouvrait dans toute sa splendeur, une feuille qui commençait à jaunir, un papillon, une mouche, un insecte qui se montraient sur nos arbustes, nous causaient des émotions et des joies sans cesse nouvelles et sans cesse plus vives.

« Hélas! au milieu de cette existence calme et douce, notre inex-
périence ne nous laissait point apercevoir que le germe fatal d'une
inexorable maladie dévorait lentement notre mère. Nous nous expli-
quions sa tristesse par la douleur que laissait dans son âme la mort
de notre père, et nous ne soupçonnions pas que ses larmes, c'était
sur nous qu'elle les versait. Cependant elle ne diminuait ni son
travail ni ses veilles; elle exécutait les prescriptions que lui conseillait un vieux médecin du voisinage; mais elle le faisait sans espérance et comme l'accomplissement d'un devoir.

« Un matin, la broderie qu'elle tenait lui échappa des mains, une
fièvre ardente se déclara ; il fallut qu'elle se traînât, appuyée sur
nous, jusqu'à son lit. Comme nous pleurions :

« — Mes enfants, dit-elle, le moment d'une nouvelle séparation et
de nouvelles épreuves ne tardera point à arriver pour nous. Je le
sens, les heures qu'il me reste à vivre sont marquées par la volonté
de Dieu. Va dire à M. le curé que je désire recevoir ses exhortations
et les secours de la religion; va, mon enfant, et reviens bien vite
pour veiller sur ta jeune sœur, car tu ne tarderas pas à devenir la
seule mère qui lui restera en ce monde.

« Dieu me donna la force d'exécuter les ordres de ma mère. Éperdue et privée pour ainsi dire de ma raison, je courus chez le respectable prêtre qui venait quelquefois rendre visite à ma mère. Je
n'eus pas besoin de lui expliquer les motifs qui m'amenaient près de
lui. Il me montra le crucifix qui s'élevait sur sa cheminée :

« — Mon enfant, me dit-il, voici un divin martyr mort dans l'opprobre et dans les souffrances pour le salut des hommes. Pas un
murmure, pas une plainte n'est sortie de ses lèvres. Que votre volonté soit faite ! a-t-il dit à son divin Père en portant à ses lèvres le
calice d'amertume. Imitez cet auguste exemple; comme le Sauveur,
résignez-vous aux volontés de Dieu.

« Je courus rejoindre ma mère, et le curé ne tarda point à se rendre près d'elle. Nous la laissâmes seule quelques instants avec le respectable ecclésiastique.

« On ne différa point longtemps à nous rappeler.

« — Ma chère fille, me dit-elle, Dieu ne tardera point à me retirer de ce monde : sans la pensée que sa miséricorde ne cessera point de veiller sur vous, la mort me serait pleine d'amertume et de désespoir. Vous ne comptez que seize ans; vous ne connaissez que vaguement les périls et les souffrances de la vie. Pauvre, réduite à vivre du travail de vos mains et à satisfaire aux besoins de votre sœur trop jeune pour se venir en aide à elle-même, vous avez de grands et pénibles devoirs à remplir. Songez-y bien, il faut que vous soyez, en tout temps et en toute circonstance, la mère de votre sœur.

« Elle me fit signe, en disant cela d'une voix défaillante, de placer ma sœur sur ses genoux.

« La petite fille, qui ne comptait que cinq ans, regarda ma mère avec une attention au-dessus de son âge, et que commandait sans doute le caractère imposant que les approches de la mort répandaient sur les traits de ma mère.

« — Angélique, dit-elle en soulevant sa tête appesantie pour poser un baiser sur les cheveux blonds de la petite fille; Angélique, écoute-moi bien.

« L'enfant attacha sur ma mère ses grands yeux pleins de larmes.

« — Je vais, reprit ma mère, m'en aller pour longtemps.

« Angélique ne put retenir ses larmes.

« — Quand je ne serai plus là, ma fille, c'est ta sœur qui sera ta petite mère; il faut que tu lui obéisses en tout comme à moi-même. Je serai aux pieds du bon Dieu, et de là je verrai tout ce que tu feras.

« — J'obéirai bien à ma sœur, maman.

« — Seigneur, bénissez-les et abritez-les sous votre aile ! Seigneur, veillez sur ces pauvres orphelines !

« En achevant ces paroles, ma mère prit le crucifix que le prêtre avait posé sur son lit, le baisa de ses lèvres brûlantes, et nous fit signe de l'imiter.

« Alors le vicaire du curé arriva avec les saintes huiles. Abîmée de douleur au pied du lit de ma mère, je priais et je pleurais, sans voir et sans entendre distinctement ce qui se passait autour de moi : il me semblait que je me trouvais en proie aux vertiges et aux illusions d'un rêve.

« Tout à coup le bruit cessa, la voix du prêtre se tut, et ma sœur Angélique se jeta dans mes bras avec un cri déchirant.

« On venait de voiler le visage de ma mère en rejetant le drap sur sa tête.

« Il y a des douleurs que la parole humaine ne saurait exprimer. Pendant trois jours, le bon curé nous emmena chez lui; ce fut
encore lui qui remplit envers les restes de ma pieuse mère tous les
tristes devoirs de l'inhumation. Ces trois jours expirés, nous allâ-
mes avec lui, ma sœur et moi, prier sur la fosse de ma mère, et
nous revînmes ensuite dans notre logement. Quand j'entrai dans
ces lieux vides et silencieux, je faillis m'évanouir.

« — Il vous faut de la force, mon enfant, me dit-il; il vous en
faut pour vous et pour votre sœur. Vous n'avez aucun parent à Paris
qui puisse veiller sur vous; je serai votre tuteur. Quand les devoirs
de mon ministère me le permettront, je viendrai vous voir. N'hésitez pas à me consulter chaque fois que vous vous trouverez dans
une circonstance qui vous semblera nécessiter mes avis. Adieu, je
veillerai à ce que le travail ne vous manque point. Travaillez, mon
enfant. Après la confiance en Dieu, le travail est la plus efficace
protection sous laquelle puisse se placer une orpheline. »

IV

SUITE DU RÉCIT

La dame inconnue interrompit un moment son récit; les souvenirs douloureux qu'elle venait d'évoquer excitaient profondément
son émotion.

Ses trois filles se pressèrent tendrement près d'elle et lui baisè-
rent les mains.

— Venez, mes enfants, venez, leur dit-elle; j'ai besoin de votre
appui et de ses témoignages, quand ma pensée invoque le souvenir
de ma mère et du père bien-aimé que la mort m'a enlevés. Venez, venez, car mon cœur se déchire comme au moment fatal où,

seule avec ma sœur, il me fallut lutter contre l'isolement et la pauvreté.

« Pendant six années, telle fut mon existence, mes amis ! heureuse encore quand la maladie ou le manque de travail ne venaient point augmenter nos souffrances ! Une fois, pendant un hiver des plus rigoureux, sans pain, sans feu, après avoir épuisé toutes nos ressources, nous nous trouvâmes dans l'affreuse alternative de mourir de faim et de froid, ou de recourir à la charité. Ma sœur, qui comptait alors douze ans, et chez laquelle le malheur développait d'une façon précoce la raison et la sensibilité, se jeta dans mes bras, éplorée et sans force. Nous nous mîmes à genoux ; nous demandâmes à Dieu de ne point nous abandonner, et nous sortîmes, ma sœur et moi, en nous tenant par la main.

« Après avoir erré longtemps dans les rues de notre quartier, sans oser entrer dans aucune maison, nous sentions le désespoir s'emparer de nous, quand je vis une voiture arrêtée devant un magasin. Une résolution subite s'empara de moi ; je m'élançai vers cette voiture :

« — Du travail, donnez-moi du travail, au nom du bon Dieu ! murmurai-je d'une voix tremblante.

« Un vieillard d'un aspect vénérable se trouvait assis dans cette voiture, dont le cocher tenait déjà les rênes pour donner aux chevaux le signal de s'éloigner. Ce vieillard jeta sur nous un regard de compassion.

« — Vous ne me semblez point faites pour mendier, mon enfant, me dit-il. Tenez, prenez cette bourse, je vous prête tout ce qu'elle contient. Quand des jours meilleurs reviendront pour vous, vous me rapporterez mon argent à l'adresse qui se trouve sur cette carte.

« Il mit sa bourse dans ma main, donna ordre au cocher de partir et disparut avant que, dans mon trouble, j'eusse pu lui répondre un mot.

« La bourse contenait près de deux cents francs en or. Je me contentai d'y prendre la somme nécessaire pour acheter du pain et du bois, et pour attendre qu'il nous arrivât du travail.

« A force d'instances et de démarches, je parvins à m'en procurer, et nous nous mîmes, ma sœur et moi, à la besogne avec tant d'ardeur, qu'au bout de six semaines nous étions assez riches pour rembourser à notre bienfaiteur la somme qu'il nous avait prêtée.

« J'attendis au dimanche suivant ; je mis mes meilleurs vêtements. Après quoi je me rendis chez notre bon curé, et je lui racontai tout. Il me gronda de ce que je n'avais pas eu recours à lui dans notre détresse, quoique nous fussions déjà de beaucoup ses débitrices, et se chargea de porter au monsieur dont je lui remis la carte la bourse aussi intacte que le jour où je l'avais reçue ; seulement, je l'avais renfermée dans un autre petit sac de velours, brodé par ma sœur et par moi, et sur lequel j'avais tracé la date de notre rencontre.

« Le lendemain, jugez de notre surprise, l'inconnu, amené par M. le curé, se présenta chez nous.

« — Vous êtes une bonne et noble créature, me dit il. M. le curé m'a raconté toute votre histoire ; je viens vous faire une proposition : voulez-vous devenir la gouvernante de ma petite fille et vous charger de son éducation?

« J'accepte avec joie, lui dis-je, pourvu cependant qu'il me soit permis de ne point me séparer de ma sœur.

« — La condition est trop juste pour que je n'y acquiesce pas : mademoiselle Angélique habitera avec vous mon hôtel.

« En achevant ces mots, il me présenta la main pour me conduire à la voiture. Angélique nous suivit, et dès le soir même nous nous trouvâmes installées chez M. le comte de...

« C'est encore un nom que je dois vous cacher, mes amis, malgré la joie que j'éprouverais à révéler le nom de mon bienfaiteur.

« Quatre années s'écoulèrent pour moi dans cette heureuse situa=

tion. Mon élève était une jeune fille douce, intelligente, à peu près
de l'âge de ma sœur, et qui ne tarda point à éprouver pour nous
une vive affection. Le comte surveillait avec sollicitude le plan d'é-
ducation que j'avais adopté pour les deux jeunes filles ; il aimait à
se faire dire par moi les motifs qui me décidaient à arrêter telle ou
telle mesure, et passait de la sorte, à mon insu, un examen de mes
sentiments et de ma manière de voir. Cependant il fallait que je tra-
vaillasse avec ardeur pour acquérir ou pour perfectionner les connaissances nécessaires à l'accomplissement de mes devoirs près de
mon élève. Je ne possédais que des notions d'anglais assez superfi-
cielles ; je les fortifiai par des études difficiles et solides. J'en agis
de même pour le dessin, les sciences naturelles et la musique surtout. Quelques dispositions, du travail et de la persévérence me
permirent de profiter rapidement des leçons que me donnaient des
maîtres payés secrètement par moi.

« Après six années de cette existence, au moment où j'achevais
l'éducation de mon élève et celle de ma sœur, M. le comte me fit
prier de passer chez lui.

« Je le trouvai assis dans son cabinet ; il m'invita à prendre place
près de lui, et, après un moment de silence, pendant lequel mon
cœur battait violemment sans que je susse pourquoi :

« — Mademoiselle, me dit-il, j'ai voulu étudier votre caractère,
avant de vous révéler un secret. Il faut aujourd'hui que je vous en
demande pardon, car vous ne méritiez pas ce doute et cette injure.
Écoutez-moi bien. Une partie de ma fortune se trouvait engagée dans
la maison de commerce de votre père ; sans le sublime dévouement
de votre mère, qui n'hésita point à sacrifier sa propre dot et la fortune
de ses enfants pour satisfaire aux créanciers de son mari, et sauver
l'honneur de son nom, j'étais ruiné et mon avenir se trouvait à jamais détruit. Vous vous êtes montrée digne de votre mère, mademoiselle, en me rapportant avec une fidélité scrupuleuse la bourse

que je vous avais donnée; enfin, je vous dois la grande reconnaissance pour l'éducation solide et vertueuse que vous avez donnée à
ma fille.

« — Mais, monsieur le comte, repris-je tout étonnée de ces éloges,
je n'ai fait que remplir strictement les devoirs de ma position. Ne
serais-je point une misérable digne de mépris, si je n'avais cherché
à justifier la confiance dont vous m'honoriez?

« — Vous avez fait votre devoir; c'est à moi maintenant à m'acquitter du mien, interrompit-il. Voici que vous comptez vingt-sept
ans; il faudra songer à vous établir. Éprouveriez-vous de la répugnance à recevoir un époux de ma main?

« — Monsieur le comte ne se rappelle point que je suis sans fortune.

« — Je n'oublie rien, mademoiselle; voyons, un mari de trente-
six ans, dans une position honorable et choisi par moi, vous con-
viendrait-il?

« — Choisi par vous, monsieur le comte... je n'hésiterai point à
vous affirmer que je remplirais en chrétienne, à son égard, mes devoir de femme soumise et dévouée.

« — Voici le plus beau jour de ma vie, car je donne à mon fils une
femme qui l'entourera de bonheur.

« — Votre fils, monsieur le comte! m'écriai-je éperdue.

« — Oui, mon fils.

« Une porte s'ouvrit, et je vis entrer le fils de mon bienfaiteur, qui
me pria de confirmer la promesse que j'avais faite à son père.

« Dieu, dans son immense bonté, bénit notre union. Il m'avait
donné un mari pieux, digne du plus profond respect, et qui m'entourait de sa protection et de sa tendresse. Ce mari me permit de vivre
loin du monde, et de me consacrer exclusivement à l'éducation des
trois filles que la bonté du ciel nous accorda. La première base de
cette éducation fut la crainte de Dieu et l'amour du travail : pour

leur rendre le travail plus doux, pour mieux leur en faire sentir la nécessité et l'importance, je pris la résolution de faire payer ce travail, d'après sa valeur véritable, par des personnes tout à fait étrangères ; je voulus en outre que le prix s'en employât à de bonnes œuvres. C'était encore un moyen de démontrer la nécessité du travail et ses avantages. Voilà pourquoi, madame la lingère, nous venons d'un quartier bien éloigné du vôtre vous demander des chemises à coudre. Tel est encore le motif, monsieur le boulanger, qui nous fait employer à des achats de pain l'argent que nous recevons de madame la lingère. Nous avons nos pensionnaires qui reçoivent chaque semaine leur pain de six livres, et qui prient Dieu pour le père de mes enfants et pour leur aïeul, M. le comte de...

« Enfin, une ou deux fois la semaine, nous aidons dans son travail quelque personne pauvre et malade, comme je le fus autrefois. A nous quatre nous réparons le temps qu'elle a perdu ; nous mettons sa besogne au courant, et nous nous retirons en bénissant Dieu de ce qu'il nous permet de faire un peu de bien, et de venir en aide à des souffrances qui furent autrefois les miennes, et que peut-être les secrets de la Providence réservent, comme des épreuves, à mes enfants ; car la fortune est fragile et se brise dans les mains qui croient à sa durée. »

— Merci de votre histoire, dit la lingère ; elle m'émeut et elle me console. Je vous demande en grâce de continuer à venir prendre de l'ouvrage chez moi. Les visites d'une personne comme vous doivent porter bonheur et attirer les bénédictions du ciel.

— Quant à moi, dit le boulanger, je vous demande la permission de m'associer à vos bonnes œuvres, et vous prie d'accepter toutes les semaines un pain de six livres, que ces trois jeunes demoiselles voudront bien distribuer à un de leurs protégés.

— Nous acceptons, dit madame de... Mais voici que nous terminons les travaux de couture de notre malade. Tout en jasant et tout en écoutant, nous n'en avons point perdu une coup d'aiguille ; il est temps de nous retirer. Mon mari attend ses filles, et il éprouverait de l'inquiétude si nous dépassions l'heure habituelle de notre retour. Adieu, mes amis ; songez que je veux rester une inconnue pour vous, et que si vous cherchiez à découvrir mon nom et ma demeure, vous cesseriez de me voir.

Apparemment que le boulanger et la lingère n'enfreignirent point l'ordre de la dame mystérieuse, car elle continua, le jeudi de chaque semaine, à visiter le faubourg Saint-Antoine, et sa voiture ne manquait jamais de s'arrêter devant le magasin de la marchande de chemises et devant la boutique du fabricant de pain.

Un an s'écoula de la sorte. L'arrivée de la voiture était pour les deux honnêtes artisans une véritable fête ; la dame s'exprimait d'une voix si douce et savait dire de si bonnes paroles, les jeunes filles se montraient si jolies, si modestes, si prévenantes, si pleines d'affabilité !

Le lendemain de leur dernière visite, la lingère accourut chez le boulanger.

— Quel malheur, dit-elle, que nous ne sachions pas l'adresse de la dame inconnue !

— Je regarderais au contraire comme un grand malheur de la connaître, car ce serait nous exposer à ne plus la revoir, et j'avoue que j'en éprouverais un véritable chagrin.

— Moi aussi, certainement ; néanmoins je suis certaine qu'elle ne serait point fâchée que nous lui écrivissions un mot, si nous connaissions son adresse ; car il s'agit d'une bonne action et d'un acte de charité.

— Contez-moi cela, ma voisine.

— La maison qui se trouve en face de celle que j'habite est un petit hôtel garni dans lequel viennent loger les voyageurs trop pauvres pour louer les appartements si chers des autres quartiers.

— Je sais cela, voisine.

— Or, il y a trois mois, un homme de quarante ans environ vint s'établir dans cet hôtel garni, avec sa femme et quatre enfants; le père, excellent ouvrier imprimeur, gagnait jusqu'à cinq et six francs par jour, comme metteur en pages. Un jour qu'il revenait de son imprimerie et qu'il passait près du canal, il entendit des cris. Il courut

vers le côté d'où provenaient ces appels de détresse, et se trouva face à face avec trois misérables qui attaquaient un passant pour le dépouiller. Ce brave imprimeur ne portait d'autre arme qu'un bâton. Il tomba, sans hésiter, sur les assassins, opéra une heureuse diversion en faveur du malheureux attaqué; secondé par lui, il mit en fuite les trois brigants; ce ne fut pas toutefois sans recevoir une blessure et des coups violents dans la poitrine.

Il rentra chez lui sans trop s'inquiéter de ses blessures, qui semblaient n'avoir rien de grave et ne présenter rien de dangereux; mais, hélas! des symptômes fâcheux ne tardèrent point à se manifester. L'imprimeur éprouva des souffrances vagues dans la poitrine; son teint devint pâle, puis livide; sans souffrir des douleurs aiguës, il succombait à un malaise et à une langueur qui le consumaient lentement. Jugez du désespoir de sa pauvre femme, qui le voyait ainsi dépérir ; ils consultèrent les médecins les plus habiles, les médecins n'y purent rien. Le mal continua sa marche funeste ; le laborieux père de famille ne s'en rendait pas moins tous les matins à son atelier, et ne cessait pas d'y donner l'exemple du travail, malgré la faiblese qui l'épuisait.

Une après-midi, le composteur s'échappa tout à coup de ses mains : il tomba sur le plancher, et quand on releva le pauvre homme, il rendit son âme à Dieu. Je vous laisse à penser la douleur de sa femme, quand on lui apporta le cadavre inanimé de son mari. Elle n'était que trop préparée à ce coup funeste, et cependant il la frappa avec une telle violence que la fièvre et le délire s'emparèrent d'elle et la réunirent en trois jours au défunt.

Elle est morte ce matin.

Le boulanger essuya une larme qui coulait de ses joues.

— Et voilà quatre orphelins, dit-il, quatre orphelins sans doute dans l'impossibilité de suffire à leurs besoins?

— Assurément, reprit la lingère, puisque l'aîné est un charmant petit garçon de sept ans, et que la plus jeune de ses sœurs ne compte que dix-huit mois.

— Je comprends à présent pourquoi vous désirez l'adresse de notre bonne inconnue.

Sans doute... Quatre orphelins étrangers dans Paris, sans parents, sans protecteur, qu'on va mettre à l'hôpital : cela fend le cœur. Ah! notre excellente dame n'aurait point souffert cela ! Et dire que nous ne la verrons pas avant jeudi, et que c'est aujourd'hui seulement vendredi ! Pourquoi n'ai-je point su tout cela hier?

— Écoutez-moi, voisine, dit le boulanger après un moment de réflexion, il y a un moyen d'arracher ses enfants à leur triste sort.

— Lequel, voisin?

— Ils sont quatre ; prenons-en chez nous chacun deux. Pendant huit jours nous trouverons bien de quoi les nourrir et les loger ; je dresserai un lit de plus dans la chambre de mes enfants.

— J'approuve fort votre idée; je prendrai les deux plus jeunes, deux jolies petites filles.

— Et moi, les garçons; dans huit jours la dame se chargera d'eux, j'en suis sûr.

Les deux charitables artisans se hâtèrent de mettre à exécution leur projet. Ils ramenèrent chacun chez eux deux des orphelins.

Le boulanger les traita comme s'ils eussent été ses enfants, et la lingère, qui était veuve et qui n'avait point de famille, se sentit tout heureuse en se voyant deux petits anges à entourer de soins et à caresser. Cinq jours après l'installation des orphelins chez leurs bienfaiteurs, une lettre arriva par la poste à la lingère. Cette lettre renfermait un mandat de cent francs et un billet contenant les lignes suivantes :

« Madame la lingère, je suis obligée de quitter brusquement Paris et d'entreprendre un long voyage : voici cent francs pour les ouvrages de couture que vous nous avez confiés et que nous emportons avec nous. »

Saisie de surprise et de tristesse, elle courut aussitôt communiquer sa lettre au boulanger.

—En voici bien d'une autre ! dit-elle ; lisez, voisin, lisez : la dame inconnue est partie pour ne plus revenir de longtemps.

Le boulanger lut et relut la lettre.

— Qu'allons-nous faire? à quel parti nous arrêter? que vont devenir les orphelins? demanda la lingère.

Le boulanger passa ses mains blanches de farine sur son front et se mit à réfléchir quelques instants.

— Je suis pauvre et j'ai deux enfants, dit-il; cependant mon cœur se fend à la pensée d'abandonner les orphelins qui mangent depuis cinq jours le pain de ma famille : ce sont deux petits garçons pleins d'intelligence et de douceur, qui se montrent reconnaissants comme de grandes personnes, et que mes enfants aiment déjà en frères. Le maître d'école chez lequel je les ai placés ne peut m'en faire assez d'éloges.

— Et moi, interrompit la lingère en pleurant, jamais je n'aurai le courage de mettre à l'hôpital deux petites filles qui s'endorment tous les soirs sur mes genoux.

— Vous, du moins, voisine, vous n'avez pas d'enfants ; mais, moi, mes charges sont lourdes, et je suffis déjà bien difficilement par mon travail au besoin de mon ménage.

— Si je ne passais pas une partie des nuits à coudre, je ne parviendrais pas à payer mon terme quand les trois mois de loyer expirent, reprit la lingère.

— Eh bien, n'importe, croyons-en notre cœur ! s'écria le boulanger. Le bon Dieu, qui nous a inspiré la pensée de recueillir chez nous ces enfants, ne les abandonnera pas plus que leurs parents d'adoption. J'en travaillerai davantage, et si l'un de nous deux se trouve gêné, l'autre lui viendra en aide.

La lingère tendit la main au boulanger pour conclure ce pacte charitable, et ils s'en retournèrent chacun à leur travail avec une ardeur nouvelle.

Lorsqu'on s'arrête à une décision généreuse, on ne comprend point souvent l'étendue des obligations que l'on contracte et les épreuves auxquelles on se soumet ; aussi la lingère et le boulanger eurent plus d'une crise à subir. Cependant ni l'un ni l'autre n'éprouvèrent jamais un regret de la bonne œuvre qu'ils avaient faite. Plutôt que de laisser manquer de quelque chose les deux petites filles, la lingère passait les nuits au travail, et eût vendu jusqu'à la dernière pièce de son mobilier. Le boulanger avait congédié un de ses ouvriers, qu'il remplaçait lui-même, afin que cette économie profitât aux deux petits garçons. Il voulait qu'aucune différence n'existât entre les soins que recevaient les orphelins et ses propres enfants ; il leur donnait la même éducation, et il y avait des moments où le cœur de cet honnête homme ne savait plus les distinguer les uns des autres dans la tendresse qu'il leur portait.

Cinq années s'écoulèrent de la sorte, années de sacrifices pénibles, de privations sans nombre, de travail forcé et de sollicitude perpétuelle ! Un matin que la lingère achevait dans sa boutique de débarbouiller les petites filles, jugez de sa surprise et de sa joie quand

elle vit un carrosse s'arrêter devant sa porte, et la dame inconnue descendre accompagnée de trois jeunes personnes dans lesquelles elle reconnut ses visiteuses d'autrefois.

— Voici bien longtemps que nous nous sommes vues, madame la lingère, dit la dame avec sa bonté ordinaire, voulez-vous encore de nous pour ouvrières ?

La lingère raconta l'histoire des orphelins. La dame et ses filles écoutèrent ce récit avec un vif intérêt, et caressèrent beaucoup les enfants; cependant, à la grande surprise de la bonne femme, elles ne leur firent aucun cadeau et ne parlèrent même pas de leur venir en aide. Une des jeunes personnes avait tiré sa bourse de sa poche, mais elle l'y remit sur un signe de sa mère.

La lingère ne put réprimer un léger mouvement d'humeur, quand la dame fut remontée en voiture.

— Elle n'a rien fait pour mes enfants! soupirait-elle. Je croyais qu'elle se chargerait au moins de payer le prix de leur école. Hélas! elle n'y a pas même songé. Que dis-je? elle a empêché une de ses filles de donner quelque monnaie à l'une des petites. Tant mieux, après tout! mes filles adoptives ne sont pas des mendiantes, et Dieu me fera la grâce d'élever seule et sans aide étrangère mes enfants, oui, mes enfants!

Le boulanger partagea la surprise et la tristesse de sa voisine.

Cependant de huit jours en huit jours la dame, avec ses filles, venait, comme par le passé, rapporter en voiture la lingerie confectionnée et acheter des pains pour les pauvres du quartier. Elles trouvaient les enfants charmants et leur donnaient des bonbons ou des jouets, mais jamais rien de plus.

Six mois s'écoulèrent encore. Après ces six mois, un matin, vers onze heures, la voiture arriva devant la boutique de la lingère.

— Veuillez mettre de suite vos habits des jours de fête, madame la lingère, dit l'inconnue; mes filles vont habiller vos deux enfants.

— Et pourquoi faire? demanda l'ouvrière stupéfaite.

— Pour nous accompagner quelque part.

— Où donc, s'il vous plaît, madame?

— Vous savez que nous sommes les personnes les plus mystérieuses de la terre. Nous ne pouvons rien vous dire, il faut que vous nous suiviez de confiance.

La lingère, après une courte hésitation, se para de ses plus beaux habits; habits fort modestes d'ailleurs, comme vous le supposez sans

doute. Les enfants se trouvèrent prêts en un moment. Au même instant, une seconde voiture arrivait devant la porte ; elle amenait le
boulanger, ses deux garçons adoptifs, sa femme et ses enfants. La
lingère suivit en silence dans le carrosse la dame et ses filles, qui
prirent sur leurs genoux les deux orphelines ; les cochers fouettèrent
les cheveaux, et le petit cortége se mit en route. Il traversa le bou-
levard, passa les ponts et s'arrêta devant l'Institut. La lingère et le
boulanger éblouis suivirent la dame dans une salle étincelante de
lumières, et s'assirent tout confus près d'elle, au milieu d'une foule
brillante. Ils ne savaient pas ce que cela voulait dire.

La séance ne tarda pas à s'ouvrir. Après quelques discours, un
personnage grave et vêtu d'un habit à broderies vertes prit la parole,
et annonça qu'il allait proclamer les noms des personnes qui avaient
mérité les prix de vertu fondés par M. de Montyon. Il commença
alors l'histoire d'une pauvre lingère et d'un laborieux boulanger qui
n'avaient point hésité à devenir les parents adoptifs de quatre orphelins, qui leur avaient donné une éducation honorable, et qui
s'étaient montrés pour eux d'une tendresse vraiment paternelle.

C'était leur histoire qu'on proclamait à voix haute devant cette
assemblée, qui réunissait toutes les sommités du pays !

Quand ils se levèrent, émus, troublés, attendris, pour recevoir
la médaille qui leur était décernée, des applaudissements unanimes
les saluèrent avec transport et firent couler de leurs yeux des larmes
de joie.

— Eh bien, leur dit la dame inconnue, quand, après la solennité,
elle les eut ramenés dans son hôtel, où les attendait un dîner de
famille ; eh bien, mes amis, m'accusez-vous encore de froideur et de
peu d'affection pour vos enfants d'adoption ?

Ils prirent sa main et la couvrirent de baisers pour toute réponse.

— Maintenant, dit-elle, vous me permettrez de prendre ma part de votre bonne action; je me chargerai de l'éducation de vos quatre enfants d'adoption, et des vôtres aussi, mon cher boulanger. Ils trouveront dans mon mari un protecteur qui veillera sur eux et qui préparera honorablement leur avenir. Consacrons le reste de la journée à la joie. Mon mari vous attend avec impatience; il se sent fier de recevoir chez lui des cœurs aussi nobles que les vôtres.

V

DÉNOUMENT

A quelque temps de là, la dame inconnue, qu'il est seulement permis à l'auteur de cette histoire de désigner par son titre de comtesse, avec l'initiale V..., accompagna son mari, appelé à remplir un poste important en pays étranger. Elle ne quitta point Paris sans prendre congé des braves gens qu'elle honorait de son amitié, et fit promettre à la lingère et au boulanger qu'ils n'hésiteraient point à lui écrire et recourir à ses services, si jamais ils venaient à en avoir besoin. Le boulanger et la lingère, émus jusqu'aux larmes du départ de leur bienfaitrice, lui répondirent qu'ils ne désiraient plus rien ici-bas, puisque, grâce à elle, leurs enfants d'adoption se trouvaient dans une position heureuse, et qu'avec l'excellente éducation qu'ils recevaient, ils ne sauraient manquer de se créer plus tard un sort honorable.

— Mes deux filles, ajouta la lingère, sont deux anges de douceur; elles me deviennent déjà d'un grand secours dans mon magasin.

— Leurs frères sont dignes de si bonnes sœurs, interrompit le boulanger; ils ne tarderont pas à entrer en apprentissage : je veux en faire des compositeurs d'imprimerie comme était leur père.

— Lorsque vous mettrez à exécution ce projet que j'approuve, dit
la dame, voici une somme qui payera les premiers frais d'apprentissage. Quant à vous, madame la lingère, vous voudrez bien vous
charger, n'est-ce pas, des deux bourses que voici, en les plaçant à la
caisse d'épargne? elles formeront une petite dot à vos filles. Adieu,
que la Providence veille sur vous !

— Nous la prierons sans cesse pour qu'elle vous comble de ses
faveurs, vous et votre famille, madame, répliquèrent ces braves
gens. Dieu ne vous tiendra pas longtemps, je l'espère, séparée de
nous.

Douze années s'écoulèrent avant que la comtesse de V... rentrât
en France. La mission dont se trouvait chargé le comte, son mari,
ne lui permit de rentrer en Europe que l'année dernière seulement.

Bien des événements s'étaient succédé pour sa famille pendant
ce long intervalle de temps ; ses filles, devenues de grandes personnes, avaient formé des mariages honorables, et, grâce à la sollicitude de leur digne mère, elles trouvaient dans leurs époux des
guides d'un esprit juste et d'un cœur pur et droit. Elle-même avait
vu les années s'accumuler sur sa tête sans regret comme sans
crainte. Le bonheur de ses enfants ne lui laissait rien à désirer et
comblait tous ses vœux.

Elle n'en salua pas moins comme un événement heureux et dé-
siré la nouvelle de son prochain retour en France : on ne vit pas
impunément loin du pays où l'on a reçu le jour; on a beau posséder hors du sol natal une famille aimée et une position heureuse,
on ne saurait rester insensible au mal du pays.

Madame la comtesse de V... ne laissa rien sur la terre étrangère
qui pût altérer sa joie et lui causer des regrets; elle revint en France,
accompagnée de ses filles et de son mari.

Une de ses premières visites fut pour le boulanger. A sa grande surprise, elle remarqua des changements importants dans la façade de la boutique; personne ne vint sur le seuil pour l'aider à descendre de sa voiture, et une jeune femme d'une physionomie intéressante se tenait dans le comptoir.

— Mon beau-père habite la campagne, répondit-elle en reconnaissant enfin la comtesse, qui retrouva en elle une des jeunes filles adoptées par la lingère; sa joie sera bien grande de revoir une personne dont il parle souvent avec émotion !

—Eh bien, c'est demain dimanche, et j'irai lui rendre une visite. Quel village habite-t-il?

— Asnières, madame.

—Ne lui parlez pas de moi, dit-elle, je veux lui causer une surprise.

— Je me conformerai aux intentions de madame la comtesse, répliqua la jeune femme, dont les manières étaient charmantes.

Madame de V... se garda bien de manquer au rendez-vous; elle se rendit le lendemain matin au joli village d'Asnières, et ne tarda point à arriver, d'après les renseignements que lui avait donnés la boulangère, devant une jolie petite maisonnette qui s'élevait au milieu d'un jardin.

Un vieillard, assis dans un bon fauteuil, se chauffait au soleil sur le seuil de la porte; autour de lui jouaient de petits enfants, et une vieille femme lisait à haute voix une histoire, écoutée avec une profonde attention par un groupe de jeunes femmes et de jeunes hommes. La comtesse reconnut dans cette femme son ancienne amie la lingère.

A la vue de madame de V..., tout le monde se leva, et le boulanger ne put retenir des larmes de joie; quant à la lingère, l'émotion l'empêcha de proférer un seul mot.

Lorsqu'ils furent remis un peu de leur trouble :

—Madame la comtesse, dit le vieillard, voyez si je ne suis pas le

8

plus heureux des hommes. Je vous dois d'avoir trouvé dans ma voisine la lingère une amie sûre et dévouée; enfin, grâce à vous, à vos
bons conseils, ma famille s'est doublée : les deux jeunes filles adoptées par ma vieille amie ont épousé mes fils, et mes fils ont pris pour
femmes les sœurs de ces braves garçons, devenus d'habiles compositeurs d'imprimerie. Après le mariage, ils m'ont dit :

« — Vous avez travaillé cinquante ans pour votre famille, c'est
maintenant, père, au tour de votre famille à travailler pour vous.

Je suis venu habiter la campagne, dans cette jolie maisonnette,
dont, grâce à Dieu et au travail de mes enfants, le prix d'acquisition
n'a point tardé à être payé. Tous les dimanches ils passent la journée
avec moi; ils me content leurs affaires, me demandent mes conseils
et m'assurent une aisance honorable par leur travail, leur intelligence et leur probité.

— Vous avez eu le prix de vertu, père, me disent-ils, il ne faut pas que nous dégénérions : nous voulons rester dignes de vous !

—Et ils le seront ! dit la comtesse de V...; car ils ont compris que le bonheur consiste non pas à vouloir sortir de la condition dans laquelle Dieu nous a placés, mais à chercher à rendre plus douce encore cette condition en l'améliorant par le travail et en l'ennoblissant par la vertu.

CHAPITRE SEPTIÈME

LE TROISIÈME CONTE DU DOCTEUR SAM

Quand il eut fini cette histoire, le docteur tira sa montre.

— Mon bon docteur, s'écria la petite Marie, il n'est point encore neuf heures, et vous ne nous quitterez pas ainsi. Le thé n'est pas prêt: il faut que vous me contiez une nouvelle histoire.

— Mon enfant, objecta madame de Moronval, ne vous montrez pas indiscrète; peut-être le docteur se sent-il fatigué.

— Êtes-vous, fatigué, docteur? En ce cas, je ne vous demande rien que de rester assis près de moi, et de laisser sur mes genoux maître Flock, qui s'y trouve si bien. Vous qui venez de me raconter une belle histoire sur la charité, vous ne voudriez point manquer de charité envers une pauvre petite fille malade, ajouta-t-elle d'une voix à la fois plaisante et calme.

— Soit! dit le docteur. Non-seulement je resterai, mais je vous raconterai une seconde histoire, une histoire anglaise s'il vous plaît.

Marie, qui s'était soulevée sur sa chaise longue, s'allongea et s'installa commodément. De son côté, maître Flock qui, pendant cette conversation, tenait ses yeux noirs attachés sur son maître et l'écoutait en remuant la queue, prêt à s'élancer de dessus les genoux de Marie et à suivre le docteur, au premier mouvement qu'il ferait pour se retirer, se reblottit mollement sur le giron de la petite fille.

— Écoutez donc l'histoire du *Bonhomme de pain d'épice*, dit l'excellent docteur, en se posant lui-même carrément dans son fauteuil.

LE BONHOMME DE PAIN D'ÉPICE.

CHAPITRE HUITIÈME

LE BONHOMME DE PAIN D'ÉPICE

ssurément, si Ésope eût vécu de nos jours, il eût appliqué aux chemins de fer ce qu'il disait de la langue : que c'était ce qu'il y avait de meilleur et de pire au monde.

En effet, ces chemins ont effacé les distances. Comme le tapis merveilleux des *Mille et une Nuits*, sur lequel il suffisait de s'asseoir et de fermer les yeux pour se transporter où l'on voulait, ils vous emmènent d'un lieu à un autre avec une rapidité magique.

Mais un poëte l'a dit : En chemin de fer, on ne voyage pas, on arrive, et si l'arrivée a son prix, le voyage a bien aussi le sien. N'était-ce point une douce chose, en effet, que la diligence, avec ses mille

incidents imprévus, avec ses mille charmants ennuis? Les places
dont on n'était jamais assuré, les voisins et les voisines inconnus
contre lesquels le hasard pressait intimement le voyageur, les roues
qui se brisaient, les voitures qui versaient, les relais, les retards,
les postillons et leurs fanfares joyeuses, les chevaux bais, noirs,
alezans, gris pommelés, beaux, laids, vifs, lents, boiteux, écloppés;
le mendiant, son chapeau à la main, suivant à pied la diligence
quand la montée était rude, l'enfant qui vous regardait passer, le
chien qui aboyait, le paysage qui se déroulait lentement, la poussière qui altérait, et les auberges où l'on se rafraîchissait!

Les auberges, elles ont disparu, hélas! le long des grandes routes,
où elles florissaient si charmantes et si pittoresques. Avant peu
d'années, les chemins de fer, que Dieu maudisse et que Dieu bénisse! détruiront jusqu'à la dernière les auberges des routes. Une
auberge de carrefour sera plus rare qu'un mastodonte ou qu'un
dinothérium, ces monstres qui florissaient aux périodes antédilu-
viennes du monde.

Je sais pourtant un coin de l'Angleterre où se trouve encore une
charmante auberge, séparée au moins par dix milles de toute espèce de chemins de fer. Jamais le calme des routes de traverse qui
mènent à cette auberge ne se trouble aux hennissements farouches
d'une locomotive en fureur; jamais la fraîcheur de la feuillée de ses
arbres ne se noircit à la fumée empestée dont cette machine infecte
et obscurcit l'air.

L'auberge dont je vous parle, bâtie en briques rouges, flanquée
de deux grands ormes et d'un vieux chêne, sous lequel elle s'abrite
comme sous un immense éventail, se détache riante et finement découpée sur le fond vaporeux d'un petit bois éloigné de deux milles,
qui ferme l'horizon, et dont les teintes sombres se trouvent presque
toujours adoucies et fondues par les vapeurs bleuâtres et douces
d'un petit lac.

Mais si l'auberge est charmante, certes l'aubergiste l'est bien plus encore. Jamais on n'a vu sur le seuil d'une auberge une plus jolie petite femme que mistress Helena Griffiths, avec sa mine éveillée, ses joues fraîches et riches de tons comme une pomme de reinette que le soleil n'a pas trop dorée, avec sa taille fine prise par une jupe un peu courte, et son pied cambré enfermé dans un petit, dans un tout petit soulier couronné d'une boucle d'argent.

Le voiturier le plus brutal, le voyageur le plus morose, n'approchent pas de l'auberge du *Griffon*, et ne voient point de loin l'enseigne glorieuse sur la planche vacillante, de laquelle se détache en or l'animal fantastique, sans sentir leur front se dérider et leurs lèvres se disposer à sourire. C'est qu'on ne peut, sans sourire et sans se sentir disposé à la bienveillance, voir mistress Helena, debout sur le seuil de son auberge, souhaitant la bienvenue aux hôtes qui lui arrivent. Les chevaux eux-mêmes se réjouissent, car nulle part à la ronde le foin n'est aussi parfumé, l'avoine aussi bien vannée, et la litière aussi abondante!

Et puis, il y a dans l'auberge un homme d'une trentaine d'années, qui va, qui vient, qui reste, qui s'éloigne sur un ordre, sur un mot, sur un coup d'œil de mistress Helena. Jamais fée ne posséda un génie aussi obéissant. Si John se sent fatigué, un sourire de mistress Helena le délasse; si quelque contrariété lui survient, une parole de mistress Helena le console et lui rend sa belle humeur; cette belle humeur qui ne le quitte guère, d'ailleurs, et qui sied tant à sa physionomie empreinte de bonhomie et de force.

Comment mistress Helena est-elle devenue mistress Griffiths, et la propriétaire de John et de la riante auberge du *Griffon?* Je vais vous conter cette histoire dont j'ai vu se dérouler sous mes yeux les incidents et les phases.

Il y a vingt ans, par une belle matinée de printemps, une hôtelière presque aussi jeune et presque aussi jolie que mistress Helena, se tenait comme elle debout sur le seuil de l'auberge du *Griffon*.

Seulement, vêtue du costume de veuve, elle portait dans ses bras un beau garçon de cinq ans, blond, rose, et le plus aimé des enfants des trois royaumes. C'était le fils de William Griffiths, mort depuis un an, de William, le premier et le seul amour de mistress Dot.

Or, tandis qu'elle rêvait à son mari, non sans une larme qui glissait de sa paupière sur ses joues, le petit garçon qu'elle tenait dans ses bras tressaillit, poussa un cri de joie, et les chiens se mirent à aboyer. Il venait d'entrer à la fois, dans la cour de l'auberge, la voiture à bras d'un marchand ambulant et une mendiante, son enfant sur son sein.

La mendiante s'assit en silence au seuil de l'auberge, tout à fait contre le mur; le marchand installa sa voiture en face de mistress Dot et de son petit John, bien sûr de ne déplaire ni à la maîtresse du logis ni à son fils.

Jamais voiture de colporteur ne fut de nature à mieux exciter la convoitise d'un enfant; il y avait des bottes de fouets, des trophées de trompettes de fer-blanc, des troupeaux de chiens qui aboient à l'aide d'un soufflet sous le ventre, et des armées de bons-hommes de pain d'épice, à pied, à cheval, géants, nains, le tout doré, colorié, chargé de nompareilles et d'écorces d'orange confites. Rien qu'à les voir, l'eau en venait à la bouche.

Pendant que le petit John, l'œil en feu, remplissait ses bras de jouets et de bonshommes de pain d'épice, la petite fille que la mendiante tenait dans ses bras laissa échapper de ses mains amaigries le morceau de pain que la charité de mistress Dot lui avait donné, et attacha des regards de convoitise sur la boutique du colporteur. Il y eut même un moment où elle se glissa de dessus les genoux de sa mère, s'approcha de la voiture et étendit la main vers un bonhomme de pain d'épice à demi brisé, et rejeté comme un rebut dans un coin de la boutique en plein vent.

A ce geste imprudent de sa fille, sa mère se rapprocha avec angoisse, et le marchand la repoussa de la main en disant d'un ton moitié brutal et moitié plaisant :

— Ne touche pas, petite, ne touche pas à mon pain d'épice !

La mère se hâta de reprendre son enfant dans ses bras et de l'emmener loin de la voiture ; mais l'enfant n'en tournait pas moins des regards de désir et de regrets vers les appétissants bonshommes.

Mistress Dot avait vu tout ce qui s'était passé. Mère, elle comprit ce qui se passait dans le cœur de la pauvre mère. Elle descendit les marches du perron, prit dans la boutique ambulante du marchand de bonshommes de pain d'épice le plus beau, le plus grand, le plus paré de nompareilles, le plus bariolé d'écorces d'orange confites Je dois même ajouter que son chapeau se trouvait orné d'une belle plume rouge, artistement collée, et qui produisait un effet étourdissant.

Elle alla ensuite vers la petite fille, et plaça dans ses bras le magnifique bonhomme.

L'enfant regarda mistress Dot avec une stupéfaction qui fit rire la jeune femme et lui donna en même temps envie de pleurer. Jamais on ne vit tant de joie et tant de surprise. La petite fille n'osait point toucher au magnifique jouet placé entre ses bras ; elle ne remuait point, elle retenait son haleine, elle ne pouvait croire au bonheur de posséder un aussi précieux trésor, naguère encore l'objet de sa plus ardente convoitise.

La mendiante porta à ses lèvres la main de mistress Dot.

— Dieu vous bénisse pour ce que vous venez de faire, mistress ! lui dit-elle ; vous avez rendu ma fille heureuse. C'est le premier instant de bonheur qu'elle connaît depuis sa naissance, et peut-être le seul qu'elle connaîtra jamais, ajouta-t-elle.

— Il ne faut jamais douter de la miséricorde divine, répondit dame Griffiths. Dieu tient notre destinée entre ses mains.

— Ma fille n'aura jamais de bonheur ici-bas, répliqua la mendiante. Pour posséder sa part de bonheur en ce monde, il ne faut pas être l'enfant d'une pauvre créature abandonnée par son mari, et réduite à suivre les traces de celui qui l'a chassée !... Que voulez-vous ? ajouta-t-elle en réprimant un sanglot, c'est le père de mon enfant !

Mistress Dot, attendrie, puisa dans sa poche une poignée de monnaie et la glissa dans le tablier de la mendiante.

— Dieu vous assiste et vous garde ! dit-elle, et si vous ne réussissez point dans votre dessein, s'il vous chasse encore, repassez par ici ; nous verrons à être utiles à votre enfant.

Et elle retourna sur le seuil de l'auberge ; car John voulait absolument s'en aller avec le marchand ambulant, dont il avait pourtant pillé à son gré la boutique.

Il fallut toute l'autorité de sa mère pour l'empêcher de déserter
la cour ; encore se vengea-t-il de son obéissance forcée en distribuant
des coups de pieds à une petite servante qui le tenait par la main.

La mendiante se leva, fit une révérence à dame Dot, enseigna à sa
fille à envoyer un baiser à la bonne dame, et s'éloigna lentement.
L'enfant continuait à contempler avec admiration son bonhomme
de pain d'épice, qu'elle approchait de ses lèvres, non pour le manger, Dieu l'en garde ! mais pour l'embrasser tendrement.

En ce moment, trois chariots recouverts de toile et chargés tellement de colis qu'ils ressemblaient à des montagnes ambulantes, entrèrent dans la cour de l'auberge. Mistress Dot donna ordre aux
garçons de dételer les chevaux et de remiser les voitures. En même
temps, elle fit servir sur la table une énorme pièce de bœuf rôti qui,
pour avoir été déjà entamée, n'en conservait pas moins une mine
fort appétissante ; enfin, elle remplit de ses mains deux pintes d'âle
couronnées de mousse, les présenta à ses hôtes et reçut leur toast,
auquel elle répondit par une révérence et par un sourire.

Cependant la cour continuait à s'emplir de voitures, et la cuisine
de voyageurs. Un instant mistress Dot, cette forte tête d'aubergiste,
faillit ne plus savoir lequel écouter, et nous sommes un historien
trop véridique pour ne point avancer qu'elle ressentit même un moment de trouble. Il y avait tant de cris de ceux qui allaient, qui venaient, qui appelaient, qui demandaient, qui frappaient du manche
de leur fouet sur la table, tant de pots qui s'entre-choquaient, tant
de pipes qui jetaient des tourbillons bleus et chauds de leur fumée
capiteuse !

Enfin, l'ordre un instant compromis ne tarda point à se rétablir ;
les chevaux reçurent leur place à l'écurie, et leur avoine dans leur

râtelier; les voituriers se trouvèrent bientôt assis autour de la
grande table servie à ravir, et l'auberge du Griffon redevint plus que
jamais digne d'elle-même.

Tout à coup mistress Dot porta les yeux autour d'elle, et demanda :

— Où est le petit John? où est mon fils?

Aussitôt les voix des deux servantes et du garçon d'auberge se
mirent à crier :

— John, mon chéri, mon joli John, où êtes-vous?

John ne répondit point et ne se trouva nulle part.

A peine se fut-on aperçu de la disparition de l'enfant, que l'auberge
entière se remplit de trouble, de confusion et de rumeurs. Tous ceux
qui s'y trouvaient, même les plus étrangers à la maîtresse du logis,
même les plus indifférents, se mirent à la recherche de l'enfant, car
une telle pâleur couvrait le visage de mistress Dot, que le cœur se
brisait rien qu'à la voir. Éperdue de douleur, brisée, anéantie, elle
seule restait immobile au milieu de ce mouvement de tous. Les mains
jointes par une contraction convulsive, les regards affolés, elle voulait, elle aussi, appeler son enfant, et sa voix se mourait dans sa
poitrine. On voyait seulement ses lèvres muettes s'agiter par un
mouvement pénible, comme il arrive aux paralytiques.

On explora toute la maison, depuis le haut jusqu'au bas, depuis la
cave jusqu'au grenier, sans qu'on pût retrouver John. Les recherches ne furent point plus heureuses dans la cour, dans les écuries,
dans le jardin et même dans le voisinage. Quand on resta convaincu
de l'inutilité de ces investigations, chacun se mit à parcourir la
route et ses environs. La nuit commençait à venir; un brouillard
épais s'élevait de toutes parts, et sortait des marais voisins semblable à un linceul sinistre. On alluma tout ce qu'on put se procurer
de torches et de fanaux, et la campagne ne tarda point à s'étoiler
de lumières qui allaient et venaient dans tous les sens comme des
feux follets.

Pendant qu'il excitait de si cruelles alarmes, le petit John courait dans les champs, à la poursuite d'un magnifique papillon rouge et noir qui voltigeait juste devant lui, quand la jeune bonne, chargée spécialement du soin de veiller sur l'héritier présomptif de l'hôtel du *Griffon*, avait reçu de sa maîtresse l'ordre de se rendre près de la cheminée et d'y tourner la broche chargée d'une énorme pièce de bœuf, destinée aux voyageurs survenus tout à coup avec tant de surabondance.

Le papillon, comme pour narguer l'enfant, commença par se poser sur la muraille, à la portée de la main de John ; John voulut le saisir, mais le papillon lui glissa entre les doigts et nonchalamment se replaça à deux pas.

L'enfant continua sa chasse sans plus de succès ; le papillon gagna la haie de clôture de l'auberge, où il voletait de feuille en feuille et de rameau en rameau, de façon à agacer une patience moins irritable que celle d'un fils unique et d'un enfant gâté. Les joues du petit bonhomme ne tardèrent point à se couvrir d'une rougeur produite autant par la colère que par l'ardeur de la chasse. A chaque instant, il frappait de sa petite main blanche et rose les branches armées d'épines de la haie, qui piquaient sa peau délicate, tandis que le papillon se posait un peu plus loin. Ce fut ainsi que John sortit de la cour, traversa la route, et finit par se trouver au milieu de la campagne, assez loin de la maison maternelle. Mais John s'inquiétait peu de cet éloignement et des inquiétudes qu'il pouvait causer. Le papillon seul, ce vilain papillon qui ne voulait pas se laisser prendre, s'était emparé tout entier de sa pensée et de sa volonté. À chaque pas que John faisait, il se penchait en avant, étendait la main, frappait l'air à vide, et recommençait toujours plus obstiné, toujours plus ardent, la chasse du lépidoptère.

Il finit par arriver dans une partie de la prairie où les herbes devenaient plus fortes, plus hautes, plus abondantes et d'un plus beau vert. La terre molle s'enfonçait sous son pied mignon, et les traces de boue commençaient à remplacer par leurs taches, sur les souliers de l'enfant, la poussière que la route y avait laissée. Le papillon finit par amener John devant une petite plaine entourée de roseaux, unie comme un tapis bien tendu, et recouverte d'une couche épaisse et verdâtre, au milieu de laquelle s'élevait une grande fleur jaunâtre de nénuphar, entourée des larges feuilles de sa tige. Le papillon se posa sur le nénuphar, l'enfant marcha à lui et, jetant un seul cri, disparut dans une mare profonde.

La mendiante, fatiguée par le doux fardeau qu'elle portait dans ses bras, et qui avait lassé bien vite le peu de forces que la maladie et le chagrin lui laissaient, la mendiante, disons-nous, avait dû s'asseoir, à quelques pas de là, sur une pierre abritée par un massif de saules.

Au cri que jeta l'enfant, elle se leva vivement et regarda autour d'elle.

Elle n'aperçut rien qui justifiât le cri qu'elle avait entendu ou qu'elle croyait avoir entendu. Tout était calme et solitaire. Rien n'apparaissait dans la mare qu'un peu d'agitation de la couche des herbes qui la recouvraient et de leur épais tapis de verdure.

La jeune femme allait retourner près de sa fille laissée sous les saules, lorsqu'elle remarqua sur le bord de la mare les traces que deux pieds d'enfant y avaient laissées en glissant. Près de ces traces se trouvait la tête à demi brisée d'un bonhomme de pain d'épice tout à fait semblable à celui que mistress Dot avait donné à sa petite fille, encore si joyeuse de le porter dans ses bras et de le caresser.

Alors une lumière rapide se fit dans la pensée de la mendiante. Elle jeta un regard vers son enfant, leva les yeux au ciel, se recommanda à la miséricorde divine, et, se débarrassant du mauvais manteau qui l'enveloppait, elle descendit dans la mare.

Elle n'accomplit pas sans péril cette œuvre difficile. L'eau lui montait plus haut que la poitrine, ses pieds glissaient dans la vase et s'y enfonçaient. Un moment, il lui vint la pensée de regagner le bord et de rejoindre sa fille.

Mais l'enfant berçait doucement, avec tant de joie, sur ses genoux, son cher bonhomme de pain d'épice, que la voyageuse, songeant au désespoir de mistress Dot, recommença avec plus de résolution et de courage sa recherche dans la mare.

Au bout de quelques instants, un léger obstacle toucha ses pieds : avec des difficultés sans nombre elle parvint, à l'aide de ses jambes et de ses genoux, à l'élever jusqu'à ses mains qui le saisirent. Dieu soit béni ! c'était le petit John.

La jeune femme le serra contre sa poitrine et voulut regagner le bord. Avant d'y parvenir, la lutte fut longue et périlleuse. Les herbes que saisissait la seule main libre de la mendiante se cassaient dès qu'elle tentait de s'en servir comme point d'appui. La terre détrempée d'eau, qui formait la rive de la mare, s'éboulait sous ses efforts ; à la fin pourtant, elle regagna le bord, et toute couverte de vase, haletante, en proie aux plus vives émotions, elle s'assit près de sa fille et posa John sur ses genoux.

Il était pâle, immobile, les yeux fermés, et roide comme un cadavre.

Elle l'essuya de son mieux, passa ses mains sur sa poitrine et souffla dans sa bouche pour tâcher de le rendre à la vie.

L'enfant restait toujours sans mouvement.

Alors, quoique épuisée par la longue lutte soutenue dans la mare, elle chargea le petit garçon sur ses bras, dit à sa fille de prendre un des plis de sa robe, et se dirigea vers l'auberge, qu'elle ne distingua bientôt plus dans l'éloignement qu'à la lueur de la lanterne allumée devant l'enseigne; le brouillard, joint au crépuscule, s'élevait avec une rapidité et une intensité extrêmes.

Le désespoir doublant ses forces, elle finit par entrer dans la cour de l'auberge, où ne se trouvait plus que mistress Dot, debout et immobile sur le seuil où la retenait le désespoir dont elle était affolée.

— Votre enfant! lui cria de son plus loin la mendiante : votre enfant! le petit John!

A ces mots, mistress Dot poussa un cri, le premier, le seul qui fût encore sorti de sa poitrine depuis le fatal événement, s'élança vers la jeune femme, lui arracha son fils de ses bras, et courut le regarder à la lueur du foyer de la cheminée.

— Mort! cria-t-elle, mort! Non, non! Son cœur bat, je le sens! Allons! vite, aidez-moi à le déshabiller! Allez chercher de la flanelle dans l'armoire de ma chambre, au-dessus de la cuisine; tenez, voici la clef de cette armoire; c'est la plus petite du trousseau : la flanelle est dans le second compartiment.

Un calme profond avait succédé en apparence au désespoir naguère insensé de mistress Dot; l'imminence du péril et la nécessité lui rendaient toute sa présence et toute sa lucidité d'esprit.

Quelques instants après son retour à l'auberge, le petit John, revenu à la vie, levait un regard languissant sur sa mère presque aussi folle de joie qu'elle l'avait été de désespoir.

Sur ces entrefaites, la cuisine se remplissait d'une foule nombreuse, et chacun félicitait mistress Dot, qui n'entendait personne.

Lorsque le petit garçon, assis sur les genoux de sa mère, eut repris tout à fait ses sens, mistress Dot, qui jusqu'alors avait oublié l'univers entier pour son enfant, regarda autour d'elle, et vit dans un coin, derrière tout le monde, la mendiante à laquelle personne ne prenait garde, et qui cherchait à sécher ses vêtements trempés de vase et d'eau.

Dot se leva, courut à elle, la serra dans ses bras en sanglotant; puis, prenant la petite fille, elle l'assit sur ses genoux, à côté de John, et dit :

— Maintenant, ils ont deux mères.

La jeune femme sourit tristement, et secoua la tête avec découragement.

— Venez, lui dit mistress Dot, venez; il faut que vous changiez de vêtements. Que Dieu me pardonne de n'avoir point songé plus tôt à celle qui m'a rendu mon fils !

Depuis ce jour, les habitués du *Griffon* purent remarquer, dans la cuisine de cette jolie auberge, deux femmes vêtues de noir : l'une accorte, vive et rose ; l'autre pâle, silencieuse et presque toujours assise sous le manteau de la cheminée, d'où elle suivait de l'œil John et sa petite compagne, belle enfant aux yeux bleus et à la mine éveillée.

Deux ou trois fois la semaine, le médecin du pays visitait la jeune femme pâle et lui prescrivait des médicaments. Presque toujours mistress Dot l'attendait derrière la plus touffue des haies du jardin et l'interrogeait avec anxiété. Le vieux médecin ne répondait qu'avec tristesse.

— Le chagrin et la misère ont tant appauvri la constitution de cette infortunée! disait-il. Et puis le froid de la mare, les émotions de cette lutte terrible pour sauver l'enfant! il suffirait de secousses moins violentes pour produire l'état de langueur et de consomption qui l'accable.

— Je donnerais la moitié de ma fortune pour sauver celle à qui je dois la vie de mon fils, docteur.

— Et moi, madame, je donnerais ce que je possède de plus précieux pour arracher à la mort une pauvre femme sur le bord de la tombe, et qui va laisser une orpheline.

Mistress Dot ne put réprimer une larme qu'elle essuya bien vite pour prendre un air riant et dire à la malade :

— Eh bien, mon amie, le médecin vous trouve beaucoup mieux.

Un jour qu'elle renouvelait ce pieux mensonge :

— Non! lui dit sa nouvelle compagne, non, chère Dot, je ne vais pas mieux. Je sens que mes jours sont comptés et qu'avant peu ma fille n'aura plus qu'une mère.

— S'il en était ainsi, il lui resterait du moins une mère tendre, dévouée, qui donnerait sa vie pour Helena, comme naguère vous avez donné la vôtre pour John.

— Oh! c'est une chose affreuse que de penser à sa mort prochaine quand on est mère! Il faut bien de la force pour se résigner à dire : « Que la volonté du Seigneur s'accomplisse! »

Hélas! huit jours après cet entretien des deux jeunes femmes, l'auberge se tendait de noir et le ministre conduisait au cimetière du village voisin un cercueil derrière lequel marchaient deux enfants, John et Helena, qui regardaient pleurer mistress Dot et qui souriaient pour tâcher de la consoler.

Et dix-huit ans après une noce se célébrait dans l'auberge parée de guirlandes de fleurs, et la mariée dansait avec son joyeux époux une gigue dans laquelle elle déployait tant de grâce, que son partenaire oubliait de danser lui-même pour la contempler. John, le plus beau garçon du pays, adorait sa jolie petite femme, avec laquelle il avait été élevé, et qui justifiait par sa beauté, sa gentillesse et sa charmante humeur, l'amour de master John.

Tandis que la noce et les danseurs remplissaient l'auberge de festins, de gigues et de joie, mistress Dot, enveloppée de son manteau et le visage couvert d'un voile, sortait mystérieusement par le jardin, se rendait au cimetière, s'agenouillait près d'une pierre sépulcrale, et priait longtemps et avec ferveur.

— Adieu! murmura-t-elle, adieu! Es-tu contente de moi? Ai-je bien été une mère pour notre chère Helena?

Un murmure plaintif et doux passa à travers les feuilles des arbres, sur les rameaux desquels se reflétaient les rayons mystiques de la lune.

Maintenant, vous savez comment mistress Helena est devenue propriétaire de master John et de la jolie auberge du *Griffon*.

CHAPITRE NEUVIÈME

CONVALESCENCE ET GUÉRISON

Le lendemain, il y eut joie au logis, car Marie put quitter sa chaise longue, monter avec sa mère chez le docteur, pour le remercier et lui demander de venir prendre part au dîner qui devait réunir toute la famille et moi, en réjouissance de cet heureux commencement de guérison.

Le docteur accepta l'invitation avec plaisir. Il se sentait chaque jour s'attacher davantage à l'excellente famille dans laquelle l'avait introduit le hasard.

Marie, fière de son succès, ajouta que maître Flock se trouvait convié également au dîner; et, tandis qu'elle s'exprimait ainsi, elle cherchait du regard le maki dont elle avait entendu tant parler.

Tout à coup elle sentit quelque chose effleurer légèrement son épaule; elle tourna la tête et se trouva face à face avec un joli museau noir, effilé, qui semblait recouvert du plus beau velours du monde, et que surmontaient deux grands yeux d'or.

Après s'être regardés quelques instants, l'enfant et l'animal, rassurés, se sentirent devenir d'excellents amis.

Mademoiselle Mine embrassa, en faisant entendre un murmure caressant, sa petite camarade, et celle-ci passa doucement sa main sur le pelage épais et doux du singe de Madagascar. Bientôt, à ces préliminaires bienveillants succéda une entente tout à fait cordiale; si bien qu'au moment du départ mademoiselle Mine se cramponnait à la robe de Marie et ne voulait plus la laisser s'en aller.

Il fallut néanmoins se séparer, et Marie sortit, tandis que la pauvre bête, désappointée, se retirait, boudant dans un coin du cabinet de son maître.

Le soir, à dîner, et comme on servait le dessert, la porte s'ouvrit, et l'on vit entrer la vieille servante du docteur, portant mademoiselle Mine dans ses bras.

Celle-ci s'élança d'un bond sur la table; et, sans rien briser, sans rien heurter, elle se mit délicatement à parcourir la table, circulant autour des plats et levant sa tête intelligente sur tous les convives.

Arrivée devant Marie, elle jeta un petit cri, entoura de l'un de ses bras le cou de l'enfant, l'embrassa d'abord, et prit ensuite, sans façon, sur le bord de ses lèvres une bribe de légumes fort appétissante.

Après cela elle se blottit sur les genoux de sa nouvelle amie. Attentive aux plats qui circulaient, elle les suivait de ses grands yeux d'or, avec une tentation bien prononcée de les arrêter au passage, quand ils contenaient quelque mets qui lui plaisait; mais elle regardait son maître comme pour l'interroger, et, en le voyant froncer le sourcil, elle se contentait de prélever une dîme sur la portion de Marie.

Naturellement la conversation se mit à rouler sur Mine, sur ses congénères et sur les animaux.

Voici ce que le docteur en raconta :

QUATRE HISTOIRES DE BÊTES.

CHAPITRE DIXIÈME

QUATRE HISTOIRES DE BÊTES

LES MAKIS.

I

LES MAKIS

es makis, dit le docteur, ne se trouvent que dans l'île de Madagascar. Ils appartiennent à la famille des *lémuriens ;* ils y vivent sur les arbres et se nourrissent d'insectes et de fruits.

On en compte quatorze ou quinze espèces. Les *makis à front noir,* à l'espèce desquels appartient mademoiselle Mine, sont les moins jolis de ces animaux, mais en revanche ils en sont les plus intelligents.

Mine m'a été envoyée de l'île de la Réunion par un missionnaire de mes amis. Elle avait pour compagnon un maki mococo, dont le pelage, rayé de noir et de blanc, formait un charmant contraste avec la couleur sombre du poil de sa camarade. Doux et familier comme elle, ils faisaient les délices du capitaine du bâtiment qui les amenait en France. Tous les deux logeaient dans la cabine de cet officier, mangeaient à sa table et ne se quittaient pas un seul moment.

Le mococo, parti un peu souffrant de l'île de la Réunion, recevait de Mine les soins les plus tendres. Au moindre froid, elle le recouvrait de leur commune couverture, et, au risque de s'exposer elle-même à la rigueur de la saison, elle l'enveloppait de ses bras et de sa longue queue velue pour mieux le garantir contre l'air humide de la mer et la rigueur du vent du nord.

Hélas! tant de dévouement ne servit à rien. Arrivé au cap de Bonne-Espérance, le mococo succomba.

On ne peut se figurer le désespoir de Mine. Elle tournait et retournait dans ses mains le corps inanimé de son compagnon et jetait des cris de détresse.

Quand le chirurgien du bord voulut lui prendre le mococo pour l'empailler, elle lui sauta à la tête, le mordit assez gravement au visage, et s'enfuit dans les cordages, où elle resta toute une journée sans descendre.

Pressée par la faim, il lui fallut bien finir par revenir sur le pont, mais au lieu de se rendre à la cabine du capitaine, elle se réfugia dans la cuisine du bord, d'où rien ne put la faire sortir. En vain le capitaine vint la chercher lui-même; en vain il la combla de caresses, elle se refusa obstinément de rentrer dans la chambre où son cher mococo avait rendu le dernier soupir.

Tristement enveloppée de sa longue queue, elle passait des journées entières sur l'épaule du cuisinier, et ne sortait de cette morne attitude que pour chercher à saisir de ses pattes la fumée qui sortait de la pipe presque toujours placée entre les dents du matelot.

Elle conserve encore cette habitude, et chaque fois que je me prépare à fumer un cigare, elle m'en coupe le bout avec ses dents; ensuite elle ramasse la fumée dans ses pattes, et la porte avidement à son joli petit nez noir.

Les naturalistes veulent faire du maki un animal nocturne ou du moins crépusculaire. Ils se trompent, du moins en ce qui concerne le maki à front noir.

Non-seulement mademoiselle Mine fait régulièrement des nuits de douze heures, mais encore la vue du soleil la jette dans un accès

de folle joie. Elle se place devant ses rayons les plus chauds, étend les bras, et garde cette attitude d'adoration jusqu'à la disparition de l'astre. Aussi les nègres de Madagascar prétendent-ils que les makis sont des idolâtres adorateurs du feu, transformés en singes par Mahomet pour n'avoir point voulu se convertir à l'islamisme.

— Tous les singes sont-ils doués d'autant d'intelligence? demanda Antoinette.

— Chaque espèce a son caractère différent, mais tous se montrent d'une rare intelligence. Parmi ceux qui partagent les habitudes douces et louables du maki il faut citer l'atèle.

— J'ai vu un atèle au Jardin des plantes, interrompis-je. C'est un quadrumane originaire du Brésil, au pelage noir et à la face cuivrée. Sa longue queue se termine par un véritable doigt; son corps, fort exigu, forme avec cette queue, ses jambes et ses bras sans fin et sa petite tête, un ensemble bizarre qui lui donne au premier coup d'œil de la ressemblance avec une gigantesque araignée.

II

LES ATÈLES

— Les atèles, reprit le docteur, sont fort intelligents et fort doux. Ils vivent en grandes troupes, et, en cas de péril, ils se portent un fraternel et mutuel secours.

Dans les forêts où les hommes ne les inquiètent pas, s'ils rencontrent un voyageur, ils sautent de branche en branche pour s'approcher de lui, le considèrent attentivement et l'agacent en lui jetant de petites branches, des fruits, des morceaux d'écorce ou du sable. Blesse-t-on l'un d'eux d'un coup de fusil, tous fuient au plus haut sommet des arbres en poussant des cris lamentables ; le blessé porte ses doigts à sa plaie et regarde couler son sang; puis quand il se sent près de sa fin, il entortille sa queue autour d'une branche et reste suspendu à l'arbre après sa mort.

Éminemment bien conformés pour vivre sur les arbres, les atèles ne descendent jamais à terre ; s'ils s'y trouvent par accident, ils y marchent avec beaucoup de difficulté et de maladresse. Pour cela,

ils posent leur mains fermées sur le sol, puis ils tirent leur corps
après eux, tout d'une pièce, absolument comme font les culs-de-
jatte. Leur voix consiste en un petit sifflement doux et flûté, qui
rappelle le gazouillement des oiseaux.

Un chirurgien célèbre de mes amis, qui habite, dans les environs de Paris, une maison de campagne entourée d'un grand parc,
possède depuis sept ans deux atèles, un mâle et l'autre femelle.

Ces animaux vivent en complète liberté. Quand le temps le permet ils sautent d'arbre en arbre sans jamais causer le moindre dégât; leurs plus grands excès consistent à cueillir des fruits, dans
lesquels ils ne mordent qu'une bouchée et qu'ils rejettent ensuite
pour en prendre d'autres. Frileux à l'excès, au moindre abaisse-
ment de température, à la première goutte de pluie, ils rentrent
dans une petite pièce qui leur est affectée, située en plein midi, et
chauffée par un calorifère pendant presque toute l'année.

Pierrot et Pierrette — ce sont leurs noms — se montrent constamment doux et familiers. La plupart du temps ils se tiennent dans le
salon au milieu de la famille de leur maître.

Pierrot affectionne beaucoup un coin de la cheminée recouvert
d'un velours épais. Une fois en possession de sa place favorite, il
replie sous lui ses longs bras et ses longues jambes, s'enveloppe de
sa grande queue, recouvre de ses mains ses yeux, et ne tarde point
à s'endormir profondément.

Pierrette, au contraire, s'assied près des deux jeunes filles de
mon ami; elle semble trouver un vif intérêt à leurs travaux de broderies et de couture, leur prend souvent des mains l'ouvrage qu'elles
confectionnent, l'examine avec une grande attention et le remet
ensuite sur leurs genoux. Le mouvement de l'aiguille qui va et vient
sans cesse, entraînant après elle un long fil toujours en mouvement, est constamment pour elle un objet d'admiration. Elle le suit
du regard par un mouvement continu de la tête et des yeux. De

temps en temps elle le prend délicatement du bout du doigt placé à l'extrémité de sa longue queue et s'amuse beaucoup des tiraillements que le fil exerce sur ce doigt, à demi fermé, en manière de crochet. Mais il ne faut pas que ce fil se casse; Pierrette alors se fâche tout de bon; elle grogne, elle boude, elle saute à bas de la table et se réfugie sur la cheminée, près de Pierrot, et là elle prend la même attitude que son mari.

· Mais sa rancune ne dure pas longtemps; l'ennui la saisit bientôt; à travers ses doigts entr'ouverts, et qui feignent de cacher ses yeux, elle regarde ce qui se passe sur la table. Si l'une des jeunes filles la rappelle, elle résiste quelques instants, se fait prier et finit enfin, moitié boudeuse et moitié réconciliée, par revenir s'asseoir de nouveau sur la table.

Un autre de ses divertissements consiste à se suspendre par sa longue queue au lustre du salon et de rester, pendant des heures entières, dans cette attitude, la tête en bas et les bras étendus.

Pierrot, d'ordinaire, se place à côté d'elle. Si quelqu'un vient à passer, son chapeau sur la tête, au-dessous du lustre, il peut tenir pour certain qu'il sera décoiffé avec une prestesse sans égale et que ce chapeau ira figurer, aussi près que possible du plafond, sur la bougie la plus élevée.

Le mystifié se fâche-t-il, Pierrot et Pierrette se hissent hors de la portée de ses coups, lui montrent, en grimaçant, leurs dents blanches et font entendre une sorte de grognement sourd, qui semble sortir de la gorge et qui a une expression fort voisine de la goguenardise.

Au rebours, prend-on en bonne part la plaisanterie, Pierrot et Pierrette ne tardent point à décrocher le chapeau, et, le tenant chacun d'une main, le présenter à celui à qui ils l'ont dérobé. Toutefois quand on croit le reprendre, ils le retirent brusquement et s'amusent de la déconvenue qu'éprouve leur victime. Ils

finissent néanmoins par le rendre à son propriétaire et par lui demander pardon de leur es-
pièglerie en lui prodiguant
toutes sortes de caresses.

L'année dernière, Pier-
rot tomba du haut d'un
arbre et se blessa d'une
façon assez grave aux deux
pattes de derrière.

Pierrette le rapporta sur
son dos avec toutes sortes
de précautions, et en je-
tant des cris lamentables.
Arrivée au logis, toujours
son fardeau vivant sur
les épaules, elle chercha,
de chambre en chambre,
son maître, qui, je vous
l'ai dit, est chirurgien;
et quand elle le rencontra
enfin, elle déposa Pierrot
sur les genoux du doc-
teur.

Tandis que celui-ci exa-
minait la double blessure,
la lavait et la pansait convenablement, Pierrot, pâle sous son pelage
noir et jetant par intervalle de petites plaintes, attachait sur son
maître des regards effarés; Pierrette suivait l'opération avec une in-
contestable anxiété.

Le pansement fini, elle rechargea de nouveau son mari sur son
dos, et l'installa dans le salon sur un canapé qu'elle recouvrit de

tous les coussins qu'elle put rassembler. Pierrot dormait-il, elle frappait avec colère tous ceux qui faisaient quelque bruit de nature à réveiller le malade. Pierrot se plaignait-il, elle courait près de lui, lui apportait à boire dans une tasse, lui offrait des fruits qu'elle avait cueillis dans le jardin sans y mettre la dent, et le transportait là où il voulait être transporté. Quoique d'une nature impatiente, nerveuse, et toujours prête à répondre par une tape à ceux qui lui causaient la moindre contradiction, et à Pierrot lui-même quand il jouissait d'une bonne santé, elle supportait, avec une longanimité à toute épreuve, les caprices et les exigences du convalescent.

Enfin, le grand jour de la guérison arriva.

Le docteur enleva les bandelettes qui recouvraient les blessures cicatrisées de Pierrot, et déclara que tout pansement devenait désormais inutile. Pierrette examina longuement et soigneusement les pattes guéries, confirma par un grognement de satisfaction la décision du médecin, et s'élança sur un arbre en appelant auprès d'elle Pierrot.

Celui-ci, d'abord, essaya ses forces avec défiance; puis, après quelques tâtonnements, il sauta tout à coup d'un seul bond, par la fenêtre, du canapé sur l'arbre où l'attendait son épouse dévouée.

J'ai encore vu, hier, Pierrot et Pierrette, et je les tiens pour les deux singes les plus curieux qui soient en Europe.

— Ah! les charmants animaux! que je voudrais faire leur connaissance! dit Louise.

Quant à Marie, elle écoutait de toutes ses oreilles, mais elle n'osait faire un mouvement dans la crainte d'éveiller soit mademoiselle Mine, soit maître Flock, tous les deux endormis sur ses genoux.

III

LE MOINEAU DU JARDIN DES PLANTES.

Le docteur reprit :

On ne saurait se figurer combien les animaux, en apparence les moins susceptibles d'affection pour l'homme, lui témoignent de tendresse et de dévouement, une fois qu'ils restent bien convaincus de n'avoir rien à redouter de lui et qu'on ne pense point à leur faire de mal. J'en ai été bien souvent le témoin, surtout au Jardin des Plantes.

En 1835, ce jardin comptait peu de visiteurs et de curieux; il servait de rendez-vous quotidien à un petit nombre d'habitués, parmi lesquels se trouvait une petite fille de cinq à six ans du nom de Marthe, d'une santé faible et délicate, et qu'amenaient chaque jour, à l'époque du printemps, quand la température se montrait clémente, une jeune personne et une vieille dame qui semblait son aïeule.

Elles s'installaient régulièrement, vers midi, sur un banc de bois, en face de la ménagerie des oiseaux carnassiers, car nul endroit du jardin n'offrait, à cette époque, un abri plus charmant et mieux favorisé à la fois par l'ombre et par la chaleur. Un groupe d'acacias y formait une large voûte de verdure, à travers les rares fissures de laquelle se jetaient sur le sable, comme de mobiles plaques d'or, de splendides rayons de lumière; enfin, on goûtait d'autant mieux la fraîcheur de ce paradis mignon, que le sable de l'allée placée à quelques pas reflétait et condensait les ardeurs les plus éblouissantes du soleil de midi.

Là les deux femmes, paisiblement établies, s'occupaient de travaux d'aiguille, non sans lever souvent les yeux sur l'enfant, qui, toujours en mouvement, ne cessait de courir de droite et de gauche,

8

et dont un papillon, un insecte, ou moins encore, excitait les désirs capricieux. Rien n'égalait, du reste, la grâce et la gaieté que
la folle petite créature déployait dans ses moindres mouvements.
Ses cheveux, d'un blond doré, tombaient en longs anneaux sur son
cou d'une blancheur mate ; une robe blanche serrait sa taille souple
et laissait à découvert des épaules potelées, un brodequin de satin
turc dessinait ses pieds, dont la femme d'un mandarin eût été fière
pour sa fille ; et quand elle revenait près de ses deux compagnes,
ses grands yeux bleus étincelants de plaisir et ses joues devenues
roses par l'animation de la course, les heureuses femmes échangeaient entre elles un regard de tendresse et d'orgueil et embras-
saient Marthe avec jubilation.

Il se trouva qu'un jour la petite fille, curieuse et hardie comme
l'est une enfant gâtée, dépassa les bornes prescrites à ses excursions
ordinaires et se trouva tout à coup face à face avec un jeune homme

qui dessinait un des oiseaux de proie et qu'un buisson dérobait aux
regards des deux dames. D'abord elle s'arrêta surprise et pleine d'indécision ; mais bientôt, rassurée par la physionomie douce et le sourire du peintre, elle s'avança hardiment et vint regarder par-dessus

l'épaule de l'artiste le dessin auquel il travaillait. Puis, quand le jeune homme se retourna et voulut lui adresser la parole, elle s'enfuit avec la légèreté gracieuse des gazelles qui bondissaient dans le parc voisin, disparut et rejoignit son aïeule et sa sœur.

Cependant, par une coquetterie naïve, elle ne tarda point à revenir se montrer de loin comme pour provoquer l'artiste ; celui-ci laissa bientôt là son crayon et ne s'occupa plus que des agaceries de l'espiègle. Se levait-il, elle prenait la fuite ; feignait-il de revenir à ses crayons, il la voyait, peu d'instants après, se remontrer alerte, rieuse et prête à s'enfuir encore. Si bien que tout à coup l'artiste s'élança sur les traces de l'enfant et se trouva face à face avec les deux femmes, dans les genoux desquelles la petite joueuse cherchait un refuge. Ce fut au tour du jeune homme à rougir et à demeurer interdit. Il balbutia quelques excuses et voulut se retirer ; mais l'enfant le saisit par le pan de sa redingote, et il fallut que la vieille dame interposât son autorité pour mettre fin à cette lutte joyeuse.

— Ayez, monsieur, la bonté d'excuser Marthe, dit-elle avec une expression de voix indulgente et grondeuse pour la petite obstinée. Vous le voyez, elle pousse l'indiscrétion jusqu'à vous déranger de vos travaux, vous qu'elle ne connaît point ! Je vous demande grâce pour elle ! Une autre fois elle se montrera plus réservée ; n'est-ce pas, Marthe ?

Pendant cette allocution, la jeune fille détachait les mains de l'enfant, qui persistait à tenir la redingote de l'artiste, et celui-ci saluant timidement retourna à ses cartons.

Le lendemain, quand il passa devant le banc où se trouvaient assises les dames de la veille, il salua respectueusement et alla s'installer à sa place habituelle. Tandis qu'il dessinait avec assiduité et que la préoccupation du travail lui faisait oublier Marthe et ses deux compagnes, il vit tout à coup un moineau franc entrer avec

hardiesse dans la cage d'un vautour, y saisir un gros morceau de
pain qu'un promeneur y avait jeté et s'envoler ensuite avec sécurité, comme si le féroce oiseau de proie ne se fût point élancé sur
lui pour le frapper de son bec redoutable.

Un instant après, le même moineau reparut : quelques miettes
étaient restées dans la cage du vautour ; il les prit une à une, revint
à la charge cinq ou six fois, et ne quitta la partie qu'après avoir enlevé toute la picorée qu'il convoitait.

Comme le dessinateur, Marthe avait été témoin de cette scène héroïque. Pour récompenser le butineur hardi, elle lui jeta un morceau de la brioche qu'elle tenait à la main et dans laquelle ses dents
blanches mordaient avec appétit. Le moineau sans hésiter s'empara,
en sautillant sur ses pattes, du prix offert à sa vaillance et s'envola ;
puis il reparut peu d'instants après, se percha sur un arbre voisin
et sembla solliciter de nouvelles munificences de Marthe. Ce joli
petit effronté d'oiseau avec son gros bec, sa tête mutine, son œil
brillant, sa taille fine et son beau collier de plumes noires, plaisait
trop à l'enfant pour qu'elle fît attendre ce qu'il semblait solliciter
d'elle ; elle cassa le reste de la brioche et en sema les débris devant
l'oiseau, qui cette fois n'emporta point le butin dans son nid, mais
se mit à manger paisiblement chaque miette à mesure qu'elle tombait. Quand les mains de Marthe restèrent vides et que le sable ne
reçut plus de gâteau, le petit gourmand leva la tête, regarda sa
bienfaitrice, prit son vol et disparut.

La rencontre du moineau avait beaucoup amusé Marthe ; aussi le
lendemain, dès qu'elle arriva, le premier objet cherché par ses yeux
fut le moineau de la veille. Perché sur une branche d'acacia, il semblait attendre une distribution de vivres aussi généreuse que la provende du jour précédent. Il fallut que la grand'mère remît aussitôt
à l'enfant le petit panier qui contenait les provisions du goûter. Le
moineau n'attendait que ce signal, car de suite il quitta sa branche

d'arbre, voleta quelques secondes avant de descendre sur le sable, et ne tarda point à piaffer devant la petite fille, dont les mains émiettaient une manne abondante qu'il becquetait à mesure qu'elle tombait.

Le lendemain, les mêmes choses se renouvelèrent ; puis le jour suivant, puis les autres, si bien que peu à peu une intimité réelle s'établit entre l'oiseau et l'enfant ; il suffisait du bruit des pas de Marthe pour que le moineau franc accourût. Il s'enhardit bientôt davantage. Ce fut sur le banc même où s'asseyait sa nouvelle amie qu'il venait prendre sa ration de brioche, et si une main taquine lui laissait attendre le morceau offert à sa convoitise, il se fâchait, hérissait ses plumes, menaçait de son bec et faisait entendre des cris de colère. Mais la petite fille, loin de s'effrayer de ce grand courroux, ne mettait que plus d'obstination à refuser le morceau de brioche ; une lutte véritable s'ensuivait. D'ordinaire Friquet, c'est le nom que Marthe donnait à l'oiseau, quittait la partie et s'envolait de guerre lasse. Alors l'enfant se hâtait de faire des concessions ; elle rappelait le moineau, elle déposait sur le banc la brioche tout entière, et Friquet, touché de ces avances, et surtout affriandé par l'aspect du gâteau, redescendait pacifiquement et mordait à même l'énorme pièce de pâtisserie. Enfin, au bout d'un mois, cette étrange intimité avait pris un caractère si tendre, que Friquet se perchait sur la tête et sur l'épaule de Marthe, jouait avec ses cheveux, qu'il becquetait, se posait sur son doigt, offrait sa petite tête aux baisers de son amie et ne s'inquiétait en aucune façon de la présence de l'aïeule et de la sœur de la petite fille.

L'artiste, occupé à dessiner les oiseaux de proie de la ménagerie, suivait avec intérêt les progrès de cette bizarre liaison entre l'enfant et le moineau. Pauvre, timide, condamné à passer dans l'isolement et dans le travail une vie privée de bien-être et d'affection, il trouvait un charme inexprimable à revoir chaque jour cette famille respectable. Aussi, quand la pluie rendait la promenade impossible, il éprouvait un vide et une tristesse inexprimables, ne pouvait se résigner à toucher un crayon, et se sentait plus découragé que de coutume. Mais le soleil paraissait-il dans les nuages et ramenait-il le beau temps, alors son cœur battait plus à l'aise, car il allait revoir cette jeune fille si belle, si pâle, qui soutenait de son bras sa vieille grand'mère ! Il allait revoir Marthe ! il allait revoir Friquet, Friquet triste comme lui quand leurs amis n'étaient pas là !

Au premier ciel bleu, le jeune homme arrivait de meilleure heure que de coutume, s'asseyait derrière le buisson et regardait sans cesse le moineau perché sur une branche. Le moineau de son côté faisait également le guet... Enfin un frisson parcourait tous les membres du jeune homme, et l'oiseau s'élançait joyeux, brillant, animé. C'étaient elles ! Il jetait de petits cris, se posait sur la main de Marthe, lui faisait mille grâces, lui tendait amoureusement sa petite tête brune, et ne songeait aux gâteaux qu'après bien des tendresses affectueuses et désintéressées. Marthe ne recevait pas en ingrate ces témoignages d'affection : Friquet avait pour prix de son affectueux accueil des baisers sans fin, les doigts mignons de son amie lissaient son joli plumage et, après avoir pris ensemble leur repas, ils finissaient par s'endormir, elle sur les genoux de son aïeule, lui blotti dans le sein de l'enfant.

Vers l'automne, l'artiste, que la mort d'un parent éloigné et un héritage inattendu forçaient d'entreprendre un voyage de quelques mois, s'empressa, sitôt son retour à Paris, de rendre sa visite à la ménagerie des oiseaux de proie.

Combien la matinée lui parut longue, et que de fois il interrogea du regard Friquet en sentinelle sur sa branche ordinaire ! Enfin l'oiseau s'émeut... ce sont elles ! Les voilà ! Hélas ! mon Dieu, elle ne sont plus que deux, et la petite fille porte des vêtements de deuil !

— Sa sœur! sa sœur! s'écrie l'artiste éperdu en accourant près de la vieille dame et de Marthe.

La vieille dame et Marthe ne répondirent que par des pleurs, et l'aïeule montra le ciel.

A quelques mois de là, après une nouvelle absence, par un bel après-midi d'octobre, le peintre chercha Friquet et Marthe. Friquet mangeait paisiblement dans la main de la petite fille, confiée aux soins d'une bonne à l'air dur et aux manières brutales... L'artiste le comprit de suite, il fallait que la grand'mère de Marthe fût morte pour que celle-ci se trouvât livrée aux mains d'une pareille femme! Aussi l'enfant subissait déjà les conséquences de sa funeste destinée. Pâle, triste, rêveuse, elle avait perdu toute sa joyeuse pétulance, et un mal secret semblait la dévorer lentement. Une toux sèche s'échappait de sa poitrine à de fréquents intervalles, et un cercle noir entourait ses yeux brillants de je ne sais quel étrange éclat. Elle jouait nonchalamment et d'un air distrait avec l'oiseau, qui s'étonnait de se voir donner, au premier coup de bec, une provende qu'il aurait désirée moins facilement cédée : aussi ne tarda-t-il pas à renoncer à manger et vint-il se percher sur le bras de Marthe, où il s'endormit bientôt.

Un jour, il faisait plus froid que de coutume, et les premières gelées sévissaient avec rigueur ; Marthe n'en fut pas moins amenée au Jardin des Plantes. Un vent âpre soufflait à travers les rameaux dépouillés de feuilles et soulevait les plumes du pauvre Friquet, qui chercha un abri contre la rigueur de la saison dans le sein de sa petite amie. La servante ne tarda point à sentir le froid piquer ses mains et rougir son visage ; aussi voulut-elle quitter la place et regagner le logis. Marthe résista : une lutte assez vive s'éleva, et la méchante femme leva la main sur elle et la battit, oui, la battit! Soudain l'artiste accourut pour protéger la pauvre petite créature, mais un autre défenseur s'était déjà montré : c'était Friquet; Friquet l'œil en feu, Friquet les plumes hérissées, Friquet qui sauta au visage de la servante, et qui la frappa à coups de bec avec une force que la rage rendait redoutable.

— Ah! bien, s'écria la servante furieuse qui essuyait sa face ensanglantée, puisque cette petite pécore veut rester ici, qu'elle y reste seule avec son affreuse bête! Je reviendrai la prendre à la nuit.

Et en effet, elle s'en alla, non sans menacer de la main Marthe qui pleurait ; non sans jeter des pierres à Friquet, réfugié après le combat sur la branche la plus élevée d'un peuplier voisin.

Dès qu'il eut vu s'éloigner son ennemie, il revint se percher sur l'épaule de Marthe et chercha par mille espiègleries à dissiper le chagrin de l'enfant ; mais la pauvre petite paraissait insensible aux caresses de l'oiseau, pleurait tout bas et semblait éprouver quelque grande souffrance à la poitrine... Tout à coup elle tomba sans connaissance sur la terre gelée. L'artiste, de la place où il se trouvait, n'avait pu s'apercevoir de cette chute, et ce fut au bout d'un quart d'heure seulement que les cris aigus poussés par Friquet attirèrent son attention. Quel spectacle frappa les regards du jeune homme, mon Dieu! l'enfant, immobile, sans connaissance et la tête ouverte par une large blessure, gisait roide au pied du banc. Le moineau s'agitait avec désespoir autour de la petite fille, la tirait par les cheveux, comme pour l'éveiller, et donnait tous les signes du plus grave et du plus intelligent désespoir! Le peintre releva l'enfant, l'emporta dans ses bras, et courut vers les gardiens des animaux féroces pour que l'un deux allât chercher un chirurgien. En attendant les secours de la science, il déposa Marthe dans la ménagerie et il essaya de lui faire reprendre connaissance en baignant d'eau fraîche son visage, mais tous les efforts restèrent inutiles, et les hyènes, dans leurs cages, se mirent à flairer et à hurler comme elles le font en présence d'un cadavre.

Hélas! ces funestes présages n'étaient que trop vrais! Quand le chirurgien arriva, il soupira, hocha tristement la tête et s'en retourna lentement.

La servante, revenue le soir, n'emporta dans ses bras qu'un petit cadavre froid et déjà roide.

Cependant Friquet, qui n'était point entré dans la ménagerie avec le corps de Marthe, se tenait opiniâtrément à la fenêtre, et sans relâche frappait de son bec les vitres, afin qu'on lui ouvrît. Mais telle était la préoccupation de chacun autour des restes du pauvre petit ange, que personne ne prit garde à cet incident. Le lendemain, le gardien, en venant apporter la nourriture des animaux, ne fit aucune attention au pauvre Friquet, toujours obstiné à la fenêtre. Seulement, quatre jours après, l'artiste passa par hasard près de là et trouva le pauvre oiseau demi-mort et qui se laissa prendre sans résistance. Aucun soin ne parvint à le réchauffer, aucune nourriture ne sut le faire manger : il jetait de temps à autre le petit cri par lequel il répondait naguère à l'appel de Marthe, et il cessa de vivre en le répétant.

Tous les détails de cette histoire sont minutieusement vrais. L'artiste qui me l'a contée est devenu aujourd'hui l'un de nos célèbres peintres d'histoire naturelle, et un soupir s'échappe encore de sa poitrine lorsqu'il parle de Friquet et de toute cette famille si cruellement frappée par le sort ! Ni le temps ni la gloire n'ont pu effacer de son cœur ce souvenir mélancolique. Il est une place du Jardin des Plantes devant laquelle il ne passe qu'avec une larme dans les yeux.

— Ah ! la triste histoire ! la cruelle histoire ! soupira Marie en s'agitant sur sa chaise.

Mademoiselle Mine, dérangée, se réveilla et tapa de ses mains l'enfant qui venait de troubler son sommeil. Maître Flock se contenta de grogner sourdement, et tous les deux se rendormirent.

— Et dire que les animaux féroces savent eux-mêmes aimer l'homme, quand il a des droits à leur reconnaissance ! me hâtai-je de dire, pour dissiper la tristesse laissée dans l'imagination de Marie par l'histoire de Friquet.

— Témoin le loup de Gavarnie.

— Oh ! docteur, si vous ne vous sentez pas trop fatigué, dites-nous ce que vous savez de ce loup.

— *Entendre, c'est obéir*, répondit le docteur, en citant un des plus célèbres proverbes orientaux.

Et il commença en ces termes :

IV

LE LOUP DE GAVARNIE

Il y a dans les Pyrénées un sentier qui commence dans la partie opposée à la grande cascade de Gavarnie, et qui mène au pied de la muraille du Marboré. Ce sentier, que fréquentent seuls un très-petit nombre de touristes, beaucoup de contrebandiers et quelques gardeurs de troupeaux, n'est pas sans périls. Il faut, pour l'aborder, de la présence d'esprit et de la prestesse, car il s'agit de gravir des roches perpendiculaires et des blocs de glace perfidement recouverts de neige. Vient après cela une espèce de ravin dans le roc nu et déchiqueté : voilà la route.

On s'élève d'abord, avec une grande fatigue, en s'aidant des mains autant que des pieds, jusqu'à la hauteur d'où les torrents tombent dans le cirque; on suit après cela un mur de rochers, prolongement fantasque du Marboré. Alors se trouvent les pâturages qu'on nomme *Malhada de Serradès*. Ordinairement, de loin en loin, des bergers, abrités sous les rochers, y suivent de l'œil leurs troupeaux éparpillés devant eux, et, sans se lever, crient à leurs chiens les ordres que nécessitent les capricieuses évolutions des chèvres.

C'est là que passait sa vie Jean, petit berger orphelin, qui ne descendait que rarement de ces lieux sauvages. Il s'était ménagé dans une grotte un lit de mousse, et toutes les semaines on lui apportait les provisions nécessaires, c'est-à-dire un pain noir et quelques fromages. Quoiqu'il ne comptât que quinze ans, il faisait déjà depuis quatre ans ce rude métier, auquel tout autre eût succombé, et qui, pour lui, était presque du bonheur. Dormir sur la dure, lutter avec les privations, supporter le froid, garder son troupeau et le défendre contre les loups, semblait un jeu pour lui. Sans autres armes qu'un bâton noueux, déjà, plus d'une fois, il avait assommé plusieurs de ces dangereux brigands : il ne descendait jamais à Saint-Sauveur sans y rapporter quelque peau de loup.

Un jour, la bise soufflait avec vivacité et le froid pinçait les mains et les pieds de Jean, quoiqu'il se fût réfugié dans sa grotte. Blotti au plus profond de son lit de mousse, il ne pouvait s'endormir, malgré le bruit des torrents qui murmuraient à ses pieds. Les chèvres se tenaient serrées les unes contre les autres : les deux chiens, à l'abri sous leur puissante fourrure, allaient et venaient sur la neige qui commençait à tomber, lorsque tout à coup l'un d'eux dressa les oreilles et se mit à courir, de toute la vitesse de ses robustes pattes, vers une extrémité du pâturage. Jean entendit, quelques minutes après, un hurlement et un aboiement, puis des cris confus. Il savait ce que cela voulait dire, prit son bâton noueux et courut rejoindre le chien. Il le trouva aux prises avec une énorme louve. Celle-ci, le poil hérissé, la gueule sanglante, et acculée devant un rocher, se

défendait contre les attaques de son redoutable agresseur. Un louveteau, blessé d'abord sans doute par le chien, gisait sur l'herbe. Jean,
par un mouvement leste et adroit, saisit le louveteau, qui se débat-
tit dans ses bras et chercha à le mordre. La pauvre mère, éperdue,
s'élança au secours de son petit. Cet acte de dévouement lui fut fatal,
car le chien se jeta sur elle par derrière, et d'un terrible coup de
gueule lui cassa les reins. Elle tomba en rugissant. Une seconde
morsure l'étrangla. Jean revint dans sa grotte avec le louveteau,
tandis que le chien vainqueur rapportait sa proie sanglante en la
traînant sur la neige.

Le louveteau avait reçu à la cuisse une blessure profonde, qui rendait peu efficaces les efforts qu'il faisait pour se dérober aux étreintes
du berger. Il finit même par reconnaître l'inutilité de sa colère ;
comme il arrive à presque tous les animaux en pareil cas, il tomba
dans la sombre résignation du condamné à mort, qui se laisse faire
par le bourreau. Jean se demanda s'il ne fallait point prendre la
petite bête féroce par les pattes de derrière et lui briser la tête
contre un rocher. Mais, soit fantaisie, soit pitié, il revint à des sentiments moins cruels, s'assit sur son lit de mousse, pansa du mieux
qu'il put la blessure du louveteau et s'endormit en le tenant dans
ses bras.

Le louveteau resta malade et languissant pendant quelques semaines. Il ne touchait que du bout des lèvres au laitage que lui donnait Jean, et il ne fallut rien moins que des filets levés sur le râble
d'un agneau mort pour le remettre en appétit. Quand il commença
à se lever, à marcher et à montrer quelque vivacité, son maître l'attacha par une corde à un poteau enfoncé au pied de la grotte ; mais il
vit la pauvre bête si triste qu'il renonça à ces précautions et le débarrassa du lien. Le louveteau, délivré, témoigna sa joie par des bonds,
lécha les mains de Jean, et alla se promener effrontément entre
les deux gros chiens, dont le poil se hérissa et qui lui jetèrent un

regard de travers. Il n'en perdit rien cependant de son audacieuse familiarité, ne prit point garde à leur mauvais vouloir, et, comme pour mieux les narguer encore, il se coucha entre les jambes de leur maître.

Peu à peu cependant l'harmonie s'établit entre les trois quadrupèdes et prit même le caractère d'une tendre amitié. Pierrot, c'est ainsi que Jean avait baptisé le loup, se mit à garder les troupeaux comme aurait pu le faire le plus habile de ses deux collègues. Seulement, il mordait un peu plus fort qu'eux et semblait ressentir un penchant prononcé pour les actes de sévérité. Mais, du reste, vigilant, incorruptible, actif, jamais il ne laissait commettre la plus légère infraction à la discipline, et il devint, à juste titre, le favori de Jean. Jean le caressait, le baisait, le bichonnait, ne faisait jamais un pas sans lui. Pierrot suivait gravement son maître pas à pas; ou bien, couché devant lui, il attachait sur le pâtre ses regards brillants d'une tendresse passionnée. Si Jean, distrait, ne prenait point garde au loup, celui-ci s'inquiétait, faisait entendre une sorte de murmure plaintif et poussait de son gros museau la main indifférente de son maître. Mais cette main caressait-elle l'épaisse fourrure de Pierrot, alors il penchait la tête, un mouvement de joie convulsive agitait tous ses membres, et il exprimait son bonheur par des témoignages passionnés.

Le pâtre et le louveteau vécurent ainsi deux ans dans les montagnes, sans se quitter. Ce temps écoulé, un oncle qu'avait Jean à Paris, et qui s'était gagné une petite fortune, écrivit au jeune garçon de venir le rejoindre. Jean se sentit à la fois triste et joyeux, et ne sachant s'il devait se réjouir ou s'affliger de faire fortune et de quitter son troupeau. Tandis qu'on lui lisait la lettre de son oncle et qu'on lui montrait les beaux écus trébuchants qu'il lui envoyait pour faire la route, Jean regardait avec angoisse ses deux chiens et son louveteau. Enfin il sentit de grosses larmes rouler dans ses yeux, et il embrassa les deux chiens, qui le regardaient avec une surprise pleine de désolation, sans rien comprendre à cette scène, sinon que leur maître était affligé. Après ces pénibles adieux, Jean siffla Pierrot, recommanda encore une fois ses chiens au berger qui lui succédait et partit.

Les chiens le suivirent d'abord des yeux avec inquiétude. Ils s'étonnaient qu'il s'éloignât sans les appeler à sa suite; mais, quand ils le virent descendre dans le ravin, ils accoururent le rejoindre et témoignèrent leur jalousie de ce que, pour la première fois sans eux, il entreprenait une course avec Pierrot.

— Si vous étiez à moi, pauvres chiens, dit Jean, dont les larmes coulaient plus abondamment que jamais, je ne vous abandonnerais point ainsi, et nous partirions tous les quatre ensemble. Mais vous ne m'appartenez pas, tandis que Pierrot est mon bien. Adieu! adieu! adieu!... pour toujours peut-être!

Il les baisa de nouveau et leur fit signe de rejoindre le troupeau. Ils obéirent, la tête basse et la queue entre les jambes.

— Allons, Pierrot, en route, et vivement! dit le berger.

Pierrot, qui semblait comprendre ce qui se passait dans le cœur de son maître, prit avec gaieté les devants.

Il est inutile de le dire, Jean ne songea point à prendre la diligence pour se rendre à Paris; l'idée ne lui en vint même pas; si elle lui était venue, il l'eût rejetée comme ridicule. Il se mit en route avec Pierrot, et tous les deux firent le voyage en montagnards habitués à regarder la fatigue comme un plaisir. Vers la nuit tombante, ils entraient dans quelque pauvre auberge, ou bien demandaient l'hospitalité à un fermier; car un peu de paille fraîche, à l'abri d'un toit et dans une étable fermée de portes, réunissait pour eux un bien-être sans exemple. Pierrot s'étendait à terre pour servir d'oreiller à son maître; ils s'endormaient profondément, et le lendemain matin, au point du jour, on voyait se remettre en route le pâtre et son gros chien; car il ne venait à l'idée de personne que le compagnon du jeune homme fût un loup.

Après un mois de voyage, ils arrivèrent tous les deux à Paris, rue des Cinq-Diamants, chez l'oncle de Jean. Cet oncle, devenu un riche fabricant de cartes à jouer, demeurait au sixième étage de cette rue, la plus étroite de Paris ; son appartement se composait de trois petites pièces. Je vous laisse à penser combien peu se trouvaient à l'aise, dans ce taudis, Jean et Pierrot, qui avaient commencé à ne plus bien respirer, même avant de passer la barrière.

L'oncle de Jean était un montagnard passé à l'état complet de marchand parisien, par une habitude de cinquante ans. Il commençait à se sentir trop vieux pour rogner lui-même ses cartes, et il pensa que les bras robustes d'un berger de dix-huit ans feraient mieux, et à meilleur compte, cette besogne que les mains débiles d'un apprenti du Marais. Ce motif lui avait inspiré un tardif retour de souvenir et de tendresse pour son neveu. Vous pouvez juger s'il vit arriver avec plaisir le compagnon que lui amenait son nouvel hôte.

— Hé! Jean, dit-il en patois des montagnes après avoir embrassé son neveu, que comptes-tu faire ici de ce gros chien, qui mange, j'en suis sûr, deux livres de pain, et qui est grand comme un ânon?

— L'ânon, reprit en riant le berger, mangerait bien deux livres de viande avec les deux livres de pain; car ce n'est pas un chien, mais un loup.

— Un loup! s'écria le marchand de cartes en reculant avec terreur. Un loup! tu m'amènes un loup chez moi?

— Il ne faut rien en craindre, il est doux comme un mouton.

— Avec toi peut-être!... Mais avec ceux qu'il ne connaît pas? Et puis il ne faut qu'un mauvais moment de caprice pour amener un malheur. Je ne veux pas de loup chez moi.

— Et que voulez que je devienne sans Pierrot? fit le pauvre

berger, dont les yeux s'emplirent de larmes, je n'ai que lui d'ami au monde.

— Tu auras maintenant ton oncle! Un chrétien vaut bien une bête... Mais qu'allons-nous faire de ce damné loup? Il faut le conduire au Jardin des Plantes, nous l'y vendrons.

— Vendre Pierrot! vendre un ami! j'aimerais mieux mourir. Je le donnerai!... Et encore... Oh! pourquoi m'avez-vous fait quitter mes montagnes?

— Ton loup sera logé et nourri comme un roi au Jardin des Plantes : c'est un palais pour les bêtes. Allons, viens avec moi et tu verras.

Jean, le cœur gros, et en compagnie de son oncle, qui marchait de l'autre côté de la rue, tant Pierrot lui faisait de peur, se dirigea vers le Jardin des Plantes, dont le fabricant de cartes lui montra le chemin. Pierrot suivait son maître pas à pas, et regardait autour de lui avec surprise, tout étonné de marcher sur des pavés fangeux et au milieu d'une double rangée de maisons.

Ce fut à M. Frédéric Cuvier que l'on adressa Pierrot et ceux qui l'amenaient. Jamais le naturaliste n'avait vu un loup de cette taille et de cette force. Il le conduisit lui-même dans les galeries des bêtes féroces et fit ouvrir une cage. En voyant cette prison destinée à Pierrot, Jean se mit à pleurer. Pierrot recula et regarda son maître.

— Il le faut, mon ami, il le faut! dit en sanglotant le berger.

Et il fit un signe.

Le loup obéit tristement et sauta dans la cage. Aussitôt la porte se ferma derrière lui avec fracas. A ce bruit, le prisonnier jeta un hurlement qui fit tressaillir tout le monde, excepté Jean. Il se rua sur les barreaux, il les mordit avec rage de ses dents blanches, il les ébranla à les briser. Mais tout ce courroux s'apaisa à une parole de Jean !

— Il faut te résigner, Pierrot! lui dit-il. Il le faut! sois sage. Je reviendrai te voir.

Et il s'éloigna en pleurant à sanglots.

Le dimanche suivant, il revint en effet voir le loup. Le loup refusait toute nourriture; il gisait là, demi-mort.

Au bruit des pas de Jean, il releva sa tête languissante; il se traîna contre la grille; il poussa des petits cris plaintifs, et les gardiens eux-mêmes, gens de nature peu pitoyable, se sentirent émus des témoignages de tendresse qu'il prodigua au berger. Celui-ci obtint qu'on lui ouvrît la cage, entra, s'assit, plaça la tête de Pierrot sur ses genoux et lui présenta la nourriture que le loup avait obstinément refusée jusque-là. La pauvre bête obéit, mangea un peu et se mit à caresser son ancien maître. Quand il fallut se séparer, un désespoir égal éclata de nouveau entre les deux amis, et Jean rentra malade chez son oncle.

Cette indisposition ne présenta pas d'abord de gravité, mais le manque d'air et de mouvement l'aggravèrent. Peu à peu, une langueur profonde abattit les forces de Jean ; son regard perdit sa vivacité; ses bras s'énervèrent; une toux aiguë siffla dans sa poitrine ; la fièvre se déclara. Le marchand de cartes et sa femme ne prirent point d'abord la chose au sérieux, car Jean remplissait sa besogne comme d'ordinaire ; mais un matin, il ne put quitter son grabat. On appela un médecin, et on transporta le montagnard à l'Hôtel-Dieu. Il y resta dix-huit mois entre la vie et la mort. Deux fois il entra en convalescence et deux fois de graves rechutes le rejetèrent dans un état désespéré. Enfin sa jeunesse et sa puissante constitution triomphèrent de la maladie, et il sortit de l'hospice dans un état de guérison à peu près satisfaisant.

Sa première visite fut pour Pierrot.

Pierrot s'était peu à peu accoutumé à la captivité. Attaché à ses gardiens, il paraissait avoir oublié ses affections passées, lorsque tout à coup il entendit, parmi les spectateurs qui se pressaient autour de la cage, une voix prononcer le nom de Pierrot. Aussitôt il jeta un cri de joie, bondit, sauta, cabriola, s'agita, ébranla sa cage, et ne cessa qu'après avoir vu Jean entrer dans l'intérieur de la galerie. D'abord ils s'embrassèrent à travers les barreaux; puis on leur permit, comme autrefois, de se réunir. Je vous laisse à penser leur joie et leur bonheur !

Mais, hélas ! il fallut encore se quitter. Pendant plusieurs mois, Pierrot, sombre et taciturne, chercha parmi la foule s'il n'apercevait pas Jean, Jean qui avait promis de revenir le voir. Hélas! Jean était retourné au pays. Ses prières n'avaient pu obtenir qu'on lui rendît le loup!... Il lui avait fallu partir seul. Combien de fois, en parcourant ses chères montagnes, en gardant ses troupeaux d'autrefois, en gravissant les rocs du Marboré, il sentit ses yeux s'emplir de larmes au souvenir de Pierrot! combien de fois il se maudit d'avoir entrepris le fatal voyage de Paris qui lui avait valu tant de souffrances et qui surtout le séparait de son meilleur, de son unique ami !

En ce moment, mademoiselle Mine, éveillée par un mouvement involontaire de Marie, attribua ce mouvement à maître Flock. Elle en témoigna son mécontentement au moyen d'un coup de patte plus malintentionné que douloureux.

Maître Flock n'en crut pas moins son honneur intéressé à la riposte, et il ouvrit la gueule en grondant et en montrant, avec menace, ses dents blanches à mademoiselle Mine.

Dieu sait ce qu'il s'en serait suivi si le docteur n'eut interposé son autorité entre les deux adversaires.

A la voix de leur maître, ceux-ci s'apaisèrent, se serrèrent fraternellement l'un contre l'autre et se rendormirent. Le docteur reprit son récit.

Jean revint à Paris trois ans après avoir quitté cette ville si fatale ! Il s'agissait de recueillir l'héritage de son oncle et de sa tante, morts presque subitement tous les deux. La première visite de Jean fut pour le notaire, qui lui remit quinze mille francs ; la seconde pour le Jardin des Plantes.

Il y arriva le soir. On lui annonça d'abord que le loup, après l'avoir pleuré longtemps, s'était enfin consolé, grâce à sa grande amitié pour un petit chien devenu son compagnon. Ensuite on mena Jean dans la ménagerie ; les volets étaient fermés, la nuit régnait partout.

« Les yeux du loup, dit M. Frédéric Cuvier dans son *Histoire des Mammifères*, ne pouvaient le servir, mais la voix de son maître chéri ne s'était pas effacée de sa mémoire... Dès qu'il l'entend, il le reconnaît, lui répond par des cris qui annoncent des désirs impatients, et aussitôt que l'obstacle qui les sépare est levé, les cris redoublent ; l'animal se précipite par les deux pieds de devant sur les épaules de celui qu'il aime si vivement, lui passe sa langue sur toutes les par-

ties du visage et menace de ses dents ses propres gardiens, qui n'o-
sent s'approcher, et auxquels un moment auparavant il donnait des
marques d'affection. Une telle jouissance, n'ayant pas eu le temps
de s'épuiser, devait amener une peine cruelle. Il fut nécessaire de

les séparer encore. Aussi, après cet instant pénible, le loup, triste,
immobile, refusa toute nourriture et maigrit. Ses poils se hérissè-
rent comme ceux de tous les animaux malades.

« Au bout de huit jours il était méconnaissable, et nous eûmes
longtemps la crainte de le perdre; sa santé s'est heureusement réta-
blie, et il a repris son embonpoint et son brillant pelage. Ses gardiens peuvent de nouveau l'approcher, mais il ne souffre les caresses d'aucune autre personne. »

Jean, retourné dans ses montagnes, s'y est marié. Au milieu de
ses enfants, près de sa femme, il garde de Pierrot un fidèle souvenir,
et il aime à raconter à ses fils, le soir, devant l'âtre, l'histoire de
cette pauvre bête : je dis pauvre bête, car Jean ne sait pas que le
loup a fini par succomber aux ennuis de la captivité, et qu'il figure

à cette heure, fort proprement bourré, dans la galerie d'histoire naturelle avec cette étiquette latine sur la planche qui le supporte :
Canis lycaon (Loup noir d'Europe).

— Voici encore une histoire bien triste ! m'écriai-je.

— Ce n'est point seulement le loup noir qui est susceptible d'a-
mitié, continua le docteur après avoir respiré un moment. Le loup-
cervier peut se montrer tout aussi affectueux, et cependant le loup-
cervier a été la terreur de nos aïeux. Autrefois on le rencontrait
fréquemment en France et en Allemagne, où, malgré sa beauté, il
jouissait d'un renom sinistre.

Il suivait, disait-on, les voyageurs égarés, les fascinait de ses regards magnétiques, les rendait muets, et, sans bouger de place, les
attirait jusque sous ses ongles aigus pour les mettre en pièces et les
dévorer.

Le lynx ne s'en prend jamais à l'homme. En revanche, il attaque
parfois des animaux de grande taille, des élans, des rennes, des cerfs
et des chevreuils ; il saute du haut d'un arbre sur leurs épaules, s'y
cramponne avec ses ongles, et ne lâche prise qu'après avoir abattu
sa proie en lui brisant la première vertèbre du cou. Il lui fait ensuite
un trou derrière le crâne, et par cette ouverture lui suce la cervelle
à l'aide de sa langue hérissée de petites épines.

Toutefois, il ne chasse d'ordinaire que les chats sauvages, les
martres, les écureuils et les oiseaux ; c'est enfin un grand ravageur
d'hermines, de lièvres, de lapins et de perdrix.

Le loup-cervier, pris jeune, s'apprivoise avec une grande facilité et
contracte les habitudes de nos chats domestiques.

En 1830, une des héroïnes polonaises qui s'armèrent pour l'affran-
chissement de leur patrie vint demander asile à la France, et amena
avec elle un loup-cervier. Elle l'avait trouvé tout petit dans le creux
d'un arbre, un jour de chasse, et élevé avec beaucoup de soins.
Aussi l'animal ne quittait-il jamais sa maîtresse. En campagne, il

montait en croupe sur le cheval de l'héroïque jeune femme. A Paris, dans son petit hôtel de l'île Saint-Louis, il se tenait presque toujours couché à ses pieds. Gai, alerte, d'une mansuétude inaltérable, il donnait des soins extrêmes à sa toilette, lissait plusieurs fois par jour sa belle robe, et à l'heure des repas s'asseyait sur un fauteuil pour recevoir de la belle exilée les viandes cuites qu'elle ne dédaignait point de lui offrir de ses mains, d'une perfection merveilleuse. J'ai bien des fois été témoin de la délicatesse avec laquelle le loup-cervier prenait du bout de ses lèvres roses les morceaux que lui présentait sa maîtresse.

Il savait, en outre, distinguer les amis de la maison, et venait au-devant d'eux en faisant le gros dos, pour solliciter leurs caresses.

Lorsqu'on passait la main sur sa fourrure, un grave ronron, qui rappelait celui du chat, formait une sorte de basse étrange à ses miaulements affectueux. Il se mettait rarement en colère, mais alors sa voix prenait une expression effrayante, et il poussait des hurlements semblables à ceux des loups.

Ses passe-temps ordinaires consistaient en promenades dans le petit parc de l'hôtel. Il escaladait avec une légèreté d'oiseau les murs
tapissés de lierres et de vignes, sautait en deux ou trois bonds sur un
grand arbre qui dominait le jardin, et ne dédaignait pas de saisir les
moineaux assez imprudents pour ne pas prendre la fuite dès qu'apparaissait à la porte du salon la grosse tête ronde du loup-cervier.

Quelque emporté qu'il se montrât dans ses jeux ou dans sa chasse,
au moindre signe de sa maîtresse, il revenait se coucher à ses pieds
avec une soumission qu'on ne trouve pas toujours chez nos chats
domestiques.

CHAPITRE ONZIEME

Tout à coup le docteur s'interrompit à l'apparition d'une magnifique tourte aux amandes façonnée de la main d'Antoinette et apportée par elle.

— Voici un mets délicieux, dit-il, en dégustant la portion de cette tourte que lui avait servie madame de Moronval. Certes, mon ami Carême ne l'eût point désavoué.

— Carême ! quel nom singulier ! objecta Louise.

— C'était, répondis-je, le nom d'un célèbre maître d'hôtel qui a publié des ouvrages fort remarquables sur l'art culinaire.

— Et qui m'a raconté une histoire charmante que je vais vous redire, ajouta le docteur en riant, puisque je remplis ici le rôle de la belle et infatigable conteuse Sheherazade, des *Mille et une Nuits*

CHAPITRE DOUZIÈME

LA MARCHANDE DE GATEAUX

I

Ceux-là qui sont arrivés à Paris, pauvres et inconnus, pour y subir la dure initiation de la vie artistique, doivent se rappeler, maintenant qu'ils ont atteint au succès et à la fortune, combien ils se
sentaient heureux lorsqu'une main bienveillante s'étendait vers eux
pour les soutenir et les encourager. Personne n'a fait, pour ces pauvres novices, plus qu'un homme dont le nom viendra tout à l'heure.
Sa table et sa bourse leur étaient ouvertes. Il les aidait de son crédit, plus considérable qu'on ne le pensait ; ses conseils en matière
de peinture, de statuaire et de style n'étaient certes pas à dédaigner ; artiste lui-même, il ne restait étranger à aucune branche de
l'art. Je n'oublierai jamais combien cet homme a été bienveillant et

dévoué pour moi. Plus d'une fois je suis entré désolé dans son cabinet, et j'en suis sorti plein de courage et d'espérance.

Cet homme était l'illustre Carême, le plus grand des cuisiniers modernes, l'artiste intelligent et supérieur qui transforma en une science profonde un art regardé jusqu'à lui comme un vulgaire métier.

C'était à la fois un spectacle plaisant et solennel que de voir Carême, assis gravement dans son fauteuil de cuir, en face d'un bureau d'acajou chargé de livres et de papiers. Le front soucieux, comme s'il se fût agi de décider du sort d'un empire, il méditait un coulis ou une sauce avec une sollicitude devant laquelle se fussent récriés avec admiration Apicius ou Vitellius, ces grands gourmands de l'antiquité. Plus d'un personnage illustre savait apprécier le talent de Carême, témoin M. de Talleyrand.

A voir le cabinet de Carême, on se serait cru chez un philosophe ou chez un savant. Tout s'y montrait grave et sévère. Quatre ou cinq cents volumes, disposés sur des tablettes de chêne, montraient, en lettres d'or, sur leur dos de veau noir, les noms des classiques mêlés à des noms plus modernes : le spirituel artiste avait compris que les grandes querelles des classiques et des romantiques, soulevées alors dans la littérature, finiraient par s'éteindre pour faire place à un goût sûr et moins exclusif. Un portrait à l'huile de M. de Rothschild, en face d'une toile représentant le prince de Talleyrand, décorait seul les parois que la bibliothèque n'occupait point. Enfin un petit fourneau portatif, placé à droite du bureau, et qu'alimentait un réchaud à l'esprit-de-vin, portait deux ou trois casseroles en argent et servait aux expériences de Carême, qui puisait dans un grand coffre d'acajou les substances qu'il cherchait à combiner.

Un matin j'entrai chez lui; il souleva gravement la tête, me regarda d'un air distrait, me sourit, me fit signe de m'asseoir et retomba dans ses méditations. Il finit presque aussitôt par oublier ma présence, tout entier qu'il était à ses combinaisons chimiques. Je le voyais activer le feu de son fourneau, surveiller la cuisson des matières qui frissonnaient dans la casserole d'argent, en suivre la coction avec sollicitude, et témoigner tour à tour sa satisfaction ou son désappointement. Tantôt il fronçait le sourcil et ne pouvait retenir un geste d'impatience; d'autres fois, son visage s'épanouissait, et il ne pouvait retenir une exclamation joyeuse qui s'échappait de ses lèvres.

Après un quart d'heure d'étude, il se leva, l'air radieux et la satisfaction empreinte sur tous ses traits.

— Mon ami, s'écria-t-il, j'ai réussi ! Je viens d'arriver à la confection d'un *suprême* qui dépasse tout ce qu'on a inventé jusqu'à ce jour dans un genre aussi délicat et aussi difficile ; l'œil et le goût admireront mon œuvre. Je suis sûr d'obtenir aujourd'hui les félicitations de mon noble patron !

Puis il soupira, et son visage s'assombrit.

— Hélas ! reprit-il, pourquoi faut-il que mon art soit aussi ingrat ! Je viens d'inventer un mets qui pourrait délecter des milliers d'hommes; je l'ai composé, dans un but de popularité, avec des substances peu coûteuses et faciles à se procurer : eh bien, des années s'écouleront sans doute avant que cette manne délicieuse puisse détrôner la grossière galette et le *flan* vulgaire. Peut-être la jalousie de mes confrères l'empêchera de se propager au delà de la table de mon protecteur. Peut-être même après ma mort, tombera-t-elle dans l'oubli et ne restera-t-il pas un souvenir, pas une trace de cette recette, inventée au prix de tant d'études et de travaux !

L'enthousiasme et la passion sont toujours vénérables, quel que soit leur but. Un cuisinier consciencieux mérite plus de respect qu'un artiste vénal et sans amour pour l'art. J'écoutai donc Carême sans sourire, et comme si j'eusse sincèrement partagé sa mélancolie sur l'existence fugitive des recettes de *suprême*.

Il avait versé le contenu de sa casserole sur un plat d'argent. Il en prit un peu au bout d'une cuiller, en goûta de nouveau, et leva ses yeux au ciel par un mouvement passionné ; puis il prit une autre cuiller, et, détachant une nouvelle bribe du *suprême*, il me la présenta avec solennité.

— Goûtez, me dit-il, et soyez mon juge.

Je portai la cuiller à mes lèvres, et, je l'avoue, la chose me parut si bonne, son goût possédait tant de délicatesse et de finesse, qu'il n'y eut point d'exagération dans les éloges dont j'accompagnai cette dégustation.

— Vous me consolez, me dit-il ; oui, vous me consolez, mon ami. J'éprouvais le besoin d'un encouragement et d'une consolation. Quand la tristesse s'empare de mon cœur, si je n'avais point près de moi un ami pour me soutenir et pour me consoler, je ne sais à quels excès d'abattement je finirais par me laisser aller. — Maintenant, continua-t-il, parlons de vos affaires, mon jeune docteur : êtes-vous plus content ?... le succès commence-t-il à vous arriver ?

Et comme je secouais tristement la tête :

— Patience ! me dit-il ; patience ! la clientèle et la réputation ne naissent pas en un jour ! Moi qui vous parle, combien n'ai-je pas eu de découragements à subir, d'obstacles à renverser, avant de faire sortir de l'obscurité le nom que je porte ! Patience et bon espoir, mon ami ! Vous avez pour vous soutenir votre jeunesse. Hélas ! votre horizon n'est pas borné comme le mien ; il s'ouvre immense.

« Demeurez avec moi, dit-il ensuite : nous passerons la journée ensemble, les devoirs de ma charge me laissent libre aujourd'hui. Mon patron part pour la campagne, et je ne dois point l'y accompagner. Nous causerons, nous irons dîner ensemble au *Rocher de Cancale*. Il y a là un de mes élèves qui ne va point mal, et que je serai charmé d'encourager, si toutefois il le mérite. Nous le surprendrons à l'improviste, et nous verrons s'il comprend toute l'importance de l'art culinaire. Car, mon ami, un cuisinier, un véritable cuisinier ne doit jamais se négliger. La cuisine publique présente déjà assez de difficultés, sans qu'on y ajoute encore de la négligence. Il faut toujours travailler comme si l'on avait à traiter un sévère connaisseur.

Là-dessus il quitta sa robe de chambre de travail, passa un habit, et prit sa canne et son chapeau.

II

Arrivé devant le restaurant, il s'enveloppa de sa redingote et rabattit son chapeau sur son visage, de manière à ce qu'on ne pût le reconnaître tandis qu'il montait l'escalier et entrait dans le cabinet où nous nous installâmes pour dîner.

Carême mit un soin minutieux à écrire le menu de notre repas. Il choisit surtout certains mets difficiles à confectionner ; je voyais, tandis qu'il se livrait à cette œuvre importante, ses lèvres s'entr'ouvrir par un sourire malin.

Quand il eut terminé, il me dit en se frottant les mains :

— Nous allons voir un peu comment mon ancien élève se tirera de l'épreuve à laquelle je le soumets.

Puis il ajouta :

— En attendant le dîner, il faut que je vous conte une histoire où la cuisine joue un rôle.

Il s'accouda sur la table, tira sa tabatière, huma une large prise et commença comme il suit :

« Il y avait à Paris, sous la minorité de Louis XIV, un vieillard qui demeurait dans une des rues les plus pauvres et les plus noires qui avoisinent la place Royale. Je dis un vieillard, quoique cet homme fût plus caduc que vieux. Sa taille, déjetée par la fatigue et par le

12

chagrin, le faisait marcher courbé vers la terre. Ses traits étaient flé-
tris et sillonnés de rides ; enfin sur son front chauve apparaissaient de
rares cheveux gris. Si l'attitude et la physionomie de cet homme paraissaient tristes, sa manière de vivre l'était bien plus encore. Il passait ses journées enfermé dans une chambre où personne ne pénétrait ; personne, pas même sa fille ; pas même la vieille femme qui
remplissait à la fois au logis l'office de gouvernante de Julia et les
devoirs de servante près de maître Andiamo (c'était par ce nom italien qu'on désignait le personnage dont nous parlons).

« En effet, son teint brun, ses yeux noirs et l'accent étranger de sa
prononciation semblaient le ranger parmi les Italiens qui peuplaient,
à cette époque, certains quartiers de Paris, et qu'amenait en France
l'espoir d'y faire fortune. Ce que le signor Andiamo fabriquait dans
sa chambre, personne n'avait jamais pu le deviner, pas plus que les
ressources qu'il possédait pour vivre. On ne lui connaissait aucun
métier, et cependant la misère ne régnait pas trop tristement dans
son modeste logis. Chaque jour, les voisins voyaient dame Barbara,
tenant la petite Julia par la main, se rendre au marché, d'où elle ne
tardait point à revenir avec un panier de provisions. Sitôt de retour,
dame Barbara se mettait à l'œuvre ; et, secondée par la petite fille,
quoique celle-ci ne comptât guère plus de douze ans, elle préparait le
dîner et l'assaisonnait avec un soin extrême. Il fallait la voir, avec les
bras nus jusqu'aux coudes, prestement remuer sur un grand fourneau
ardent de belles casseroles reluisantes comme de l'or, et desquelles
s'exhalaient les fumets les plus délicieux.

« Julia allait et venait près de Barbara, taillait les légumes, piquait
les viandes, présentait à la vieille les assaisonnements ; en un mot,
remplissait l'office d'aide de cuisine avec une intelligence extrême.

« Quand tout était prêt, dame Barbara frappait doucement à la porte
de la chambre dans laquelle travaillait son maître. D'ordinaire, il
fallait qu'elle répétât plusieurs fois ses appels pour que celui-ci con-

sentit à répondre et à sortir enfin. On se mettait à table ; dame Barbara faisait de son mieux l'éloge des ragoûts, pour engager son maître à y goûter ; malgré les parfums alléchants de ces exquises préparations, malgré les prières de sa gouvernante et les sollicitations de sa fille, il effleurait à peine des lèvres ce qu'on servait dans son assiette ; après quoi il se levait de table, embrassait sa fille sur le front et rentrait dans sa chambre, dont il fermait la porte à triple verrou.

« En voyant son maître en agir ainsi, dame Barbara essuyait une larme et restait quelques instants dans un découragement profond : après quoi elle s'armait de résolution et de courage, desservait la table, serrait soigneusement dans l'armoire ce qui pouvait servir au repas du lendemain, et se mettait à faire des travaux de couture, non sans enseigner à la petite fille comment on maniait l'aiguille et de quelle façon il fallait s'y prendre pour tailler une jupe ou disposer un bonnet.

« A quelque temps de là, l'hiver arriva, et sévit avec une telle rigueur que l'eau gelait dans les maisons, près du feu, et qu'on trouva plusieurs malheureux morts de froid dans leur logis.

« Dame Barbara redoubla de zèle pour préserver de la violence de la gelée Julia et son père. Elle obligea son maître à se couvrir de vêtements plus chauds ; et elle prit une de ses propres jupes pour en faire un manteau à Julia. Cet acte de dévouement lui devint fatal. Un matin, qu'elle était sortie de bonne heure, elle rentra transie et fort souffrante.

« En vain elle alluma un grand feu dans la cheminée, rien ne put la réchauffer ; elle resta longtemps glacée et presque paralysée par le froid. Des frissons se déclarèrent ; une fièvre violente succéda tout à coup à cet état d'inertie, et à peine eut-elle la force de se jeter sur son lit ; jugez de la douleur de Julia quand elle vit Barbara malade et succombant tout à coup à d'affreuses souffrances.

« La première pensée de la petite fille fut d'appeler son père à l'aide, elle frappa plusieurs fois à la porte de sa chambre ; elle lui cria de sa frêle voix, qu'elle fit la plus perçante possible :

« — Barbara est malade, père ; viens à son aide.

« Personne ne répondit.

« Après ces inutiles efforts, Julia résolut de servir de garde-malade à sa bonne. Elle ranima le feu qui commençait à s'éteindre, chauffa de l'eau, et demanda à Barbara quelle boisson elle voulait pour étancher la soif ardente dont elle se plaignait tout à l'heure.

« Hélas ! Barbara n'avait plus sa raison ; le délire s'était emparé d'elle. Elle agitait la tête par un mouvement machinal ; elle portait autour d'elle des regards insensés ; les paroles qui sortaient de sa bouche n'offraient aucune suite et ne se composaient que de mots dits au hasard.

« Bientôt même ce ne furent plus des mots qu'elle balbutiait. Des plaintes entrecoupées, des articulations douloureuses interrompaient seules le silence lugubre qui se faisait dans la maison. Car la nuit descendait du ciel ; la neige tombait lentement et amassait dans les rues des couches blanches et glacées. Enfin le feu commençait à s'éteindre, et le bois manquait pour l'alimenter.

« — Père ! père ! cria Julia en plaçant sa bouche le plus près possible de la porte, père ! père ! venez à mon aide ; Barbara est bien malade.

« Son père ne répondit pas, et rien ne troubla ce silence effrayant, si ce n'est un râlement de Barbara.

« — Père ! père ! répéta la petite fille.

« Rien, rien, pas une réponse, pas un mouvement, pas un bruit !

« Une terreur inexprimable s'empara de Julia ; elle s'agenouilla devant un crucifix qui se trouvait dans la chambre, joignit les mains et se mit à prier avec ferveur.

« — Seigneur ! dit-elle, venez à mon aide ! ne m'abandonnez pas !

Que vais-je devenir si personne ne me seconde dans les soins qu'exige la maladie de Barbara? Seigneur, protégez-moi !

« Elle priait encore, quand la porte de la chambre de son père s'ouvrit.

« Julia se crut sauvée et courut à lui. Le vieillard s'approcha lentement de la cheminée dans laquelle restaient encore quelques braises qui commençaient à s'éteindre ; il les attisa, les rassembla du bout de son pied, étendit les mains sur leur flamme mourante, et resta là immobile sans répondre aux sollicitations de sa fille, sans prêter d'attention aux gémissements étouffés de Barbara.

« — Père ! père ! lui disait la petite fille, vous ne voyez donc point que Barbara est bien malade, qu'elle va mourir si vous ne lui donnez point vos soins ! Regardez ! ses yeux sont hagards ; elle étouffe, elle va expirer.

« Le vieillard continuait à se chauffer en silence.

« — Mon père ! mon père ! par pitié !

« Et elle lui prit la main ; elle voulut l'entraîner vers le lit de la pauvre femme. Il résista.

« — Le bon feu ! disait-il ; je ne veux pas m'en éloigner. Ah ! ah ! il fait si bon à se chauffer !

« Tout à coup il se leva brusquement, écrasa sous ses pieds les braises du foyer et s'écria :

« — En me chauffant je perds un temps précieux; je néglige, durant ces jouissances vulgaires, le but glorieux que je suis près d'atteindre. Allons, allons !

« Et il se dirigea vers sa chambre.

« — Mon père, mon père ! vous ne rentrerez pas avant d'avoir rallumé le feu, avant surtout d'avoir été chercher un médecin pour Barbara. Voyez, elle se meurt, mon père !

« Elle le força à s'approcher du lit. Il regarda à peine sa fidèle servante, que ses soins pouvaient sauver peut-être ; s'assit, plutôt qu'il ne tomba, sur une chaise, et se laissa aller a une rêverie profonde.

« — Mon père ! par pitié, venez en aide à Barbara; elle va mourir.

« — Mourir ! répéta le vieillard, mourir ! qu'importe ? je la ressusciterai avant peu de jours. Encore quelques instants, et peut-être vais-je atteindre le but de toutes mes études, le grand œuvre. On ne mourra plus ! il n'y aura plus de malades, et puis je ferai de l'or. Laisse mourir Barbara : j'essayerai sur elle mes premières expériences.

« Julia le regarda avec des yeux épouvantés, car c'était la première fois que son père lui tenait de ces discours insensés.

« — C'est un beau secret, n'est-ce pas ? Voici huit années que j'y travaille.

« — Mon père, reprenez votre raison ! Venez au secours de Barbara. Allez chercher un médecin : la demeure de l'un d'eux n'est pas éloignée. Maître Joandar demeure place Royale ; allez chercher ce médecin.

« — Les médecins, je les écraserai sous les pieds ; oui, sous mes pieds, comme cela ! tiens, regarde.

« Il se mit à sauter et à danser dans la chambre avec les gestes

les plus extravagants. Bientôt à ces gestes il mêla je ne sais quelle
chanson sans suite et qu'il semblait improviser.

« Puis il s'approcha du lit de Barbara.

« — Meurs vite ! lui cria-t-il, meurs vite, que je puisse te ressusciter ! Je changerai ta vieillesse en jeunesse, ta faiblesse en force,
ta maladie en santé ; mais meurs vite, car j'ai besoin de ton cadavre pour faire mes expériences.

« Il riait, il dansait et il chantait toujours, non sans répéter
encore :

« — Meurs ! meurs ! meurs ! meurs !

III

« En présence du délire de son père, la pauvre Julia commença
à entrevoir une funeste vérité que lui avaient déjà fait pressentir de
vagues craintes. Hélas ! il ne lui resta bientôt plus de doute. Andiamo,

pâle, les cheveux hérissés et dans un état de folie effrayant, continuait son étrange danse et donnait les signes les plus irrécusables de démence.

« La malheureuse enfant, dans un état d'épouvante facile à deviner, et comprenant le danger que courait la vieille servante, entr'ouvrit la porte de la chambre, se glissa furtivement hors du logis et gagna la rue, afin d'aller chercher du secours.

« C'était au milieu du mois de décembre; la neige tombait à larges flocons; et pas un bruit, pas une voix ne troublaient le silence profond et lugubre qui régnait partout : l'agitation et le tumulte eussent paru moins redoutables à la pauvre enfant.

« Elle hésita quelques instants, le courage lui manqua. Cette faiblesse fut de courte durée. Elle s'agenouilla pieusement, joignit les mains, récita une prière; puis, relevant sur sa tête sa jupe de manière à en former une sorte de voile et de manteau, elle se mit à courir dans la direction de la rue où demeurait le médecin. Julia ne sortait jamais seule. Barbara lui servait toujours de guide et de compagnie. La jeune fille ne s'inquiétait donc jamais beaucoup du chemin qu'elle suivait, et n'y prêtait guère d'attention. Arrivée à un carrefour, elle ne sut plus de quel côté se diriger. Ses souvenirs se troublèrent. D'ailleurs, eût-elle eu plus d'habitude du quartier, et n'eût-elle point éprouvé une vive terreur, l'obscurité et la neige lui eussent encore rendu difficile la connaissance du chemin qu'il fallait prendre. Donc, à peu près au hasard, elle se jeta dans une des quatre rues qui se croisaient devant elle.

« Après cinq ou six minutes de marche elle reconnut, avec un effroi facile à comprendre, qu'elle était tout à fait perdue.

« Et cependant, je vous l'ai dit, la neige tombait en abondance, et amassait sur les épaules et sur la tête de la pauvrette ses voiles glacés. A chaque instant les pieds de Julia trébuchaient dans la couche épaisse, froide et glissante qui couvrait le pavé inégal et fangeux.

Enfin, aucune lumière ne l'aidait à se diriger et à retrouver sa route; car, à cette époque, les réverbères ou plutôt les lanternes publiques n'étaient pas encore inventés. Si quelque bruit troublait le silence sépulcral du quartier où elle errait, ces bruits étaient encore plus sinistres. Tantôt des chiens féroces allaient et venaient, cherchant une proie à dévorer et fouillant la neige pour y trouver des immondices. Tantôt, des tire-laine, le poignard dans les dents et d'énormes massues à la main, s'éclairaient de la lueur fauve d'une lanterne sourde, cherchaient à dévaliser ceux que le hasard leur amenait, ou à enfoncer les portes qui ne leur paraissaient pas solides.

« Plusieurs fois ces bandits passèrent près de Julia sans la voir : quand elle apercevait au loin la lumière de leur lanterne, elle se blottissait précipitamment dans quelque coin, et attendait, pour reprendre sa course, qu'ils eussent passé.

« Plusieurs fois aussi elle évita leur fâcheuse rencontre; mais elle trébucha et tomba en voulant se garer d'un nouveau groupe de voleurs.

« Le bruit de sa chute les attira. Un vieillard hideux, couvert de haillons et armé jusqu'aux dents, accourut vers elle avec la rapidité d'un tigre qui voit une gazelle.

« Il promena sur le visage de Julia, presque évanouie, la clarté de sa lanterne; puis il se prit à rire avec une joie féroce.

« — Oh! ne me tuez pas, ne me tuez pas! murmura la petite fille d'une voix défaillante.

« Le vieillard montra de nouveau par un sourire épouvantable ses dents noires et démeublées.

« — Grâce! grâce! répéta Julia les mains jointes.

« — Tais-toi, répondit le voleur en accompagnant ses paroles d'un geste menaçant; tais-toi, ou mon couteau saura bien t'empêcher de geindre et d'appeler de ce côté les gens du guet.

« En disant cela, il tira de sa ceinture un grand couteau et en fit briller la lame aiguë aux yeux de Julia.

« — Maintenant que nos conventions sont faites, donne-moi ce jupon qui t'enveloppe.

« Elle obéit, et jeta le jupon à ses pieds. Le voleur poussa un cri de joie.

« — Des boucles d'oreilles! dit-il, des boucles d'oreilles en or, en or véritable et bien pesantes, ma foi! Allons, vite, qu'on les détache, ou bien je m'en chargerai, et je ne perdrai pas mon temps à en dégrafer le crochet.

« Julia, d'une main engourdie par le froid et tremblante de peur, détacha ses boucles d'oreilles.

« Le brigand s'apprêtait à prendre encore la robe de l'enfant, quant tout à coup un bruit de pas se fit entendre.

« — C'est le guet ou une bande de tire-laine plus nombreuse que la nôtre, dit le voleur. Au diable soient les importuns!

« Il prit les boucles d'oreilles, fourra le jupon dans sa besace, éteignit ou ferma sa lanterne, et disparut en assénant un grand coup sur la tête de Julia.

« — Il ne faut pas que tu mettes le guet sur mes traces, ricanat-il en prenant la fuite.

« Julia tomba évanouie.

« Le voleur ne se trompait pas dans sa première supposition. Les pas qu'il avait entendus étaient ceux d'une patrouille du guet.

« Cette patrouille se composait de cinq archers, plus désireux de gagner le corps de garde que de faire quelque rencontre qui les obligeât à s'arrêter dans la rue à recevoir plus longtemps la neige sur leurs hoquetons.

« Ils se contentèrent donc de constater le silence qui régnait dans la rue, et ne songèrent pas à diriger la lumière de leurs falots vers le coin où gisait sans connaissance et sans mouvement la victime du vieux voleur.

« Ils passèrent tout près d'elle sans la voir, continuèrent leur route, et disparurent.

« Quand le bruit de leurs pas se fut éteint tout à fait à l'extrémité de la rue, un silence plus morne et plus absolu que jamais recommença à régner partout.

« Il en advint ainsi jusqu'au moment où le jour commença à poindre.

« Alors une nouvelle patrouille du guet remarqua, près d'une porte, un tas de neige plus élevé que le reste de la couche uniforme qui couvrait le pavé. Le sergent des archers s'approcha, et remua du bout de sa hallebarde ce tas de neige.

« — De par saint Georges, notre patron, dit-il, voici un cadavre!

« Il se baissa et ramassa le corps roide de Julia. Quelque dur et habitué aux scènes de mort que fût le soudard, il ne put réprimer un soupir à la vue de la petite fille, si belle et si jeune, qu'il croyait frappée par la mort.

« Il faut dire que cet homme avait des enfants.

« — Mourir gelée, au milieu de la rue ! dit-il en essuyant une larme qui coulait, sans qu'il s'en aperçût, sur ses joues basanées. Dieu préserve ma petite Louison et mon cher Jacques d'un pareil malheur ! Allons, vous autres, croisez vos hallebardes en guise de civière, et placez dessus ce cadavre.

« — La pauvre enfant n'est pas si lourde qu'il faille tant d'apprêts pour transporter son corps, objecta un des archers. Je vais la prendre dans mes bras et la charger sur mes épaules ; si je me sens fatigué, un de mes camarades me relayera.

« — Soit, et en marche ! dit le sergent.

« L'archer, comme il l'avait proposé, releva le corps roide et inanimé de Julia, secoua la neige dont elle était couverte, l'enveloppa dans un pan de son large manteau de gros drap, et le serrant contre sa poitrine, se mit à suivre ses camarades.

« Tout à coup il poussa un cri.

« — Sergent ! dit-il, ohé, sergent ? l'enfant n'est pas morte. Sa petite main vient de faire un mouvement, et j'ai senti son haleine sur ma joue.

« — Dieu soit loué ! répliqua le sergent. La mort de cette enfant me serrait le cœur, et je m'en sentais triste comme si je l'eusse connue. Il est vrai qu'elle a des cheveux noirs semblables à ceux de mon petit démon de Jacques, et qu'avec ses paupières fermées elle me rappelait ma petite fille Louison quand elle dort.

« L'archer qui portait Julia dans ses bras l'enveloppa avec plus de soin encore, et chercha à la réchauffer par la chaleur de son souffle.

« Julia entr'ouvrit les yeux et fit entendre un faible gémissement.

« — Sergent, la voici qui ouvre les yeux et qui se ranime tout à fait, continua l'archer.

« — Eh bien, puisque le bon Dieu la ressuscite miraculeusement, répondit le soudard, achevons l'œuvre de la Providence. Nous n'avons point tous les jours l'occasion de faire des actes de charité.

Au lieu de porter l'enfant au corps de garde, dirigeons-nous vers
le logis de ma femme, qui n'est pas bien éloigné de notre route.
Ma femme lui donnera les soins que nécessite son état, bien mieux
que nous ne saurions le faire. Quand la petite aura tout à fait repris
connaissance, elle nous dira son nom et le quartier où elle demeure.
Voyez, que le linge des manches de sa chemise est fin et blanc! Elle
appartient sans doute à des parents riches qui nous donneront une
bonne aubaine; car des pères et mères à qui l'on rend leur enfant
ne lésinent pas et se montrent toujours généreux. Si je me trompe,
si nous ne recueillons pas quelque argent, eh bien, à la grâce de
Dieu! Je n'en regretterai pas pour cela les peines de ma femme.
La sainte Vierge et les saints du paradis rendront cela à ma famille.

« — Voilà qui est dit, sergent, reprit le soldat; vous êtes un brave
homme, et Dieu vous tiendra compte du bien que vous allez faire.

« Tout en tenant ces propos, la petite troupe arriva chez Madeleine, la femme du sergent.

« La bonne créature se prit aussitôt de compassion pour la petite
fille à demi morte que son mari lui amenait.

« Elle la déshabilla, la mit entre deux couvertures de laine dans
un lit bien chaud et bien bassiné; ensuite elle prépara un grand
verre d'hypocras brûlant que son mari but d'un seul trait, non sans
laisser toutefois au fond du verre ce qu'il en fallait pour rendre un
peu de chaleur intérieure à l'enfant.

« Celle-ci, ranimée, ouvrit tout à fait les yeux, promena des regards étonnés autour d'elle, et se voyant entourée d'inconnus, crut
faire un rêve pénible.

« — Il faut l'interroger, dit le sergent.

« — Il faut la laisser en repos, interrompit dame Madeleine. Va
rejoindre ton corps de garde et achever ton service. Quand tu re-
viendras, l'enfant aura repris ses sens et pourra, je l'espère, répondre à nos questions : l'interroger maintenant serait dangereux. »

IV

Carême en était là de son récit, lorsqu'un garçon du restaurant entra et servit le potage.

A peine l'illustre maître d'hôtel eut-il porté les yeux sur le contenu de la soupière d'argent, qu'il s'écria .

— De l'oignon brûlé ! Un de mes élèves met de l'oignon brûlé dans un potage au vermicelle ! Quelle honte ! quel oubli de mes leçons ! Autant vaudrait, pour un écrivain, mon ami, faire des fautes de langue et employer l'orthographe d'une laveuse de vaisselle. A Dieu ne plaise que je touche à ce tripotage ignoble ! ajouta-t-il en jetant sur moi un regard de pitié, tandis que, sans tenir compte des oignons brûlés et de leur profane présence, je mangeais avec appétit le potage, qui me semblait fort bon.

Il repoussa son assiette avec dégoût, appuya ses deux coudes sur la table pour mieux exprimer sans doute son dédain, et continua brusquement, sans autre préliminaire, l'histoire que l'arrivée de l'intempestif potage avait interrompue.

« Quoique Julia eût repris parfaitement connaissance, elle ne put répondre clairement aux questions de ses hôtes que cinq à six heures après son arrivée chez eux.

« Le sergent du guet, dont le service se trouvait terminé, et qui restait libre de son temps et de ses actions pour le reste de la journée, résolut prudemment de ne ramener l'enfant au logis de son père qu'après en avoir prévenu ce dernier, si toutefois il était en état de l'entendre ; car Julia avait tout conté, l'agonie de Barbara et l'accès de folie d'Andiamo. Il se revêtit donc de son hoqueton, et se rendit chez l'Italien. A peine arriva-t-il dans la rue Saint-Antoine, qu'il vit un nombreux attroupement formé à l'entrée de la rue même qu'ha-

bitait celui qu'il allait chercher. Au-dessus des maisons brillaient les
reflets d'un rouge sombre qu'un incendie jetait sur le ciel. Il essaya
de fendre la foule, et n'y parvint qu'avec difficulté, malgré son cos-

tume de sergent du guet. On s'y disputait à qui pourrait voir la rue,
et de chaque groupe sortaient des exclamations, des cris et des menaces. Le sergent joua des coudes, et, en homme habitué au populaire, s'ouvrit un chemin jusqu'à la rue, puis de cette rue à la maison de la petite fille qu'il avait recueillie. A sa grande suprise,
il trouva cette maison incendiée et réduite en cendres. On était parvenu, par une sorte de miracle, à sauver les deux habitations voisines des flammes qui dévoraient celle-là.

« Le sergent s'approcha d'un groupe de gens de loi qui dressaient un procès-verbal. Il écouta la déposition d'un témoin, bourgeois du quartier, qui demeurait en face de la maison brûlée.

« — D'ordinaire, disait-il, cette maison restait, le soir, sans lumière jusqu'à minuit ; mais, à minuit, les fenêtres du haut s'éclairaient tout à coup, et, à travers les vitres, quelque soin qu'on eût pris de les barbouiller de couleur, on voyait l'ombre d'un homme qui allait et qui venait avec une grande agitation. Hier, contre l'ordinaire, il y eut de la lumière à l'étage du bas toute la soirée, et la fenêtre de l'étage du haut resta noire ; mais, en revanche, des cris lamentables se faisaient entendre et m'inspiraient une vive terreur, car je n'ai jamais été bien rassuré à l'égard des habitants de cette maison étrange.

« Vers une heure du matin, la lumière s'éteignit en bas et remonta en haut ; puis, quelques instants après, une explosion terrible se fit entendre et je vis sortir du haut de la maison, qui semblait déjà à demi détruite, une grande, une haute flamme qui menaçait de dévorer la rue entière. En un clin d'œil, les voisins, éveillés par l'explosion, se trouvèrent sur pied, et manœuvrèrent de façon, non pas à éteindre l'incendie, mais à l'empêcher d'attaquer les maisons voisines. Grâce à Dieu, à force d'eau on y parvint. Vers le matin, dans cette damnée bicoque, il ne restait plus que des cendres tièdes. Alors quelques-uns des plus hardis se hasardèrent à y entrer, et ils ne le firent point sans défiance, car les personnes qui habitaient cette maison ne jouissaient pas d'une très-bonne renommée. La vieille femme ressemblait à une sorcière, avec son teint basané et ses grands yeux noirs. Quant à l'homme, personne ne le voyait jamais ; si ce n'est la nuit, à travers les vitraux de sa fenêtre. Il y avait encore une petite fille brune et pâle, qui ne parlait jamais aux autres enfants du quartier ; car ces gens-là vivaient entre eux et ne fréquentaient pas leurs voisins : aussi, je vous le répète, on n'avait guère d'eux une opinion favorable. Ce qu'on trouva dans la maison n'était pas propre à rendre meilleure cette opinion. Dans la pièce du bas gisait un cadavre de femme à demi dévoré par la flamme; puis, à l'entour d'elle, des débris de matras, de cornues et d'autres instruments dont se servent les alchimistes. Quant à l'homme, on n'en a découvert aucune trace. A-t-il pu s'enfuir? a-t-il été dévoré par les flammes? le diable l'a-t-il enlevé? C'est là un mystère que personne ne saurait deviner. Il en est de même de la petite fille, qu'on n'a point revue.

« — Le sergent du guet entendit ces paroles sans rien dire et il reprit, tout pensif, le chemin de son logis. Ce qu'il venait d'ouïr ne laissait pas que de lui donner à réfléchir. A cette époque, où l'on croyait généralement aux sorciers, les dires du bourgeois à l'égard de la famille de Julia ne manquaient pas de vraisemblance, et devaient trouver crédit dans l'esprit du brave homme. Les circonstances mystérieuses de l'incendie, la disparition d'Andiamo, et ce que Julia elle-même racontait de la folie de son père, ajoutaient encore à l'anxiété et aux soupçons du sergent. Il ne savait quel parti prendre et quelle opinion se former. Quand il rentra chez lui, il vit à travers la porte entr'ouverte de Julia, qu'on avait laissée seule, la croyant endormie, il vit, dis-je, la petite fille à genoux, priant avec ferveur pour son père et pour Barbara. Sa prière terminée, elle se recoucha.

« — Si elle savait son père un sorcier, elle ne prierait pas pour lui ; si elle appartenait au démon, elle ne ferait pas le signe de la croix, conclut-il.

« Puis, sans faire de bruit, il alla rejoindre sa femme, lui conta l'incendie de la maison de Julia, la mort de Barbara et celle probable d'Andiamo. Puis il termina en disant :

« — Que comptes-tu faire, femme, de la petite fille que j'ai sauvée de la mort et que je t'ai amenée ce matin?

« La bonne femme répliqua en essuyant les larmes qui brillaient dans ses yeux, et qui s'apprêtaient à couler sur ses joues :

« — Mon cher Nicolas, si nos enfants étaient orphelins, ne bénirions-nous pas dans le ciel ceux qui se chargeraient d'eux et qui deviendraient leur père et leur mère? Eh bien, méritons ces bénédictions. Dieu nous viendra en aide et fera fructifier au centuple notre travail.

« Le sergent embrassa sa femme.

« — Le bonheur, chère Madeleine, est entré avec toi dans mon logis, dit-il, car tu es aussi bonne qu'économe et charitable. Voici que nous avons trois enfants au lieu de deux. J'en serai quitte pour boire en moins quelques gobelets de vin.

« Là-dessus il entra dans la chambre de Julia.

« — Mon père? Barbara? demanda la petite fille d'une voix encore faible.

« — Mon enfant, dit la femme du sergent, tout à l'heure mon mari vous a vue disant des prières; il faut les répéter encore et y ajouter un *De profundis*.

« A ces mots, Julia jeta un grand cri et s'évanouit.

« Quand elle revint à elle, le sergent, sa femme et ses enfants l'entouraient avec affection et lui donnaient des soins.

« — Vous êtes notre fille, disaient le père et la mère.

« — Vous êtes notre sœur, lui répétaient le petit garçon et sa sœur Louison.

« — Mes plus beaux jouets seront pour toi.

« — Tu auras dans ton lit la belle poupée neuve qu'on m'a donnée aux fêtes de Noël.

« Julia ne savait que pleurer et répéter :

« — Mon père ! mon père! Barbara !

« Grâce à Dieu, il n'est point de douleur que le temps ne parvienne à consoler, surtout à l'âge de douze ans. Julia, sans oublier son père et sa pauvre bonne Barbara, finit cependant par les pleurer avec moins d'amertume et par se familiariser avec sa position nouvelle. Elle se prit d'une tendre affection pour l'archer et pour sa femme. Compre=

nant avec une intelligence au-dessus de son âge toute la reconnaissance qu'elle leur devait, elle ne tarda point à trouver mille occasions
d'aider la bonne femme dans les soins de son ménage. Elle maniait
l'aiguille comme une fée, grâce aux leçons de Barbara, et savait en
outre de nombreuses recettes de cuisine qui, sans nécessiter des dépenses plus considérables, rendaient l'ordinaire du sergent beaucoup
meilleur. Le brave père adoptif de Julia, non plus que ses deux enfants, voire sa femme, ne dédaignaient pas un peu de bonne chère,
et prirent encore mieux en amitié la petite fille. D'ailleurs les douceurs qu'elle leur procurait ne se bornaient point là, car Julia blanchissait le linge à la manière de son pays, et excellait à plisser
et à gaufrer des collerettes de façon à faire extasier la plus habile
ouvrière.

« Le logis du sergent, déjà si propre et si riant, devint plus gai et
mieux tenu encore. Sans compter que les enfants apprenaient à lire,
et qu'il ne voulaient pas d'autre maîtresse que Julia pour les enseigner. Julia devint donc l'objet de la prédilection de tous : les enfants
n'étudiaient et ne jouaient qu'avec Julia ; dame Madeleine n'était
satisfaite de ses collerettes que si Julia les empesait et les repas-
sait ; quant au sergent, il n'eût point mangé de bon appétit si Julia
ne lui eût servi elle-même le potage et les ragoûts du dîner.

« Julia méritait du reste cette affection. Le malheur l'avait tout à
coup fait passer de l'enfance à l'âge de raison. Grave, polie, active,
toujours d'une humeur égale, si on la voyait rarement rire, en
revanche on ne la trouvait jamais désobligeante ou mal disposée.
Elle s'ingéniait à complaire en tout à ses bienfaiteurs. Ceux-ci la
payaient en caresses et en bonnes paroles ; ils l'aimaient ni plus ni
moins que leurs propres enfants, et cherchaient tous les moyens possibles de prouver cette affection à Julia.

V

Je commençais à trouver que le reste du dîner se faisait bien attendre; mais Carême, dans la chaleur de son récit, ne remarquait pas la lenteur qu'on mettait à nous servir.

Enfin un garçon apparut tenant un plat qu'il déposa sur la table; c'était du filet de chevreuil au beurre d'anchois.

Carême, après y avoir goûté, fit un signe de tête approbatif.

— Allons, dit-il, voici qui vaut mieux : la chair est grillée à propos; la sauce ne manque pas de relief, et le sel est mis en œuvre avec tempérance. On voit que le chef de cuisine sort de mon école.

Tandis que Carême se livrait à la dégustation, ou plutôt à l'analyse des préparations culinaires de son élève, j'oubliais, moi, de manger pour regarder cette tête d'une haute intelligence. Dirigée vers un autre but, peut-être une si riche imagination eût-elle placé Carême parmi les poëtes les plus illustres ou parmi les chefs de notre école de peinture. Loin de là, il n'était qu'un cuisinier, le roi des cuisiniers assurément, le Cuvier de son art, comme il aimait à le dire lui-même, mais enfin un simple faiseur de ragoûts. Je me demandais comment cette raison grave et forte, cet esprit fin et délié pouvaient s'astreindre à mélanger des épices et à surveiller des gibiers à la broche.

Quand à lui, il jouait de la fourchette, non pas en homme qui mange, mais en philosophe qui feuillette un livre.

— Et la fin de votre histoire, cher Carême? lui demandai-je, impatient de connaître la suite et le dénoûment des aventures de Julia.

Il me fit un signe de la main pour m'exhorter à prendre patience quelques minutes encore.

— Je me sens de l'appétit, me dit-il; je ne veux pas me laisser tromper par cette sensation et compter pour mérite au cuisinier ce qui n'appartient qu'à la nature. Pour bien apprécier une œuvre culinaire, il ne faut être ni pressé par la faim ni rassasié. Dans la première hypothèse on trouverait tout excellent, dans la seconde on ne serait satisfait de rien.

Il continua donc son office d'examinateur.

— Voici, dit-il, qui me satisfait. Décidément mon élève n'a point dégénéré. La cuisine publique lui rend peut-être la main un peu lourde dans les assaisonnements; mais comme cette cuisine a géné- ralement affaire à des palais mal exercés, elle a besoin de ce char- latanisme. Tout à l'heure j'irai en avertir ce bon Paul, car je ne compte point le laisser ici. L'ambassadeur de Russie désire pour un de ses amis un chef choisi de ma main : je lui présenterai Paul. Un maître d'hôtel peut plus aisément conserver son talent à l'étran- ger que dans une maison de réfection publique.

— Et Julia, lui demandai-je, Julia?

— Vous désirez savoir la fin des aventures de Julia, mon ami ; maintenant que je me sens rassuré sur les doctrines de mon élève, je vais satisfaire votre curiosité.

Il se moucha, toussa légèrement, s'humecta les lèvres avec un peu de vin de Bordeaux et reprit son récit :

— Julia continua pendant cinq ans à rendre heureux et satisfaits ses parents d'adoption. Le sergent et sa femme ne regrettèrent point une seule fois d'avoir recueilli chez eux cette pauvre orpheline aban- donnée. Ils faisaient à peine quelque différence entre elle et leurs propres enfants.

« Hélas ! tout bonheur humain a son terme. Un matin, après une nuit passée à la pluie et au froid, le sergent du guet rentra chez lui souffrant, pâle, défait, et pris par un frisson fiévreux. Il voulut lut- ter contre le mal, mais il ne le put guère longtemps. Il lui fallut se mettre au lit et envoyer quérir un médecin. Celui-ci reconnut avec terreur les symptômes d'une maladie incurable.

« A quelques jours de là, il ne restait plus du sergent qu'un cadavre inanimé près duquel se lamentaient deux enfants, une pauvre femme et une jeune fille, sans appui désormais sur la terre, car la solde du sergent du guet formait seule tout le revenu et toute la fortune de cette famille. Les dépenses que nécessitaient cinq personnes n'avaient jamais permis au brave soldat de faire la moindre économie. Cette pensée terrible vint assaillir la veuve, qui embrassait ses enfants près du corps de son mari.

« — Oh! dit-elle, qu'allons-nous devenir maintenant? faudra-t-il tendre la main et recourir à la charité publique? Avant d'en arriver à cette rude extrémité, je travaillerai nuit et jour, et je vendrai jusqu'à ma dernière chaise... Hélas! en éviterai-je pour cela la misère?

« — Dieu nous viendra en aide, murmura Julia courageusement et avec une conviction qui jeta quelque espoir dans le cœur de la mère désolée.

« Les tristes devoirs des funérailles du sergent occupèrent sa famille durant deux ou trois jours. On vint chercher son cercueil avec un détachement de six archers, l'arquebuse au bras. Tous les soldats de la compagnie suivirent le cortége, car le sergent était aimé et vénéré de ses camarades. Les voisins imitèrent leur exemple, et la veuve se sentit moins malheureuse en voyant les regrets et l'affection de tous ceux qui avaient connu le défunt. Le lendemain de l'enterrement, Julia trouva la pauvre femme qui pleurait et qui se laissait aller à ses tristes pensées.

« — Ma mère, lui dit-elle, car je suis maintenant plus que jamais votre fille, ma mère, ne vous laissez point aller ainsi au découragement. Le bon Dieu a dit qu'il fallait frapper pour qu'on ouvrît; et j'ai entendu souvent répéter à celui que nous pleurons : Aide-toi, le ciel t'aidera. Suivons ces bons avis.

« — Que faire? quel parti prendre? à quoi nous arrêter?

« — Si vous voulez me permettre de vous ouvrir un conseil, je le ferai, dit Julia avec sérénité et confiance.

« — Parle, mon enfant; tu montres toujours une raison au-dessus de ton âge.

« — Eh bien, ma mère, voici ce que je vous demande la permission de faire. Notre logement se compose de cinq pièces, dont deux donnent sur la rue.

« — Mais nous sommes trop pauvres pour garder ce logement. Il nous faudra le quitter et en louer un moins cher.

« — Non pas, s'il vous plaît, ma mère. Écoutez mes projets. Nous ferons ouvrir une seconde porte et nous formerons deux boutiques. Dans l'une vous vendrez avec Louison les gâteaux et les macarons que je fabriquerai le matin et qui se tiendront chauds à l'aide d'un petit fourneau en cuivre que je compte faire construire, d'après mes idées, par le chaudronnier notre voisin. Dans l'autre j'empèserai et je repasserai des fraises, des collerettes et des guimpes. On nous aime ici, et chaque personne du quartier sera bien aise de venir en aide à la veuve et aux orphelins d'un honnête homme qui a rendu lui-même tant de services de son vivant. Le capitaine du père que nous pleurons ne manquera pas de nous recommander aux riches bourgeois de sa connaissance. Nous gagnerons par notre travail non-seulement de quoi vivre honorablement, mais encore de quoi élever avec honnêteté les deux enfants, et nous préparer pour notre vieillesse une bonne petite aisance.

« Madeleine sauta au cou de Julia.

« — Dieu te bénisse pour tes bonnes paroles! Il place dans ta bouche l'espoir et la consolation. Je me sens toute ranimée de t'entendre parler ainsi. Il me tarde de me mettre à l'œuvre. Tu as apporté le bonheur dans cette maison, le jour où tu y as mis le pied.

« Dieu vous entendra, ma mère. Il bénira notre entreprise. Il m'aidera à me rendre digne de la bonté avec laquelle vous avez accueilli la pauvre orpheline.

« Avant la fin de la semaine, le double magasin se trouvait prêt, et le chaudronnier avait fabriqué, d'après les instructions de Julia, un petit fourneau en cuivre à peu près semblable à ceux que l'on trouve aujourd'hui chez la plupart des pâtissiers de Paris. Enfin une grande enseigne s'étendit sur le front des boutiques jumelles, et on y lut ces mots : *Au sergent des archers.* C'était mettre le nouvel établissement sous la protection de ce corps.

« Le commerce de blanchisserie et de repassage prospéra le premier.

« Chacun, dans le voisinage, voulait avoir ses collerettes et son linge fin empesés et repassés par Julia. Quant aux petits pâtés, on n'en achetait guère que deux ou trois douzaines par jour ; ce qui couvrait à peine les frais.

« Julia, découragée, songeait presque à renoncer à ce dernier commerce, lorsqu'un incident imprévu lui donna tout à coup une grande extension.

« Le jeune roi Louis XIV vint par hasard à passer à cheval dans le faubourg Saint-Antoine. Il se sentit faim, et la boutique de gâteaux s'offrit à ses yeux. Un roi de neuf ans n'y regarde pas de si près. Il descendit de cheval, entra dans la boutique, demanda des gâteaux, et les trouva tellement à son goût, qu'il recommanda à la pâtissière de lui en envoyer le lendemain pour son déjeuner. Il paya deux pièces d'or ce qu'il avait mangé et repartit.

« Il n'en fallut pas davantage pour achalander la boutique du *Sergent du guet.*

« On ne parla bientôt plus à la cour et à la ville que des petits pâtés de la rue Geoffroy-Lasnier. On vantait l'ingénieuse idée du petit four ; on ne trouvait point assez d'éloges pour la délicatesse de la pâte et l'heureuse composition de ce qu'elle renfermait. On n'oubliait pas non plus la bonne grâce, la beauté et la politesse de la marchande. Est-il nécessaire d'ajouter que dès lors la boutique du *Sergent des archers* ne désemplit plus de chalands ? On faisait exprès

la course de la rue Geoffroy-Lasnier pour y venir manger des petits
pâtés. En outre, on voulait de toutes parts du macaroni et des
gâteaux de la belle pâtissière. Il fallut non-seulement que Julia
agrandît sa boutique, mais encore qu'elle s'adjoignît plusieurs jeunes filles pour la seconder dans ses travaux. Enfin, elle dut renoncer à son second métier de blanchisseuse, dont le gain ne pouvait

entrer en comparaison avec ce que rapportaient les tartelettes.
Après un an, les bonnes femmes se trouvèrent avoir économisé
plus de deux mille écus, somme énorme pour ce temps-là.

VI

« Pendant trois ou quatre années, la fortune continua à sourire à
Julia. Il lui fallut de nouveau quitter sa petite boutique pour une
plus grande ; et dans tout Paris il ne se donnait pas un dîner ou un
souper sans qu'on envoyât en acheter les pâtisseries rue Geoffroy-
Lasnier. Enfin telle était l'affluence des personnes qui venaient

manger des gâteaux chez la célèbre pâtissière, que souvent la porte
de la rue Saint-Antoine se trouvait encombrée par les carrosses et par
les chaises à porteurs des gens les plus haut placés de la cour et de
la ville.

« Il arriva un matin que le nouvel ambassadeur de Naples, depuis
quelques semaines à Paris, passa par la rue Saint-Antoine, et s'é-
tonna de voir tant de voitures et tant de monde à l'entrée d'une rue
étroite et d'assez mince apparence. Il s'informa à ses laquais des
motifs d'une pareille foule; et ceux-ci lui répondirent que c'étaient
des amateurs de gâteaux qui se rendaient à la pâtisserie du *Sergent
du guet*.

« Curieux de juger par lui-même d'une mode si bizarre, il mit
pied à terre, car il n'était pas possible à un carrosse de pénétrer
dans la rue étroite jusqu'à la boutique, et gagna la maison de la
marchande de gâteaux.

« Il n'entra pas sans peine, tant on s'y disputait les moindres
places; enfin, après avoir attendu longtemps son tour, il se glissa
entre deux amateurs, et parvint à poser la main dans le petit four
en cuivre ; mais, au lieu de prendre un gâteau, il jeta une exclamation, pâlit et pensa défaillir. Puis, comme chacun le regardait avec
curiosité, il s'échappa de la boutique, regagna son carrosse, et se fit
reconduire à son hôtel, place Royale. Quand il descendit de voiture,
ses gens remarquèrent qu'il avait pleuré et qu'il faisait encore d'inutiles efforts pour retenir les larmes qui tombaient de ses yeux sur
ses joues.

« L'ambassadeur s'enferma dans son cabinet, et y demeura deux
heures environ. Ce temps écoulé, à l'aide d'un sifflet d'argent, car
on n'avait point encore inventé les sonnettes, il appela son intendant, vieillard dans lequel il mettait une entière confiance. Celui-ci
accourut, et s'inquiéta de l'émotion et du trouble qu'il lisait sur le
visage pâle et décomposé de son maître.

« — Jacobo, lui dit l'ambassadeur, tu vas te rendre sur-le-champ rue Geoffroy-Lasnier, et tu m'amèneras la pâtissière dont la boutique se trouve vers le milieu de cette rue.

« A cet ordre singulier, l'intendant regarda avec anxiété son maître.

« — Obéis-moi et sois sans crainte, répliqua l'ambassadeur à la question muette qu'il lisait dans les yeux de son fidèle serviteur ; sois sans crainte ! Je ne suis point malade ; je n'éprouve aucun accès du mal affreux qu'un miracle du ciel a guéri, et dont je n'ai aucune rechute à craindre. Va, Jacobo, obéis à mes ordres, et hâte-toi.

« L'intendant exécuta aussitôt les ordres de son maître, se rendit à la boutique de Julia, et la pria d'apporter sur-le-champ un plat de ses meilleurs gâteaux à Son Excellence l'ambassadeur de Naples.

« — La chose m'est impossible maintenant, répliqua-t-elle, mais dans deux heures, quand la foule sera écoulée, je me rendrai avec ma mère aux ordres de Son Excellence.

« L'intendant retourna porter cette réponse à son maître, et Julia continua à servir aux nombreux amateurs des gâteaux, des pâtisseries, des gimblettes et des macaronis.

« A la tombée de la nuit, quand elle ne compta plus que de rares acheteurs, elle mit dans un panier un assortiment de ses meilleurs pâtés, les enveloppa d'une serviette blanche, prit le bras de Madeleine, et se rendit à l'ambassade de Naples. L'intendant l'attendait avec impatience dans l'antichambre. Dès qu'il aperçut les deux femmes, il accourut au-devant d'elles, et se hâta de les conduire, à travers plusieurs riches appartements, dans un cabinet où se tenait son maître.

« Celui-ci paraissait toujours dans la même agitation. A la vue de Julia, il se leva, vint à elle, et la regarda attentivement tandis qu'elle lui présentait les gâteaux.

« — Jeune fille, lui dit-il enfin, cette femme est-elle réellement votre mère?

« Et il montra du doigt Madeleine.

« — Ma mère, oui, vraiment ma mère, monseigneur; une mère que j'aime tendrement, car elle m'a adoptée, car elle m'a recueillie chez elle quand j'étais orpheline.

« — Orpheline, mon Dieu!

« — Oui; monseigneur, je n'ai jamais connu ma mère.

« — Et votre père?.

« Julia garda le silence et essuya une larme.

« — Mon père! pensa-t-elle, mon pauvre père!

« — Votre père, quel était-il? Répondez, mon enfant.

« — C'est une histoire que je veux oublier, dit-elle; elle n'a pour moi que des souvenirs qui me déchirent l'âme et qui me jettent dans le désespoir, quoique de longues années les séparent de moi.

« — Eh bien, malgré la douleur qu'ils vous causent, insista l'ambassadeur, il faut que vous me les disiez aujourd'hui.

« — Fais-le, puisque monseigneur te le demande, Julia.

« — Julia! Julia!.. ce nom?... Mon enfant, n'avez-vous point perdu votre père durant un incendie?

« — Oui, monseigneur.

« — Votre père ne se nommait-il pas Andiamo?

« — Oui, monseigneur.

« — N'aviez-vous point une vieille gouvernante qu'on appelait Barbara?

« — Oui, monseigneur!... Mais de qui tenez-vous ces détails?

« — Ma fille! mon enfant! vous êtes ma fille! Dieu vous rend à mes vœux! s'écria l'ambassadeur en tendant les bras à Julia.

« Dire dans quelles étreintes ils se confondirent et quelles émotions ils éprouvèrent ne saurait s'exprimer par des paroles humaines. L'ambassadeur remerciait Dieu en sanglotant; Julia ne pouvait que répondre et répéter :

« — Mon père! mon père! mon père!

« Enfin ils retrouvèrent un peu de calme, et Julia remarqua Madeleine qui, retirée lentement dans un coin, pleurait, elle, non de joie, mais amèrement.

« — Pourquoi cette douleur aujourd'hui que Dieu me rend à mon père? demanda doucement Julia en s'agenouillant devant elle.

« — C'est que Dieu me reprend ma fille en la rendant à son père! s'écria Madeleine.

« — Moi! me séparer de vous, ma mère! de vous qui m'avez recueillie glacée de froid, mendiante, sans asile et sans pain! de vous qui m'avez adoptée pour votre fille et qui m'avez fait place, en votre cœur, à côté de vos enfants! Jamais, jamais rien ne m'en séparera, n'est-ce pas mon père?

« — Oui, mon enfant ; mon palais sera désormais la demeure de Madeleine. Je me charge de sa fortune et de celle de ses enfants ; ou plutôt je t'en charge, toi, ma bien-aimée fille, ma douce Julia. J'approuve à l'avance tout ce que tu feras pour elle. Désormais tu seras la maîtresse ici, dans cette maison naguère si triste et dont ta présence fait un paradis.

« Il restait à l'ambassadeur à raconter à sa fille par quels événements ils avaient été séparés et réunis. Voici en quelques mots cette histoire :

« Fils du marquis de Casa-Bianca, le comte Antonio avait perdu sa mère le jour même de sa naissance. Son père n'avait point tardé à former un second mariage. La belle-mère d'Antonio, femme ambitieuse et pleine d'astuce, prenant en haine l'enfant qui empêchait les siens de posséder toute la fortune du marquis, le tenait le plus possible éloigné de son père. A vingt ans, Antonio épousa une jeune fille sans fortune et sans nom. A la nouvelle de ce mariage, le père d'Antonio obtint du roi de Naples un ordre d'exil, et Antonio dut chercher un refuge en France avec sa femme et une fille qui venait de leur naître. Sa femme, minée par le chagrin et la fatigue, ne tarda pas à mourir. Il ne put supporter cette perte ; sa raison s'en troubla, et il ne la recouvra que le jour où il se trouva tout à coup au milieu des flammes d'un incendie. L'imminence même du péril et la violence de l'émotion qu'il éprouva le guérirent tout à coup ; mais à quel prix, grand Dieu ! puisqu'il crut avoir perdu dans les flammes son enfant, sa fille unique, sa chère Julia.

« Après d'inutiles recherches, convaincu que, s'il ne retrouvait pas dans les débris de l'incendie quelques traces de Julia, c'était que la flamme avait dévoré celle-ci, il partit pour l'Italie, où le rappelait une maladie grave de son père. Son père, éclairé sur le caractère odieux de sa femme, pardonna à Antonio, et lui laissa en mourant une immense fortune. Antonio ne tarda point à s'attirer la bienveillance de son souverain par les hautes qualités dont il fit preuve. Cette estime et cette confiance lui valurent bientôt l'honneur d'être envoyé en France comme ambassadeur.

« Je vous ai dit le reste de cette histoire. Il ne me reste plus qu'à conclure et à ajouter que les recettes des petits pâtés, la boutique de la rue Geoffroy-Lasnier et tout l'établissement furent donnés à une pauvre famille; enfin Madeleine et ses deux enfants vinrent habiter l'hôtel de l'ambassadeur, qui se chargea du sort de tous les trois, et qui le fit avec la plus grande générosité.

« Quant à Julia, quatre ans après, elle épousa un des plus illustres seigneurs de la cour de Louis XIV, et devint l'ornement de cette cour, sous le titre de comtesse de Simenville.

« Eh bien, mon ami, vous le voyez, dit Carême, on peut, avec une donnée culinaire, faire un drame aussi intéressant que tout autre, et trouver, à l'aide de petits pâtés, une intrigue, voire un dénoûment qui en vaut bien certainement un autre.

« Allons, voici que l'on apporte le rôt et les entremets; mettons-nous à l'œuvre, et voyons si mon élève continuera à justifier le cas que je fais de lui. »

Il paraît que l'examen fut favorable au chef de cuisine, qui subissait, sans s'en douter, une si redoutable épreuve, car, le dîner terminé, Carême le fit appeler. A la vue de l'illustre maître de l'art de la bouche, le jeune homme témoigna presque autant de trouble que Julia en retrouvant son père.

— Mon ami, lui dit Carême, je suis content de toi! Je suis content de toi, répéta-t-il du ton de Napoléon quand il adressait ces paroles à la garde impériale. J'aurais bien quelques observations critiques à te faire, mais je ne veux point troubler ta joie d'aujourd'hui. L'ambassadeur de Russie me charge de lui procurer un de mes élèves pour remplir, près de l'un des plus grands seigneurs de Pétersbourg, l'office de maître d'hôtel : je te donne cette place. Pars, et sois digne de ton maître.

Il l'embrassa, essuya une larme d'émotion qui mouillait ses paupières, me prit brusquement le bras, et nous retournâmes chacun chez nous.

CHAPITRE TREIZIÈME

LE NEUVIÈME CONTE DU DOCTEUR SAM

e lendemain, le docteur Sam arriva un cahier à la main.

— Je me sens un peu fatigué ce soir, dit-il, et je craindrais de ne pouvoir acquitter ma dette envers ma chère petite Marie. La voix me ferait défaut, bien certainement, avant cinq minutes.

Mais voici une histoire allemande que j'ai retrouvée dans mes papiers, et que mademoiselle Antoinette vaudra bien, je l'espère, lire à sa sœur.

— Et à nous tous, docteur, nous écriâmes-nous en chœur.

— Vite ! au lieu de thé, faisons au docteur une bonne tisane balsamique qui adoucisse son rhume et calme son extinction de voix,

14

ajouta Louise. Après quoi Antoinette commencera sa lecture.

A dix minutes de là, une théière, contenant de la tisane de lichen d'Islande, était placée près du docteur, avec une grande tasse
et une fiole de sirop de laitue, et Antoinette lisait l'histoire qu'on
verra au chapitre suivant.

LE CHATEAU DE HEIDELOCH.

CHAPITRE QUATORZIÈME.

LE CHATEAU DE HEIDENLOCH

I

MAISON A LOUER.

A quelques lieues de Heidelberg s'élevait, il y a une vingtaine d'années, une petite maison de campagne habitée par le baron de Heidenloch et sa fille unique, la jolie Notburga.

Le baron, quoique le seul descendant d'une famille de burgraves autrefois puissants et maîtres redoutés de tout le pays, n'en était pas moins un modeste propriétaire, cultivant de son mieux ses champs, et dont les aïeux avaient déjà, depuis sept ou huit générations, renoncé à habiter le vieux château de Heidenloch.

Ce château, après avoir été pendant trois siècles la terreur de la contrée, ne formait plus qu'un amas de ruines. Ces ruines, du reste, justifiaient encore leur nom sinistre, qui signifie en allemand *tour des Païens;* car on prétendait que parmi les tours demantelées, et surtout dans les souterrains, erraient la nuit des spectres de trépassés et des démons hideux.

Une nuit, assurait-on, un paysan qui passait près de ces souterrains remarqua qu'il s'en échappait un vent impétueux, et qu'à ce vent étrange se mêlaient des plaintes et des gémissements.

Il prit la fuite, et revint à demi mort de peur à son logis.

Cependant, malgré cette peur, il ne put bannir de son imagination la pensée qui le poussait à visiter les souterrains, et un dimanche de Quasimodo il y entra résolûment, après s'être armé du signe de la croix et avoir placé sur sa poitrine un scapulaire et des reliques.

Il entra d'abord dans une galerie étroite et droite, creusée au milieu du roc, se dirigea vers une clarté vacillante et bizarre qui brillait au loin, et arriva devant une porte fermée où se trouvait une escarboucle qui produisait cette étrange lumière.

Le cœur palpitant et le front baigné d'une sueur glacée, il frappa trois coups à la porte. Elle s'ouvrit d'elle-même, et le paysan se trouva face à face avec quatre hommes de haute stature, assis autour d'une table ronde sur laquelle on voyait ouvert un livre relié en velours noir et garni d'or. Ces quatre hommes, pâles et maigres comme des cadavres, portaient l'ancien costume allemand; ils parurent interdits à la vue du paysan, et se mirent à trembler.

— *Pax vobis !* la paix soit avec vous ! leur dit en manière de salut le paysan qui ne se sentait pas moins ému qu'eux.

— *Hic nulla pax !* il n'y a point ici de paix ! répondirent-ils.

— *Pax vobis in nomine Domini !* la paix du Seigneur soit avec vous ! ajouta le paysan.

De leur côté, ils répétèrent d'une voix faible ces lamentables paroles : *Hic nulla pax !*

Il s'approcha alors de la table en disant une troisième fois : *Pax vobiscum !*

Ils lui montrèrent silencieusement le livre, sur lequel se trouvait écrit en gros caractères d'or : *Dies iræ !* jour de colère.

— Qui êtes-vous ? leur demanda-t-il.

— Nous ne nous connaissons pas nous-mêmes.

— Que faites-vous ici ?

— Nous attendons avec effroi le jugement dernier.

— Êtes-vous vivants ou trépassés ?

— Ni vivants ni trépassés.

— Les mortels ont-ils à redouter quelque chose de vous ?

— Nous sommes les gardiens de ce lieu, et malheur à ceux qui comme toi viennent en troubler les mystères !

Il en fallait moins pour faire tourner les talons au paysan, qui ne se fit pas dire deux fois de s'en aller, et qui reprit à grands pas le chemin de sa ferme. Il la trouva incendiée, et, en voulant secourir sa femme et ses enfants, il reçut sur la tête une poutre enflammée qui le priva de la vue.

Il paya donc de son bonheur ici-bas sa fatale visite aux souterrains de Heidenloch ; et désormais sans famillle, réduit à la misère, privé de la vue, presque idiot, il végéta durant bien des années, mendiant au bord du grand chemin et répétant d'une voix qui faisait frissonner rien que de l'entendre :

— N'entrez pas dans les cavernes de Heidenloch.

Donc le baron ne se souciait guère du vieux château, séparé d'ailleurs de sa maison par un quart d'heure de chemin, ne produisant que de mauvaises herbes, et hanté par les esprits. Il ne s'occupait que de sa fille et de son jardin ; enfin, il se rendait régulièrement à Heidelberg quatre fois l'année, afin d'y acheter une robe pour la première, et des arbustes et des plantes rares pour le second.

Malgré le nom étrange qu'elle portait, comme toutes les femmes

de sa famille depuis un temps immémorial, Notburga était une charmante jeune fille, blanche et rose de visage, douce d'humeur et la
meilleure ménagère que l'on connût à dix lieues à la ronde. Elle savait donner au mince revenu de son père une triple valeur, par la
manière dont elle l'administrait ; le logis reluisait de propreté, depuis le grenier jusqu'à la cave ; la table se recommandait par une
abondance et une recherche qu'eût admirées même un gastronome ;
enfin, il y avait encore au logis, quand le besoin s'en présentait,
des vêtements pour les petits enfants pauvres, du pain pour les né-
cessiteux, et un verre de vieux vin pour les vieillards convalescents.
Quant aux malades, Notburga les visitait chez eux et n'en sortait jamais que comblée de leurs bénédictions.

Or un jour que le baron achevait de dîner, et que sa fille lui versait un excellent verre d'eau de cerises distillée', on sonna à la
porte, et le petit chien de Notburga se mit à aboyer et à courir au-

devant d'un étranger qui traversait l'avenue en se dirigeant vers la maison.

Le baron se hâta de boire le reste de son eau-de-cerises, remit son verre sur la table et se leva pour recevoir l'étranger, qui, après avoir salué et pris place sur la chaise que lui présenta Notburga, demanda brusquement au baron :

— Monsieur, voulez-vous me vendre le vieux château de Heidenloch ?

Le baron, ébahi à cette proposition, à laquelle il ne s'attendait guère, leva les yeux sur l'étranger. C'était un homme jeune encore, petit, et d'une physionomie agréable, quoiqu'il portât toute sa barbe, ce qui ne se faisait guère alors en Allemagne, et quoique ses yeux jetassent une singulière flamme à travers les verres bleus d'un grand binocle.

— J'attends votre réponse, dit l'inconnu en souriant.

— Ma foi ! répliqua le baron, je suis bien embarrassé de vous la faire. Le vieux château ne me se sert à rien, mais il constitue l'héritage que m'ont légué mes aïeux, et je me demande si je ne démériterais point d'eux en le vendant à un étranger.

— N'est-ce que cela qui vous arrête ? Alors louez-le-moi pour quatre-vingt-dix-neuf ans et trois cent soixante-quatre jours.

— Voilà un excellent moyen de tout arranger ! fit le baron en se frottant les mains.

— Et combien voulez-vous me louer Heidenloch ?

— Pensez-vous que cent florins par an ?...

— Je veux payer en une seule fois le loyer des quatre-vingt-dix-neuf ans et trois cent soixante-quatre jours. Je vous offre quatre-vingt mille florins.

Le baron eut beaucoup de peine à réprimer un cri de joie, et sa bonne grosse figure se couvrit d'une rougeur subite.

— Quatre-vingt mille florins ! répéta l'inconnu.

— J'accepte de grand cœur.

— Attendez, ce n'est pas tout : si je trouve dans les dépendances incultes du château les trésors souterrains que j'y suppose enfouis, ou des objets précieux de quelque nature qu'ils soient, j'en donnerai le cinquième à mademoiselle votre fille.

Le visage du baron se rembrunit.

— Je doute fort que vous trouviez des trésors à Heidenloch. Si vous achetez le château dans ce but, je crains que vous ne fassiez une mauvaise affaire.

Le jeune homme sourit de nouveau.

— Ceci ne regarde que moi. Veuillez vous rendre demain, à dix heures, à Heidelberg, chez le notaire Kalisch. Vous trouverez vos quatre-vingt mille florins et le contrat tout prêt à signer.

Là-dessus, le singulier personnage salua, et, sans ajouter un mot, partit avec une telle promptitude, que le baron ne put le reconduire ni même lui rendre son salut.

Le baron se laissa donc retomber sur sa chaise, but un second verre d'eau de cerises pour rasseoir ses idées, et regardant sa fille :

— Eh bien, fit-il en secouant la tête, eh bien, Nothburga, que dis-tu de tout ceci ?

— Je dis, mon père, que voici une excellente affaire qui triplera notre revenu...

— Et qui te servira de dot, ma fille. Ah ! ah ! maintenant tu peux épouser qui tu voudras, fût-ce même un conseiller ! Quatre-vingt mille florins !... Ce qui me chifonne, ce sont ces trésors souterrains dont il m'a parlé... Y en aurait-il en effet de cachés sous les ruines du château ?...

— Ne vous inquiétez pas de tout cela, mon père. Puisque ce jeune homme vous paye de mauvais décombres dix mille fois la valeur de ce que vous les auriez estimés, faisons des vœux pour qu'il y trouve des monceaux d'or et de diamants !

— Tu as raison, toujours raison, ma fille. Allons, j'irai demain signer l'acte à Heidelberg.

Tout à coup il sauta sur sa chaise.

— Son nom? il ne m'a point dit son nom! Serais-je dupe de quelque mystification? aurait-on voulu se jouer de moi?

— Et qui songerait à se jouer de pauvres gens obscurs comme nous? répliqua la jeune fille. La physionomie honnête et douce de ce jeune homme ne doit-elle pas éloigner de vous une pareille pensée? Allons, mon père, venez, suivant notre habitude, arroser vos fleurs, jusqu'au moment de nous coucher; et alors, après avoir remercié Dieu du bienfait inespéré dont il nous comble, dormons en paix jusqu'à demain.

II

OU L'ON FERA CONNAISSANCE AVEC UN CONSEILLER ALLEMAND

Dormir en paix! la chose était facile à conseiller... mais à faire, hélas!

Ai-je besoin de vous dire que le baron ne ferma point l'œil de la nuit et qu'il partit pour Heidelberg une bonne heure plus tôt qu'il n'était besoin?

Il se rendit tout droit chez le notaire. A peine lui eut-il décliné son nom, que celui-ci se mit à rire. Ce rire figea le sang du baron, qui se crut de nouveau le jouet d'une mystification.

— Eh! eh! dit le notaire, — petit homme qui semblait vouloir rivaliser un jour d'obésité avec la fameuse tonne d'Heidelberg, qui contient je ne sais combien de milliers de litres, — eh! eh! cette affaire ne vous paraît-elle pas un rêve?

— Si fait, vraiment! répondit le baron. Et peut-être en est-ce un?

ajouta-t-il avec un sourire forcé, car je ne connais même pas le nom de mon prétendu acquéreur.

— Ma foi, je ne le savais pas moi-même hier soir, et à peine le sais-je aujourd'hui. Il est entré chez moi avec des allures que vous lui connaissez, et déposant sur mon bureau deux énormes sacs pleins d'or :

« Je loue, dit-il, par bail emphytéotique, le vieux château de Heidenloch, quatre-vingt mille florins. Les voici. Voici encore le modèle de l'acte de location. Le baron viendra le signer demain matin; vous le payerez et vous prendrez les deux cents florins que voici pour les frais d'acte et pour vos honoraires. »

Là-dessus il disparut sans attendre ma réponse.

Quand je me trouvai un peu remis de ma surprise, je pris l'acte et je le lus. Le plus habile homme de loi de l'Allemagne ne l'eût pas rédigé avec autant de soin, sauf une condition qui m'a fait éclater de rire, celle qui adjuge à mademoiselle Notburga, votre fille, le cinquième des trésors souterrains qu'on découvrira dans les terrains dépendant du château. Des trésors souterrains! ah! des trésors souterrains!... Ah! la bonne plaisanterie! l'excellente plaisanterie!

— Mais enfin, comment se nomme mon locataire?...

— Fritz Sâal, le conseiller Fritz Sâal.

— Habite-t-il Heidelberg?

— Qui le sait? et le sait-il lui-même? D'après les informations que j'ai prises tant bien que mal depuis hier soir, quoique jeune encore, il aurait déjà parcouru les cinq parties du monde. Tantôt ici, tantôt là, il posséderait néanmoins, aux portes de la ville, par legs de son oncle, le conseiller Gewartius, un hôtel rempli de haut en bas et de bas en haut d'ossements de toute espèce, et de pierres ramassées en mille endroits divers. Mon premier clerc affirme l'avoir vu, cette nuit, s'arrêter à chacun des cailloux d'un chemin, les ramasser pour

ainsi dire les uns après les autres, et parfois les fourrer dans ses
poches. D'après les rapports de ce même clerc, quand il ne peut se
procurer certaines pierres, il les fait mouler, et il aurait tout exprès
entrepris le voyage de Leipzig pour en rapporter une empreinte des
fameux grès qui se trouvent près de la tour de la Vache (Kuhthurn),
et sur lesquels on voit les traces d'une main avec six doigts ; sans
compter celles du village de Hohentregel, à la surface grisâtre desquelles on distingue des empreintes de mains et de pieds. Je rougi-
rais de dire le prix que, dit-on, il paye ces choses, dont ni vous ni
moi ne donnerions un kreutzer.

Pendant que le notaire parlait ainsi, le baron plongeait machinalement sa main dans les sacs devenus sa propriété, et en faisait
tinter les belles pièces d'or qui s'y trouvaient contenues.

— N'importe d'où vient le bonheur, qu'il soit le bienvenu! dit-il.
Veuillez m'acheter, sur l'État, de bonnes et belles rentes, où me trouver quelque excellente hypothèque qui ne me demande point trop
de soins pour administrer mon revenu, et dont je puisse toucher
régulièrement chaque semestre les arrérages.

En achevant ces mots, il reprit la route de sa maison, non sans
acheter deux robes de soie pour sa fille et un vêtement complet en
bonne étoffe pour sa vieille servante.

De retour près de Notburga, et quand la jeune fille et la servante
eurent bien admiré les cadeaux que leur rapportait le baron, celui-
ci se mit à raconter tout ce qu'il avait appris de mystérieux et d'é-
trange sur son bizarre locataire, qui prit aux yeux des deux femmes
les proportions d'un personnage de légende.

Ce fut bien pis à huit jours de là, quand le conseiller vint prendre
possession du vieux château, accompagné d'une véritable armée
d'ouvriers.

On comptait au moins quatre cents ouvriers. Le conseiller commença par leur donner des ordres si lucides, si bien entendus, et à

les leur faire exécuter avec tant de précision, qu'on vit comme par
enchantement les ruines du château, sans rien perdre pourtant de

leur physionomie pittoresque, se transformer en une habitation
vaste et commode. Le conseiller s'arrangeait de manière à ce qu'une
minute de temps ne pût être perdue par un des ouvriers, et à ce qu'ils
ne donnassent jamais inutilement ni un coup de pioche, ni un coup
de truelle. Aussi amenèrent-ils à bonne fin en une semaine la besogne de plusieurs mois.

Les maçons et les serruriers congédiés, des tapissiers presque
aussi nombreux arrivèrent avec d'immenses voitures. Ils s'emparèrent de l'intérieur du château, et, toujours guidés par le conseiller,
toujours sous son regard perçant, ils improvisèrent un travail qui
semblait l'œuvre des fées, tant il était à la fois somptueux et sévère.

On se racontait dans tout le village et même chez le baron, les immenses galeries éclairées par le haut qu'on venait de construire, qui renfermaient une bibliothèque de plus de cent mille volumes; et, ce qui paraissait bien plus grave, une collection d'ossements bizarres ou gigantesques précieusement rangés sur des coussins, comme s'ils eussent été d'or massif. Sans compter des minéraux, des marbres, des pétrifications, des animaux dans des bocaux pleins d'alcool, des tiroirs regorgeant de coquillages, des cadres pleins de papillons exotiques, des animaux, des oiseaux, des reptiles si bien empaillés, qu'on les eût dits encore vivants.

Jamais nécromancien n'avait eu un laboratoire plus extraordinaire et d'un aspect plus effrayant.

Tout à coup, à cette grande agitation de quatre cents ouvriers sans cesse agissant, allant, venant, frappant, sciant, transportant, rangeant, toujours à l'œuvre, succédèrent une solitude et un silence absolus. Du jour au lendemain, on n'entendit plus personne, on ne vit plus personne, et si, chaque soir, le vieux château n'eût été éclairé de haut en bas, et jusque dans ses moindres recoins, on eût pu le croire inhabité.

En dépit de l'usage, le conseiller Fritz Sâal, quand il s'installa dans sa nouvelle demeure, ne rendit aucune visite de voisinage aux propriétaires des environs. Il n'alla pas même voir le baron son propriétaire. Lorsque, par hasard, il sortait de sa demeure, il se promenait à pas lents dans la stricte circonscription du vieux château. Un gros chien de Terre-Neuve, et deux hommes armés de longs outils semblables à des lances, le suivaient. De temps à autre le chien aboyait; de temps à autre on voyait le conseiller faire un signe avec la main, et aussitôt ces hommes qui le suivaient enfonçaient dans la terre leurs outils et les en retiraient après les y avoir fait pénétrer fort avant. Le conseiller examinait avec soin la terre qui se trouvait au bout contourné des lances dans une sorte de creux, sans doute destiné à cet usage, et en prenait des échantillons. Puis il recommençait sa promenade, pour répéter à quelques pas de là le même manége.

Les paysans, qui voyaient tout cela de loin, car personne du pays ne pénétrait dans le château, finirent par prendre leur nouveau

voisin pour un sorcier qui cherchait des trésors ; d'autant plus qu'on racontait des choses assez peu ordinaires sur son compte.

Ainsi, par exemple, il avait pris à son service une fille du village qui s'entendait assez bien à faire la cuisine, mais qui, en revanche, s'entendait fort peu à l'ordre et à la prévoyance.

Katt possédait un charmant petit minois éveillé qui seyait d'une façon merveilleuse à ses yeux bleus, à ses cheveux blonds, à son teint frais et à son nez quelque peu retroussé, comme il sied à une jolie paysanne allemande. Le moyen, avec cela, de ne pas se livrer quelque peu à la coquetterie, et de ne pas songer davantage à poser le plus gentiment possible sur le derrière de sa tête un joli bonnet de velours brodé, qu'à se rappeler les ordres de son maître?

Aussi, plusieurs fois, elle oublia d'aller s'approvisionner à la ville, et un soir que le conseiller voulut prendre sa tasse de thé habituelle, il se trouva que le sucre manquait complétement au logis.

Or, je vous l'ai dit, Katt était aussi coquette que négligente, et si elle oubliait de veiller à ce que rien ne manquât dans le ménage de son maître, en revanche elle n'oubliait point de s'acheter, avec les gros gages qu'elle recevait, des parures de toutes sortes.

Son maître lui dit :

— Katt, puisque, malgré mes recommandations, je n'ai point encore de sucre ce soir, je vais en faire avec toutes vos robes.

Katt sourit de cette menace, qui lui parut une plaisanterie.

Mais le conseiller arracha brusquement le tablier de Katt, lui ôta un fort joli fichu de toile peinte qu'elle portait sur ses épaules, lui prit son bonnet de tulle, — un bonnet acheté de la veille, s'il vous plaît, — jeta le tout dans une marmite de terre, versa dessus le contenu d'une grande bouteille d'huile de vitriol qui servait à nettoyer les cuivres, et après y avoir ajouté de l'eau, mit le tout sur le feu.

Après quoi il se fit apporter de la craie qu'il mélangea à ce ragoût fantastique, et il laissa bouillir le tout quelque temps.

Cette singulière préparation cuite à point, il façonna un filtre en papier, s'en servit pour épurer sa préparation qu'il laissa refroidir et dit :

— Voici d'excellente eau sucrée pour ce soir ; demain j'en ferai évaporer une partie, et j'aurai du sucre excellent.

Là-dessus il sortit après avoir bu un verre de la préparation, dont il fit transporter le reste dans l'office qu'il ferma, avec le soin d'en emporter la clef.

En effet, à quelques jours de là, la liqueur se transformait en un sucre cristallisé et d'un blanc éclatant.

— Vous voyez, Katt, comment je fais du sucre, dit le conseiller en sucrant son thé avec son sucre de tablier. Au premier oubli de votre part, toute votre garde-robe y passera.

Je n'ai point besoin de vous dire que dès lors le conseiller ne manqua plus de sucre, et que Katt alla raconter à tous ceux qui voulurent l'entendre quel sorcier elle avait pour maître. Et quand on lui demandait pourquoi elle ne quittait pas le service de ce réprouvé, elle alléguait la peur qu'il lui inspirait et sa crainte d'être ensorcelée par lui, si jamais elle lui donnait son congé. Elle n'ajoutait pas, la digne fille, que ce maître lui donnait en outre d'excellents gages, et qu'avec lui on pouvait impunément faire sauter l'anse du panier.

III

VISITE AU CHATEAU

On s'habitue, à la longue, dit-on, aux choses qui d'abord paraissent les plus pénibles et les plus étranges. Cependant, après dix-huit mois ou deux ans de séjour au vieux château, le conseiller Fritz se trouvait plus que jamais le point de mire de la curiosité des paysans ses voisins, et même des bourgeois de Heidelberg.

Dieu seul connaît les bruits plus ou moins absurdes qu'on répandait sur son compte. On l'eût vu enfourcher un balai, pour se rendre au sabbat, qu'on ne l'eût point accusé plus sérieusement de hanter le diable et d'en être le suppôt.

Il faut bien avouer que ce singulier personnage ne faisait rien comme un autre, et qu'il se complaisait à s'entourer des mystères les plus provocants pour la curiosité. Ainsi, par exemple, un matin,

il fit ravager sans pitié un potager et un jardin fruitier afin d'en enlever la terre, qui était une fort belle argile. Des ouvriers enfermè-
rent ensuite cette argile dans de grandes caisses soigneusement
closes, et on en expédia d'abord cent mille kilogrammes, puis deux
cent mille, puis cinq cent mille, puis un million. Mais où expédiait-
on cette argile? Là était la question. Le conseiller escortait lui-même
chaque convoi jusqu'au chemin de fer le plus voisin, et c'était seulement dans une gare fermée qu'il écrivait, avec un pinceau, sur
les caisses, le lieu de leur destination.

Pendant que ces envois s'accomplissaient, le conseiller, avec la
célérité qu'on lui connaît, faisait bâtir tout un village à deux cents

pas du château et sur la partie du sol où ne se trouvait pas la fameuse argile. Rien n'y manquait : ni chapelle, ni école, ni bou-
cheries, ni boulangeries. Puis, un beau matin, il arriva une véritable armée de mineurs parlant un idiome allemand, qu'on ne

comprenait pas sans peine, même à Heidelberg. Venus de je ne sais
où, ils se logèrent aussitôt dans le village récemment construit, et,
comme ils y trouvaient à bon compte le logement, la viande, le
pain et toutes les choses nécessaires à la vie, comme leurs enfants
y recevaient gratuitement l'éducation, et que les médecins, payés
par le conseiller, soignaient gratuitement les malades, naturellement ils se tinrent à l'écart des paysans du voisinage, dont ils n'a-
vaient pas besoin et dont ils ne savaient guère ni comprendre ni
parler la langue.

D'ailleurs, ces rudes travailleurs passaient les jours et les nuits à
creuser d'immenses fosses au fond desquelles ils ne tardèrent même
point à demeurer douze heures chaque jour.

Si bien que, peu de temps après, le conseiller expédia encore plus
de houille qu'il n'expédiait de sa fameuse argile, et qu'il fallut qu'il
construisît à ses frais un tronçon de chemin de fer de deux ou trois
kilomètres, qui pût communiquer du château même à la gare la
plus voisine.

Or un kilomètre de chemin de fer coûte un million.

Sa petite armée de travailleurs, ses manières de faire à lui, la fameuse histoire du tablier de Katt, racontée, répétée, commentée,
grossie, défigurée, et surtout l'isolement dans lequel le conseiller
s'appliquait à faire vivre ses ouvriers, et vivait lui-même, ne justifiaient que trop les bruits de sorcellerie qui couraient sur son
compte.

Aussi ne fut-ce point sans émotion qu'un beau jour mademoiselle
Notburga, qui se trouvait seule au logis, vit entrer le conseiller, à
qui elle n'avait point parlé depuis le jour où il était venu demander,
en location, le vieux château.

Il salua profondément la jeune fille, s'informa de la santé du baron, et, tout en exprimant le regret de ne point le rencontrer, il
ajouta que c'était à mademoiselle Notburga qu'il avait affaire.

Celle-ci rougit jusqu'au blanc des yeux, et présenta un fauteuil au conseiller, qui s'y assit et ôta ses lunettes bleues pour essuyer la poussière que la route y avait déposée. Notburga eut bien de la peine à réprimer un cri de surprise, car le visage du conseiller, débarrassé de ces vilains verres qui cachaient ses yeux, devenait vraiment charmant. Le conseiller semblait alors à peine âgé de trente ans, et sa physionomie possédait autant de distinction que d'intelligence et de douceur.

— Mademoiselle, dit-il en souriant de l'expression de surprise que Notburga ne pouvait cacher, je viens tout bonnement m'acquitter d'une dette. Je vous dois le cinquième des trésors cachés que je puis découvrir dans l'enceinte du vieux château, et voici le montant de cette redevance que j'ai l'honneur de vous apporter.

En s'exprimant ainsi, il déposa sur la table de travail de Notburga un petit coffret en bois des îles, se leva, prit respectueusement congé de la jeune fille et s'en retourna à Heidenloch.

Peu d'instants après, le baron rentra et trouva sa fille, la tête appuyée sur ses mains et qui n'avait point encore songé à ouvrir le coffret.

Tandis qu'elle racontait la visite du conseiller, le baron faisait tourner la clef et trouvait dans la boîte un bon de *quarante mille florins*, payable à vue chez le plus riche banquier de Heidelberg.

— Mais ce diable de conseiller est donc sorcier, comme on le dit ! s'écria le baron.

— Peut-être ! répondit une voix qui fit pâlir l'excellent homme.

Il se retourna brusquement, et se trouva face à face avec le conseiller.

— Baron, dit-il en riant, je suis revenu sur mes pas, parce qu'il m'a paru qu'une châtelaine devait connaître sa châtellenie. Or, comme mademoiselle Notburga possède le cinquième de mes trésors souterrains, n'est-il pas de son intérêt et de son devoir de visiter

les lieux où ils se trouvent et les hommes qui les exploitent pour
elle ?

Le baron hocha la tête et Notburga laissa échapper un mouvement de joie.

— Si vous me le permettez, continua le conseiller, j'aurai l'honneur de vous recevoir demain dans votre château de Heidenloch.
Vous y passerez la journée, je l'espère, et avant de nous séparer,
nous causerons d'un nouveau projet qui me trotte en tête. Donc,
je vous attends demain à midi.

Et il disparut comme il était venu, sans que le baron et sa fille,
étourdis par l'invitation à brûle-pourpoint du conseiller, l'eussent
vu s'en aller plus qu'ils ne l'avaient vu arriver.

L'invitation du conseiller avait cela d'étonnant que, pour la première fois, le mystérieux personnage permettait à quelqu'un du pays
de pénétrer chez lui. Aussi, la nouvelle s'en répandit-elle dans tout
le village : les uns blâmèrent le baron de ne point refuser une invitation faite par un homme d'un renom aussi douteux que le conseiller ; les autres prétendirent qu'il s'exposait à de grands dangers en
pénétrant ainsi dans un repaire où Dieu et aussi peut-être, hélas! le
diable, savaient seuls ce qui se passait. Enfin, le lendemain le baron
trouva aux fenêtres, et sur son passage, tous les habitants du pays
pour le voir, lui et sa fille, se diriger vers le vieux château et en
franchir le seuil.

Le conseiller attendait ses hôtes sur les limites extrêmes du terri-
toire qu'il avait loué. Notburga remarqua avec joie qu'il ne cachait
point ses yeux derrière ses vilaines lunettes bleues, et le baron se
demanda si le jeune homme, distingué de manières et de figure, qui
lui serrait la main, était bien le singulier personnage qui semblait
prendre à cœur de justifier la réputation d'étrangeté sinistre qu'on
lui faisait à vingt lieues à la ronde.

Pendant que le baron ruminait tout cela, le conseiller offrait son

bras à mademoiselle Notburga, et la conduisit vers son habitation.

Rien ne ressemblait moins à des ruines, et même à son château,
que cette antique masure, naguère si désolée. On eût dit un palais
bâti par des fées. Le luxe d'un roi s'y unissait à l'élégance d'un
artiste, et les yeux du baron ne pouvaient s'ouvrir assez grands pour
admirer tant de merveilles ! Quant à Notburga, quelque admiration
qu'elle ressentit, elle éprouvait encore plus d'étonnement des propos spirituels et graves à la fois du conseiller.

Après un déjeuner exquis, et qui dura peu de temps, en dépit de
la coutume allemande, qui veut qu'on reste longtemps à table et
qu'on y vide bon nombre de bouteilles, le conseiller, qui ne buvait
que de l'eau, et qui n'avait touché qu'à deux ou trois plats, se leva,
et proposa à Notburga de commencer la visite projetée des trésors
souterrains.

Il la conduisit d'abord dans le jardin, d'où l'on continuait à enlever des masses d'argile.

— Voici, dit-il en prenant une poignée de cette argile, qui se
trouvait presque à fleur de terre, voici un véritable trésor, mademoiselle; c'est du kaolin, une substance chinoise, que votre vieux château possède en abondance.

« Regardez ! le kaolin est une matière terreuse, très-tendre, blanche, qui se compose de silice, d'alumine, de potasse, de magnésie,
de chaux, d'oxyde de fer et d'eau.

« Le kaolin sert à fabriquer la porcelaine, industrie dont la découverte paraît remonter, en Chine, à plus de deux mille ans, avant
l'ère chrétienne, et a été importée seulement en Europe par les
Portugais, vers le quinzième siècle.

« Depuis deux cents ans, on a découvert de rares dépôts de koa-
lin en France, en Russie et en Allemagne. Or, vous pouvez juger de
l'importance et de la valeur du gisement à peu près inépuisable de

cette matière sur lequel se trouve bâti le vieux château. Il y en a pour plus de mille années d'exploitation.

« Là-bas, ce sont des mines de houille d'une richesses incalculable et d'une qualité exquise. Vous avez pu en juger au déjeuner, puisque les essences de fruits avec lesquels étaient confectionnées les crèmes et les compotes provenaient de cette houille. »

Le baron leva sur le conseiller des yeux effarés.

— Eh! mon Dieu, oui! répondit celui-ci, je fais du sucre avec le tablier de ma cuisinière, et des liqueurs délicieuses avec de la houille. A dîner, je vous fabriquerai, si vous le voulez, de la glace au milieu d'un creuset rougi à blanc.

IV

LES SOUTERRAINS DU CHATEAU.

Le baron était un excellent homme, agriculteur intelligent, et fort épris de la culture des fleurs; mais son éducation avait été quelque peu négligée sous le rapport des sciences naturelles. En outre, élevé par une vieille nourrice qui lui avait embarbouillé le cerveau, dès sa plus tendre enfance, de contes de magiciens, et vivant d'ailleurs au milieu d'une population pour laquelle les sorciers et leurs maléfices passaient pour de vrais articles de foi, il se sentait, près du conseiller, en proie à une défiance mêlée de peur. D'abord, il ne lui semblait pas naturel qu'un homme découvrît, en quelques mois, dans un terrain jusque-là reconnu stérile, une couche de kaolin et des mines de houille. Après cela, le tablier devenu du sucre, le charbon devenu de l'essence de poires et d'ananas, la glace que l'on devait fabriquer dans un creuset ardent, lui trottaient par la tête, et peut-être, à l'heure qu'il était, eût-il donné quelque chose pour se trouver à cultiver paisiblement dans son jardin ses dalhias et ses tulipes, au lieu de parcourir ce grand diable de château en compagnie de son bizarre locataire.

Notburga au contraire, ne s'était jamais de la vie sentie si heureuse.

Appuyée sur le bras de M. Fritz, — car, dans sa pensée, elle commençait à l'appeler de ce nom amical, et non plus du titre de conseiller, — elle s'amusait des promenades qu'elle faisait avec lui, des objets qu'il lui montrait, et des paroles qu'il lui disait. Elle eût voulu que la journée ne finît jamais. Aussi, quand elle vit le baron tirer sa montre à chaque instant, et en interroger les aiguilles, elle se sentit devenir toute triste.

— Ah çà! baron, vous figurez-vous que vous allez sortir sitôt de mes griffes? demanda en riant le conseiller. Vous, et mademoiselle Notburga, vous êtes mes prisonniers jusqu'à la nuit close et même au delà. Arrangez-vous en conséquence, et prenez patiemment votre mal.

— Les chemins ne sont guère bons, objecta le baron; et s'y risquer la nuit...

— Est-ce que la nuit existe quand je ne le veux pas? Je n'arrêterai pas le soleil comme Josué, mais je créerai un autre soleil, et si, pour vous en retourner, vous ne voyez point, à minuit, aussi clair qu'en plein midi, je veux ne plus revoir jamais ni mademoiselle votre fille, ni vous, ce qui serait le plus grand chagrin que je pusse ressentir! Je vous aime tant... tous les deux!... que je voudrais ne plus jamais me séparer de vous... Soupons donc, baron; nous reprendrons cet entretien plus tard.

Malgré l'excellent repas qu'on lui servit, malgré les vins exquis qui surchargeaient la table, le baron se sentait devenir de plus en plus mal à son aise.

— Voici le moment de fabriquer la glace, dit le conseiller. Faites-moi apporter des ateliers de fonderie un moufle incandescent, Katt.

Et comme Katt le regardait d'un air effaré, il sortit et revint quelques instants après avec deux forgerons portant un énorme fourneau ou moufle, plein de feu et rougi lui-même à blanc.

Il versa ensuite dans ce creuset en platine, soumis à toute la violence du feu, une substance qui répandit dans la salle à manger une forte odeur de soufre, jeta sur cette substance de l'eau qu'il prit dans une carafe, retira le creuset de dessus le fourneau et le vida sur un plat. Il tomba sur ce plat un magnifique morceau de glace.

— Nous pourrons, maintenant, boire aussi frais que nous le voudrons, dit-il, en entourant de cette glace singulière une bouteille de vin de Champagne.

Le baron se sentait de plus en plus mal à son aise.

Ce fut bien pis quand, au sortir de table, le conseiller dit de sa voix vibrante :

— Baron, vous connaissez déjà ce que j'ai fait du domaine de vos aïeux, à la surface du sol ; il faut maintenant que vous voyiez ce que j'en ai fait sous le sol. Pour commencer, nous allons descendre à cent mètres sous terre.

Le baron fit un geste d'effroi, mais avant qu'il prononçât un seul mot, il vit la table disparaître comme par magie, et il sentit sous ses pieds le parquet s'ébranler doucement.

La clarté du ciel et des étoiles, qu'on entrevoyait à travers les rideaux des fenêtres, fit place à une obscurité profonde ; une légère fraîcheur succéda à l'atmosphère chaude qui enveloppait le conseiller et ses hôtes, et un tout petit choc ébranla la pièce.

— Nous voici arrivés ! dit le conseiller en ouvrant une porte qui laissa voir l'entrée d'une galerie noire ; vous êtes maintenant à cent mètres du sol ; un sol uniquement composé de grès. Tenez, regardez plutôt !

Le baron porta autour de lui des regards peu rassurés.

— C'est ici, baron, au sein même de la terre, que nous allons voir les êtres les plus étranges qui aient habité notre globe avant la création de l'homme.

« Quant aux différentes couches dont se compose l'écorce de ce globe, vous en avez remarqué, et vous pourrez en remarquer encore dans ma galerie de géologie, tant que vous le voudrez, des échantillons placés dans l'ordre de leur formation.

« Cette galerie est l'abrégé de l'histoire de la formation du globe.

« Vous y verrez d'abord les terrains *primitifs* de la cristallisation de granit pur, de roches granitiques, de schistes micacés et talqueux, de roches amphiboleuses.

« Ces terrains forment le squelette de la terre, produit par le refroidissement après la fusion originelle.

« Ils contiennent en filons des pierres précieuses, du marbre de statuaire, du cristal de roche, du cuivre et de l'or.

« Viennent ensuite les terrains *intermédiaires* ou *métamorphiques*, formant passage entre les terrains ignés et les terrains stratifiés ; ils renferment le kaolin, le quartz à verre et des marnes siliceuses.

« Les roches *plutoniques*, éruptions puissantes du feu central, terminent la *première époque* du globe terrestre.

« Les *terrains de transition* avec leurs schistes, leurs calcaires, leurs grès variés, ouvrent la seconde époque.

« La terre, considérablement refroidie, s'est couverte alors de végétaux qui ont produit le terrain houiller.

« Les masses de houille que l'on trouve dans les profondeurs du sol témoignent de la richesse de la végétation primitive.

« L'anthracite, les houilles indépendantes, mélangées de grès et de schistes noirs, constituent la masse des terrains de transition, où l'on trouve des formations de soufre, de mercure et quelques filons métalliques.

« L'atmosphère de la terre s'étant purifiée, les gaz qui la constituaient se trouvaient en partie liquéfiés, l'eau coulait à la surface de la croûte terrestre, et les terrains *sédimenteux* pouvaient se former.

« Le *premier* des terrains *secondaires*, le Pencéen, est composé de roches calcaires d'un rouge pâle, teintes de blanc, qui donnent des chaux excellentes et de très-beaux marbres.

« Pendant la *seconde* période, les volcans, doués encore d'une très-grande puissance, vomirent les roches volcaniques *anciennes ;* ces roches se distinguent des roches *plutoniqnes* en ce que de nombreuses cavités les boursouflent et les percent comme nos laves modernes.

« La *troisième* époque commence avec la formation des terrains secondaires : *Cambrien, Silurien, Dévonien* et *Jurassique,* où apparaissent pour la première fois des fossiles exclusivement nautiques, et particulièrement des crustacés, des polypiers, des poissons et des oiseaux ou plutôt des reptiles volants.

« On n'y trouve aucune trace d'animaux *terrestres,* ce qui prouve que les animaux marins ont été créés les premiers. Le cirque de Gavarnie, les tours de Marboré, en France, sont de magnifiques calcaires de cette formation.

« Le terrain *crétacé, inférieur* et *supérieur,* avec ses gypses, ses pierres lithographiques, ses lignites, ses grès incrustés de coquilles, clôt la troisième époque.

« Alors apparaissent les animaux *terrestres* qui marquent la *quatrième* époque de l'histoire du globe. On les retrouve dans le terrain tertiaire, et la science constate parmi les fossiles les débris des grands mammifères primitifs.

« C'est à la fin de la période tertiaire que s'est formé le *diluvium,* témoin du déluge universel.

« Les alluvions postdiluviennes et modernes sont représentées dans mon musée par leurs roches principales, les galets, les stalactites et les travertins.

« Commençons par examiner le squelette des animaux. Comme

vous le voyez, je les ai disposés dans des galeries creusées au milieu
même des terrains de la nature de ceux où l'on trouve ces êtres dont
les espèces ont sans doute à jamais disparu de la terre. Tous sont
gigantesques; car, avant que Dieu créât l'homme, il fallait que
les habitants de notre globe fussent robustes pour vivre au sein de
la rude nature qui les entourait.

« Cette collection m'a donné bien du mal à former, mais, grâce à
Dieu, elle est aussi complète que possible; ni l'or, ni les voyages, ni
les fatigues ne m'ont coûté pour la rassembler. Enfin d'habiles mou-
lages reproduisent fidèlement, et à s'y méprendre, tous les origi-
naux que je n'ai pu me procurer.

« Maintenant, par un coup de ma baguette, je vais ressusciter
ces monstres. Vous les verrez, non plus gisant là comme d'inertes
squelettes, mais tels que le Créateur les a produits, avec leurs
formes, leurs couleurs et leurs mouvements. Je vous ai promis leur
visite, les voici. »

En parlant de la sorte, il feignit de rajuster la mèche de craie qui
donnait une si belle clarté, mais il l'éteignit, et une obscurité profonde, une vraie nuit noire, entoura tout à coup le baron et sa fille.

Au même instant, une clarté douce apparut peu à peu comme un
point, et tout au fond, tout au fond de la galerie, qui pouvait compter une vingtaine de mètres de longueur, des objets d'abord confus
se dessinèrent au milieu d'un cercle lumineux, et prirent insensiblement un aspect et un corps. C'étaient des arbres étranges, tels
que n'en produit plus aujourd'hui la terre, et des rochers de grès
rouge qui se dressaient au bord d'une mer immense.

Notburga ne put retenir un cri de terreur. Un monstre, moitié
serpent, moitié poisson, était sorti tout à coup de l'eau, et semblait
s'avancer, menaçant, vers elle. Il mesurait au moins dix mètres, et
se traînait péniblement sur la vase à l'aide de quatre grosses pattes
courtes. En abordant la rive, il parut voir le conseiller et ses hôtes ;

il brandit vers eux un cou long de quatre à cinq mètres, semblable à
un serpent et ouvrit une gueule immense, garnie de dents aiguës,
longues comme la main.

Le baron eût préféré se trouver tout autre part ; sa fille s'appuyait tremblante sur le bras de son père.

— Soyez sans crainte, mademoiselle, dit le conseiller, ce monstre,
que l'on nomme plésiosaure, ne s'occupera pas longtemps de nous,
car j'aperçois un labyrinthodon qui va lui tailler de la besogne.

En effet, de l'autre côté du rivage, un crapaud de taille à lutter
avec le plésiosaure, et aussi haut qu'un éléphant, arrivait en ram-
pant : il ouvrit une gueule énorme ; le plésiosaure voulut fuir, mais
il ne le put ; le batracien géant le fascinait par une puissance mystérieuse et magnétique, et l'attirait invinciblement à lui.

— Profitons de leur combat pour gagner au large, et remontons
bien vite vers une couche de terrain plus élevée, dit le conseiller en
ramenant Notburga et son père dans le petit salon, dont il ferma la
porte.

Le baron tomba plutôt qu'il ne s'assit sur un fauteuil, et essuya
son front que baignait une sueur froide.

Nothurga elle-même était pâle et un peu tremblante.

Fritz, qui feignait de ne pas s'apercevoir de leur émotion, rouvrit la porte.

— Nous voici dans les terrains de la troisième époque de la quatrième période de la création, dit-il. Beaucoup d'êtres de diverses natures vivaient alors; leurs squelettes fossiles sont nombreux, vous le voyez; néanmoins, les proportions de leur taille diminuent sensiblement. Il y a même des os pétrifiés d'oiseaux aquatiques, les uns à pattes palmées comme nos canards, les autres montés sur de longues jambes comme nos échassiers. Ces débris, qui forment un animal moitié lézard, moitié poisson, appartiennent à l'ichthyosaure dont je vais évoquer le spectre, ainsi que ceux du mégalosaurus, ou des crocodiles géants qui pullulaient alors sur la terre. Mais voyons d'abord notre ichthyosaure.

La lumière s'éteignit, et, comme tout à l'heure, apparut à l'extrémité de la galerie un paysage composé, cette fois, de cycas géants, de prêles et de fougères; ces plantes, si petites aujourd'hui, étaient plus hautes que nos plus hauts chênes modernes.

Un ichthyosaure semblait dormir sur le sable; son dos, sur lequel tombaient les rayons du soleil, brillait des couleurs les plus éclatantes, et chatoyait comme une immense pierre précieuse.

Tout à coup un sifflement formidable, ressemblant à celui qui s'échappe d'une machine à vapeur, retentit dans les airs; l'ichthyosaure ouvrit ses grands yeux et voulut regagner l'eau, mais avant qu'il y fût parvenu, un dragon, dont les ailes mesuraient au moins cinq ou six mètres d'envergure, se rua sur l'ichthyosaure, reprit son vol, et enleva sa proie dans ses griffes redoutables, tout en le frappant et en le déchirant de son bec.

— Eh! eh! baron, que pensez-vous de cette chasse? demanda le conseiller; ce vol ne vaut-il pas bien le vol d'un faucon et d'un héron? Quel bel oiseau de proie que ce ptérodactyle dont le bec égale en longueur deux à trois mètres, dont le corps se diapre de si riches teintes, dont le cou robuste a la force et la souplesse d'un boa, et dont les dents pointues équivalent, en proportion et en force, à la baïonnette des grenadiers de la garde autrichienne! Comme le gaillard vous mange cet ichthyosaure, grand de sept à huit mètres!

— Tout cela est bien merveilleux, mais bien horrible! murmura Notburga, qui se sentait défaillante.

— Alors, remontons vite à la surface de la terre, s'écria le conseiller en donnant un signal.

« Une autre fois, dit-il, nous verrons le reste des animaux fossiles que j'ai l'art de ressusciter; il y a parmi eux des taupes grosses comme des éléphants, des éléphants gros comme des collines et recouverts d'une toison longue et fourrée à la manière des brebis; et puis des chiens et des tigres de la taille d'un cheval, et mille autres choses qui déconcertent tout à la fois la raison et l'imagination humaines. »

LE PTÉRODACTYLE ET L'ICHTHYOSAURE.

Il achevait à peine ces paroles, que le petit salon se trouvait tout à coup remonté au niveau du château.

Notburga, pâle et défaillante, s'élança vers la fenêtre pour ne pas tomber évanouie.

— Voyons, voyons, chère demoiselle, dit le conseiller avec une sollicitude paternelle, ne prenez donc point au sérieux mes innocentes plaisanteries. D'un mot je peux tout vous expliquer et vous faire sourire de vos terreurs.

« Le salon montant et descendant où vous êtes est fait à l'imitation de ceux qui se trouvent dans tous les hôtels de New-York. Rien de plus simple que leur mécanisme, inventé pour qu'on puisse habiter les étages élevés sans plus de fatigue que si l'on se trouvait logé au rez-de-chaussée.

« Quant aux apparitions des êtres fossiles ressuscités, elles ne sont autre chose que des verres de fantasmagorie perfectionnés par un opticien de mes amis.

— Et le sucre fait avec les hardes de votre cuisinière Katt, et la glace faite dans un creuset? demanda le baron, qui ne croyait pas un mot de ces explications.

— Un jeu d'enfant, une plaisanterie d'élève en chimie. J'aurais pu également changer en sucre de la sciure de bois et du papier ; je pourrais même en faire de l'eau-de-vie, de l'éther, du vinaigre : il me suffirait de recourir à la distillation. Le chimiste Braconnot, un Français, a le premier opéré ces merveilles. Il y est arrivé en voyant que son tablier, éclaboussé par de l'acide sulfurique, présentait partout où il avait été atteint les caractères d'une brûlure sans carbonisation.

« — Ma serviette, se dit-il, est trouée par l'acide sulfurique sans cependant se carboniser... Quelle en est la cause ?

« Là-dessus il prit le chiffon de toile, qu'il broya avec de l'acide sulfurique. Il obtint, d'abord, une matière gommeuse, soluble dans l'eau ; il la satura par de la craie, la soumit à l'évaporation et obtint alors une gomme sucrée, analogue à la gomme arabique. Vingt et un grammes de chiffons secs lui donnèrent vingt-six grammes de cette gomme exempte d'acide sulfurique ; c'est-à-dire plus de gomme que de chiffons.

« Au lieu de saturer par la craie la dissolution mucilagineuse de bois, de paille ou de linge dans l'acide sulfurique, si on l'étend de plusieurs fois son poids d'eau et qu'on la fasse bouillir environ dix heures, alors on peut être assuré que toute la matière gommeuse est convertie en sucre; il ne s'agit plus que de séparer ce sucre de l'acide, en neutralisant celui-ci par de la craie. La liqueur, filtrée et évaporée en consistance de sirop, donne vingt-quatre heures après des indices de cristaux, et, au bout de quelques jours, le tout se solidifie en une seule masse de sucre passablement pur.

« Après cela, on le presse fortement dans un linge usé, on le fait cristalliser une seconde fois. Il ne devient toutefois d'un blanc éclatant qu'après avoir été traité par le charbon animal. »

— Et la crème à la houille?

— Il y a de tout dans la houille, même des essences pour confectionner la confiserie. Lorsqu'on distille cette houille, on en obtient trois corps : l'un solide, le coke; l'autre liquide, le goudron; le troisième gazeux, l'hydrogène carboné.

« On en récolte encore des eaux dont on extrait, en abondance et à bas prix, l'ammoniaque, d'un usage général dans l'industrie, qu'à la fin du siècle dernier on achetait des Orientaux au poids de l'or, et qu'on prétendait ne pouvoir s'obtenir que de la fiente des chameaux.

« Vous connaissez l'emploi du coke et de l'hydrogène : l'un éclaire, l'autre chauffe.

« Quant au goudron, tel qu'il sort de la cornue, son emploi est moins immédiat. On avait voulu le substituer à l'asphalte pour la construction des trottoirs ; il manquait de solidité et de résistance ; les pieds s'enfonçaient dans ses couches noires, à peu près comme aujourd'hui dans le lait du macadam ; seulement on n'en sortait pas avec autant de facilité.

« Pour tirer parti du goudron de houille, il fallut donc le distiller à nouveau.

« La chimie d'abord, l'industrie ensuite, obtinrent de cette matière, jusqu'alors inutile, des liquides possédant une densité et des propriétés variées à l'infini : depuis une huile légère, ayant à peine le poids de l'alcool, jusqu'à la naphtaline, solide, lourde, nacrée, et qui joue un rôle, souvent efficace, dans la guérison des maladies de la peau.

« Les hydrocarbures produits par la distillation du goudron de houille forment une famille de substances propres à détacher les étoffes, telles que l'éthérine, la carburine et la benzine. Cette dernière jouit d'une grande popularité. Il n'est point d'habitant de Heidelberg qui n'en possède un flacon, pas une boutique qui n'en étale des bouteilles à ses vitrines.

« La seconde distillation du goudron enfante une autre famille, celle des gazogènes. Mêlés à l'alcool, les gazogènes remplacent, jusqu'à un certain point, l'huile à brûler ; on les connaît sous le nom de gaz liquide.

« Presque seuls jusqu'à présent, ils possèdent la propriété de dissoudre le caoutchouc ; ils causent, soit dit en passant, l'odeur infecte qu'exhalent les vêtements enduits de cette substance.

« Enfin, soumis à certaines réactions, distillés à nouveau, unis à l'éther, ils deviennent des essences d'un parfum délicieux que la confiserie parisienne, la première du monde, emploie pour donner à ses bonbons le goût de la fraise et de l'ananas.

« Le rhum et le cognac ne reçoivent trop souvent leur bouquet que de quelques gouttes de la dernière de ces essences.

« On obtient encore du goudron de houille une matière tinctoriale analogue à l'une des couleurs si précieuses qu'on retire de la garance.

« Diverses propriétés des produits de la houille, observées et étudiées, ne tarderont sans doute point à valoir de nouveaux progrès à l'industrie. La tannerie,.entre autres, opérera un de ces jours, en quelques heures, des résultats qu'elle n'obtient qu'après de longs mois de travail. Le principe sur lequel reposent ces futurs procédés existe en théorie, mais son application reste encore insuffisante. On se trouve arrêté par un de ces obstacles invincibles que le hasard finit le plus souvent par écarter, quand, vaincu, le génie humain y renonce.

« Mais revenons à nos bonbons.

« Les dragées à l'essence de pomme, de poire, de coing, de melon et tant d'autres, les bonbons anglais devenus populaires et que débitent les épiciers, ne doivent leur arome qu'à des combinaisons d'éther butyrique avec du vinaigre, de l'acide valérianique ou de l'acide coccinique, extrait de la noix de coco.

« L'éther butyrique n'est lui-même qu'un produit combiné de l'acide butyrique.

« Or, cet acide s'obtient par la distillation des matières organiques en décomposition, telles que le fromage et les viandes.

« Ajoutons, pour rassurer les dégoûtés, qu'on peut le préparer encore par la métamorphose que le sucre, l'amidon et d'autres matières analogues éprouvent au contact de substances azotées de nature à agir comme ferment.

« Arrivons maintenant à la glace faite dans un fourneau incandescent. Rien de plus simple.

« Dans une capsule de platine, rougie à blanc, on verse quelques grammes d'acide sulfureux anhydre (c'est-à-dire sans eau).

« Cet acide, qui bout à dix degrés au-dessous de zéro, passe à l'*état sphéroïdal*, et se maintient à une température de onze degrés.

« Si on projette de l'eau sur le *sphéroïde*, formé par l'acide sulfureux, cette eau, mise en contact avec un corps d'aussi basse température, se solidifie, se gèle instantanément, comme vous l'avez vu.

— Qu'est-ce donc que l'état sphéroïdal ?

— Quand vous projetez un liquide sur une surface incandescente, ce liquide, quel qu'il soit et de quelque hauteur qu'il tombe, ne mouille pas cette surface, c'est-à-dire qu'il ne vient pas au contact avec elle, qu'il ne la touche pas.

« Il prend la forme globuleuse et reste à une température constante, inférieure à son point d'ébullition, quelle que soit l'élévation de température du milieu qui l'entoure.

— Grâce à Dieu, vous n'êtes point un sorcier, mais un savant, dit le baron ; j'aime autant cela... Et la fameuse lumière qui lutte avec le soleil, et qui doit tout à l'heure nous faire voir clair en plein minuit ?

— Vous l'avez vue dans notre promenade souterraine. Un appareil des plus simples la produit à l'aide de deux gaz, l'hydrogène et l'oxygène, qui viennent s'allumer sur un simple morceau de craie.

— Allons, ma fille, fais tes préparatifs de départ, j'ai d'autant plus hâte de reprendre le chemin de notre maison et de voir cette splendide lumière, que minuit va sonner, et que toutes ces émotions me fatiguent singulièrement.

— Bientôt, je l'espère, dit Fritz en plaçant galamment sur les épaules de Notburga le manteau de la jeune fille ; bientôt, je l'espère, vous n'aurez plus, baron, à quitter le vieux château lorsque vous vous sentirez fatigué.

— Et quand cela, conseiller ?

— Quand, cher baron ? Quand vous serez mon beau-père. Dans un mois !

Cette fois Notburga faillit s'évanouir tout de bon; Fritz la reçut dans ses bras; et après qu'elle eut repris ses sens :

— Ne savez-vous pas que je vous aime depuis longtemps, mademoiselle Notburga? Ne savez-vous point que si je suis venu tirer de ses ruines le vieux château, c'était pour vivre près de vous?

— Je l'avais compris, monsieur Fritz, répondit-elle en laissant tomber sa main dans la main du jeune homme.

— Je vois qu'il ne me reste plus qu'à dire *amen*, conclut le baron. Je veux bien qu'elle devienne votre femme, mon ami, mais je vous préviens que je ne compte point quitter ainsi ma fille, et qu'il vous faudra me donner un logis au château.

— Vous en aurez le plus bel appartement, répondit le conseiller. Mademoiselle Notburga, appuyez-vous sur mon bras, et permettez-moi de vous reconduire chez votre père, jusqu'à ce que le même toit puisse nous réunir tous les trois.

Ils reprirent le chemin de la petite maison, et quand ils furent arrivés devant la porte :

— Vous me manquez indignement de parole, Fritz, s'écria le baron. Je n'ai pas vu le moindre rayon de votre fameux éclairage, et, sauf l'obligeance de la lune, j'aurais pu mettre le pied dans plus d'une ornière.

Il fallait que Fritz et Notburga se dissent des choses de bien grand intérêt, car ni l'un ni l'autre n'entendit le reproche railleur du baron.

CHAPITRE QUINZIÈME

LE DIXIÈME CONTE DU DOCTEUR SAM

— Votre histoire est un véritable conte de fées, dit madame de Moronval.

— Les personnages mis en scène par Perrault ne sont pas plus merveilleux, ajoutai-je.

— Et par-dessus tout, fit observer Antoinette, ce merveilleux paraît vraisemblable. Or, ce qui me choque dans les contes de fées, c'est leur invraisemblance. Sans doute, le Chat botté m'amuse, mais je sais qu'un chat serait fort malheureux de porter des bottes.

— Quant aux bottes de sept lieues... objecta Louise.

— Un instant! un instant! répondit le docteur; les bottes de sept lieues ne sont pas tout à fait invraisemblables : les chemins de fer ne leur ressemblent-ils pas un peu?

— Je suis forcé de l'avouer.

— Les contes de fées ne tendent-ils pas à devenir vrais par les progrès de l'industrie? Voyons, quels sont les talismans les plus extraordinaires dont on parle dans les *Mille et une Nuits?*

— Une pierre précieuse qui montre, quand on la porte à ses yeux, ce qui se passe à je ne sais combien de kilomètres de là, répondit Antoinette.

— Un petit tapis sur lequel on s'assied, et qui vous transporte partout où l'on veut avec la vitesse d'un oiseau, ajouta Louise.

— Un oiseau d'or qui chante des airs comme s'il vivait réellement.

— Une plaque de cristal sur laquelle se peint l'image de ceux à qui l'on pense.

— Eh bien! reprit le docteur, tous ces prodiges inventés par l'ardente imagination des conteurs orientaux se réalisent aujourd'hui. Les chemins de fer ne valent guère moins que le tapis, la pierre précieuse ne fait pas mieux que le télescope, l'oiseau d'or qui chante se trouve chez tous les mécaniciens; il saute de branche en branche, il ouvre le bec, il dit des airs en agitant ses ailes; la photographie laisse de bien loin derrière elle la plaque de cristal aux images, et le télégraphe électrique porte la pensée d'un bout du monde à l'autre, comme les génies persans. Savez-vous qu'avec le télégraphe électrique on peut, grâce à l'appareil de l'abbé Caselli, écrire de New-York ou de Saint-Pétersbourg à Paris?

— Écrire?

— Oui, écrire une lettre autographe qui se transmet des distances les plus éloignées en deux ou trois minutes.

— Je voudrais bien voir de cette écriture, s'écria Marie.

— En voici, répliqua le docteur en tirant de sa poche un petit carré de papier sur lequel se lisaient quelques lignes en fort beaux caractères anglais qui semblaient tracés à l'encre bleue.

— Cela tient du prodige.

— Attendez, voici encore de petites cartes de géographie, de la musique, des dessins de broderies et même des portraits obtenus par le même procédé.

— Oh! que je voudrais pouvoir opérer moi-même un pareil miracle!

— Rien de plus simple. Écrivez sur ce morceau de papier argenté tout ce qu'il vous plaira. Je le mettrai à la poste pour Marseille, où il arrivera demain à midi, et demain, à une heure, je vous conduirai à l'administration du télégraphe où vous verrez une aiguille fine comme un cheveu dessiner en bleu sur un morceau de papier blanc votre lettre ou votre dessin.

Marie se mit sur-le-champ à l'œuvre et écrivit de sa plus belle écriture sur le carré de papier argenté : *J'aime bien le docteur Sam.*

Celui-ci le plaça sous enveloppe, pria madame Frémicourt de faire jeter le pli à la poste et reprit :

— De tout ce que je viens de dire, je conclus que la réalité peut dépasser en merveilleux les contes les plus invraisemblables, et, pour vous le prouver, j'ai bien envie de vous dire le dernier conte de Perrault.

CHAPITRE SEIZIÈME

LE DERNIER CONTE DE PERRAULT

près avoir rempli longtemps les fonctions im-portantes de contrôleur général des bâtiments, Charles Perrault, tombé en disgrâce près du ministre Colbert, se vit, à force de persécu-tions, obligé de renoncer à une place qui for-mait toute sa fortune. Il le fit avec un courage et une résignation exemplaires, se retira dans une petite maison qu'il s'était bâtie rue Saint-Jacques, et, en devenant le précepteur de ses enfants, se con-sola de ne plus surveiller les constructions de Versailles.

Il composa à cette époque ses contes bleus. Sans attacher d'importance littéraire à ces charmantes compositions qui devaient arriver à la postérité comme une œuvre délicieuse de grâce et de fraîcheur, d'ordinaire il écrivait, le matin, l'histoire féerique destinée, le soir, à amuser sa famille. Ainsi, tour à tour, naquirent *Peau d'Ane*, *le Petit Chaperon rouge*, *les Fées*, *Barbe Bleue*, *le Chat botté*, *Riquet à la Houppe* et tant d'autres merveilleux récits qu'enfants nous savons tous par cœur, et dont nous ne nous souvenons pas, dans l'âge mûr, sans émotion et sans plaisir.

Après avoir été père, Charles Perrault devint grand-père.

Il raconta à ses petits-enfants les contes faits jadis pour ses enfants.

Un soir qu'il venait de redire, pour la septième ou huitième fois, les tours fins et délurés du Chat botté, Jeanne, jolie petite fille de sept ans, grimpa sur les genoux de son aïeul, lui donna un baiser, et passant ses mains mignonnes, blanches et roses dans les larges canons de la grande perruque du vieillard :

— Grand-père, dit-elle, pourquoi n'avez-vous pas inventé de belles histoires pour nous, comme vous l'avez fait pour mon père et pour mes oncles?

— Oui, dirent les autres enfants, il faut que bon papa écrive une histoire tout exprès pour nous.

Charles Perrault sourit, et il y avait un peu de tristesse dans son sourire.

— Hélas! mes enfants, dit-il, depuis l'époque où j'inventais des histoires de fées pour vos pères, le temps a bien marché et il ne m'a point épargné. Voyez! pour avancer, j'ai besoin d'un bâton qui me soutienne, encore ne puis-je marcher que bien lentement, bien lentement, et tout courbé. Ma vue, faible et presque éteinte, distingue à peine vos minois frais et fripons; mon oreille a de la peine à entendre vos voix. Eh bien! il en est de même de ma pensée; mon imagination n'a plus de verve et de fraîcheur ; à peine lui reste-t-il le souvenir.

« Mais je vous aime, mais je désire vous complaire ; ma tendresse suppléera à mon incapacité et me rendra quelque peu de la force de mes jeunes années. Je n'inventerai rien, car depuis longtemps l'invention s'est enfuie de ma tête chauve ; je vous raconterai une histoire véritable, et qui n'en sera pas moins une histoire de fée. Ma mère me l'a dite souvent, c'est pourquoi je m'en souviens si bien aujourd'hui. Les événements de mon enfance restent encore présents à ma mémoire dans toute leur vivacité, tandis que je cherche vainement à me souvenir des événements qui se sont passés tout à l'heure. »

Les enfants, joyeux, se formèrent en groupe autour de leur grand-père ; il passa ses mains sur son front ridé, rassembla quelques instants ses souvenirs, et commença d'une voix faible et cassée qu'écouta religieusement le petit auditoire.

« Ma mère, et votre bisaïeule, Madeleine Geoffroi, était la fille d'un marchand drapier qui demeurait depuis trois ans rue des Bourdonnais, dans le voisinage des halles et du cimetière des Inno-cents. Un soir, elle revenait d'entendre vêpres à l'église Saint-Eus-tache et elle se hâtait de rentrer chez sa mère, qu'une indisposition empêchait de l'accompagner... Elle entendit un grand bruit à l'en-trée de la rue. Des voix criaient et menaçaient au milieu d'un tumulte tel qu'en produit un rassemblement nombreux.

« Comme on se trouvait alors au milieu des troubles de la Fronde, Madeleine, effrayée, s'empressa de mettre la clef dans la serrure. Sa main, qui tremblait, n'y réussit qu'après quelques tentatives ; enfin, elle parvint cependant à ouvrir. Elle entra, et elle allait re-fermer la porte quand, tout à coup, elle vit derrière elle une femme enveloppée d'un manteau noir, et qui tenait deux enfants par la main. Cette femme se précipita dans la boutique, et s'adressant d'une voix suppliante à Madeleine :

« — Au nom de ce que vous avez de plus cher, dit-elle, sauvez-moi! Cachez-moi avec mes enfants dans un coin de votre maison! Je vous prouverai ma reconnaissance. Quelque malheureuse et menacée que je paraisse en ce moment, peut-être ne tarderai-je pas à réaliser vos vœux en apparence les plus impossibles!

« — Je n'ai pas besoin de récompense pour venir en aide à une mère qui me demande un asile et le salut de ses enfants, répondit Madeleine émue. Hélas! je ne connais ici nul endroit qui puisse vous dérober sûrement à la rage de ceux qui vous pour-suivent.

« L'étrangère promena rapidement autour d'elle des regards éplorés. Tout à coup elle fit un signe de joie, porta attentivement ses yeux sur le parquet, et frappant du pied :

« — Là! dit-elle, là!

« En achevant ces mots, elle souleva une trappe ménagée dans

le parquet de la boutique, et dont l'ouverture laissa voir un escalier de pierre qui menait à un souterrain. Tandis que Madeleine
restait plongée dans la stupéfaction, l'inconnue chargea ses deux
enfants sur ses bras et descendit dans la cave. Ma mère referma
sur elle la trappe invisible ; il était temps, car déjà les cris de la
foule se faisaient entendre au dehors, devant la boutique, et des
voix criaient impérieusement :

« — Ouvrez ! ouvrez !

« Madeleine ressentit une courte hésitation, et appela son père,
qui descendit fort alarmé. Après avoir parlementé quelques instants, il ouvrit à ceux qui commençaient à enfoncer la porte.

« Un ramas de deux ou trois cents misérables déguenillés se
ruèrent dans la maison comme un terrain fangeux et la visitèrent
jusque dans les moindres recoins sans rien trouver. Furieux de leur
déconvenue, ils s'emparèrent de Madeleine et de son père.

« — Il faut nous livrer, dirent-ils, la femme que nous poursui-
vons. C'est une sorcière, une hérétique, une ennemie des bourgeois
de Paris ; elle prend parti contre nous en faveur de l'Autrichienne ;
elle cause la famine et la misère qui désolent Paris. Nous la voulons, elle et ses enfants, pour en faire justice.

« — Nous ignorons de qui vous voulez parler, répliqua mon
grand-père, qui ne savait rien en effet. Nous n'avons vu personne,
nous n'avons recueilli personne chez nous.

« — Je sais un moyen de te faire parler, entêté bourgeois, s'écria
un des misérables qui commandaient la troupe.

« Il saisit ma mère, et plaça sur sa poitrine un pistolet dont il
alluma la mèche.

« — Cette femme ! nous voulons cette femme !

« En ce moment, Madeleine, qui se trouvait précisément debout
sur la trappe, entendit sous ses pieds un léger bruit. L'inconnue,
sans doute, montait l'escalier pour venir se livrer et sauver sa

libératrice. Mais cette dernière frappa du pied afin d'empêcher que personne ne pût surprendre le mouvement souterrain, et répondit courageusement ;

« — Je n'ai personne à trahir.

« — Eh bien ! tu vas voir ce qui advient à ceux qui nous résistent, mugit un des forcenés.

« Il arracha le voile qui couvrait la tête de Madeleine, la saisit par les cheveux et l'abattit à ses pieds.

« — Parle, s'écria-t-il, ou, de par le diable, je te traine ainsi à travers les rues de Paris, jusqu'au gibet de la Grève.

« — Mon Dieu ! prenez pitié de mon âme ! telle fut la réponse héroïque de ma mère.

« Sur ces entrefaites, les bourgeois du quartier se rassemblaient et prenaient à la hâte les armes. Ils vinrent au secours de leur voisin, dont on violait le domicile, arrachèrent Madeleine à ses assassins, débarrassèrent mon aïeul des liens qui le garrottaient, et, après une courte lutte, chassèrent les brigands.

« Le premier soin de Madeleine fut d'aller rassurer sa mère éperdue. Après quoi elle rejoignit son père, l'aida à barricader la porte de manière à ne point redouter une nouvelle invasion, et se mit à préparer le souper comme elle en avait l'habitude.

« Tout en mettant la nappe et en disposant ses assiettes, la jeune fille se demandait s'il fallait confier à son père la présence de l'inconnue dans le souterrain.

« Après de mûres réflexions, et non sans demander à Dieu, par une fervente prière, de lui inspirer la résolution qu'il fallait suivre, elle décida qu'il serait plus prudent de ne point exposer son père à de nouveaux périls, s'il s'en présentait encore, et de les réserver pour elle seule.

« En conséquence, elle s'arma de tout le sang-froid qu'elle put trouver, servit le souper à son père et à sa mère, et les laissa se coucher et s'endormir. Quand chacun reposa au logis, elle quitta, pieds nus, sa chambrette, descendit dans le magasin, ouvrit avec précaution la trappe, et descendit dans la cave avec les aliments qu'elle avait préparés pour celle qui lui devait un asile et la vie.

« — Vous êtes une noble et généreuse créature! lui dit l'étrangère. Vous avez montré, pour mon salut, une force et un dévouement au-dessus de votre âge et de votre sexe. Dieu vous en récompensera dans le ciel, et j'espère qu'il me permettra de vous en tenir compte sur la terre.

« Tandis que la dame parlait ainsi, Madeleine la regardait avec curiosité à la lueur de la lampe qu'elle tenait.

« C'était une femme âgée de quarante ans, et dont les traits majestueux et sévères inspiraient, dès le premier abord, un sentiment respectueux. Un long manteau de deuil l'enveloppait de toutes parts, et un voile noir recouvrait sa tête. Ses enfants, paisiblement endormis à ses pieds, semblaient deux petits anges tels qu'on en voit aux genoux de la sainte Vierge.

« — Merci de ces aliments que vous m'apportez, dit-elle à Madeleine; merci. Quant à moi, ils me sont inutiles ; je n'en ai pas besoin; mais ces enfants, quand ils s'éveilleront, leur feront fête... Maintenant, laissez-moi votre lumière et allez vous reposer, Madeleine. Les émotions de la journée ont dû vous causer une fatigue qui vous rend le repos nécessaire.

« Madeleine la regarda avec surprise.

« — Je pensais, dit-elle, que madame allait aviser au moyen de trouver un asile, sinon plus sûr, du moins plus commode.

« — Soyez sans inquiétude, mon enfant. Lorsque l'heure de mon départ viendra, je saurai bien quitter cet asile, comme j'ai su vous en révéler l'existence. Bonsoir, Madeleine. Peut-être ne nous reverrons-nous plus de quelque temps. Avant de nous séparer, rappelez-vous toutefois la promesse que je vous ai déjà faite :

« Un jour, à moins que Dieu n'en décide autrement, je réaliserai
« trois des vœux que vous formerez. »

« Elle fit signe à Madeleine de s'éloigner, et Madeleine obéit,
comme elle l'eût fait à une reine. Je vous l'ai dit, il y avait dans les
moindres gestes de la dame voilée une volonté majestueuse à l'autorité de laquelle on ne pouvait se soustraire.

« Malgré sa fatigue, Madeleine ne dormit guère de la nuit. Les événements de la journée se pressaient devant son imagination et la jetaient dans une surprise toujours nouvelle. Quelle était cette femme
que la populace poursuivait en l'accusant d'être l'ennemie du peuple
et une sorcière? Comment connaissait-elle, dans une maison où elle
n'était jamais venue, une cachette mystérieuse, ignorée même par
ceux qui habitaient cette maison depuis trois ans? De quelle façon
s'expliquer le calme qu'elle témoignait, la certitude avec laquelle elle
parlait de s'en aller du caveau, quand il lui conviendrait, et surtout
la promesse mystérieuse et solennelle, deux fois répétée, d'accomplir trois souhaits de Madeleine?·

« A la place de votre aïeule, mes chers enfants, n'auriez-vous pas
été bien préoccupés et bien excités dans votre curiosité? Auriez-vous
mieux dormi que Madeleine! je ne le crois pas ; je vois dans vos yeux
la certitude du contraire.

« Toute la journée, Madeleine resta inquiète et enfièvrée de son
secret. Assise dans le comptoir à sa place habituelle, elle prêtait l'o-
reille aux plus légers bruits ; il lui semblait sans cesse que ceux qui
se trouvaient dans la boutique avec elle allaient découvrir la trappe.
A chaque instant elle s'attendait à voir cette trappe se soulever et
livrer passage à l'inconnue. Puis elle se perdait en conjectures sans
bornes, en suppositions extravagantes, en rêveries impossibles. Elle
voyait tour à tour dans celle qui lui devait la vie une magicienne redoutable et une fée bienfaisante. Puis elle riait de sa folie et se demandait comment une femme douée d'un pouvoir surnaturel se

serait trouvée sans défense contre ceux qui voulaient la tuer.

« Je n'ai pas besoin de vous dire qu'il lui tardait de pénétrer de nouveau dans la retraite souterraine et de se trouver encore une fois en présence de l'inconnue. Aussi la matinée, l'après-midi et la soirée lui durèrent longtemps, et il lui tarda de voir son père, sa mère, les commis dormir profondément.

« Une fois minuit sonné, elle se leva avec plus de précaution encore que la veille, ouvrit la trappe, descendit l'escalier de pierre, et pénétra au fond du souterrain. Elle porta autour d'elle la clarté de sa lampe.

« Il ne restait plus personne dans le caveau.

« La dame voilée et les enfants avaient disparu.

« Madeleine se sentit d'abord saisie de frayeur presque autant que de surprise. Néanmoins elle se rassura peu à peu et visita soigneusement les murs du caveau. On ne voyait nulle part ni la moindre porte, ni la moindre ouverture. Elle frappa du pied le sol, et le sol ne rendit aucun son creux.

« Tout à coup elle crut remarquer sur le pavé taillé dans le roc quelques caractères d'écriture. Elle se baissa, regarda à l'aide de la lampe, et lut les mots suivants, tracés à l'aide d'un instrument aigu :

17

« *Madeleine, souviens-toi que celle qui te doit la vie de ses enfants a trois de tes vœux à exaucer.* »

Ici Perrault interrompit son récit.

— Eh bien, mes enfants, dit-il, que pensez-vous de cette première partie de mon histoire et des aventures de votre grand'mère? à quoi vos suppositions sur la dame mystérieuse s'arrêtent-elles?

— C'est une bonne fée, répondit la petite Marie, car elle peut accomplir trois vœux, comme la fée dans l'*Adroite Princesse.*

— C'est une sorcière, objecta la petite Louise; les gens du peuple ne le disaient-ils pas? Et puis ils voulaient la tuer parce qu'elle était méchante.

— Quant à moi, reprit Joseph, l'aîné de la famille, je ne la crois ni une fée ni une sorcière, car il n'y a ni fées ni sorciers. N'est-ce point, bon papa?

Le vieillard reprit son récit en ces termes :

— Apparemment que ma mère, dans sa vie obscure et douce, n'avait point de vœux à former ou que ses vœux se réalisaient d'eux-mêmes; car non-seulement elle n'appela jamais à son aide la fée du caveau, mais encore elle perdit à peu près le souvenir des promesses de la fantastique inconnue. Cette aventure finit même par sortir tout à fait de sa mémoire.

« Il est vrai que treize années s'étaient écoulées; Madeleine, de jeune fille, était devenue femme et mère. Elle avait quitté depuis longtemps les lieux où s'étaient passés les événements que je vous ai contés hier, et demeurait rue Saint-Jacques, dans la maison que nous habitons aujourd'hui; seulement j'ai fait, depuis lors, rebâtir cette maison.

« Mon père, comme vous le savez, était avocat au parlement. Quoique d'une grande naissance et peu riche, il n'avait point hésité à épouser la fille d'un marchand à peu près sans dot. Les excellentes qualités de Madeleine, sa douceur et, disons-le encore, sa beauté, l'avaient déterminé à prendre ce parti; tous ceux qui connaissaient sa femme l'approuvèrent hautement. Madeleine possédait cette distinction naturelle de manières et de pensées que ne sauraient donner ni l'usage du monde ni l'éducation, parce qu'elle provient de l'élévation de l'esprit et de la supériorité de l'âme. Elle se consacra tout entière au bonheur de son mari et de ses enfants, enfin elle ne tarda pas, vous le savez, à devenir mère de quatre fils dont j'étais le plus jeune.

« La charge de mon père et le produit de sa maison suffisaient largement aux besoins de l'heureux ménage. Ils étaient heureux... Dieu tout à coup leur imposa des épreuves terribles.

« Mon père tomba malade, et dut abandonner, pendant une année, les produits de sa charge à celui de ses confrères qui en remplissait les fonctions. A peine entrait-il en convalescence et commençait-il à réparer les pertes qu'il avait éprouvées, qu'un affreux malheur le frappa de nouveau.

« Une nuit ma mère reposait paisiblement près de nos quatre petits lits, lorsque tout à coup un bruit étrange la réveilla. Elle se lève... des flammes entouraient de toutes parts la maison et commençaient à gagner l'appartement où nous nous trouvions. Madeleine fit le signe de la croix et demanda, par une courte prière, la protection divine. En ce moment, mon père parut; il prit dans ses bras mes deux frères aînés; ma mère se chargea de Nicolas et de moi; nous étions les plus jeunes. Je n'oublierai jamais cet instant terrible et solennel. Les flammes grondaient sourdement autour de nous, et leurs reflets sinistres et livides ajoutaient encore à la pâleur de mon père et de ma mère. Madeleine avec son mari avancèrent courageusement à travers l'incendie. Après les plus grands dangers, ils parvinrent à gagner un escalier. Mon père s'élança audacieusement dessus. Nicolas, que ma mère tenait par la main, jeta des cris perçants et refusa d'aller plus loin. Durant cette courte lutte, et tandis que ma mère prenait mon frère dans ses bras, l'escalier s'écroula tout à coup, et ma mère resta éperdue sur le bord de l'abîme.

« Bientôt l'imminence du péril lui rendit toute l'énergie de son courage et de sa haute raison. Elle retourna hardiment sur ses pas, noua solidement les draps de son lit, y attacha mon frère et moi, et nous descendit par la fenêtre. Bientôt mon père nous reçut dans ses bras. Une fois ses enfants sauvés, ma mère ne compta plus pour rien les dangers qui l'entouraient ; elle attendit courageusement, au milieu des flammes qui, plusieurs fois, commencèrent à saisir ses vêtements, qu'une échelle lui permît d'échapper à la mort.

« Cette épreuve ne tarda pas à être suivie de chagrins moins terribles, mais non moins funestes assurément. L'incendie de notre maison, seul bien que possédât mon père, acheva sa ruine préparée par une longue maladie. Il fallut qu'il vendît sa charge pour faire honneur à des engagements pécuniaires qu'il avait contractés. Il s'y résigna sans hésitation, et se réfugia à Chaillot, où il loua un petit appartement. Là il se mit à travailler courageusement, afin de subvenir à l'entretien de son ménage ; souvent il passait les nuits à faire des recherches pour de jeunes avocats et à préparer leurs causes. La faiblesse de sa santé ne put résister au chagrin et à une si rude besogne. Il retomba malade plus gravement que jamais.

« Ma mère travailla courageusement et tant qu'elle le put afin d'éloigner de nous la misère. Hélas ! que peut une pauvre femme seule pour nourrir un mari malade et quatre enfants ?... Un soir le pain manqua au logis.

« Je vois encore l'abattement de ma mère et les larmes qui brillaient dans ses yeux lorsque chacun de nous lui disait :

« — Mère, j'ai faim ! j'ai bien faim !

« Alors la tendresse maternelle lui donna la force d'accomplir une
démarche qui exigeait de sa part plus de courage qu'il ne lui en
avait fallu pour résister aux menaces des assassins et aux flammes
de l'incendie. Elle résolut d'aller demander l'aumône aux religieuses
de Chaillot.

« La mort dans le cœur, la honte au visage, elle se présenta en
tremblant et demanda à parler à la supérieure de la communauté.
Chacun, dans le village, connaissait ses vertus ; aussi la conduisit-on
aussitôt devant la religieuse. C'était le soir; aucune lampe n'éclairait
l'appartement; seule la lumière du foyer jetait çà et là ses reflets
rouges et douteux.

« La supérieure accueillit ma mère avec bonté, lui remit quelques
secours et la congédia. Madeleine se disposait à regagner son logis
et traversait une grande salle solitaire du cloître, lorsque tout à coup
une voix lui demanda :

« — Ne vous nommez-vous point Madeleine?

« Ma mère tressaillit, car, malgré treize années de distance, elle
avait reconnu la voix de la fée.

« Elle se retourna vivement; elle ne se trompait point. C'était
bien l'étrangère, comme jadis dans la rue des Bourdonnais, vêtue
de noir et enveloppée dans un manteau.

« Debout et éclairée par les rayons pâles de la lune, cette femme
sembla une apparition à ma mère.

« — Je t'avais fait une promesse, reprit l'inconnue; tu as donc
douté de mon pouvoir, puisque tu ne m'as point appelée à ton aide?

« Ma mère se signa dévotement, car elle crut avoir affaire à un
être surnaturel. Le fantôme sourit de son émotion et continua :

« — Ne crains rien, forme trois vœux, et, comme je te l'ai promis,
je les accomplirai.

« — Mon mari! guérissez mon mari!

« — Demande-moi l'accomplissement de souhaits que puisse sa-

tisfaire une puissance humaine. Dieu seul tient dans ses mains la
maladie et la santé, la vie et la mort,

« — Que puis-je alors désirer, si ce n'est de voir mon mari et
mes enfants à l'abri de la misère ?

« — Ce n'est là qu'un seul vœu ; il t'en reste encore deux.

« — Oh ! si vous avez le pouvoir de faire un pareil miracle, je
ne vous demande rien de plus, et ma reconnaissance pour vos
bienfaits sera éternelle.

« — Madeleine Perrault, tenez-vous prête demain matin, vous,
votre mari et vos enfants à exécuter les ordres que j'enverrai donner chez vous dès huit heures.

« Elle disparut sans que Madeleine la vît sortir.

« Ma mère rentra chez elle, agitée, inquiète, et conta à mon
père la vision dont elle venait d'être témoin. Mon père attribua cela
à l'exaltation dans laquelle jetait ma mère sa démarche pénible
près de la supérieure, chercha à la calmer, et l'engagea à ne voir
qu'un rêve dans cette singulière aventure.

« Le lendemain matin, à huit heures, comme l'avait dit la fée,
un carrosse s'arrêta devant la porte de notre humble logis, et un
valet de pied, sans livrée, prévint ma mère qu'on nous attendait
pour partir. Ce valet refusa, avec une respectueuse obstination, de
dire quels ordres l'envoyaient, et quel nom portait sa maîtresse.

« Nous montâmes en voiture avec une grande impatience et une
grande curiosité ; vous le comprenez de reste.

« Le carrosse prit le chemin de Paris et ne s'arrêta que dans la
rue Saint-Jacques, devant une maison nouvellement bâtie et inconnue à mon père. Le domestique tira les rideaux de la portière
et nous présenta un tabouret pour descendre. Nous vîmes alors
que cette maison se trouvait bâtie sur celle que l'incendie avait
dévorée, et dont mon père avait dû vendre le terrain.

« Le valet de pied qui nous précédait nous introduisit dans un

salon meublé avec goût. Là se trouvaient quatre avocats au parlement avec leur doyen.

« — Mon cher confrère, dirent-ils, nous venons d'apprendre que
vous avez racheté votre charge, et nous avons voulu venir vous en
féliciter sur-le-champ. Vous savez l'amitié que nous vous portons
et la joie que nous cause un événement aussi heureux.

« Mon père croyait faire un rêve; ma mère pleurait de joie et de
reconnaissance.

« Le doyen des avocats remit ensuite une lettre à ma mère;
celle-ci la décacheta et lut ce qui suit :

« Madeleine, tu as encore deux souhaits à former et à voir accom-
« plir. »

« — Je désire repartir sur-le-champ pour tomber aux pieds de
ma bienfaitrice; je désire la connaître, pouvoir la bénir et lui exprimer ma reconnaissance.

« — Veuillez m'accompagner, répliqua le doyen; je suis chargé
d'exécuter ces vœux que votre bienfaitrice avait prévus.

« Madeleine et le vieux avocat au parlement montèrent dans le
carrosse qui attendait encore à la porte. Une demi-heure après, ils
entraient dans la cour du Louvre, et on les introduisit devant l'inconnue.

« Ma mère, en présence de sa bienfaitrice, ne put que tomber à
genoux et balbutier des mots confus de reconnaissance.

« — Madeleine, lui dit alors la dame, je n'ai fait que m'acquitter
envers vous; vous m'avez sauvé la vie quand une populace effrénée
voulait m'assassiner avec mes enfants. Si je ne vous ai point remer-
ciée plus tôt, si j'ai tant tardé à acquitter ma dette, ne m'accusez ni
de tiédeur ni d'ingratitude. Dieu m'a imposé à moi aussi de rudes
épreuves. Comme vous, j'ai vu mes enfants manquer de pain pour
manger et de bois pour se chauffer. Proscrite, j'ai vu mon mari
mourir sur l'échafaud; enfin, vous le savez, j'ai été traquée en

bête fauve, parce que je refusais de prendre parti contre le fils de mon frère.

« Des jours plus heureux ont lui pour moi ; mon fils est remonté sur le trône de ses pères, et la reine Henriette d'Angleterre peut payer maintenant la dette de reconnaissance qu'elle a contractée envers Madeleine Perrault.

« — Sa Majesté la reine d'Angleterre ! murmura avec respect ma mère

« — Vous le voyez, mon enfant, je ne suis pas une fée, mais tout bonnement une reine sans royaume, une veuve qui pleure sur la mort de son mari, une mère séparée de ses enfants. Mère, fille et femme de roi, j'ai dû demander à Dieu l'asile d'un cloître. Le néant de mon essence terrestre n'apparaît qu'avec trop d'évidence dans ma triste destinée.

« — Comment remercier Votre Majesté de ses bienfaits?

« — En venant me visiter quelquefois dans ma solitude de Chaillot et en m'amenant vos enfants, dont l'innocence et la gaieté parviendront peut-être à rendre moins âpre la douleur et l'abandon qui me consument. Madeleine, nos relations désormais n'auront plus rien des apparences romanesques qui les ont jusqu'à présent entourées. Le hasard d'abord, et ensuite ma fantaisie, leur ont donné ces apparences. C'est le hasard qui m'a fait réfugier dans une maison de la rue des Bourdonnais que je connaissais mieux que vous, parce qu'elle avait servi longtemps d'habitation à Ruggieri, l'astrologue de ma mère. Son laboratoire se trouvait établi dans le caveau dont je vous ai appris l'existence. Je savais en outre qu'une porte en pierre ouvrait de ce caveau sur des souterrains dont l'issue aboutissait au cimetière des Innocents. Plus tard, quand je vous ai entendue, hier soir, demander les secours de la supérieure, j'ai fait un peu la fée, et je me suis amusée de votre étonnement. Voilà tout mon secret.

« Depuis lors la reine devint la protectrice de ma famille : mes frères et moi nous lui avons dû notre fortune et la protection de M. de Colbert.

« — Eh bien, mes enfants, que pensez-vous de mon dernier conte de fée? »

En disant cela, Perrault embrassa ses petits-enfants, les envoya réciter, avant de se coucher, leurs oraisons du soir, et leur recommanda de prier avec ferveur pour le repos de l'âme de la reine Henriette d'Angleterre et de leur grand'mère Madeleine.

CHAPITRE DIX-SEPTIÈME

LE ONZIÈME CONTE DU DOCTEUR SAM

Si je ne craignais de vous attrister, dit le docteur après avoir achevé le *Dernier conte de Perrault,* je vous raconterais l'histoire des douleurs d'un grand peintre flamand. Par malheur, cette histoire est bien triste.

— Contez-nous-la! docteur, contez-nous-la !

Telle fut la réponse unanime des assistants.

— Écoutez-moi, il s'agit de Gonzalès Coquès.

CHAPITRE DIX-HUITIÈME

GONZALÈS COQUÈS

I

l y avait à Anvers, en 1624, un négociant nommé Jans Coquès, qui se livrait à de grandes entreprises commerciales, et qui passait, dans la ville, pour riche et pour heureux. Il réussissait dans toutes les affaires qu'il entreprenait, si hasardeuses qu'elles fussent, et il possédait un assez grand nombre de bâtiments qui allaient dans les contrées lointaines porter les marchandises des Pays-Bas, et qui en rapportaient d'autres qui lui valaient de gros bénéfices.

Donc, Ians Coquès vivait avec un grand luxe, et tenait un état de maison considérable. Trente commis pouvaient à peine suffire à la besogne dont ils étaient accablés. Sa femme, jeune encore, se montrait digne de cette opulence en distribuant chaque jour, de ses mains, de nombreuses aumônes; elle allait chercher jusque dans leurs plus humbles réduits les misères cachées, et rehaussait encore la valeur de ses dons par la manière affectueuse et chrétienne dont elle les offrait.

Cette prospérité dura vingt années, pendant lesquelles rien ne vint troubler la sécurité et le bonheur de Ians et de sa femme. Ils possédaient trois beaux enfants, deux filles et un garçon, lesquels, suivant une expression de leur bonne Mitje, eussent tenu dans la cuvette de saint Nicolas, car l'aîné, le petit garçon, ne comptait que cinq ans.

Un soir, pendant que Ians jouait avec ses trois enfants, heureux comme des anges du paradis, et que dame Coquès oubliait de faire servir le souper, en regardant le charmant tableau qu'offraient ces petites têtes blondes, un des commis de M. Ians entra pâle et tremblant. Il murmura tout bas à l'oreille de son patron quelques paroles qui firent blêmir celui-ci. Il en faillit laisser échapper de ses bras la petite fille qu'il faisait sauter sur ses genoux; puis il se leva, donna l'enfant à sa mère et courut plutôt qu'il ne marcha jusqu'à ses bureaux. Là il tomba défaillant sur un grand fauteuil de cuir, et, joignant les mains avec un geste de désespoir :

— Est-il possible! grand Dieu! s'écria-t-il; un pareil malheur est-il vrai!

Le vieux commis baissa la tête sans répondre, ou plutôt ne répondait que trop par son silence.

—Quatre bâtiments richement chargés, et qui ont péri presque en face du port! Une partie de ma fortune détruite! Seigneur! Seigneur! que votre volonté soit faite, mais vous venez de me frapper d'un coup bien rude!

Hélas ! ce coup n'était ni le dernier ni le plus cruel.

A quelques jours de là, Ians apprit à la fois la mort et la faillite de celui de ses correspondants sur lequel il comptait le plus. Cette faillite enlevait au négociant d'Anvers plus de quatre cent mille florins.

Dès ce jour fatal, c'en fut fait à tout jamais du bonheur et du repos de Ians Coquès ; il eut beau lutter contre l'adversité, ses efforts restèrent inutiles ; il eut beau faire appel à son ancienne audace, rien ne lui réussit ; tout lui tourna à mal, et un an s'écoulait à peine que la ruine prenait chez lui la place de la prospérité, et le désespoir la place du bonheur.

Aussi, quiconque n'eût point vu Ians depuis un an eût hésité à le reconnaître ; son front se couvrait de pâleur et de rides ; ses cheveux blanchissaient, sa taille se courbait, son œil s'éteignait, et un matin, on le trouva dans son cabinet de travail, étendu à terre, sans mouvement et frappé d'apoplexie.

On le crut mort, hélas ! et peut-être eût-il mieux valu pour lui qu'il succombât et rendît à Dieu son âme en ce moment suprême, car, si la science des médecins parvint à rendre au corps un peu de vie, l'intelligence demeura enveloppée d'un voile épais. De cet homme supérieur, actif, jeune, malgré ses cinquante ans, il ne restait plus qu'un vieillard paralytique qui ne pouvait se lever de son fauteuil, et dont la langue parvenait à peine et à grands efforts à prononcer quelques mots souvent inintelligibles. A vrai dire, il ne reconnaissait bien que sa femme et ses enfants ; on le voyait aux larmes qui tombaient de ses paupières alourdies, lorsque s'approchaient de lui le petit garçon et les petites filles, s'étonnant de ne plus voir leur père prendre une part active à leurs jeux.

La maladie de M. Ians, et l'impossibilité où elle le mettait de s'occuper de ses affaires et de donner des renseignements que lui seul connaissait, ne contribua pas peu à accélérer et à rendre com=

plète la ruine de cette famille naguère si opulente et si heureuse.

À défaut de la science commerciale qu'elle ne pouvait avoir acquise, puisque son mari lui avait toujours, dans un but de tendresse, évité de prendre part à ses préoccupations et à ses travaux, dame Coquès fit preuve de cette grande probité commune alors à toutes les familles flamandes, et dont personne ne s'étonnait, parce que chacun la possédait. Elle voulut que l'honneur de son mari restât sauf avant tout, et, renonçant à son douaire et à la dot considérable qu'elle avait apportée en se mariant, elle s'occupa activement d'indemniser jusqu'au dernier florin tous les créanciers. Après bien des efforts, après bien des sacrifices, elle parvint à acquitter complétement les dettes de la maison Ians Coquès. Il fallut, il est vrai, pour cela, qu'elle renonçât encore à un héritage important qu'elle devait recueillir d'un oncle avancé en âge. Le vieillard refusa longtemps de consentir à cette aliénation des seuls biens qui pouvaient soustraire à la misère la mère et ses enfants ; mais la noble femme l'en pria avec tant d'instances et de larmes, lui démontra si éloquemment qu'il valait mieux pour elle et pour sa famille une pauvreté irréprochable qu'une aisance entachée de déshonneur, et elle se jeta à ses pieds tant de fois, que le vieillard signa l'acte qu'elle lui présentait, à la condition toutefois qu'elle viendrait demeurer chez lui, et que du moins elle profiterait jusqu'au dernier jour de cette fortune dont elle ne voulait point.

Dame Coquès quitta donc, non sans douleur, mais sans un murmure, la maison où elle avait passé tant de jours heureux, pour venir habiter le toit d'un vieillard malade.

Ce fut un spectacle déchirant que de voir un matin, au point du jour, dame Coquès sortant de sa maison, en tenant ses deux plus jeunes enfants par la main, et suivie de son fils, qu'accompagnait la bonne Mitje, à son service depuis dix ans. Venait ensuite M. Ians Coquès, porté sur un fauteuil par deux hommes, et qui, riant du rire imbécile des paralytiques, ne comprenait rien à ce qui se passait autour de lui, et balbutiait de temps à autre, je n'ose dire des paroles, mais des sons confus.

Le triste cortége arriva chez l'oncle de dame Coquès. Celle-ci, après avoir installé son mari dans la chambre qu'elle devait habiter désormais avec sa famille, et s'être assurée que ses enfants pouvaient demeurer seuls près de leur père, sans inconvénient pour eux et pour lui, s'approcha de la bonne qui amenait son petit garçon, et lui dit d'une voix émue :

— Mitje, vous avez été pour moi pendant dix ans une servante fidèle et dévouée ; vous vous êtes appliquée en tous points à me complaire, et vous y avez réussi. Voici vos gages, et que Dieu vous bénisse et daigne vous faire trouver près d'autres maîtres le bonheur que vous méritez !

Mitje regarda sa maîtresse d'un air effaré, rougit, et lui répondit d'une voix pleine de larmes :

— Madame est donc mécontente de moi, qu'elle me renvoie ?

— Je viens de vous dire le contraire, ma bonne Mitje, mais je suis trop pauvre désormais pour pouvoir garder une servante ; sans cela je ne me fusse jamais séparée de vous.

Mitje se prit à fondre en larmes.

— Que voulez-vous que je devienne sans madame et sans mon pauvre petit Gonzalès que j'ai vu venir au monde, que j'ai élevé, ainsi que ses deux sœurs ? s'écria-t-elle en sanglotant. Madame, gardez-moi près de vous, je vous le demande en grâce ; vous savez que Mynhier Coquès n'aime à boire que de ma main, et que les enfants seront bien malheureux de ne plus m'avoir près d'eux ; ils m'aiment tant ! Je vous en prie, ne me renvoyez pas !

— Ma chère Mitje, vous ne comprenez donc pas la dure nécessité qui m'oblige à me priver de vos services ?

— Je suis une fille sans esprit et sans éducation, mais tout ce que

18

je puis dire, c'est que j'aimerais mieux mourir que de me séparer de vous, madame. Vous le savez, il ne me faut pas grand'chose, et avec le fil de mon rouet je pourvoirai à tous mes besoins. Quant à me coucher, il y aura toujours bien un coin pour moi, n'importe où vous vous logerez. Gardez-moi donc, je vous le demande en grâce et à deux genoux, s'il le faut !

En ce moment, les enfants, curieux comme on l'est à leur âge, et qui s'étaient approchés pour écouter, se prirent à pleurer et à crier qu'ils ne voulaient point se séparer de Mitje. L'agitation des enfants gagna le paralytique lui-même, qui, sans savoir ce qu'il disait, et de ses lèvres automatiques, se mit à répéter avec eux ;

— Mitje ! Mitje ! Non ! non ! Oui ! oui !

Dame Coquès, profondément émue, prit la main de la servante :

— Mon enfant, lui dit-elle, je ne saurais résister aux sollicitations de tous ces chers innocents. C'est Dieu qui parle par leur voix. Restez donc près de moi, non pas comme une servante, mais comme une amie, comme une sœur que la bonté divine daigne, m'envoyer dans mon affliction pour m'aider à la supporter avec plus de courage. .

Mitje, qui embrassait les genoux de sa maîtresse, se releva gaiement, et essuya ses larmes du revers de sa grosse main rougie par le travail.

—Oh ! baisez-moi ! mes chéris, dit-elle en sautant et en dansant avec les enfants ; votre petite Mitje reste près de vous, elle ne vous quittera jamais, elle vous fera encore de bonnes friandises. Seulement, vous ne casserez plus les fils de sa quenouille, car il faut qu'elle travaille désormais plus qu'autrefois.

Là-dessus elle se mit à la besogne comme si de rien n'était, et quand midi sonna, elle servit le dîner de ses maîtres, et fit manger morceau à morceau Ians, dont les mains impotentes ne pouvaient ni manier un couteau ni tenir une fourchette.

— Maintenant, Mitje, dit dame Coquès, vous allez vous asseoir là, à mes côtés, et prendre votre repas avec moi.

Mitje regarda sa maîtresse avec stupéfaction.

— M'asseoir à table près de madame ! répéta-t-elle. Madame veut rire, n'est-ce pas ?

—Non, Mitje, reprit d'une voix sérieuse dame Coquès. Par la noblesse de votre cœur vous vous êtes élevée au-dessus de votre condition, et, je vous l'ai dit, ce n'est point une servante, c'est une amie que je consens à garder. Aujourd'hui et désormais vous n'occuperez pas à table d'autre place que celle-ci, près de moi et au milieu de mes enfants.

— Madame, je n'oserai jamais.

— Mitje, pour la dernière fois, j'userai avec vous de mon ancienne autorité de maîtresse, et je vous dirai : Je le veux.

Elle prononça ces paroles d'un ton si ferme, que Mitje se laissa tomber plutôt qu'elle ne s'assit sur la chaise placée près de dame Coquès. Mais à peine y fut-elle, qu'il sembla qu'elle se tenait sur un siége de fer rouge. Elle s'agitait, elle ne pouvait manger. A la fin elle se leva brusquement, et, moitié riant, moitié pleurant :

— Tenez, Madame, dit-elle, je ne peux pas! vous me rendez malheureuse. Appelez-moi du nom que vous voudrez ; dites, si cela vous plaît, que je ne suis plus votre servante, mais laissez-moi du moins faire comme si je l'étais encore.

En achevant ces mots, elle s'enfuit.

Près d'une année s'écoula sans que le sort de dame Coquès fût trop pénible, grâce à la sollicitude de Mitje, mille fois plus attentionnée que par le passé pour sa maîtresse et pour les siens. Mais Dieu ne devait point arrêter là les épreuves qu'il réservait à la dame flamande : son oncle tomba malade et mourut.

. Alors dame Coquès se trouva seulement en réalité face à face avec la misère. Il lui fallut une seconde fois quitter la maison qui lui servait d'asile, et, sans autre ressource qu'une petite somme d'argent économisée par le vieillard, en prévision de ce moment néfaste, elle se logea dans une chambre, au fond d'un des faubourgs qui avoisinent Anvers.

— Madame, dit Mitje un matin, nos ressources s'épuisent. Il ne faut pas y aller par quatre chemins, vous avez beau vous user les yeux à faire des dentelles, il n'y a pas là de quoi suffire aux besoins de trois enfants, d'un infirme et de deux femmes.

— Cela n'est que trop vrai, ma pauvre Mitje, et j'y pense nuit et jour en pleurant.

— Écoutez, Madame, je partirai tous les matins au point du jour, et j'irai me louer chez des bourgeoises qui ne seront point fâchées d'avoir, pour les aider à lessiver leur linge et à le repasser, les deux bras de Mitje. Ce sera d'abord une bouche de moins à nourrir, puis un demi-florin que je rapporterai chaque soir. Avec le prix de vos dentelles, cela doublera l'argent nécessaire au ménage.

— Mitje! Mitje! tu es un ange! jamais il n'exista de plus noble cœur que le tien.

Mitje regarda dame Coquès avec surprise.

— Ne serais-je pas une sans-cœur et une vilaine créature si, quand je puis faire autrement, je laissais manquer ces quatre innocents de ce qui leur est nécessaire? ajouta-t-elle. Supposez que je sois la maîtresse et vous la servante, hésiteriez-vous?

Dix années s'écoulèrent sans amener pour la famille Coquès et pour Mitje d'autres événements que les innombrables petites péripéties inévitables dans la vie de travail que menaient les deux femmes. Des jours de chômage forcé, des jours de gain inespéré, quelques indispositions des enfants, les grandes et saintes émotions de la famille, la première communion de Gonzalès, et des prix nombreux remportés par lui à l'école de dessin, remplissaient largement l'existence des deux femmes, et tour à tour leur apportaient des joies ou faisaient couler leurs larmes. Quant au pauvre paralytique, il restait indifférent à tout ce qui se passait autour de lui, et il ne comprit même pas le nouveau malheur qui vint tout à coup frapper Mitje et les enfants.

Ce malheur fut une maladie prompte et sans espoir de guérison qui saisit dame Coquès et la mit en quelques jours en présence d'une mort prochaine et inévitable.

La courageuse femme comprit de suite la gravité de son état; mais si comme mère elle regretta amèrement la vie, comme chrétienne elle envisagea sa fin sans terreur.

Un matin qu'elle se sentait plus mal et que ses enfants dormaient encore, elle fit signe à Mitje, qui lui prodiguait ses soins, d'approcher de son lit, et, lui tendant une main brûlante et déjà sans force :

— Mitje, lui dit-elle, voici que mes enfants vont ne plus avoir de mère. Enseignez-leur à se souvenir de celle que Dieu va rappeler à lui et à prier pour elle.

En ce moment, le jeune Gonzalès, qui s'était éveillé, s'élança aux pieds de sa mère et s'y agenouilla en sanglotant.

— Mon fils, continua dame Coquès, mon fils bien-aimé, il faut
que d'enfant tu deviennes homme; il faut que tu sois le père de tes
sœurs, comme Mitje en sera la mère; il faut que tu veilles avec elle
sur ton père infirme.

— Ma mère, je vous obéirai, et je remplirai fidèlement mes devoirs, répondit-il.

— Que Dieu t'entende et te bénisse! je meurs consolée, reprit
dame Coquès; et maintenant Mitje, va me chercher un confesseur,
et que la volonté de Dieu soit faite sur la terre comme au ciel!

Quelques instants après, le prêtre arriva, et les grandes et saintes
cérémonies du viatique et de l'extrême-onction s'accomplirent dans
l'humble réduit de cette famille désolée. Quand les rites consola-
teurs furent terminés, la mourante fit signe qu'on amenât près de
son lit les trois enfants, étendit ses mains vers eux, prononça des
paroles de bénédiction et rendit le dernier soupir.

A trois jours de là, Mitje, après avoir conduit les deux petites
filles à l'école, prit Gonzalès dans ses bras et lui dit :

— Mon enfant, il faut que dès aujourd'hui vous commenciez à
accomplir les volontés de votre mère.

— Dis-moi de quel état il faut que je devienne apprenti, Mitje, et tu verras avec quelle ardeur je me mettrai à la besogne.

— Tous les états sont honorables, répondit Mitje. Mais le fils de Mynhier Coquès et de dame Coquès, si pauvre qu'il soit aujourd'hui, ne peut devenir un simple ouvrier. Venez avec moi trouver David Ryckaert, un de nos plus célèbres peintres d'Anvers, chez la femme duquel j'ai l'habitude, tous les quinze jours, de faire la lessive; il consent à vous prendre gratuitement dans son atelier. Je lui ai porté plusieurs fois de vos dessins; il m'a promis que vous pourriez devenir un peintre de talent, si vous vouliez travailler, comme il l'a fait lui-même dans sa jeunesse. Votre fortune et votre avenir sont entre vos mains. Venez donc, et pensez à votre mère, qui vous regarde du haut du ciel et qui veille sur vous.

Mitje, en effet, conduisit Gonzalès chez le peintre Ryckaert, dont les riches amateurs se disputaient à prix d'or les paysages. Ryckaert était un homme de cinquante ans, triste, froid, grondeur, un peu bizarre. Il mena son nouvel élève près d'un jeune garçon à peu près de l'âge de Gonzalès, et qui étudiait d'après un modèle.

— Copie cette figure, dit-il; je ne veux avoir d'autre élève que toi et mon fils que voici. Si l'un de vous me cause le moindre mécontentement, il sera chassé sans pitié, toi comme mon fils, mon fils comme toi.

Le fils de Ryckaert portait, ainsi que son père, le nom de David; plus tard, les amateurs, pour les distinguer entre eux, les désignèrent par les noms de *David le Vieux* et de *David le Jeune*.

Tous les deux à peu près du même âge, tous les deux astreints aux mêmes travaux, David et Gonzalès ne tardèrent pas à se sentir l'un pour l'autre une vive amitié. David aurait bien souvent voulu passer les journées à jouer avec son camarade; mais Gonzalès savait le ramener au travail et par son exemple et par ses bonnes paroles. Le vieux David ne tarda point à s'apercevoir de l'assiduité plus grande de son fils et des progrès qu'il faisait; il en devina sans peine la cause, et, quoiqu'il n'épargnât point à Gonzalès les gronderies, voire même les rebuffades, il se prit d'une grande affection pour son nouvel élève, l'introduisit peu à peu dans sa famille, et finit par le traiter comme son propre fils.

Dame Ryckaert était une de ces excellentes mères de famille flamandes au cœur d'or dont la tradition s'est perpétuée jusqu'à nos jours. Non-seulement elle se montra bonne pour Gonzalès, mais encore pour ses deux sœurs. Elle ne manquait jamais de saisir le prétexte de la nouvelle année et des autres fêtes qui abondaient alors dans le calendrier des Pays-Bas pour les inviter à dîner chez elle avec leur frère et pour leur faire des cadeaux fort nécessaires aux orphelines, que soutenait seul le travail de l'infatigable Mitje. Elle les habillait avec ses vieilles robes et celles de sa fille Catherine, plus jeune de deux ans que Gonzalès. Le paralytique lui-même n'était pas oublié, et il avait sa part dans les dons de la bonne dame.

Gonzalès atteignit ainsi sa vingtième année.

A cette époque, Ryckaert le chargea de faire le portrait d'un riche négociant d'Anvers. « Il y représenta, dit Descamps, le vieil historien des peintres des Pays-Bas, il y représenta le mari, la femme et les enfants tous assis à table; cette façon de peindre le portrait, sa belle manière de faire et l'intérêt qu'il sut répandre dans ce morceau lui méritèrent dès lors la première place au-dessous de van Dyk[1]. »

Un pareil succès eût dû combler Gonzalès de joie, mais il ne dissipa point la tristesse dans laquelle restait plongé depuis quelque temps le jeune peintre, dont la santé s'altérait visiblement. Ni les questions pressantes de dame Ryckaert, ni les sollicitations de David, le compagnon, l'ami de Gonzalès, et pour lequel ce dernier

---

[1] Descamps, *Histoire des Peintres flamands*, t. II, p. 265.

n'avait jamais eu jusque-là un secret, ne purent parvenir à lui faire avouer la cause de cette tristesse.

Mitje elle-même ne réussit pas mieux.

Cependant la santé de Gonzalès s'altérait de plus en plus; une pâleur maladive remplaçait sur son visage l'éclat de la jeunesse.

Mitje, qui veillait sur lui avec l'anxiété d'une mère, le pria un matin de l'accompagner dans un pèlerinage qu'elle voulait faire à la tombe de dame Coquès.

Arrivés au cimetière, et quand ils eurent prié à genoux tous les deux, Mitje se releva, et d'une voix grave elle dit à Gonzalès :

— Vous avez des chagrins que vous vous obstinez à tenir cachés, mon cher enfant, vous résistez à mes larmes et à mes prières. Au nom de votre mère, qui vous a confié en mourant à ma tendresse, je vous ordonne de me dire, comme vous l'eussiez fait à elle-même, le secret du mal qui va vous consumant.

Gonzalès fondit en larmes.

— Mitje! Mitje! qu'exigez-vous de moi? s'écria-t-il en sanglotant. Je suis un insensé! j'aime Catherine, la fille de mon maître Ryckaert! Cette malheureuse inclination me rend malgré moi ingrat et coupable. Il faut que je quitte Anvers, il faut que je m'éloigne pour toujours de mon père, de mes sœurs, de vous, ma bonne Mitje; car moi qui suis pauvre, comment oserais-je aspirer à la main de Catherine qui est riche et demandée en mariage par le fils du bourgmestre lui-même?

Mitje, qui pleurait, essuya ses larmes.

— Si vous n'avez point combattu de tous vos efforts cette déraisonnable affection, vous êtes bien coupable, en effet, mon cher enfant; mais je lis dans vos yeux qu'il n'en est rien. Vous avez rempli votre devoir, et vous continuerez à le remplir jusqu'au bout. Retournez à votre atelier, laissez-moi prier seule sur la tombe de vôtre bonne mère : j'espère qu'elle m'inspirera ce que nous devons faire l'un et l'autre en cette circonstance.

Gonzalès obéit à Mitje et la laissa seule dans le cimetière. Mitje pria longtemps avec ferveur, et se dirigea ensuite lentement, mais d'un pas ferme, vers le logis du vieux David, à qui elle demanda un entretien particulier. Cet entretien dura longtemps, et quand Mitje sortit, ses yeux étaient rougis et gonflés par les larmes.

A peine s'était-elle éloignée que Ryckaert entra comme un furieux dans l'atelier où travaillaient Gonzalès et David.

— Par le saint roi mon patron! s'écria-t-il, j'en apprends de belles sur votre compte, Coquès! vous aimez ma fille Catherine...

— Grâce! grâce! mon digne maître!

— Et vous ne m'en dites rien! vous n'en parlez même pas à ma bonne femme, qui est une mère pour vous! et cette grande niaise de Mitje ne m'en vient avertir qu'aujourd'hui! Par Dieu! vous me mettez dans de beaux draps! que vais-je répondre au bourgmestre qui me demande la main de ma fille pour son fils?

— Mon digne maître, vous ne condamnez donc pas mon amour?

— Dis-moi donc où je trouverais un meilleur gendre que toi! D'ailleurs, il paraît que cette petite sournoise de Catherine t'aime aussi. Elle vient de me le dire bel et bien quand je lui ai parlé du fils du bourgmestre. Une sotte affaire que j'ai là sur les bras!

— Nous arrangerons tout cela, mon père; ne pensons qu'au bonheur d'avoir Gonzalès, vous pour fils, moi pour frère, hasarda David.

— Sois donc heureux deux fois! car tandis que je suis en train de faire des mariages, je te marie à la sœur de Gonzalès, la petite Jeanne, qui ne te déplaît pas, hein? Mais Mynhier le bourgmestre, que dira-t-il, mon Dieu!

Les deux jeunes gens, ivres de joie, embrassèrent le vieux peintre, et il paraît que tout s'arrangea à merveille avec le bourgmestre, car il voulut, à la cérémonie du mariage, servir de père. à Jeanne et à son frère Gonzalès.

Le jour de cette grande solennité arrivé, Mitje, après avoir présidé à la toilette des deux jolies mariées, se revêtit bravement de ses plus beaux habits, et se disposa à se rendre à l'église de Sainte-Gudule, pour se mêler à la foule, assister de loin à la cérémonie et veiller sur son vieux maître, que deux domestiques du bourgmestre conduisirent dans une chaise à porteurs jusqu'au pied de l'autel.

A sa grande surprise, le bourgmestre, en habit de velours noir, vint à elle, et, la saluant avec respect, lui demanda l'honneur de lui offrir la main pour la conduire à l'église.

—A moi! s'écria-t-elle un peu blessée et en rougissant. Vous voulez rire, monsieur?

— Mitje, lui répondit gravement le premier magistrat de la ville d'Anvers, n'êtes-vous pas la mère de ces enfants? ne leur avez-vous point voué votre vie entière? N'est-ce pas, messieurs, ajouta-t-il à haute voix en se tournant vers l'assemblée, n'est-ce pas que c'est Mitje qui m'honore en me donnant la main, car la ville d'Anvers ne compte pas de femme plus digne de respect et de vénération que cette courageuse fille, modèle du dévouement le plus sublime?

. Les assistants répondirent à ces paroles par des acclamations, et tous s'empressèrent autour de Mitje en lui prodiguant les expressions les plus vives de leur admiration et de leur sympathie.

Il fallut donc que la pauvre fille, rouge et confuse, cédât, mît sa main dans la main du bourgmestre, et occupât à l'église la place qu'y eût occupée la mère de Gonzalès et de Jeanne, si Dieu lui eût permis d'assister à cette cérémonie.

Les honneurs qui gênaient si fort la bonne Mitje né devaient pas se borner là. En sortant de l'église, il lui fallut monter dans le carrosse du bourgmestre, ayant à sa droite Jeanne, à sa gauche Catherine, et en face le bourgmestre. Quand la voiture se mit en chemin, la foule salua les mariés et Mitje surtout par des cris enthousiastes; les dames jetèrent à la pauvre servante leurs bouquets dans la voiture, et il en fut ainsi jusqu'à l'arrivée du carrosse au logis de Ryckaert. Encore Mitje, en montant les marches du perron, dut-elle subir une nouvelle ovation et une nouvelle pluie de fleurs.

Grâce à Dieu, arrivée chez le beau-père de son fils adoptif et de la jolie Jeanne, la bonne créature put enfin se soustraire à tous ces honneurs, fort embarrassants pour elle, et elle se sauva, sans que personne la vît, dans la cuisine, où elle donna bravement un coup de main à la servante de Ryckaert et aux femmes qui la secondaient dans l'importante confection du dîner de noces.

Quand le dîner fut servi, et que, suivant l'usage, un cygne rôti, recouvert de sa peau, conservée fraîche, entouré de rubans et de fleurs, et les ailes ouvertes, ainsi qu'on le voit dans les tableaux de van Hekeren, eut été placé au milieu de la table, comme surtout et pièce d'honneur, Mitje laissa chacun prendre sa place, et alla se mettre tout doucement derrière le fauteuil de son maître, le paralytique Coquès. Mais le bourgmestre éleva tout à coup la voix, demandant haut et ferme pourquoi un couvert restait inoccupé près de lui, et interpella Mitje de venir s'asseoir à la place d'honneur. Mitje n'osa pas cette fois trop résister, et s'assit dans un beau fauteuil près du magistrat.

A la fin du dîner, et comme Mitje, mise à son aise par l'excellent bourgmestre, devisait un peu et se laissait aller à la joie générale, elle se sentit tout à coup enlacée par les bras des deux jeunes mariées, qu'accompagnaient leurs époux David et Gonzalès.

— A la santé des mariés! s'écria Ryckaert en élevant joyeusement en l'air un large gobelet d'argent.

— A la santé de Mitje! répliqua le bourgmestre.

Les quatre jeunes gens embrassèrent avec effusion la digne femme, qui versait des larmes; le bourgmestre appliqua deux gros baisers retentissants sur les joues de Mitje, et le paralytique lui-même, faisant entendre un murmure, étendit la main vers son verre.

— Elle sera la mère de nos enfants comme elle a été la nôtre! dit Gonzalès en sautant de nouveau au cou de Mitje.

— Je suis la plus heureuse des femmes! bégaya Mitje en sanglotant.

Et Mitje, je vous l'assure, ne mentait pas.

II

Les premières années du mariage de Gonzalès et de Catherine s'écoulèrent dans un calme et dans un bonheur dont, chaque matin et chaque soir, la bonne Mitje remerciait Dieu avec effusion.

Mitje, heureuse du bonheur de ceux qui l'entouraient, s'était peu à peu résignée à cesser d'être la servante de Gonzalès et de sa femme, pour devenir leur mère et la directrice de leur ménage. Elle avait consenti, non sans peine et pour leur complaire, à modifier certaines parties de son costume, à remplacer par une belle robe de laine noire ses modestes vêtements et à s'envelopper les dimanches, pour

se rendre aux offices, d'une faille de soie, sorte de grand voile importé
par les Espagnoles dans les Pays-Bas, et qui était comme le signe ca-
ractéristique des dames bourgeoises. Elle avait quatre domestiques
sous ses ordres : un valet, une cuisinière et deux bonnes chargées
de soigner les enfants, car Dieu avait donné à Coquès une fille d'a-
bord, puis un fils, adorables enfants qui aimaient Mitje à l'égal de
leur père et de leur mère, et qui ne se sentaient heureux que près
de l'excellente créature.

Mitje avait fort à faire au logis : les enfants à dorloter, les domestiques à surveiller et la maison à régir ; ces derniers devoirs n'étaient
point les moins fatigants, car Coquès habitait un des plus beaux hôtels
d'Anvers, et chaque jour il recevait à sa table des étrangers de distinction qui venaient le solliciter de peindre pour eux des tableaux ou
des portraits ; sans compter que les plus riches bourgeois de la ville
s'estimaient heureux d'être les amis et les commensaux d'un artiste
devenu la gloire et l'orgueil d'Anvers.

Coquès fut chargé, quelque temps après son mariage, de faire le
portrait de M. Nassoingni, attaché à l'archiduc Léopold, fils de l'empereur Ferdinand II et gouverneur général des Pays-Bas.

Ce portrait, quel que fût son mérite, n'eût point obtenu à la cour
du duc les succès qu'il y obtint, et n'eût point fait tout à coup et
d'emblée la réputation de Coquès, sans Rubens et son célèbre élève
van Dyk. Ceux-ci, ayant entendu parler de l'œuvre remarquable de
leur concitoyen, se hâtèrent de se rendre chez M. Nassoingni pour la
voir et s'assurer par eux-mêmes si elle méritait les éloges avec lesquels chacun en parlait. Rubens s'assit silencieusement en face du
tableau, et van Dyk s'appuya sur le dossier du fauteuil de son
maître ; tous les deux, muets et attentifs, considérèrent longtemps
l'œuvre de Coquès.

— Maître, dit enfin van Dyk qui arrivait d'Angleterre avec Rubens, où tous les deux avaient été comblés d'honneur et faits che-

valiers par le roi ; maître, voici que j'ai un rival redoutable dans ce jeune homme.

— Tu dis vrai, mon noble enfant, répondit Rubens ; il faut nous en réjouir, car les Pays-Bas comptent un grand artiste de plus.

— Partons pour Anvers, continua van Dyk; il me tarde d'embrasser Coquès.

Rubens serra la main de van Dyk, et tous les deux, le soir même, se présentaient à Anvers chez Coquès.

Gonzalès venait de terminer ses travaux et de sortir de son atelier. En attendant l'heure du souper, il se tenait dans son salon, assis près de sa femme et ayant sur ses genoux son fils, enfant encore à la mamelle ; tandis que sa fille, âgée de deux ans et blottie sur les genoux de sa mère, tendait en souriant ses mains mignonnes au petit frère que son père contemplait avec attendrissement. Mitje partageait ses soins entre l'aïeul paralytique de ces deux beaux enfants, et l'ordonnance du repas du soir, que le valet de chambre et la cuisinière s'occupaient à servir. Le vieux Ryckaert venait d'entrer et, encore debout, souriait à tous ces êtres chéris. En ce moment, Rubens et van Dyk pénétrèrent dans le salon sans se faire annoncer. A leur vue, Gonzalès se leva avec une vive émotion et, déposant son fils entre les bras de Mitje, s'avança vers les deux illustres artistes.

— Mon maître, dit Rubens en tendant la main au jeune peintre, van Dyk et moi, nous arrivons tout exprès de Bruxelles pour vous serrer dans nos bras. Nous avons vu ce matin votre portrait de la famille Nassoingni : van Dyk s'est écrié qu'il avait un rival, et nous venons nous réjouir près de vous de la gloire que vous doit notre chère et noble cité d'Anvers.

On comprend sans peine l'émotion qu'éprouva Coquès à ces paroles de deux hommes tels que Rubens et van Dyk.

Celui-ci dit ensuite :

— De toutes les joies que j'ai éprouvées en revoyant mon pays natal après un si long séjour en Angleterre, le bonheur de voir vos œuvres a été sans contredit un des plus grands. Mon cher Coquès, permettez-moi de vous embrasser et de devenir votre ami.

Tous les deux s'embrassèrent, les yeux pleins de nobles et douces larmes, et Rubens s'écria gaiement :

— Dame Mitje, toute la ville d'Anvers sait et vénère votre nom, ne vous étonnez donc pas que je le connaisse. Mettez, je vous prie, mettez deux couverts de plus à cette table, car nous voulons qu'on nous traite en amis de la maison et boire à la santé de Coquès, qui ne se contente pas de faire de beaux tableaux, mais qui possède encore des enfants beaux comme de petits anges.

Et, s'asseyant à côté de Catherine, il attira sur ses genoux la petite fille, qui se mit à jouer avec la chaîne d'or que l'artiste portait au cou, et, sans être intimidée par sa longue barbe et ses grandes moustaches, à les fourrager de ses doigts blancs, comme elle l'eût fait à son père.

Le bruit de cette visite se répandit dans toute la ville d'Anvers. Chacun en parla comme d'un heureux événement, et Rubens et van Dyk firent quelques jours après un si grand éloge de Gonzalès à l'archiduc, que dès lors le prince admit le jeune artiste à sa cour et le combla de travaux richement rémunérés. Ce fut ainsi qu'il se trouva chargé tour à tour de reproduire les traits de l'archiduc, du duc de Brandebourg, de don Juan d'Autriche, du prince d'Orange et du roi d'Angleterre.

Don Juan d'Autriche se prit d'une amitié sérieuse pour Gonzalès, et chercha avec empressement toutes les occasions de la lui témoigner. Ce prince hautain, ardent, toujours en lutte avec de grandes entreprises, et qui ne laissait jamais son épée hors du fourreau, éprouvait un bonheur extrême dans la société d'un artiste naïf, doux, et qui même plaçait peut-être les saintes félicités de la famille avant les enivrements de la gloire. L'illustre capitaine, chaque fois qu'il pouvait se dérober à ses hauts devoirs, venait s'enfermer avec Gonzalès, où, laissant de côté ses ambitions, il vivait de la vie du peintre, s'ébattait avec les enfants, et faisait état, en digne appréciateur, des merveilles culinaires exécutées sous la direction de dame Mitje. Certes, on ne se serait point douté, en voyant cet homme à deux genoux, hissant sur son dos le petit Louis et lui servant de cheval, qu'il était fils de Charles-Quint et le plus illustre capitaine de son temps. Il n'arrivait jamais que chargé de jouets, et, pour n'en citer qu'une preuve, nous raconterons ce qu'il advint le 31 décembre 1571.

Don Juan d'Autriche venait de remporter la bataille navale de Lépante, qui coûta trente mille hommes aux Turcs, et jamais victoire ne produisit en Europe plus de retentissement et d'admiration. Personne ne connaissait son retour dans les Pays-Bas, et Gonzalès, assis près de sa cheminée, devisait à voix basse avec sa femme Catherine, tandis que les enfants, sous la surveillance de Mitje, feuilletaient un livre d'images placé sur les genoux du vieux paralytique. Un lustre, un de ces beaux lustres flamands comme on en voit encore chez les amateurs de curiosités, et que Metzu et Rembrandt se complaisaient à reproduire dans leurs tableaux, éclairait la grande salle à l'aide de huit grosses bougies de cire jaune placées dans chacun de ses chandeliers. Une jeune servante, vêtue du costume pittoresque des Flandres, ses bras vigoureux et blancs, nus jusqu'au coude, s'occupait à disposer le couvert pour le repas du soir, quand tout à coup la porte s'ouvrit mystérieusement et l'on vit entrer un inconnu, enveloppé d'un grand manteau qui cachait en partie la figure.

Il resta quelques instants immobile et jouissant de la surprise de toute la famille, puis tout à coup se découvrant le visage, il s'écria d'une voix joyeuse :

19

— Il n'y a donc point ici de bienvenue pour un ami?

— Monseigneur don Juan d'Autriche! exclama Gonzalès qui se
hâta de se lever pour courir au-devant du prince, tandis que dame
Catherine faisait une de ses plus profondes révérences.

— Allons tous, allons, Catherine, reprit le prince, venez tous embrasser un ami! Un ami qui revient de loin, ajouta-t-il, et à qui il
tarde de faire une de ces bonnes parties auxquelles nous nous en-
tendons si bien. Par Notre-Dame! mes pauvres petits, il y a longtemps que je n'ai joué avec des enfants. J'ai eu affaire à des hommes
et à de terribles hommes. Mais laissons là ces souvenirs: vive la joie!
et qu'on m'embrasse encore un peu et bien fort!

Le petit garçon et la petite fille ne se le firent point répéter deux
fois, et plus vite que je ne puis le dire, ils grimpèrent sur les genoux
de leur ami qu'ils n'avaient pas vu depuis un an.

Au même instant un domestique entra, porteur d'une grande caisse
qu'il déposa aux pieds du prince. Celui-ci reprit :

— C'est demain le jour de l'an, et je n'arrive pas les mains
vides.

Les enfants se ruèrent sur la caisse, tandis que dame Catherine jetait dessus un regard de curiosité, et que dame Mitje elle-
même se rapprochait pour voir ce que contenait la mystérieuse
boîte.

— Commençons par les plus pressés, dit don Juan, qui tira de sa
ceinture une petite clef, la plaça dans la serrure de la caisse et l'y fit
tourner deux fois. Puis, soulevant le couvercle, il en tira une de ces
adorables poupées que l'Allemagne possédait alors le privilége
presque exclusif de fabriquer. Jamais plus riches atours n'avaient
orné une dame de bois que ceux qui brillaient sur ce jouet, haut de
près de deux pieds; la petite Marie poussa un cri de joie et couvrit
de baisers les joues du prince.

— Au tour de Louis maintenant! Voici une armure, une véritable armure, à la taille d'un chevalier de cinq ans. Elle arrive tout droit de Venise; rien n'y manque, ni la cuirasse, ni le casque, ni l'épée. Viens çà, mon héros, que je t'arme de pied en cap.

Et il revêtit l'enfant de la petite armure d'argent massif, damasquinée en or, chef-d'œuvre d'orfévrerie, une de ces merveilles qu'on ne savait fabriquer que dans la ville des doges.

— Voici maintenant un manteau de fourrure pour envelopper notre vieil ami, M. Coquès, dans ce fauteuil où le retiennent prisonnier ses infirmités; une faille de soie noire, tissée en Orient, épaisse comme le doigt, légère comme une plume, que dame Mitje voudra bien accepter, des étoffes que j'ai rapportées tout exprès pour dame Catherine, et qui, si belles qu'elles soient, le sont moins qu'elle... Et enfin, que reste-t-il au fond de la caisse? Un collier d'or pour notre ami Gonzalès, et une lettre signée de la main de notre souverain Philippe II, qui me charge de conférer au peintre illustre qui vaut tant de gloire aux Pays-Bas le titre de chevalier. A genoux, sire chevalier, continua-t-il en tirant son épée, recevez l'accolade de la main de don Juan d'Autriche!

Il tira son épée, la posa sur les deux épaules de Gonzalès, et serra avec effusion contre son cœur le peintre qui versait des larmes de joie.

— Et maintenant, à table! s'écria don Juan en présentant la main à dame Catherine. Chère Mitje, je vous préviens que je meurs de faim et de soif, et afin que les gens sous vos ordres me versent de larges rasades et me servent d'amples portions, distribuez-leur cette bourse. Dites-nous le bénédicité, chevalier Coquès, et mangeons, car, de par Dieu! j'en ai besoin.

Si grande ville que soit et qu'était surtout à cette époque Anvers, tout le monde, le lendemain, savait ce qui s'était passé chez Gonzalès, et chacun s'empressa de venir lui présenter ses félicitations. La maison de l'artiste ne désemplit pas de la journée, et le soir, les sérénades se succédèrent devant la porte et sous les fenêtres du nouveau chevalier.

Don Juan passa trois jours chez son ami, occupé exclusivement des enfants, puis, ce temps écoulé, il dit à Coquès :

— Je pars tout à l'heure pour Bruxelles, où m'attend une entrée solennelle; tu m'accompagneras, et voici quarante mille florins pour quatre tableaux dans lesquels tu reproduiras les phases principales de cette solennité. Embrasse ta femme pendant que je vais embrasser tes enfants, et en route!

L'amitié de Rubens, la protection du duc d'Albe, une renommée qui allait croissant de jour en jour, une fortune inespérée et considérable, la tendresse de sa femme, si bonne et si bien en harmonie avec la haute intelligence de son mari, le dévouement de Mitje, cette autre mère pour lui, et par-dessus tout deux enfants, deux beaux enfants adorés et dignes de cette adoration, tel fut le bonheur dont jouit pendant quinze années encore Gonzalès Coquès. Rubens, qui venait le voir presque tous les jours et qui, frappé par la goutte, ne pouvait plus manier le pinceau que d'une main tremblante et sans force, aimait à lui répéter qu'il était né sous une étoile miraculeuse, et que le sort ayant épuisé sur lui, dans sa jeunesse, la part des douleurs et des épreuves, n'avait plus pour lui que des sourires et des caresses. Chacun, du reste, dans la ville, partageait l'opinion de Rubens. Tout le monde, par suite de cette pensée, désignait Gonzalès par le nom de Coquès l'Heureux, pour le distinguer de son père, qu'on appelait Coquès le Paralytique, et d'un de ses cousins dont l'épine dorsale se trouvait un peu déviée et à qui on avait appliqué l'épithète de Coquès le Tors.

Dans les Pays-Bas, où chacun se connaît et se voit tous les jours, ce genre de désignations presque toujours satiriques est fort répandu et d'un emploi presque général; on n'y compte guère de personne qui ne porte son sobriquet.

Mais le bonheur n'est point le partage des hommes. Il peut, pendant un espace de temps plus ou moins long, combler un individu de ses faveurs les plus enivrantes. L'expiation se tient au bout et inévitable.

Lorsque sa fille Marie-Gonzaline eut atteint sa dix-septième année, elle fut demandée en mariage par un jeune homme qui possédait une immense fortune et qui joignait à un nom honorable des qualités remarquables. Cette demande causa une grande joie à Gonzalès et à sa femme, et le mariage valut à Mitje bien des fatigues. Gonzalès acheta à sa fille un hôtel qui se trouvait mitoyen du sien, et le meubla avec un luxe qui en faisait une sorte de merveille, qu'une fée n'eût point désavouée. Je vous laisse à penser les émotions qu'éprouvèrent ce père et cette mère lorsque Marie, dans son costume de mariée et avant de se rendre à l'autel, s'agenouilla devant ses parents pour recevoir leurs bénédictions, et quand, avec une grâce ineffable, elle se dirigea vers son grand-père et ensuite vers Mitje, en disant à cette dernière :

—Vous êtes aussi une mère pour moi, Mitje! Je serais une ingrate, mon bonheur resterait incomplet, si je n'entendais pas la voix qui m'a donné tant de bons conseils, prier Dieu de m'accorder ses bénédictions; si les mains qui me prodiguent tant de caresses depuis le jour de ma naissance ne s'étendaient pas sur ma tête en ce moment suprême.

Mitje ne put retenir ses larmes :

—Seigneur! Seigneur! dit-elle, quelle joie vous réservez à ma vieillesse! se peut-il que, n'ayant que rempli mes devoirs, j'aie mérité de me voir ainsi comblée de bonheur?

Hélas! un an après, jour pour jour, des paroles de joie ne sortaient plus des lèvres de Gonzalès, de sa femme et de Mitje, mais bien des sanglots : leur cœur battait avec violence, mais de désespoir. Marie-Gonzaline s'en allait mourante d'une de ces cruelles maladies, si communes dans les Pays-Bas, et qui frappent impitoyablement leurs victimes.

La pauvre enfant, dès les premières atteintes du mal, ne s'était point fait illusion sur la mort prochaine qui l'attendait ; elle n'en avait rien laissé voir ni à son mari, ni à ses parents, ni à Mitje elle-même, admise cependant depuis sa première enfance à connaître ses plus secrètes pensées. Elle se prépara en silence, et sans autre confident que son confesseur, au redoutable moment que sa pureté et ses vertus humbles et chrétiennes lui rendaient presque facile. Son cœur se brisait à la pensée de quitter tous ceux qu'elle aimait; mais quand elle sentait s'affaiblir son courage, elle priait et elle relevait la tête, en se disant que Dieu la réunirait un jour, et dans un meilleur monde, à ceux qu'elle laissait en larmes sur la terre d'exil.

A Dieu ne plaise que je vous dise longuement les douleurs qui déchirèrent le cœur de Gonzalès, de sa femme et de Mitje pendant cette longue agonie sans espoir, jusqu'au jour où Marie-Gonzaline, après avoir reçu en fervente chrétienne l'onction sainte et le pain divin, inclina sa tête sur l'oreiller de son lit de souffrance et rendit,

par un dernier soupir, son âme au Père des miséricordes ! à Dieu ne
plaise que je vous dépeigne le désespoir, le vide affreux, les larmes
intarissables de cette famille frappée dans ce qu'elle possédait de
plus pur, de plus beau, de plus saint ! Il y a des sensations que ne
sauraient exprimer des paroles humaines et pour lesquelles aucune
langue n'a d'expressions suffisantes. Le livre saint, la Bible, peut
seul dépeindre ces tortures maternelles, elle qui a dit en parlant
de Rachel, qu'elle ne voulait pas être consolée parce que ses fils
n'étaient plus.

Une année s'écoula sans apporter aucune consolation à cette malheureuse famille ; le temps, loin de les soulager de leur fardeau de
douleurs, ne faisait que le rendre plus lourd. Ils avaient beau, tous
les trois, renouer les fils de leur tendresse sur le jeune Louis, rien
ne comblait la solitude laissée autour d'eux par la perte de Marie-
Gonzaline. Mitje, la plus forte en apparence, non parce qu'elle souffrait moins que Gonzalès et sa femme, mais parce qu'elle les soutenait et qu'elle trouvait cette force dans son dévouement, Mitje ne tarda
point à reconnaître dans Louis tous les symptômes du mal funeste
qui avait frappé Marie. Comme le père et la mère de ce pauvre enfant ne soupçonnaient en rien cet affreux secret, elle le garda pour
elle seule et ne leur laissa rien entrevoir de ce nouveau sujet de
douleur.

Louis lui-même ne comprenait rien à la langueur qui s'emparait
de son être et le pénétrait peu à peu de son poison dissolvant : lorsque Mitje lui parlait avec mille précautions de ne pas s'exposer à la
dangereuse humidité que l'Escaut jetait le soir sur ses rives, il souriait et ne tenait point compte de ces conseils. Il lui fallait des fêtes,
des plaisirs, des distractions nombreuses, et quand il revenait au
logis, le sang allumé par la fièvre, il disait gaiement à Mitje, qui s'efforçait avec bien de la peine à retenir ses larmes : « Tu vois que je
me porte bien ! »

Il en advint du frère comme de la sœur, et, un an après, il ne restait plus d'enfant à Gonzalès et à Catherine.

Ni Catherine, ni Gonzalès ne sourirent plus à dater de ce jour de deuil, et, quatre ans après, on déposa un troisième cercueil dans le caveau de famille, au fond d'une chapelle construite par les soins de Gonzalès dans la cathédrale d'Anvers. Dame Catherine était allée rejoindre ses enfants.

Si bien que la maison du peintre ressemblait à un sépulcre où l'on n'entendait plus s'élever que la voix du vieillard paralytique qui s'étonnait de voir tout immobile et tout silencieux, et qui appelait Mitje pour qu'elle lui donnât à manger et qu'elle traînât son fauteuil au soleil.

Hélas! telle est la vie, tel est le bonheur que l'on rencontre ici-bas : un jour sans lendemain, une joie expiée par des douleurs, un vide mortel après les saints enivrements de la famille. Comprenez le désespoir de Gonzalès, à qui, de ses deux enfants et de sa femme, il ne restait que des tombeaux et le souvenir de sa félicité passée, que rien ne pouvait lui rendre, — car la mort ne rend pas sa proie, — et qui ajoutait encore à l'horreur de son isolement.

De tous ceux qu'il aimait et qui l'entouraient de leur amour, il ne lui restait que son père paralytique, car la mort, qui avait frappé la jeune femme et les enfants, avait épargné ce pauvre infirme, à qui la maladie ne laissait que de vagues éclairs de raison.

Mitje, frappée au cœur aussi avant que Gonzalès, et déjà courbée par l'âge, semblait oublier son propre désespoir pour venir en aide à son fils adoptif et relever son courage.

Elle ne quittait pas Gonzalès, elle était presque toujours là près de lui, répondant à ses larmes par ses larmes, et lui parlant de ceux qu'il avait perdus et du ciel où il les retrouverait.

Quand elle le voyait prêt à succomber, elle le conduisait à l'église, où tous les deux, agenouillés aux pieds de la mère du Sauveur, qui, elle aussi, avait pleuré et prié sur le tombeau d'un fils, ils suppliaient la Consolatrice des affligés de leur donner la force et la résignation.

De retour au logis, dame Mitje s'installait dans l'atelier de Gonzalès et s'occupait de quelque travail à l'aiguille, tandis que l'artiste essayait de peindre. Ni l'un ni l'autre ne s'adressaient une seule parole; mais ils n'avaient pas besoin d'échanger des mots pour savoir que tous les deux se trouvaient sous la même idée fixe : le souvenir de ceux qui les regardaient du haut du ciel et qui priaient pour eux dans le sein de Dieu. Quand la palette et les pinceaux tombaient des mains de Gonzalès et qu'il éclatait en sanglots, Mitje s'agenouillait près de lui, et sa voix, que l'âge commençait à rendre chevrotante, récitait des prières auxquelles Gonzalès associait les siennes. Le peintre finissait toujours par se relever moins abattu et par reprendre ses pinceaux.

Mais son génie s'en était allé avec son bonheur. Quand le cœur est brisé, la tête n'a plus rien de sa puissance. Gonzalès ne reconnaissait plus dans ses œuvres l'éclat et la perfection qui le rendaient le rival de van Dyk et plaçait ses productions à côté de celles de l'immortel élève de Rubens.

Un soir, que, désespéré et découragé, il avait jeté là ses pinceaux en se demandant s'il ne valait pas mieux ne plus jamais les relever que de produire des œuvres médiocres, il alla promener ses chagrins le long de l'Escaut, et il ne tarda point à se trouver face à face avec un vieillard de haute taille, quoique l'âge commençât à le courber : c'était Pierre-Paul Rubens.

Ces deux hommes, qui ne s'étaient point vus depuis un grand nombre d'années, se regardèrent longuement.

— Voilà donc ce que devient la jeunesse ! dit enfin Rubens, en montrant ses mains que l'âge et la goutte rendaient tremblantes et incapables de manier le pinceau.

— Voilà donc ce que devient le bonheur ! dit Gonzalès en montrant ses vêtements de deuil. Je suis plus jeune que vous, Rubens ; je n'étais encore qu'un enfant, que déjà vous remplissiez le monde de votre gloire ; et cependant qui nous verrait tous les deux, l'un près de l'autre, hésitera à dire quel est le plus âgé de ce vieillard qui porte fièrement son âge, et de cet homme jeune encore que le malheur a flétri avant le temps ! Vos mains tremblent, mais votre pas est ferme, votre taille est droite ! Moi, voyez, je suis courbé et brisé : de cette main tremblante, vous tracez encore parfois des chefs-d'œuvre, et, dans tous les cas, le génie ne vous manque pas, le corps seul refuse d'obéir à une intelligence toujours aussi riche et aussi puissante. Moi, Rubens, le désespoir a soufflé sur mon talent et l'a éteint !

Rubens passa son bras sous le bras de Gonzalès, et, sans lui répondre, l'emmena doucement vers une église voisine, où les prêtres commençaient à chanter l'office du soir. Des cierges jetaient seuls leurs lueurs religieuses et mélancoliques sous les arceaux pleins d'ombre de la nef, et deux voix disaient alternativement des paroles d'une ineffable harmonie.

— Écoutez, dit Rubens en s'agenouillant au milieu de la foule, écoutez! Dieu lui-même semble nous parler en ce moment.

En effet, la voix claire et pure des enfants de chœur chantait :

— *Salus infirmorum !*

— Salut des infirmes!

— Priez pour nous, priez pour nous! répétèrent les deux malades.

La voix grave des chantres continuait :

— *Refugium peccatorum, Consolatrix afflictorum;*

— Refuge des pécheurs, consolation des affligés, priez pour nous, priez pour nous! répétèrent encore ces deux cœurs brisés.

— *Auxilium Christianorum!* firent les voix angéliques des enfants de chœur, *Regina angelorum.*

— Appui des chrétiens qui pleurent ici-bas, reine des anges qui ont quitté cette terre de souffrance pour le ciel, priez pour nous! sanglotèrent le père séparé de ses enfants et l'artiste que les infirmités séparaient de son art; priez pour nous, priez pour nous!

Quand ils relevèrent leurs fronts prosternés et qu'ils se séparèrent pour retourner chacun à son logis, il leur semblait que le fardeau de leur douleur pesait moins sur leurs poitrines brisées.

En effet, ils s'étaient réfugiés dans les bras de celui qui seul peut consoler; dans les bras de Dieu. Ils s'étaient adressés à la seule qui sache compatir aux larmes du désespoir, parce qu'elle-même a souffert et pleuré ici-bas; à Marie, à la mère qui vit son fils mourir sur la croix après une longue agonie, et trahi par ceux qu'il était venu sauver.

A dater de ce jour, la santé de Gonzalès alla toujours décroissant; mais il souffrait moins de l'âme, car il demandait chaque matin à Dieu de donner de la force à son cœur, et il sentait qu'il approchait de la fin de son exil et du moment béni où il se trouverait réuni pour jamais à ceux de la séparation desquels il ne pouvait se consoler.

Mitje accompagnait son maître chaque fois qu'il se rendait à l'église. Le bras de la bonne et dévouée femme était devenu indispensable à Gonzalès, dont l'état de faiblesse augmentait de plus en plus. Souvent ils rencontraient Rubens au pied des autels, et tous deux échangeaient un regard mélancolique qu'ils tournaient ensuite vers le ciel, comme pour dire : Quand nous y retrouverons-nous?

Gonzalès vit le premier ce vœu s'accomplir. Un matin, en revenant de l'église où il avait reçu le pain de vie, il s'assit dans un grand fauteuil, demanda à Mitje le crucifix tour à tour placé sur les cercueils de ses deux enfants et de sa femme, puis il tomba dans une profonde méditation et parut s'endormir.

Mitje eut soin que rien ne troublât son repos, prit son ouvrage et travailla en silence près de son maître, comme elle en avait l'habitude.

Plusieurs heures s'écoulèrent. Inquiète enfin de la longue immobilité de Gonzalès, elle s'approcha de lui; sa tête se penchait sur sa poitrine, et ses mains glacées serraient l'image du Sauveur : il était réuni à jamais dans le sein de Dieu, à sa femme et à ses enfants!

Deux jours après, quand on eut déposé le corps de Gonzalès dans la chapelle sépulcrale de la famille, Rubens, accompagné du bourgmestre et d'un homme de loi, entra chez Mitje, qu'il trouva assise près du paralytique. Le grand peintre tendit les bras à la pauvre femme, qui s'y jeta en sanglotant :

— Dieu ne m'a laissé que ce vieillard, s'écria-t-elle : que sa volonté soit faite !

— Ma bonne Mitje, dit Rubens quand il la vit plus calme et que lui-même eut essuyé ses yeux pleins de larmes : voici le testament de notre cher Gonzalès Coquès; il vous institue sa légataire universelle et vous laisse une immense fortune.

—Que me fait la fortune! quel bonheur puis-je désormais goûter ici-bas, moi qui reste seule vivante, de cette famille qui était la mienne, de ces enfants que j'avais élevés et qui m'étaient aussi chers que s'ils eussent été les miens!

—Il vous reste ce vieillard, Mitje! Chaque marque de tendresse que vous lui donnerez vous vaudra une bénédiction de ceux qui vous contemplent de là-haut.

Mitje essuya ses larmes, et, après un moment de silence :

—A combien s'élève la fortune que me lègue mon maître Gonzalès Coquès? demanda-t-elle à l'homme de loi.

— A quatre cent mille florins, répondit l'homme de loi.

—Tant que cela! repartit Mitje dont l'œil terne et noyé de larmes s'éclaira tout à coup et brilla comme une escarboucle.

L'homme de loi poussa du coude Rubens, qui laissa échapper un profond soupir. Hélas! pensait-il, les plus nobles cœurs sont-ils donc sensibles au pouvoir de la fortune? et vais-je voir se dégrader pour un peu d'argent cette nature jusqu'ici non-seulement irréprochable, mais sublime d'abnégation?

— Quatre cent mille florins! répéta Mitje; quatre cent mille florins! répéta-t-elle encore.

Et elle cacha son front dans ses deux mains, comme pour mieux comprendre la valeur de cette somme considérable, qui représentait plus de quinze cent mille francs de notre monnaie d'aujourd'hui.

Un silence de quelques minutes se fit, pendant lequel Rubens et le bourgmestre tenaient leurs regards tristement attachés sur la terre, tandis que l'homme de loi souriait, presque triomphant de voir une fois de plus la diabolique influence de la fortune sur la meilleure nature.

Mitje releva enfin la tête.

— Quatre cent mille florins, dit-elle, produisent un revenu bien

au delà du nécessaire d'une servante comme moi et d'un vieillard
infirme comme mon maître.

Rubens respira plus à l'aise.

— N'importe! reprit-elle avec fermeté. J'accepte le legs que me
fait mon bien-aimé maître; que Dieu le bénisse au ciel comme il le
mérite, non pour s'être souvenu de moi, mais pour tout le bien qu'il
a fait en ce monde.

Le cœur de Rubens recommença à se serrer, et le doute y pénétra de nouveau.

Mitje replaça sa tête dans ses deux mains, puis elle dit :

— Un revenu de quinze cents florins suffira et au delà aux dépenses de la maison que je veux habiter jusqu'à mon dernier soupir,
parce que c'est dans cette maison qu'ont vécu et que sont morts tous
ceux que j'ai aimés, qui m'ont aimée et que je pleure.

— Vous en êtes parfaitement la maîtresse, puisque tout l'héritage
de Gonzalès Coquès vous appartient, répondit l'homme de loi.

— Avec le capital et le revenu du reste de cet héritage, reprit
Mitje, je veux fonder d'abord un refuge pour des orphelins et des
orphelines de familles bourgeoises nés de parents honnêtes, afin
qu'ils y reçoivent une bonne éducation chrétienne et qu'ils y apprennent à travailler. Au sortir de ce refuge, les jeunes filles tou-
cheront une dot de cent florins qui leur permettra d'épouser un
honnête artisan. Les garçons recevront également, à leur sortie,
cinquante florins pour s'établir, et, en outre, tous les outils nécessaires au métier qu'ils auront appris.

Ni Rubens, ni le bourgmestre, ni l'homme de loi n'osaient interrompre Mitje, qui toujours, les yeux couverts de sa main, parlait
lentement pour que l'homme de loi eût le temps d'écrire sous sa
dictée.

Elle continua donc :

— Je veux encore établir un refuge pour les vieillards infirmes incurables, avec une fondation de religieuses pour leur donner des soins jour et nuit, comme le feraient des filles pour leurs pères.

« Je donne à l'église, ma paroisse, une somme de deux mille florins, à la condition qu'on y célébrera la sainte messe tous les jours, à perpétuité, dans la chapelle où reposent les restes de mes maîtres, chapelle où je désire que mon vieux maître et moi soyons enterrés le jour où il plaira à Dieu de nous rappeler à lui.

« Enfin, ajouta-t-elle d'une voix émue, si, ces intentions remplies, il reste encore quelque chose, je supplierai MM. le bourgmestre et le chevalier Rubens, mes exécuteurs testamentaires, de fonder un béguinage pour les servantes au moins âgées de soixante ans, qui, après être restées dix ans au service d'un même maître, se trouveraient pauvres et sans ressources. Elles y recevront le logis, le pain et le chauffage, à la condition d'assister tous les jours au divin sacrifice de la messe dans la chapelle sépulcrale de la famille Gonzalès, à moins toutefois que leurs infirmités ne les en empêchent, ce que constatera l'aumônier de ce béguinage.

« Voilà toutes mes conditions et l'emploi que je veux faire de la fortune que m'a léguée mon maître. »

Tout cela fut dit si simplement, si noblement, que Rubens, le bourgmestre et l'homme de loi lui-même ne pouvaient retenir leurs larmes.

Rubens s'inclina respectueusement devant Mitje.

— O ma vieille amie ! lui dit-il, vous êtes le plus noble cœur que j'aie jamais connu !

— Je m'acquitte de mon devoir, répondit-elle. Pensez-vous que je fasse autre chose que de remplir les intentions de mon maître? Que peut faire de tout cet argent une vieille servante, sinon de venir en aide aux pauvres? Donnez ce papier, monsieur, et que notre cher bourgmestre ait la bonté de le relire pour que j'entende, et qu'il voie si tout se trouve bien en règle. Ah ! veuillez ajouter seulement que, dans les titres de ces fondations et sur les inscriptions mises au-dessus de leurs portes, il ne sera fait mention que du nom de Gonzalès Coquès et non du mien.

Mitje vécut encore cinq ans, un an de plus que le vieux Coquès, qu'elle trouva mort dans son fauteuil un matin qu'elle s'était éloignée de lui à peine pendant quelques minutes. Rubens suivit le convoi de la sainte fille, entouré de toute la population de la ville d'Anvers, pauvres et riches, et chacun bénissait la digne femme dont la vie entière n'avait été qu'une bonne œuvre et dont la charité se perpétuait encore au delà du tombeau.

La ville d'Anvers, qu'elle avait faite son héritière, remplit scrupuleusement toutes les intentions de Mitje. Les messes à perpétuité se célèbrent encore aujourd'hui, dans l'église cathédrale, pour la famille Coquès; le refuge pour les orphelins, le béguinage pour les vieilles servantes, ont résisté jusqu'à nos jours aux changements de gouvernement, aux révolutions et au temps, et on les administre encore selon les volontés de la fondatrice.

Comme elle l'a exigé, le nom de Mitje ne se trouve inscrit nulle part; mais la tradition le conserve pieusement, et quand on parle, à Anvers, soit du refuge, soit du béguinage, on les désigne par cette expression : *Les maisons à Mitje.*

—Et David Ryckaert et sa femme, et la jeune sœur de Gonzalès Coquès, que sont-ils devenus? demanda Marie.

— Tenez-vous beaucoup à savoir ce que sont devenus ces personnages secondaires de mon récit?

—Assurément, répondit-elle.

—Alors, ouvrons la *Vie des Peintres flamands, allemands et hollandais* du vieux Descamps :

« David Ryckaert et sa femme partirent peu de temps après leur mariage pour Florence et s'y fixèrent. David y acquit une grande réputation et une grande fortune, et y mourut sans enfants. Sa femme l'avait précédé depuis longtemps dans la tombe. La mort de sa compagne, qu'il adorait, agit jusque sur sa raison. David Ryckaert tomba dans des habitudes bizarres : tantôt il se jetait avec furie dans le monde et donnait ses nuits à des bals et à des fêtes; tantôt il se renfermait dans la plus profonde solitude, reprenait ses pinceaux et peignait des tableaux où Satan et les démons jouaient le rôle principal. On reconnaît dans ces œuvres admirablement peintes une sorte de fantaisie fiévreuse; il finit par entrer dans un cloître et par y prendre l'habit de religieux. »

Quant à la plus jeune sœur de Gonzalès Coquès, dès l'âge de vingt ans elle voulait se consacrer au Seigneur, et elle entra dans un couvent de sœurs qui soignaient les pauvres et les malades. On ne connaît rien de cette vie sainte, si pieuse, que la date du jour où tant de vertus et de dévouement reçurent leur récompense.

Cette date était inscrite sur une pierre tumulaire qu'on voyait encore, avant la révolution de 1793, dans une des églises de la ville de Malines, et qui a disparu aujourd'hui. Est-ce là tout ce que vous vouliez savoir, mon enfant?

Apparemment les réponses du docteur satisfirent la jeune fille, car elle ne lui adressa pas d'autres questions.

CHAPITRE DIX-NEUVIÈME

LE DOUZIÈME CONTE DU DOCTEUR SAM

Cependant, grâce à Dieu, les traces de l'accident arrivé à Marie disparaissaient de plus en plus. Elle marchait sans douleur et sans difficulté; elle faisait chaque après-midi une promenade dans le jardin du Luxembourg et reprenait toutes ses habitudes.

Le printemps commençait, les soirées devenaient plus courtes et moins froides ; néanmoins nous continuions à nous réunir chaque jour chez M. de Moronval.

Le docteur Sam ne manquait jamais d'arriver à huit heures sonnantes, avec son chien.

Je dois dire pourtant que, depuis huit jours, il se montrait mystérieux et préoccupé.

Il échangeait des regards d'intelligence avec madame de Moronval, et lui disait sans cesse des mots à voix basse.

Enfin, nous surprenions parfois sur ses lèvres un doux sourire de satisfaction secrète, qui semblait nous présager quelque joyeuse surprise.

Tant que dura la semaine, nous vécûmes dans l'attente. Cependant, le lundi s'écoula sans rien amener; aucun incident ne troubla le calme du mardi. Le mercredi ne fut remarquable que par une légère indisposition du docteur, indisposition qui nous affligea doublement : pour lui d'abord qu'elle faisait souffrir, pour nous ensuite dont elle menaçait de détruire les espérances. Les vacances du jeudi se passèrent comme de coutume, et le vendredi resta insignifiant.

Dans la soirée du samedi, Marie aborda enfin la question qui l'intriguait si fort. Elle interrogea le docteur et le pressa de toutes les manières possibles. Il se renferma dans une fausse candeur et assura qu'il n'était question de rien, avec un jeu de physionomie qui persuada le contraire. Il poussa la cruauté jusqu'à laisser l'enfant se coucher sans vouloir rien dire.

Après son départ et celui de maître Flock, madame de Moronval prit pitié de la curiosité de sa fille et un peu de la nôtre, et d'un air de mystère, murmura à voix basse :

— Dormez bien jusqu'à demain, j'espère que la journée sera joyeuse.

C'était le moyen de ne laisser dormir personne. Aussi Marie, ses sœurs et même son frère ne fermèrent-ils point l'œil durant la nuit. Sans la crainte de mécontenter leur mère, ils se fussent levés avant le jour. Il leur fallut cependant rester au lit, sans proférer une parole, mais non sans prêter l'oreille au moindre bruit et sans laisser aller leur imagination aux suppositions les plus bizarres.

A sept heures du matin, on entendit le docteur Sam sortir de son appartement et descendre l'escalier. En même temps un bruit de roue retentit sur le pavé, et deux chevaux se mirent à hennir sous les fenêtres.

Le docteur entra, l'air triomphant et un grand fouet à la main.

—Venez à la fenêtre, s'écria-t-il, et regardez!

On s'élança, — avec quelle promptitude, vous le devinez! — vers la fenêtre désignée.

Il y avait là, devant la porte, un vaste et magnifique char à bancs, attelé de deux grands chevaux gris-pommelé, dont la longue crinière flottait au vent : ils humaient l'air et secouaient impatiemment la tête.

Des cris de joie saluèrent ce royal spectacle.

—Maintenant, dis-je, moi le confident et le complice du docteur, maintenant, hâtez-vous de descendre! Nous partons à l'instant pour aller dîner à la campagne : il y aura cueillée de fleurs, chasse aux insectes et repas sur l'herbe.

Je parlais encore, que déjà l'on chargeait sur la voiture de grands paniers pleins de provisions et qu'on escaladait la voiture.

Le docteur, assis sur le devant de cette voiture, fit retentir son fouet aux oreilles des chevaux, qu'il se garda bien de frapper, l'excellent homme. Aussitôt ils partirent au trot; le char s'ébranla sous nous, et nous traversâmes rapidement la rue, fiers des regards des passants, et presque enivrés de nous sentir emmenés dans une si belle voiture. Tout semblait conspirer en notre faveur : l'air était tiède et caressant, aucun nuage n'apparaissait dans le bleu ciel. Quand nous eûmes franchi les fortifications de la ville et que nous nous trouvâmes en pleine campagne, ce fut bien mieux encore; une légère brise traversait le feuillage et le faisait murmurer doucement; de petits oiseaux volaient devant nous et s'élevaient en chan-

tant dans les airs; les prairies et les champs exhalaient mille parfums délicieux.

Tout à coup il se fit je ne sais quel changement subit et glacial
dans l'atmosphère. Un petit nuage noir cacha le soleil. Bientôt il
s'agrandit, s'étendit, enveloppa d'un voile sombre toute l'étendue
de l'horizon, et sembla éteindre la splendeur de la nature. Celle-ci
prit dès lors un aspect monotone et terne. Le vent se leva, et les
peupliers balancèrent pesamment leurs têtes. Enfin la tempête apparut tout à coup avec ses mugissements affreux, ses éclairs, son
tonnerre et ses torrents de pluie. Il fallut que la voiture s'arrêtât
et cherchât un asile. L'eau fouettait nos visages; elle inondait nos
vêtements et remplissait la voiture, dans laquelle elle pénétrait jusqu'au fond. Le docteur, assis sur le siége, regardait autour de lui
avec une véritable douleur. Après quelques minutes d'investigation,
il fit tourner bride aux chevaux, les dirigea vers un chemin de traverse, et nous conduisit à l'entrée d'une chaumière qui s'élevait à
deux cents pas environ.

Là nous nous hâtâmes de mettre pied à terre. Nous trouvâmes,
pour nous recevoir et nous donner l'hospitalité, une bonne vieille
femme qui mit à notre disposition tout son logis avec la meilleure
grâce du monde. Elle alluma dans la haute cheminée un grand fagot
pour sécher nos vêtements trempés de pluie. Elle improvisa, avec
deux pierres et une planche, un banc qui permit à tout le monde de
s'asseoir; enfin elle trouva moyen d'établir solidement une vieille
table boiteuse sur laquelle mesdemoiselles de Moronval commencèrent à disposer le dîner... Hélas! c'était ainsi que nous devions
manger le banquet destiné à être servi sur l'herbe.

Au milieu des calamités générales, le docteur ne restait pas
inactif. Le premier choc l'avait ébranlé, il est vrai, mais il ne tarda
point à reconquérir sa sérénité et sa force d'âme. Grâce à lui, les
chevaux trouvèrent une écurie et de la provende. On remisa conve-

nablement la voiture; des œufs frais, du laitage et une volaille
s'ajoutèrent aux excellentes provisions préparées par Antoinette,
Louise, Marie et leur mère. Malgré notre désappointement, le dîner
se passa gaiement. Chacun y fit honneur de son mieux; ce mieux
fut très-remarquable et très-digne d'éloge, je vous l'assure. Jamais
on ne mangea avec plus d'appétit; notre vieille hôtesse s'en extasiait
et le docteur en souriait.

Cependant l'orage, loin de s'apaiser, prenait une nouvelle violence. Il s'engouffrait quelquefois d'une façon tellement terrible
autour de la chaumière, que nous regardions avec crainte le docteur, comme pour lui demander si quelque danger ne nous menaçait pas. Le docteur savourait paisiblement son café, et ne semblait
pas alarmé plus que de coutume.

Néanmoins sa figure sérieuse et toujours paisible exprima une
véritable inquiétude lorsque, après avoir quitté la table pour atteler
les chevaux, il rentra précipitamment.

— Il nous devient impossible de partir ce soir pour regagner
Paris, s'écria-t-il en secouant sa casquette à larges bords, trempée
par la pluie. L'orage transforme les chemins en véritables torrents;
tenter de retourner aujourd'hui chez nous avec une pareille tempête, par la pluie, dans l'obscurité, nous exposerait à des périls
certains. Il faut passer la nuit dans cette chaumière.

A ces mots, madame de Moronval laissa tomber les bras avec découragement; son mari secoua la tête d'un air inquiet; la vieille
femme se hâta de dire :

— Je donnerai mon lit à madame et à ses enfants; j'irai coucher
à deux cents pas d'ici, chez ma fille, qui demeure dans le voisinage.

M. de Moronval regarda par la fenêtre; la campagne ressemblait à
un lac; hasarder la voiture dans un pareil chaos semblait véritable-
ment aventureux.

— J'accepte vos offres hospitalières, répondit-il à la vieille. Nous
coucherons ici.

Madame de Moronval laissa échapper un soupir, mais, résignée en
tout à la volonté de Dieu, dès que son mari eut exprimé la résolution
de passer la nuit dans la chaumière, elle se mit à prendre les dispositions nécessaires pour nous y installer le mieux possible.

Une demi-heure après, chacun se trouvait certain d'une couche
commode. Madame de Moronval décidait que ses trois filles occupe-
raient le lit de notre hôtesse; elle s'en réservait un seul matelas.
Son mari, son fils et le docteur assuraient qu'ils dormiraient comme
des rois sur des bottes de foin préparées dans la pièce voisine. Le
docteur Sam, après avoir fait l'éloge de cette couche militaire,
ajouta :

— Plût à Dieu que j'eusse toujours eu dans ma vie des lits aussi
bons !

Ce qui rappelait, d'une manière indirecte et modeste, les longs
et pénibles voyages du docteur.

Quand tous les préparatifs de notre campement se trouvèrent terminés, M. de Moronval tira sa montre, la regarda et dit :

— Six heures seulement! Nous ne pouvons pourtant pas encore nous coucher.

— C'est dommage! s'écria Sam en jetant un regard de regret sur son bon lit de foin parfumé.

— Le docteur va nous conter une histoire, proposa madame de Moronval.

Le docteur sourit et répliqua :

— J'ai bien mieux à vous dire que ma plus belle histoire.

— Et quoi donc? demandai-je. Je ne connais rien de plus beau que vos histoires; elles m'amusent toujours; parfois même elles m'émeuvent au point de me faire pleurer.

Un murmure approbatif et unanime accueillit et approuva ces paroles.

— Je n'en persiste pas moins dans ce que j'avance. Regardez ce que je viens de trouver ici.

Il prit sur la cheminée et nous montra un vieux livre tout en loques, auquel manquait le commencement et la fin, et dont l'impression, sur papier gris et en mauvais caractères, n'annonçait rien de bien remarquable.

— Le *Chat botté!* s'écria M. de Moronval.

— Le *Chat botté!* répétâmes-nous en chœur.

— Formons-nous en cercle autour de la cheminée, conseillai-je; le docteur se mettra au coin, et nous lira le beau conte de Perrault.

Nous obéîmes joyeusement, et le docteur commença la lecture des ruses merveilleuses et amusantes du Chat botté. La manière dont il prend des perdrix et des lièvres pour les offrir au roi de la part du marquis de Carabas; les ruses par lesquelles il procure à son maître le château d'un ogre, et la princesse qu'il donne en mariage au fils du meunier, nous émerveillèrent et nous firent rire aux éclats. Madame de Moronval prit seulement soin d'interrompre deux fois la lecture, pour faire remarquer, par une courte observation, que le Chat botté mentait, et que le mensonge, inexcusable même chez une bête, devenait, pour les hommes, un défaut qu'il fallait soigneusement éviter.

L'histoire finie, et quand le docteur eut terminé par la morale en vers, chacun, dans le petit cercle, s'émut et s'attrista.

— Quel malheur que le reste du livre soit déchiré !

— Quelle bonne soirée nous aurions continué de passer en écoutant les autres contes de fées !

— Si le docteur le voulait, dit M. de Moronval, je suis bien sûr qu'il pourrait nous conter quelque autre histoire aussi amusante. Ne connaîtrait-il point, par hasard, de nouvelles aventures du Chat botté ? Le Chat botté n'aurait-il point eu des enfants dignes de lui ?

Le docteur me sourit et répliqua :

— Peut-être ce que vous dites serait possible.

— Contez-nous les aventures du fils de Chat botté, nous écriâmes-nous avec transport.

— Mon bon docteur, dites-nous cette belle histoire, fit la mignonne Marie, l'enfant gâtée de la famille.

Pour mieux obtenir ce qu'elle désirait, elle grimpa sur les genoux du docteur et se mit à caresser son visage de ses petites mains roses et blanches.

Le docteur toussa, et chacun se tut.

— Chat botté eut un fils, dit-il.

Nous poussâmes un cri de joie.

— Mais ce fils n'a point eu, que je sache, une seule aventure digne d'être racontée.

A cette perfide conclusion nous répondîmes par un murmure de mécontentement.

Marie pinça doucement les bras du docteur.

— Le fils de Chat botté n'a, je le répète, eu que des aventures insignifiantes, reprit le docteur Sam en se frottant doucement le bras. Mais il n'en est pas de même de sa petite-fille Lariflon.

Nous respirâmes à l'aise.

— Lariflon? quel nom singulier !

— Je ne suis point libre, interrompit gravement le docteur, de donner aux personnages dont je raconte l'histoire d'autres noms que ceux qu'ils portaient réellement.

— C'est juste, confirmai-je. Après tout, Lariflon n'est pas un nom plus étrange que Racine, Corneille et Bouillon.

— Le nom n'y fait rien, ajouta madame de Moronval avec son esprit habituel de conciliation. Commencez l'histoire de Lariflon, docteur.

Le docteur toussa de nouveau.

De nouveau nous gardâmes le silence, et nous attachâmes nos yeux sur lui.

CHAPITRE VINGTIÈME

LARIFLON

ARRIÈRE-PETITE-FILLE DU CHAT BOTTÉ

Il y avait une fois un pauvre paysan et une pauvre paysanne qui travaillaient dans une forèt à scier des fagots, qu'ils allaient vendre à la ville. Ils ne possédaient pour maison qu'une cabane, près de laquelle notre chaumière serait un palais véritable. Ils vivaient néanmoins contents de leur sort, remerciaient le bon Dieu du pain quotidien dont il ne les laissait point manquer, et trouvaient encore moyen de donner un morceau de pain, si quelque mendiant tendait la main à leur porte et leur demandait l'aumône.

Un jour, ils virent s'arrêter devant leur maison une femme jeune et belle, mais pâle et malade; elle tomba sur le seuil de la cabane, montra un enfant de dix-huit mois qu'elle portait dans ses bras, voulut parler, et mourut.

Les bonnes gens, quand ils reconnurent qu'aucun secours ne pouvait rappeler l'infortunée à la vie, l'enterrèrent du mieux qu'ils purent au pied d'un arbre, et résolurent d'adopter l'enfant que Dieu leur envoyait d'une façon si triste et si miraculeuse.

C'était une petite fille belle comme le jour, avec des cheveux blonds, des yeux bleus et des joues roses. Elle ressemblait à Marie..., quand elle est sage.

Après cette représaille du pinçon que lui avait fait tout à l'heure l'espiègle, le docteur continua paisiblement son histoire, comme s'il n'eût point appelé sur les joues de la petite fille la rougeur et la confusion.

— Berthe, ce fut le nom qu'ils donnèrent à l'enfant, ne tarda point à devenir une fille pleine d'intelligence, et qui savait, à force de tendresse et de bon cœur, rendre ses parents adoptifs aussi heureux que possible. Ils supportaient la pauvreté plus gaiement que jamais, et comptaient pour rien leurs privations personnelles dès que Berthe ne manquait de rien. Il arriva bien des fois que le bûcheron passa les nuits à faire des fagots, parce que la robe de Berthe s'usait et avait besoin d'être remplacée par une neuve.

Ne croyez pas, du reste, que la jeune fille, une fois devenue grande, restait oisive au logis. Non pas, certes. Quoiqu'elle ne comptât que treize ans à l'époque où commence notre histoire, elle savait déjà traire sa chèvre, faire le fromage, lessiver le linge et fa-

LARIFLON

briquer de petits balais de bruyère qu'elle vendait à la ville quand le bûcheron y portait des fagots.

Un soir qu'elle revenait ainsi du marché, et qu'elle rapportait une belle pièce d'argent blanc que lui avait donnée, pour un seul balai, une dame charmée de la gentillesse de la petite marchande, elle rencontra deux méchants enfants. Ils tenaient, l'un par la queue, l'autre par les pattes de devant, une chatte blanche, et la tiraient de manière à la tuer infailliblement.

A la vue du mal qu'ils faisaient à l'innocente bête, Berthe jeta des cris de douleur et les supplia de ne point tourmenter ainsi une jolie chatte qui ne leur avait fait aucun mal. L'un des garnements répondit qu'ils avaient trouvé le minet, qu'il était leur propriété, et qu'ils allaient l'étrangler sur-le-champ.

— Eh bien ! dit Berthe, si vous voulez me la donner, vous recevrez en échange cette belle pièce de monnaie blanche.

Les polissons acceptèrent sans hésiter un marché aussi avantageux; ils prirent la pièce d'argent, jetèrent rudement la chatte aux pieds de Berthe, et s'enfuirent en faisant des grimaces et en criant des railleries. Berthe ramassa la pauvre bête, la mit dans son tablier pour la réchauffer, et arriva à la cabane, où elle raconta à son père et à sa mère d'adoption ce qui venait de lui arriver.

—Tu as bien fait, mon enfant, dirent-ils; il vaut mieux, quelque pauvres que nous soyons, sauver la vie à une innocente créature que de posséder un peu plus d'argent.

Berthe mit coucher sur le pied de son lit le petit chat. Le lendemain matin, elle eut pour premier soin de traire la chèvre, et d'apporter un peu de lait chaud à la malade, car la chatte se ressentait encore des mauvais traitements de la veille, et restait languissante et triste.

Huit jours de soins lui rendirent la gaieté et l'énergie particulière à son espèce. Il fallait la voir alors, courant, grimpant et vole-

21

tant pour ainsi dire dans les bois, dans les champs, partout; elle ne quittait jamais Berthe, restait sans cesse attachée à ses pas, et se montrait, pour elle, tendre et dévouée comme le meilleur chien.

Bientôt les bûcherons remarquèrent la rare intelligence de la chatte; chaque jour leur en donnait de nouvelles preuves. Le matin elle allait à la chasse, et rapportait toujours des perdrix, des cailles, et quelquefois des lapereaux, qui donnaient aux bonnes gens les moyens de faire excellente chère. Elle dénichait, au plus haut des arbres, des oisillons qu'elle apportait et que Berthe vendait à la ville; enfin, malgré son aversion féline pour l'eau, elle guettait le

poisson au bord d'un ruisseau voisin. Malheur à l'imprudent fretin qui s'approchait trop du rivage! Un coup de patte le jetait sur le sable près d'autres compagnons d'infortune, et contribuait à compléter une friture copieuse et délicieuse. Grâce à Lariflon, car le bûcheron avait donné ce nom à la chatte, grâce à Lariflon, dis-je, l'aisance et le bien-être entrèrent dans le logis des pauvres paysans; il s'y faisait des repas à contenter un gourmet, sans compter qu'il restait encore assez de provisions pour que l'on en vendit à la ville et qu'on en recueillît de bonnes sommes d'argent.

—La jolie petite chatte! interrompit Marie, dont les joues, naguère écarlates, avaient repris leur teinte rose et blanche habituelle.

—Je voudrais bien posséder un chat pareil à Lariflon, ajouta Étienne, qui professait un goût passionné pour les merveilles du règne animal.

—Je ne m'en séparerais jamais!

—Eh bien! mes enfants, jugez du chagrin de Berthe, lorsqu'un matin elle ne vit point Lariflon rentrer au logis à l'heure accoutumée. Le cœur brisé par l'inquiétude, elle se mit à parcourir la forêt entière en appelant son chat bien-aimé. Il ne répondit pas; elle se rendit au bord de la rivière, et ne fut pas plus heureuse.

Convaincue alors qu'un malheur était arrivé à Lariflon, elle rentra désespérée à la cabane, et raconta ses craintes au bûcheron et à sa femme. Ceux-ci se mirent aussitôt à parcourir les environs comme l'avait fait déjà Berthe. Ils ne parvinrent pas davantage à découvrir le sort de la chatte; Berthe passa la nuit dans les larmes et sans dormir. Cependant, vers le matin, ses paupières, rouges et brûlantes, finirent par s'abaisser sur ses yeux, et elle tomba dans un état de torpeur qui tenait à la fois de la veille et du sommeil. Tout à coup elle vit, en rêve ou en réalité, — on ne saurait le dire, car elle ne put se rendre bien compte de la vision, — elle vit, dis-je, un point lumineux se détacher du ciel encore enveloppé des crêpes de la nuit. Cette espèce d'étoile s'approcha, s'approcha, s'approcha doucement, et pénétra dans la chambre de Berthe. Là, elle grossit, se développa, s'ouvrit, et laissa voir, au milieu d'une sorte d'arabesque de lumière blanche façonnée et tournée en auréole, une jeune femme d'une beauté rare et vêtue d'une manière étrange. Une couronne de liserons blancs ceignait son front, au-dessus duquel resplendissait une couronne formée des pierres les plus précieuses. Un long voile, tel que la jeune fille n'en avait jamais vu, s'attachait bizarrement à cette couronne, et il retombait en plis transparents et soyeux jusqu'à la ceinture de l'inconnue. Un collier d'opales et d'escarboucles se jouait sur sa poitrine ; des bracelets inestimables se nouaient à ses bras entièrement nus ; enfin, nonchalamment couchée sur un fauteuil d'une forme élégante et inusitée, elle tenait à la main une baguette de cristal et d'or.

Elle regarda doucement Berthe, lui fit un signe de tête plein de bienveillance et de protection, agita sa baguette, qui resplendit comme si elle eût été de feu, et murmura d'une voix céleste :

— Demain, à la huitième heure.

Elle s'enveloppa de son nuage d'or, et remonta lentement vers le ciel d'où elle descendait.

Le docteur porta ses regards sur son auditoire, sans doute pour jouir de l'effet que produisait le récit de cette apparition. Il dut se sentir satisfait, car nous l'écoutions tous, les yeux attachés sur lui, la bouche entr'ouverte, et dévorant, pour ainsi dire, ses moindres paroles.

Il continua donc sans s'interrompre :

— Berthe s'éveilla aussitôt, légère, consolée et sans inquiétude sur Lariflon, car une voix secrète lui disait que la fée avait voulu parler du retour de la chatte en disant : Demain, à la huitième heure.

En effet, au moment où le cadran solaire indiquait cette période de la matinée, un faible miaulement se fit entendre derrière la porte, et de petits ongles grattèrent doucement.

C'était Lariflon.

Je n'ai pas besoin de vous dire avec quelle joie on lui ouvrit et combien elle fut baisée, caressée, choyée et bienvenue. Le bûcheron faisait du feu pour la réchauffer, la bûcheronne trayait la chèvre

pour lui apporter du lait, Berthe eût bien voulu gronder Lariflon
des inquiétudes qu'elle lui avait causées; mais la chatte paraissait
tellement lasse de son excursion, que la jeune fille jugea à propos
de remettre à une autre fois ses remontrances.

Avant de s'endormir sur les genoux de sa maîtresse, la chatte alla
placer précieusement dans la huche un morceau de parchemin plié
en quatre, auquel pendait un grand sceau de cire rouge : personne
n'avait d'abord pris garde à ce parchemin, tant on était joyeux de
revoir la petite vagabonde qui rapportait de son excursion ce parchemin.

La bûcheronne voulut ôter de la huche un chiffon enfumé qui
lui semblait sans aucune valeur, et de nature à salir la farine : la
chatte l'en empêcha par ses miaulements; elle sauta sur la huche,
refusa obstinément d'en descendre, et fit tant que le bûcheron
dit :

— Femme, laisse là ce parchemin : je suis sûr qu'il a quelque
valeur, puisque Lariflon le défend avec tant d'opiniâtreté. Cette bête
a plus de bon sens que les autres chats de son espèce. Laissons-la
faire.

Lariflon entendit ces paroles : assurée qu'on ne jetterait pas au
feu le parchemin qu'elle avait apporté, elle descendit de la huche et
alla se coucher sur les genoux de Berthe, où ses rons-rons ne tardèrent point à faire connaître qu'elle se disposait à dormir. En effet,
elle se blottit en boule, ferma les yeux et resta là, plus de deux
heures, immobile et semblable à un manchon d'hermine; car la
blancheur de son pelage le disputait en finesse et en éclat à la plus
riche et à la plus précieuse fourrure.

Lariflon passa toute la journée à se reposer. Le lendemain, avant
le jour, elle quitta sa maîtresse et alla à la chasse. Quand elle revint, non-seulement elle rapporta trois perdreaux pour le déjeuner,
mais encore un oiseau rouge, bleu et vert, d'une espèce rare, et un

gros bouquet des plus belles fleurs. Je n'ai pas besoin d'ajouter que l'oiseau était vivant.

Le bûcheron, qui précisément avait fabriqué la veille un cent de petits fagots, proposa à Berthe de partir pour la ville afin d'y vendre ensemble le bois, l'oiseau et les fleurs. Berthe commença de suite sa toilette, c'est-à-dire qu'elle mit une jolie jupe de drap rouge, assez courte pour laisser voir la finesse de ses pieds mignons, une cotte noire qui dessinait sa taille élégante, et un chaperon de paille qui séyait merveilleusement à ses traits délicats.

Lariflon témoigna la joie que lui causait ce départ en se livrant aux cabrioles les plus folles. Elle se disposa ensuite, comme il lui advenait souvent, à se rendre à la ville avec sa maîtresse. Au moment où les trois habitants de la cabane se mettaient en route, la chatte blanche sauta sur la huche, en souleva le couvercle, se glissa dedans, et reparut avec le parchemin de la veille; elle grimpa ensuite sur l'épaule de Berthe, glissa le parchemin sous le bavolet de la jeune fille, et se mit à courir devant, comme pour faire avancer plus vite le bûcheron et sa compagne.

Après une heure et demie de marche, ils arrivèrent sur la place publique, où se trouvait un grand rassemblement de curieux. Ils approchèrent pour voir ce qui causait cette foule, et virent, devant un tribunal, trois hommes à l'air vénérable et vêtus de noir. Près d'eux, au milieu du cercle formé par les spectateurs, se tenait un homme de taille gigantesque, qui s'appuyait sur une lourde massue.

Un héraut, sur un signe des vieillards, s'avança au milieu de l'enceinte vivante et proclama ce qui suit :

« Manants et bourgeois,

« Vous savez que depuis quinze années le marquis Raoul de Carabas et l'épouse dudit marquis ont disparu tout à coup du château qu'ils habitaient près de cette ville, château que leur bisaïeul, Né-

morin de Carabas, devait au dévouement et à l'intelligence du célèbre Chat botté.

« Depuis ce départ mystérieux, dont ledit marquis n'avait confié
le secret à personne, les portes du château restent closes, l'herbe
pousse sur les murailles, et les créneaux commencent à tomber en
ruine.

« Depuis quinze ans également, le géant Barioladin, l'un des ar-
rière-petits-fils de l'ogre, sur lequel le marquis de Carabas conquit
autrefois ce château, en réclame la propriété, comme héritier légitime du fief par l'extinction de la famille Carabas.

« C'est pourquoi le tribunal souverain se rassemble aujourd'hui
pour faire savoir que s'il existe un descendant de la famille du marquis de Carabas, il ait à se présenter incontinent afin de reprendre
possession du château.

« Pour établir ces droits, il faut :

« *Primo*, qu'il fournisse un acte légal attestant sa naissance.

« *Secundo*, qu'il prouve la réalité et l'authenticité de ses droits en subissant les épreuves de la grotte couleur de rose; épreuves que le géant Barioladin s'offre également à tenter, mais dont nous le dispenserions si aucun héritier ne se présentait, attendu que les droits qu'il réclame resteraient, dans ce cas, incontestés. »

Après avoir lu ces dispositions, le héraut cria trois fois ·

— S'il y a des héritiers du marquis de Carabas, qu'ils se présentent !

A la grande surprise de Berthe, Lariflon se mit à tirer celle-ci doucement par un pan de sa robe, et l'attira, presque malgré elle, au milieu du cercle.

Après quoi la chatte sauta sur l'épaule de sa maîtresse, tira de dessous son bavolet le parchemin de la veille, et s'élança d'un seul bond sur la table des juges. Là, elle s'assit gravement sur ses pattes de derrière et présenta le parchemin aux vieillards surpris.

Le président déploya le parchemin et s'écria :

— Grand Dieu! que vois-je? Une lettre du marquis de Carabas, disparu si mystérieusement de son château.

« Le géant Barioladin s'est introduit furtivement dans mon château avec une bande d'assassins; ils m'ont frappé de vingt-deux coups de poignard, et m'ont laissé pour mort sur la place. Ensuite ils m'ont enlevé ma femme et ma fille, et j'ai entendu le scélérat donner ordre à ses complices d'aller les perdre dans la forêt ténébreuse, et de les y laisser mourir de misère et de faim. Dieu m'a permis de ne pas expirer sur l'heure, et de pouvoir écrire cette lettre. Je vais la placer dans une bouteille vide, et la confier à la rivière qui coule au pied de mon château. J'espère que ce parchemin tombera, de la sorte, en des mains fidèles qui le transmettront à la justice.

« Écrit de ma main et signé de mon sang.

« Le marquis RAOUL DE CARABAS. »

Pendant cette lecture, le géant devint pâle comme un trépassé; il n'en cria pas moins :

— C'est une calomnie, j'en fais serment! Cette petite fille est une coquine et une menteuse.

Les juges interrogèrent Berthe, qui leur raconta naïvement ce qu'elle savait de sa propre histoire. Le bûcheron confirma ce récit, et apprit aux juges de quelle façon une femme souffrante était arrivée chez lui, et comment elle y était morte sans avoir pu dire ni son nom ni celui de son enfant.

Les juges se trouvaient dans une grande perplexité. Si tout donnait à supposer que Berthe était la fille du marquis Raoul de Carabas, aucun document ne l'établissait par des preuves légales; Berthe elle-même n'en savait rien.

Le géant, au contraire, offrait de prouver par serment la fausseté de la lettre du marquis. Après en avoir délibéré longuement avec ses collègues, le président fit à Berthe l'allocution suivante :

— Mon enfant, comme hommes, nous vous croyons la fille du marquis de Carabas; mais, comme juges, nous ne pouvons céder à cette conviction. Il ne nous est permis de nous rendre qu'à des preuves légales.

« Descendez en vous-même, interrogez vos souvenirs; priez Dieu de vous éclairer; vous déciderez ensuite s'il faut vous exposer aux épreuves de la grotte couleur de rose. »

La petite Berthe pria avec ferveur; tous les spectateurs, touchés de sa candeur et de sa jeunesse, s'agenouillèrent avec elle. Seul le géant Barioladin resta debout et la tête couverte, comme un mécréant qu'il était.

Quand elle eut fini son oraison, la jeune fille leva les yeux au ciel, et aperçut dans les airs la fée qu'elle avait déjà vue une fois en rêve. La fée, de sa baguette d'or et de cristal, lui montrait Lariflon. Berthe regarda la chatte; celle-ci se dirigeait vers la grotte couleur de rose.

— Je subirai les épreuves! s'écria l'enfant.

Aussitôt la foule applaudit, et le géant voulut s'élancer sur Berthe pour l'écraser de sa massue; mais, avant même qu'il levât le bras, Lariflon lui sauta au visage, et joua si bien et si vitement des griffes, qu'elle creva l'œil gauche du scélérat.

Malgré la crainte qu'inspirait la force du barbare, chacun se réjouit hautement de cette juste punition : les arbalétriers, sur l'ordre des juges, tendirent leurs arcs et s'apprêtèrent à décocher leurs carreaux contre Barioladin, s'il persistait encore dans des actes de violence envers Berthe. L'ogre se contint.

A l'extrémité du faubourg septentrional de la ville, sur le bord de la mer, s'élevait un immense amas de rochers noirs et effrayants. Au milieu de ces blocs de granit aussi vieux que le monde, on remarquait une grotte fermée par une pierre d'un rose tendre, et sur laquelle brillaient des caractères mystérieux formés par de gros diamants. Jamais on n'avait pu détacher une seule de ces pierreries; tous ceux qui tentaient de le faire perdaient aussitôt l'usage de leurs mains, desséchées par un feu invisible.

Berthe s'avança seule parmi les rochers, et marcha droit à la caverne, sans autre compagnie que celle de la chatte blanche. Tous les spectateurs se rangèrent en cercle autour des rochers, pour attendre le résultat de l'aventureuse entreprise à laquelle s'exposait la jeune fille.

Arrivée à l'entrée de la grotte, Berthe, comme le lui avaient prescrit les juges, frappa trois fois dans ses mains. La pierre rose tourna aussitôt sur elle-même, et un perroquet, gros comme un éléphant, en sortit.

— Es-tu résolue, demanda-t-il, à subir les trois épreuves du dragon, de l'abîme et de la valse?

— J'y suis résolue, répondit Berthe, que rassuraient le souvenir de la vision de tout à l'heure et la présence de la chatte.

— Tu sais, reprit le perroquet, que si tu échoues, la mort t'attend?

— Dieu et mon bon droit me protégeront.

— Va donc! répliqua le perroquet.

Il battit des ailes, les rochers s'ouvrirent d'eux-mêmes, et l'on vit, au milieu d'un marais bourbeux et près d'une rivière, un horrible ptérodactyle ou dragon, qui ouvrait une gueule immense. A côté de lui une clef d'or brillait, attachée à un poteau.

Les ailes membraneuses de ce ptérodactyle, animal de la quatrième période géologique de la terre, étaient membraneuses comme
celles d'une chauve-souris et ne mesuraient pas moins de deux mètres d'envergure. Une cuirasse écailleuse couvrait son corps livide,
que terminait une large et courte queue de reptile. Sa tête ressemblait à celle d'un crocodile, et ses fortes mâchoires, armées de
dents aiguës et longues, se prolongeaient en forme d'immense bec
d'oiseau.

— Ce ptérodactyle, cria le perroquet qui planait dans les airs,
n'a pas mangé depuis sept mille ans; il faut que tu t'empares de la
clef d'or dont il est gardien.

Le dragon répondit en ouvrant de nouveau une large gueule armée de dents aiguës. Berthe recula mourante de frayeur.

Lariflon vint doucement frotter sa tête contre les pieds de sa maîtresse, comme pour la rassurer. Après quoi la chatte courut rapidement vers les spectateurs, et prit, dans le panier de l'un d'eux, une
oie grasse que l'honnête bourgeois avait tout à l'heure achetée au
marché, et que la curiosité de voir les épreuves l'empêchait de reporter chez lui.

Une fois possesseur de l'oie, la chatte s'élança sur un arbre placé
au bord du fleuve, et la laissa tomber au fond de l'eau. Le dragon
affamé plongea sa tête dans le courant pour saisir cette proie. Berthe
profita de ce rapide moment pour s'emparer de la clef d'or.

Le peuple applaudit. Le dragon s'abîma dans le marais et le perroquet reprit la parole :

— Maintenant, jeune fille, il faut ouvrir, avec la clef d'or, la caverne que tu vois là-bas, près de ces arbres. Cette caverne a deux
cents pieds de longueur, et il y règne une obscurité absolue. Le
trajet en est doux et facile, seulement, dans une de ses parties,
un abîme te fermera le chemin et ne te laissera pour passer
qu'une petite langue de terre large d'un pied. Si tu tombes dans

le précipice; des requins et des crocodiles te dévoreront sur l'heure.

Berthe ouvrit la grotte sans difficulté au moyen de la clef d'or. Jamais le soleil ne pénétrait dans ce triste séjour. Elle avança, et aussitôt la porte se referma derrière elle avec un horrible fracas. Le chaos n'a point de nuit plus complète et plus épouvantable que celle dont la jeune fille se vit environnée. Elle serait morte de peur si elle n'eût senti sur son bras la petite chatte, qui l'invitait par ses rons-rons à la caresser.

Elle le fit, et bientôt, à sa grande surprise et à sa joie plus grande encore, elle vit jaillir de la fourrure blanche de Lariflon des milliers d'étincelles qui, jetant leur lumière dans la caverne, l'éclairèrent de manière à en montrer tous les détours. Grâce à cette clarté, Berthe passa sans danger au bord de l'abîme. A peine avait-elle franchi le précipice que la grotte s'écroula.

— Voici la troisième et dernière épreuve qui va commencer, glapit le perroquet de sa voix stridente.

Tout à coup on entendit un bruit près duquel le tonnerre est un silence. Il provenait d'un orchestre tel qu'on n'en a jamais vu et tel qu'on n'en verra jamais certainement. Il se composait de trois mille flûtes, de quatre mille hautbois, de quinze cents timbales, de mille cymbales, de vingt-trois mille violoncelles et de quatorze millions de violons. Je ne parle pas des quintes, des clarinettes, des contrebasses et des autres instruments. Je me contenterai de dire un mot des douze cents grosses caisses : elles égalaient en grosseur six frégates de guerre, et les baguettes qui les frappaient se mouvaient à l'aide de machines à vapeur d'une force de quinze cents chevaux.

Cet orchestre formidable se mit à jouer les premières mesures d'une valse, et il se tut.

Alors le perroquet reprit son office de héraut et dit :

— Berthe, pour accomplir toutes les épreuves qui te sont impo-
sées, il faut maintenant valser avec le géant Barioladin jusqu'à ce
que l'un de vous deux s'arrête.

« Or je dois te dire qu'au dernier bal honoré de sa présence, le
géant Barioladin a valsé, sans se reposer, durant deux mois et onze
jours. Sa danseuse, jeune fille fraîche et rose comme toi en commençant à tourner, n'était plus qu'un squelette véritable, sans vie
et sans chair, lorsqu'il la ramena à sa mère. »

Il parlait encore que Barioladin s'élançait dans la salle de bal qui
avait remplacé tout à coup les rochers.

L'orchestre était placé sur une montagne : les danseurs devaient
valser sur un parquet de bois de rose tellement ciré, que la pauvre
petite chatte blanche glissait sur ce plancher comme si elle se fût
trouvée sur une glace.

— Allons, ma belle, venez! beugla de sa voix surhumaine le
géant Barioladin. Venez, que nous commencions cette agréable
danse. L'hiver dernier, j'ai valsé durant deux mois et onze jours.
Cette fois, je vous promets de ne m'arrêter qu'après dix mois ré-
volus.

Berthe voulut s'enfuir, mais il la saisit dans ses bras, et il se mit
à tourner.

Alors l'orchestre commença à jouer de telle façon que le ciel semblait près de s'écrouler, et que six mille spectateurs perdirent subitement l'ouïe.

On ne sait quels autres malheurs aurait causés une pareille musique, si Barioladin ne se fût arrêté tout à coup en poussant des
blasphèmes affreux. A peine avait-il pris son essor, que Larillon, se
cramponnant à sa jambe, l'avait si rudement mordue, déchirée et
mise en pièces, que la douleur l'emporta sur le reste et qu'il tomba
en lâchant Berthe.

Aussitôt le peuple poussa des cris de joie; les juges vinrent cher-

cher Berthe et la proclamèrent légitime héritière des domaines de
Carabas.

Un immense cortége s'improvisa. La musique gigantesque se
rapetissa aux proportions d'un orchestre harmonieux et doux;
chacun des spectateurs se sentit paré d'un chaperon de roses par
une main invisible; enfin, des habits de fête remplacèrent, grâce
à une métamorphose rapide, le costume même des plus déguenillés.

Berthe, au milieu des honneurs rendus à son nouveau rang, ne
cessa point de porter dans ses bras la fidèle chatte blanche. Comme
elle franchissait, suivie du bûcheron, le pont-levis de son château,
la fée qu'elle avait déjà vue deux fois apparut tout à coup.

—Je suis la protectrice de la maison et de la famille Carabas,
dit-elle. Forme le vœu que tu voudras, je te promets de l'exaucer.

—Bonne fée, répliqua Berthe, faites de ma chatte une jeune fille,
afin que je puisse l'aimer comme ma sœur. C'est à elle que je dois
la vie et la fortune.

La fée toucha Lariflon de sa baguette... Au lieu d'une jolie chatte blanche, Berthe vit, couchée à ses pieds et endormie, une jeune fille couronnée de roses. L'héritière des Carabas éveilla par de tendres baisers sa jolie compagne.

—Eh bien, mes enfants, que dites-vous de mon histoire? demanda le docteur en s'arrêtant.

— Elle est charmante! répondîmes-nous par une acclamation unanime.

— Je ne regrette plus notre promenade perdue.

— Ni moi non plus.

—Eh bien, récitons les prières du soir et couchons-nous, dit madame de Moronval. Nous n'oublierons pas de remercier Dieu, qui, dans sa bonté ordinaire, nous a fait, d'une soirée triste, une soirée amusante et de grand intérêt.

— Un instant! objecta la petite Marie : avant de nous aller coucher, il faut que le docteur me dise ce que sont devenus le bûcheron et la bûcheronne.

— Ils sont devenus de grands seigneurs.

— Et Berthe?

— Elle a épousé le fils d'un roi puissant.

— Et le géant Barioladin?

— Il a été pendu, comme assassin et blasphémateur.

— Et Lariflon?

— L'arrière-petite-fille du Chat botté a épousé le frère du roi, mari de Berthe. Avez-vous encore d'autres questions à m'adresser?

Marie réfléchit gravement, et, satisfaite en tous points, embrassa le docteur Sam.

Après quoi nous dîmes nos prières et nous nous couchâmes.

Le lendemain, il fit le plus beau temps du monde, et nous pûmes réaliser la joyeuse partie si cruellement interrompue la veille par l'orage.

— Vous le voyez, nous dit le docteur, témoin de nos jeux et de nos plaisirs, il ne faut jamais douter de la bonté de la Providence. Alors même qu'elle nous semble rude, souvent elle nous prépare de nouveaux bienfaits.

CHAPITRE VINGT ET UNIÈME

quelques jours de la promenade à la campagne, le docteur, sur la pressante demande de Marie, nous invita tous à visiter son cabinet.

Je n'ai pas besoin de vous dire que cette nouvelle nous causa une grande joie, et que nous reçûmes une charmante réception de mademoiselle Mine et de maître Flock, qui tous deux s'étaient pris, vous le savez, d'une vive affection pour la jeune fille.

Quand le docteur nous eut montré les armes, les costumes, les parures, les ustensiles des peuples sauvages de l'Afrique, de l'Amérique et de l'Océanie, il nous conduisit dans un petit salon rempli de tableaux.

Un paysage représentant une maisonnette au milieu d'arbres, et à travers lesquels on apercevait une abbaye, frappa d'abord nos regards.

— L'histoire de ce tableau, dit le docteur, ne manque pas d'originalité.

Il est l'œuvre d'un élève d'Albert Durer.

Albert Durer était un peintre admirable dont l'empereur Maximilien disait : « Je puis bien d'un paysan faire un noble, mais je ne puis changer un ignorant en un aussi habile artiste qu'Albert Durer; donc je dois faire bien autrement cas d'Albert Durer que de tous les nobles de ma cour. »

On raconte beaucoup de choses de la vie agitée du peintre allemand, de l'humeur quinteuse de sa femme et des tracasseries perpétuelles dont elle harcelait le pauvre homme. Avare, quinteuse, se laissant aller à la fougue d'un caractère bizarre, elle n'était désarmée ni par la paresseuse bonhomie de Durer, ni par sa patience à toute épreuve. En vain se livrait-il, avec une assiduité sans exemple, aux travaux de son art, et chaque jour produisait-il une de ces admirables gravures que l'on recherche encore aujourd'hui avec tant d'avidité, elle le poursuivait jusque dans son atelier, et là, en présence de ses élèves, elle ne lui épargnait ni les cris, ni les sarcasmes, ni les injures.

Elle avait pour habitude d'associer dans ses criailleries le nom de Samuel Duhobret au nom de son mari. Samuel Duhobret était un des élèves de Durer, qu'il avait admis par pitié dans son atelier, malgré son âge et son indigence; car Samuel comptait près de quarante ans et ne possédait d'autre ressource pour vivre que celle de

peindre des enseignes ou des tentures d'appartements, sorte de luxe
alors fort répandu en Allemagne. Petit, bossu, d'une grande lai-
deur, et par-dessus tout cela bègue à ne pouvoir prononcer deux
syllabes, vous comprenez qu'il se trouvait le jouet des autres élèves
de Durer, et que, si l'on jouait un mauvais tour dans l'atelier, ce
mauvais tour s'adressait constamment à Samuel. Bafoué par ses camarades, tourmenté par madame Durer, qui ne pouvait lui pardonner son admission gratuite dans l'atelier, et n'ayant pour ses repas
que du pain noir, quand toutefois il avait du pain, le pauvre garçon
ne trouvait de relâche que les jours où il pouvait s'échapper dans la
campagne, et aller peindre à son aise quelques-uns des beaux sites,
si nombreux dans les environs de Nuremberg. Alors, ce n'était plus
le même homme. Sa figure humble et chagrine s'épanouissait et
devenait radieuse, comme une fleur s'épanouit et devient radieuse
au soleil. Il fallait le voir, assis sur le gazon, son portefeuille sur
ses genoux, et tâchant de saisir quelques-uns de ces admirables
effets de lumière qu'il excellait surtout à reproduire. Après avoir
passé la journée de la sorte, il revenait à Nuremberg, et le lendemain il se gardait bien dans l'atelier de parler de son excursion de
la veille, et encore moins de montrer les esquisses qu'il avait dessinées. Habitué à se voir le but de railleries sans pitié, il ne pouvait supposer que la vue de ses dessins dût exciter autre chose
que des railleries. Il reprenait donc silencieusement, dans le coin
le plus dédaigné, la petite place habituelle où il ébauchait les gravures de son maître, et remplissait, relativement à ses œuvres, les
fonctions que les praticiens remplissent près des statuaires.

Excepté ces rares excursions champêtres dont nous venons de
parler, Samuel arrivait à l'atelier dès le point du jour et y demeurait jusqu'à la nuit. Alors il rentrait dans son grenier et reprodui-
sait sur la toile les vues esquissées par lui à la campagne. Pour se
procurer des pinceaux et des couleurs, il s'imposait les privations

les plus rudes; il alla même plusieurs fois, dit l'historien allemand
auquel nous empruntons ces détails, il alla même jusqu'à dérober
à ses camarades des vessies de couleurs et des pinceaux, tant il
aimait l'art passionnément et par-dessus tout.

Trois années s'écoulèrent de la sorte sans que Samuel révélât le
moins du monde, soit à son maître, soit à ses camarades, les travaux nocturnes auxquels il se livrait. Comment parvenait-il à se
nourrir? c'est un secret entre Dieu et lui.

Un jour il tomba malade; une fièvre violente s'empara de sa ché-
tive personne, et durant près d'une semaine il demeura gisant sur

son grabat, sans que nul ne vînt compâtir à ses souffrances. La tête
en feu, et sentant qu'il allait périr, abandonné de tous, il prit une
résolution désespérée; il se leva, mit sous son bras le dernier tableau qu'il avait peint, et se dirigea vers le logis d'un brocanteur,
afin de vendre son œuvre, n'importe à quel prix. Le hasard voulut

qu'il passât devant une maison où se trouvait rassemblé beaucoup
de monde. Il s'approcha : c'était une vente à l'encan d'objets d'art,
rassemblés par un connaisseur durant trente années, réunis avec
des peines inouïes, et, suivant l'usage, dispersés sans pitié et ven-
dus, après la mort de celui qui avait passé sa vie à en former la
précieuse collection.

Samuel s'approcha d'un huissier-priseur, et obtint de lui, non
sans peine, à force d'importunités et après bien des prières, que le
tableau qu'il portait sous son bras fût mis à l'encan. L'huissier-
priseur en fit l'estimation à trois thalers.

— Bon! pensa Duhobret, me voilà sûr de manger durant une
semaine entière, — si toutefois je trouve un acheteur.

Le tableau fit le tour du cercle et passa de main en main, tandis
que la voix monotone de l'huissier répétait :

— Trois thalers! qui met à prix? A trois thalers!

Personne ne répondit.

— Oh! mon Dieu! mon Dieu! murmurait le pauvre Samuel! je
ne vendrai point mon tableau! Que vais-je devenir?

— Et pourtant c'est mon meilleur tableau; jamais je n'ai mieux
fait : l'air passe à travers le feuillage de mes arbres, et l'on dirait
que les feuilles se meuvent, frissonnent et murmurent. L'eau semble
limpide : c'est la Prignitz, belle, pure, féconde et lumineuse. Comme
il y a de la vie dans les animaux qui viennent s'y désaltérer! Et
puis, au fond, quelle vue admirable! l'abbaye de Neubourg avec
son clocher transparent comme de la dentelle, ses édifices élégants,
qu'un village entoure d'une ceinture de maisons! L'abbaye de Neubourg, dont on vient de chasser les moines, et qui, j'en ai bien
peur, sera bientôt démolie par son nouveau propriétaire; car, hélas!
que ferait-il d'une abbaye et d'un clocher, le luthérien?

— A vingt-cinq thalers, murmura une voix faible et sèche, qui
fit tressaillir de joie Samuel stupéfait.

Il se leva sur la pointe des pieds, il tâcha de voir quelle personne venait de prononcer ces paroles trois fois bénies... Oh! surprise! c'était le brocanteur chez lequel Samuel se rendait, quand son bon ange lui inspira la pensée de s'arrêter proche de la vente à l'encan et d'y proposer son tableau.

— A cinquante thalers, s'écria une voix éclatante.

Samuel aurait volontiers embrassé le gros homme vêtu de noir qui disait cela.

— A cent thalers, toussa la voix grenue du brocanteur.

Elle fut immédiatement couverte par ces paroles tonnées avec éclat :

— A deux cents thalers?

— A trois cents!

— A quatre cents!

— A mille thalers!

Il se fit alors un grand silence parmi les personnes présentes, qui se rangèrent autour des deux enchérisseurs rivaux, et qui, s'avançant dans le cercle, s'y trouvèrent isolés comme deux combattants. Samuel croyait rêver et poussait des exclamations confuses.

— A deux mille thalers, dit le brocanteur avec un rire sec et forcé.

— A dix mille, répliqua le gros homme, la face empourprée de colère.

— Vingt mille. Le brocanteur, pâle, et comme enfiévré, joignit ses mains qu'agitait un mouvement convulsif.

Le gros homme, qui suait et soufflait, beugla plutôt qu'il ne dit :

— A quarante mille thalers !

Le brocanteur hésita. Mais un regard vainqueur et insolent de son adversaire lui fit murmurer :

— A cinquante mille thalers !

Le silence devint plus profond; car à son tour le gros homme hésitait.

Pendant ce temps-là, que devenait le pauvre Samuel? Il s'agitait de toutes ses forces afin de s'éveiller; car, disait-il, après un tel rêve, ma misère me paraîtra plus horrible, et ma faim plus rude.

— Eh bien! à cent mille thalers!

— A cent vingt-cinq mille!

— L'original pour la copie! et que le diable vous emporte, damné brocanteur!

Le brocanteur sortit dans un état à faire pitié, et le gros monsieur emportait victorieusement le tableau, lorsqu'il vit s'avancer vers lui Samuel Duhobret, bossu, boiteux et en guenilles. Le gros homme voulut se débarrasser de celui qu'il croyait un mendiant, en lui jetant un peu de monnaie; mais le bossu lui dit:

— Quand pourrai-je entrer en possession, et de mon abbaye, et de mon château, et de mes terres? Je suis le peintre du tableau.

Et il pensait en lui-même:

« Oh! le beau rêve! le beau rêve! pourquoi faut-il que le moindre bruit doive me réveiller tout à l'heure! »

Le gros homme, un des plus riches seigneurs de l'Allemagne, le comte de Dunkelsbach, tira de sa poche un portefeuille, en arracha une page et écrivit quelques lignes:

— Tiens, mon ami, dit-il à Samuel, voici les ordres nécessaires pour qu'on te mette en possession de ton bien. Adieu.

Samuel vint à la fin à bout de se persuader qu'il ne rêvait pas; il prit possession de son château, le vendit, et se proposait de devenir un honnête bourgeois, ne faisant de la peinture que pour son agrément, lorsqu'il mourut d'une indigestion.

Son tableau demeura longtemps dans le cabinet du comte de Dunkelsbach, et il se trouve maintenant en la posssesion du roi de Bavière.

Pendant que le docteur parlait ainsi, je regardais une Vierge d'une grande beauté.

— Cette madone n'est-elle point de Murillo? demandai-je.

— Oui, mon ami, répondit le docteur, et elle passe pour une des meilleures œuvres de Murillo.

— Murillo est un peintre espagnol d'une grande célébrité, dis-je à Marie.

— Et son histoire est fort curieuse, mon enfant. Or, comme je sais que vous aimez les histoires, je vais vous conter un épisode de l'histoire de Murillo. Seulement, prenez maître Flock sur vos genoux, et invitez mademoiselle Mine à ne pas trop faire de bruit en gambadant.

Nous nous assîmes, et le docteur, de sa voix douce et faible, commença comme il suit.

ESTEBAN MURILLO.

CHAPITRE VINGT-DEUXIEME

ESTEBAN MURILLO

LE DÉJEUNER.

Placentia est une charmante petite ville de l'Estramadure, et nulle part les Maures n'ont laissé plus de monuments merveilleux de leur architecture fantastique. Maintenant encore les voyageurs, pleins d'admiration, s'arrêtent devant ses rues tortueuses formées par cent petits palais charmants; car on n'oserait désigner par le nom vulgaire de maisons ces édifices chargés de mignonnes broderies, et qui semblent plutôt produits par le caprice d'une fée orientale que par l'œuvre de simples mortels.

S'il en est encore ainsi de nos jours, jugez du spectacle que, vers le milieu du seizième siècle, Placentia devait présenter aux regards éblouis! Jugez de l'impression qu'elle produisit sur l'imagination ardente et poétique d'un jeune homme qui, pour toute merveille, avait vu l'humble église du bourg de Pilas et les pauvres cabanes de chaume groupées autour de cette église! Surpris, ému jusqu'aux larmes, il allait de portique en portique, joignait les mains, les élevait au ciel, et laissait échapper de ces exclamations naïves par lesquelles les Espagnols, dans toutes leurs émotions, appellent à leur aide la légende entière des saints du paradis.

— Sainte Vierge Marie et saint Joseph, que cela est beau! Jésus-Christ mon Sauveur, la belle maison! Saint Esteban mon patron, quelles merveilles dignes du paradis!

Celui qui parlait de la sorte, et sur lequel les monuments de Placentia produisaient une impression si vive, était un jeune garçon de quinze à seize années, dans les traits duquel on admirait cette beauté mâle et basanée qui caractérise, en Espagne, les montagnards. Grand, alerte, bien découplé, ses moindres gestes décelaient cette élégance naturelle que donne une organisation généreuse et que développe un exercice continuel joint à une vie sobre et pleine d'activité. Vêtu du charmant costume des paysans de l'Andalousie, il portait, pour tout bagage, un sac de laine bigarré qui semblait assez maigrement garni.

Quand le jeune voyageur eut tout parcouru, tout vu, tout ad-

miré, il s'assit sur les marches d'un monastère, déchargea son sac
de dessus ses épaules, le mit à ses pieds, et en tira gaiement un
pain de seigle dont il frotta la croûte avec un de ces gros oignons,
mets favori des Espagnols. Après quoi il rompit en deux le pain et
mordit dans une des moitiés avec un appétit qui tenait du prodige
et qui lui fit bientôt attaquer la seconde portion déposée sur son
sac.

Un autre voyageur, qui paraissait un peu plus âgé et dont le misérable accoutrement n'altérait en rien la bonne mine, regardait faire
le vigoureux mangeur, et ne put réprimer un éclat de rire lorsqu'il
le vit dépecer la seconde moitié du pain. L'enfant leva d'abord des
yeux courroucés sur celui qui le traitait avec si peu de façon, mais
la gaieté du nouveau venu était si franche, si communicative, qu'elle
effaça ce beau courroux et gagna même le Lucullus au petit pied.
Il ne tarda point à répondre par des éclats de rire aux éclats de rire
qui l'avaient d'abord si vivement courroucé, et il finit par offrir à
l'inconnu une part du déjeuner commencé sous de si joyeux aus-
pices.

L'autre, avec un sérieux comique, regarda ce qu'il restait du
pain :

— Si vous avez bon appétit, mon jeune compagnon, il paraît que
vous ne croyez guère à l'appétit des autres! Que voulez-vous que je
fasse de ce mince débris de pain sur lequel vous jetez même encore
des regards de convoitise et de regret?.... Mais, invitation pour invitation, vous m'avez convié à votre festin, je vous convie au mien...
J'ai quelque lieu de croire que, malgré le repas dont vous venez de
vous acquitter si bien, il vous reste encore assez d'appétit pour
faire honneur à ce pâté.

En disant cela, l'étranger sortit de son sac un glorieux pâté dont
la croûte d'or, par sa seule vue, faisait venir l'eau à la bouche.
Quand il eut déposé cette merveille gastronomique sur ses genoux,

il détacha de sa ceinture une petite outre gonflée par un vin délicieux de Val-del-Penaz. Après quoi, il coupa religieusement le pâté
en deux parts égales, et chacun se mit à l'œuvre, le jeune homme
comme s'il n'eût point mangé depuis huit jours, l'enfant comme
s'il n'eût point tout à l'heure dévoré un pain qui pesait pour le
moins trois livres. L'outre ne resta point oubliée non plus et reçut
de fréquentes accolades, si bien que le teint des deux nouveaux
amis s'anima, que leur regard devint plus brillant, et qu'ils babil-
laient avec un joyeux abandon, quand tout à coup la porte du cloître
s'ouvrit avec fracas, pour livrer passage à un homme complétement
ivre et qu'un moine poussait, ou plutôt jetait dehors avec violence.

— Hors d'ici! criait le moine, hors d'ici, misérable qui oses te
présenter ivre-mort dans ce monastère, sans respect pour un lieu
sacré, sans égard pour les travaux importants qu'on t'y confie! Hors
d'ici, et ne reparais jamais à mes yeux ou redoute le courroux de
frère Arsène. Que vont devenir, grâce à ton intempérance, les apprêts de la cérémonie de demain?... Que faites-vous là, vous autres?
Depuis quand les marches d'un monastère servent-elles de réfectoire
à des drôles de votre sorte? ajouta le religieux en rejetant sur les
deux jeunes étrangers la mauvaise humeur que lui causait l'ivrogne.

— Ne vous fâchez pas, mon père, répliqua l'enfant, tandis que
son compagnon se hâtait de ramasser les débris du pâté menacés
du pied du moine : ne vous fâchez pas. Nous pensions qu'on ne
nous reprocherait point comme un crime, de nous asseoir à cette
porte pour y manger un peu plus à l'aise.

— Tu parles bien hardiment! reprit le moine dont la mauvaise
humeur s'apaisait évidemment devant la gentillesse et la verve du
jeune montagnard. Comment te nommes-tu?

— Esteban; et vous, mon père?

A cette question familière, le moine le regarda avec un air de

surprise, et répondit après une courte hésitation, comme s'il eût
failli d'abord dire un autre nom :

— Frère Arsène. Mais tu ne m'as dit qu'un nom de baptême,
quel est celui de ta famille?

— C'est un secret.

— Pourquoi cela?

— Parce que je me suis sauvé de la maison de mon père, et que
si je vous disais mon nom vous pourriez bien mettre sur mes traces
ceux qui me poursuivent sans doute.

— Se sauver de la maison paternelle! cela est bien mal... Quel
motif a pu te porter à une si coupable action?

— Le désir d'aller voir Velasquez et d'être admis parmi ses
élèves.

— Tu es donc peintre? demanda le Père en souriant.

— Oui, reprit l'enfant courroucé de ce sourire dédaigneux, oui,
je suis un peintre, l'élève de Jean del Castello, mon oncle. Si ce
digne parent n'était pas mort, je vivrais encore heureux près de lui,
et je ne me verrais point obligé de courir par monts et par vaux
pour trouver un autre maître. Jean del Castello m'avait pris chez
lui et m'enseignait son art; quand il mourut, il me fallut revenir
chez mon père, remarié, depuis trois ans, à la femme la plus avare
et la plus impitoyable des Espagnes... Elle voulut faire de moi un
ouvrier cordonnier, sans tenir compte de ma vocation de peintre,
sans prendre en pitié mes larmes et mon désespoir. Mon père,
faible, quoique bon, partagea ces beaux projets et me fit entrer en
apprentissage chez l'artisan... Deux jours après je voyageais libre,
joyeux et à grandes journées, pour me rendre plus vite près de Velasquez.

— Je suis curieux de mettre ton talent à l'essai, dit le moine, que
le bavardage de l'enfant semblait amuser beaucoup. J'ai précisément besoin d'un peintre pour remplacer l'ivrogne que je viens de

chasser du couvent. Si je suis content de toi. . si vraiment tu es en état de peindre des écussons et quelques ornements... tu gagneras une pièce d'or... Cela te convient-il ?

— Parfaitement ! Une pièce d'or !... elle me donnera les moyens d'achever mon voyage, et je vous avoue que mes derniers maravédis ont servi ce matin à payer le pain qui devait faire tout mon déjeuner, quand ce digne jeune homme m'a généreusement offert la moitié de son pâté et de son vin de Val-del-Penaz. Aussi, mon père, sous votre bon plaisir, va-t-il devenir mon associé dans l'affaire que vous me proposez ? il broiera les couleurs et touchera la moitié de la somme que vous me proposez.

Le moine leva les yeux sur le compagnon d'Esteban, qu'il n'avait point encore remarqué.

— Si je ne me trompe point, jeune homme, vous portez le costume des captifs rachetés par les pères de la Trinité.

— En effet, j'arrive d'Alger, où j'ai subi pendant trois années entières les souffrances de la captivité. Dieu m'a fait la grâce de mettre un terme à tant de malheurs, et me voici libre et revenu sur la noble terre d'Espagne.

— Quel était votre métier avant de tomber aux mains des Barbaresques ?

— Soldat.

— Vous allez reprendre du service ?

— Je ne le puis ; un coup de feu m'a cassé le bras et me rend impossible le maniement des armes.

— Que comptez-vous donc devenir ?

— Poëte et romancier...

— Poëte et romancier ?... Mais, bon Dieu ! vous formez donc à vous deux une caravane d'artistes ?... Eh bien ! tandis que votre compagnon peindra les écussons dont j'ai besoin, vous composerez

des devises pour ces écussons, et vous recevrez comme lui une
pièce d'or. Le marché vous convient-il?

— Oui.

— A l'œuvre donc ! Entrez, mes maîtres, et travaillez avec ardeur, car il faut que tout soit prêt pour demain à midi.

En disant cela, le moine introduisit Esteban et son compagnon
dans le chœur de l'église, où tout semblait se préparer pour une cérémonie funèbre. Des tentures noires, semées de larmes blanches,
tombaient du haut des colonnes, et se trouvaient relevées, de distance en distance, par de splendides rosaces d'argent ; des candéla-
bres dressaient de toutes parts leurs têtes chargées de cierges pour
former une chapelle ardente, et au milieu du chœur se dressait
un catafalque couvert d'un poêle de drap d'or. Tandis que les deux
jeunes gens regardaient ce spectacle avec surprise, le moine semblait s'y complaire et montrait la satisfaction d'un auteur qui assiste à la répétition d'une comédie de son invention que l'on va
bientôt représenter.

— A quelle cérémonie destine-t-on ces apprêts? demanda le compagnon d'Esteban.

— Aux funérailles de Charles-Quint, répondit le moine avec em-
phase.

— Quoi ! l'empereur est donc mort? quoi ! l'un des plus vastes
génies du monde s'est éteint? Excusez-moi, mon père ; mais de retour en Europe depuis deux jours seulement, j'ignorais cet événement terrible ! Quoi ! Charles-Quint est mort? quoi ! l'Espagne a
perdu celui qui l'avait faite si grande et si glorieuse?

— Rassure-toi, jeune homme ! Charles-Quint n'a point encore
rendu son âme à Dieu ; il n'est mort que pour le monde. Dégoûté de
la grandeur et de la puissance, désabusé de la gloire, il a quitté le
trône, il a déposé le sceptre impérial, et il a placé sur le front de
son fils une couronne qui pesait trop sur le sien.

23

— Mon père, vous vous jouez de moi. Jamais l'empereur Charles-
Quint n'aurait commis cette faute! Il savait trop bien lire dans le
cœur des autres hommes pour méconnaître ainsi le sien. Charles-Quint, sans le pouvoir, sans le trône, sans l'univers à gouverner
par un signe de son doigt! hélas! mon Dieu, autant vaudrait un
corps sans la vie! Que voudriez-vous que devînt cette intelligence
forte, cette volonté toute-puissante, s'il lui fallait se condamner
à l'inaction? Je vous le répète, vous vous jouez de moi, mon père.

— Ce que je te dis est pourtant vrai... Charles-Quint a repoussé
du pied la puissance impériale ; il a quitté Madrid ; il s'est réfugié
dans un couvent ; il s'est fait moine, et, pour achever de rompre
avec le monde et ses déplorables vanités, demain, ici, dans cette
église de Saint-Just, on célébrera ses funérailles... Et puis il ne
sera plus question de Charles-Quint... Il ne restera plus de lui dans
l'histoire qu'un vain nom, et dans ce couvent qu'un corps accablé
de souffrance, qu'un corps appartenant déjà à la tombe, qu'une
âme attendant avec impatience l'heure où Dieu l'appellera dans son
sein.

— Je ne puis plus douter de la vérité de vos paroles, mon père!...
Quel triste exemple du néant humain et de la faiblesse de notre intelligence!... Qui jamais eût prévu ce coup inattendu?... L'empereur Charles-Quint perdre la raison... devenir fou...

Le moine pâlit de colère et saisit avec violence le bras du jeune
homme.

— Que dis-tu là, jeune insensé? Charles-Quint jouit de toute sa
raison.

— Non, mon père, cela n'est point possible! Si Charles-Quint
n'était point frappé par la main de Dieu, s'il conservait sa raison
comme vous le dites, il ne s'exposerait point ainsi à la risée de l'Europe et du monde entier. S'il voulait dévouer désormais sa vie à
Dieu et ne s'occuper que de son salut, ne pouvait-il pas le faire en

gardant la couronne?... En supposant même que son abdication ne
fût pas une preuve de sa folie, ces funérailles anticipées dont vous
me parlez, cette cérémonie ridicule qui va se passer demain, ici,
dans le monastère de Saint-Just, ne prouvent-elles point, hélas !
mon Dieu ! la démence de l'empereur Charles-Quint ? Devait-il finir
de cette burlesque façon ? ne pouvait-il imiter jusqu'au bout Char-
lemagne, dont il se montrait l'émule et dont il avait la ceint
couronné ?

On voyait sans peine que les paroles du jeune homme flattaient et
blessaient tout à la fois le moine ; car tour à tour son front se plissait ou un sourire éclairait son visage.

— Ta barbe n'est point encore assez épaisse, mon jeune poëte,
pour que tu puisses te permettre de juger les actions de Charles-
Quint. Mets-toi à l'œuvre et compose les devises que je t'ai demandées, tandis que ton compagnon va peindre les écussons qui porte-
ront les devises armoriées de Charles-Quint. Esteban, tu trouveras
dans ce livre toutes celles que tu dois peindre ; n'oublie aucun des
titres de Charles-Quint : empereur de Germanie, roi d'Espagne et
des Indes, roi des Pays-Bas, empereur des Romains, roi de Lombar-
die. Je reviendrai ce soir m'assurer si vous vous montrez tous les
deux dignes de la confiance que vous témoigne.

Le moine s'éloigna, et les deux jeunes gens se mirent à l'œuvre,
Esteban la palette et les pinceaux à la main, son compagnon assis
au pied du catafalque, la tête appuyée sur une de ses mains et de
l'autre couvrant de vers ses tablettes.

II

LE MOINE.

Une heure après, le compagnon d'Esteban, qui se laissait aller à une profonde rêverie, sentit une main lourde qui se posait sur son épaule. Il tressaillit et tourna la tête ; c'était le moine qui, dans son impatience habituelle, ne pouvait attendre jusqu'au soir pour connaître les résultats du travail de ses deux protégés.

— Eh bien, mon poëte, les devises sont-elles déjà terminées ?

— Non, mon père, je ne puis me mettre à l'œuvre ; cette pensée que Charles-Quint renonce à la couronne impériale et qu'il joue ici demain une comédie indigne de son caractère m'attriste et me préoccupe trop pour qu'il me soit possible de chercher et de trouver une seule rime.

— Vous jugez bien sévèrement Charles-Quint, jeune homme ! Quoi ! vous accusez d'être une comédie la preuve si grande et si profonde qu'il va donner de son dégoût de la gloire et des choses de la terre ?... Après l'abdication de Charles-Quint, peut-il se trouver un plus solennel spectacle que celui de demain ?

— Vous avez raison... mais c'est un *spectacle*, comme vous le dites vous-même, et si l'empereur ne regrettait point son obscurité, il ne lui prendrait point fantaisie de se donner en spectacle... Du moins, s'il voulait à toute force que l'on chantât pour lui, de son vivant, l'office des morts, il n'avait pas besoin de le faire avec tant de pompe, devant la cour assemblée et venue de Madrid tout exprès.

Le moine se promenait à grands pas, mécontent, agité et rêveur. Enfin il lui fallut s'asseoir, car il se sentit pris d'une violente douleur de goutte à la jambe gauche. Alors il fit signe au jeune peintre d'avancer.

— Votre compagnon, qui se donne pour poëte, n'a pu écrire un seul vers... Vous qui vous donnez pour peintre, avez-vous su faire quelque chose de bon ? ne vous vantez-vous point aussi d'un talent que vous ne possédez point ?

Esteban s'avança timidement, un de ses écussons à la main ; le front du moine se dérida.

— Cela est bien ! cela est très-bien !... Jeune homme, Titien et Velasquez ne faisaient, certes, point mieux à votre âge. Au lieu d'une pièce d'or je veux vous en donner dix ; car il faut que vous n'ayez point à subir les froides étreintes de la misère ; elles glacent le génie et font avorter le talent. Mais que fait donc là le poëte qui couvre rapidement d'écriture les tablettes sur lesquelles il n'a point su, tout à l'heure, tracer les devises que je lui avais demandées ?

— C'est une satire sur la cérémonie de demain.

— Voyons cette satire, lisez-la-moi.

Le jeune homme, encore tout échauffé par l'ardeur de la composition, s'approcha du moine et lui lut ses vers avec une verve spirituelle. C'était une œuvre fine, mordante, pleine d'éclat et d'amertume. Le moine l'écouta paisiblement jusqu'au bout ; tantôt il approuvait certains passages, tantôt il se récriait sur d'autres, et deux ou trois fois il fronça le sourcil avec un mécontentement véritable.

— Ces vers méritent des éloges comme ouvrage poétique, et vous êtes un auteur de talent... Mais vous montrez-vous en cette circonstance courageux et loyal ? eussiez-vous écrit ces vers quand Charles-Quint régnait encore ? ceci n'est-il point, comme dit la fable, un coup de pied au lion mourant ?

— Oui, vous avez raison, mon père, répondit le poëte, qui déchira ses tablettes et en jeta loin de lui les fragments.

— Bien! voilà qui nous réconcilie. Or, l'heure de l'office du soir s'avance ; Esteban a terminé ses écussons et nous ne pouvons rester plus longtemps ensemble dans cette nef. Allez vous loger dans une des *posadas* du village, et revenez demain assister à la solennité funèbre. Esteban jugera ainsi de l'effet de ses écussons, et peindra plus tard un tableau de la scène imposante et terrible dont il aura été le témoin. Après la cérémonie, je compte vous présenter et vous recommander, toi, Esteban, à Velasquez ; vous, jeune homme, au roi Philippe II.

— Au roi Philippe II !... vous le connaissez donc, mon père ?

— Oui, je le connais beaucoup, et j'espère garder encore quelque crédit près de lui ; jadis il ne faisait guère que ce que je voulais. Bonsoir, et que Dieu vous garde !

Esteban et son compagnon obéirent à cet ordre et se dirigèrent vers la porte du cloître, quand, après quelques moments d'entretien à voix basse, l'un d'eux revint vers le moine qui considérait avec satisfaction les tentures funèbres et le catalfaque.

— Mon père...

— Que me veux-tu ; parle et hâte-toi, car j'entends les moines qui arrivent au chœur.

— Nous craignons que l'on ne veuille point nous faire crédit à la *posada*... Si vous pouviez me payer la pièce d'or que vous m'avez promise en payement des écussons que j'ai peints ?

— Ce n'est point une pièce d'or, c'est dix que je t'ai promises, répliqua le moine. Et il fouilla dans sa poche, où il ne trouva que deux ou trois piécettes... Il sourit à cette découverte.

— Voici tout ce que je possède aujourd'hui... les frais de cette cérémonie me ruinent ; mais demain on doit me payer le quartier d'une pension de vingt mille ducats, et je m'acquitterai envers toi, après l'office des morts. Quand il sera terminé, reste donc dans l'église à m'attendre...

Comme les religieux, sur ces entrefaites, arrivaient et prenaient place dans les stalles du chœur, le moine les rejoignit précipitamment, et quitta les deux jeunes gens, qui se regardèrent avec un sourire de moquerie.

— Le digne père nous promet de l'or à pleines mains et ne trouve point dans sa bourse de quoi payer le gîte et le souper de deux pauvres artistes comme nous, dit le poëte en faisant sonner les piécettes dans ses mains. N'importe, il nous reste la croûte du pâté pour souper ; cet argent servira à remplir de vin mon outre, et les marches de l'église nous fourniront un lit excellent, car la nuit promet d'être belle... De cette manière nous serons, demain matin, les premiers arrivés à la cérémonie qui préoccupe si fort ce pauvre moine et lui donne tant de mal.

III

L'ÉGLISE.

Il faisait grand jour, le lendemain, quand les deux amis s'éveillèrent ; encore furent-ils arrachés au sommeil par le bruit que produisaient les portes de l'église en tournant sur leurs gonds pour s'ouvrir tout entières. Déjà les cierges de la chapelle ardente étaient allumés, et les moines, en habits sacerdotaux, n'attendaient plus que l'arrivée de la cour pour se rendre au chœur. Esteban et son compagnon se hâtèrent d'entrer dans l'église et de se placer commodément dans un coin obscur de la nef, de manière à bien voir sans qu'on les vît.

— Quand la foule sera venue, personne ici ne nous remarquera, dit le jeune peintre, et je pourrai dessiner à l'aise un croquis de ce spectacle curieux. C'est une bonne fortune que nous vaut le hasard

et dont je me réjouis beaucoup. Nous allons voir le roi, tous les
grands, toutes les dames de la cour et Charles-Quint, Charles-Quint
surtout!... Comme il me tarde de pouvoir considérer à l'aise ce
front vaste et puissant, duquel sont sorties tant de pensées qui ont
remué le monde!... Où se placera-t-il pendant cette bizarre cérémonie de ses funérailles? quels seront son attitude et son maintien?
Mais voici que les moines entrent au chœur, et il ne se trouve encore que nous dans l'église?... Où sont le roi, la cour et toute cette
foule dont hier nous avait parlé le moine?... et cependant le service
funèbre commence; les prêtres montent à l'autel et les chantres
entonnent l'*Introït*.

En effet, le service des morts commença, et la nef resta déserte
pendant toute la durée de la messe. Personne n'occupa le trône
royal élevé pour recevoir Philippe II, personne ne s'assit dans les
fauteuils destinés aux grands et aux dames de la cour!... Le fils ne
s'était point souvenu que son père lui demandait des prières et les
courtisans, que l'empereur dont ils avaient si longtemps mendié un
regard les avait appelés près de lui. C'était quelque chose de grand
et de terrible que cette solitude profonde, que cet abandon ingrat,
que cet oubli de tout respect et de toute pitié pour celui qui avait
été Charles-Quint!

Suivant les conventions de la veille, Esteban et son ami, l'office
funèbre terminé et lorsque les moines quittèrent le chœur, restèrent dans l'église pour y attendre le moine... Tout à coup ils en-
tendirent des gémissements sortir du catalfaque, le drap mortuaire
s'agita, et, soulevé par une main tremblante, tomba en découvrant
un visage pâle, contracté par une expression à la fois douloureuse
et redoutable... C'était le moine qui, la veille, disposait les apprêts
de la messe des morts; mais il y avait en lui je ne sais quoi d'imposant qui fit reculer les deux jeunes amis saisis d'effroi et de
respect.

— Personne! gémit le moine sans s'apercevoir des témoins qui l'écoutaient, personne!...Nul ne s'est souvenu de l'empereur Charles-Quint! O néant terrible des grandeurs humaines! Mon Dieu! mon Dieu! abrégez de fatales et cruelles épreuves! rappelez-moi près de vous.

Il acheva de se débarrasser du poêle funèbre, sortit du catafalque, s'agenouilla devant l'autel, et se mit à prier avec des larmes et des sanglots.

Cependant le poëte et le peintre n'osaient plus avancer près du moine ; car ils le comprenaient maintenant, ils se trouvaient devant Charles-Quint. Après une prière longue et fervente, le frère Arsène porta les yeux autour de lui, et aperçut enfin Esteban et son compagnon ; il leur fit signe d'avancer. Tous les deux n'obéirent qu'en tremblant et tombèrent aux genoux de l'empereur ; il leur tendit la main et les releva.

— Ne me rendez point ces témoignages de respect, mes enfants. Vous le voyez bien, pour le monde comme pour Dieu, je ne suis que le frère Arsène. On ne garde même plus de moi le vague souvenir que l'on accorde aux morts, et qui leur vaut des prières pour le repos de leurs âmes. On n'a point un *De profundis* pour moi... Esteban, prends cette montre, elle est tout ce qui me reste de mes richesses d'autrefois... Le trésorier du roi Philippe II ne m'a point encore payé le quartier de ma pension, échu depuis quinze jours ; il n'a point deux cent cinquante ducats à me donner!... Je vais, en outre, écrire à Velasquez en ta faveur, et le prier de t'admettre au nombre de ses élèves. Voyons, dis-moi ton nom. Il faut bien que je le sache maintenant, pour le mander à Velasquez. Tu dois être sans crainte de trahison de ma part, ajouta-t-il en souriant ; je ne te dénoncerai point à ton père.

— Esteban Murillo, sire.

— Et vous mon poëte, à quoi puis-je vous être utile? Mon crédit est nul à la cour, vous le voyez, et ma recommandation, loin de vous servir, ne vous vaudrait peut-être que des persécutions comme celles dont on accable jusqu'à mon confesseur Barthélemy Larränga. Oui, le directeur de l'empereur Charles-Quint et le moine Arsène ne paraissent point assez orthodoxes à l'Inquisition et au roi Philippe II.

— Sire! répliqua le jeune homme, j'ai deux grâces à vous demander, deux grâces qui me combleront de joie et d'orgueil.

— Parle, je te les accorde.

— La première, c'est de me pardonner les paroles insensées que je vous ai dites hier.

— Je ne m'en souviens plus...

— La seconde, c'est de me permettre de toucher de mes lèvres votre main glorieuse.

— Viens dans mes bras! un soldat et un poëte sont dignes de l'accolade de l'empereur! Adieu, enfants! partez! entrez dans le monde! Puissent les arts vous y faire trouver une gloire moins douloureuse que la gloire que l'on subit sur un trône impérial! Adieu! et souvenez-vous quelquefois de frère Arsène!

— Jamais Miguel Cervantes n'oubliera cette journée, répliqua le poëte en s'agenouillant devant l'empereur.

Esteban Murillo l'imita; Charles-Quint étendit les mains sur leurs têtes et les bénit.

Puis il essuya une larme et rentra dans sa cellule.

IV

CE QU'ILS DEVINRENT.

Après trois mois entiers de route, car, lorsqu'ils manquent d'argent, deux pauvres jeunes hommes ne voyagent qu'avec lenteur, Murillo et Cervantes arrivèrent à Madrid.

Cervantes se mit à écrire, et la publication du premier livre de *Don Quichotte* ne tarda point à lui valoir, non pas la fortune, mais du pain.

De son côté, Murillo, qui ne trouva point Velasquez à Madrid, eut recours à un métier qu'il avait exercé naguère à Cadix : avec une pièce d'or que lui prêta Cervantes dans un jour de fortune, il acheta de la toile, la divisa par carrés dont il imprima lui-même les encadrements, et se mit à peindre, au milieu, des sujets de dévotion, des fleurs et des fruits. Un marchand brocanteur lui acheta toutes ces peintures à vil prix et sans se douter lui-même de leur mérite, il en faisait des pacotilles pour l'Amérique. Murillo atteignit ainsi le moment où Velasquez revint de voyage. Aussitôt le retour du peintre célèbre, le protégé de frère Arsène s'empressa d'apporter à l'artiste la lettre du moine de Saint-Just. Velasquez reçut avec bonté le jeune homme, et, après avoir vu ses dessins, l'encouragea beaucoup et s'enquit des projets qu'il formait pour l'avenir.

— Je veux étudier sous votre direction, répondit Murillo, et partir ensuite pour Rome.

— J'approuve beaucoup tes projets et je les servirai. Dès ce moment mon atelier devient le tien et ma maison la tienne. Comme tu ne saurais être mon disciple, car tu possèdes trop de talent pour ne pas devenir maître sur l'heure, accompagne-moi à l'Escurial, où tu partageras mes travaux.

En effet, pendant trois années Murillo travailla près de Velasquez non comme un élève, mais comme un égal et comme un ami. Ces trois années écoulées, Velasquez quitta Madrid et voulut emmener avec lui Murillo ; mais celui-ci partit pour Séville, que son père habitait depuis quelque temps, et avec lequel ses succès et sa fortune l'avaient réconcilié.

L'arrivée du jeune artiste produisit d'abord peu de sensation dans la grande ville, et il obtint sans difficultés quelques travaux ; mais lorsqu'il eut peint le petit cloître de Saint-François, on demeura frappé d'étonnement. Le tableau de la *Mort de sainte Claire* et celui de *Saint Jacques distribuant des aumônes* mirent le sceau à sa réputation. On vit dans le premier un coloriste digne de van Dyk, et dans le second un rival de Velasquez. On chargea alors Murillo d'une multitude de travaux qui ne tardèrent pas à lui procurer une fortune plus qu'indépendante. Loin d'imiter tant d'artistes à qui la vogue fait négliger le soin de leur gloire, il perfectionna de plus en plus sa manière, donna de la hardiesse à son pinceau, et, sans abandonner cette suavité de coloris qui le distinguait de tous ses rivaux, il mit plus de vigueur dans ses tons et de franchise dans sa touche.

Placé au premier rang des peintres de son pays, Murillo suffirait à lui seul pour constater le mérite trop peu apprécié de l'école espagnole ; mais il se surpassa encore dès lors dans les tableaux qu'il peignit pour Sainte-Marie la Blanche, dans la *Conception* dont il orna la cathédrale, et surtout dans la *Sainte Élisabeth* et l'*Enfant prodigue*, qu'il exécuta, en 1674, pour l'église de la Charité. Il fit, à peu près à la même époque, pour l'hospice des Vénérables, une autre *Conception*, à laquelle l'école lombarde elle-même pourrait comparer peu de productions. Il avait également exécuté, pour le couvent des Capucins de Séville, vingt-trois tableaux qui faisaient le plus bel ornement de leur église. Ces religieux ont emporté ces chefs-d'œuvre en Amérique.

Il serait impossible de rappeler tous les ouvrages dont Murillo a enrichi les églises et les couvents de Séville. Appelé à Cadix pour peindre le maître-autel des Capucins, il y exécuta le célèbre tableau du *Mariage de sainte Catherine*. Sur le point de terminer, il se blessa si grièvement sur l'échafaudage qu'il se ressentit cruellement des suites de cet accident jusqu'à sa mort, arrivée à Séville le 3 avril 1682.

— Je vais, pour terminer dignement cette histoire, dit le docteur en forme de conclusion, vous montrer maintenant le portrait de Murillo, copié d'après une figure faite par lui-même dans un de ses tableaux, comme il était alors d'usage parmi les artistes.

Cette copie est l'œuvre d'un élève de Murillo, et je l'ai achetée en Espagne, à Séville même. Vous pourrez, en la regardant, vérifier l'expression de force et de tristesse qui caractérise à la fois la physionomie de celui qui ne jouit jamais de sa gloire durant sa vie, et à qui la postérité seule a payé le tribut d'admiration dû à son génie.

CHAPITRE VINGT-TROISIÉMÉ

LE QUATORZIÈME CONTE DU DOCTEUR SAM

on bon docteur, dit Marie, je voudrais bien
savoir à présent quels sont ces deux portraits
réunis dans un même cadre, et dont l'un représente une jeune femme charmante et l'autre une vieille dame d'une figure vénérable.
On voudrait qu'elles vécussent encore pour pouvoir les aimer.

— Ces portraits représentent une même personne, peinte à

soixante années de distance; or, l'âge modifie singulièrement les traits du visage, comme vous le voyez, mon enfant.

Du reste, celle dont un peintre inconnu nous a conservé l'image était un noble cœur, et son âme possédait autant de beauté que sa figure.

Ce soir, après votre dîner, je vous lirai le manuscrit que voici et que j'ai rédigé d'après des notes authentiques et irrécusables. Je n'y avance rien qui ne repose sur des preuves écrites et graves. Le fait principal des aventures que je déroulerai sous vos yeux, quelque invraisemblable qu'il paraisse au premier abord, n'en est pas moins rapporté et affirmé par divers écrivains qu'on cite comme d'irrécusables autorités.

A l'appui de tout ceci, on peut consulter d'abord le prince Alexandre Labanoff et son recueil de Lettres de Marie Stuart, édité en 1839.

A cette autorité moderne on ajoutera, si vous le voulez bien, la correspondance de Trogmorton, écrite en 1576, manuscrit Cottonien, *Caligula*, chap. i[er], folios 11 à 35; le docteur Lingard et Le Laboureur, dans son addition aux *Mémoires de Castelnau*, t. Ier, pag. 610, de l'édition de 1731.

Lingard, conseiller et aumônier du roi Louis XV, avait dû sans doute à ce poste de confiance de connaître diverses particularités gardées longtemps secrètes. D'ailleurs, lorsqu'il publia son ouvrage, il pouvait facilement consulter les registres du couvent de Soissons, et s'assurer de la réalité de faits que lui, prêtre et historien, ne balance point à attester comme authentiques.

Une seule voix s'élève contre la vérité de ces faits, c'est Gilbert Stuart dans son livre publié à Londres en 1782. Mais, comme le fait observer judicieusement le prince Labanoff, les témoignages de Trogmorton, contemporain de Lingard et de Le Laboureur, si bien en position de connaître la vérité, méritent autrement créance qu'une protestation isolée, écrite deux cent quatorze ans après la principale circonstance de l'histoire dont vous allez entendre les détails.

Enfin, dans un long séjour que j'ai fait en 1835 à Soissons, tout exprès pour recueillir les documents nécessaires à cette histoire, non-seulement j'ai puisé beaucoup de notes curieuses dans les archives de la ville, mais encore j'ai retrouvé vivante, pour ainsi dire, l'histoire que je vais vous dire. Enfin, un vieillard appartenant à une famille des plus anciennes de la ville y portait encore le nom de Pastelot et y exerçait la profession de marchand de drap, et s'honorait d'être le dernier descendant de Jehan Pastelot.

LA PRINCESSE MARCHANDE DE DRAP.

CHAPITRE VINGT-QUATRIÈME

LA PRINCESSE MARCHANDE DE DRAP

UNE NUIT AU COUVENT.

n 1568, vers la fin du mois de janvier ou février, deux hommes enveloppés de larges manteaux descendirent d'une voiture qui s'arrêta, vers minuit, devant la porte de l'abbaye de Notre-Dame, à Soissons.

L'un de ces voyageurs heurta si violemment le marteau que la communauté entière s'éveilla et tressaillit au fracas causé par la lourde masse de fer qui s'élevait et retombait. Tandis que les no=

vices, penchées sur leur lit, se demandaient à voix basse ce que voulait dire une visite à pareille heure, et que la très-noble et très-vénérable dame Marie Mowbray, abbesse, se mettait avec inquiétude sur son séant, le marteau renouvela deux ou trois fois avec brutalité son appel à la diligence de la sœur tourière. Celle-ci, tout effarée, sans attendre que le sifflet d'argent de la supérieure l'eût appelée, entra précipitamment dans la chambre de la Mère.

— Ma très-chère Mère, s'écria-t-elle, on veut briser les portes du couvent. Mon doux Sauveur Jésus ! quel malheur nous menace ?

— Il ne saurait y en avoir aucun, dit l'abbesse. Depuis un an la ville de Soissons n'appartient-elle pas au roi de France, qui lui doit aide et protection [1] ?

Elle se leva précipitamment de son lit, passa à la hâte sa robe, couvrit du voile sacramentel sa tête septuagénaire et descendit avec hâte en compagnie de la tourière, car maintenant c'était d'une manière enragée que s'évertuait le marteau.

— Qui frappe ainsi et à pareille heure ? demanda l'abbesse.

— On veut donc bien enfin nous répondre ! répliqua une grosse voix en accompagnant ces mots d'un juron soldatesque. Il faut que je parle sur l'heure à la supérieure de l'abbaye de Notre-Dame.

— Madame l'abbesse est ici avec moi, dit la voix tremblante de la tourière.

Le ton grossier de celui qui beuglait se radoucit un peu, et il prononça quelques mots dans une langue étrangère.

— Seigneur mon Dieu ! s'écria l'abbesse dans un trouble extrême, ouvrez vite, sœur tourière, hâtez-vous !

Et comme pour donner encore plus de promptitude aux efforts

---

[1] En 1566, la partie de la comté de Soissons que Marie de Coucy, fille d'Enguerrand, avait vendue, en 1404, au duc d'Orléans, fut rendue à la couronne.

de la religieuse, qui s'évertuait à tirer les verrous et à faire jouer les clefs, elle lui répétait :

— Ouvrez ! ouvrez ! au nom de notre Sauveur !

La porte, débarrassée des innombrables verrous de fer qui la tenaient close, s'ouvrit et laissa entrer les deux inconnus.

— Voici le dépôt que l'on m'a chargé de vous remettre, dit l'un d'eux.

— Et je vous donne la lettre qui accompagne ce dépôt, ajouta l'autre.

— Un dépôt ! à moi ! d'où vient-il ? demanda la Mère stupéfaite.

— Un noble seigneur nous l'a confié sur notre honneur et sur notre tête, répondit le moins grossier des deux inconnus.

Puis, déposant aux pieds de l'abbesse, tandis qu'elle prenait la lettre, un paquet de médiocre dimension, il saluèrent profondément, sortirent et fermèrent derrière eux la porte. Aussitôt on entendit le bruit de deux chevaux qui partaient au galop.

Les femmes se regardèrent avec surprise, mais sans se voir, car le courant d'air produit par la porte, close brusquement, éteignit la lanterne de la tourière, tandis que la supérieure commençait à décacheter la lettre apportée avec des circonstances si pleines de mystère.

— Refermez la porte, ma sœur, dit l'abbesse, vous prendrez ensuite le paquet que nous laissent ces étrangers et vous l'apporterez dans ma cellule.

Tandis que la vieille religieuse s'efforçait de gagner à tâtons l'escalier qui conduisait chez elle, la tourière se pencha pour obéir à l'ordre qu'elle venait de recevoir, et ses mains cherchèrent le paquet déposé là, sur les dalles du cloître. Dans l'obscurité, elle heurta du pied le paquet, et il en sortit un vagissement de nouveau-né. A ce bruit l'abbesse jeta un cri où la surprise le disputait à l'effroi. Quant à la tourière, elle pensa défaillir : l'apparition de Satan en personne, la fourche au poing, l'eût moins consternée assurément.

— Madame, balbutia-t-elle, car la voix se refusait à sortir de sa gorge, madame!... Seigneur, ayez pitié de nous!

Et elle accompagna ces paroles épouvantées d'un double signe de croix. L'exorcisme, loin de calmer les cris de l'enfant, ne parut que les redoubler.

— Que faire? que devenir?

— Vous taire et me suivre, interrompit l'abbesse d'un ton impérieux en relevant la barcelonnette entourée des voiles qui lui donnaient si bien les apparences d'un innocent paquet.

La Mère posa la main sur la bouche de l'enfant et traversa rapidement le cloître. De retour dans sans sa cellule, elle se précipita vers une lumière et décacheta la lettre remise par les voyageurs. A peine ses yeux en eurent-ils commencé la lecture qu'ils s'inondèrent de larmes et qu'il lui fallut les essuyer pour pouvoir achever.

— Sœur tourière, cet enfant est un dépôt précieux et sacré qui nous est confié. Il faut remercier Dieu de nous avoir choisies pour exercer une œuvre de miséricorde C'est là tout ce que je puis vous dire du plus solennel des secrets que l'on ait jamais confiés à ma vieille expérience. Procurez-vous aux étables le lait nécessaire pour apaiser la soif qui fait pousser à cet ange des cris douloureux. Dès le point du jour nous nous occuperons des moyens de lui trouver une nourrice, car il ne faut point que cette petite fille sorte de l'enceinte du cloître de Notre-Dame. Elle doit grandir et peut-être vivre et mourir à l'ombre de nos murs protecteurs et saints.

Toutes les idées de la tourière se trouvaient en désarroi : malgré sa grande envie de deviner le mystère, elle ne comprenait rien à ce qu'elle voyait, à ce qu'elle entendait, à ce qu'elle faisait. En allant chercher à la vacherie du lait pour un enfant, elle se deman-

dait si quelque rêve moqueur ne troublait pas sa raison et si réellement elle se sentait bien éveillée. Quand elle eut fait lever les fer-
miers des étables, non moins ébahis qu'elle de se voir, à pareille
heure, interrompus dans leur sommeil par ordre de l'abbesse et
pour traire les vaches, elle apporta le lait tiède dans la cellule. La
supérieure berçait sur ses genoux la petite fille, comme l'eût fait la
mère la plus tendre, et murmurait un air de cantique en guise de
chanson, afin de mieux apaiser la crieuse infatigable. Le lait tiède
opéra mieux que le refrain sacré ; l'enfant but avec avidité et ne
tarda pas à s'endormir sur les genoux de l'abbesse, qui n'osait faire
aucun mouvement de crainte de la réveiller, et qui resta là immobile jusqu'au moment où les cloches sonnèrent matines. Alors elle
déposa doucement la mignonne créature sur sa couche, et sans
s'arrêter au contraste piquant offert par un nouveau-né endormi

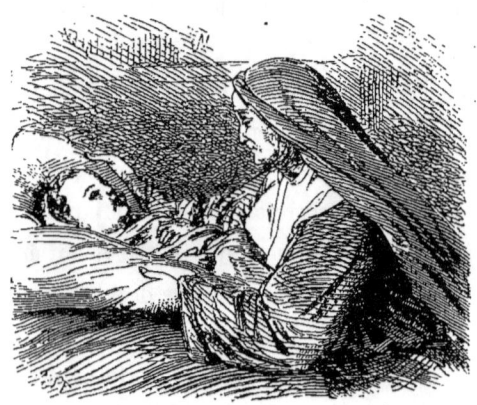

sur le lit virginal d'une religieuse, elle se rendit au chœur, où elle
se fit remarquer beaucoup moins par la ferveur de ses oraisons que
par la promptitude avec laquelle elle dirigeait l'office du matin. Cet
office terminé, elle regagna sa cellule avec toute la vitesse de ses
vieilles jambes, qui semblaient retrouver quelque chose de la viva-

cité de la jeunesse. Grâce à Dieu, la petite fille dormait encore d'un profond et doux sommeil : ses lèvres roses s'agitaient doucement, comme si elles continuaient encore à boire le lait qui venait d'apaiser sa faim.

Il y avait dans les grandes paupières closes sur ses yeux une grâce qui émut la vieille religieuse, et mit quelque chose de maternel dans son cœur depuis tant d'années pénétré des austères indifférences de l'ascétisme. Loin de chercher à combattre un sentiment si doux et si nouveau, elle s'y livra au contraire sans réserve et goûta une joie indicible à se sentir la protectrice de ce pauvre petit être abandonné sur la terre. Avec une intelligence que l'on ne devait guère s'attendre à rencontrer chez une femme élevée elle-même dans un cloître depuis sa plus tendre enfance, et qui avait vu s'y consumer lentement soixante années de sa vie, elle distribua les ordres nécessaires pour que les soins à donner à la petite fille s'exécutassent sous son immédiate surveillance. Par un égoïsme de tendresse que certaines affections de femmes comprendront seules, elle ne voulut pas qu'on chargeât une nourrice d'élever cet enfant dont la Providence divine la faisait la mère immaculée, et elle décida qu'une chèvre continuerait l'office commencé déjà, la nuit, par les vaches. Elle alla donc elle-même choisir dans les troupeaux la plus jeune, la plus blanche et la plus jolie des laitières encornées, et la fit placer dans une étable que l'on établit le plus près possible de la cellule abbatiale. Enfin, avec une intelligence qui prévoyait tout, qui comprenait tout, qui objectait tout, elle régla les dispositions nécessaires pour assurer les soins à donner à sa fille adoptive. Une mère n'eût pas mieux fait que l'abbesse.

Tandis qu'elle s'occupait de régler ces divers soins, je vous laisse à penser la préoccupation que causaient au couvent le tapage de la nuit et les aventures de la journée. La mère ne prenait pas et n'avait

point pris la moindre précaution pour dissimuler l'arrivée d'un
enfant dans la communauté dont elle était supérieure. La seule
chose qu'elle gardât secrète, c'était l'origine de cet enfant. Il fallait
donc s'en tenir à ce sujet aux suppositions faites en commun et aux
questions sans relâche adressées à la tourière. Encore devait-on se
livrer avec précaution à ces enquêtes, car l'abbesse, on le savait, ne
confiait ses secrets à personne et n'aimait guère qu'on s'en occupât.
La tourière, enorgueillie de l'importance que lui donnait cette
aventure et charmée de se voir l'objet de l'attention générale, racontait à qui voulait l'entendre jusqu'au moindre détail, et même
au delà, les circonstances de l'arrivée des inconnus, la lettre mystérieuse et la manière étrange dont ils avaient remis l'enfant à l'abbesse. Tandis que, entourée d'un groupe de novices, elle recommençait pour la septième ou huitième fois son inépuisable narration,
la mère Mowbray parut tout à coup à l'improviste et troubla singulièrement l'auditoire et l'orateur.

— Sœur tourière, dit la supérieure avec le ton froid et sans ré-
plique qu'elle employait d'habitude à l'égard de ses ouailles, retirez-vous dans votre cellule, où vous réciterez le *Miserere mei, Deus*
à genoux. Sœurs novices, vous vous imposerez la même pénitence ;
allez et priez Dieu de modérer à l'avenir l'intempérance de votre
langue, ainsi que la ferveur de votre curiosité.

La tourière et les novices se retirèrent confuses et consternées
dans leurs cellules, où elles accomplirent la pénitence que leur
imposait l'abbesse et que leur valait leur curiosité. La manière
dont la vieille supérieure en usait pour amortir l'indiscrétion ne
tarda point à se répandre dans le cloître et rendit les conversations
et les suppositions sinon moins vives, du moins plus réservées.

Si l'abbesse ne permettait point que l'on s'occupât de l'origine
de sa protégée, en revanche elle laissait les sœurs prodiguer
leurs caresses et leurs soins à la petite fille, qui reçut solennel-

lement le baptême des mains de Mgr l'évêque de Laon en personne.

L'abbesse tint l'enfant sur les fonts avec dom Jérôme Mac-Mahon, vieux bénédictin, son confesseur. Ces trois seules personnes prirent connaissance de la rédaction de l'acte de baptême, écrit de la main du prélat, qui le déposa dans un boîte d'or scellée de son sceau, avec d'autres papiers : en outre, il s'en réserva le dépôt. La petite fille fut placée par son parrain et par sa marraine sous l'invocation de Notre-Dame, protectrice de l'abbaye, et porta désormais le nom de Marie.

Dix-neuf années s'écoulèrent, au bout desquelles l'abbesse resta seule maîtresse du secret de la naissance de l'enfant, car l'évêque était mort, ainsi que le vieux bénédictin. Elle ne cessa pas pendant cette longue durée de temps de veiller sur sa pupille avec la sollicitude d'une mère. Elle voulut que son éducation reçût plus de soins et de développements qu'on n'en donnait alors aux jeunes filles, et elle ne paraissait en aucune façon destiner sa filleule à prendre le voile dans l'abbaye de Notre-Dame. Loin de là, elle lui donnait des conseils sur la conduite à tenir un jour dans le monde, et laissait même entrevoir parfois que de hautes destinées attendaient l'enfant.

Quoi qu'il en soit, Marie portait, depuis le jour de son baptême, le costume des novices de l'abbaye de Notre-Dame. Sa beauté était extrême : rien ne saurait donner une idée de la pureté de ses traits et de la grâce de toute sa personne, si ce n'est ces paroles de Brantôme, qui semblaient écrites exprès pour elle :

« La blancheur de son visage contendoit avecques la blancheur de son voile à qui l'emporteroit ; mais enfin l'artifice de son voile se perdoit et la neige de son blanc visage effaçoit l'autre. Elle avoit encore cette perfection de la voix très-douce et très-bonne. »

Chacun l'aimait et l'adorait dans l'abbaye de Notre-Dame de Soissons, et nulle ne songeait à éprouver de la jalousie contre elle à cause de la faveur dont elle jouissait près de la mère. Sans se rendre compte des motifs de cette opinion, on regardait Marie comme une personne supérieure par son rang à tous les membres de la communauté, et à qui l'on devait des soins exceptionnels et presque des hommages.

Marie coulait une vie douce et pleine de sérénité. Quelquefois elle interrogeait l'abbesse sur les mystères de sa naissance, mais celle-ci l'engageait doucement à ne point chercher à pénétrer des secrets que les circonstances ne lui permettaient pas encore de révéler. La jeune fille finit par se soumettre, et ne renouvela plus ses questions ; seulement parfois on la voyait errer pensive et rêveuse dans les jardins et sous les arbres épais de l'abbaye ; un mot de sa marraine suffisait presque toujours pour la ramener à la gaieté et lui faire reprendre ses jeux avec les novices.

Elle excellait du reste dans tous les exercices par la grâce et par la souple adresse de ses moindres mouvements, et par sa folâtre espièglerie d'enfant qui se sent aimé de tous. Jamais elle n'abusait de la prédilection qu'on lui témoignait, et elle n'usait guère de son crédit près de sa marraine que pour obtenir le pardon de quelque faute légère commise par une novice.

Vers la fin de l'année 1587, l'abbesse de Notre-Dame de Soissons tomba dans une mélancolie profonde. Elle recevait fréquemment des lettres, et ces lettres semblaient accroître sa douleur. Enfin, malgré son grand âge, elle entreprit un voyage qui ne dura pas moins de trois mois : son chagrin, loin de s'alléger au retour, ne fit que contracter un caractère plus grave et plus amer. Elle passait les jours et les nuits au pied de l'autel, se livrait aux plus rudes exercices de la pénitence et semblait en proie à un affreux désespoir. Elle voulait que Marie priât sans cesse à côté d'elle et mêlât ses oraisons aux siennes.

— Priez, lui disait-elle, priez, mon enfant, car Dieu, pour désarmer sa colère, a besoin des supplications d'un ange pur et fervent comme vous ! Priez, Marie, priez, car un grand malheur menace la plus digne et la plus sainte des femmes ! Si le courroux céleste ne s'apaise pas, un grand crime, sans exemple, va s'accomplir.

Vers la fin de février, une lettre arriva encore à l'abbesse. La nouvelle que contenait cette missive produisit sur la vieille religieuse une si fatale impression qu'elle tomba sans connaissance en la lisant.

Lorsqu'elle revint à la vie, sa raison sembla quelques instants égarée. Elle disait des paroles sans suite, et ses lèvres octogénaires, qui n'avaient jamais proféré que des bénédictions à Dieu, se contractaient avec force pour ne pas laisser exhaler des plaintes contre la rigueur divine. Des larmes abondantes mirent trêve à cette crise : ce fut à l'arrivée de Marie près de sa marraine. La vue de la jeune fille provoqua les larmes de l'abbesse ; elle se jeta dans ses bras, elle la serra contre sa poitrine avec violence.

— Mon enfant lui dit-elle, pleure, car le crime s'est accompli.
Pleure, car la reine Élisabeth vient de faire assassiner sa sœur, la
reine Marie Stuart !

— Qu'est-ce donc que la reine Marie Stuart et la reine Élisabeth ?
demanda Marie surprise, et dont pour la première fois ces noms
venaient frapper les oreilles au fond du cloître dont jamais elle n'é-
tait sortie.

— L'une est une victime, l'autre est un bourreau ! répliqua l'abbesse. L'une est une martyre, l'autre une hérétique ! Priez Dieu,
mon enfant, pour que la miséricorde divine reçoive l'une dans son
sein et qu'elle pardonne à l'autre et lui donne le repentir de son
forfait inouï.

« Priez, mon enfant, car voici des jours de deuil et de malheur
qui s'élèvent ! priez, car la main du Seigneur s'est étendue sur l'É-
cosse, ma patrie ; priez !... le sang coule ! La guerre civile rugit, et
les fils laissent tuer leur mère sans tirer leur épée pour la défendre !
Priez ! car il faut que des cœurs purs désarment le courroux céleste ! Priez, car il y a de pauvres orphelines abandonnées, seules
sur la terre, sans protection, sans appui ! »

Le lendemain on célébra, dans l'abbaye de Notre-Dame de Soissons, comme dans tous les couvents écossais établis en France,
un service funèbre pour le repos de l'âme de Marie Stuart, reine
d'Écosse.

Marie pria encore avec plus de ferveur peut-être qu'elle n'avait
l'habitude de le faire, car elle savait que sa marraine était Écos-
saise, et elle avait vu quelle douleur lui causait la mort de la royale
martyre.

II

LE BANNISSEMENT.

Depuis le voyage qu'elle avait fait, et surtout depuis qu'elle avait appris la fatale mort de la reine d'Écosse, l'abbesse de Notre-Dame de Soissons se courbait rapidement sous les atteintes de la caducité, qui semblait l'avoir respectée jusque-là malgré ses quatre-vingts ans. Son front se sillonna de rides plus profondes; l'éclat de ses yeux s'éteignit; un tremblement convulsif rendit ses mains faibles et inhabiles; sa voix, naguère si pure et si stridente, maintenant amollie et confuse, ne disait plus que des paroles inintelligibles. Bientôt il fallut qu'on la portât au chœur, à l'heure des offices; ses jambes paralysées se refusaient à tout mouvement. Seules, sa haute intelligence et son infatigable activité d'esprit gardèrent leur puissance. Elle gouvernait le couvent comme par le passé, avec sa volonté ferme, et montrait peut-être plus d'énergie qu'autrefois contre tout ce qui ressemblait à une tentative d'envahissement contre son pouvoir absolu. Une sœur prieure, d'une grande influence dans la communauté et qui, liée par la naissance à la famille royale, croyait pouvoir s'affranchir en quelques points insignifiants de la rigoureuse observation de la règle, fut réprimandée par l'abbesse, qui lui adressa une semonce sévère et publique.

Marie n'était occupée qu'à recevoir et à porter les ordres de la supérieure aux diverses religieuses du couvent, car Marie était devenue l'aide de camp de sa marraine et sa garde-malade. Elle veillait près d'elle, la nuit comme le jour, et lui prodiguait les soins attentifs d'une tendresse filiale. Hélas! ces soins ne parve-

naient ni à vaincre les progrès de la maladie ni à calmer la douleur
profonde qui dévorait sa bienfaitrice ; souvent, sans motif appa-
rent, la vieille religieuse, en regardant sa filleule, fondait en larmes
et se livrait au désespoir. Elle l'attirait contre sa poitrine, elle couvrait de baisers son front et invoquait la miséricorde de Dieu pour
elle. Un état aussi violent ne tarda point à user le peu de force et
d'existence qui restait à l'octogénaire : un jour le médecin de
l'abbaye lui dit, après avoir passé une demi-heure près d'elle à
étudier les symptômes de son mal :

— Madame l'abbesse, je me suis toujours recommandé à vos
prières ici-bas ! j'espère que vous ne m'oublierez point et que vous
me continuerez votre intercession demain aux pieds de Dieu !

L'abbesse regarda le médecin avec une vive émotion.

— Ainsi, dit-elle, je ne me trompais point ! Mon Dieu ! il faut
que je quitte l'orpheline qui n'a d'autre appui que moi sur la terre.
Marie ! faites-moi venir Marie ! il faut que je lui parle à l'instant.

La jeune fille, qui se tenait comme d'habitude dans la pièce voisine, accourut aussitôt.

— Mon enfant, lui dit la vieille religieuse avec une vive agitation,
mon enfant, il faut que tu prennes le voile aujourd'hui, à l'heure
même ! Il faut que tu prononces tes vœux. Je t'ai dit bien souvent
que tu n'étais pas destinée à la vie du cloître, et j'ai refusé de céder
à tes prières quand tu me suppliais de te laisser entrer en religion.
Maintenant, c'est moi qui te prie de le faire ; c'est moi qui te l'ordonne au besoin... Mon Dieu, laissez-moi vivre encore jusqu'à ce
que cette cérémonie s'achève, jusqu'à ce que l'orpheline possède
un asile assuré ! Que l'on aille chercher Mgr l'évêque ! qu'on le
demande de suite au nom du Christ et de son salut ! qu'il ac-
coure sur l'heure !

Son agitation ne cessa de s'accroître et de s'enflammer tandis que
l'on exécutait ses ordres et que l'on se rendait chez le prélat. Ce

dernier, sitôt qu'il connut le péril de l'abbesse et le désir ardent qu'elle exprimait de le voir, s'empressa d'arriver : il la trouva presque dans le délire d'une fièvre ardente.

— Monseigneur, s'écria-t-elle dès qu'elle l'aperçut, monseigneur, au nom du ciel, donnez le voile à sœur Marie ! Qu'elle soit religieuse de Notre-Dame de Soissons avant que je meure. Si je parais en présence de Dieu avant qu'il en soit ainsi, il me demandera sévèrement compte de m'être livrée à des espérances insensées et de ne point avoir abrité cette pauvre orpheline dans la maison de Dieu.

— Je vous promets, ma sœur, de veiller à l'exécution des volontés suprêmes que vous exprimez, mais une prise d'habit ne s'improvise point.

— Par le salut d'une âme chrétienne en péril, monseigneur ! ou, par mon salut ! faites ce que je vous demande, car vous partageriez la terrible responsabilité de ma faute.

En disant cela elle levait les mains au ciel avec désespoir, ses joues brûlaient, ses yeux brillaient d'un éclat étrange.

— La jeune fille, demanda l'évêque, réunit-elle toutes les qualités nécessaires pour son admission parmi les religieuses de l'abbaye de Notre-Dame de Soissons ? est-elle de naissance légitime ? sort-elle de famille noble ? apporte-t-elle une dot de douze mille livres ?

— La dot est là, répliqua l'abbesse en montrant le trésor de la communauté déposé dans sa cellule. Quant à la noblesse et à la légitimité de sa naissance, je n'en sais pas de plus pure et de plus illustre.

— Remettez-nous-en les preuves, ma chère sœur.

— Les preuves ! dit l'abbesse en passant ses mains amaigries sur son front brûlant. Les preuves ! où donc sont-elles ! qui s'en trouve le possesseur ?

Elle chercha longtemps dans son souvenir. Elle luttait contre la
mort qui glaçait déjà sa mémoire; elle ne trouvait pas, elle se désespérait. Tout à coup elle jeta un cri.

— Ah! merci, mon Dieu, merci de m'avoir rendu la mémoire!
L'évêque... monseigneur... l'évêque votre prédécesseur... je les lui
ai remises en dépôt. Que tout le monde s'éloigne! qu'il ne reste
que vous et Marie dans le secret de sa naissance. Approchez, je
vous le confierai aussi, mais tout bas à l'oreille, car c'est un secret
de vie et de mort. Il y aurait du poison et des poignards contre elle
si on le savait!... Elle est la fille de... elle est la fille de...

L'évêque et Marie se penchèrent pour écouter. Marie allait enfin
connaître le nom de sa mère! Hélas! les lèvres de l'agonisante ne
proféraient plus que des sons inintelligibles... Sa tête s'affaissa
peu à peu sur le lit; ses paupières s'abaissèrent sur ses yeux; un
léger râle se fit entendre, et le cadavre resta immobile pour l'éternité.

Marie tomba à genoux, et l'évêque récita les prières des morts,

25

debout et les mains étendues sur le corps inanimé. Quand il eut terminé son lugubre ministère, il se tourna vers Marie :

— Soyez sans crainte, mon enfant, lui dit-il, je n'oublierai point l'intérêt que vous portait celle que Dieu vient de recevoir dans son sein, et le dernier désir qu'elle a exprimé à votre égard. Je vais faire des recherches dans les papiers de l'évêque qui m'a précédé au diocèse de Soissons ; je l'espère, rien ne s'opposera bientôt à ce que vous entriez en religion. Les preuves de votre naissance légitime sont d'autant plus nécessaires que sans elles vous ne pourriez prendre le voile dans aucune maison religieuse, à moins d'une dispense de notre saint-père le pape. Or le souverain pontife n'accorde cette faveur qu'avec une extrême réserve et seulement quand il s'agit d'une personne de race royale.

Marie l'entendit à peine. Elle priait et pleurait agenouillée au pied du lit de sa bienfaitrice.

De retour dans son palais épiscopal, l'évêque, fidèle à sa promesse, visita lui-même les papiers et les titres que son prédécesseur avait déposés dans les archives du diocèse. Pendant un mois de laborieuses recherches, il n'y découvrit rien de relatif à Marie. Comme le vieil aumônier qui avait tenu la jeune fille sur les fonts baptismaux était trépassé depuis longtemps, le prélat se trouva dans un embarras extrême.

Il le comprenait, l'abbesse défunte n'eût pas éprouvé tant d'angoisses pour une personne d'origine vulgaire ; les dernières paroles de la mourante lui laissaient entrevoir que Marie était le rejeton de quelque grande famille ; mais des indices aussi peu complets ne suffisaient pas pour satisfaire aux rigueurs des canons ecclésiastiques. Il résolut donc de consulter la nouvelle abbesse de Notre-Dame de Soissons. Celle-ci était précisément la prieure que l'abbesse avait sévèrement réprimandée avant sa mort et qui, même à son insu, en gardait un sentiment d'amertume et de malveillance contre la pro-

tégée de la défunte. Elle discuta donc avec sévérité et rigoureusement la question que lui présentait l'évêque ; elle lui démontra que
le témoignage verbal de l'abbesse trépassée, quelque respectable et
digne de créance qu'il fût, ne pouvait remplacer les preuves écrites
de noblesse et de légitimité qu'exigeaient les règles de l'ordre et les
canons de l'Église. Encore si l'abbesse avait nommé le père et la
mère de la jeune fille ! dit-elle. Mais elle n'a bégayé que des paroles
vagues, sans suite, au milieu des vertiges de la fièvre et de l'agonie !
Croyez-m'en, monseigneur, ayons le courage d'accomplir jusqu'au
bout et d'une façon complète les devoirs qui nous sont imposés. Personne plus que moi ne souffre de l'infraction causée, durant vingt
années, dans le couvent de Notre-Dame par la présence d'une étrangère.

— Eh quoi ! demanda l'évêque, votre intention serait-elle de renvoyer la jeune Marie du couvent qu'elle habite depuis sa naissance?

— Monseigneur, en recevant de vos mains l'investiture du titre
d'abbesse, j'ai juré de respecter les règles du couvent que je gou-
verne au péril de ma conscience. La présence d'une étrangère ici est
contre les règles et entraîne de graves inconvénients.

— Et que voulez-vous que devienne cette pauvre créature ignorante du monde et dont la vie s'est écoulée au milieu d'un cloître,
sans aucun contact avec les choses de la vie réelle?

— Monseigneur la placera dans un autre couvent.

— Eh quoi! vous me conseillez d'enfreindre pour d'autre maisons
religieuses les règles dont vous réclamez si rigoureusement l'exécution pour vous-même? interrompit l'évêque avec sévérité.

— Monseigneur fera ce qu'il jugera convenable. Une humble religieuse n'a point à lui donner de conseils ; je remplis mon devoir, je
demande l'exécution rigoureuse des règles de notre ordre ; je mets
un terme à des abus graves pour la discipline du couvent. Là s'arrête ce que ma conscience m'impose.

Elle sortit en saluant avec respect l'évêque, qui resta seul, mécontent et interdit. La nouvelle abbesse se tenait rigoureusement
dans son droit et ne faisait que remplir avec sévérité un devoir.
Triste et embarrassé, il se rendit près de Marie pour lui apprendre
ces pénibles nouvelles.

La jeune fille se trouvait en ce moment agenouillée dans le chœur
du couvent, près de la pierre sépulcrale qui s'était refermée sur le
cercueil de sa bienfaitrice. A la vue de l'évêque, elle courut à lui
pleine d'espérance; mais dès qu'elle eut levé les yeux sur le visage
morne du prélat, elle comprit tout.

— Vous n'avez rien découvert parmi les papiers de l'évêque votre
prédécesseur? dit-elle.

Le prélat baissa la tête pour toute réponse.

— Ainsi, dit-elle, je ne puis prendre le voile et consacrer ma vie
à Dieu? Que la volonté divine s'accomplisse! Il me reste la douloureuse consolation de passer ma vie à pleurer et à prier sur la tombe
de ma bienfaitrice.

— Hélas! mon enfant, on ne vous laisse même pas ce triste bonheur. La règle de l'abbaye de Notre-Dame de Soissons défend de recevoir dans l'enceinte du cloître des pensionnaires qui ne soient
point destinées à prendre le voile...

Marie jeta un cri de terreur.

— On me chasse, dit-elle. O mon Dieu, mon Dieu, on me chasse!

L'évêque voulut lui prendre la main; elle le repoussa.

— On me chasse! répéta-t-elle. Vous l'entendez, ma bienfaitrice! vous l'entendez, sainte femme, et vous ne demandez pas à
Dieu de m'appeler à lui près de vous! On me chasse!... Que voulez-
vous, monseigneur, que je devienne dans un monde que je ne
connais pas, dont je ne sais pas même les misères et les souffrances
par ouï-dire? Sans protecteur, sans asile, sans pain peut-être! O
mon Dieu! mon Dieu, prenez pitié de moi, faites que je meure!

— Ne vous livrez pas ainsi au désespoir, dit l'évêque touché de la plus vive compassion. Vous trouverez un asile chez moi ! je suis bien vieux et n'ai pas de longs jours à vivre, mais je saurai vous placer après ma mort à l'abri des souffrances et des périls du monde. Allons, mon enfant, suivez-moi et mettez un terme à de douloureuses émotions en quittant ces lieux.

Et il l'entraînait doucement ; mais elle lui échappa et se jetant à genoux sur le tombeau de sa marraine :

— Adieu ! lui dit-elle, adieu ! ma mère ! adieu, vous qui m'avez si tendrement soutenue dans ma jeunesse ! vous qui m'aviez fait près de vous une existence douce et pure ! adieu !... On me bannit de ce cloître ! on me défend de venir prier sur cette pierre ! on me chasse, ma mère, on me chasse !... Oh ! vous n'entendez donc pas mes plaintes et mes sanglots ? vous ne veillez donc pas sur moi ? vous ne m'aimez donc plus, puisque je suis encore vivante, puisqu'il faut que je sorte de votre couvent dont on me chasse !

L'évêque l'entraîna hors de l'église, la fit monter près de lui dans sa litière, qui l'attendait à la porte de l'abbaye, et l'emmena vers le palais épiscopal.

L'évêque de Soissons, comme on l'a pu voir dans son entretien avec la nouvelle abbesse de Notre-Dame, à propos de l'orpheline, était un vieillard plus charitable que doué d'une grande fermeté de caractère. Dame Lydorie de Penevent, sa sœur, veuve du comte de ce nom et qui avait exercé sur son mari, jusqu'au moment où il périt d'un coup d'arquebuse devant Rouen, l'autorité la plus absolue et la plus rude, habitait avec lui le palais épiscopal.

Le lendemain de la mort de son mari, elle était venue chercher un asile près de son frère, car la mort du comte la laissait à peu près sans fortune. Peu à peu, et sans beaucoup de peine ni de résistance, elle s'empara de l'esprit de son frère comme elle s'était emparée de l'esprit de feu son mari, et ne domina pas moins impé-

rieusement l'évêque qu'elle n'avait dominé le comte. Rien ne se
faisait dans la maison que par les ordres de dame Lydorie. Toujours
vêtue de noir des pieds jusqu'à la tête, le menton encadré dans son
rabat empesé de veuve, elle montrait d'habitude une face rogue et

mécontente, grondait du matin au soir, réprimandait toujours,
n'approuvait jamais et mettait en pratique cette pensée de je ne sais
plus quel empereur romain : « Qu'ils me haïssent pourvu qu'ils
me craignent. » Dans les premiers temps de sa domination, l'é-
vêque n'avait pas laissé que de se révolter contre une manière de
faire si rude. Mais comme il fallait sans cesse lutter et combattre,
qu'au bout du compte la résistance n'aboutissait à rien, et que la
victoire restait toujours à sa sœur, il préféra, à la fin, une soumission paisible à une soumission orageuse. Du moins il gagnait à
la première d'éviter la fatigue et le bruit. Donc, dame Lydorie agissait à son gré dans la maison épiscopale, dirigeait les domestiques,
réglait les dépenses et jusqu'aux affaires spirituelles. L'évêque faisait-il une observation, il y en avait pour huit jours de reproches,
de cris et de plaintes !... Sans compter qu'à l'heure de se mettre à

table le dîner se faisait attendre ; sans compter que l'évêque avait
beau appeler le matin pour qu'on lui apportât son déjeuner !... Il
lui fallait venir lui-même chercher son valet de chambre, occupé
autre part par ordre de dame de Penevent. Bref, l'enfer est un
paradis en comparaison de l'existence qu'après une observation
menait pendant une semaine l'évêque.

Maintenant que l'on connaît tous ces détails, on comprend l'embarras qu'éprouvait le prélat en approchant de sa demeure avec
la jeune fille. Il avait d'abord cédé à l'entraînement de son cœur
et à la compassion bien naturelle que lui inspirait la détresse de
Marie. Mais maintenant il s'en voulait presque de sa charitable action, car il sentait que sa sœur ne s'accommoderait guère de la
présence d'une étrangère près d'elle, et surtout d'une étrangère
dont elle n'avait point au préalable autorisé l'admission dans le
palais épiscopal. Il s'ingéniait à trouver quelque moyen de présenter
sous un jour favorable sa protégée au rude cerbère ; mais il ne lui
venait aucune idée pour fabriquer le gâteau de miel et de pavot
qu'il eût voulu jeter dans les trois gueules béantes du redoutable
gardien. Malgré l'extrême rigueur de la saison, l'eau coulait de
son front sur son visage, et son cœur battait avec violence. Mais
il ne pouvait retourner en arrière ; le sort en était jeté, il fallait
marcher en avant, n'importent les conséquences de sa résolution !
Une fois sortie de l'abbaye de Notre-Dame, Marie, si elle eût voulu
y rentrer, en aurait trouvé les portes impitoyablement fermées devant elle. Il s'avançait donc vers le péril en accusant tout bas les
mules de trotter avec trop de vitesse, et se sentait manquer de
cœur davantage à mesure qu'il apercevait les fenêtres de sa demeure. A la fin les mules s'arrêtèrent et l'un des deux pages qui
suivaient la litière vint en tirer les rideaux et présenter l'escabeau
qui servait de marchepied à ces sortes de voitures.

L'évêque descendit le premier et présenta à Marie un bras sur

lequel elle s'appuya en tremblant. Ce fut ainsi qu'ils montèrent le
perron de l'évêché de Soissons.

III

QU'IL NE FAUT PAS REGARDER PAR LA FENÊTRE.

Rien n'inspire de l'éloquence et de l'adresse comme la nécessité.
En montant les premières marches du perron, le bon évêque ne
savait point encore de quelle façon il présenterait Marie à la redoutable veuve pour préparer un accueil moins terrible à la jeune fille.
Mais à mesure qu'il approchait de sa sœur et que l'imminence du
péril se faisait sentir de plus en plus, ses idées confuses et effa-
rouchées se ralliaient dans son cerveau, se formaient en cohorte
intelligente et lui suggéraient deux ou trois moyens pour amé-
liorer la difficile arrivée de la jeune fille. En mettant le pied sur
le carré de l'escalier, il prit la résolution de dire à dame Lydorie
que la jeune religieuse ne venait que provisoirement à l'évêché et
qu'il ne voulait point décider de son sort avant d'avoir pris les
bons conseils de sa sœur; il se promettait même, comme une avan-

tageuse chance de succès, de ne laisser voir aucun désir de garder
Marie près de lui, et songeait à pousser le machiavélisme jusqu'à
témoigner de la répugnance pour ce dernier parti. Les choses
ainsi menées eussent sans doute réussi, mais la fatalité dérangea
les projets du digne vieillard : au moment où le page qui le précédait ouvrit la porte de dame Lydorie, par étourderie ou par
maladresse, il le fit si brusquement qu'il cogna et blessa au front
l'irritable veuve, qui venait au-devant de son frère.

Le page reçut un soufflet appliqué par la main la plus sèche qui
jamais s'emmancha au bout d'un bras de duègne. Mais cet holo-
causte de la joue rose et blanche du page ne suffisait point à la colère et à la douleur de la furieuse. L'évêque au regard qu'elle jeta
sur lui et sur sa protégée, sentit que tout était perdu : il aurait
voulu pouvoir fuir, et il perdit tout à fait la tête. Marie, timide
comme une jeune fille qui sort du couvent pour la première fois
de sa vie, se tenait tremblante et les yeux baissés.

— Eh! mon frère, s'écria la veuve à qui l'effervescence de la colère donnait le don de double vue, qu'est-ce que ceci veut dire?
notre maison doit-elle servir de refuge à tous les vagabonds que
vous trouvez sur votre chemin?

— Ma sœur, balbutia l'évêque sans trop savoir ce qu'il disait,
que voulez-vous, si vous l'abandonnez, que devienne cette pauvre
enfant?

— Et qu'est-ce que cette pauvre enfant? demanda la rechignante
dame.

L'évêque lui conta en quelques mots l'histoire de Marie.

— Il ne manquait plus qu'une inconnue dans votre maison, interrompit la veuve.

— Fi! ma sœur, fi! s'écria le prélat indigné, fi! De telles paroles
devraient-elles sortir de vos lèvres et devant les gens de ma maison!
devant cette jeune fille!

— Vous verrez que cette jeune fille, qui me vaut déjà de votre morale, va bientôt m'en faire elle-même ! Chassez-moi ! donnez-lui ma place ! Autant de suite que plus tard.

Marie, qui pleurait à chaudes larmes, se jeta aux pieds de dame Lydorie :

— Madame, lui dit-elle, je suis sans asile, sans guide, sans appui, seule au monde ! Je sors d'un couvent d'où l'on me chasse et où j'étais entrée presque le jour de ma naissance. Mais plutôt que de valoir des chagrins à monseigneur, plutôt que d'exciter votre courroux, j'aime mieux sortir de ce logis, je préfère mourir !

Dame Lydorie voulait bien satisfaire à son besoin de criailler, mais non pas commettre une mauvaise action ; le désespoir de Marie la toucha d'autant plus que la douleur de la blessure reçue par elle à la tête se trouvait tout à fait dissipée.

— Allons, dit-elle, jeune fille, il ne s'agit pas de jeter le manche après la cognée ! Je ne veux pas que l'on aille dire dans Soissons que je chasse du palais épiscopal ceux à qui mon frère donne l'hospitalité. Vous trouverez ici un asile jusqu'à ce que nous ayons avisé tous les deux à ce qu'il y a de mieux à faire pour vous. Suivez-moi et faites trêve à vos larmes et à vos sanglots, qui ne servent à rien.

Habituée aux tendres caresses et à la sollicitude maternelle de l'abbesse, sa marraine, Marie, lorsqu'elle avait perdu l'unique affection qu'elle possédait au monde, n'avait du moins trouvé, dans le couvent que de l'indifférence et de la froideur. Mais en face de cette brutale protection, qu'on lui jetait comme une aumône, elle sentit son cœur se briser et elle recula devant une pareille hospitalité.

— Allez, mon enfant, lui dit doucement l'évêque, suivez ma sœur.

— Venez, mais venez donc ! ajouta dame Lydorie.

Elle prit le bras de la jeune fille, qui se sentit étreinte comme un passereau dans une serre d'aigle, et elle l'emmena dans ses appartements.

Il y avait tant de douceur, tant de résignation, tant de grâce dans le caractère de la jeune fille, qu'à force de temps et de patience elle parvint à se gagner l'affection de la vieille femme et se fit presque aimer d'elle. Mais dame Lydorie aimait aussi son frère, et l'on peut juger, par les tracasseries dont elle harcelait le digne et inoffensif prélat, des épreuves que subissait la pauvre Marie. A la moindre méprise sur les ordres qu'elle recevait de la veuve, il lui fallait essuyer les reproches les plus violents et se soumettre à de désobligeantes et amères récriminations sur sa naissance inconnue et sur sa pauvreté qui la mettaient à la merci de la charité épiscopale. En outre, à très-peu de chose près, elle remplissait envers la veuve l'office de cameriste, ne la quittait jamais d'un seul moment, et, la nuit, couchait près d'elle dans un petit cabinet. Dès que dame Lydorie éprouvait la moindre insomnie, sa voix impitoyable éveillait Marie, qui ne trouvait pourtant de repos et de consolation que dans le sommeil. Il lui fallait, au premier appel de sa maîtresse, se lever à la hâte, venir s'asseoir près de la vieille femme, subir sa toux, entendre ses doléances sur le malheur de ne pouvoir reposer et se mettre à lire les Heures de la digne dame jusqu'à ce que les yeux de celle-ci se fermassent et qu'elle finit par se rendormir. Alors Marie, quand elle s'était bien assurée du sommeil de dame Lydorie, regagnait sa couche, heureuse si la vieille femme ne l'obligeait point une seconde fois à venir recommencer d'une voix fatiguée la lecture soporifique des Heures. Et il ne fallait pas que Marie étouffât le moindre bâillement ! il ne fallait point que ses membres frissonnassent du froid qui les saisissait ! il ne fallait pas que sa voix s'engourdît et que ses yeux se fermassent, car une voix inexorable la réprimandait aussitôt et lui reprochait son ingratitude en termes d'une extrême dureté et souvent même insultants.

La pauvre enfant succombait sous le fardeau de tant de souffrances. Ses joues, naguère fraîches et roses, prenaient une pâleur mate ; ses yeux brillaient d'un éclat étrange, tandis que leurs arcades se creusaient, nuancées de teintes plombées. Jamais un sourire n'entr'ouvrait ses lèvres même aux bonnes paroles que lui disait l'évêque à la dérobée ; — à la dérobée, car dame de Penevent éprouvait toujours des redoublements de mauvaise humeur lorsqu'elle s'apercevait que le sort de Marie inspirait de la compassion.

— Ne semble-t-il pas, disait-elle, que je la rende malheureuse ! Je la traite comme ma propre fille ; elle ne me quitte jamais d'un moment, et elle prend des airs de tristesse qui la feraient croire la plus à plaindre de la terre ! Est-ce ma faute si elle est d'humeur mélancolique et d'un caractère sans expansion ? Elle se tient toujours devant moi dans la réserve d'une étrangère ; elle tressaille à ma voix comme si je lui faisais peur. Cela me froisse ; mais que voulez-vous ? orpheline, elle n'a que moi d'appui ; et il faut bien que je garde ma patience. Si je l'abandonnais, que deviendrait-elle ? Oui, Marie, dites, que deviendriez-vous si je vous abandonnais, vous qui n'avez d'asile et de pain que par ma charité ?

Un an s'écoula sans apporter aucun changement à la pénible existence de Marie et sans qu'une plainte ou qu'un reproche sortît de ses lèvres. Quand elle parlait de sa bienfaitrice, c'est ainsi qu'elle nommait dame de Penevent, c'était en termes respectueux ; elle avait toujours doucement imposé silence aux personnes qui lui témoignaient de la compassion aux dépens de la comtesse.

— Il ne m'appartient, disait-elle, ni de juger ni de laisser juger la protectrice qui me recueille. Jamais je ne m'acquitterai assez envers elle de la reconnaissance que je lui dois.

Ces sentiments étaient sincères, elle les éprouvait au fond du cœur. Pauvre lierre frêle et chétif, elle embrassait de ses nœuds délicats le tronc du vieux chêne qui l'abritait, quelque rugueuse qu'en fût l'écorce.

Marie, malgré la réserve qu'elle mettait dans ses relations avec les familiers et les domestiques du palais épiscopal, ne s'en gagnait pas moins la tendresse générale par sa douceur, sa bienveillance et sa beauté. Et puis, on l'aimait d'autant plus qu'on aimait moins dame Lydorie; c'était à qui ferait au dedans et au dehors du logis l'éloge de l'orpheline.

Quant à l'évêque, il l'aimait comme sa propre fille; il sentait souvent ses yeux s'emplir de larmes lorsqu'il la voyait subir les mortifications de l'humeur roide et âpre de sa sœur; il s'ingéniait de mille manières à lui être agréable sans effaroucher dame de Penevent. Toutefois la chose était malaisée, et souvent, pour vouloir apporter quelque consolation à l'orpheline, il ne lui valait que des tracasseries.

Marie ne goûtait guère quelque relâche qu'à l'heure où dame Lydorie, après son dîner, servi à midi, se livrait suivant l'habitude de l'époque, aux douceurs de la sieste, s'étendait sur un lit de repos et dormait assez longuement. Marie se retirait alors dans sa petite chambre, ouvrait la fenêtre et respirait un peu d'air pur; car non-seulement la comtesse avait pour système de ne jamais sortir de son appartement, mais encore elle exigeait que les fenêtres en restassent toujours hermétiquement closes.

Le petit œil-de-bœuf qui laissait entrer la lumière dans le cabinet de Marie donnait sur une place plantée d'arbres et lui laissait plonger, à droite, ses regards dans la maison voisine d'un marchand de drap, le plus riche de Soissons, et dont l'enseigne : *A l'Arbre rouge*, jouissait d'une vogue et d'une renommée sans égales dans toute la ville. La vie domestique de la paisible famille qui ha-

bitait cette maison offrait, par son mouvement, un spectacle plein
de charmes à l'orpheline prisonnière. Le marchand de drap se
nommait Jehan Pastelot et avait près de lui sa mère et sa sœur. La
première dirigeait son ménage, l'autre aidait son frère dans les
soins du commerce. Elle répondait aux chalands, aunait les étoffes
et tenait les écritures de négoce ; merveille dont s'extasiaient la
plupart des personnes qui venaient faire leurs achats dans la boutique de maître Jehan : à cette époque, on regardait comme miraculeux qu'une jeune fille sût lire et écrire ; mais Jane avait vitement profité des leçons de son frère, qu'elle aimait et qu'elle res-
pectait de toute son âme. A la mort de son père, elle ne comptait
encore que quatre ans, et Jehan lui prodiguait depuis ce jour des
soins paternels et un dévouement extrême. Aussi n'avait-elle
qu'une pensée, qu'un désir, qu'un but : complaire à son frère,
mériter un sourire de Jehan, lui entendre dire de sa voix grave
et douce :

— Jane, tu es une bonne sœur !

Alors il y avait joie au logis, et dame Pastelot suspendait ses travaux de ménage pour se réjouir de l'amitié de ses enfants et prendre
part à leur satisfaction et à leur tendresse.

Chaque jour, après le dîner, ils faisaient une promenade d'une
demi-heure environ dans le petit jardin qui se trouvait derrière
leur maison. A ces moments, il ne venait guère de pratiques au
magasin : la ville entière dînait ou digérait. Donc ils profitaient de
ce relâche pour prendre l'air, deviser gaiement entre eux, arroser
les fleurs qui verdoyaient dans leurs plates-bandes ou s'asseoir
sous un berceau tapissé par les larges feuilles et les fruits dorés
d'une vigne opulente. Plus d'une fois le cœur de Marie s'épanouit
à voir le bonheur dont jouissaient ces trois heureuses créatures!
Plus d'une fois aussi son cœur se serra en songeant qu'elle n'avait
ni frère pour la protéger comme Jehan, ni sœur pour l'aimer

comme Jane! Oh! qu'elle aurait voulu pouvoir, ainsi que le faisait
la jeune fille, passer son bras autour de la taille d'un frère, le regarder avec un sourire, lui jeter doucement au visage, par une
folâtre surprise, des poignées de feuilles de rose, et s'enfuir devant
lui, sûre, quand il l'atteindrait, de recevoir un baiser sur le front.
Et puis, comme il lui semblait doux de pouvoir présenter son bras
à une vieille mère, qui s'y appuyait bien fort, qui bénissait Dieu
tout haut de la joie que lui faisaient ses enfants, et qui ne trouvait
jamais ni un regard sévère ni une parole de reproche! Oh! qu'à
ce prix, elle eût voulu s'asseoir dans le comptoir de la boutique
et travailler toute la journée sans relâche! qu'elle eût voulu s'associer aux travaux domestiques de la bonne vieille! Tout devenait
bonheur dans cette famille tendrement unie : le travail comme le
repos.

Marie passait donc le temps de la sieste de la comtesse à épier
avec envie les bonnes récréations de la famille Pastelot. Presque
toujours la voix aigre de la vieille femme l'arrachait à ce riant
spectacle, et il lui fallait rentrer dans sa vie triste, monotone,
étouffante, heurtée; il lui fallait subir tous les caprices, toutes les
injustices et toutes les criailleries de dame Lydorie, plus amers
encore à la jeune fille par le souvenir de la paix et du bonheur dont
elle venait d'être le témoin!

Il arriva qu'un jour Jane courait follement pour éviter son frère,
dont elle avait barbouillé les joues du jus d'une grosse cerise noire;
Marie, pour ne rien perdre de cette lutte amusante, se pencha sur
la fenêtre et fut aperçue par le couple jovial. Presque honteux de
se voir surpris, surtout par une personne de l'évêché, dans leurs
bruyants enfantillages, Jehan et Jane s'arrêtèrent aussitôt; Jane,
rouge et confuse, alla se cacher sous le berceau de pampre; Jehan
feignit de regarder avec attention une rose qui surgissait au milieu d'un buisson. Marie ne se sentait pas moins déconcertée, et

elle se retira précipitamment de la fenêtre. Quelque vitesse toutefois qu'elle y mît, Jehan eut le temps de remarquer sa beauté et de reconnaître la jeune fille qu'il avait aperçue naguère chez l'évêque, auquel il avait apporté du velours pour faire une étole. Il la regarda d'autant plus attentivement que Marie était l'objet de l'intérêt de toute la ville, grâce aux merveilles de douceur et de patience que racontaient d'elle les personnes et les domestiques attachés à l'évêché.

Marie se tenait encore cachée près de la fenêtre, le cœur palpitant et toute tremblante d'émotion, lorsque dame Lydorie, qui l'avait appelée et qui, dans le trouble de la jeune fille, n'avait pas été entendue, arriva furtivement :

— Que faites-vous là? s'écria-t-elle, triomphante d'avoir enfin un véritable motif de gourmander Marie. Voilà donc comment vous abusez de ma confiance et de quelle façon vous mettez mon sommeil à profit !... Quel objet attire donc si vivement votre curiosité à cette fenêtre?

Elle se pencha, elle regarda et aperçut Jehan seul, car la tonnelle cachait Jane.

—Des intrigues par la fenêtre! des intelligences avec un jeune homme! Sainte Vierge ! voilà de beaux scandales dans la maison

d'un évêque! Vous vous montrez d'une étrange manière reconnais-
sante de l'hospitalité que je vous donne! Il faut que la vieille abbesse qui vous a élevée, ma mie, vous ait inculqué de singulières
idées sur la retenue qui convient aux jeunes filles. Vous le comprenez, un pareil état de choses ne peut durer plus longtemps. Je vais
aller trouver monseigneur et aviser avec lui sur ce que nous devons
faire en pareille occurrence.

Marie le savait, quand dame Lydorie en appelait à son frère et
disait ces fatales paroles : *Je vais aller trouver monseigneur*, en passant du ton glapissant aux notes les plus basses de la voix, elle se
préparait à employer quelque moyen violent.

— Au nom du ciel, madame, balbutia Marie, ne m'accusez pas,
ne me condamnez pas sans m'entendre! Je ne suis coupable que
d'avoir regardé par hasard dans la cour voisine et d'avoir été aperçue par les personnes qui l'habitent.

— Ne joignez pas le mensonge à l'intrigue, interrompit durement
dame Lydorie, qui fit passer la pauvre enfant devant elle, l'emmena
dans sa propre chambre, l'y enferma à double tour et se rendit ensuite chez l'évêque.

IV

LE REFUGE.

Dame Lydorie, arrivée dans l'appartement de son frère, trouva
l'évêque machinalement étendu dans un large fauteuil et se laissant
aller à mille rêveries. A la vue de sa sœur, qui venait brusquement
l'interrompre, son visage prit soudain une expression résignée qui
n'échappa point à la vieille femme.

— Ma présence vous contrarie, mon frère, lui dit-elle d'une voix
étouffée par la colère, mais les motifs qui m'amènent près de vous

sont graves et ne souffrent point de retard. Un honteux scandale déshonore votre maison ! Si vous n'y mettez sur-le-champ un terme, il ne me reste plus qu'à partir aussitôt.

— Plût à Dieu ! pensa l'évêque.

Mais au lieu d'exprimer cette idée par ses lèvres ou par ses regards, il poussa un fauteuil à la comtesse et se tourna vers elle pour l'écouter. Dame de Penevent, trop agitée pour s'asseoir et rester en place, parcourait à grands pas la chambre et accentuait fortement ses pieds sur le plancher. Sans ce mouvement plein de violence, peut-être n'eût-elle point pu faire sortir la voix de son gosier contracté par la colère ; encore cette voix ne s'exprimait-elle que par des sons stridents et saccadés.

— Marie ! s'écria-t-elle enfin, Marie !... votre protégée ! je l'ai surprise tout à l'heure échangeant des gestes, par la fenêtre de sa chambre, avec un jeune homme... avec le drapier Jehan Pastelot ! Je l'ai arrachée de cette fenêtre, je l'ai enfermée chez moi, après lui avoir reproché comme elle le méritait cette indigne conduite !... et je viens... Eh quoi ! vous souriez de mes paroles ! vous semblez satisfait de la honte que l'on jette sur votre maison ! Par sainte Lydorie, ma patronne, c'est à devenir folle !

En effet, le visage de l'évêque s'épanouissait aux paroles de dame Lydorie ; le mécontentement n'avait apparu sur ses traits qu'au moment où la comtesse racontait les moyens de violence mis en usage par elle.

— Vous avez tout gâté !... vous avez tout gâté, ma sœur, dit-il en souriant néanmoins comme pour démentir quelque peu ses paroles. Si vous aviez feint de ne rien voir, avant quinze jours j'aurais reçu la visite de maître Jehan Pastelot, qui serait venu très-humblement me demander en grande cérémonie la main de ma protégée. Jehan Pastelot est un honnête garçon, pieux, rangé comme une religieuse, et il fournit tous les draps et tous les velours de

notre maison épiscopale. Mais, par vos cris et votre violence maladroite, vous avez tout gâté. Je vous le répète, vous avez effarouché les jolis oiseaux qui commençaient à gazouiller la chanson
d'amour, et nous aurons une peine infinie à leur rendre la voix.

— Quel langage me tenez-vous là ?

— Je dis que Marie ne saurait trouver un époux plus convenable
que Jehan Pastelot, et que je vais m'ingénier à réparer le dommage
que vous causez à leurs amours en les effarouchant si mal à propos.
Enfin, j'espère, grâce à Dieu, remettre toutes les choses en bon
chemin.

— Puisque voilà comment vous vous montrez soigneux de l'honneur de votre maison, puisque vous comprenez si peu ce que le
devoir vous impose, je sais, moi, ce que j'ai à faire ! s'écria la comtesse.

Elle s'élança hors de la chambre de son frère et en ferma la porte
avec tant de violence qu'il sembla qu'un coup d'arquebuse venait
d'éclater ; la maison entière s'en ébranla sur ses fondements.

L'évêque, sans prêter attention à cet acte de violence, prit un sifflet d'argent, et au son qu'il en tira un de ses pages accourut.

—Rends-toi à l'*Arbre rouge*, chez maître Pastelot le drapier, pré-
sente-lui mes salutations et prie-le de venir me parler de suite, dit
l'évêque. S'il t'interroge sur les motifs qui me font le demander, tu
lui diras que sans doute j'ai besoin de velours et de drap pour me
faire faire une soutane neuve.

Le page obéit, et l'évêque se rapprocha encore quelque peu de la
cheminée, car sa sœur d'abord et ensuite le page, en ouvrant la
porte, avaient laissé pénétrer un peu de froid dans la chambre.

Dix minutes s'étaient à peine écoulées que maître Pastelot se rendait aux ordres du prélat. L'évêque ne put s'empêcher de remarquer
la sérénité du jeune homme.

— Oh ! oh ! songea-t-il tout bas, le gaillard est moins novice que je ne le pensais et ne manque pas d'aplomb. La partie sera difficile à jouer.

— Salut à maître Pastelot, dit-il en donnant gaiement sa bénédiction au jeune homme, agenouillé, et en lui faisant signe de se relever et de s'asseoir près de lui. Or çà, mon garçon, comment se porte votre honorée mère et votre jolie sœur Jane ?

— Monseigneur leur fait honneur et à moi aussi, répliqua le drapier.

— Il ne vous manque plus qu'une femme et qu'un enfant pour être le plus heureux des hommes. Cela fait, vous n'aurez plus rien à désirer ici-bas.

— Monseigneur a raison.

— Pourquoi donc ne vous mariez-vous pas ?

— Parce que je suis assez jeune pour attendre, monseigneur. Et puis ce n'est pas chose facile que de se marier.

— Pourquoi ? vous êtes un garçon galamment tourné. Il n'y a pas dans tout Soissons de magasin mieux achalandé que celui de l'*Arbre rouge*, et je sais que vous possédez quatre maisons de bon rapport. Par Notre-Dame de Soissons ! je ne connais point de bourgeoise et même de demoiselle noble qui ne s'estimât heureuse de vous prendre pour mari. Vous pouvez demander la main de celle qui vous plaira le plus ; le jour où vous direz votre choix, vous aurez une fiancée.

— Monseigneur me traite avec trop de bienveillance ! Pour quels motifs a-t-il bien voulu m'envoyer quérir ?

— Voyez l'adroit et le rusé compère ! murmura le prélat. Allons, ne dissimulez plus, Jehan, on sait tout ! On vous a vu échanger des signes et des regards avec quelqu'un qui mérite bien votre choix, vrai Dieu !

— Je vous jure, monseigneur, que je ne comprends pas un mot de ce que vous me faites l'honneur de me dire.

L'évêque se sentit ébranlé par le sang-froid de Jehan.

— Eh quoi ! dit-il, tout à l'heure encore ne faisiez-vous pas un doux manége d'œillades avec ma pupille Marie ?

Le drapier ne put s'empêcher de sourire.

— Monseigneur, répliqua-t-il, tout à l'heure je m'ébattais dans mon jardin avec ma mère et ma sœur ; Jane a vu à une fenêtre de votre palais une femme qui nous regardait, et nous avons cessé nos jeux, car nous rougissions d'être surpris dans ces folâtreries par votre honorée sœur madame la comtesse de Penevent. Nous n'avons reconnu qu'ensuite mademoiselle Marie.

Ce fut au tour de l'évêque à sourire ; mais il accompagna ce sourire d'un soupir étouffé, car, il le comprenait, Jehan Pastelot disait la vérité.

— Je comprends qu'il y a erreur dans tout ceci, mon maître, et qu'il n'y avait d'œillades ni pour ma pupille ni pour ma sœur. Maître Jehan, excusez-moi. J'enverrai demain mon tailleur à votre boutique pour me lever le drap d'une soutane neuve. Au revoir !

Jehan s'agenouilla de nouveau pour recevoir la bénédiction épiscopale que lui donna le prélat ; puis, tandis que le jeune homme s'éloignait, le prélat courut aussi vite que le lui permettaient ses vieilles jambes dans l'appartement de sa sœur.

— Tout ceci est une méprise, lui dit-il en s'asseyant, car la promptitude qu'il mettait à venir justifier sa protégée l'essouflait. Il n'y a pas la moindre intrigue entre maître Jehan et Marie. Pastelot, ajouta-t-il en réprimant un sourire, croyait que c'était vous qui étiez à la fenêtre.

Le sourire de l'évêque n'échappa point au regard de madame de Penevent, qui en devint pâle de rage, mais elle se maîtrisa et répondit :

— Peu m'importe que vous soyez la dupe de maître Jehan le drapier! Je n'ai point à m'occuper de ses intrigues insolentes et de ses excuses plus insolentes encore!

— Vous savez donc la vérité comme moi!

— Je sais, je sais que j'ai chassé du palais épiscopal celle qui ne rougissait point d'y introduire le scandale!

— Marie! chasser Marie! renvoyer honteusement de chez moi cette pauvre enfant qui n'a d'autre tort que votre méchanceté et votre humeur tracassière! Par Notre-Dame! il n'en sera rien! Où est-elle? je veux qu'elle revienne chez moi! je ne veux pas qu'elle en sorte! Et que deviendrait la pauvre enfant, qui n'a que moi seul d'appui au monde? Quoi! vous la calomniez honteusement, et pour réparer vos torts, vous la jetez dans la rue! J'ai bien enduré de vos caprices, mais par le saint sacrifice de la messe, cette fois il n'en sera pas ainsi!

Et il sortit, laissant sa sœur stupéfaite de voir, pour la première fois depuis dix ans, son frère lui résister en face.

La comtesse, en sortant de chez le prélat, était rentrée éperdue de colère dans la chambre où elle avait enfermé Marie. Sans proférer un mot, et saisissant par le bras la jeune fille, elle la conduisit ou plutôt elle l'entraîna jusqu'à la porte extérieure du palais épiscopal, et là, lui montrant le seuil :

— Si vous remettez le pied sur ces dalles de pierre, lui dit-elle, si vous essayez de rentrer dans cette maison, je vous en ferai chasser à coups de fouet comme le méritent les filles de votre espèce! Allez trouver le complice de vos intrigues, mais ne prononcez jamais ni mon nom ni celui de mon frère, ou bien le bourreau vous bannira de la ville comme je vous ai bannie de cette maison.

Elle rentra, et elle laissa seule la pauvre Marie, brisée, anéantie, mourante, qui tomba affaissée sur les marches de l'escalier et se mit à sangloter, son visage caché dans ses mains. En ce moment, Jehan Pastelot sortit, tellement préoccupé de sa singulière conversation avec l'évêque, que, sans la voir, il heurta du pied la jeune fille. Celle-ci leva machinalement la tête, et Jehan reconnut la protégée de l'évêque.

— Mademoiselle Marie! s'écria-t-il.

Celle-ci ne répondit que par des sanglots.

— Je comprends tout, dit-il : cette méchante femme vous a chassée! Elle vous punit de sa grossière méprise, et c'est moi qui suis la cause innocente de votre malheur! Voyons, ajouta-t-il doucement et avec bonté, quels sont vos projets? qu'allez-vous faire? car il est de mon devoir de vous aider de mes conseils et de mon appui. Où voulez-vous que je vous conduise?

— Hélas! je ne le sais pas moi-même! Je ne connais personne au monde! Je suis sans asile et sans protecteurs! il ne me reste qu'à mourir!

— Il ne sera pas dit, reprit le bon jeune homme, ému de tant de désolation, il ne sera pas dit que vous en veniez à une si triste extrémité. Mais comme ce n'est ici ni le lieu ni le moment d'un pareil entretien, faites-moi l'honneur de venir au logis de ma mère. Là vous trouverez une protection plus utile et plus convenable que celle d'un jeune homme comme moi. Séchez vos larmes, mademoiselle; je vous le jure sur ma part de paradis, ni ma mère ni moi nous ne vous abandonnerons jamais.

— Bien pensé! bien dit! interrompit une grosse voix bénigne qui n'était rien moins que celle de l'évêque. Le prélat s'était approché doucement de Jehan et de Marie et avait écouté leur entretien. — Bien pensé et bien dit! j'ai tout entendu! Vous êtes un brave garçon, maître Pastelot, et vous, Marie, malgré les sottes et injustes préventions de ma sœur, vous allez rentrer au palais, et il faudra bien qu'elle avoue ses torts.

Marie fit un geste d'effroi et se rapprocha instinctivement du drapier.

— Dans le fait, continua l'évêque, la vie que vous menez près de ma sœur n'est guère supportable, et les événements d'aujourd'hui ne la rendraient pas meilleure. D'un autre côté, si vous vous réfugiez chez maître Pastelot, ma sœur criera au triomphe, et j'aurai beau dire la vérité, la calomnie n'en ira pas moins son train et demandera pourquoi vous choisissez un refuge précisément chez celui qu'on vous accuse d'aimer. Il faudrait trouver un autre moyen d'arranger tout cela.

— Ce moyen est tout simple, monseigneur, objecta Jehan.

— Par Jésus! s'écria l'évêque, stupéfait, vous l'avez déjà trouvé? Quelle ardeur et quel dévouement! pensa-t-il en lui-même, si jusqu'ici l'amour n'était pas du jeu, le voilà qui s'y met. Et quel est ce moyen, mon maître?

— Vous allez conduire, monseigneur, mademoiselle Marie chez ma tante Catherine Margerin, la sœur de ma mère, qui tient un magasin de toile fine sur la Grande-Place, à l'enseigne de *la Perle d'or;*

vous lui direz que vous désirez faire apprendre le commerce à mademoiselle et la mettre en apprentissage chez elle. Votre recommandation lèvera toutes les difficultés; ma tante Margerin accorderait des choses beaucoup plus difficiles que cette affaire à une visite personnelle de monseigneur l'évêque.

— Que dites-vous de ce projet, ma chère Marie? demanda l'évêque.

— Oh ! je l'accepte avec reconnaissance.

— Bien ! très-bien ! déclara le prélat. Le conseil en plein vent est levé ! Séchez vos yeux, Marie, et donnez-moi votre main. Et vous, compère, retournez à votre boutique, et bouche close sur tout ceci. C'est un secret entre nous quatre : ma sœur, qui ne sort jamais du logis; moi, qui le tairai, et vous deux, à qui je défends d'en souffler un mot, pas même à votre tante, Jehan, pas même à votre mère et encore moins à votre jolie sœur. Grace à Dieu, pas une seule personne n'est passée devant le palais durant notre conférence, et j'ai eu soin de vous faire tenir cachés derrière ce pilier. Adieu, maître Pastelot.

Le drapier salua l'évêque jusqu'à terre, et Marie et son protecteur se dirigèrent vers la boutique de la marchande de toile.

Dame Margerin était occupée à servir quelques pratiques lorsqu'elle vit le prélat entrer chez elle. Aussitôt tous les assistants se précipitèrent à genoux et l'évêque leur donna sa bénédiction. Vous pouvez juger de l'étonnement et de la joie de la marchande en recevant l'illustre visite.

— Je me réjouis de vous voir en bonne santé, ma chère dame Margerin, dit l'évêque à haute voix et de manière à se faire entendre des riches bourgeoises qui remplissaient le magasin, car il savait combien cette publicité serait douce à la marchande. Je viens requérir de vous un bon office. Voici une jeune fille que j'aime comme mon propre enfant ; elle ne rêve que le commerce de la toile, et j'ai pensé que nulle ne pouvait mieux que vous devenir la maîtresse de cette chère apprentie. Je vous l'amène donc, madame Margerin ; vos conditions seront les miennes ; d'ailleurs je viendrai souvent visiter ma pupille et causer avec vous.

Il bénit de nouveau l'assistance agenouillée, salua dame Margerin, baisa au front Marie et se retira, laissant la marchande de toile éperdue d'orgueil et de joie. Elle servit à la hâte ses chalands, et puis elle s'approcha de son apprentie et lui demanda la permission de l'embrasser. Grâce à ses manières affectueuses, dame Margerin ne tarda pas à gagner l'amitié de la pauvre enfant, naguère si rudement menée par la redoutable sœur de l'évêque.

Ces préliminaires bienveillants terminés, elle installa Marie dans une jolie chambre, la meilleure de la maison, et s'occupa ensuite du trousseau de son apprentie, car les robes de brocart de la jeune fille ne seyaient guère à son nouvel état. Elles se mirent donc toutes les deux à tailler dans la bure, et à la nuit tombante elles achevaient une robe telle qu'en portaient à cette époque les bourgeoises de Soissons. Le lendemain tout le monde dans la ville savait que monseigneur l'évêque plaçait en apprentissage sa pupille chez madame Margerin, et tout le monde portait envie à la marchande de toile, surtout lorsqu'on vit l'évêque rendre visite, une seconde fois en plein jour, à l'heureuse femme, s'asseoir familièrement dans son arrière-boutique et ne pas dédaigner de boire un verre de l'excellent élixir de groseille qu'elle savait, comme monseigneur se complut à le lui dire, préparer mieux qu'aucune ménagère passée, présente et future.

V

OÙ MAÎTRE PASTELOT PREND FEMME.

Dame Catherine Margerin, fille d'un bourgeois aisé de Soissons, s'était mariée à vingt et un ans avec un jeune marchand de toile qu'elle aimait depuis son enfance, et qui demeurait dans le voisinage. Jamais la plus petite agitation n'avait troublé leurs pures et limpides amours ; leur union ne s'écoula ni moins calme ni moins heureuse. Le travail et la tendresse, telle fut leur vie jusqu'au jour fatal où la mort frappa Margerin après quinze années de mariage. Catherine faillit succomber à sa douleur, et, sans les soins dévoués de sa sœur, dame Pastelot, le désespoir l'eût conduite au tombeau ; mais la tendresse affectueuse de l'excellente femme la rattacha à l'existence, et elle se résigna peu à peu à la cruelle séparation qui la laissait dans un si grand et si triste isolement.

Depuis dix ans que ce malheur lui était arrivé, dame Catherine n'avait point quitté le costume de veuve et portait encore la robe de deuil et le voile noir ; mais sa gaieté lui revenait insensiblement. Seule dans sa boutique, dont elle ne sortait durant la semaine que le matin au point du jour pour aller entendre la messe, elle n'avait jamais murmuré contre la volonté de Dieu. Néanmoins, lorsqu'un couple de vieux époux passait devant sa boutique, elle soupirait, et si quelque petit enfant aux joues roses et rebondies s'ébattait sur le seuil de la maison, ou se promenait en tenant sa mère par la main, elle sentait ses yeux se remplir de larmes. Ce n'est point qu'après la mort de Margerin elle n'eût pu se remarier avantageusement, car en dépit de ses quarante années Catherine était encore fraîche et belle ; mais à toutes les demandes de sa main qu'on lui adressa elle

répondit par un refus positif, et allégua sa ferme intention de porter jusqu'à la mort le nom du mari qui pendant quinze ans lui avait
donné tant de bonheur. Elle ne changea rien à sa vie d'autrefois ;
seulement elle prit à son service une vieille domestique, bien moins
pour les soins que la sexagénaire pouvait lui rendre que pour ne
pas rester tout à fait seule au logis. Vous pouvez juger par de pareils
antécédents quel accueil affectueux trouva Marie près de ce pauvre
cœur déshérité de la seule affection qui l'eût jamais rempli. Catherine se mit à l'aimer de suite comme elle eût aimé sa fille si Dieu lui
en eût donné une. Marie trouva dans cette tendresse simple et douce
ce que ne lui avaient jamais donné ni la brutale protection de la
comtesse, ni l'insoucieuse bienveillance de l'évêque, ni la jalouse ca-
maraderie de ses compagnes du couvent, ni même le dévouement de
la vieille abbesse. Il y avait dans les manières de celle-ci je ne sais
quoi de respectueux pour la jeune fille qui réprimait les effusions du
cœur. Dame Catherine, au contraire, aimait son apprentie d'égale à
égale, avec l'abandon d'une âme affamée de tendresse, et qui trouvait enfin un objet sur lequel elle pût dignement la déverser. Cette
tendresse intelligente ne prenait du reste rien d'exagéré dans son
expression : dame Catherine éprouvait près de Marie un bien-être
paisible, et un besoin infatigable, mais sans tracassière importunité,
de lui être agréable. Elle devinait sans effort et tout naturellement
ce qui pouvait plaire à la jeune fille et le lui procurait avant que
celle-ci eût le temps de le désirer. Elle se sentait toute joyeuse
quand Marie se livrait avec elle à ces longues causeries dans lesquelles un indifférent n'eût trouvé que des lieux communs, mais
qui foisonnaient pour elle de mille étreintes morales dans lesquelles leurs cœurs se rapprochaient et se mettaient à l'unisson.

Toutes les deux se levaient au point du jour ; leur premier soin
était d'aller entendre à l'église une messe basse ; après quoi elles revenaient aider la vieille servante dans les soins du ménage, et fai-

saient, pour prendre place dans leur comptoir, une toilette qui ne manquait ni de grâce ni de recherche. En dépit de ses quarante ans, les magnifiques cheveux blonds de dame Catherine n'avaient rien perdu de leur charmante nuance cendrée, et ses yeux noirs brillaient d'un éclat juvénile qui n'ôtait pourtant pas à ses traits réguliers de leur expression pleine de douceur. Ses guimpes, d'une blancheur irréprochable, lui seyaient à ravir; ses vêtements noirs faisaient valoir un corsage généreux, amincissaient une taille un peu rondelette, et laissaient favorablement voir une main mignonne et blanche. Ce n'eût point été une grande dame bien imposante, mais c'était une adorable bourgeoise, à laquelle on n'eût guère donné plus de trente-cinq ans, même en appréciant son visage avec sévérité.

La beauté de Marie, assise à ses côtés, se caractérisait, au contraire, par une grande distinction de formes et de manières.

Les chalands ne manquaient jamais de témoigner une sorte d'embarras à s'enquérir de cette jeune personne qui semblait une reine, quel était le prix de la toile. Ils s'entendaient mieux d'abord avec dame Catherine; mais quand ils entendaient la voix douce de l'apprentie, lorsqu'ils essayaient de sa complaisance gracieuse, ils s'adressaient de préférence à elle. Marie s'était mise au courant de sa profession avec une facilité devant laquelle s'extasiait dame Catherine : sans compter que la jeune fille remplaça, dès le lendemain de son arrivée, un vieillard ivrogne et insolent qui venait chaque soir mettre au courant les écritures commerciales de la marchande de toile ; de même que presque toutes les bourgeoises de cette époque, dame Margerin savait à peine écrire et ne lisait même pas trop facilement.

Sauf le temps du dîner, la journée se passait dans la boutique activement, mais sans fatigue, et avec les nombreuses distractions qu'apportait la présence des chalands sans cesse renouvelés. Le soir

était un moment de bonheur et de récréation ; elles s'asseyaient
près d'une grande table ; tandis que Marie prenait les livres de commerce ou se livrait à quelques travaux d'aiguille, dame Catherine,

son tricot à la main, devisait avec son apprentie de mille choses devant lesquelles se récriait la pauvre enfant si longtemps recluse.
Son ignorance de toute la vie réelle étonnait par sa naïveté la
naïveté même de la bonne marchande. Ces causeries duraient jusqu'à huit heures ; le souper leur succédait sans les interrompre, et
neuf heures amenaient la prière du soir faite en commun devant un
crucifix d'ivoire et d'ébène. Alors les deux nouvelles amies se retiraient chacune dans leur chambrette et ne tardaient pas à s'endormir heureuses et paisibles.

Marie était entrée le lundi chez dame Margerin ; le samedi se
trouvait advenu qu'elle ne comprenait point encore que la semaine
touchât déjà à sa fin. Le temps volait maintenant pour la jeune fille

avec une rapidité qu'elle ne lui connaissait ni au couvent, ni près de la rude sœur de l'évêque.

— Or çà, mon enfant, dit dame Catherine, lorsque le samedi soir la boutique se trouva close et que Marie se disposait, comme d'habitude, à s'asseoir devant la grande table, nous avons autre chose à faire ce soir que de coudre des béguins ou de broder des manchettes. Demain ma sœur et ses deux enfants viennent dîner avec moi, suivant leur usage, et il faut songer à leur faire bonne réception. Nous allons donc quitter nos robes, nous mettre en corset et descendre au fournil pour façonner une bonne et large tarte ; mon neveu Jehan aime la tarte à la passion, et il ne se contente pas de portions médiocres. C'est un charmant garçon que Jehan, ajouta-t-elle ; quand tu l'auras vu, je suis sûre qu'il te plaira.

Les joues de Marie s'empourprèrent d'une rougeur brûlante : fort heureusement dame Catherine se trouvait à l'autre bout de l'arrière-boutique ; sans cela le trouble innocent de la jeune fille ne lui eût point échappé. Elle ne se sentait même pas tout à fait remise de cette agitation quand dame Margerin l'aida à quitter sa robe et la mena dans la cave, où, suivant la coutume du pays, se trouvaient la cuisine et le four.

La soirée se passa à la fabrication de la tarte, dans laquelle Marie la seconda avec une intelligence et une adresse dont ne savait pas assez s'étonner la marchande de toile. Puis elles remontèrent dans leurs petites chambrettes, où de nombreuses ablutions ne tardèrent pas à faire disparaître les traces blanchâtres que la farine et la pâte laissaient sur les beaux bras de dame Margerin et incrustait sur les doigts effilés de Marie. Ensuite elles se couchèrent, et nous devons dire, en historien fidèle, que Marie, ce soir-là, s'endormit plus difficilement que de coutume.

La journée du dimanche ne causait guère moins d'agitation au logis de Pastelot ; sa mère et Jane s'entretenaient de la nouvelle ap-

prentie de dame Margerin, qu'il leur tardait de voir, et le cœur de
Jehan battait sans qu'il se rendît bien compte des motifs qui le faisaient battre. Enfin la matinée solennelle arriva : dame Pastelot se
rendit avec ses enfants à la grand'messe, et elle y rencontra dame
Margerin et Marie. Catherine échangea un bon sourire avec sa sœur
et sa nièce. Celles-ci saluèrent l'apprentie, qui leur répondit par une
révérence, et cacha le rouge qui lui montait au visage sous le livre
d'Heures qu'elle tenait à la main.

L'office se termina enfin, et l'on prit le chemin de la maison de
dame Margerin. Les deux jeunes filles se donnèrent le bras, Jehan
offrit le sien à sa tante, tandis que sa mère s'appuyait sur l'autre.
Après avoir traversé ainsi la Grand'Place on arriva au magasin de
toiles. Chemin faisant, dame Catherine ne cessa de répéter sous
toutes les formes l'éloge de son apprentie, sans oublier que monseigneur l'évêque lui avait rendu, à elle dame Margerin, trois visites en quatre jours. Elle accompagnait cette grande nouvelle de
quelques réflexions sur le choix que le prélat avait fait d'elle parmi
toutes les marchandes de la ville pour lui confier sa pupille ; mais,
grâce à Dieu, elle ne vit pas le sourire que ces réflexions firent
naître sur les lèvres de son neveu.

Le soir, Jehan trouva que la journée avait passé avec une effrayante rapidité, et il lui sembla que dix siècles le séparaient encore du dimanche suivant. Jane ne savait assez dire combien elle
trouvait Marie charmante, et dame Pastelot se sentait plus que jamais enchantée des soins dont la jeune fille l'entourait.

— Elle n'est pas fière le moins du monde, disait-elle, sans songer
qu'elle parlait d'une apprentie de sa sœur ; car de même que tout
le monde, elle s'estimait charmée que Marie l'eût traitée avec bienveillance, et rendait machinalement hommage à la supériorité que
la pupille de l'abbesse de Notre-Dame exerçait à son insu sur tous
ceux qui la voyaient ; supériorité, soit dit en passant, qui n'entrait

pas pour peu de chose dans la haine et les humiliations dont l'avait accablée la comtesse.

Un année tout entière s'écoula de la sorte pour l'heureuse famille et pour Marie. L'évêque venait fréquemment visiter sa protégée pour se soustraire aux scènes violentes de sa sœur, qui lui reprochait, comme une insulte faite à elle-même, l'affection du prélat pour la jeune fille qu'elle avait chassée. Il prenait le parti de faire arrêter sa litière devant la maison d'un échevin, qui demeurait dans le voisinage de dame Margerin, se glissait doucement le long du mur et gagnait la boutique, où il se procurait le triple plaisir de voir Marie, d'être agréable à dame Margerin et de deviser avec les chalands qui remplissaient la boutique.

Quant à Jehan, il se trouvait toujours des affaires qui l'obligeaient, d'abord une ou deux fois par semaine, puis ensuite tous les jours, puis après cela deux ou trois fois par jour, à venir chez sa tante, où il passait des heures entières. Dame Catherine en souriait tout bas, et Marie, quand la visite de Jehan tardait un peu et laissait passer l'heure accoutumée, se sentait inquiète et triste. Mais sa belle et noble figure s'épanouissait dès que paraissait le jeune homme, qui vraiment, par sa bonne tournure et sa mine galante, justifiait l'intérêt de l'apprentie.

Il advint donc qu'un dimanche Jane, dès qu'elle vit arriver Marie, lui sauta au cou plus tendrement encore que de coutume, et que dame Pastelot prit la jeune fille par la main et l'emmena dans la boutique, qui se trouvait close, vu la sainteté du jour.

— Ma chère Marie, lui dit-elle avec simplicité, Jehan vous aime ; voulez-vous devenir sa femme?

Marie cacha son visage sur l'épaule de la vieille marchande et se mit à pleurer doucement, mais avec des larmes de joie. Quand elle eut laissé passer ce moment d'heureuse émotion, dame Pastelot rentra en tenant par la main la jeune fille.

— Jane, fit-elle, embrasse ta sœur.

Les deux charmantes créatures s'étreignirent longuement, et Jehan baisa la main de sa mère.

Une joyeuse journée et un joyeux dîner, je vous l'assure, suivirent ces fiançailles.

Après le repas, on se promena dans le jardin : Jehan s'enhardit à offrir son bras à Marie. C'était la première fois qu'il parlait seul à seul avec la jeune fille.

— N'est-ce pas, lui dit-il, vous m'aimerez toujours?

Elle laissa tomber timidement sa main dans la main de l'heureux fiancé, et sa tête se pencha sur sa poitrine, mais tout à coup elle la releva.

— Pourquoi cacher ce que je suis fière de pouvoir vous dire? murmura-t-elle; maître Jehan, je vous aime!

Jehan sentit ses genoux se dérober sous lui. Il ne tarda pas néanmoins à se remettre de cette courte et vive émotion. Je ne sais ce qu'ils continuèrent à se dire et quelles paroles ils échangèrent, mais lorsque la famille rentra dans l'arrière-boutique, les visages radieux des deux fiancés exprimaient une douce intimité, et ils avaient perdu la fausse honte de leur bonheur.

Le lendemain matin, monseigneur l'évêque de Soissons reçut la visite de maître Jehan Pastelot, vêtu de ses habits de fête. Apparemment que le prélat soupçonnait la cause de cette visite ou qu'il en lisait les motifs sur le visage du digne jeune homme, car avant que celui-ci se fût relevé et tandis qu'il lui donnait encore la bénédiction épiscopale :

— Ah! ah! mon garçon, lui dit-il, il paraît maintenant que tu ne prends plus des jeunes filles pour de vieilles douairières.

— Puisque monseigneur connaît le motif de ma visite, j'espère qu'il daignera consentir...

— A te donner Marie en mariage? voilà plus d'un an que j'ai

conçu ce projet et que j'en attends l'exécution. Oui, mon garçon,
je te donne la main de cette chère fille, et je m'applaudis de confier le soin de son bonheur au plus digne jeune homme que je connaisse.

Jehan salua profondément l'évêque.

— Monseigneur sera donc assez bon pour assister au banquet
nuptial ?

— Et pour célébrer moi-même ton mariage dans mon église épiscopale avec tout mon clergé. Je veux déployer une pompe qui fera
parler encore de tes noces dans cent ans.

— Merci, monseigneur, répliqua le fiancé tout confus. Il se disposait à demander encore la bénédiction de l'évêque et à retourner
chez lui, lorsque le prélat le rappela.

— Mais il me semble, compère, que nous oublions encore quelque
chose.

— Quoi donc, s'il vous plaît, monseigneur ?

— Eh, par saint Rigobert ! la plus essentielle après la femme !
la dot.

— J'ai prévu vos désirs, monseigneur. Je reconnaîtrai, par contrat de mariage, quatre mille écus à ma femme.

— Sans compter qu'elle t'en apporte douze mille, que ses parents inconnus ont fait remettre avec elle à feu l'abbesse de Notre-Dame de Soissons. Quant à mon cadeau de noces, j'espère que tu n'en seras pas mécontent... Eh quoi ! cette nouvelle d'une fortune que tu n'attendais point ne te cause pas plus de surprise et de joie que tu n'en témoignes ?

— J'étais assez riche pour deux, monseigneur, et puis j'aurais voulu...

Il s'arrêta.

— Eh bien, achève ; tu aurais voulu...

— J'aurais voulu que Marie tînt tout de moi, ajouta-t-il en baissant les yeux.

— Tu es un bon et honorable garçon ! répliqua l'évêque ému. Marie ne t'en doit pas moins de reconnaissance, mais douze mille écus ne sauraient rien gâter. Adieu ; à quand la noce ?

— Dans quinze jours, monseigneur.

Jehan vint rapporter les bonnes nouvelles qu'il avait apprises de l'évêque à Marie et à sa famille. Dès l'heure même, les quatre femmes se mirent à l'œuvre avec ardeur. Les deux jeunes filles s'occupèrent du trousseau ; dame Pastelot de l'appartement nuptial, et dame Margerin, qui souriait du bonheur de Marie et qui pleurait de se séparer d'elle, nettoyait l'argenterie, sortait de l'armoire ses nappes damassées et rêvait le menu d'un dîner dans lequel elle devait se surpasser, car monseigneur l'évêque y assisterait. Enfin le jour mémorable arriva. A midi, deux litières à la livrée épiscopale s'arrêtèrent devant le logis de la marchande de toile, et la charmante fiancée monta dans la première, en compagnie de dame Pastelot, de Jane et de dame Margerin ; Jehan et trois de ses amis se placèrent dans la seconde : le cortége se dirigea vers l'église cathédrale, ornée comme pour un jour de grande solennité.

L'évêque, revêtu de ses habits pontificaux, attendait les futurs époux sous le porche de l'église et leur donna l'eau bénite, comme il eût fait pour un prince. Puis il les conduisit dans le chœur au pied du maître-autel, où le syndic de la corporation des drapiers, en compagnie du syndic des marchands de toile, tint le poêle nuptial au-dessus de la tête de Marie et de Jehan. L'évêque termina la cérémonie par une allocution aux nouveaux époux et vint ensuite prendre sa place au repas de noce, qui fit le plus grand honneur à dame Margerin et dont on parla dans toute la ville pendant huit jours.

La semaine suivante, l'évêque traita dans le palais épiscopal la famille Pastelot. Sa sœur, dame Lydorie, se trouvait absente depuis un mois ; d'importantes affaires de famille l'obligeaient de se rendre à Paris.

VI

DÉVOUEMENT ET DÉNOUEMENT.

Dix années n'apportèrent qu'un seul événement grave parmi les personnages qui jusqu'à présent ont joué un rôle de plus ou moins d'importance dans cette histoire.

La comtesse Lydorie de Penevent trépassa à Paris et rendit au bon évêque de Soissons une liberté dont il ne sut que faire, et un repos dont il se sentit presque malheureux durant les premiers temps. Il ne tarda pas toutefois à prendre son parti de cette vie douce et sans querelles, grâce à la respectueuse amitié que lui témoignaient Jehan Pastelot, sa jeune femme et tous les membres de

la famille du drapier, y compris Jane, heureusement mariée à un
orfèvre de la ville.

Dame Margerin, après avoir vendu sa boutique de toiles, demeurait avec son neveu et son ancienne apprentie.

Monseigneur l'évêque n'estimait pas de plus grande joie que les
jours où il traitait dans son palais Pastelot et les siens, si ce n'était
pourtant les jours où il dînait chez le drapier.

Ce dernier continuait à exercer sa profession, bien plus pour
garder une occupation et n'avoir point à subir les ennuis de l'oisiveté que pour augmenter sa fortune, qui suffisait de reste à tous
ses besoins. Dame Marie passait la journée, de neuf heures du
matin à cinq heures du soir, dans le comptoir du drapier; mais,
une fois le soir venu, on remettait au lendemain les affaires sé-
rieuses et l'on se rendait à l'office, d'où l'on ramenait presque
toujours l'évêque, fort friand des bons petits soupers que préparait
dame Margerin, et plus friand encore des joyeuses causeries de
ces braves gens. L'amitié du prélat pour le drapier augmentait
encore la considération bienveillante que valaient au digne marchand de l'*Arbre rouge* sa fortune, son honorable caractère et la
courtoisie de dame Marie. Personne ne songeait à trouver mauvaise l'intimité quotidienne du prélat avec le simple bourgeois.
Pour que la malveillance d'une petite ville restât inactive à l'égard
de personnes auxquelles elle portait envie, il fallait assurément
que ces personnes réunissent de difficiles et rares conditions.

Il advint, en l'année 1605, vers les approches du mois de juin,
que le maître-autel de l'église épiscopale eut besoin de réparations.
L'évêque ne voulut s'en rapporter qu'à lui-même du soin de sortir
du tabernacle les vases saints et les hosties consacrées. A sa grande
surprise, il trouva parmi ces objets une boîte d'or scellée du sceau
de l'évêque son prédécesseur, et placée soigneusement dans un re-
coin toujours caché derrière la porte, lorsque l'on ouvrait le ta-

bernacle. De la sorte, il était presque impossible de découvrir le
dépôt mystérieux.

Il emporta cette boîte chez lui, et après s'être consulté longtemps
pour savoir s'il devait l'ouvrir ou la laisser intacte, il décida que l'é-
vêque étant mort depuis plus de vingt ans, il pouvait satisfaire sa
curiosité sans scrupule de conscience. Il brisa donc le seing et
trouva une boucle de cheveux renfermée dans un médaillon d'or.
Deux parchemins accompagnaient cette relique ; l'un était un acte
de baptême ainsi conçu :

« Au nom du Père, du Fils et du Saint-Esprit,

« Moi, Louis-Jérôme, évêque du diocèse de Soissons, le 10 février de l'an de notre salut 1568, j'ai versé les saintes eaux du
baptême sur très-haute et très-puissante demoiselle Marie Stuart,
fille légitime de Sa Majesté Très-Chrétienne Marie, reine d'Écosse
et d'Angleterre, et de Jacques, comte de Bothwell. Ont tenu l'enfant sur les fonts : très-vénérable frère Mac-Mahon, de l'ordre mi-
neur de Saint-Benoît, et très-vénérable dame Marie Mowbray, abbesse
de l'abbaye de Notre-Dame de Soissons.

« En foi de quoi j'ai signé,

« † JÉRÔME, évêque. »

Voici ce que contenait la lettre jointe à cet acte de baptême :

« Chère et vénérable dame Marie Mowbray,

« Au moment où je vous écris, je suis captive au château de
Lochleven, et je viens de mettre au monde une fille. J'ai tout à
craindre pour la destinée, sinon pour la vie de cette pauvre enfant, car déjà j'ai bien souffert à cause d'elle. Le 18 de cette année
de grâce, lorsque mon époux, le comte de Bothwell, eut pris la

fuite vers la Norwége, les lords membres du conseil secret d'Écosse m'ont proposé de désavouer mon union avec ledit comte, et de la déclarer forcée et illégitime; quoique ce fût la vérité que de le dire, car c'est le poignard sur la gorge que j'ai donné mon consentement à ce mariage, je n'ai pas moins refusé opiniâtrément de céder au désir des lords du conseil secret, car je portais un enfant dans mon sein, et c'eût été l'entacher à jamais de honte et d'illégitimité[1]. J'en ai écrit à ma famille de Lorraine, qui m'a blâmée hautement de ma persévérance maternelle. Si bien que je n'ai que vous d'amie fidèle et sûre à qui pouvoir confier cette chère enfant mise au monde au milieu de la captivité et des inquiétudes. Élevez-la secrètement dans votre abbaye, sans révéler à personne, pas même à elle, le secret de sa naissance. Si des jours meilleurs venaient, j'appellerai ma fille près de moi. Si l'adversité continue à me frapper, il vaut mieux pour elle qu'elle vive obscure et ignorante de son sang royal ; je sais trop ce qu'il en coûte de porter une couronne. Cependant ne lui faites prendre le voile et prononcer de vœux qu'après ma mort. Adieu ! chère et aimée Marie, douce compagne de ma jeunesse à cette belle cour de France ! Adieu ! je vous confie le trésor le plus précieux qui reste à une pauvre reine, la captive de son frère. Un ami dévoué, que je n'ose nommer de crainte de le perdre, se charge, au péril de sa vie, de vous porter mon enfant. Adieu !

« MARIA, regina. »

En lisant ces papiers, l'évêque se sentit à la fois plein de surprise et d'inquiétude.

— Par Notre-Dame ! dit-il enfin, j'ai fait de la belle besogne ! J'ai marié à un marchand de drap la fille de la reine d'Écosse et la sœur

---

[1] Voir la <i>Correspondance de Throgmorton, de</i> 1537, manuscrit Cottonien, <i>Caligula,</i> c. I, folios 15 à 35.

du roi Jacques, qui vient de monter sur le trône d'Angleterre par la
mort de la reine Élisabeth ! Dieu veuille qu'il ne m'advienne pas
malheur de tout ceci !

Tandis qu'il examinait les parchemins, titres de la naissance de
Marie, un page l'avertit que l'abbesse du couvent de Notre-Dame de
Soissons le priait de vouloir bien se rendre de suite près d'elle pour
une affaire de la plus grave et de la plus haute importance. Elle le suppliait de ne point tarder, malgré le peu de révérence de son message. L'évêque, par un pressentiment impérieux, comprit qu'il s'a-
gissait du secret que le hasard venait de lui faire découvrir. Arrivé
à l'abbaye, il trouva la supérieure dans une extrême agitation et en
présence d'un jeune seigneur à qui elle prodiguait les plus humbles
témoignages de respect.

— Monseigneur, dit-elle dès qu'elle aperçut l'évêque, monseigneur, voici Son Altesse Royale le prince de Galles qui vient s'enquérir dans notre couvent d'une jeune fille qui a dû y être amenée
il y a trente-cinq ans. Avez-vous connaissance de ce fait dont je n'ai
point souvenance ?

En disant cela elle était pâle et tremblante de tous ses membres.

— Vous devriez néanmoins d'autant plus vous souvenir de cette
jeune fille, interrompit l'évêque, que malgré mes remontrances,
vous l'avez chassée du couvent sous prétexte que rien, malgré le témoignage de l'abbesse au lit de mort n'établissait la légitimité de
sa naissance, et qu'elle ne pouvait ni prendre le voile dans cette
abbaye, ni plus longtemps y demeurer comme pensionnaire.

L'abbesse se mourait de frayeur; le jeune prince, d'une physionomie naturellement sévère, attachait sur elle des regards où s'exprimait un amer mécontentement.

— Et qu'est devenue cette infortunée que vous avez chassée ? demanda le prince.

— Je l'ai recueillie chez moi, se hâta d'ajouter l'évêque. Si Votre

Altesse Royale veut me le permettre, je lui dirai tout ce qui est advenu à cette personne et même je la conduirai près d'elle. Mais, ajouta-t-il, je pense que cette affaire demande du secret, et si mon palais épiscopal n'offrait pas un gîte indigne de l'héritier de la couronne d'Angleterre...

— J'accepte votre hospitalité, monsieur l'évêque, mais hâtons-nous; il me tarde de connaître les détails de cette aventure qui pour moi est du plus haut intérêt.

Avant de sortir il se tourna vers l'abbesse.

— Vous avez déjà bien des torts à vous reprocher dans tout ceci, madame, dit-il; si vous y ajoutiez celui de révéler le secret de mon nom et les motifs de ma visite, le roi de France vous en punirait avec sévérité.

Chemin faisant, l'évêque, dans la litière duquel monta le jeune prince, raconta tout ce qu'il savait de Marie, sans toutefois dire un mot de la découverte des parchemins; le prince de Galles semblait vouloir faire un mystère de la naissance de celle qu'il venait chercher dans le couvent de Notre-Dame.

Le prélat vit le front de son hôte s'assombrir étrangement lorsque arriva la révélation du mariage de la fille de Marie Stuart, et plus encore quand il fallut avouer que son mari était un drapier établi sous l'enseigne de l'*Arbre rouge*. Il se tut longtemps, laissant le bon évêque dans une inquiétude mortelle.

Enfin le prince demanda :

— Vous ne savez rien de plus sur l'origine de cette femme?

Il attachait sur l'évêque des regards si puissants que le vieillard, dès son arrivée au palais épiscopal, alla prendre les parchemins du tabernacle et les apporta. A leur vue, le fils de Jacques Ier frappa violemment la terre du talon de sa botte et proféra des paroles de colère qui, pour être dites en anglais, n'en épouvantèrent pas moins celui qui les entendait.

— Et cette femme, reprit-il, cette marchande a-t-elle connaissance de ces parchemins ?

— Il y a deux heures à peu près que je les ai découverts. Elle en
ignore l'existence.

Le prince les relut encore une fois et parut délibérer longtemps
en lui-même sur ce qu'il convenait de faire. A la fin il résolut de
voir Marie et de ne rien décider avant de lui avoir parlé ; il ordonna
donc à l'évêque de la faire venir sur l'heure.

— Elle ne soupçonne rien, dit le prélat éperdu ; on lui dira qu'il
s'agit de quelques fournitures de velours.

Le prince fit un geste de colère si violent que l'évêque faillit en
mourir de peur.

— O mon Dieu ! murmura-t-il en s'essuyant le front, mon Dieu !
qu'adviendra-t-il de tout ceci ?

Marie ne tarda point à arriver. A la vue de la noblesse de son
maintien et de sa beauté pure et sereine, le prince se sentit dé-
sarmé. Il jeta le chapeau à larges bords que jusqu'alors il avait gardé
sur sa tête et la salua silencieusement. Marie le regarda avec surprise en portant ses yeux sur le visage bouleversé de l'évêque. Elle
ne se déconcerta point cependant et demanda quels étaient les ordres de monseigneur.

— Madame, dit le prince qui sembla tout à coup s'arrêter à une
résolution, je veux vous demander un conseil.

— Un conseil, monseigneur ? un conseil de moi ? fit Marie en souriant.

— Asseyez-vous et écoutez-moi. Il y a dans une ville de France,
n'importe laquelle, une femme d'une origine illustre ; mettons les
mots au plus haut, — d'une origine royale peut-être... Cette femme
se trouve l'épouse d'un bourgeois ; elle a fait ce mariage, ignorant de quelle grande famille elle était issue... M'écoutez-vous
bien ?

— J'écoute, messire, j'écoute de toute mon âme, répliqua-t-elle avec émotion.

— Aujourd'hui l'on va révéler à cette femme le secret de sa naissance. Que pensez-vous qu'elle doive faire ?

— Sa mère vit-elle ? demanda Marie avec angoisse.

— Sa mère est morte.

Marie sentit des larmes emplir ses yeux.

— Et son père ? ajouta-t-elle d'une voix altérée.

— Son père... il ne méritait ni son respect ni sa tendresse. Il est mort aussi.

— Et que propose-t-on à cette femme ?

— De rompre une mésalliance, qui ne saurait être légitime, puisque en la contractant elle ignorait qu'elle la commettait.

— Et que recevra cette femme en échange de la rupture de son mariage ?

— Une place près d'un trône.

— Messire, dit-elle en se levant et d'une voix ferme, je dirais que si cette femme hésitait à rester fidèle à son mari et songeait à sortir de son heureuse obscurité, elle ne mériterait que du mépris.

Et comme Charles la regardait avec étonnement :

— Oui, du mépris ! car elle donnerait du désespoir et de la honte à celui qui n'a pas un moment hésité à l'élever jusqu'à lui, à partager avec elle sa fortune et son nom lorsqu'elle n'était qu'une mendiante sans asile. N'est-ce pas, monseigneur l'évêque, que ce serait une lâcheté ?

L'évêque feignit de ne pas entendre et parut absorbé par le livre de ses Heures qu'il feuilletait.

— Et s'il s'agissait de vous, rien ne changerait vos sentiments, madame ?

— Je sais qu'il s'agit de moi, messire. Vos paroles m'ont clairement expliqué les paroles mystérieuses de la digne abbesse qui m'a

recueillie et qui m'a élevée. Elles me disent pourquoi la sainte
femme m'entourait de respects étranges ; elles m'apprennent pourquoi elle m'embrassait avec des étreintes si désespérées le jour où,
dans le cloître, on priait pour le repos de l'âme de la reine d'Écosse
Marie Stuart.

Le prince restait confondu de tant de courage et d'élévation de
pensées.

Elle continua :

— Messire, si vous êtes chargé de me révéler le secret de ma
naissance, je le sais ; si vous venez de la part du roi Jacques, mon
frère, me proposer une place au pied de son trône, je me sens attendrie de son pieux souvenir, mais je ne saurais accepter ses offres. Je veux vivre et mourir la femme de l'honnête homme qui
me rend heureuse depuis tant d'années. Il n'y a plus à Soissons
de Marie Stuart, il ne reste plus que la femme de Jehan Pastelot.

Le prince Charles se tenait le visage caché dans ses deux mains.
Quant à l'évêque, il se croyait le jouet d'un rêve et s'agitait convul-
sivement sur son fauteuil. Le fils de Jacques se leva enfin et s'agenouilla devant Marie.

— Je suis le petit-fils de votre mère, dit-il : je suis votre neveu,
le prince Charles de Galles ! Donnez-moi votre main à baiser ; vous
êtes une noble et digne créature ! Je vais repartir pour Londres ; je
rapporterai fidèlement au roi mon père tout ce que je viens d'entendre ; je le supplierai d'appeler près de lui votre mari. Celui qui
a su mériter de si nobles affections ne saurait être un homme vulgaire. Mon père lui donnera des lettres de noblesse, et...

— Non, dit-elle, non, monseigneur ! Jehan Pastelot n'est qu'un
simple bourgeois ; la noblesse, les titres et les grandeurs lui sié-
raient mal. Je l'aime, je le respecte, je le vénère ; ses moindres désirs sont des ordres pour moi. Je gémirais, je souffrirais si je le
voyais parmi de grands seigneurs qui souriraient de sa bonhomie

et railleraient ses façons franches et naïves. Monseigneur, laissez-moi embrasser une fois, rien qu'une seule fois, le fils de mon frère, et je n'aurai plus rien à demander à Dieu que de me réunir un jour près de ma mère dans le ciel ! Dans le ciel, il n'y a plus ni reines ni bourgeois, mais des bienheureux, égaux devant la bonté céleste.

Portez des paroles de bénédiction et de tendresse au roi mon frère ! Dites-lui que sa sœur, l'humble et pauvre marchande, adressera tous les jours des prières pour lui au Tout-Puissant. Les rois ont besoin de prières plus que les autres hommes, n'est-ce pas, monseigneur ?

— Oui, reprit gravement le jeune prince. La couronne est un fardeau lourd et souvent fatal. Peut-être faites-vous prudemment de vous en tenir éloignée. Adieu, madame, je vais rapporter au roi mon père ce que je viens de voir et ce que je viens d'ouïr : sa sagesse appréciera la généreuse résolution que vous avez prise. Adieu, chère tante.

Et il l'embrassa affectueusement sur les deux joues, puis, comme il s'était éloigné déjà, il revint sur ses pas.

— Avant que nous nous séparions, n'avez-vous pas quelque demande à me faire?

— De vous souvenir quelquefois de moi.

— Jamais je ne vous oublierai, noble et loyal cœur!... Mais votre fortune?

— Elle dépasse de beaucoup nos besoins.

— Lorsque vous voudrez requérir une grâce du roi mon père ou de moi, je jure de l'accorder à votre première demande.

— Merci, Charles!... merci à Votre Grâce, monseigneur!

— Votre Altesse Royale veut-elle me dire ce qu'on doit faire de ces titres? demanda l'évêque en présentant les parchemins au prince.

— Remettez-les à ma tante.

— De ma mère! une lettre de ma mère! Oh! donnez, donnez!

Elle lut la lettre avec des sanglots; puis, quand elle en eut terminé la lecture:

— Il me reste un devoir à remplir, dit-elle. Je garderai précieusement ces cheveux, sainte et précieuse relique de ma mère. Mais cet acte de baptême, mais cette lettre, voici ce que je dois en faire.

Elle jeta les deux parchemins dans la cheminée, où les flammes les dévorèrent.

— Et maintenant, adieu à Votre Grâce, monseigneur le prince de Galles.

Le prince partit et l'évêque resta seul avec Marie, qui pressait sur ses lèvres les cheveux de sa mère.

— Jehan Pastelot, dit-il, sera bien surpris et bien reconnaissant quand il apprendra toute cette merveilleuse aventure et votre généreux dévouement.

— Jehan Pastelot n'en saura jamais rien, répliqua-t-elle.

L'évêque prit la main de Marie, la porta respectueusement à ses lèvres et la mouilla d'une larme d'admiration.

— Vous êtes la plus noble et la plus sainte des femmes, dit-il.

Il faut maintenant laisser écouler bien des années, et nous reporter au mois de février 1649. Marie et Jehan Pastelot, assis tous les deux près d'une haute cheminée, devisaient doucement des temps passés et souriaient encore aux souvenirs tendres et doux qu'ils évoquaient. A côté d'eux une femme qui pouvait compter quarante ans et une jeune fille d'une rare beauté, à laquelle on en eût donné dix-sept tout au plus, écoutaient avec un silencieux respect : c'étaient la fille et la petite fille des époux Pastelot, la jolie Françoise, déjà fiancée à Henry Raparlier, à qui son père donnait en mariage une fabrique de draps qui produisait les plus beaux tissus de laine que l'on façonnât en France. La jeune fille, assise sur un coussin aux pieds de sa grand'mère, prêtait une oreille charmée aux récits des pompes nuptiales déployées par l'évêque de Soissons lors du mariage de sa protégée avec Jehan Pastelot. Les traits vénérables et doux de la vieille femme s'animaient à ces descriptions, et Jehan sentait une larme de bonheur couler encore sous sa paupière nonagénaire. Pour maîtriser son émotion, il se leva et s'approcha de la fenêtre : sa taille n'était point courbée, son pas n'avait rien perdu de sa fermeté, et ses beaux cheveux, d'une soyeuse blancheur, retombaient abondamment sur ses épaules. Quand dame Pastelot eut fini, il vint près d'elle, se pencha sur le dossier de son fauteuil et posa ses lèvres sur le front presque sans rides de Marie :

— Et depuis ce jour solennel, ma fille, ma chère Françoise, dit-il, jamais, parmi les rares soucis que la miséricorde divine a jetés dans mon existence obscure, il n'en est apparu un seul causé par ta mère. Ménagère active et laborieuse, épouse tendre, mère dévouée, elle a répandu à pleines mains le bonheur sur les heureuses créa-

res qui l'entouraient ! Nous avons vu tous ceux que nous aimions
et qui nous aimaient s'en aller l'un après l'autre au ciel. Nous
avons pleuré, mais en pleurant, nous bénissions Dieu ; car si sa mi-

séricorde nous les enlevait, c'était pour les appeler à ses pieds dans
le paradis. Il ne reste plus aujourd'hui de tous ces amis, de toute
cette famille, que ta grand'mère et moi. Nous attendons sans crainte
et d'heure en heure le moment où nous comparaîtrons à notre tour
devant le souverain Juge ; il nous a donné tant d'heur, il nous a soumis à si peu d'épreuves, que nous aurions été les plus ingrats et les
plus coupables chrétiens de sortir de ses voies.

    — Ne parlez pas de ces tristes pensées de séparation au moment
où je me marie, mon père ; venez plutôt voir les robes charmantes
et toutes les belles choses que ma mère et ma grand'mère disposent
pour mon mariage. Et puis, — mon fiancé, mon cher Henry, ne

voulait vous le dire que demain en nous rendant à l'église, mais je ne puis garder de secrets pour vous, — c'est monseigneur l'évêque de Soissons qui célèbre lui-même la messe nuptiale, comme cela s'est fait jadis pour vous, cher grand-père! Quand monseigneur a su que Henry se mariait avec moi, « J'imiterai mes prédécesseurs, a-t-il dit : ils ont marié l'aïeule et la mère de votre future, je ferai de même pour leur enfant. Vous êtes le fils du syndic de la communauté des drapiers, et maître Pastelot est le plus honorable bourgeois de mon diocèse. »

Le vieillard tremblait de joie en écoutant cette heureuse nouvelle. Il se la faisait répéter, quand la seule domestique qui servait le vieux ménage annonça qu'un jeune seigneur demandait à être introduit près de dame Marie Pastelot.

Maître Pastelot ordonna qu'on l'introduisît, et l'on vit entrer un jeune homme de dix-neuf ans, vêtu de noir, et dont les habits de deuil ne convenaient que trop à sa physionomie pâle et souffrante. Il s'approcha respectueusement de la dame nonagénaire, mit un genou en terre, tira de son sein une lettre scellée de noir et ne put réprimer ses sanglots. Dame Marie brisa le cachet et répondit par des larmes aux larmes du jeune homme; celui-ci se jeta dans les bras de la vieille femme et ils confondirent ainsi longtemps leurs étreintes. Les témoins de cette scène inattendue et Pastelot lui-même la regardaient avec surprise.

— Quoi! s'écria enfin Marie, les malheureux n'ont point respecté leur maître, leur souverain! ils l'ont assassiné! Hélas! étrangère aux choses de ce monde, j'ignorais au fond de mon humble existence jusqu'à la captivité, jusqu'aux périls de mon neveu! Charles, vous que j'ai vu si noble, si généreux, vous avez péri sous la hache du bourreau!

— Oui, ma noble et bien-aimée tante; oui, Élisabeth, en frappant la reine votre mère, avait enseigné au peuple anglais comment on abat une tête royale. Le peuple a profité de la leçon et a traité le petit-fils comme elle avait traité l'aïeule.

Pastelot et ses enfants écoutaient avec stupéfaction ces révélations de la haute origine de Marie. Mais la pauvre femme était trop éperdue de douleur pour remarquer leur trouble.

— Ils l'ont jugé! ils l'ont condamné! ils l'ont décapité! Au milieu de ses souffrances et tandis que, semblable au Christ, son divin modèle, il approchait de ses lèvres le calice d'amertume, il s'est souvenu de vous, dont la sagesse a préféré le bonheur de votre mari et une existence obscure, mais sans agitation, aux fatales grandeurs de la royauté! La lettre que vous tenez, il l'a écrite pour vous la veille de son supplice : un serviteur dévoué l'a reçue au péril de sa vie et s'est chargé de me la faire parvenir avec non moins de difficultés et de dangers. Lisez-la, ma chère et honorée tante! Lisez, fille de Marie Stuart, que j'entende encore une fois des paroles du roi-martyr.

Dame Marie lut d'une voix tremblante :

« Chère et aimée sœur de mon père, à la veille de paraître devant Dieu, mon souverain juge, je veux vous donner un dernier témoignagne de ma tendresse et de mon souvenir. Je sais que vous appartenez encore à ce monde et que rien ne trouble la vie sage et heureuse que vous vous êtes choisie. Tout en respectant votre secret, ma sollicitude s'est toujours occupée de vous, et chaque année un messager fidèle allait me chercher et me rapportait de vos nouvelles. Mon fils vous remettra cette lettre et la boucle de mes cheveux qu'elle contient. Placez ces cheveux près de ceux de votre mère, assassinée comme moi! Et puis consolez mon fils, pauvre orphelin! Répétez-lui que je veux qu'il pardonne comme je pardonne à ceux par qui je meurs. Adieu! chère et bien-aimée tante, nous nous retrouverons dans le ciel.

« CAROLUS, rex. »

— Maintenant que j'ai rempli le devoir dont mon père m'avait chargé près de vous, chère parente, donnez-moi votre bénédiction et recevez mes adieux.

— Partir! vous voulez déjà partir?

— Je vais reconquérir le royaume de mon père.

— Vous allez vous jeter au milieu de ses assassins? Mais ils vous tueront aussi!

— Qu'importe! la vie ne m'est rien! Le marquis d'Osmond, à la tête d'un puissant parti, se dispose à combattre l'infâme Cromwell : ma place est là. Adieu!

— Seigneur! dit la vieille femme en s'agenouillant, tandis que tous l'imitaient instinctivement autour d'elle; Seigneur! j'ignore les choses d'ici-bas et je ne sais que m'humilier devant vos impénétrables desseins; mais si la voix d'une pauvre femme peut arriver jusqu'à vous, mon Dieu! écoutez la plus humble de vos servantes et protégez ce pauvre orphelin!

Elle se releva, puis avec une majesté naïve elle imposa les mains sur le front de Charles II, y traça le signe de la croix et dit :

— Allez, maintenant, sire, et que Votre Majesté remplisse son devoir!

Le monarque proscrit allait se retirer quand Jehan Pastelot s'approcha de lui respectueusement.

— Sire, lui dit-il, je ne suis point riche, mais voici ma petite-fille qui se marie honorablement. Donc, si vous daignez me permettre de vous offrir pour servir vos nobles desseins trois cent mille livres...

— Oh! cela est bien, Jehan, cela est bien! s'écria Marie.

— Sire, ajouta la mère de Françoise, je partage les sentiments de mon père, et nous sacrifierons avec joie jusqu'à notre dernier écu pour servir votre cause : si j'avais un fils, sa vie vous appartiendrait.

— Dieu soit béni! s'écria Charles II. Sang royal ne se dément jamais. Vous êtes tous de nobles et de généreux Stuarts. Merci, merci! vous venez d'apporter de bien douces consolations à mon cœur navré... Je n'ai pas besoin d'accepter vos offres si dévouées ; le roi de France a mis à ma disposition des sommes considérables. Adieu, tous! adieu! Priez pour le roi Charles.

Et il s'éloigna.

Alors le vieux Pastelot s'approcha de Marie et prit ses deux mains dans les siennes :

— Vous m'avez caché votre secret, Marie! Vous n'avez point voulu quitter l'humble marchand de drap pour aller vous asseoir aux côtés du roi votre frère!

— Le marchand de drap ne m'avait-il pas épousée pauvre, orpheline, sans nom, chassée du palais épiscopal?

— Mais au moins pourquoi ne pas m'avoir appris quel immense sacrifice vous me faisiez ?

— Parce que la pensée de ce sacrifice, qui n'était rien pour moi, aurait peut-être troublé votre bonheur ; parce que vous auriez pensé que je regrettais un rang auquel je ne pensais point.

Puis, coupant court :

— Allons, mes enfants, dit-elle, rendons-nous à la cuisine. Il est temps que nous songions à faire la tarte des noces. Malgré mes quatre-vingts ans, j'y veux mettre la main et pétrir la pâte.

CHAPITRE VINGT-CINQUIÈME

LE QUINZIÈME CONTE DU DOCTEUR SAM

uand le docteur eut fini l'histoire de la fille de
Marie Stuart, et tandis qu'il prenait un peu de
repos, en caressant sur ses genoux mademoiselle Mine et le petit chien Flock, nous nous
groupâmes autour d'un magnifique portrait de
vieille femme, évidemment peint par Rubens.

Elle portait le béguin flamand, qui seyait on ne peut plus gracieusement à sa physionomie douce et à son front sillonné de larges rides.

— C'est le portrait de Gudule, dit le docteur.

— Gudule? demandai-je.

— Quoi! mon ami, vous ne connaissez pas le nom de la vieille gouvernante de Rubens? de celle dont la vie fut un long et saint dévouement pour le grand artiste? en ce cas, car je me sens bien fatigué, voici une *Histoire de Pierre-Paul Rubens*, dans laquelle vous la trouverez.

— O mon ami, lisez-nous bien vite cette histoire, ajouta Marie.

— Je ne demande pas mieux; écoutez, répondis-je en ouvrant à ses premières pages le volume que le docteur avait pris dans sa bibliothèque.

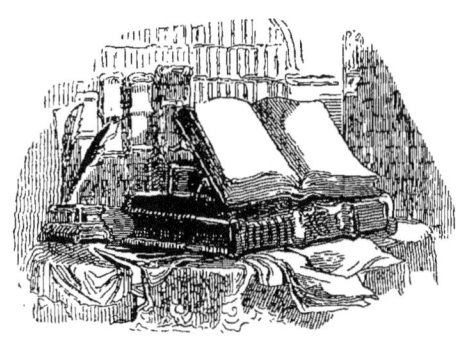

GIBULE.

CHAPITRE VINGT-SIXIÈME

GUDULE

I

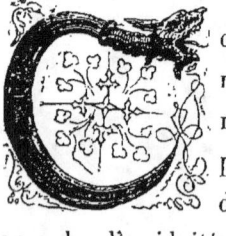 e soir-là, quoique dame Dennesens, à la fois mulquinière (apprêteuse de fil) et femme d'un riche tabellion de la ville, fit rôtir le plus beau poulet que jamais eût engraissé bourgeoise d'Anvers, elle ne s'en tenait point, pour cela, avec plus d'assiduité dans sa cuisine que dans son arrière-boutique. Parfois, cependant, si les parfums de la volaille arrivaient trop énergiques jusqu'à la digne ménagère, de façon à lui faire craindre

que le feu happât et noircît les flancs dorés de la pièce capitale de
son souper, elle courait avec précipitation l'arroser de jus, mais elle
revenait de suite reprendre, dans son grand fauteuil à haut dossier,
une attitude nonchalante et distraite en apparence. Là, tandis
qu'elle ne semblait occupée qu'à dévider lentement une bobine de
fil et à la transformer en large écheveau, elle tenait ses deux petits yeux attachés avec une continuelle persévérance sur une vieille
lingère qui achevait de ravauder une chaussette de laine outrageu-
sement percée au talon.

Cette femme, assise dans un angle de la sombre arrière-boutique, poursuivait sa tâche sans lever la tête, car son regard aurait
aussitôt rencontré, comme un reproche, le regard inquisiteur de
madame Dennesens. En effet, l'ouvrière louait son travail de toute
la journée à la digne mulquinière, et la mulquinière veillait à per-
cevoir intégralement ce qu'elle ne payait pas moins de douze sous
par jour, non compris la nourriture.

Donc, pour ne perdre ni le temps d'un regard jeté dans la rue à
travers les petits vitraux octogones de la fenêtre, ni les quelques
instants de relâche qui pouvaient être pris entre un ravaudage terminé et un autre ravaudage à commencer, elle se tenait là, assidue
et vigilante, si bien que même un ralentissement dans la marche
de l'aiguille ne pouvait lui échapper.

De son côté, la lingère, dame Gudule, opposait à cette surveillance inquisitoriale mille ruses ingénieuses, non par paresse, mais
par cet esprit de contradiction dont ne peuvent se défendre les caractères les plus justes et les plus droits, en face d'une exigence
trop impérieuse. Tantôt, sous prétexte d'y mieux voir, elle se penchait tellement sur le petit carreau supporté par ses genoux, que les
barbes de son bonnet dérobaient aux regards ses mains qui pouvaient ainsi rester, quelques secondes, inactives. Tantôt la laine se
cassait, et il fallait bien du temps pour enfiler de nouveau l'aiguille.

Cependant Gudule employait rarement ce prétexte, car madame
Dennesens ne manquait jamais de lui opposer un moyen de ré-
pression d'un effet infaillible, vu qu'il s'attaquait à l'amour-propre
de la vieille :

— Ah ! ah ! dame Gudule, nous n'avons donc plus nos yeux de
quinze ans?

A quoi Gudule, enfilant aussitôt l'aiguille, répondait avec fierté :

— Grâce à Dieu, madame Dennesens, mes yeux valent ce qu'ils
valaient à quinze ans ; c'est la laine d'à présent qui ne vaut rien, et
qui ressemble à de l'étoupe.

Mais si madame Dennesens sortait quelques instants de l'arrière-
boutique, oh ! alors Gudule relevant la tête avec une expression
ineffable de bonheur, étirait voluptueusement ses membres fatigués! Elle regardait les passants de la rue, elle regardait les solives
du plafond, elle regardait les sculptures et les figurines qui surchargeaient une grande armoire de chêne placée en face d'elle;...
puis, au plus léger bruit, au moindre frôlement de la jupe de dame
Dennesens, elle reprenait son attitude courbée et remettait en mouvement son aiguille.

De toutes les distractions de Gudule, la plus chère et celle qu'elle
attendait avec le plus d'impatience consistait, sans contredit, dans
les sons qu'émettaient de temps à autre les cloches de la cathédrale.
Le matin, quand ces cloches tintaient la dernière messe, la lingère
se disait : « Encore une demi-heure, il sera midi, et l'on dînera. »
Le soir, à sept heures, la voix de l'*Angelus* lui annonçait la fin de
cette longue journée, d'un silence claustral et d'un travail sans
relâche. Or, pour une femme attachée ainsi pendant douze heures
sur une chaise, vous pensez quelle satisfaction apportaient d'abord
le dîner, c'est-à-dire heure entière de repos et de réfection ; — puis
surtout l'instant qui la libérait, l'instant qui terminait le pacte par
lequel elle avait vendu son labeur, ses mouvements, sa volonté.

Or, je ne sais quel vague pressentiment lui révélait que les sons attendus de la cloche allaient enfin se faire entendre; je ne sais quel instinct agitait d'un joyeux tremblement ses mains lasses de soutenir la grosse chaussette de laine et de pousser l'aiguille, quand, par un calcul vraiment machiavélique, madame Dennesens dit avec un soupir :

— Quel malheur ! l'*Angelus* va sonner, et ma chaussette ne sera point tout à fait ravaudée; je ne sais point ce que mettra demain à ses pieds mon homme.

Gudule comprit toute l'atrocité de ce guet-apens, mais toutefois sans trouver le moyen, sans avoir la force de s'y soustraire.

— Nous ne sommes pas à un quart d'heure près, répliqua-t-elle en s'efforçant de sourire : j'achèverai de ravauder la chaussette.

Au même instant l'*Angelus* fit retentir ses chants clairs et plaintifs, mais sans apporter de joie au cœur de Gudule, qui poursuivit silencieusement sa tâche.

Dix minutes après, la chaussette se trouva enfin ravaudée; peut-être à la rigueur aurait-on pu reprocher quelque manque de régularité à l'exécution des reprises; mais, à tout prendre, maître Dennesens pourrait s'en servir le lendemain matin, et c'est là seulement ce que demandait sa femme.

Dame Gudule déposa donc son carreau sur une chaise placée devant elle, recula du pied la chaufferette qui supportait ses pieds et secoua son tablier, afin d'en détacher les fils et les particules de charpie qui le couvraient. Après quoi elle porta la paire de chaussettes raccommodées à madame Dennesens, car celle-ci, une fois l'*Angelus* sonné, n'avait plus songé à surveiller Gudule et se livrait tout entière aux préparatifs de son souper. Elle savait la lingère trop pressée de s'en aller pour que la besogne de la chaussette ne fût pas expédiée vitement.

— Dame Gudule, fit-elle sans quitter la lèchefrite de terre où frissonnait le magnifique poulet, voulez-vous que je vous donne votre souper ou restez-vous avec nous pour prendre votre part de cette superbe volaille?

Dame Gudule jeta un regard convoiteux sur le poulet, mais elle répondit :

— J'emporterai mon souper, madame.

— Voici deux œufs, dame Gudule, et voici un pain de six livres ; coupez-y le morceau que vous voudrez.

En agissant ainsi, la fine bourgeoise savait bien que Gudule couperait un morceau de pain plus petit que celui dont, pour faire les choses décemment, elle aurait dû, elle maîtresse du logis, gratifier l'ouvrière.

Cependant Gudule se montra si réservée dans la dimension du morceau de pain, que madame Dennesens ne voulut point lui céder en générosité. Sans rien dire elle détacha une cuisse du poulet, la plaça dans une assiette et la présenta victorieusement à dame Gudule, qui déjà s'enveloppait de sa cape pour partir.

A la vue de la cuisse de poulet, une rougeur pleine de surprise et de joie empourpra le visage sexagénaire de la vieille femme.

— Sainte Vierge! dame Dennesens, c'est pour moi ce morceau de prince? vous êtes trop bonne. Et elle fit une de ses plus belles révérences.

— Je suis bien aise que cela vous fasse plaisir, interrompit madame Dennesens dont la lèvre supérieure se gonflait de vanité. Bonsoir, dame Gudule !

— Bonsoir, dame Dennesens ! en vous remerciant encore !

Puis, plaçant l'assiette et le poulet dans un petit panier qu'elle recouvrit de sa cape, elle prit le chemin qui menait chez elle, à l'autre extrémité de la ville.

Le vent soufflait avec violence, la neige commençait à tomber ; mais une joie trop vive réchauffait le cœur de la vieille femme pour qu'elle souffrît des rigueurs de la saison. Elle parcourut donc le long trajet qui séparait Langenieustrat de Keiserstrat sans autre inquiétude que de voir refroidir la bonne chose qu'élle portait dans son panier.

Enfin elle arriva devant une toute petite maison, à la porte de laquelle cinq degrés de pierre servaient de perron ; elle frappe, et une voix de jeune fille se fit entendre.

— Est-ce vous, ma bonne?

— Oui, mon enfant, c'est moi, ouvrez.

La porte s'ouvrit et une jeune fille, qui tenait à la main une lampe de cuivre, brillante comme de l'or, vint recevoir dame Gudule et la débarrassa de sa cape et de son panier de jonc.

— Doucement, doucement, Élisabeth, fit la vieille femme avec une joyeuse importance ; doucement, car il y a de bonnes choses, voyez-vous, dans ce panier. Devinez quoi?

— Je ne sais, répliqua la jeune fille d'un air distrait et mélancolique.

— Une cuisse de poulet! mon enfant ; une cuisse grosse comme une cuisse de dindon. Madame Dennesens me l'a donnée pour mon souper et je l'apporte ; vite à table, le poulet est encore chaud.

En disant cela la bonne vieille s'asseyait devant une table dont le couvert se trouvait déjà dressé ; et coupant le morceau de poulet en deux parts, elle gardait la moins belle sur son assiette pour servir l'autre à la jeune fille. Celle-ci essaya de manger ; mais bientôt elle écarta son assiette, et deux larmes coulèrent le long de ses joues.

A cette vue, dame Gudule, qui savourait avec délices son souper, sentit elle-même tout appétit la quitter.

— Il n'est donc point encore venu aujourd'hui? demanda-t-elle avec compassion.

— Depuis trois jours!

— Je ne veux point chercher à le justifier, cela est mal, cela est très-mal ; mais il a peut-être eu quelque travail forcé qui l'a retenu chez lui. Dame ! on ne fait point toujours ce que l'on veut... Allons, mon enfant, du courage, je suis sûre qu'il viendra ce soir ou demain. Mangez un morceau et consolez-vous, ma chère petite Élisabeth.

— Il aura compris, soupira Élisabeth sans rien répondre aux consolations de dame Gudule, il aura compris combien il était insensé à lui d'aimer une orpheline qui n'a d'autre ressource que son travail, qui n'a d'autre soutien que toi, ma bonne Gudule !

— Une orpheline, cela est vrai ; mais une orpheline qui a reçu une belle éducation, qui sait lire, qui sait écrire, qui appartient à une des meilleures familles d'Anvers, dame ! cela change bien la question. Votre père n'était-il pas un gros marchand de blé ? Votre mère n'avait-elle pas pour cousin monsieur le bourgmestre, celui qui est défunt il y a quatre ans ?

— Oui, mais des revers inattendus ont ruiné mon père ; il est mort de chagrin ; ma mère elle-même a succombé, et je reste seule au monde, à charge à ton vieux âge et à ma pauvreté.

— A charge, Élisabeth ! Voilà de ces paroles qui me mettraient en colère ! A charge ! N'êtes-vous pas ma consolation, ma joie ? Et, que ferais-je ici-bas sans vous ? Allons, allons, les temps peuvent devenir meilleurs ; et notre beau jeune homme a trop de bon sens et de bon cœur pour penser à mal de tout ceci. Ne perdons pas courage... Et, bon Dieu !... tenez, voici le bruit de ses pas dans la rue. Je le reconnais, c'est lui !

En effet, le marteau de la porte s'agita ! dame Gudule ouvrit, et un jeune homme d'une figure douce et grave entra dans l'unique pièce qui composait le logis de dame Gudule.

Élisabeth, dont le cœur avait battu précipitamment au premier bruit des pas répétés par les échos de la rue, pâlissait et tremblait ;

tandis que le jeune homme la saluait avec un mélange de respect et d'intimité :

— Voici bien longtemps qu'on ne vous a vu? dit étourdiment Gudule dans sa joie.

Élisabeth fit un geste comme pour réprimander les paroles de la vieille femme.

— Tout le monde ici ne semble pas partager cette opinion, ma bonne dame Gudule, reprit le jeune homme en souriant.

— Trois jours! trois jours sans nous voir! Mais ces trois jours m'ont paru un an, et nos soirées me semblaient ne jamais finir.

— Trois jours! oui, dame Gudule, tout autant, reprit le jeune homme en se débarrassant de son manteau. A moi aussi le temps semblait long! Mais, voyez-vous, il y a des jours où des travaux impérieux nous tiennent captifs ; il y a des jours où le découragement serre le cœur, où la pensée ne peut jaillir du cerveau, où la main refuse d'obéir à la pensée. Ces jours-là, dame Gudule, on éprouve une tristesse sauvage et un besoin de solitude qui ne parvient même pas à guérir l'aspect de ceux que l'on chérit le plus ! car ces jours-là on doute du présent, on doute de l'avenir, on doute de soi-même.

— Et l'on doute aussi de ceux qui nous aiment, n'est-ce pas? demanda Élisabeth d'un ton de reproche et les yeux pleins de larmes.

— Pardon ! oh ! pardon, mademoiselle Élisabeth ! mais voici trois ans que je vous connais, trois ans que je m'efforce de me créer des ressources pour réaliser les rêves de bonheur qui viennent parfois caresser mon imagination de leurs reflets d'or, et je ne puis réussir à rien ! Je reste toujours aussi inconnu... aussi pauvre, veux-je dire. Je voudrais justifier ma tendresse pour vous par quelque succès éclatant ; car, voyez-vous, on rit d'un jeune homme pauvre qui se marie à une jeune fille pauvre... on lui reproche son mariage comme

une mauvaise action; on lui ferme toute voie d'avenir. Le besoin
arrive; avec le besoin, le découragement, et rien ne peut plus faire
sortir de la misère et de la médiocrité.

— Oui, vous avez raison, maître Pierre; oui, l'amitié d'une jeune
fille pauvre porte malheur; cela est ridicule, cela est funeste... Il
faut la rompre! il faut s'en débarrasser comme de quelque chose
de maudit!

— Élisabeth! quel langage sévère et dur vous me tenez!

— Pardonnez, dit-elle, en lui retirant sa main qu'il avait prise,
pardonnez-moi, maître Pierre. Pardonnez-moi, c'est la dernière
marque de faiblesse que je donnerai. Je serai forte désormais;
je vous prouverai que je n'ai point pour vous une affection égoïste
et froide... Ce que vous venez de me dire, je l'ai compris depuis
longtemps, et je me le suis reproché avec amertume. « Quoi! me
disais-je, tu l'aimes! et tu détruis son avenir; tu l'aimes! et tu le

condamnes à la pauvreté pour toute sa vie! S'il accomplit les généreux sacrifices qu'il projette pour toi, tu le condamnes à le voir vé-
géter près de toi, à te l'attacher sous tes yeux comme un remords
continuel. » Non pas, maître Pierre, il n'en sera rien. Devenez libre.
Je vous rends vos promesses ; ne soyez plus pour moi qu'un frère.
Je souffrirai quelque temps, peut-être ; mais le sentiment d'un devoir accompli donne de la force, — et puis j'ai l'habitude du malheur.

Pâle, mais résolue, elle se rassit.

— Et voilà comment vous me comprenez ? voilà comment vous ap-
préciez ma tendresse pour vous, Élisabeth ? Depuis trois ans n'ai-je
pas constamment travaillé dans le but de devenir digne de vous, et
de vous apporter un nom dont vous soyez fière ?

— Votre nom ! mais le sais-je seulement votre nom ? Croyez-vous
que bien des fois le soupçon n'ait point approché de ma pensée en
vous sachant sans cesse entouré de mystère, en souffrant du sourire
sarcastique que nos voisines laissent échapper quand elles vous
voient entrer ici ?... Mais ce soupçon, je l'ai toujours repoussé, je
le repousse encore, car je vous crois un loyal et franc jeune homme...
Enfin, je vous le répète, maître Pierre, je ne veux plus voir en vous
qu'un frère ; je ne veux plus être pour vous qu'une sœur tendre et
dévouée, une sœur qui partagera vos inquiétudes et vos chagrins,
qui vous consolera, que vous trouverez toujours là. Mais plus
de projets insensés ! plus de rêves impossibles ! cela fait trop de
mal.

Il y avait tant de fermeté dans ces paroles, et elles étaient dites
avec une expression si forte et si vraie, que le jeune homme en subit
l'ascendant et ne put y répondre que par des larmes furtivement es-
suyées.

A la fin il se leva, et faisant un geste solennel :

— Élisabeth, dit-il, j'ai juré que vous seriez ma femme, et rien

ne peut me dégager, moi, de ma parole !... Cependant, puisque
vous le voulez, je vous rends libre de tout engagement envers moi ;
mais, je vous le répète, je n'en tiens pas moins pour sacré le serment que j'ai fait. Adieu ! je ne vous reverrai pas sans que vous m'é-
criviez de revenir ; peut-être même partirai-je d'Anvers...

— Ne nous quittez pas de la sorte, au nom de la sainte Vierge !
s'écria Gudule. Eh quoi ! quand on s'aime depuis si longtemps, faut-
il se dire des paroles amères et dont on se repent avant même de
les avoir prononcées tout à fait? Que deviendriez-vous l'un sans
l'autre ? Élisabeth ne fait que pleurer depuis trois jours qu'elle ne
vous a vu ; et vous, vous êtes pâle comme un linceul, maître Pierre,
pour quelques mots de querelle échangés avec Élisabeth. Eh ! mon
Dieu ! mes enfants, ne troublez pas ainsi le bonheur que la Providence vous accorde et celui qu'elle vous promet. Vouz êtes jeunes,
vous avez au cœur une affection sainte et pure, et vous vous désespé-
rez ! Moi, j'ai confiance dans l'avenir et dans la miséricorde de Dieu.
Où iriez-vous, maître Pierre, pour trouver une femme plus belle,
plus douce, plus dévouée? Chacun l'estime et l'aime, chacun la sa-
lue ni plus ni moins que si son père, maître Brant, était encore vivant et riche. Et puis laborieuse, et bonne; bonne surtout ! Si vous
saviez comme elle a soin de moi qui ne suis qu'une pauvre servante
de feu sa digne mère ! si vous saviez combien elle me dorlote à la
moindre indisposition ! Elle ne peut aller travailler à la journée
comme moi, car ce serait déroger à son rang, et je ne voudrais pas
pour tout au monde qu'elle y dérogeât ; mais elle passe ici la journée à faire de la dentelle... Elle gagne plus que moi, en vérité ! Et
quand je rentre, le souper se trouve prêt, et un bon feu et un bon
accueil ! Oh ! c'est un ange, voyez-vous ! aussi vrai que vous êtes un
honnête garçon, rangé comme une demoiselle, et qui fera fortune
un jour... Eh bien, nous attendrons ce jour-là patiemment, et Dieu
nous l'enverra bientôt, je l'espère... En attendant, donnez-vous

la main, oubliez toutes ces vilaines paroles, et causons d'amitié.

Gudule mit les mains d'Élisabeth dans les mains de Pierre, et tous les deux restèrent quelques instants dans cette attitude, les yeux baissés et sans rien dire.

A la fin Pierre, le premier, demanda, d'une voix doucement émue et pleine d'inflexions caressantes :

— Donc vous ne m'aimez plus ?

Élisabeth leva sur lui un regard qu'aussitôt elle abaissa ; puis elle dégagea doucement sa main de la main du jeune homme, tandis que Gudule savourait cette réconciliation avec des yeux pleins de larmes qui trahissaient sa joie.

— Donc vous ne m'aimez plus ? répéta Pierre en souriant.

— Méchant ! répondit Élisabeth, méchant !... Au moins vous ne me direz plus de ces paroles qui font tant de mal ?

— N'en ai-je pas été bien cruellement puni ? Oh ! quand vous serez ma femme, je saurai vous faire expier toutes ces persécutions, Élisabeth.

— Votre femme ! Mon Dieu, maître Pierre, je ne puis croire que tant de bonheur me soit réservé, et pourtant j'ai besoin de le croire.

— Si vous saviez l'ardeur avec laquelle je vais travailler pour hâter ce jour heureux !

— A la bonne heure ! voilà parler ! s'écria Gudule ; les anges doivent sourire à vos projets, car ces projets sont chastes et vertueux... Et maintenant que vous êtes réconciliés, ajouta-t-elle, je sens renaître mon appétit, et je vais achever ma cuisse de poulet, qui par malheur a refroidi.

II

Dans nos mœurs actuelles, si positives et si défiantes, on ne peut guère comprendre ces projets de mariage formés plusieurs années à

l'avance, et qui néanmoins finissaient toujours par s'accomplir religieusement. Mais, chez les simples et bons Flamands du seizième
siècle, de telles fiançailles avaient communément lieu. Lorsqu'un
jeune homme aimait une jeune fille, et que son âge, son peu de fortune ou tout autre obstacle s'opposait à ce qu'il se mariât de suite,
il allait trouver le père et la mère de celle qu'il aimait, et, après
avoir fait connaître son amour, il se voyait admis dans leur famille,
où chacun le traitait comme s'il en eût déjà fait partie.

Tous les soirs, après le *salut* [1], c'est-à-dire quand ce service religieux était venu terminer la journée de travail et commencer les
heures du repos, les *promis* arrivaient chez les parents de celle qu'ils
aimaient. Ils y trouvaient leur couvert, mis à la table du souper près
du couvert de la jeune fille, et, suivant l'expression sacramentelle,
ils pouvaient *faire leur cour*. Le souper fini, l'hiver, on se réunissait
autour de la haute cheminée, pour deviser ou jouer à quelque jeu
et les deux fiancés s'asseyaient encore l'un près de l'autre. L'été,
si l'on allait se promener sur le port, les fiancés se donnaient le
bras.

Ainsi, leur amour, grandi sous les regards paternels, sans rien
d'illicite et sans obstacle, plein de charme et d'espérance, s'écoulait avec calme et prenait chaque jour un caractère plus saint et
plus durable. C'était, en outre, un préservatif contre les mauvaises
sociétés où l'oisiveté et le vide du cœur auraient pu jeter les jeunes
hommes, sans compter qu'ils y trouvaient un encouragement per-
pétuel à se préparer un avenir par leur travail, afin de hâter le jour
de leur mariage.

Ces explications données, on ne s'étonnera plus maintenant que
le jeune Pierre se trouvât admis chez la bonne Gudule, et que, sans

---

[1] On appelle *salut* un service du soir qui se célèbre dans les églises catholiques de la
Flandre, de six à sept heures.

blesser aucune convenance, il parlât librement de son amour à Élisabeth Brant.

Pierre fit, quelque temps après avoir perdu sa mère, pour la première fois, rencontre d'Élisabeth. Triste, découragé, plein d'isolement et de douleur, il allait bientôt quitter Anvers et retourner à Rome, lorsqu'un soir il entra dans l'église où reposaient les restes de la sainte femme que Dieu venait de rappeler à lui. Comme il s'approchait de la chapelle, il vit une jeune fille vêtue de noir et qui priait en pleurant. Il s'approcha : il l'entendit prier pour une mère! Elle aussi venait d'être frappée d'un coup bien cruel! elle aussi n'avait plus de mère !

Une telle conformité de douleur impressionna vivement le jeune homme, qui ne pouvait détacher ses yeux de dessus cette pâle et faible créature, si touchante et si poétique, à demi cachée par un long voile, et sur laquelle la lampe vacillante de la chapelle reflétait, en mille accidents pittoresques, sa lueur jaune et ses ombres mobiles.

Quand la jeune fille se leva, Pierre la suivit, et le lendemain il sut, avec adresse, se procurer des renseignements sur celle qui préoccupait si fortement son imagination.

Elle se nommait Élisabeth Brant et appartenait à une honorable famille de la bourgeoisie. La perte de plusieurs bâtiments en mer avait ruiné son père, mort deux ans auparavant, et Dieu avait mis le comble aux épreuves dont il accablait l'orpheline en la séparant d'une mère.

Depuis ce jour funeste, Élisabeth devint encore plus solitaire et plus retirée, vivant du travail de ses doigts et faisant son unique société d'une vieille servante de sa mère, que rien n'avait jamais pu séparer ni de sa maîtresse ni de la fille de sa maîtresse. Tandis que la jeune fille s'occupait au logis de quelque ouvrage de dentelle laborieusement fait et pauvrement payé, la vieille travaillait en journée. Du reste, les voisins ne trouvaient pas assez d'éloges pour les deux femmes, et, comme le disait Gudule tout à l'heure, chacun dans la rue leur ôtait respectueusement son chaperon lorsqu'elles venaient à sortir.

Ces détails, loin de satisfaire la curiosité de Pierre, ne la rendirent que plus vive : il résolut de pénétrer dans cet intérieur et de savoir par lui-même à quoi s'en tenir sur Élisabeth Brant et sur son mentor. Le prétexte se trouva facilement, car il suffisait d'aller commander quelque ouvrage de lingerie aux deux ouvrières.

Élisabeth reçut Pierre avec une simplicité digne et sans affectation : elle se chargea volontiers du travail qu'on lui proposait et indiqua le jour où elle comptait le terminer.

Deux fois avant ce jour, Pierre eut à venir faire des observations sur quelques changements nécessaires dans la disposition du linge qu'on lui confectionnait ; ensuite il se trouva avoir besoin de collerettes, puis de manchettes, puis de telles et telles autres choses, si bien qu'il avait toujours un prétexte de visiter Élisabeth.

Plus il la voyait, plus il la trouvait belle, naïve et digne d'une affection sainte et durable. De son côté la jeune fille n'avait jamais ouï voix plus douce que celle de maître Pierre, jamais elle n'avait rencontré des idées plus en harmonie avec les siennes... Il en advint qu'un soir, sans jamais s'être dit qu'ils s'aimaient, ils se surprirent à former ensemble des projets de mariage et d'avenir.

En se séparant d'Élisabeth, Pierre se dirigea vers une maison de belle apparence. A peine en eut-il soulevé le marteau, que deux pages accoururent lui ouvrir et s'empressèrent de le débarrasser de son manteau ; puis un intendant vêtu de noir s'approcha respectueusement de lui, et dit qu'un seigneur de Madrid attendait depuis deux heures pour s'acquitter d'un message dont l'avait chargé son maître le duc de Bragance.

Ce seigneur, à l'aspect du jeune homme, s'inclina et lui remit une lettre et une bourse pleine d'or que Pierre reçut avec un sourire dédaigneux et qu'il jeta à ses pages.

— Senor, répondit-il, dites à votre maître que j'irai à Villanova, non pour faire ce qu'il me demande, mais pour m'y distraire huit ou dix jours. J'ai là cent mille pistoles ; j'en prendrai trois mille et les dépenserai pendant mon séjour dans votre ville.

Puis il se tourna vers ses pages.

— Remerciez donc, leur dit-il, M. l'envoyé du duc de Bragance, qui vous apporte cinquante pistoles de la part de son maître !

Ensuite il passa dans une riche chambre à coucher où des serviteurs s'empressèrent de le déshabiller, tandis qu'un secrétaire lui lisait plusieurs lettres apportées par différents messagers. L'une de ces lettres provenait de l'archiduc Albert, qui se plaignait amèrement du projet de quitter la Flandre espagnole qu'avait pu former un homme, *le plus précieux ornement de cette contrée* [1] *;* une seconde portait la signature du duc de Buckingham et annonçait l'arrivée de Michel Albano, avec une somme de soixante mille florins. « Cela, disait-il, vous déterminera, moins que le désir de m'être agréable, à me céder votre cabinet de vases de porphyre, d'agates, de bustes antiques, de médailles et de tableaux. Ce faisant, je vous en garderai une grande reconnaissance ; quant à mon amitié, vous savez que rien n'y peut ajouter. »

— Hélas ! soupira Pierre, qui n'écoutait qu'à demi la lecture de ces lettres, hélas ! la fortune et la gloire ne sont donc point le bonheur !

Puis il congédia d'un geste secrétaire, pages et valets, et il se mit à considérer pieusement le portrait de sa mère.

— Vous, soupira-t-il, vous qui maintenant êtes une sainte du ciel, ma mère, éclairez-moi !

[1] Decamps, t. 1er.

III

Si la nuit de Pierre se passa dans l'agitation et dans l'insomnie, celle d'Élisabeth, au contraire, s'écoula parmi les rêves les plus riants, et la jeune fille dormait encore d'un sommeil profond lorsque Gudule s'éveilla et se mit sur son séant. L'horloge de bois indiquait sept heures.

— Juste Dieu ! s'écria la vieille femme, juste Dieu ! sept heures ! Que va dire madame Dennesens en me voyant en retard, moi qui me montre toujours si exacte ? Sainte Vierge ! comment ai-je pu dormir si tard ?

Elle se vêtit à la hâte, baisa au front Élisabeth qui dormait toujours, et se rendit de son plus vite pas chez madame Dennesens.

Le visage de la femme du tabellion exprimait ce mécontentement hargneux et presque satisfait de gronder qui caractérise, il faut le dire, certains visages de ménagères flamandes.

— Ah ! nous n'avons plus nos jambes de quinze ans ! dame Gudule, fit la cruelle bourgeoise, sachant que le coup le plus cruel dont on puisse frapper une vieille femme, c'est de lui reprocher et de lui faire sentir les infirmités de son âge.

— Je suis en retard d'un quart d'heure, reprit Gudule d'un ton piqué, mais...

— D'un quart d'heure !... d'une demi-heure, vous voulez dire ?

— Eh bien, dame Dennesens, vous me payerez en moins un quart de jour, et tout sera dit.

— Tout, non, car ma besogne se trouvera en retard.

— Je resterai ce soir une demi-heure de plus.

— C'est cela, user de la chandelle !

— Alors, dame Dennesens, que voulez-vous que je fasse ? faut-il que je m'en retourne? demanda Gudule d'un ton de dignité offensée.

A cette menace, dame Dennesens, que sa nature grondeuse avait entraînée un peu trop loin, vit aussitôt apparaître devant son imagination, non-seulement le raccommodage de tout son linge en suspens, mais encore l'arrivée chez elle d'une lingère moins laborieuse et moins experte que Gudule.

— Allons, allons, interrompit-elle d'un ton radouci, laissons là ces discussions qui ne mènent à rien. Dame Gudule, avez-vous trouvé bon mon poulet?

— Excellent! parfait! madame, reprit Gudule encore un peu fâchée, et qui alla prendre sa place accoutumée dans l'arrière-boutique.

Sur ces entrefaites, maître Dennesens, gros homme dont la finauderie perçait niaisement à travers les traits communs et bouffis de son visage, entra dans l'arrière-boutique et accosta Gudule, tout étonnée de cet honneur.

— Çà, dit-il en faisant signe à sa femme de sortir et en s'asseyant à côté de la lingère, çà, dame Gudule, que donneriez-vous à celui qui vous apporterait une bonne nouvelle?

— En avez-vous une à me dire? demanda Gudule en souriant à cette plaisanterie.

— Oui.

— Je lui donnerai ce qu'il voudra, reprit-elle en commençant à prêter plus d'attention aux paroles du tabellion.

— Eh bien, je viens vous apprendre que vous héritez de cinquante mille florins [1]!

— Cinquante mille florins! Oh! vous vous moquez de moi! Ne vous jouez pas ainsi, monsieur le tabellion, voyez-vous, cela fait trop de mal.

[1] 100,000 francs.

— Dame Gudule, tâchez de maîtriser un peu vos émotions, et écoutez-moi. N'avez-vous pas dans la province de Liége, proche de Verviers, au village de Séroulle, un cousin nommé Eustache Goffyn ?

— Oui, maître; mais il est beaucoup plus jeune que moi et il a deux enfants.

— Eh bien, lui et ses deux enfants sont morts *intestat*, et vous restez la seule héritière de leur ferme immense et de leurs terres.

Tandis que le tabellion lui donnait ces renseignements, dame Gudule joignit ses mains, que l'émotion faisait trembler; une sueur abondante ruisselait sur son visage, et ses lèvres convulsives balbutièrent un nom :

— Élisabeth! Élisabeth!

— Voyons, continua le tabellion, en passant son bras sous le bras de la vieille femme, à la grande surprise de madame Dennesens, qui venait de rentrer dans l'arrière-boutique, voyons, marchez un peu et venez avec moi dans le jardin; l'air vif vous fera du bien et calmera des émotions qui ne peuvent être funestes d'ailleurs, car la joie les cause.

En effet, après quelques tours dans ce jardin où elle était tout étonnée de se trouver, car le tabellion accordait rarement cet honneur et seulement à ses plus considérables pratiques, Gudule avait retrouvé toute sa raison.

— Maître Dennesens, dit-elle, cette fortune ne peut guère me servir à moi qui suis vieille et habituée à la pauvreté; il faut donc qu'elle serve au bonheur de ma jeune maîtresse, au bonheur d'Élisabeth; et pour cela elle doit croire que l'héritage appartient à elle et non à moi, car, sans cela, elle refuserait de l'accepter.

Le tabellion regarda la vieille fille avec une respectueuse admiration.

— Il le faut, voyez-vous, continua Gudule avec l'aplomb que donne instinctivement la fortune, il le faut, et je vous en garderai une éternelle reconnaissance.

— Soit, dit le tabellion, nous arrangerons cela.

— Dans le Cambrésis, Élisabeth a des parents nombreux, des parents qu'elle ne connaît pas ; supposez qu'il lui en est mort un, et qu'il était aussi riche que mon cousin Goffyn ; faites signer à Élisabeth, — sans qu'elle sache de quoi il s'agit, — sans qu'elle le lise, — un parchemin pour recevoir cet héritage supposé, et qu'au lieu de cela, elle signe une acceptation de mes biens.

— Vrai Dieu ! dame Gudule, voilà que vous parlez d'affaires et que vous vous y entendez comme un tabellion même !

— Oh ! c'est qu'il y va du bonheur de mon enfant, de mon Élisabeth que j'ai élevée, — et que je vais marier, mon bon maître Dennesens. Car elle aime un beau jeune homme, et ils étaient trop pauvres pour s'épouser. Ah ! ah ! comme ils vont être surpris ! — Mais il faut que j'aille annoncer à Élisabeth l'héritage qu'elle vient de faire. Dites-moi, maître, dame Dennesens ne m'en voudra pas trop si je m'en vais aujourd'hui comme cela sans terminer les raccommodages de son linge ; mais la tête me brûle tant et la main me tremble si fort que je ne pourrais pas seulement relever une maille; demain je viendrai de meilleure heure.

— Non, non, allez en paix, dame Gudule, nous prendrons une autre lingère.

— Et pourquoi ? demanda Gudule presque offensée.

— Parce que d'ici à quelque temps, vous aurez autre chose à faire qu'à raccommoder mes vieux bas. Çà, venez me mettre votre croix au bas de deux ou trois parchemins, et je vous laisse libre.

IV

Une heure après le départ de Gudule, Élisabeth s'éveillait toute surprise de voir qu'il faisait grand jour et qu'elle avait dormi plus longtemps que d'ordinaire. Mais elle se sentait si calme et si reposée, elle avait fait de si doux songes, qu'elle n'eut point le courage de regretter le retard causé par ce sommeil à sa besogne accoutumée. Bien loin de là, après s'être levée, au lieu de vaquer aussitôt aux soins domestiques, elle se laissa nonchalamment aller aux charmes de ses souvenirs, et elle était encore là, assise, rêveuse et nonchalante, lorsqu'on frappa doucement à sa porte.

— Qui donc est là ? demanda-t-elle.

— C'est moi, c'est Pierre.

— Eh ! mon Dieu, dit-elle, quelle opinion va-t-il prendre de moi, lorsqu'il saura qu'à pareille heure mon ménage n'est pas encore terminé ? N'importe, il ne faut pas le mécontenter en le renvoyant.

Elle tira donc à la hâte les rideaux bleus de l'alcôve, pour dissimuler le désordre du lit, et ouvrit enfin à Pierre, qui sourit malicieusement en voyant les yeux de la jolie dormeuse encore gros de sommeil.

— Qui me vaut donc si matin votre visite ? lui demanda-t-elle en rougissant.

— J'étais triste et j'avais le cœur plein de pensées lourdes et douloureuses ; je suis venu vous voir pour me guérir. J'étais loin de soupçonner que vous dormiez encore à neuf heures, ajouta-t-il en jetant un regard taquin sur les meubles en désordre du petit logis.

— Et pour votre peine vous m'aiderez à les ranger, maître Pierre. Prenez cette table avec moi... bon ! Poussez maintenant cet escabeau.

— Ne dirait-on pas qu'ils sont déjà dans leur ménage! s'écria la plus joyeuse voix que jamais eussent entendue les deux promis.

Gudule entrait rouge, haletante et légère comme si elle n'eût eu que quinze ans.

— C'est cela, c'est cela, maître Pierre; apprenez à aider votre femme dans les soins domestiques, car vous vous mariez avant quinze jours.

— Avant quinze jours! fit Pierre avec surprise.

— Ne m'avez-vous pas répété cent fois que la pauvreté seule vous empêchait de vous marier?

— Eh bien? demanda Pierre en pâlissant.

— Eh bien! vous êtes riche.

— Riche! moi?...

— Vous, non; mais Élisabeth... elle fait un héritage de cinquante mille florins.

— Moi? Gudule.

— Toi, mon enfant! toi! Ainsi plus d'inquiétudes, plus de larmes! plus d'attente! plus que de la joie; tra la la la la la la la!

Et elle dansait, et elle sautait en battant des mains.

Ensuite elle expliqua aux promis comme quoi un parent d'Élisabeth lui laissait en mourant cinquante mille florins.

— Et tout cela est à vous, Pierre, à vous, dit Élisabeth. Vous en userez comme vous le voudrez. Nous vivrons paisiblement de nos rentes, s'il vous plaît; nous ouvrirons quelque boutique si vous l'aimez mieux; rien ne m'importe, pourvu que désormais je ne vous quitte pas.

— Et vous ne me quitterez plus, Élisabeth; dans quinze jours vous serez ma femme à la face de Dieu et des hommes; non pour vos richesses, ajouta-t-il, mais pour votre cœur et votre tendresse... Moi aussi j'ai un secret, mais vous ne le saurez que le jour de notre mariage. En attendant, laissez-moi m'occuper de tous les préparatifs des noces. J'ai quelques amis qui pourront y suffire, je pense. Ne sortez pas, ne voyez personne ; me le promettez-vous, me le jurez-vous ?

— Je vous le jure, Pierre.

— Adieu donc, mon Élisabeth.

Et il lui baisa la main, tandis que Gudule criait et chantait :

— Dans quinze jours ! dans quinze jours !

Les quinze jours qui retardaient encore le mariage, et les délais que nécessitaient les formalités de l'Église s'écoulèrent en préparatifs où l'aiguille de dame Gudule joua un grand rôle ; car si la jeune fille tailla elle-même sa robe de noce, en revanche Gudule la cousit ; et avec quel soin ! je vous laisse à le penser ! Pierre ne quittait presque plus les deux heureuses femmes ; seulement il cherchait constamment à les empêcher de sortir et à rendre impossible tout rapport entre elles et les autres personnes de la ville.

Enfin le jour des noces arriva.

Dès huit heures du matin, Gudule, parée elle-même d'une robe neuve, se mit à revêtir Élisabeth des habits nuptiaux. L'émotion agitait si fort les mains de Gudule qu'elle pouvait à peine attacher les épingles et nouer les rubans de la robe d'Élisabeth.

A dix heures, une musique se fit entendre dans la rue ; bien loin de se douter que cette musique fût pour la noce, Gudule vint sur le seuil regarder ce que c'était. Jugez de sa surprise ! les musiciens précédaient la confrérie de Saint-Ildefonse, dont les membres, revêtus de leur magnifique costume, marchaient enseignes et guidons déployés. Après cela venait une députation des divers *Serments*, ou sociétés, de la bourgeoisie, et enfin un groupe nombreux de gentilshommes, parmi lesquels on remarquait le bourgmestre en personne, et messire Bogaerts, le secrétaire de la ville.

Le cortége fit halte et se rangea autour du petit logis, au grand ébahissement de Gudule et d'Élisabeth.

Alors parut le marié, Pierre, dans un riche accoutrement, et un cri s'éleva de toutes parts :

— Vive la femme de Rubens !

— Rubens ! murmura Élisabeth éperdue ! Rubens ! cet artiste célèbre dont chacun dans la ville répète le nom avec admiration et respect ! vous êtes Rubens, Pierre ?

— Oui, mon Élisabeth, oui ; ma fortune, mon nom, ma gloire, tout cela vous appartient.

— Qu'importe tout cela ? puisque j'ai votre tendresse.

— Mais où donc se tient Gudule ?

— Me voici, me voici ! dit à mi-voix la vieille femme, confuse de voir maître Pierre devenu un personnage de si grande importance.

— Ah ! ah ! je sais vos mensonges, dame Gudule, le tabellion, maître Dennesens, m'a tout avoué.

— Taisez-vous donc ; quel besoin de dire cela devant tout ce monde ?

— Je ne leur dirai point, car ils le savent déjà.

— Mes amis, ajouta-t-il en prenant la vieille femme par la main, mes amis, voici Gudule !

Chacun se découvrit avec respect.

— Et maintenant, fit-il en prenant les mains d'Élisabeth et de Gudule, maintenant marchons à l'église cathédrale, où monseigneur l'archevêque de Malines nous attend pour bénir notre union.

— Vive Rubens ! vive Élisabeth Brant ! répéta la foule.

V

Neuf années après le mariage de Pierre Rubens et d'Élisabeth Brant, dame Gudule, assise devant une table de cuisine, disposait, dans une paire gigantesque de souliers en carton, des jouets d'enfants, des pâtisseries et des images grossièrement enluminées. Une femme de soixante ans à peu près, et qui n'était rien moins que dame Tréa Dennesens, l'épouse du tabellion, présentait tour à tour chacun de ces objets à Gudule, qui les enveloppait soigneusement de papier, non sans adresser quelques observations louangeuses ou critiques à celle qui l'aidait et qui recevait ces monitoires avec la déférence d'une inférieure envers sa supérieure.

— Jamais nous n'avons aussi bien réussi nos *couques*[1]; dame Tréa; le sucre qui les recouvre brille comme du diamant. La pâte de ces *quenioles*[2] manque un peu de fermeté; vous ne l'avez pas assez cuite. On se mangerait les doigts avec ces *goyères*[3]. Maintenant, dame Tréa, mettons la poupée dans le soulier de Catherine, le Saint-Nicolas de bois dans le soulier de Paul, et plaçons tout cela sous la cheminée de monseigneur Rubens. N'oubliez-vous rien ?

— Non, dame Gudule, tout est prêt ; rien ne manque pour cette fête des enfants.

— Rien ! dame Tréa, rien, excepté leur mère ! soupira Gudule en se retournant, et dont la tête, restée jusqu'alors dans l'ombre, se trouva tout à fait éclairée par la lumière de la lampe. Leur mère ! répéta-t-elle avec une expression de désespoir qui contractait son visage pâle et profondément flétri par la douleur et par l'âge, leur mère !

Et des larmes tombèrent lentement de ses yeux éraillés sur ses joues ridées et livides.

— Dire qu'après huit années de mariage elle est morte d'une

---

[1] Sorte de pâtisserie couverte de sucre.
[2] Gâteaux au milieu desquels se trouve une petite figure en terre cuite représentant un ange ou l'Enfant Jésus.
[3] Tourte au fromage.

fièvre lente contre laquelle a échoué toute la science des médecins!
Dire, dame Tréa, qu'il m'a fallu, moi vieille et de peu d'utilité sur
la terre, recevoir le dernier soupir de cet ange, belle, jeune, ado-
rée, et si nécessaire aux deux chers petits innocents qu'elle laissait
après elle!

Je la vois encore sur son lit de douleurs, prêtant l'oreille au
moindre bruit de voitures et demandant avec anxiété : Est-ce Pierre?
est-ce mon mari qui arrive enfin? Car il y avait trois mois que
monseigneur Rubens était parti pour l'Espagne, et on lui avait écrit
depuis lors la maladie de sa femme et les craintes qu'elle inspirait.
Hélas! aucune voiture ne s'arrêtait devant la porte du logis. Enfin,
dame Tréa, vers les cinq heures du matin, comme le jour commençait à paraître et à se mêler d'une façon lugubre à la lueur de la
lampe, madame Élisabeth se dressa sur son lit : « Gudule, fit-elle
en me tendant sa main froide et moite, amène-moi mes enfants, je
veux les revoir encore une dernière fois. » J'allai quérir les deux
petits innocents qui ne savaient ni pourquoi on les éveillait de si
bonne heure, ni pourquoi je les faisais mettre à genoux près du
lit de leur mère, ni pourquoi leur mère les bénissait en pleurant.

— Écoute, Gudule, me dit ensuite la chère dame, écoute : arme-
toi de courage et de force pour supporter le chagrin de ma mort,
car il faut que tu deviennes la mère de mes enfants... Veille donc
sur ces enfants, sur Catherine surtout! Élève-la pieusement, simplement...

Elle voulut encore parler; les forces lui manquèrent : trop d'efforts l'épuisaient; mais, sans proférer un mot, elle me désignait des
yeux la chambre où l'on avait reconduit les enfants, comme pour
me dire :

— N'oublie pas ce que je t'ai demandé.

A sept heures le prêtre arriva, suivi de nombreux fidèles, qui en-
vahirent en silence l'appartement et se mirent à genoux autour du

lit de la malade. D'autres entouraient la maison, des flambeaux à la main, et la sonnette des petits enfants de chœur tintait d'une manière sinistre au milieu de ce murmure de pas et de prières. Élisabeth, résignée aux coups dont le Seigneur la frappait, reçut les derniers sacrements avec la ferveur d'un ange et à l'édification de tous. Puis, quand cette foule s'écoula, quand il ne resta plus que moi près de son lit, elle répéta deux fois :

— Mes enfants! mes enfants!...

Les sanglots interrompirent dame Gudule.

— Le lendemain, reprit-elle d'une voix encore émue, le lendemain, quand le logis se tendait de noir, quand les prêtres se disposaient à conduire le cercueil à l'église, le bruit de cette voiture qu'Élisabeth avait tant attendue se fit ouïr, et monseigneur Rubens descendit devant la porte de sa maison. A l'aspect de ces préparatifs lugubres, il devint pâle comme un mort, et, me prenant par la main, il m'entraîna dans la chambre où se trouvait la bière.

J'allai chercher ses enfants, et je les lui amenai. Il les regarda d'abord d'un œil sec et presque égaré ; puis tout à coup il fondit en larmes.

— Tu seras leur mère, n'est-ce pas, Gudule? s'écria-t-il.

— Je l'ai promis à Élisabeth, répondis-je.

Et j'ai tenu ma promesse, dame Tréa. De ce jour-là même, je n'ai plus quitté les deux enfants ; je les ai élevés dans la crainte de Dieu, dans le souvenir de leur mère et dans la tendresse et le respect qu'ils doivent à leur père.

— Mais, ajouta-t-elle en s'essuyant les yeux, voici que huit heures vont sonner, et il est temps de porter tout cela chez messire Rubens. Il ne faut plus que je pleure, dame Tréa ; la fête de Saint-Nicolas doit être joyeuse pour les enfants, et, si la petite Catherine me voit pleurer, elle pleurera aussi, et elle me dira :

— Mère Gudule, tu penses à notre mère, car tu es triste.

Après ces longs bavardages que l'on comprendra et que l'on excusera sans doute en songeant que Gudule comptait soixante-dix ans, elle prit dans ses bras les deux grands souliers de carton et entra dans la chambre à coucher de Rubens.

L'artiste, déjà debout, parcourait sa chambre à grands pas ; une pensée grave semblait le préoccuper, et l'arrivée de Gudule parut l'impressionner désagréablement, mais il n'en témoigna rien.

— Eh ! comme vous voilà chargée, ma bonne Gudule.

— Oui, monseigneur ; c'est aujourd'hui la Saint-Nicolas, et nos enfants vont venir savoir si le bienheureux évêque a passé et si son baudet a laissé beaucoup de ces bonnes choses que contiennent les paniers qu'il porte : j'ai donc empli les deux souliers de toutes les friandises que j'ai pu fabriquer depuis hier soir avec l'aide de dame Tréa Dennesens. Holà ! Paul et Catherine, venez, mes chers petits.

Et elle se plaça devant la cheminée, cachant de son mieux, au moyen de sa jupe étalée, les souliers de carton et leurs richesses.

La petite fille se précipita dans la chambre de son père ; Rubens prit dans ses bras le petit garçon.

Tandis que ce dernier, assis par Gudule dans un fauteuil proportionné à sa taille, considérait avec assez d'indifférence une scène qu'il ne comprenait pas encore, sa sœur, jolie espiègle de cinq ans, tournait autour de dame Gudule, qui s'efforçait de lui dérober la vue de la cheminée et qui lui répétait en riant :

— Saint Nicolas n'a point passé par ici.

— Mère Gudule, vous me trompez, car j'ai été sage toute la semaine, et hier soir j'ai rempli de foin le gros soulier de carton pour que le baudet de saint Nicolas puisse manger longtemps et laisser à son maître le loisir de me donner beaucoup de bonnes choses.

Et, par une ruse habile, elle feignit de passer à la droite de dame Gudule ; mais elle se détourna tout à coup, se glissa à gauche et se trouva face à face des friandises entassées dans le soulier.

— O le bon saint ! dit-elle en prenant possession de tous ces trésors ; ô le bon saint ! La belle poupée ! mère Gudule ; elle a une jupe de gros de Tours et une collerette de Malines. Tiens, père, regarde ses beaux yeux bleus et sa bouche rose... Et des couques ! et des *flans !*

Pendant ce temps, le petit Paul mangeait lentement une couque sucrée que Gudule lui avait donnée.

C'était un groupe charmant que cette vieille femme agenouillée près de la cheminée, une main appuyée sur le fauteuil du petit garçon, et soutenant, de son bras gauche, Catherine, dont les vêtements en désordre laissaient découvertes la poitrine et les jolies épaules ; puis, autour d'eux, des jouets épars, et un grand épagneul qui, la tête allongée sur ses deux pattes de devant, portait vers la couque de Paul des regards de convoitise, et passait, de temps à autre, sa langue rose sur ses lèvres garnies de longs poils soyeux.

Distrait par un si délicieux tableau, Rubens oublia quelques instants les pensées soucieuses qui le préoccupaient. Bientôt néanmoins les plis de son front reparurent, et il se remit à parcourir l'appartement avec une vive agitation.

— Qu'avez-vous donc, monseigneur ? lui demanda Gudule d'un air inquiet.

— Ah ! répliqua Rubens, qui attendait cette question et qui n'en éprouvait pas moins un cruel embarras pour y répondre, ah ! Gudule, c'est quelque chose de bien sérieux et de bien grave.

— Quoi donc ?

Rubens rougit et fit encore quelques pas. Puis, quand il se trouva tout au bout de l'appartement, il se retourna et dit rapidement :

— On veut me remarier.

Gudule fit un signe de croix.

— Vous... vous remarier !

— Oui, Gudule! mes amis m'offrent un parti fort avantageux,
l'isolement où je me trouve nuit, disent-ils, à mes travaux.

— Et vous avez refusé, n'est-ce pas? vous avez refusé sans hésiter?

— Sans doute, mais...

— Vous n'avez point déjà oublié celle qui est au ciel?

Rubens ne répondit que par un mouvement de la tête.

— Et vos enfants! vos pauvres enfants!... Quoi donc! ils seraient
obligés de dire à une autre femme : « Ma mère! » Oh! cela n'est
point possible, cela ne se peut pas.

— Vous ne considérez point assez ma position, Gudule, répliqua
Rubens, qui supportait péniblement ces observations, quoiqu'il les
eût prévues ; ma vie est triste et solitaire ; quand je rentre au logis
après une journée de travail..., personne ne m'y attend.

— Vos enfants vous y attendent, monseigneur, vos enfants! ces
petits anges devant lesquels on passerait sa vie à deux genoux. Je
ne vous parle pas de moi ; je ne suis qu'une vieille femme plus à
charge que commode, et dont les forces et l'intelligence trahissent
la bonne volonté ; mais vous avez vos enfants !

— Gudule!...

— Oh! pardon! pardon! interrompit-elle en se jetant aux genoux
de Rubens, pardon! je ne sais plus ce que je dis ; il ne faut pas
ajouter d'importance à mes paroles... C'est que, voyez-vous, j'ai
perdu la tête quand vous m'avez dit : « On veut me remarier. »
Ne le faites pas! au nom du ciel, au nom d'Elisabeth, ne le faites
pas! Donner une belle-mère à vos enfants ! mais c'est les condamner
aux larmes, c'est détruire leur bonheur à venir... « Mon Dieu!
faites que je trouve des mots pour le convaincre, faites qu'il renonce à ce fatal projet ! »

Et elle pleurait, et elle sanglotait, et elle pressait les genoux de
Rubens. La petite Catherine, voyant les larmes de Gudule, se mit à

pleurer également, et Paul laissa tomber sa *couque*, près de laquelle l'épagneul allongea son museau sans toutefois oser prendre le morceau friand.

— Rien n'est encore décidé, ma bonne Gudule ; je n'ai point encore pris de résolution ; calmez-vous, dit Rubens en se débarrassant des étreintes de la vieille femme.

Et il sortit vivement impressionné, mais non pas vaincu.

Quand il se fut éloigné, Gudule courut aux deux enfants, les serra contre sa poitrine, comme si on eût voulu les lui enlever, et, leur montrant le ciel :

— Mes enfants, priez Dieu ! s'écria-t-elle, priez Dieu ! demandez à votre mère qu'elle intercède près de lui pour vous, car vous avez bien besoin de sa protection.

La petite Catherine joignit les mains et s'agenouilla.

— Mon Dieu ! ne nous abandonnez pas, murmura Gudule.

VI

Hélas ! ni les larmes de Gudule, ni deux neuvaines vouées par elle à Notre-Dame d'Anvers, ne purent détourner Rubens des projets de mariage qu'il méditait.

Car Hélène Froment, sa fiancée, appartenait à la famille la plus riche et la plus puissante de la ville. Jeune, belle et renommée pour son esprit, Hélène dédaignait la main que lui offraient des négociants qui comptaient par centaines de tonnes d'or, et des seigneurs qui voulaient parer son front de la couronne de princesse ou de marquise Pour la séduire, il fallait la gloire et la noblesse réunies en Rubens, dont toute l'Europe admirait les œuvres sublimes, et que les rois d'Angleterre et d'Espagne se disputaient pour ambassadeur. Certes elle n'eût point, en quittant l'opulence de la maison paternelle, voulu entrer dans un logis vulgaire, sans pages sur le perron pour la recevoir, et dont la magnificence n'eût point fait dire avec admiration aux étrangers qui passaient : « Quel prince demeure dans cette royale maison ? » Elle aimait Rubens avec tous les prestiges de son grand nom, de son immense fortune et du faste dont il s'entourait ; mais elle n'eût point pris garde à Rubens pauvre et inconnu ; elle ne l'eût point accueilli mélancolique et déguisé sous le pourpoint d'un humble commis marchand.

Et, il faut en faire l'aveu, Rubens, de son côté, n'éprouvait rien pour Hélène de ce qu'il avait éprouvé jadis pour Élisabeth. Le temps et l'âge tempéraient son imagination romanesque et rectifiaient sa raison un peu aux dépens de son cœur.

Une personne le gênait dans ses desseins et lui présentait un obstacle, bien frêle en apparence, mais qu'il ne lui en coûtait pas moins beaucoup de renverser : c'était Gudule !

— Que me fait cette femme? se disait-il; quelle autorité exerce-t-elle sur moi? que m'importe son blâme ou son approbation?

Et néanmoins, dix fois près de lui parler de ses projets de mariage, il garda le silence et se sentit la rougeur sur le front et le remords au cœur. Enfin le jour de la Saint-Nicolas, comme on l'a vu, il sortit de cette contrainte, et dès lors il marcha rapidement dans l'exécution de son dessein.

Dire ce que Gudule souffrait ne serait point possible à des paroles humaines. Non-seulement elle voyait dans le mariage de Rubens une profanation du souvenir d'Élisabeth, mais encore le malheur de ses deux petits enfants. Hélène Froment, comme toutes les femmes que mettent en évidence leur beauté, leur esprit ou leur haute position sociale, se trouvait en butte à bien des calomnies et à bien des haines que n'excitait que trop d'ailleurs son caractère hautain. On interprétait odieusement ses actions les plus innocentes, et la moindre de ses paroles se répétait, commentée, défaturée et envenimée. Jugez donc des préventions que nourrissait contre elle Gudule, si mal disposée d'ailleurs pour elle; Gudule, qui la voyait prendre la place et l'héritage d'Élisabeth; Gudule, aigrie par tant d'épreuves et par tant de souffrances! Aussi, lorsqu'on lui transmit, de la part de Rubens, l'ordre de faire conduire à Hélène Froment Catherine et le petit Paul, elle refusa d'abord positivement et avec énergie de déférer à cet ordre; puis, quand on lui fit comprendre qu'il fallait céder ou s'exposer à un juste ressentiment, elle céda; mais de telle manière, qu'Hélène s'en trouva blessée, et que dès lors un germe d'aversion mutuelle fermenta dans le cœur de ces deux femmes.

Voici comment eut lieu cette entrevue.

Après avoir mis aux deux enfants leurs robes de deuil, après avoir imprudemment répété à Catherine qu'elle la menait chez une femme qui l'empêcherait bientôt de prier le bon Dieu pour sa mère Élisabeth,

d'une femme qu'il ne fallait pas embrasser, Gudule, l'air solennel
et renfrogné, prit elle-même Paul dans ses bras, donna la main à la
petite, et se dirigea vers le logis d'Hélène. Les nombreux domestiques qui peuplaient l'antichambre et les grands airs qu'ils prirent
à l'égard de la vieille femme, vêtue comme on se vêtait trente années auparavant, ajoutèrent encore à son indignation. Cependant,
dès qu'elle se nomma, on changea de manières à son égard, et on
l'introduisit avec empressement chez la fiancée de Rubens, qui se
trouvait alors à sa toilette. Aussitôt Hélène s'échappa des mains de
ses femmes et vint pour embrasser les enfants ; le petit Paul, trop
jeune pour comprendre les insinuations hostiles de Gudule, tendit
ses joues grosses et fraîches aux baisers de la jeune fille ; mais
Catherine détourna la tête, se prit à pleurer et cria :

— Mère Élisabeth! mère Élisabeth !

— Ne pleure pas, ne te désole pas ainsi... Je tâcherai de la remplacer, mon enfant ; je serai ta mère ; dis, le veux-tu ?

Et elle attirait sur ses genoux la petite fille, qui se débattait et
pleurait toujours.

— Je te fais donc bien peur ? est-ce que tu me trouves laide ?

— Non, dit l'enfant en suspendant ses larmes pour la regarder,
non ; mais vous m'empêcherez de prier le bon Dieu pour mère Élisabeth.

— Et qui t'a dit cela, ma petite ?

— C'est...

L'enfant regarda Gudule.

— C'est moi, madame, interrompit hardiment la vieille femme.

— Et qui vous a fait dire cela ? demanda Hélène d'un air hautain.

— Ne venez-vous pas prendre la place de leur mère ? ne venez-
vous pas donner d'autres enfants à leur père, et dérober ainsi à ces
orphelins une partie de sa tendresse pour eux ? ne...

— Mon enfant, reprit Hélène en détournant la tête et sans laisser

achever Gudule, on te trompe. Loin de t'empêcher de prier le bon
Dieu pour ta mère, nous le prierons ensemble toutes les deux pour
elle. Tiens, ajouta-t-elle en détachant de son oratoire un chapelet
d'or, tiens, voici le gage de la promesse que je te fais. Chaque jour,
nous en parcourrons tous les grains en récitant des *oremus* à l'intention de ta mère.

Catherine, émerveillée du riche cadeau, prit le chapelet et se mit
à le faire briller au soleil; Paul tendit les mains vers le chapelet
pour le saisir.

— Toi aussi, cher enfant, tu auras ton cadeau. Voici un hochet
qui contient une relique, et voici encore de bons gâteaux, ce qui,
sans doute, te plaira mieux. Tends aussi tes mains, tes deux petites
mains, prends, prends encore. Et maintenant vous pouvez vous retirer, dame Gudule; je renverrai les enfants vers le soir.

— Je ne les quitterai pas! ils ne resteront point ici! s'écria la
vieille femme éperdue; rendez-moi mes enfants, je le veux. Viens,
Catherine, viens.

Mais Catherine, qu'Hélène tenait par la main, jouait avec son beau chapelet d'or et se pressa contre la jeune dame pour ne point la quitter. Quant à Paul, il se trouvait trop préoccupé par les gâteaux qu'il mangeait pour tendre les bras à la vieille femme qui l'appelait.

Au désespoir et le cœur brisé, Gudule sortit.

A peine s'éloignait-elle depuis quelques instants, que la porte s'entr'ouvrit avec précaution et laissa voir la noble figure de Rubens. Il resta là immobile, le cœur palpitant de joie et les yeux pleins d'admiration, car Hélène Froment, car sa fiancée s'ébattait encore sur le tapis avec les deux enfants. Catherine tenait ses bras mignons enlacés autour du cou de la ravissante créature, tandis que le petit Paul lui tendait les mains et lui souriait de ses plus beaux sourires. Par malheur, un mouvement involontaire trahit la présence de Rubens. A ce bruit, Hélène s'élança sur une cape de soie noire dont elle s'enveloppa du mieux possible, mais pas si bien qu'elle ne laissât voir sa belle chevelure qui se répandait à longs flots sur ses épaules et sur sa taille. Catherine courut joyeuse à Rubens, et Paul bégaya le seul mot qu'il eût encore appris :

— Père...

— Oh ! dit Rubens à Hélène en lui tendant la main, oh ! merci, pour avoir donné tant de bonheur au père et au fiancé.

Hélène, encore rouge et animée de ses jeux avec les enfants, leva sur lui un regard tendre et brillant.

— Merci, répéta Rubens, car ils ont retrouvé une mère.

— Dites plutôt une sœur, répliqua-t-elle en souriant ; mais qu'importe le nom, puisque nous ne nous quitterons plus ? N'est-ce pas, petite Katt ?

— Jamais, jamais, répéta la petite fille en l'embrassant.

— Tu m'aimes donc, maintenant, toi ? continua Hélène qui caressait le menton de la petite fille ; tu ne pleures donc plus, tu ne me dis plus : Vous êtes une méchante qui m'empêcherait de prier Dieu pour mon autre mère.

Rubens exprima par un geste sa surprise et son mécontentement.

— Oui, Pierre, déjà l'on voulait jeter de la haine entre ces jolies petites créatures et votre fiancée. On désirait que les larmes et les douleurs domestiques entrassent avec moi dans votre logis. Heureusement que cela n'est plus possible et que nous nous aimons pour toujours, mes chers petits angelots et moi, n'est-ce point?... Du reste, les discours de cette méchante vieille n'auront plus d'influence sur vous, car vous ne la verrez plus.

Et elle embrassa les enfants.

— Monseigneur, ajouta-t-elle en prenant une attitude plaisamment suppliante, monseigneur, je viens requérir de vous la première grâce que je vous aie jamais demandée. Faites que je ne trouve pas, à mon entrée dans votre logis, ce vilain oiseau de mauvais augure ; renvoyez avant notre mariage la vieille servante Gudule.

— Gudule! Gudule! répéta Rubens avec une douleur mêlée d'effroi ; Gudule!

— Oui, Gudule, répéta Hélène sur le visage joyeux et rayonnant de laquelle passa subitement un nuage de mécontentement.

— Mais Gudule n'est point une servante; c'était l'amie, c'était la mère adoptive de ma... de leur mère.

— Ah! fit froidement Hélène, vous hésitez entre elle et moi! Libre à vous, seigneur Rubens ; mais je ne mettrai jamais le pied dans une maison où m'attendent la haine et la calomnie.

— Hélène! chère Hélène!

Hélène, pâle et les yeux pleins de larmes, détourna la tête ; puis elle voulut dire quelques mots encore, mais ses sanglots éclatèrent. Catherine courut à elle, se mit à lui essuyer les yeux et cria à Rubens :

— Père, vous êtes méchant de faire ainsi pleurer mon amie Hélène!

Rubens soupira profondément, puis il dit avec tristesse :

— Vous serez obéie, Hélène, quoi qu'il m'en coûte.

Un sourire plein de tendresse et de joie anima soudain le visage d'Hélène tout mouillé de larmes, et elle tendit la main à Rubens.

— Pauvre Gudule! pensait ce dernier ; pauvre Gudule !

VII

Lorsque Gudule sortit de chez Hélène, une telle agitation enfiévrait son cerveau et tant de pensées douloureuses s'entre-choquaient dans son imagination ébranlée, qu'elle marcha quelque temps à l'aventure par la ville. Elle aurait voulu pleurer et elle ne le pouvait pas. Ainsi durent souffrir nos premiers pères, lorsque l'ange de la colère divine les chassa du paradis terrestre en leur disant : ·

— Allez, maudits!

En effet, son paradis à elle, sa tendresse, son existence enfin ne lui étaient-ils point ravis pour toujours? n'avait-elle point vu les enfants d'Élisabeth, oui, ses enfants, quitter — pour une étrangère, pour une marâtre, — celle qui les avait élevés ; celle qui donnerait pour eux son sang, celle qui sacrifierait sans hésiter tout pour leur éviter une seule larme !

— Oh! malédiction sur la femme qui me vaut tant de souffrance! malédiction sur elle! malédiction !

A ces paroles de vengeance et de haine, les premières que proférassent ses lèvres, les premières que conçût son esprit, Gudule s'arrêta éperdue, effrayée.

— Sainte Vierge! sainte Vierge! m'abandonnez-vous tout à fait?... Allons, il faut que je retourne au logis! J'y trouverai les enfants, cela me calmera. J'attache trop d'importance à une chose ordinaire, après tout. Des enfants, à cet âge, mon Dieu, est-ce que cela raisonne ses actions ? Ils ont vu le chapelet d'or et la couque, rien de plus. Je leur en donnerai, moi aussi, des chapelets et des couques, et ils oublieront cette femme ! cette femme qu'ils ont préférée à moi !... A moi !... Oh ! c'est à en mourir, c'est à en mourir !

La nuit commençait à descendre lorsque Gudule revint au logis, brisée et la tête brûlante de fièvre et de désespoir.

— Les enfants sont-ils rentrés ? ce fut là sa première question.

— Non, dame Gudule, mais monseigneur Rubens, de retour depuis une demi-heure, vous a fait quérir deux fois.

Une sueur froide ruissela sur tous les membres de la vieille femme, qui pressentit quelque nouveau malheur.

Elle se rendit dans l'appartement de Rubens avec l'abnégation passive du condamné qui monte sur l'échafaud.

A la vue de Gudule, Rubens, par un geste, éloigna tous ceux qui l'entouraient et resta seul avec la pauvre femme, dont les genoux se dérobaient sous elle. Une larme s'échappa des yeux de l'artiste et coula lentement sur ses joues. Gudule tomba à ses pieds en sanglotant.

— Pardon ! s'écria-t-elle, pardon ! Mais c'est qu'Elle m'enlève la tendresse de mes enfants ; c'est qu'ils ne m'aiment déjà plus ! O messire ! quelle serait votre souffrance si vos enfants ne vous aimaient plus !

— Ma bonne Gudule, vous nous avez jetés dans des chagrins bien irréparables.

— Ne voudrait-elle plus vous épouser ? demanda Gudule, dont les yeux brillèrent d'une sorte de joie farouche.

— Non, Gudule, ce n'est point cela... Mais après la triste scène de tantôt, vous devez le comprendre, pour vous, habiter sous le même toit qu'elle devient impossible...

— Elle me chasse ! s'écria Gudule en se levant; elle me chasse !

Mais à ce paroxysme furieux succéda bientôt une crise opposée ; son cœur se brisa, ses forces l'abandonnèrent et elle tomba demi-morte aux genoux de Rubens.

— Non ! non ! non ! ne me chassez pas ! laissez-moi près de mes enfants ! Dites-lui que jamais je ne dirai un mot contre elle ; que je répéterai qu'elle est bonne autant qu'elle est belle... Si elle le veut, jamais je ne m'offrirai à ses regards. Oui !... Ou bien je la servirai ; je serai sa domestique ; sa fille d'atours ; je la parerai des bijoux d'Élisabeth ! Tenez, messire Pierre, je l'aimerai même... Mais aussi qu'elle ne me chasse pas, qu'elle me laisse mes enfants ! Faut-il qu'elle attache tant d'importance aux paroles d'une vieille femme qui déraisonne, qui ne sait point ce qu'elle dit ? Messire Pierre, pitié ! messire Pierre, ne me tuez pas ! laissez-moi près de mes enfants !

— Gudule ! ma pauvre Gudule !

— Je sens, monseigneur Rubens, que j'en mourrai... Or, pour elle et pour vous, ce serait un remords que de vous dire : « Nous avons tué la vieille Gudule ! » Laissez-moi près de mes enfants ! laissez-moi près de mes enfants !

— Eh bien , Gudule, venez avec moi ; nous irons la supplier ensemble de révoquer son ordre sévère et de me dégager de ma parole.

La vieille femme se résigna sans murmurer à cette humiliante démarche. Hélène céda et consentit à garder Gudule près des enfants de Rubens.

Le surlendemain le mariage fut célébré.

Dès lors commença pour l'infortunée Gudule une existence maudite d'inquiétude et de précautions inutiles qui la tuaient lentement et sans cesse.

Une cruelle expérience ne lui avait que trop appris la fragilité de l'affection des enfants ; affection qui, pour un jouet, pour quelque

objet nouveau, pour moins encore, oublie les tendresses les plus
constantes et les dévouements les plus absolus. Donc, elle ne recevait les caresses de la petite Catherine et du petit Paul qu'en se
disant : « Si leur marâtre était là avec ses présents et ses mignar-
dises, ils me quitteraient pour elle ; » et aussitôt elle courait acheter
tout ce qu'elle pensait pouvoir leur complaire ; et elle revenait près
d'eux chargée de jouets et de friandises. Aux enfants, comme aux
femmes, un instinct secret révèle qu'ils peuvent abuser impunément
de la tendresse excessive qu'on leur porte, et les deux petites créatures auraient mis à bout la patience de toute autre que la pauvre
Gudule. Catherine boudait la vieille femme pour la moindre résistance à ses volontés ; et s'il prenait fantaisie à Paul de se gorger de
friandises, il ne cessait de pousser des cris effroyables jusqu'à ce
que Gudule, éperdue, consentît à l'apaiser en cédant à ses exigences
et échangeât la douleur de l'entendre se plaindre contre les craintes
de lui voir une indigestion.

D'un autre côté, convaincue de la défiance d'Hélène à son égard,
d'Hélène dont elle se croyait haïe parce qu'elle la haïssait elle-même,
Gudule multipliait autour de la nouvelle femme de Rubens toutes
les flatteries les plus humbles qu'elle pouvait imaginer, quoique ces
flatteries lui coûtassent à commettre autant qu'un crime ; car elles
lui semblaient une lâcheté et une insulte au souvenir d'Élisabeth.
Sans cesse à épier et à prévenir les moindres caprices de la fantasque
créature, elle poussait la sublimité de son dévouement jusqu'à la
bassesse, faisant toujours trop et ne croyant jamais faire assez. Bien
plus, elle cachait avec soin sa tendresse pour les enfants ; elle n'osait
ni les embrasser, ni même les regarder en présence d'un tiers, et
si, lorsqu'elle restait enfin seule avec eux, elle les pressait dans ses
bras septuagénaires, ce n'était qu'à la dérobée et avec crainte. Devant
Hélène, elle affectait d'exagérer la tendresse des enfants pour leur
belle-mère ; elle avait toujours à raconter des propos tenus par ces

31

enfants où ils exprimaient leur amour souvent d'une manière fort
invraisemblable.

Hélène n'accordait point grande attention à ces continuels efforts
de Gudule pour lui complaire. Naturellement peu disposée à bien
juger de la vieille femme, elle méconnaissait la sainte cause de
tant de sublimes bassesses, et n'y voyait qu'une flagornerie mépri-
sable qui excitait son dégoût. De là un dédain profond qu'elle ne
prenait guère la peine de dissimuler dans toute sa conduite à l'égard
de Gudule ; la pauvre septuagénaire s'en désespérait, car elle se
croyait sans cesse à la veille d'être chassée du logis de Rubens et
séparée de ses enfants.

Quant à Rubens, tout entier à ses travaux d'artiste, il n'avait
guère que de rares souvenirs pour la vieille Gudule, qu'il voyait bien
rarement d'ailleurs. Secondé dans ses goûts de faste par Hélène, il
ne quittait son atelier que pour assister aux fêtes vraiment royales
ordonnées par sa femme avec un goût admirable, et qu'il offrait
aux seigneurs puissants et aux artistes célèbres, heureux et fiers
d'obtenir l'hospitalité du grand peintre.

VIII

La plus brillante de toutes ces fêtes fut celle que Rubens donna
un an après son mariage pour célébrer l'anniversaire de cette union.

Jamais le vaste et splendide château de Steen, résidence du peintre
célèbre, n'avait rassemblé tant de gloire et tant de noblesse. C'étaient
Buckingham, le favori du roi d'Angleterre Charles Ier ; Gaston d'Orléans, fils de la reine Marie de Médicis ; le chevalier Verhulst ;
Geraerts, secrétaire de la ville d'Anvers ; le baron de Vicg, ambassadeur de l'archiduc Albert ; Abraham Jansens, Venceslas Kolberger,
d'abord les rivaux, puis ensuite les amis et les admirateurs de

Rubens[1] ; Sneyders[2], le peintre d'intérieurs ; van Egmond[3], le pay-
sagiste Corneille Hœlembourg, Sandrart, Gérard Honthorst[4], Jordaens, David Téniers, van Thulden, van Dyk, et beaucoup d'autres.
Tous s'empressaient autour de Rubens et d'Hélène, si digne et si
fière de son époux ; d'Hélène qui l'emportait sur toutes les femmes
par sa beauté, comme Rubens sur tous les artistes par son génie.

Par quels mots peindre ce qu'il y avait de magique et d'admirable
dans ces immenses galeries où circulaient, au bruit de la musique
et parmi les splendeurs de mille bougies parfumées, toutes ces nobles
dames étincelantes de diamants, tous ces élégants cavaliers vêtus de
velours et de soie, la chaîne d'or sur la poitrine, l'épée à la ceinture et le front couvert d'une toque de velours à longues plumes ?
comment décrire les enivrements de l'air tiède que l'on respirait,
des mélodieux instruments qui mêlaient leurs accords aux bruisse-
ments de pas et aux murmures des voix ? Au milieu de tant de
plaisirs, belle et fière comme une reine, l'heureuse femme de Rubens
recevait les adorations de cette foule d'artistes et de personnages
illustres qui s'empressaient autour d'elle, et s'enivrait délicieuse-
ment et des hommages qu'ils rendaient à sa beauté, et de la splendide auréole dont l'entourait son mari.

Quant à Rubens, dans toute la fête il ne voyait qu'Hélène ; il ne
pouvait se lasser d'admirer Hélène, si gracieuse et si noble jusque
dans ses moindres gestes, si brillante et si spirituelle dans ses
moindres discours.

En l'écoutant, Buckingham, ce lord élégant de la cour d'Angleterre, ne savait pas réprimer son admiration, et il n'était point jusqu'au simple et naïf Sneyders qui n'oubliât la timidité et la gêne

---

[1] Ils adressèrent à Rubens un défi de peinture que celui-ci refusa modestement.
[2] Il peignit avec Rubens, pour l'hôtel de ville d'Angers, un *Intérieur de cuisine.*
[3] Qui fit avec Rubens une *Cène.*
[4] Qui fit le *Diogène la lanterne à la main.*

qu'il éprouvait au milieu d'une telle réunion de gentilshommes
pour s'épanouir aux rayons de l'incomparable beauté.

— Ne viendrez-vous jamais à la cour d'Angleterre, madame? demanda Buckingham.

— Oh! si madame méditait un pareil abandon, il nous faudrait
tous lever l'étendard de la guerre et faire une croisade contre vous,
messeigneurs d'Albion! répliqua impétueusement van Dyk.

— Et si nous étions vaincus, nous vous supplierions de nous garder prisonniers! s'écria Sneyders, tout rouge et tout intimidé des
mots qui lui échappaient et qui attiraient sur lui les regards de
chacun.

— Non, mes beaux seigneurs, leur répliqua Hélène ; non, nous
ne quitterons jamais la Flandre, notre belle Flandre ; n'est-ce pas,
Rubens? Car, voyez-vous, duc de Buckingham, pour ses enfants, la
Flandre est un pays plus doux que l'Italie elle-même. Quand ils la
quittent, bientôt ils languissent du mal du pays; ils ne respirent
plus à l'aise comme sous son ciel brumeux, son ciel qui fait déli-
cieusement rêver, n'est-ce pas, messire van Dyk? n'est-ce pas, messire Jordaens? C'est que peut-être, duc de Buckingham, la Flandre
est, plus que toute autre, la patrie des hommes forts et des grandes
intelligences. Portez les regards autour de vous, et comptez, s'il est
possible, tous les célèbres artistes que produit ce coin de terre,
tous les artistes dont l'Europe répète le nom et admire les ouvrages en disant : « Ils sont de l'école flamande. » Donc, vivent les
Flandres!

— Oui, vous avez raison, madame! s'écria Sneyders. Vivent les
Flandres! les Flandres à juste titre si fières par-dessus tout de la
gloire de Rubens et de la beauté de celle qui veille près de lui comme
un ange resplendissant. Votre renommée à tous les deux durera autant que celle de notre patrie bien-aimée! Vos deux noms unis se
rediront de siècle en siècle : Vive Rubens et vive Hélène!

— Vive Rubens! vive Hélène! répondirent à la fois tous les témoins de cette scène.

— Vive la Flandre! répétaient Rubens et tous ses amis émus aux patriotiques paroles d'Hélène.

Tout à coup un cri sinistre les interrompit :

— Au feu!

Des tourbillons de flammes s'élevaient impétueux et terribles au-dessus du bâtiment occupé par les enfants de Rubens.

— Les enfants! les enfants! s'écria Hélène éperdue en se précipitant vers le corps de logis enflammé.

Par bonheur les enfants ne couraient plus aucun danger, et deux serviteurs les apportaient dans leurs bras.

Tandis qu'Hélène, encore tout éperdue de sa terreur, pressait Catherine et Paul contre sa poitrine et les couvrait de baisers, on s'empressait de combattre les progrès du feu ; mais le vent soufflait avec tant de violence que les efforts durent se borner à empêcher l'incendie de gagner les autres bâtiments.

— Mais quelqu'un est dans ce corps de logis, fit observer avec terreur Rubens qui dirigeait les travaux... Qui donc peut être cette figure qui s'avance parmi l'incendie et qui marche à une mort certaine?... Arrêtez ! retournez sur vos pas !

Au lieu d'arrêter et de retourner sur ses pas, la figure avançait toujours ; bientôt l'on reconnut Gudule. Elle cherchait les enfants, qu'elle croyait au milieu des flammes.

— Revenez ! revenez ! ils sont en sûreté ! lui cria-t-on de toutes parts, tandis que Rubens, van Dyk et Buckingham s'élançaient pour la secourir.

Il était trop tard, car la vieille femme, à ces cris : « Ils sont en sûreté, » avait fait un geste de joie, et au même instant la toiture embrasée s'était écroulée sur elle.

CHAPITRE VINGT-SEPTIÈME

LE SEIZIÈME CONTE DU DOCTEUR SAM

e lendemain, le docteur arriva moins tôt qu'à
l'ordinaire. Le sourire dont il nous salua en
entrant nous parut encore plus mélancolique
que d'habitude, et je crus même remarquer
sur ses paupières des traces de larmes.

— Mon bon, mon cher docteur, êtes-vous donc malade? demanda
Marie avec émotion.

Il répondit de sa voix douce et grave :

— Non, mon enfant.

— Vous avez donc du chagrin? vous n'êtes donc pas heureux?

Il répliqua en secouant la tête :

— Ma chère petite amie, si le bonheur existe parfois, il est si fragile qu'on ne doit jamais compter sur lui. Montaigne, d'accord en ceci avec saint Augustin, professe que non-seulement il ne croit pas au lendemain, mais encore à l'instant présent. Il faut en agir de même à l'égard du bonheur, l'accepter avec reconnaissance quand Dieu daigne nous l'accorder, et se résigner quand sa volonté suprême nous le reprend.

En achevant ces mots, sa voix s'altéra, et il détourna sa tête vénérable pour nous dérober son trouble.

— Allons, allons, reprit-il en s'efforçant de paraître calme, laissons là ces lugubres pensées! Nous voici réunis encore une fois, profitons-en pour passer une bonne soirée et raconter des histoires. Tantôt j'ai reçu une lettre d'une amie dont la vie offre un exemple frappant de l'inconstance de la prospérité, du malheur et des vicissitudes de l'existence. Je vais vous la dire, et je lui donnerai pour titre : *Pauline Rubens*. Elle viendra à merveille, puisque hier vous avez entendu la lecture d'un épisode de la vie de ce peintre célèbre.

CHAPITRE VINGT-HUITIÈME

PAULINE RUBENS

—

J

a maison de Rubens, à Anvers, se trouve aujourd'hui coupée par un large mur qui en fait deux habitations distinctes. L'une de ces habitations était occupée, en 1817, par un banquier qui avait eu l'excellent goût de conserver extérieurement à cette demeure l'aspect qui la caractérisait quand elle

servait de logis au roi de la peinture flamande. La partie seule des
ateliers avait disparu. Au fond du jardin s'élevait encore le petit pavillon de verdure sous lequel s'abritait Hélène Froment, tandis que
Rubens peignait, en plein air, au milieu de ses élèves, et luttait
de lumière et de puissance avec l'éclat du grand jour. Rien n'était
changé à la façade du corps de logis et au pavillon qui séparait le
jardin de la cour d'honneur. Un aigle à deux têtes dominait le portique construit dans le style de la Renaissance; on voyait au-dessus
deux statues de Minerve et de Mercure, rapportées d'Italie par Rubens; elle s'appuyaient sur un fronton qui servait d'encadrement à
un buste de Minerve. A droite et à gauche se montraient des figures
de Vénus et de Pan; au-dessous, on lisait gravés dans un cartouche
de marbre ces vers de Juvénal :

> Orandum est, ut sit mens sana in corpore sano;
> Fortem posce animum et mortis terrore carentem;
> Nesciat irasci, cupiat nihil.
>
> (Sat. X.)

dont voici la traduction : « Il faut demander au ciel un esprit sain
dans un corps sain, et une âme forte, qui ne craigne pas la mort et
qui soit sans violence et sans désir insensé. »

L'aile principale, qui formait en réalité la maison du banquier,
semblait avoir été, sinon rebâtie, du moins complétement modifiée
depuis Rubens. Dès que l'on mettait le pied sur un perron, abrité
par une tente et qui permettait de descendre de voiture sans redouter ni la violence du vent, ni les outrages de la pluie, on reconnaissait partout une heureuse association du confortable anglais, de
l'élégante richesse de la France et de l'opulence flamande. Des tapis
serpentaient sur l'escalier large et grandiose; des doubles portes
fermaient hermétiquement l'entrée au froid humide du pays; des
bouches de chaleur adoucissaient, de leur souffle invisible et tiède,

l'âpreté de l'hiver, qui sévissait alors dans toute sa rigueur. Mais c'était surtout dans l'appartement occupé par la maîtresse de la maison que l'on pouvait s'extasier devant les plus exquises recherches d'un goût délicat et les prodigalités d'un luxe royal. Nonchalamment blottie au fond d'un de ces grands fauteuils, à peine alors adoptés en France et qui semblaient une audacieuse merveille à Anvers, madame van Eyckens chauffait doucement ses petits pieds, enveloppés dans de mignonnes pantoufles de velours rouge et de cygne. Un habile artiste avait ciselé la cheminée d'un marbre précieux. La glace sans tain de cette cheminée laissait voir les trésors parfumés d'une serre immense et parée des fleurs les plus rares ; enfin, quand on venait à soulever les portières de tapisserie qui retombaient sur les portes, on apercevait, dans un immense salon, une collection presque royale de chefs-d'œuvre de l'école flamande. Parmi les principaux panneaux dont s'enorgueillissait cette galerie d'une valeur inappréciable, on remarquait plusieurs portraits de famille peints par van Dyk, Jordaens, Breughel de Velours et les plus illustres élèves de Rubens. Au milieu, resplendissait une copie, ou plutôt une répétition, du tableau qui se trouve dans la chapelle sépulcrale de la famille de Rubens. Il représente, on le sait, la Vierge assise sous un berceau de verdure, devant lequel s'agenouille avec adoration saint Bonaventure. Derrière ce personnage on voit la fille de Jaïre ressuscitée, sainte Marthe, la Madeleine, et saint Georges, revêtu d'une armure étincelante ; le vainqueur du dragon maudit foule le monstre sous ses pieds et brandit une bannière. De l'autre côté, saint Jérôme vient de fermer un livre que soutient un ange. Quatre chérubins, des palmes à la main, voltigent au-dessus du groupe. La figure de saint Georges est le portrait de Rubens lui-même ; la Madeleine représente Élisabeth Brant, première femme du grand artiste. On reconnaît, dans Marthe, Hélène Froment ; dans la fille de Jaïre, mademoiselle de Luden, modèle du *Chapeau de paille;* dans saint Jérôme, le père de Rubens; dans saint Bonaventure, son aïeul, et dans les anges, ses fils et sa fille.

En face de ce chef-d'œuvre, on voyait le *Gué* de Berghem : paysage miraculeux que ni l'art ancien ni l'art moderne n'ont jamais égalé. Sur le bas du cadre, Berghem lui-même avait écrit de sa main :

A JACQUES RUBENS

PETIT-FILS DU GRAND PEINTRE

SON AMI BERGHEM

Mais ce qui surpassait tout en beauté, ce qui excitait l'admiration, plus que les autres trésors de ce petit palais, c'était, sans contredit, la jeune femme elle-même qui l'habitait. L'imagination la plus fraîche et la plus poétique n'a jamais rien rêvé de plus charmant. Enveloppée dans les plis d'un peignoir de velours blanc, rattaché autour de sa taille par une cordelière d'or, elle attachait ses grands yeux noirs sur un joli petit garçon de quatre ans, qui, demi-nu et couché sur le tapis de fourrure, feuilletait un livre d'images. Raphaël semble avoir deviné, dans sa *Vierge à la Chaise*, le type de cette jeune mère. On retrouvait en elle, comme dans la divine Madone, un mélange ineffable de majesté et de candeur : on y voyait surtout resplendir, avec sa puissance sublime, la maternité, avant-goût terrestre des saintes tendresses qui doivent béatifier au ciel, de leurs mystiques transports, les âmes des élus. Chaque inflexion de voix du petit ange causait un enivrement à sa mère ; elle se sentait heureuse de ses moindres paroles : elle vivait plus en lui que de sa propre existence.

— Mère, dit l'enfant qui se releva tout à coup et vint se placer gravement vis-à-vis de madame Pauline van Eyckens : mère, savez-vous bien que dans trois minutes j'aurai quatre ans ?

Et de son doigt potelé il montrait l'aiguille d'or d'une magnifique pendule de Boule.

— Oui, cher Adrien, répliqua la mère émue. Oui, et il faut nous mettre en prière pour que les anges du paradis, quand ils sonneront cette heure qui m'a faite si heureuse, portent nos paroles de bénédiction et de reconnaissance aux pieds de Dieu.

L'enfant s'agenouilla, sa mère prit ses petites mains dans les siennes, et ils priaient, l'une de sa voix douce, l'autre de ses lèvres naïves, quand le timbre argentin de la pendule sonna cinq heures. Peu d'instants après, la portière de la chambre se souleva et laissa voir un homme jeune encore et d'une physionomie à la fois noble et mélancolique.

— Georges, lui dit madame van Eyckens, Georges, viens prier avec nous, car nous remercions Dieu de la naissance de cet enfant.

— Chère Pauline, répliqua M. van Eyckens, c'est aujourd'hui, c'est en ce moment l'anniversaire d'un jour heureux de notre vie. L'avenir différera bien du passé !

— Que veux-tu dire ? s'écria Pauline en se relevant avec terreur et en courant à son mari.

— Rien dont tu doives t'alarmer, mon amie, reprit le banquier en s'efforçant de retenir les larmes qui remplissaient ses paupières.

— Georges, tu cherches en vain à me cacher quelque chagrin. Cela est mal ! cela est très-mal ! Ne me donnes-tu pas assez de bonheur pour que j'accepte, avec reconnaissance, ma part de tes peines ? Tu manques donc d'affection pour moi, puisque tu hésites à tout rendre commun entre nous ?

— Oh ! non, chère Pauline ! Je sais que tu es la plus tendre comme la plus accomplie des femmes... Je vais être obligé de partir brusquement, tout à l'heure, pour un voyage qu'exigent mes affaires. Voilà ce qui cause ma préoccupation et mon chagrin. Je te quitte, ma tristesse est bien excusable.

Madame van Eyckens ne put réprimer ses larmes. Le petit Adrien se cramponna aux jambes de son père et lui répéta qu'il ne voulait point le laisser partir. Pâle, épuisé par les efforts qu'il faisait pour cacher son désespoir, Georges se laissa tomber sur un divan et cacha son visage dans ses deux mains qu'agitait un mouvement convulsif. Tout à coup il releva brusquement la tête et présenta des papiers à sa femme qui tenait les yeux douloureusement fixés sur lui.

— Voici quelques actes et des procurations qu'il te faut signer avant mon départ.

— Ton absence durera donc longtemps?

Il ne put répondre que par un signe affirmatif; ses sanglots l'étouffaient.

— Pour quel pays pars-tu donc?

Il laissa tomber de ses lèvres ces mots étouffés :

— Pour l'Amérique.

— Pour l'Amérique! Georges! Et c'est tout à coup, sans le prévoir, sans m'en prévenir à l'avance que tu veux me quitter ainsi pour des mois, pour des années peut-être? Tu me caches quelque grand malheur, Georges. Au nom de notre amour, au nom de notre fils, mon ami, ouvre-moi ton cœur! Confie-moi le secret qui pâlit ton front soucieux depuis si longtemps! Ne crains pas de m'affliger! parle sans crainte! Dieu, je le sens, me donnera la force de supporter le malheur! Georges, ne garde pas le silence plus longtemps!

Elle l'attirait doucement à elle; elle prenait ses mains dans les siennes ; elle le suppliait de ses regards pleins de tendresse et de dévouement.

— Non, répondit-il, non! tu n'apprendras que trop vite le coup affreux qui nous accable! Adieu, Pauline! adieu Adrien!

Elle s'élança vers la porte, et, les bras étendus, elle ferma le chemin à son mari.

— Tu ne sortiras pas avant d'avoir parlé! dit-elle. Je m'attacherai à toi ; tu me fouleras aux pieds plutôt que de garder encore cet

affreux silence, pire que la plus cruelle réalité. Georges, je te le
demande à genoux : ton secret! ton secret!

— Mon secret? tu veux mon secret, Pauline? Mais tu ne comprends
donc pas que si je le garde, c'est qu'il va te frapper de désespoir
et de honte! c'est qu'il m'expose à ton indignation et à ton mépris!

— Est-ce donc seulement quand il est heureux qu'une femme
chrétienne doit aimer son mari? Si tu as commis une faute, mon
devoir est de t'aider à la réparer et non de te la reprocher.

— Chère Pauline, tes nobles paroles ajoutent encore à mon opprobre... Tu l'exiges? eh bien, apprends que je suis ruiné, déshonoré!
J'ai subi des pertes considérables dans mes entreprises commerciales : sept de mes bâtiments ont péri en mer. Pour réparer ce malheur, j'ai eu recours à des spéculations hasardeuses, j'ai joué sur
les fonds publics ; il ne me reste plus rien. Si je ne me hâte de fuir,
la prison, une condamnation infamante, voilà le sort qui m'est
réservé. Ne vaut-il pas mieux que je meure!

— Mourir! Quoi! voilà ce que vouliez faire, Georges? mourir!
perdre votre âme, abandonner votre femme et votre fils. Oh!
Georges! Georges! ces pensées-là ne sont dignes ni d'un chrétien
ni d'un noble cœur comme le vôtre. Pour que cet affreux dessein
vous soit venu, il faut donc que notre malheur soit sans ressource!
qu'il ne reste aucune chance de salut!

— Aucune! à peine ai-je pu sauver ta dot de ma ruine générale
en signant ces papiers, en invoquant notre contrat de mariage qui
nous sépare de biens!

— Ainsi, Georges, à moi l'aisance, à vous la honte et la mort
Voilà comment vous avez fait les deux parts de nos existences unies
devant Dieu et devant les hommes. Ma dot! mais elle est considérable, puisqu'elle s'élève à cinq cent mille francs. Pourquoi la gar-
derais-je quand vous restez le débiteur de vos créanciers?

— Parce qu'elle est ta fortune et non la mienne; parce que la loi le veut ainsi.

— Je ne comprends pas ces subtilités de la loi, répondit avec simplicité madame van Eyckens. J'ai partagé ton opulence, je partagerai ta misère. Georges, il ne faut pas partir : il faut demeurer, il faut abandonner à nos créanciers tout ce qu'il nous reste, il faut leur dire : « Nous travaillerons comme des mercenaires jusqu'à ce que nous nous soyons acquittés complétement envers vous. » Dieu nous donnera la force et le moyen de le faire. L'opprobre, Georges, le suicide, jamais!

— Mais la misère va t'accabler!

— Qu'importe la misère si notre honneur reste pur?

— Mais ton fils!

— Mon fils ! Georges! J'aime mieux pour mon fils un nom sans tache que tous les trésors de la terre. Je l'élèverai au travail, je l'habituerai à une existence obscure et pauvre; Dieu fera le reste.

— Non, je n'accepterai pas de pareils sacrifices. Je suis seul coupable, c'est à moi seul de supporter les conséquences de ma faute.

Pauline s'avança vers la cheminée, y jeta tranquillement les papiers que son mari lui présentait à signer et sonna sa femme de chambre.

— Bella, lui dit-elle, savez-vous à quelle heure part la diligence de Paris?

— A sept heures, madame.

— Allez retenir deux places d'intérieur.

— Deux places d'intérieur? répéta Bella surprise.

Un signe de tête de sa maîtresse lui ordonna d'obéir en silence.

— Je tiendrai Adrien sur mes genoux, dit en souriant à son mari madame van Eyckens... Il nous reste deux heures, Georges, je vais les employer à préparer, dans une malle, le linge qui nous est nécessaire. J'ai là dans mon portefeuille quatre mille francs qui proviennent d'économies faites sur ma toilette ; nous n'emporterons point d'autre argent. Pendant que je m'occuperai de ces soins, mon ami, faites appeler votre premier commis ; c'est un homme intelligent et dévoué ; il doit connaître notre position ?

Georges répondit affirmativement par un geste muet.

— Remettez-lui une procuration générale et faites rédiger l'acte par lequel j'abandonne ma dot à vos créanciers ; nous partirons ensuite pour Paris : il ne faut pas que la nouvelle de notre ruine nous trouve à Anvers. Plus tard, quand on aura pu apprécier votre désintéressement et reconnu que le malheur seul doit être accusé, si votre présence devient nécessaire ici, vous y reviendrez.

M. van Eyckens obéit machinalement à ce que lui ordonnait sa femme. Pauline, calme, sereine et comme si jamais elle ne se fût occupée que de semblables soins, disposa du linge dans une malle et régla les gages de ses domestiques. Enveloppée dans une cape brune comme en portent les femmes d'Anvers, elle prit ensuite son fils dans ses bras, alla chercher son mari et se dirigea vers la diligence.

Ils montèrent silencieusement dans la voiture, où, par un hasard heureux, il ne se trouvait point d'autres voyageurs. Tout à coup les roues s'ébranlèrent et les chevaux partirent. Georges alors laissa ses sanglots éclater. Pauline l'attira doucement vers elle, appuya la tête de l'infortuné sur son épaule et mit son fils sur les genoux de cet homme brisé, anéanti, tué par le désespoir.

— Dieu, nous protégera, dit-elle, mon ami ; nous avons fait notre devoir.

II

Une femme, quel que soit son courage, ne saurait passer tout à coup sans émotion de l'opulence à la pauvreté, surtout lorsqu'elle voit son mari tendre les mains au suicide. Au départ d'Anvers, le cœur de Pauline battait plus fort que de coutume ; une ardente rougeur colorait les pommettes de ses joues, mais la noble résolution qu'elle avait prise était irrévocable et ne lui coûtait déjà plus de regrets. Elle regardait de sang-froid le passé et le présent ; elle ne se faisait aucune illusion sur le triste sort qui l'attendait. Brisé par sa déplorable lutte avec la fortune et les chagrins, M. van Eyckens, qui se sentait sans force, ne croyait pas à la force de sa femme. Il admirait son dévouement, mais il le regardait comme une illusion qui ne tarderait point à se dissiper devant la réalité. Aussi n'en éprouvait-il aucun soulagement. Il se laissait faire comme un malade qui sait mieux que le médecin son mal incurable, et qui voit, dans les remèdes tentés, seulement une prolongation à sa souffrance. Ce fut dans cette situation d'esprit qu'ils arrivèrent à Paris et qu'ils descendirent dans la plus humble des maisons garnies qui avoisinent le Palais-Royal.

Rien n'est de nature à augmenter la tristesse comme ces demeures ouvertes au premier venu, qui changent d'hôtes tous les deux ou trois jours, et dont les meubles dépareillés et graisseux forment le plus déplaisant assemblage des rebuts de toutes les époques. La nudité des murs serait préférable à la criarde grossièreté des papiers fanés qui les recouvrent. Il vaudrait mieux coucher sur la dure que de s'étendre sur ces draps de coton d'un blanc équivoque et desquels s'exhale une nauséabonde humidité. Jamais les trois infortunés ne passèrent une plus longue soirée et une plus triste nuit ! La pluie

fouettait avec violence les vitres; le vent s'engouffrait dans la cheminée et renvoyait, au milieu de la chambre, la maigre flamme et
la fumée suffocante que produisait un cotret de bois vert. Georges,
affaissé sur lui-même, ne trouvait même pas une parole à répondre
aux encouragements de sa femme; Adrien se pressait avec frayeur
contre sa mère, et celle-ci avait besoin de prier Dieu tout bas pour
ne point succomber au découragement et laisser voir ses larmes.

La fatigue finit cependant par leur amener le sommeil, non pas
ce sommeil qui délasse et qui régénère le corps rafraîchi, mais une
sorte de fiévreux engourdissement mêlé de rêves, et qui, sans effacer la réalité, l'augmentait encore de fascinations fantastiques. Dès
que le jour parut, Pauline sortit et ne rentra que bien avant dans
la journée. Elle avait fait prévenir son mari qu'il ne l'attendît point
avant ce moment. M. van Eyckens, pendant l'absence de sa femme,
souffrit plus encore qu'il n'avait souffert jusque-là. Il lui semblait
que le peu de force et de consolation qui lui restaient s'étaient éloignées de lui. Il éprouva une joie véritable, quand son oreille, aux
aguets, entendit dans l'escalier le pas et le bruit de la robe de
Pauline. Il courut au-devant d'elle; il la pressa contre sa poitrine;
il l'embrassa tendrement; il se plaignit du long abandon dans lequel elle l'avait laissé! Ces témoignages affectueux l'avaient ranimé
et une sorte de bonheur mélancolique leur rendit moins affreux le
séjour du misérable garni.

Le lendemain matin, Pauline s'échappa comme la veille, de très-
bonne heure, puis elle revint, vers midi, le front calme et les lèvres
souriantes.

— Georges, dit-elle, je m'occupe, depuis hier, du soin de nous
procurer un logement plus agréable et moins cher que cette chambre
banale. Je crois avoir trouvé ce qui nous convient : ne veux-tu pas
venir en juger avec moi? Elle présenta son bras à son mari, prit le
petit garçon par la main et les conduisit tous les deux vers le quar=

tier, alors presque désert, du faubourg Montmartre. La rue des Martyrs commençait à naître, mais au lieu de l'amas de maisons qui obstruent maintenant de toutes parts la vue, d'immenses jardins étalaient gracieusement les touffes de verdure de leurs arbres et les tapis de leur gazon. C'est sur ces jardins que s'ouvrait l'unique fenêtre d'une petite chambre, au quatrième étage : une cuisine et un cabinet en formaient les seules dépendances. On ne pouvait désirer un nid plus charmant, disposé avec un meilleur goût. Il devait à ce goût une sorte d'élégance, pleine de fraîcheur et de simplicité. Des armoires en noyer, un lit, une table, une commode, quelques chaises et un grand fauteuil formaient tout le mobilier. Quelques bonnes gravures se détachaient, dans leur cadre de buis, sur le papier grisâtre, dont la teinte unie se rehaussait par une simple bande de couleur bleue. Il ne manquait rien que des grands rideaux aux fenêtres ; mais l'étoffe, préparée sur le lit, semblait n'attendre que les ciseaux et l'aiguille de l'ouvrière. Pauline ôta son chapeau, s'assit près de la cheminée où bouillait doucement un pot-au-feu, qu'elle surveillait du regard, et se mit à tailler et à coudre les rideaux.

Son mari la regarda avec surprise. Elle sourit, et dit, en lui présentant son front à baiser :

— Georges, nous sommes chez nous !

— Chez nous, Pauline !

— Oui, mon ami, voilà le résultat de mes courses et de mon absence d'hier. J'ai découvert ce joli réduit ; il ne nous coûte que deux cents francs de loyer par an ; puis je suis allée acheter des meubles, des ustensiles de cuisine, tout ce qui nous était nécessaire ; j'ai fait apporter ici nos bagages, et nous sommes installés. Es-tu content ?

Georges ne put retenir ses larmes.

— Maintenant, s'écria-t-il, je renais à l'espérance et je ne doute plus de ton courage ; car je te l'avoue, Pauline, j'ai douté de toi !

Sans force moi-même, je ne pouvais te croire forte. Mais désormais je ne veux plus me laisser aller à une indigne faiblesse. Je veux t'imiter, je veux devenir digne de ma femme! Je travaillerai pour reconquérir de l'aisance et de la fortune à notre enfant, chère Pauline!

Il s'assit à ses genoux ; elle passa son bras autour de son cou et l'attira doucement à elle ; puis, écartant ses cheveux, elle mit doucement un baiser sur son front.

Cette après-midi-là ils oublièrent tout, Anvers, le malheur, la pauvreté, pour rester à leur seul bonheur. Pauline, en jupe courte et en corset, servit elle-même le dîner exquis qu'elle avait préparé de ses mains, et qui était digne, il faut le proclamer, de la plus habile cuisinière flamande. Au sortir de la table, elle desservit, lava la vaisselle dans sa petite cuisine, et mit à s'acquitter de ces humbles soins une telle habileté, que ses doigts effilés se mouillèrent à peine.

Elle revint ensuite près de son mari, qui la considérait avec admiration, alluma la lampe, et se mit à coudre ses rideaux après avoir prié son mari de lui faire une lecture à voix haute.

Le mobilier du petit appartement ne coûtait que six cents francs ; le voyage d'Anvers à Paris et le séjour de l'hôtel garni avaient dépensé près du quart de cette somme : il fallait songer à mettre en réserve le reste des quatre mille francs qui faisaient leur unique fortune. Il devenait donc nécessaire que Georges trouvât à s'occuper. Pauline résolut encore d'épargner à son mari l'ennui des démarches à faire pour trouver une place, et elle se rendit chez un des correspondants de M. van Eyckens. La femme de ce banquier était une des amies d'enfance de Pauline, et des liens d'intimité avaient jusque-là uni les deux maris.

Pauline, qui tant de fois s'était estimée heureuse d'aller au-devant des malheureux, s'attendait à un pareil accueil chez le banquier. A

sa grande surprise, la femme de cet homme fit exprimer par un domestique ses regrets de ne point recevoir madame van Eyckens;
l'homme d'affaires témoigna une sorte de gêne et de mécontentement
lorsqu'il vit entrer la jeune femme dans son cabinet. Le premier
mouvement de Pauline fut de se retirer; mais la pensée de son mari
et de son enfant lui firent réprimer son indignation, et elle expliqua naïvement au banquier ce qu'elle attendait de lui.

— M. van Eyckens, dit-elle, a laissé à ses créanciers toute sa
fortune et toute la mienne. Il faut qu'il trouve de suite un emploi,
quelque humble qu'il soit, jusqu'à ce qu'une occasion favorable se
présente pour lui de recommencer des affaires. Prenez-le, monsieur,
dans vos bureaux.

— Madame, répondit le banquier avec un sourire froid, M. van
Eyckens a été mon correspondant à Anvers. Nous avons eu à nous
louer mutuellement de nos relations jusqu'au jour de sa faillite;
enfin je ne me trouve compris dans cette faillite que pour une somme
légère; jusque-là tout est bien. Mais, quant à ce que vous me demandez, madame, mille obstacles s'y opposent; si j'y consentais,
ce serait me jeter au milieu d'inconvénients fort désagréables. Un
homme habitué, comme M. van Eyckens, à diriger une vaste maison
d'affaires, ferait un mauvais commis, et je ne me sentirais point à
mon aise pour lui donner des ordres ou pour le réprimander.

Pauline fit un mouvement de dégoût et se leva pour sortir.

— Ne m'en veuillez pas, madame, reprit le banquier avec embarras; mais, voyez-vous, les affaires sont des affaires; elles se font
avec des chiffres, et non avec des sentimentalités et des dévouements d'amitié. Cependant, si M. van Eyckens a besoin d'argent, je
suis disposé à l'obliger; j'escompterai tous les billets qu'il me pré-
sentera avec sa signature et celle d'une autre personne connue.

Pauline sortit de chez cet homme le cœur navré et presque vaincue
par le découragement. Elle marcha quelque temps au hasard avant

de revenir chez elle, pour laisser à ses larmes le temps de sécher.
Sa pensée se portait avec effroi autour d'elle, de son mari, et de son
enfant. Elle ne voyait que misère et abandon! Quand elle rentra,
M. van Eyckens, assis devant la petite table, travaillait avec activité
à écrire sur des livres de commerce.

— J'ai voulu me montrer digne de toi, dit-il à sa femme; je suis
allé bravement demander à l'épicier du coin s'il ne connaissait per-

sonne du quartier qui eût besoin d'un commis expert dans l'art de
tenir des écritures de commerce. Il m'a offert de mettre, chaque
soir, ses livres au courant, et nous sommes convenus du prix de
trente francs par mois. S'il est content de mon zèle, il se chargera
de me faire confier d'autres travaux, et compte me placer comme
caissier chez son beau-frère. Voici ma besogne terminée, ajouta-t-il
en se levant; j'espère que le digne épicier se trouvera satisfait, car
j'y ai mis tous mes soins et ma plus belle écriture.

Pauline leva les yeux au ciel et demanda pardon à Dieu d'avoir pu douter de sa miséricorde.

Tandis que M. et madame van Eyckens se résignaient ainsi à la pauvreté et au travail, le bruit de la faillite du négociant retentissait avec consternation dans la ville d'Anvers ; car, malgré l'abandon fait par Pauline de son patrimoine, les créanciers devaient perdre un tiers de leur créance, et ce tiers s'élevait à près d'un millon. A Paris, la généreuse abnégation de la jeune femme eût passé pour un acte de folie, et on n'eût pas manqué de regarder, pour le moins comme bizarre, qu'elle sacrifiât sa fortune et celle de son enfant à des étrangers qui n'y avaient légalement aucun droit. A Anvers, dans les mœurs loyales et naïves du Brabant, on ne trouvait même pas que cette conduite fût matière à étonnement. Pour tous, madame van Eyckens n'avait fait que purement et simplement son devoir. A peine son sacrifice atténuait-il le coup porté à l'honneur de son mari par la fatale issue de ses entreprises commerciales. Les créanciers se partagèrent donc les épaves de leur débiteur, sans s'inquiéter de la misère dans laquelle allaient se trouver sa femme et son enfant. Cependant, grâce au dévouement et à l'intelligence de quelques amis du banquier, et surtout de son premier commis, on parvint à sauver l'honneur de M. van Eyckens ; les créanciers accordèrent des arrangements, et la faillite ne fut pas déclarée d'une façon légale.

Telles étaient les nouvelles qui vinrent trouver les deux époux à Paris, et il faut dire quel messager les leur apporta.

Un matin, de bonne heure, Pauline, son panier au bras, s'en revenait du marché des halles, où elle avait été faire les acquisitions nécessaires à son ménage ; elle ne reculait ni devant la longueur ni devant la fatigue d'un pareil trajet, pour acheter, à un prix moins élevé, les denrées vendues plus cher par les revendeuses du quartier. Vêtue d'une modeste robe de toile, et pliée sous le poids de son fardeau, elle n'en marchait pas moins gaiement, lorsqu'une exclamation lui fit lever la tête. Bella, la fidèle Bella se trouvait devant elle.

III

A la vue de sa maîtresse réduite à ce point de pauvreté, la pauvre fille n'avait pu réprimer ses sanglots.

— Bella, toi à Paris ! s'écria Pauline.

— Je suis arrivée de ce matin, répondit la servante, et j'ai bien fait, car désormais vous aurez quelqu'un pour vous servir ! Seigneur, mon Dieu ! mes yeux pleureront bien des fois au souvenir de ce que je viens de voir !

— C'est donc pour moi, pour moi seule que tu es venue à Paris, ma chère Bella ?

— Et pour qui serais-je venue? Ne suis-je pas votre servante depuis que vous êtes au monde? Ne vous ai-je point élevée? Votre mère, la sainte femme, n'est-elle pas morte dans mes bras? Pourrais-je vivre sans vous ? Là-bas je versais des larmes du matin au soir, et mon cœur se brisait à chaque instant. À la fin, n'y pouvant plus tenir, je suis allée demander au commis de monsieur votre adresse et le chemin qu'il fallait prendre pour aller à Paris. Il a voulu me payer ma voiture ; j'ai pris l'argent, mais je suis venue à pied. La route a été longue et un peu fatigante, je faisais de bonnes journées pour arriver un peu plus vite près de vous. Tout a été bien jusqu'à Paris ; mais, sainte Vierge ! quand j'ai mis le pied dans cette ville, je ne m'y reconnaissais plus ! Je m'embrouillais dans les rues et je ne savais plus de quel côté tourner. À la fin, à force de demander mon chemin et de me perdre, me voici près de vous ! Je vous revois, je vais revoir monsieur, je vais revoir mon petit Adrien ? Jésus, mon Sauveur, je danserais volontiers au milieu de la rue !

— Tu danseras, si cela te plaît, à la maison, car nous voici arrivées.

— Et moi qui vous laisse porter votre panier ! Je perds donc la tête, vraiment ! C'est la joie de vous retrouver.

Bella prit, malgré sa maîtresse, le panier que portait celle-ci. Arrivée au premier étage, elle s'arrêta.

— Nous ne sommes point encore arrivées, ma bonne, fit Pauline en souriant : il nous reste trois autres étages à monter.

— Les maisons de Paris sont donc des clochers ? répondit Bella en chargeant de nouveau le panier sur son épaule.

Puis elle recommença gaiement à gravir les marches.

La présence de Bella dans la famille van Eyckens amena une personne de plus à nourrir, mais débarrassa la jeune femme des plus

rudes travaux du ménage, et lui permit d'entreprendre des ouvrages de broderie et d'augmenter ainsi le petit revenu qui faisait
maintenant toute leur fortune. Georges gagnait cent trente francs
par mois sans compter les copies que lui donnait à faire, le soir,
un huissier du voisinage. Le produit du travail de Pauline s'élevait
à vingt-cinq francs environ ; enfin, dans les bons mois, les recettes
allaient jusqu'à deux cents francs à peu près. Grâce à l'économie
sévère de la maîtresse de la maison et à l'avarice féroce de Bella,
on ne dépensait pas plus des deux tiers de cette somme. Bella se reprochait pour ainsi dire chaque morceau de pain qu'elle mangeait.
Quand, le soir, elle gagnait le petit grenier loué pour elle, au prix
de vingt-cinq francs par an, elle n'allumait point de chandelle!
Bientôt elle finit par se charger, dans la maison, du ménage de deux
vieux garçons; de temps à autre elle glissait dans le tiroir de sa
maîtresse une ou deux pièces de cinq francs, et gardait un front
d'airain et des traits imperturbables quand celle-ci, malgré les cal-
culs et les vérifications sur son livre de dépenses, s'étonnait de se
trouver plus riche qu'elle ne devait l'être. Bella n'avait de prodigalité que pour Adrien ; rarement elle allait promener le petit garçon aux Tuileries sans lui acheter quelque friandise ou quelque
jouet. C'est qu'Adrien était sa joie, son orgueil, son adoration.
Quand Bella, cette grande créature osseuse et encore coiffée d'un
bonnet à large barbe, tenait par la main son cher Adrien paré et
charmant, elle se sentait un orgueil et une joie à rendre jaloux un
monarque. Elle regardait en mépris tous les autres petits garçons,
et, revenue au logis, ne manquait pas de raconter à madame van
Eyckens la supériorité de toilette et de beauté de son fils. Un jour,
assise sur une chaise, dans le jardin Royal, elle entendit deux dames qui causaient entre elles dire que les petits garçons n'étaient
vraiment bien habillés qu'avec des vestes de velours. Dès lors Bella
conçut la pensée exorbitante de donner une veste de velours à son

enfant, comme elle disait. Pour cela elle travailla nuit et jour à raccommoder du linge, elle prodigua mille bassesses près de ceux dont elle faisait les ménages afin d'en obtenir une gratification, et finit par compléter la somme nécessaire à l'achat de l'objet de ses désirs effrénés.

Cependant le plus difficile restait à terminer, il fallait faire accepter le présent à madame van Eyckens.

Un matin, après avoir desservi le déjeuner, Bella se livra à une foule de marches et de contre-marches, changea dix fois la même assiette, et ne se lassa pas d'essuyer la table. A la fin, rouge, honteuse et le cœur palpitant, elle jeta ces mots en avant :

— Il faudrait bien une veste de velours à M. Adrien.

Pauline leva les yeux sur Bella et la regarda avec surprise.

— Je dis qu'il faudrait bien une veste de velours à M. Adrien, reprit la Flamande, qui paraissait fort préoccupée d'enlever d'un verre un grain de poussière qui ne s'y trouvait pas.

— Mais, une veste de velours coûte cher et dépasse de beaucoup ce que nous pouvons dépenser pour l'habillement de mon fils. Peut-être même ne suis-je pas assez prudente à cet égard, et devrais-je me montrer plus modeste et un peu plus réservée dans sa toilette.

— Tous les petits garçons portent, aux Tuileries, des vestes de velours, continua Bella avec une aveugle intrépidité. Elle glissa sur la table le coupon d'étoffe, puis elle s'enfuit.

Madame van Eyckens la rappela.

— Que fais-tu, bonne folle ? lui dit-elle avec un doux reproche, que fais-tu ?

Et elle tendit la main avec émotion à Bella.

Bella, honteuse, se sauva de nouveau dans sa cuisine, et n'osa pas, de la journée, regarder en face sa maîtresse.

Le lendemain, vers une heure, quand Bella revint de faire ses ménages, elle trouva Adrien vêtu de sa veste de velours. Pauline avait travaillé la veille jusqu'à minuit pour la terminer.

Bella sortit en tenant par la main le petit garçon, glorieux de sa belle parure.

Comme se plaisait à le dire la digne Flamande, ce jour-là, le roi n'était pas le cousin de Bella.

IV

Pauline se serait sentie presque heureuse sans le chagrin profond sous lequel son mari restait accablé. En vain elle lui donnait l'exemple de la résignation, de la sérénité et du travail, rien ne pouvait vaincre le morne accablement de Georges. Il sortait, le matin de bonne heure, pour aller à son bureau, et s'acquittait de son emploi avec une habileté et une exactitude qui lui gagnaient le cœur de ses patrons; mais, de retour au logis, c'était en vain que sa femme mettait tout en œuvre pour lui procurer une distraction et le faire sourire. Elle lisait le désespoir de M. van Eyckens sous le calme faux qu'il affectait pour lui complaire. Cependant Pauline ne s'inquiétait pas trop de ces symptômes mélancoliques; elle comprenait qu'une chute de si haut devait avoir, pour son mari, de longues douleurs et des regrets durables : elle espérait du temps, de l'habitude et de ses propres efforts pour ôter à ces souvenirs leur vivacité et leur amertume.

Levée au point du jour et débarrassée désormais des soins du ménage par Bella, Pauline donnait tout son temps au travail et à l'éducation de son fils. Adrien semblait comprendre la gravité de la position dans laquelle le jetait la fortune, et répondait aux soins de sa mère par une intelligence au-dessus de son âge : en quelques mois il apprit à lire, et commença à écrire d'une manière assez satisfaisante pour que son père lui confiât quelques copies à faire. La première fois qu'il obtint cet honneur, il en témoigna une joie extrême et redoubla d'application. Sa mère se sentait émue jusqu'aux larmes en le voyant préluder, pour ainsi dire, en homme, à la vie d'épreuves que lui réservait l'avenir.

Sur ces entrefaites, les affaires de M. van Eyckens se terminaient tout à fait à Anvers : il restait débiteur envers ses créanciers d'une somme de deux cent cinquante mille francs pour l'acquit de laquelle ceux-ci ne fixaient aucune époque ; ils connaissaient la pauvreté actuelle du négociant, et se contentaient de l'acte qui établissait une dette, sur la solvabilité de laquelle aucun d'eux ne comptait d'ailleurs.

Cette tache dans l'hermine de son blason commercial affligeait Georges plus que la condition pauvre à laquelle il se trouvait réduit. Sans cesse présente à sa pensée, il la retrouvait dans ses rêves et elle venait se placer, durant le jour, entre son travail et lui. Les consolations de Pauline se brisaient contre la fatale idée fixe. Son mari se sentait déshonoré à jamais sous une honte dont le premier venu pouvait impunément lui jeter le reproche à la face. Il ne transmettrait pas intact à son fils le nom qu'il avait reçu de son père! De telles idées tuent ; aussi la pâleur de Georges devenait insensiblement plus grande ; une vieillesse anticipée blanchissait ses cheveux et plissait son front.

Un soir, il rentra chez sa femme avec une gaieté inaccoutumée et qui causa presque de la frayeur à Pauline, car cette gaieté avait quelque chose d'étrange et de fiévreux...

— Nous allons au spectacle ce soir, ma chère amie, dit-il en entrant.

— Au spectacle? fit-elle avec surprise. Quelqu'un t'a donc fait présent de billets?

— J'ai loué une loge à l'Opéra, répondit-il en montrant le coupon.

— Tu as dépensé une somme aussi considérable? reprit la jeune femme avec un doux reproche. Cinquante francs, mon ami !

— Qu'importent cinquante francs! mille francs! dix mille francs! s'écria-t-il avec enthousiasme... Plus de pauvreté! plus de privations! Pauline, nous voilà de nouveau riches et heureux. Je vais payer les dettes que j'ai laissées à Anvers, mais nous continuerons d'habiter Paris. J'achèterai un hôtel dans le quartier des Martyrs, car je ne veux pas m'éloigner des lieux où tu as subi courageusement de si rudes épreuves. Je veux aussi que cette maison m'appartienne; le propriétaire fera peut-être quelques difficultés de me la vendre, mais je lui offrirai tant d'or qu'il faudra bien qu'il cède.

— Que dis-tu, mon ami? Que signifient cette joie et ces transports qui m'épouvantent?

Il la prit à part et l'emmena mystérieusement près de la fenêtre.

— Figure-toi que le marchand qui m'employait vient de me renvoyer.

— Te renvoyer? et c'est là ce qui cause ta joie, Georges?

— Oui! ce matin il avait besoin de consulter ses livres de commerce, il me les demande; je les lui donne; et il voit, sur la dernière page écrite, une figure mystique représentant une femme qui pleure sous un arbre, aux branches duquel son fils est pendu. Il se fâche, il me questionne, il me demande ce que signifie un pareil abus de confiance, qui peut ôter en justice à ses livres leur valeur...

« — Pauvre fou! lui dis-je; ne voyez-vous pas que ce dessin représente un arbre, sous lequel les larmes de la sorcière ont fait naître un trésor? Depuis quelques jours, un ange, qui se tient toujours à ma droite, me montre cet arbre et trace de son doigt le dessin que j'ai reproduit sur vos livres, pour qu'il ne sorte point de ma mémoire. Je vous associe, si vous le voulez, à ma bonne fortune; je vous donnerai moitié de mon trésor, car vous avez été bon pour moi quand j'étais pauvre. » L'imbécile, au lieu d'accepter, m'a donné congé et a pris un autre commis.

Jugez de la terreur de Pauline en entendant ces paroles insensées. Elle ne pouvait en croire ses oreilles et ses yeux ; elle regardait son mari avec angoisse.

— Partons pour l'Opéra. Je ne te promets point cependant de rester jusqu'à la fin ; nous sortirons à onze heures et demie : il faut que je sois à minuit dans les jardins du cloître Saint-Lazare ; c'est là que l'ange m'a donné rendez-vous, au pied de l'arbre de la sorcière, pour me livrer le trésor. Allons, viens.

— Ne sortons pas, mon ami, je suis souffrante, répliqua Pauline en dissimulant son effroi. Renonce à tes projets de spectacle pour ce soir ; reste près de moi.

— Au fait, je puis très-bien louer demain une autre loge. Veux-tu pour tes voitures que je t'achète des attelages bais ou gris ?

Tandis que cette triste scène se passait, Bella, avec le tact et l'intelligence que lui donnait son dévouement à sa maîtresse, sortait furtivement pour aller chercher le médecin, M. Destrées.

Le docteur Destrées était un vieillard qu'une légère indisposition de Pauline avait mis en rapport avec la famille van Eyckens, et qui s'était pris d'amitié pour ce ménage laborieux et si digne d'intérêt.

A la vue du délire de Georges, il ne put cacher ses inquiétudes et sa douleur.

— La maladie de votre mari, dit-il à la jeune femme, s'annonce, madame, avec les symptômes les plus alarmants : il faudrait pouvoir l'isoler de suite, le placer dans une maison de santé et lui faire donner des soins énergiques, quoique sa monomanie ne me paraisse que trop incurable.

— Me séparer de mon mari ! Le confier à des mains étrangères ! Oh ! monsieur, que pouvez-vous me conseiller là ?

— J'ai lieu de craindre que le malade ne se porte bientôt à des actes de violence dont vous pourriez devenir la victime.

— Qu'importe, monsieur! dois-je me compter pour quelque chose dans le grand malheur qui frappe mon mari? Peut-être mes soins de tous les instants parviendront-ils à conjurer son mal.

— Dieu le veuille! interrompit le médecin en secouant la tête, Dieu le veuille! mais, hélas! à moins d'un miracle cela ne peut arriver.

Il saigna Georges, laissa la formule de quelques prescriptions calmantes et sortit en promettant de revenir le lendemain.

— Bella, dit madame van Eyckens quand il se fut éloigné, tu emmèneras mon fils dans ta chambre, pour qu'il couche près de toi.

— Je reviendrai quand Adrien dormira.

— Non, tu resteras près de lui.

— Vous voulez que je vous laisse seule avec monsieur! s'écria-t-elle en montrant Georges, qui marchait à grands pas et se livrait à une agitation frénétique.

— Oui, ma bonne Bella.

— Je veillerai avec vous.

— La maladie de mon mari ne sera que trop longue, Bella, et ton tour de veiller, j'en ai peur, viendra souvent aussi, pauvre fille.

Bella obéit et emmena l'enfant. Pauline, restée seule avec le malade, s'agenouilla pour prier.

— Ne prie pas, dit-il : minuit approche, tes signes de croix chasseraient la sorcière, et je n'aurais pas mon trésor.

Tout à coup il poussa un cri déchirant.

— Jamais! disait-il, jamais! Garde à ce prix ton trésor, Satan! Je ne l'achèterai pas au prix du sang de mon fils!

Il sembla écouter une voix infernale qui lui parlait, et fit signe à sa femme d'avancer.

— Tu entends ce que Satan me conseille? Après tout, qu'importe

33

un enfant, puisque nous pouvons en avoir un autre? Adrien ira tout droit au ciel prendre place parmi les saints innocents ; c'est le soustraire aux épreuves et à la misère de ce bas monde. Nous lui donnons le bonheur pour l'éternité, et nous acquérons d'immenses richesses... Tu pleures? tu hésites? Mon Dieu ! que les femmes sont faibles et ont de ridicules préjugés ! Allons, laisse-moi faire et détourne la tête, je me charge de tout.

— Georges ! Georges ! par pitié !

Georges lui répondit par une chanson flamande :

> On coupera le cou au petit poulet,
> On le rôtira ; ce sera bien fait.

Puis il se leva brusquement, arracha la couverture restée sur le petit lit de l'enfant et frappa ce lit de plusieurs coups d'un couteau dont il s'était emparé pendant la visite du médecin, et sans qu'on s'en aperçût.

Pauline jeta un cri d'épouvante, car si l'enfant eût été là, le fou frappait avec tant de violence que c'en eût été fait de l'infortuné.

— Ah! tu cries! tu montres de l'émotion, femme! Voici que le démon s'indigne et veut fuir. Non, reste, Satan ! Puisque la faiblesse de cette femme te paraît coupable, je la punirai ; son sang te sera agréable, j'en suis sûr. Je vais le faire couler. Allons, femme, il faut mourir !...

Il s'avança vers elle en brandissant son couteau.

— Il faut mourir! te dis-je ; l'ange déchu demande ton sang!

— Au nom de notre fils ! s'écria Pauline, au nom de notre fils, épargne-moi ! reviens à la raison, Georges...

— Voyez cette folle qui m'accuse de folie ! Résigne-toi et meurs !...

Il courut à elle ; elle se recula ; le mouvement brusque et involontaire qu'elle fit pour échapper renversa la lampe et jeta la cham-

bre dans une obscurité profonde. Le fou rugissait, frappait les
murailles avec son couteau et brisait les meubles, dont il jetait çà
et là les débris. Pauline, éperdue, trouva moyen de se réfugier dans
la cuisine et d'en barricader la porte à l'aide d'une table et de plusieurs autres meubles. Georges continua, durant toute la nuit, ses
menaces et ses violences. Au point du jour, vaincu par la fatigue,
il tomba sur le plancher et s'y endormit profondément.

Quand Bella descendit chez sa maîtresse, elle resta stupéfaite de
terreur ; tout était brisé et flétri dans ce réduit naguère si riant et
si frais. Pauline, le visage sanglant, les épaules couvertes de contu-
sions et les cheveux épars, accourut à elle demi-morte et se soutenant à peine.

On alla chercher le médecin en toute hâte. A la vue du triste
spectacle qui s'offrit à ses regards, il soupira tristement :

— Vous le voyez, madame, dit-il, mes prévisions funestes ne se
sont que trop réalisées. Non-seulement votre vie, mais celle de votre

fils, restent exposées aux violences de la manie furieuse de ce malade. Il faut vous en séparer.

— Jamais je n'aurai ce triste courage, monsieur.

— Il le faut cependant, reprit le vieillard. En ma qualité et de mon autorité de médecin, je l'exige.

Il donna l'ordre d'aller chercher un fiacre et fit signe à Pauline de s'éloigner.

— N'assistez pas à cette triste scène, madame ; retirez-vous ; la violence du malade exige que l'on prenne de pénibles précautions.

— Après la nuit que je viens de passer, dit-elle, on a, monsieur, du courage contre toutes les douleurs.

Trois hommes entrèrent dans la chambre pour revêtir le fou de la camisole de force. Le bruit de leurs pas éveilla Georges ; il leva la tête, il regarda avec surprise autour de lui, il sembla chercher à comprendre le désordre et les débris qui désolaient la petite chambre, il couvrit de ses deux mains son front échevelé, puis, rassemblant ses idées, il finit par comprendre.

Alors sa tête retomba tristement sur sa poitrine.

— Voilà donc ce que je suis devenu ! dit-il. Pauline ! Adrien ! ma femme ! mon enfant !... Ne les ai-je point blessés dans mon délire ? Je veux les voir, je veux les presser sur mon cœur.

Pauline se jeta dans les bras de son mari.

— Quoi ! dit Georges en écartant les cheveux de Pauline, quoi, pauvre femme, c'est moi, c'est ma main qui a blessé ton front ! moi qui t'ai meurtrie ! moi qui t'ai rendue si malheureuse ! Oh ! tu dois me maudire !

— Laissons là ces tristes souvenirs, Georges ! Ne parlons plus des transports d'un accès de fièvre chaude, d'un accès passé et qui ne se renouvellera plus. Georges, te voilà guéri, Dieu soit loué !

— Guéri, dit-il, oh ! oui. J'ai été bien malade ! Des visions m'assiégeaient ; un démon m'obsédait ; il me montrait de l'or ; il deman-

dait du sang en échange; tout cela était un rêve, un affreux rêve!
Mais à présent, plus rien de cela ! Je respire à l'aise, mon cœur bat
plus librement, il semble que mes yeux n'ont jamais vu une clarté
si douce. Pauline, va me chercher notre enfant, que je l'embrasse
après tant de souffrances et d'épreuves !

— Dieu soit béni ! murmura Pauline ; il est sauvé.

— Il est perdu ! reprit le médecin à voix basse ; les symptômes
qui se manifestent sont les avant-coureurs d'une crise nouvelle.
Gardez-vous de lui amener votre fils ! Montez près de l'enfant, et
restez-y jusqu'à ce que je vous aille chercher moi-même. Toutes ces
émotions vous épuisent, et votre santé est trop précieuse à votre
enfant pour que vous l'exposiez sans nécessité.

La pauvre femme, éperdue, obéit au médecin et monta dans la
petite mansarde où Adrien dormait encore d'un paisible et profond
sommeil. Elle voulut s'asseoir près de son fils, mais bientôt les
émotions et les angoisses qu'elle éprouvait l'obligèrent à se lever.
Machinalement, elle ouvrit la fenêtre et se sentit attirée, par une
sorte de vertige, à écouter ce qui se passait autour d'elle et à épier
le fatal moment où la voiture partirait.

D'abord elle n'entendit rien. Après cela, elle distingua des voix.
Il s'éleva des cris. Le bruit d'une lutte se fit entendre. Tout à coup
la fenêtre se brisa, des éclats de verre tombèrent avec un tintement
métallique. Il leur succéda un autre bruit sourd, sinistre, épouvantable, qui s'étouffa sur le pavé !

— Il est mort ! s'écrièrent plusieurs personnes qui s'arrêtèrent
pour relever un cadavre.

V

Madame van Eyckens s'était résignée, presque en souriant, à la
pauvreté ; mais l'épouvantable maladie de Georges, et sa mort plus
épouvantable encore, la laissaient sans force et sans courage. Après
cette dernière et fatale épreuve, elle ne sortit de l'affaissement profond qui s'était emparé d'elle que pour subir de cruelles douleurs
névralgiques. Ces douleurs troublaient sa raison, et la laissaient,
après la crise, dans un véritable désordre moral. Trop faible pour
quitter sa chambre et la plupart du temps même pour se lever,
Pauline gardait presque toujours le lit ; il fallait en outre qu'une
obscurité absolue l'environnât, car lorsque la lumière du jour arrivait sans s'émousser jusqu'à ses yeux, elle pénétrait douloureusement dans son cerveau et provoquait des convulsions. Il en était de
même du bruit et du mouvement. A peine Bella pouvait-elle, sans
jeter sa maîtresse dans une agitation alarmante, se livrer aux plus
indispensables soins du ménage. Aussi ne restait-il plus rien au
petit appartement de son aspect riant et frais d'autrefois. La misère
y régnait maintenant dans toute sa disgracieuse énergie. Elle ban-
nissait la propreté, cette recherche la plus exquise de l'élégance ;
on n'y voyait plus trace de ce reflet d'harmonie et d'amour qui naguère le faisait resplendir.

Ajoutez à cela que les meubles brisés par M. van Eyckens n'a-
vaient point été remplacés, mais rajustés tant bien que mal, et sans
que l'on eût ni le temps ni le soin de dissimuler leur délabrement.
Les deux petites glaces ne gardaient plus, dans leurs cadres écornés,
que des éclats brisés, réunis entre eux par un morceau de papier,
témoignage du zèle plus empressé qu'heureux de Bella. Aucune des
chaises ne conservait sa forme primitive ; de hideuses coutures

ôtaient aux plis des rideaux leur harmonie et leur pureté. La pendule, boiteuse dans son immobilité, cessait de marquer l'heure ;
enfin la poussière, malgré la vigilance et les regrets de la servante
flamande, envahissait peu à peu ces lieux dont elle avait été bannie
si longtemps, et flétrissait tout de ses couches grises et ternes.
Madame van Eyckens ne s'occupait de rien, restait indifférente à ce
qui se passait autour d'elle, et ne pouvait même essayer de donner
les ordres les plus simples sans expier cet effort par d'atroces douleurs. Bella réglait donc tout au logis, et dans son chagrin et sa
conscience de ne pouvoir satisfaire aux exigences difficiles de sa
position, elle allait conter ses peines à ses voisines et leur demander
conseil. Celles-ci ne faisaient point faute à la pauvre fille : avec l'esprit envahissant naturel aux commères, elles entraient hardiment
dans les affaires de madame van Eyckens, les fouillaient avec indiscrétion, les commentaient entre elles, et en faisaient une espèce
de complainte banale, qui se chantait du haut en bas de la maison
et trouvait des échos parmi les habituées de la fruitière, de l'épicier
et de la marchande de lait. Cette pauvreté, si digne, si noblement
portée naguère, devenait maintenant une misère dans laquelle pa-
taugeait la pitié banale de tous ces gens sans pitié, qui se croyaient
compatissants parce qu'ils étaient curieux.

Bella se prenait à tous leurs beaux semblants, et n'essayait la plus
insignifiante démarche qu'après avoir pris conseil du cénacle. Souvent même elle laissait pénétrer dans la chambre de sa maîtresse
ces moustiques fatigants qui harcelaient la malade d'offres de services, de dissertations sur ses souffrances et d'observations critiques à propos des prescriptions du médecin. Sans force et sans courage pour les renvoyer, Pauline les laissait faire ; elle subissait en
silence leur grossier intérêt et ne témoignait même pas à Bella combien on lui apportait de fatigue et d'accablement.

Le docteur Destrées faisait de fréquentes visites à madame van

Eyckens; il avait exigé que l'on plaçât le petit garçon dans une école du voisinage, et, d'ordinaire, l'entourage ridicule de Bella s'enfuyait dès que les pas du médecin venaient à retentir dans l'escalier : car c'était l'arrivée d'un ennemi déclaré de tous ces rassemblements. Il grondait la Flamande, renvoyait les oisifs, et témoignait à madame van Eyckens un vif intérêt, sans prévoir un terme à la maladie nerveuse dont elle était la proie. La science ne peut rien ou ne peut guère contre les affections névralgiques ; il faut ajouter encore qu'en général la science s'inquiète seulement des symptômes qui présentent des dangers, et ne tient pas assez compte de la douleur. M. Destrées exhortait Pauline au courage, prescrivait de coûteux médicaments sur l'efficacité desquels il ne comptait point, et se retirait, espérant sa cure du hasard et surtout du temps, qui affaiblirait, par l'oubli et par l'habitude, les causes morales, et par conséquent les effets de cette maladie.

Les voisins se dispersaient à l'arrivée du docteur, mais ils se rassemblaient dès sa sortie, ardents à savoir ce qu'il avait dit, ce qu'il avait ordonné et ce qu'il espérait. Bella rapportait fidèlement jusqu'aux moindres détails, écoutait les commentaires, faisait crédulement ce qu'on lui conseillait et modifiait au gré de son auditoire les prescriptions du médecin. Cette bonne fille, depuis qu'elle ne se trouvait plus dirigée par la volonté de sa maitresse, ressemblait à une excellente montre livrée à des enfants, et dont les bambins manient fantasquement les aiguilles. Il n'y avait plus rien de juste et d'exact en elle, elle ne servait qu'à induire en erreur ceux qui la consultaient.

Assez souvent un petit vieillard, nommé M. Mussault, à qui sa fortune valait un grand crédit dans la maison, qui lui appartenait, quittait par oisiveté son second étage, et venait prendre sa part du régal de bavardage qui se gobelottait au quatrième. Il parlait peu, quoiqu'on accueillît ses paroles avec l'importance que dix mille livres de rentes donnent, sur un palier d'escalier, à un orateur. En pantoufles, ses lunettes sur le nez, la tête couverte d'un bonnet de tapisserie et les mains accrochées aux poches de derrière de sa redingote, il écoutait silencieusement les dissertations et les suppositions du rassemblement féminin. Il était difficile de deviner s'il prenait à ces nauséabonds lieux communs le plaisir niais d'un bourgeois oisif ou la fine moquerie d'un homme intelligent. Quoi qu'il en soit, il finit peu à peu par s'introduire chez madame van Eyckens et par s'y impatroniser plus que tous les autres. Il passait parfois des heures entières assis près du lit de Pauline, n'ouvrant la bouche que pour laisser tomber, de distance en distance, quelques paroles insignifiantes, usait largement de sa tabatière, et se retirait quand venait le moment de son dîner.

Cette société, un peu plus en rapport avec l'éducation de Pauline, finit par devenir presque une habitude nécessaire pour la malade dans l'état de faiblesse et d'abandon où elle se trouvait ; elle se sentait moins isolée quand M. Mussault s'asseyait là avec ses nouvelles de journal et ses lieux communs sur la pluie, le beau temps et le prix du pain.

Un jour, en venant faire « sa petite visite à sa voisine, » pour me servir de ses propres expressions, il remarqua dans la chambre de Pauline une agitation inaccoutumée. Madame van Eyckens se tenait sur son séant, et parcourait des yeux, en se tenant le front dans ses deux mains, un livre de dépense placé sur son lit. Bella restait debout près de sa maîtresse, dans l'attitude de la crainte et du repentir.

Hélas ! depuis quinze jours Bella n'avait suffi aux dépenses du ménage qu'en déposant ses propres hardes au mont-de-piété. Il ne restait plus une seule pièce de monnaie au logis, et il avait bien fallu, après avoir épuisé toutes les ressources, que la pauvre fille vînt en faire l'aveu à sa maîtresse. Ce coup subit et terrible avait

tiré tout à coup Pauline de son apathie maladive, et avait presque
opéré sa guérison. En face de la misère et de la faim, le mal s'était
enfui; une douleur plus grande éclipsait une autre douleur.

— Que faire? que devenir? murmurait avec angoisse Pauline,
quand M. Mussault entra.

Celui-ci, d'un coup d'œil, comprit le motif de l'agitation des deux
femmes. Sa première pensée fut le regret de se trouver là et de
redouter quelque emprunt. Il recula donc pour sortir, mais un bon
mouvement, rare dans son cœur desséché par l'habitude du petit
commerce, le fit entrer et s'asseoir à sa place ordinaire. Il se sentit
ému de pitié à l'aspect du morne désespoir de Bella et de la fièvre
qui dévorait Pauline. A peine restait-il à cette infortunée quelques
traces de son ancienne beauté. Affaiblie par de longues souffrances,
pâle, amaigrie, les cheveux en désordre, on aurait dit un fantôme,
à la voir ainsi dans cet appartement sombre qui ne prenait de lumière que par un fauve rayon de soleil dardé à travers une fente
des volets.

— Rien! plus rien! sans ressource! murmurait Pauline sans
prendre garde à la présence d'un étranger.

M. Mussault fit entendre une petite toux sèche pour annoncer
qu'il se trouvait là.

— Soyez sans crainte, lui dit-elle avec amertume : tout à l'heure
nous quitterons cette maison, monsieur. Autant mourir tout à
l'heure que demain.

— Calmez-vous, ma voisine, répondit M. Mussault avec embarras.
Je ne viens point aggraver votre position, loin de là : gardez cette
chambre tant qu'il vous plaira; grâce à Dieu, je suis assez riche
pour pouvoir me passer d'un loyer de deux cents francs.

Pauline lui tendit la main.

— Pardonnez-moi! dit-elle. Si vous saviez ce que je souffre! Mon
Dieu! que les morts sont heureux!

— Voilà des paroles qu'il ne faut point dire et des pensées qu'il
ne faut point exprimer, interrompt M. Mussault avec plus d'émotion qu'il n'en témoignait d'habitude. Le désespoir ne mène à rien.
Parfois, comme vous en cet instant, j'ai été au moment de jeter le
manche après la cognée. Ne m'en voilà pas moins paisible et avec
un sort assuré. Si vous voulez accepter mes conseils et mes services,
je me sens disposé à faire pour vous ce que je ne me serais point
cru capable tout à l'heure de faire pour personne.

— Je suivrai vos conseils sans hésiter.

— Eh bien, permettez-moi de vous parler un langage franc et
dévoué. Il faut sortir de l'accablement où vous restez depuis la perte
de votre mari. Vous le voyez, un peu d'énergie suffira pour cela :
vous voici presque bien portante, parce que vous éprouvez une violente secousse. Vous êtes mère, vous avez un enfant, songez qu'il a
besoin de vous.

Il faut donc vous guérir d'abord, et le malheur, vous le voyez,
accomplit déjà presque la cure. Maintenant, avisons au moyen de
trouver un état qui vous fasse gagner de quoi subvenir aux dépenses
de l'éducation de votre fils. Ce n'est point en brodant et en passant
la nuit à coudre que vous arriverez à ce résultat. Voyons! armez-
vous de courage. Je vous permets de vous récrier. Après cela vous
réfléchirez à mon conseil. Vous êtes jeune; quelques semaines de
santé rendront à votre beauté tout son éclat. Vous avez reçu une
bonne éducation, qui vous permet d'apprendre facilement à remplir
les devoirs, d'ailleurs fort simples, de la profession que je vous destine. Laissez-moi vous placer comme dame de comptoir dans un
café du Palais-Royal.

Madame van Eyckens écoutait M. Mussault, les yeux attachés sur
lui et avec toutes les angoisses de l'attente. Quand il eut achevé sa
phrase, elle fit un geste de refus et de dédain.

— Oh ! je sais bien que pour une femme, naguère riche, qui occupait un rang distingué dans le monde ; je sais bien que pour une personne habituée à une existence modeste et cachée, c'est une ressource extrême et pénible ! Mais nous n'avons pas le choix. Il faut opter entre la misère ou la nécessité qu'elle impose. Mon fils est propriétaire du café où j'ai fait ma petite fortune. Une grave maladie oblige sa femme à quitter le comptoir qu'elle s'estimait heureuse et fière d'occuper. Prenez-y sa place. Nulle part vous ne trouverez autant d'égards et de considération. Mon fils est un garçon d'humeur douce, et qui ne manquera pas d'apprécier les services que vous lui rendrez, car je compte que votre entrée dans la maison deviendra une excellente affaire pour les deux parties contractantes. Vous recevrez, la première année, mille francs d'honoraires ; les dépenses de toilette et de coiffure restent aux frais de l'établissement. Adieu ! Je ne veux pas que vous me répondiez maintenant un seul mot ! Réfléchissez bien avant de refuser ; demain je viendrai chercher la réponse.

Il se glissa hors de la chambre et fit signe à Bella de le suivre.

— Tenez, dit-il à la servante, voici cent francs pour subvenir aux plus pressants besoins de votre maîtresse. C'est un à-compte que je lui donne sur son traitement.

Tandis que M. Mussault rentrait chez lui, charmé et fâché tout à la fois de l'intérêt qu'il prenait à la jeune femme, Pauline, restée seule en face des propositions du vieillard, ne put de longtemps les regarder sans terreur et sans dégoût. Malgré ses efforts pour les juger moins défavorablement, ses principes de pudeur et de convenance se révoltèrent à la pensée de devenir un véritable objet d'exhibition et de faire le métier d'enseigne. S'exposer, dans un comptoir, aux regards effrontés de tous les gens grossiers qui hantent les cafés, subir leurs plaisanteries, s'efforcer de gagner leur bienveillance, lui semblait une sorte de prostitution. Quoi ! il lui faudrait se parer pour faire ce métier, sourire comme une actrice,

et se trouver peut-être en présence de ceux qui l'ont connue jadis
dans une position si différente ! Oh ! jamais ! jamais ! plutôt mourir !

Mais son enfant ! son fils ! qui n'a d'autre soutien, d'autre tendresse au monde que sa mère ! son fils qu'attendent la misère et le
malheur ! son fils qui se trouvera jeté dans la vie, abandonné, perdu
et sans avoir été préparé par l'éducation à lutter contre l'adversité !
Qu'importe, devant de pareils devoirs, qu'importe le monde et de
vains scrupules ! en sera-t-elle moins pure devant sa conscience et
devant Dieu ? Hésiter serait une lâcheté, une faute impardonnable.
Puisque la Providence lui impose de pareilles épreuves, elle doit les
supporter courageusement ! Oui, pour son fils, elle subira tout, elle
se résignera à tout ! En embrassant son fils, elle trouvera la force
nécessaire. Quand le courage lui manquera, elle ira chercher du
courage près de son fils !

Tandis qu'elle était en proie à de telles pensées, le médecin arriva
et resta surpris de la crise survenue dans l'état de sa malade. Elle
lui conta tout : sa position, sa détresse, les offres que lui adressait
M. Mussault et sa résolution de les accepter malgré une invincible
répugnance. M. Destrées l'admira, l'approuva et lui donna des encouragements.

— Tous vos amis partageront mes sentiments, soyez-en sûre, madame, ajouta-t-il : ils vous le prouveront en vous témoignant encore
plus de respect et plus de vénération qu'autrefois. Venez passer
quelques jours à la campagne chez moi, près de ma femme. Elle sera
charmée d'obtenir l'amitié d'une personne aussi digne d'affection
que vous l'êtes. Nous emmènerons votre fils ; l'air des champs vous
fera du bien à tous les deux. Allons, donnez-moi votre main ! C'est
affaire conclue, n'est-ce pas ? Habillez-vous ! pendant ce temps, je
vais descendre chez M. Mussault, le prévenir que vous acceptez ses
offres et lui annoncer que, dans quinze jours, vous prendrez possession de l'emploi qu'il vous propose. J'irai de là chercher votre fils à

sa pension. Ma voiture nous conduira, ce soir même, à ma chaumière de Saint-Maur.

Madame van Eyckens s'habilla, toute surprise de se sentir une
force que naguère elle ne croyait plus avoir. Elle monta en voiture,
charmée et pleine d'étonnement de ne pas même souffrir des cahots
des roues, quand naguère le plus léger mouvement lui valait d'into-
lérables douleurs.

VI

Si la maladie matérialise l'âme, la convalescence spiritualise le
corps. Brisés et engourdis par la douleur, les sens s'épanouissent à
un bien-être ineffable et resplendissent d'une virginale pureté ; car
depuis longtemps le contact des passions terrestres ne les souille
plus. On se sent heureux de renaître, et l'on veut bien user de la
vie ; il reste encore quelque chose des mystérieux parfums du ciel
dont on a presque touché le seuil, quand déjà l'on appartenait, pour
ainsi dire, à la mort. Tout devient joie, tout cause du bonheur. Le
ciel bleu avec ses nuées blanches, l'oiseau qui chante, l'air que l'on
respire, les fleurs devant lesquelles on s'extasie, le fruit dont se
rafraîchissent les lèvres ! Un oubli profond efface les souvenirs douloureux. On ne se souvient plus : on ne forme plus de projets ; le
passé et l'avenir ne sont de rien ; on ne forme qu'une idée, on n'é-
prouve qu'une sensation à laquelle toutes les facultés suffisent à
peine : exister !

Pauline, qui si longtemps avait senti les mains de fer d'un mal
sans nom étreindre sa tête brûlante et déchirer son cerveau avec
d'horribles ongles de fer ; Pauline, qui maintenant portait un front
libre et léger, et pouvait contempler le jour sans douleur ; Pauline,
qui échangeait la sombre captivité de sa petite chambre pour la

lumineuse liberté des champs ; Pauline, rendue à la santé, à son intelligence, à ses affections, ne savait que prier Dieu, embrasser son
fils et serrer avec reconnaissance les mains des amis dévoués qui
l'entouraient de soins tendres. Elle avait trouvé dans madame Destrées une personne simple et affectueuse, préparée par le récit du
docteur à aimer la jeune femme, dont elle savait les malheurs et le
courage. Aussi, dès la première semaine de son séjour à Saint-
Maur, la beauté de Pauline reparut dans son éclat. A la maigreur
livide qui la défigurait succéda le léger embonpoint qui donnait tant
de charmes à une physionomie pure et régulière ; son sourire reprit
sa douce sérénité, et il ne resta plus rien, à ses grands yeux noirs
et veloutés, du fiévreux éclat dont les enflammait la névralgie.

Tous les matins Pauline, éveillée par la femme du docteur, se couvrait à la hâte d'un peignoir et descendait avec Adrien pour entreprendre, sous la direction de sa nouvelle amie, quelque longue promenade dans le bois de Vincennes ou sur les bords pittoresques de
la Marne. L'enfant marchait devant elle, s'arrêtait à chaque pas et

se retournait pour regarder sa mère, son heureuse mère, qui se sentait frissonner d'une félicité sublime sous le regard de son fils. S'il prenait un papillon, il l'apportait à Pauline, qui le remettait en liberté ; s'il cueillait une fleur, c'était pour que Pauline en parât ses cheveux ou la mît à sa ceinture. Parfois il s'arrêtait l'oreille aux aguets, l'œil animé. D'une main il faisait signe aux deux promeneuses de ne point avancer davantage ; de l'autre main, étendue sur un buisson, il épiait et s'apprêtait à saisir un oiseau dans son nid ; mais bientôt quelque mouvement du petit chasseur faisait envoler la fauvette, qui disparaissait en jetant pour adieu son pépitement railleur. Plus tard, c'était un lézard d'or qu'il poursuivait, ou bien quelques-uns de ces beaux insectes qui ressemblent à des émeraudes, à des saphirs, à des rubis, à tous les trésors brillants des mines de la terre. Sa mère ne pouvait se lasser de le voir courir ainsi, léger comme une abeille et les cheveux au vent. L'orgueil et la joie maternels l'enivraient de leurs plus délicieux transports, et souvent il fallait qu'Adrien, appelé à cris impétueux, vînt livrer son front blanc et ses joues roses aux baisers de sa mère.

Quinze jours s'écoulèrent ainsi ! quinze jours sans une pensée pénible ! quinze jours sans un retour vers le passé ou sans un regard vers l'avenir ; quinze jours d'oubli, de bonheur, d'extase, et dont la nature semblait complice ; car, durant la nuit, une pluie salutaire arrosait la terre, donnait de la fraîcheur à la matinée et tempérait l'éclat de l'après-midi. Ces quinze jours achevés, Pauline, en revenant avec Adrien et madame Destrées d'une promenade encore plus joyeuse que les autres, trouva deux ouvrières qui l'attendaient ; ces ouvrières apportaient une lettre de M. Mussault pour madame van Eyckens. Voici ce que disait cette lettre :

« Je vous envoie, ma chère dame, quelques robes dont mon fils désire que vous fassiez l'essai, afin que les couturières puissent les livrer après-demain, 14 juin, jour où il est convenu, vous le savez, que vous prendrez possession de votre nouvel emploi.

« Votre dévoué serviteur,

« MUSSAULT. »

A la lecture de cette lettre, Pauline sentit s'enfuir son bonheur et sa joie. Elle retomba lourdement de l'idéal dans la réalité, du bonheur dans les souffrances! Elle se souvint du passé et de l'avenir !

— Venez, mesdemoiselles, fit-elle avec un soupir.

Et elle emmena les deux couturières dans sa chambre. Celles-ci ouvrirent leurs paquets : ils contenaient six robes façonnées avec les étoffes les plus chères et les plus brillantes. Toutes ces robes étaient décolletées et à manches courtes.

— Ou ceci est le résultat d'une erreur, ou l'amitié de M. Mussault pour moi l'égare. Je ne suis point dans une position à me parer de robes de grande toilette et qui ne pourraient me servir que pour des bals ou des soirées. D'ailleurs je suis en deuil de mon mari, et je compte porter ce deuil deux ans, suivant l'usage du pays où je suis née.

Les ouvrières échangèrent entre elles un regard plein de surprise et d'impertinence.

— Madame, dit l'une d'elles avec un sourire réprimé, madame pourra porter le deuil hors du comptoir ; mais M. Mussault ne compte point avoir, dans son café, une dame en négligé et en costume de deuil.

— Cela ferait, ajouta l'autre, un singulier contraste avec le fauteuil qui vous est destiné.

— Et quel est ce fauteuil? s'écria Pauline, terrifiée de ce qu'elle entendait.

34

— Le trône de l'empereur Napoléon, que M. Mussault vient d'acheter à prix d'or.

— Pauline sentit ses jambes se dérober sous elle et faillit s'évanouir. Voilà donc le sort qui l'attendait ! Profaner sa personne, devenir une enseigne, s'exposer à la curiosité banale et stupide de la foule. Des larmes ruisselèrent sur ses joues, et des sanglots s'échappèrent de sa bouche. Madame Destrées accourut avec Adrien ; celui-ci se jeta dans les bras de sa mère, inquiet et affligé de la douleur qu'elle témoignait.

Pauline se releva brusquement et remercia madame Destrées par un regard expressif; puis, essuyant ses larmes :

— Il faut me pardonner un moment d'enfantillage, dit-elle : c'est un retour passager de la crise nerveuse dont j'ai tant souffert.

Avec un désespoir froid et une insensibilité apparente, elle se prêta longuement à essayer les robes envoyées par M. Mussault, laissa faire les couturières et ne donna pas le moindre indice de faiblesse.

Elle chargea ensuite ces femmes de sa réponse pour M. Mussault. Elle lui annonçait que, conformément au désir qu'il lui exprimait, elle se mettrait à sa disposition dès le lendemain.

La dernière soirée qu'elle passa près de madame Destrées s'écoula tristement. Les deux femmes parlèrent de choses indifférentes, tandis que l'une avait la mort au fond du cœur, et que l'autre se sentait vivement émue de compassion pour sa compagne infortunée. Après une nuit, en proie à la plus cruelle insomnie, Pauline vint prendre congé de la femme du docteur. Celle-ci voulait l'accompagner à Paris.

— Votre présence m'y serait précieuse, répondit madame van Eyckens, mais elle nous exposerait à des émotions inutiles. J'aime mieux me jeter tout de suite au milieu de ma nouvelle existence que d'avoir encore à subir la douleur de la séparation. Je veux lais-

ser ici, et d'une seule fois, mon bonheur entier. Peut-être me sera-
t-il permis de venir le retrouver à de longs intervalles !

Elle embrassa tendrement madame Destrées, prit Adrien par la
main, et monta dans la voiture, où déjà le docteur les attendait.
Quand elle cessa de voir les signaux d'adieu que madame Destrées
lui adressait de loin avec un mouchoir, elle essuya une larme, la
dernière qu'elle devait répandre dans cette grave épreuve, et elle
répéta en elle-même les paroles de Jésus sur le mont des Oliviers :

« Mon Dieu, que votre volonté soit faite ! »

En arrivant à Paris, madame van Eyckens conduisit d'abord son
fils dans une pension que lui avait recommandée le docteur et dont
il était le médecin. Elle adressa à l'enfant une courte exhortation au
travail, l'embrassa après avoir coupé une boucle de ses cheveux
qu'elle cacha dans son sein, se sépara de M. Destrées, dont elle serra
la main silencieusement, monta dans un fiacre et se fit conduire
rue de Valois, où M. Mussault lui avait donné rendez-vous. Le vieillard l'attendait dans un appartement, au huitième étage. Les meubles brisés de Pauline avaient été restaurés ou remplacés ; enfin,
par une attention délicate suggérée par Bella à l'ancien cafetier, on
avait donné à ce petit coin l'aspect et la disposition de la chambre
de la rue des Martyrs.

— Prenez possession de votre nouveau logis, dit M. Mussault ;
demain, vers deux heures, ma belle-fille viendra présider à votre
toilette ; à quatre heures je vous mènerai au comptoir.

Il ajouta quelques avertissements sur la manière de tenir les écritures de café, et expliqua à Pauline, avec plus de tact et de finesse
qu'on ne lui en eût supposé, les règles de conduite à suivre par la
jeune femme envers ses patrons et les habitués de leur établissement.
Il termina par quelques phrases d'affection qui témoignaient un
intérêt véritable pour la jeune veuve.

— J'irai, lui dit-il, tous les jours, quand il ne fera pas trop mauvais temps, savoir des nouvelles de votre petit garçon : c'est une bonne habitude à prendre, qui me fera marcher d'abord, et puis qui vous sera agréable. Allons, adieu ; demain je serai là pour surveiller vos débuts.

— Oui, mes débuts ! soupira Pauline ; car me voici désormais sur un théâtre et réduite au dernier rang de la hiérarchie des actrices... Seulement, hélas ! je n'aurai ni le talent ni la gloire pour compensation... Adrien ! Adrien ! s'écria-t-elle avec angoisse, je ne veux garder, au milieu des épreuves qui m'attendent, qu'une seule pensée : la tienne, mon fils !

Le lendemain, à deux heures précises, la belle-fille de M. Mussault entra chez sa nouvelle dame de comptoir ; elle venait accompagnée d'un coiffeur, dont elle voulait elle-même présider les opérations. Celui-ci commença laborieusement à bâtir les magnifiques cheveux de Pauline en une sorte d'échafaudage prétentieux et sans harmonie avec la physionomie distinguée de madame van Eyckens.

Quelque complète abnégation d'elle-même qu'eût faite celle-ci, en présence de ces ridicules préparatifs, elle sentit un peu de la femme se réveiller en elle, et elle hasarda des observations. Madame Mussault coupa court, et allégua qu'elle seule faisait autorité en pareille matière ; que l'artiste travaillait selon ses idées et qu'il fallait que les choses fussent ainsi. Il n'y avait rien à répondre à cette injonction exprimée, d'une voix vibrante, par une grosse petite femme rougeaude et trapue. Pauline laissa donc faire le coiffeur et montra la même résignation pour le reste de sa toilette.

Quand Pauline eut revêtu une robe de velours cramoisi, qui laissait nus ses bras dignes de la plus belle statue antique et ses épaules que Canova eût voulues pour son Hébé, madame Flore Mussault tira d'un immense écrin qu'elle avait apporté un collier d'une grande richesse, mais d'une forme massive : elle n'hésita point à affubler de cette grosse chaîne de diamants les formes exquises du cou de

Pauline ; elle entoura de bracelets gigantesques les fines attaches
des poignets de la jeune femme, et, après avoir promené un regard
triomphant sur l'ensemble de cette toilette :

— Vous voilà charmante de la sorte, s'écria-t-elle.

Pauline ne put se défendre de jeter un regard dans la glace placée
devant elle ; elle se sentit profondément humiliée et confuse de se
voir attifée d'une façon à la fois si maladroite et si commune. La
pensée de son fils réprima ce mouvement presque aussitôt qu'il
apparut.

Et pour l'éloigner tout à fait :

— Donnez-moi un manteau, dit-elle à Bella.

— Un manteau ! s'écria madame Flore Mussault. Eh ! pourquoi
faire ? pour chiffonner vos dentelles et compromettre votre coiffure.

— Mais je ne puis traverser la rue dans cet attirail ?

— Je l'ai bien traversée pendant quinze années, moi ! reprit avec
aigreur l'ex-cafetière, qui peut-être n'abdiquait pas sans regret le
comptoir en faveur de Pauline.

Pauline, sans essayer une nouvelle objection, descendit l'escalier et traversa la rue, le visage couvert du rouge de la honte. Elle
entra dans le café : M. Mussault l'attendait avec son fils. Le vieillard
la prit par la main et la conduisit au comptoir.

Le comptoir était placé dans le milieu du café et de manière à
ce qu'on l'entrevît de la galerie extérieure, mais toutefois sans que
l'on pût distinguer parfaitement les traits de la personne qui allait
l'occuper. Il formait une sorte de table dorée, mince, découpée à
jour et qui permettait aux regards d'admirer, dans ses plus petits
détails, le fauteuil parsemé d'abeilles et rehaussé d'aigles, dont les
couturières avaient parlé à Pauline. Tout était disposé en outre pour
faire valoir la dame de comptoir et donner le plus d'avantage à l'exhibition de sa beauté. Un tabouret de satin blanc devait recevoir ses
pieds d'une petitesse merveilleuse et contenus dans une chaussure

de satin noir, et des glaces gigantesques qui l'entouraient de tous les côtés, répétaient son image et la montraient à la fois sous vingt aspects divers. Elle s'assit ; et ces images se mirent à miroiter autour d'elle et à l'enivrer de vertiges. Il lui semblait subir les fantasques hallucinations d'un rêve. Elle ne savait comment se soustraire aux mille regards attachés sur elle au dedans et au dehors, car le café regorgeait de monde, et une foule immense se tenait extérieurement dans la galerie, où elle se disputait avec tumulte à qui pourrait s'approcher des fenêtres. Madame van Eyckens ne pouvait s'expliquer un pareil empressement, et pourquoi tout Paris se donnait rendez-vous autour d'elle. Elle ignorait que, depuis huit jours, quelques lignes jetées dans les journaux annonçaient l'exhibition du trône impérial et l'arrivée d'une dame de comptoir d'une beauté sans rivale.

L'affiche n'avait pas plus manqué que le théâtre à son supplice.

Au milieu de ce tumulte, de cette agitation, de ce brouhaha, elle s'acquittait machinalement de ses devoirs de teneuse d'écritures, et se réfugiait dans cette occupation comme dans un asile contre la curiosité indiscrète et contre sa propre confusion. Surveillée par le vieux Mussault, qui se tenait triomphant derrière elle, elle ne commit point une seule erreur. Aussi, quand vers une heure du matin, épuisée, sans force, anéantie, elle vit la foule extérieure se retirer devant les officiers de police et cette soirée fatigante toucher à son terme, Mussault fils s'avança vers Pauline avec un papier timbré à la main :

— Nous étions convenus, madame, de douze cents francs par an, dit-il avec un sourire qu'il s'efforçait de rendre bienveillant ; voici un traité qui vous accorde le double de cette somme si vous voulez prendre l'engagement de rester chez moi pendant trois ans.

— Deux mille quatre cents francs ne sont pas assez, interrompit le vieux Mussault ; madame te les a fait gagner ce soir. Tu donneras

quatre mille francs d'honoraires, et je te garantis la signature de
madame pour cinq ans.

Il prit le traité des mains de son fils, y écrivit lui-même les changements qu'il exigeait, et fit signer en double le traité à Pauline et
au cafetier : il leur en remit à chacun un exemplaire et reconduisit
Pauline chez elle. Tandis que la jeune femme, abasourdie de l'é-
trange soirée dont elle avait été l'héroïne, se débarrassait avec empressement de toute sa parure et remerciait Dieu de la force qu'il
lui avait donnée dans cette épreuve et de la fortune qu'elle envoyait
à Adrien, les deux Mussault se félicitaient entre eux.

— Six mille francs de recette ! disait le fils.

— Et toi qui vas proposer cent louis à cette femme, pour la faire
hésiter. Elle t'aurait demandé vingt mille francs que tu aurais dû
les lui donner avec empressement ! Elle apporte la vogue et la fortune à ton établissement ! Que cela dure seulement deux années,
et te voilà riche au delà de tes désirs.

VII

Le lendemain de cette soirée, on ne parlait dans Paris que de la
belle limonadière. L'admirable perfection de ses traits, l'éclat de
ses yeux, la richesse de sa chevelure, la forme angélique de sa
main, la petitesse fabuleuse de son pied et la grâce exquise de sa
taille fine et merveilleuse d'élégance, trouvaient mille enthousiastes
qui ne les vantaient qu'avec des transports d'admiration. Aussi, dès
le matin, une foule immense assiégeait les abords du Palais-Royal
et envahissait le café, dans lequel personne ne pouvait s'asseoir,
tant les moindres places s'y trouvaient disputées. Au dehors on faisait queue comme aux théâtres les jours des plus brillantes repré-

sentations. Des gendarmes maintenaient l'ordre, et les rues voisines regorgeaient de voitures et de cohue.

Lorsque vers quatre heures, Pauline vint prendre sa place au comptoir, des applaudissements éclatèrent de tous côtés et se prolongèrent pour le moins pendant une demi-heure. Elle parut encore plus belle que la veille, car, cette fois, elle avait elle-même présidé à sa toilette, et s'était passée de la surveillance saugrenue de madame Flore Mussault. Jamais on ne vit de transports pareils. A la fin les cris de la foule qui, de l'extérieur, demandaient à voir la dame de comptoir, devinrent si violemment impérieux, qu'elle dut se lever et s'approcher de la fenêtre. Ce fut alors un délire véritable. Un hourrah unanime s'éleva ; on battit des mains ; on cria : « Vive la belle limonadière ! » on la couvrit d'une pluie de fleurs ! Les journaux du lendemain parlèrent de cette scène et comparèrent Pauline à la belle Paule de Toulouse, qu'un décret des capitouls obligeait à se montrer au peuple, deux fois par jour, sur le balcon de l'hôtel de ville.

La vogue de la limonadière ne s'arrêta point là ; les théâtres de vaudeville s'emparèrent de son succès et la mirent en scène dans plusieurs pièces. Il fut fait à ce sujet les offres les plus extravagantes à madame van Eyckens. Plusieurs directeurs lui proposèrent de brillants engagements si elle voulait consentir à se montrer seulement dans une pièce de circonstance. Un limonadier lui voulut donner vingt-cinq mille francs par an pour qu'elle occupât son comptoir et renonçât au café de M. Mussault. Il se chargeait de faire rompre le traité qui engageait Pauline à ce dernier. Pauline répondit par des refus à tous ces exploiteurs, et déclara que, n'eût-elle point signé un acte légal, elle ne se regardait pas moins comme liée, par sa parole, envers M. Mussault. On sut ces détails honorables, et une pareille conduite jeta encore un nouvel intérêt sur la jeune femme, qui réunissait à une beauté de fée des sentiments d'héroïne. Une nouvelle pièce de théâtre seconda les journaux dans le soin qu'ils mirent à populariser ces actes de désintéressement et de loyauté; M. Mussault, dont la fortune s'accroissait rapidement, porta lui-même les appointements de Pauline à douze mille francs, et lui donna un intérêt dans les bénéfices de son établissement.

La position de Pauline devenait donc sinon heureuse, du moins consolante; chaque jour d'ailleurs effaçait quelque chose de ce que cette position avait de pénible. Au lieu des robes décolletées et des grandes toilettes de bal dont on l'affublait d'abord, elle adoptait un costume noir, que caractérisait une élégante sévérité et qui seyait beaucoup à sa physionomie mélancolique et pure. Les femmes ne tardèrent point à remarquer qu'un goût irréprochable dirigeait la belle dame de comptoir dans la manière de s'habiller, et adoptèrent même quelques-unes des heureuses innovations hasardées par Pauline. Elle contribua beaucoup à substituer aux tailles courtes et disgracieuses des robes le corsage allongé; enfin, on porta des bracelets à large cercle d'or uni, que l'on appela bracelets *à la belle limonadière;* les marchands de nouveautés donnèrent également ce nom à des étoffes nouvelles.

Pauline, il faut bien l'avouer, trouvait quelque plaisir dans la popularité qui faisait un personnage célèbre de la pauvre femme naguère mourante de misère et d'abandon. Mais avec quelle joie, tous les quinze jours, elle y renonçait pour aller passer chez la femme du docteur, revenue à Paris, une bonne journée de liberté et d'obscurité. Qu'elle se sentait heureuse entre ses deux bons amis et son fils sur ses genoux, sans foule, sans admiration, sans tumulte autour d'elle. En outre, presque tous les matins, elle courait furtivement à la pension d'Adrien, l'embrassait et se réjouissait d'apprendre qu'il travaillait avec ferveur et qu'il dépassait en progrès tous ses camarades. Adrien était le portrait de sa mère : il rappelait sa beauté, et il y avait déjà dans son caractère quelque chose de la noble droiture et de la puissante persévérance de madame van Eyckens. La veuve pouvait donc porter sans inquiétude ses regards vers l'avenir ; elle déposait chez un banquier, avec une avare économie, ses honoraires presque tout entiers, et n'en distrayait que la somme nécessaire pour payer la pension d'Adrien. Son logement et sa nourriture ne lui coûtaient rien : enfin elle avait placé dans le café, avec de bons gages, Bella, qu'elle retrouvait le soir chez elle. Elle calculait donc avec joie que les cinq années passées dans le comptoir du Palais-Royal lui vaudraient cinquante mille francs au moins, c'est-à-dire, avec les intérêts, un revenu de trois mille livres. Il fallait ajouter à cela les nombreux et riches cadeaux que le propriétaire du café lui faisait à diverses époques, et la petite part de Pauline dans les bénéfices, part qui pouvait s'élever annuellement à mille écus. Adrien n'aurait donc bientôt plus rien à redouter de la misère, ni elle des pénibles épreuves que cette misère fait subir. Il ne lui faudrait plus se courber sous les humiliations de la nécessité. Cette pensée brillait sans cesse devant les yeux de la bonne mère. Comme les Israélites guidés par la colonne de feu dans le désert, elle marchait, les yeux fixés sur la gerbe splendide, sans calculer les fatigues et les douleurs de la route, sans prendre garde aux cailloux du chemin auxquels ses pieds se blessaient.

Parfois, néanmoins, il lui fallait bien du courage et de l'abnégation pour ne point tomber dans le découragement. La beauté de Pauline, sa position de dame de comptoir et la célébrité dont elle jouissait, lui attiraient les innombrables et stupides attentions d'une tourbe d'adorateurs. Heureuse quand ils se contentaient d'écrire et qu'ils ne se chargeaient pas eux-mêmes d'exprimer leur ennuyeuse sympathie ! Une corbeille recevait ces lettres, que madame van Eyckens brûlait chaque soir avant de sortir du café. Quant aux persécutions orales, elle les repoussait par un sourire froid et distrait, ou s'efforçait d'y voir seulement une plaisanterie banale. La calomnie elle-même se vit donc réduite à l'impuissance.

Quatre années s'écoulèrent ainsi pour Pauline; quatre années durant lesquelles elle se familiarisa tout à fait avec sa position, et finit par devenir à peu près indifférente aux hommages vulgaires dont on l'accablait.

Un matin, assise dans son comptoir dont elle avait fait disparaître le trône, pour y substituer un siége moins théâtral, elle promenait machinalement ses regards dans le café, quand elle vit un jeune homme assis près de plusieurs autres de ses amis et qui tenait insolemment ses regards attachés sur elle. On semblait le railler de quelque bravade qu'il venait de faire, tandis qu'il s'obstinait à y persister. Il finit par appeler un des garçons occupé du service, et lui demanda ce qu'il fallait pour écrire. Il traça quelques mots sur un papier qu'il se contenta de plier en quatre, et le fit porter à la dame de comptoir. Pauline crut qu'il s'agissait de quelque demande de comestible, et ouvrit ce papier, qu'elle jeta dans la corbeille destinée à de semblables lettres.

Le jeune homme, dont plusieurs bouteilles de vin de Champagne vidées avec ses amis troublaient évidemment la tête, se leva de table et vint au comptoir régler lui-même le prix de son déjeuner. Il tira de ses poches des poignées d'or et les jeta devant Pauline, qui prit la somme à laquelle s'élevait l'addition et de la main repoussa le reste. L'étranger appela le garçon et jeta dans son tablier le reste des napoléons.

— Je t'ai donné une lettre à porter; lui dit-il, demande la réponse!

Le garçon stupéfait porta les yeux vers madame van Eyckens.

— La réponse, madame? répéta-t-il.

Pauline sourit avec mépris et se remit à écrire, paisiblement en apparence, sur le registre placé devant elle. Mais une larme de honte et de colère tomba de ses yeux et mouilla le papier.

A cette vue, le jeune homme changea de manières, s'inclina et sortit en silence.

Le lendemain, il arriva l'un des premiers dans le café, salua respectueusement Pauline et se plaça dans un coin de la vaste salle, où il pouvait, sans affectation, considérer à l'aise la dame de comptoir. Il agit de même, chaque jour, pendant quelques semaines

Pauline reçut, après ce temps, une seconde lettre qu'elle trouva glissée dans son registre.

« Mon cœur, ma fortune et ma vie entière pour un regard ! » disait ce billet.

Tandis qu'elle le lisait, elle aperçut dans une glace les regards de l'étranger attachés sur elle, sans qu'il pût soupçonner qu'il était vu. Elle haussa les épaules, et jeta, sans même le déchirer, le papier dans la corbeille où gisaient les chiffons de rebut de sa comptabilité.

Le jeune homme se cacha le visage dans les deux mains et parut profondément affligé.

Quelque temps après, à la suite d'un dîner tumultueux, plusieurs étourdis entourèrent le comptoir et tinrent à la belle limonadière des propos tellement grossiers, qu'elle voulut s'éloigner. L'un d'eux fit un mouvement pour lui barrer le passage, mais il rencontra l'étranger, qui le saisit par le bras et l'entraîna hors du café. Pauline vint reprendre sa place dans le comptoir, pâle, éperdue, désespérée. Elle prêta l'oreille, elle porta au loin ses regards dans la galerie; mais comment pouvoir rien entendre, rien distinguer au milieu de cette foule sans cesse amassée devant les fenêtres, avec sa stupide et insupportable curiosité !

Toute la nuit elle resta préoccupée de celui qui l'avait si courageusement défendue.

Le lendemain, elle attendit avec angoisse le moment où l'étranger entrait d'habitude au café.

Il ne vint pas ce soir-là ; il ne parut ni le lendemain ni la semaine suivante. Il ne fallait pas en douter, il avait payé d'une dangereuse blessure et de la mort peut-être son courage à protéger Pauline !

Deux mois s'écoulèrent dans ces regrets et dans ces chagrins, deux mois durant lesquels la pensée de l'étranger se présenta souvent à l'imagination de Pauline !

Un matin, elle ne put retenir un léger cri en voyant entrer cet étranger dans le café, et comme d'habitude, occuper la place qu'il affectionnait. Elle ne songea point à dissimuler son émotion. Celui qui en était l'objet resta impassible : pâle, il marchait avec difficulté et en s'appuyant sur une canne. Quand il se leva pour s'en aller, Pauline s'avança vers lui, et, avec une charmante timidité :

— Je vous dois une vive reconnaissance, lui dit-elle; jamais je n'oublierai...

— Je n'ai fait que remplir un devoir que tout homme bien élevé eût rempli comme moi, interrompit-il en saluant avec respect.

Puis il sortit.

Le lendemain, il reprit ses habitudes silencieuses, n'adressa pas plus que par le passé, la parole à la dame de comptoir, et se contenta de la saluer en entrant et lorsqu'il sortait, comme le faisaient d'ailleurs les autres habitués.

Un soir, le docteur Destrées vint visiter Pauline, s'assit à ses côtés, lui parla longtemps avec affection, et lui serra la main quand il prit congé d'elle. A peine sortait-il du Palais-Royal, qu'il sentit un bras se poser sur le sien. Il se retourna vivement et se trouva face à face avec un étranger.

— Monsieur, lui dit ce dernier en se découvrant, vous êtes l'ami de la belle limonadière ?

— Oui, monsieur.

— Veuillez ne point attribuer la démarche, peut-être singulière, que je fais en ce moment près de vous, à un frivole sentiment de curiosité. J'ai des motifs graves et honorables pour en agir ainsi. Je vous le jure sur ma parole d'honnête homme et par la mémoire de ma sainte mère qui m'écoute au ciel.

— Parlez, monsieur, répondit le docteur.

— Madame Pauline, — car, ajouta-t-il en souriant, je ne la connais que sous ce nom et sous celui de la belle limonadière, — madame Pauline est-elle libre?

Le docteur, à cette question, regarda l'étranger avec une indécision mêlée de plus de surprise que jamais.

— Oui, monsieur, elle est libre, répondit-il enfin.

— Elle ne vous a jamais témoigné d'intérêt pour aucune des personnes qui viennent habituellement dans le café?

— Elle m'a quelquefois parlé d'un jeune homme qui l'a défendue, un soir, contre des écervelés; mais cet intérêt me semble bien naturel, puisqu'elle redoutait avec raison que ce jeune homme n'eût été blessé pour son acte de courage.

— Et quels sont les antécédents de madame Pauline? continua le

jeune homme. Parlez sans crainte, monsieur, parlez sans restric-
tion! Je vous le demande au nom de ce que vous avez de plus
cher.

— Ses antécédents sont des plus honorables, monsieur, et cependant je ne voudrais pas les livrer inconsidérément à la curiosité et à
l'indiscrétion... Mais vous exercez sur moi une sorte de fascination
dont je ne puis me défendre, et j'éprouve pour vous une confiance
vraiment singulière, surtout quand je réfléchis que je ne sais pas
même votre nom.

— Je me nomme Gustaf Matthiœsen ; j'appartiens à une honorable
famille du Danemark. J'ai pour grand-oncle le célèbre médecin de
Copenhague, Jacobœus Matthiœsen, qui a laissé dans la science un
nom si justement célèbre.

— C'est un nom que j'ai appris depuis longtemps à connaître et
à répéter avec admiration. Écoutez-moi donc, et apprenez tout ce
que je sais de la destinée si noble et si malheureuse de madame
Pauline van Eyckens.

Quand il eut tout conté : la jeunesse de Pauline, heureuse et opulente ; la ruine de son mari, le dévouement qu'elle lui avait témoigné ; ses épreuves, sa résignation, son veuvage ; combien elle avait
souffert avant d'accepter le triste métier de dame de comptoir,
combien elle souffrait encore de sa position à la fois humiliante et
célèbre, le jeune homme, ému jusqu'aux larmes, serra la main du
docteur et lui dit d'une voix entrecoupée :

— Adieu, monsieur ; je vous remercie.

Il le quitta brusquement et disparut dans l'obscurité. M. Destrées
resta au milieu de la rue, un peu déconcerté de cette bizarre manière
de prendre congé, et plus encore des confidences qu'il avait faites à
cet original. Il crut prudent de prévenir sur-le-champ Pauline de
ce qui venait de se passer.

A sa grande surprise, au lieu de le gronder et de lui reprocher son imprudence, Pauline parut lui prêter une plus sérieuse attention.

Le jeune étranger ne vint pas ce soir-là, et il cessa même désormais de se montrer au café.

VIII

Deux mois s'écoulèrent sans qu'il reparût.

Pauline vit alors avec joie arriver l'expiration prochaine de son traité avec M. Mussault et le moment où elle pourrait reprendre une existence obscure et libre. Elle ne voulut donc écouter aucune des offres brillantes qu'on lui adressa pour prolonger encore de cinq ans l'association, et elle déclara son intention formelle de quitter pour toujours le comptoir doré. Depuis le jour où elle y avait pris place, ses économies, que le docteur Destrées avait fait habilement fructifier, représentaient une rente de six mille francs sur l'État : c'était plus qu'il n'en fallait pour elle et pour Adrien.

Le cafetier, après avoir épuisé près de Pauline les offres les plus séduisantes, résolut, puisqu'il ne pouvait la décider à rester chez lui, d'exploiter du moins les deux mois qu'elle pouvait encore passer dans le café. On annonça donc de toutes parts que la belle limonadière allait quitter pour toujours le Palais-Royal. Ce fut comme un stimulant aux curieux pour venir, plus que jamais, admirer la célèbre dame de comptoir. Le Palais-Royal recommença à s'encombrer comme aux premiers jours de l'arrivée de Pauline, et le café regorgea de curieux qui se disputaient les moindres places et s'ingéniaient à trouver des motifs à une retraite inexplicable, puisque la belle créature comptait à peine vingt-huit ans.

Un matin que Pauline revenait de la pension où, suivant son habitude, elle avait été embrasser Adrien, Bella lui remit une lettre

du docteur Destrées, qui la priait de venir dîner chez lui avec sa
femme. Ils avaient, ajoutait-il, à parler d'affaires importantes. Pauline, comme les acteurs célèbres, en usait sans façon avec le public
et n'hésitait point à faire donner relâche au spectacle de son comptoir quand il lui en prenait fantaisie. Elle prévint donc M. Mussault
de ne pas compter sur elle ce jour-là, et confia ses registres et sa
plume à la femme du cafetier, d'autant moins désireuse de cet honneur, qu'il lui valait parfois les huées de la foule déçue.

Pauline trouva chez le docteur Destrées un vieillard étranger qui,
depuis huit jours, venait fort assidûment au café de la belle limonadière; elle l'avait d'autant plus remarqué, qu'il semblait se complaire
à occuper la place affectionnée autrefois par M. Matthiœsen.

— Ma chère Pauline, dit l'excellente femme du docteur, dont le
visage resplendissait d'une joie mystérieuse, ma chère Pauline, nous
t'avons fait venir pour une grande affaire.

Le vieillard se leva gravement.

— Madame, dit-il, je viens vous demander en mariage.

Pauline rougit à ces paroles imprévues, et se sentit tellement
troublée, que ses lèvres ne trouvèrent point de réponse.

— Soyez sans crainte, madame, reprit le vieillard en souriant,
il ne s'agit point de moi, mais de mon fils.

Pauline l'interrompit par un geste de la main.

— Monsieur, dit-elle, avant de vous laisser continuer, avant que
vous nommiez la personne dont les intentions m'honorent, je dois
vous répondre que j'ai la résolution bien arrêtée de ne point me
remarier.

— Je n'en continuerai pas moins, madame, fit le vieillard en souriant. Mon fils n'est point riche; il n'apporte à sa femme qu'une
bonne aisance, qui la tiendra également éloignée de la pauvreté et
du faste. Son nom ne manque point de quelque éclat, et cet éclat il
le doit à lui-même.

Pauline répondit :

— La personne dont vous voulez bien me parler, monsieur, réunit toutes les conditions que je serais heureuse de rencontrer chez un mari ; mais je ne saurais songer à me remarier.

— Votre cœur n'est donc plus libre? insista l'étranger.

— Ai-je donc à rendre compte de mes sentiments secrets? demanda Pauline.

— Tu sacrifies à des souvenirs et à des rêves imaginaires un bonheur réel et l'avenir de toute ta vie! s'écria madame Destrées.

— Et pour cela vous êtes une bonne et digne femme, qui mérite le respect de tous ceux qui vous entourent! interrompit le vieillard. Madame, je rougis et je vous demande pardon de la misérable épreuve que je vous ai fait subir. Je suis le duc de Matthiœsen. Vous ne me refuserez pas votre main pour mon fils Gustaf, n'est-il pas vrai?

Pauline cacha dans ses deux mains son visage couvert de rougeur.

Quand elle releva la tête, celui dont l'absence l'avait tant fait souffrir se tenait à ses genoux.

IX

Un mois après cette heureuse soirée, une voiture de poste partait pour le Danemark et emmenait quatre personnes : le duc, Adrien, Pauline et son mari. Ils s'arrêtèrent, seulement pour prendre un peu de repos, dans quelques villes, et arrivèrent rapidement au château du comte, dans les environs de Copenhague.

On n'a guère, en Europe, d'idées justes sur la nature et sur le climat du Danemark : on se le figure comme une sorte de vaste glaçon presque aussi stérile que les banquises du Spitzberg. Grâce à Dieu, ce sont là des préjugés ridicules! Nulle part on ne trouve

des prairies plus riches et plus verdoyantes, des sites plus pittoresques, des eaux plus limpides et surtout des forêts plus majestueuses,
Le château de Matthiœsen, charmante construction du dix-septième
siècle, détachait sa façade blanche et ciselée sur le rideau sombre
d'un bois de sapins, qui couvrait une haute colline. Entre le corps
d'habitation et ce bois, c'est-à-dire dans un espace de près de quatre
kilomètres, s'étendait un jardin immense planté d'arbres cente-
naires et un parc tout peuplé de gibier; enfin une petite rivière

tombant en large cascade, du haut d'un immense rocher, serpentait
à travers le jardin, et allait se perdre dans la mer, que l'on apercevait au loin avec ses horizons sans bornes et ses plaines resplendis-
santes sous la lumière du soleil.

Pauline passa l'été dans cette délicieuse retraite près de son mari,
de son fils et de son beau-père. Grâce au premier, Adrien était devenu un hardi cavalier et un adroit chasseur. Gustaf, qui témoignait
au jeune garçon la plus vive tendresse, s'était institué en outre son

professeur de langue danoise, et lui faisait faire des progrès si rapides, qu'il devenait déjà difficile de reconnaître à son accent son origine étrangère. Entourée de tendresse et de respect, Pauline se sentait heureuse autant qu'on peut l'être ici-bas, et remerciait Dieu, chaque jour, de son bonheur.

Cependant, l'hiver arrivait avec ses amas de neige, ses nuits sans fin et ses solitudes profondes, car en Danemark il devient presque impossible de sortir quand le froid sévit avec violence. Pauline se résigna gaiement à cette réclusion et recourut à son piano pour charmer le peu de loisirs que lui laissait l'affection empressée de ceux qui l'entouraient.

Un matin, le duc Matthiœsen entra chez elle.

— Ma chère fille, lui dit-il, nous partons tout à l'heure pour Copenhague; ne voulez-vous pas nous y accompagner?

— Vos moindres désirs sont des ordres pour moi, vous le savez bien, mon père, dit-elle en souriant.

Elle se leva pour le suivre. Ils montèrent en voiture et arrivèrent bientôt dans un magnifique palais.

— C'est une de vos maisons, dont j'avais oublié de vous parler, dit le duc en souriant à son tour.

Cependant de nombreux domestiques avec de riches livrées allaient et venaient, tandis que quatre chevaux attelés à un magnifique carrosse frappaient du pied les dalles de la cour. Quand Pauline entra dans son appartement, cinq ou six femmes de chambre l'entourèrent et vinrent prendre ses ordres. Bella, qui suivait sa maîtresse et qui se trouvait complice de toutes ces fêtes, ouvrit un vaste salon. La surprise de Pauline se changea en émotion, car une riche collection de tableaux flamands remplissait la galerie; parmi les plus précieuses toiles resplendissaient le *Gué*, de Berghem, et le *Saint Georges*, de Rubens.

Elle tendit en pleurant les bras à son mari.

— Maintenant, chère Pauline, lui dit ce dernier, il faut que nous visitions les caisses qui arrivent de France et qui contiennent des robes et des parures pour vous : vous allez ce soir à un grand bal.

— Mon ami, dit Pauline, je vous en supplie, ne m'obligez pas à vous accompagner dans le monde. Je le comprends maintenant, vous appartenez à une grande famille; le rang que vous occupez ici est des plus illustres ; ne m'exposez pas à entendre murmurer autour de votre femme des souvenirs qui la feraient mourir de honte, non pour elle, mais pour vous. On sait à Copenhague, j'en suis convaincue, que la comtesse de Matthiœsen n'a longtemps été que la belle limonadière.

— Soyez sans crainte, ma fille, interrompit le vieux duc : rapportez-vous-en à ma tendresse et songez à votre toilette.

Quelques heures après, Pauline sortit de son appartement, radieuse de beauté. Accompagnée de son mari, de son beau-père et d'Adrien, elle monta dans un carrosse attelé de quatre chevaux. La voiture s'arrêta sous une tente éclairée par mille bougies; et un escalier somptueux conduisit la jeune femme au milieu d'une foule d'autres invités, dans un salon immense et d'une richesse sans exemple.

Un huissier annonça :

— Son Excellence le duc de Matthiœsen ;

Monseigneur le comte de Matthiœsen ;

Madame la comtesse de Matthiœsen ;

Monsieur le baron Adrien van Eyckens.

Tous les quatre s'avancèrent vers un seigneur qui se leva pour les accueillir.

Ce seigneur, dont la physionomie inspirait la vénération, tendit la main à Pauline et la fit asseoir à ses côtés.

— Madame la comtesse, lui dit-il, le duc de Matthiœsen, votre beau-père, mon premier ministre, m'a conté toute l'histoire de votre courage et de votre dévouement. C'est avec ma sanction qu'il vous a mariée à son fils, et je suis heureux et fier de recevoir à ma cour une personne aussi digne que vous d'admiration et de respect. Vos qualités de cœur surpassent encore votre beauté sans rivale. La reine s'estimera heureuse de vous admettre dans son intimité, et de compter en vous une amie qui a donné la preuve de tant de vertus.

La reine s'empressa de confirmer, par les témoignages les plus affectueux, les paroles du roi.

Aujourd'hui, celle qui fut la belle limonadière et qui porte maintenant le titre de duchesse de Matthiœsen, car le vieux duc est mort, habite Paris avec son mari, chargé de hautes fonctions diplomatiques. On la cite partout pour sa beauté, pour son esprit et pour l'élégance aristocratique de ses manières.

Quand sa voiture vient à passer près du Palais-Royal, Pauline serre furtivement la main de son mari, qui lui rend sa douce étreinte.

CHAPITRE VINGT-NEUVIÈME ET DERNIER

CONCLUSION

ci se terminent les seize contes du docteur Sam.

Un matin, M. Moronval reçut la lettre suivante :

« Mon ami, un grand devoir à remplir m'oblige à partir brusquement pour un long voyage. Je ne prends congé de vous que par une lettre. Je veux éviter tout ce que des adieux auraient de trop pénible pour moi ! Je laisse à vos bons soins, et aux soins de Marie, ma vieille domestique, mademoiselle Mine et maître Flock.

« Puisse Dieu me ramener un jour au milieu de votre famille, devenue en quelque sorte la mienne !

« Votre ami,

« Le docteur SAM. »

Je n'ai besoin de vous dire quel chagrin cette lettre causa à la famille Moronval.

Le docteur Sam n'a point donné de ses nouvelles depuis son départ. Où est-il allé? quand reviendra-t-il? Dieu seul le sait.

Lorsqu'on prononce le nom du docteur devant Marie, et on le prononce souvent, les yeux de la jeune fille s'emplissent de larmes; mademoiselle Mine fait entendre un petit murmure doux et plaintif, et maître Flock jappe douloureusement.

Enfin, dès qu'une voiture s'arrête devant la porte de la maison, la jeune fille accourt au balcon dans l'espoir que cette voiture ramène le docteur.

Jusqu'à présent, hélas! cet espoir a toujours été déçu.

TABLE

TABLE.

CLASSEMENT DES GRAVURES HORS TEXTE

PARIS. — IMP. SIMON RAÇON ET COMP., RUE D'ERFURTH, 1

A LA MÊME LIBRAIRIE

ŒUVRES COMPLÈTES DU COMTE XAVIER DE MAISTRE

Édition illustrée. pour la première fois ; précédée d'une notice sur l'auteur par M. SAINTE-BEUVE, de l'Académie française ; vignettes dessinées par G. STAAL, et gravées par les meilleurs artistes. 1 vol. grand in-8 raisin. . . . . 10 fr.

CONTES DE SCHMID

Traduction de l'abbé MACKER, la seule approuvée par l'auteur: nouvelle édition illustrée par G. STAAL, d'un grand nombre de vignettes dans le texte et de grands bois hors texte gravés par GUSMAND, PANNEMACKER, HUYOT, TRICHON, MOUARD, MIDDERICH, etc. 2 vol. grand in-8 raisin. Chaque vol. 10 fr.

L'AMI DES ENFANTS DE BERQUIN

Nouvelle édition, illustrée de dessins par STAAL et Génard SÉGUIN. 1 volume grand in-8 raisin imprimé avec le plus grand soin par SIMON RAÇON . . . . 10 fr.

Le livre de Berquin, animé et rehaussé par des vignettes qui mettent les divers sujets en action, et qui en doublent par conséquent le mérite aux yeux des jeunes lecteurs, est resté, comme il restera longtemps, l'un des livres de prédilection de l'enfance. Jamais titre d'ouvrage ne fut mieux justifié que celui de l'*Ami des enfants.* Aussi son succès est-il inépuisable.

LES VEILLÉES DU CHATEAU

Ou Cours de morale à l'usage des enfants, par Mme la comtesse DE GENLIS. Nouvelle édition, illustrée de dessins par STAAL, gravés par CARBONNEAU, DELANGLE, GUSMAND, LAMBERT, LECLERC, MANINI, PIAUD, VINET et YON. 1 vol. grand in-8 raisin, imprimé avec le plus grand soin, papier satiné, glacé. . 10 fr.

AVENTURES DE ROBINSON CRUSOÉ

Par D. DE FOÉ, illustré par GRANDVILLE. 1 beau vol. grand in-8 gr. raisin. . . . . 10 fr.

Cette traduction fidèle, élégante et complète d'un livre trop généralement mutilé, a trouvé dans le crayon de Grandville un heureux auxiliaire.

ROBINSON SUISSE

Par M. WYSS, avec la suite donnée par l'auteur, traduit de l'allemand par Mme Elise Voïart; précédé d'une Notice de Charles NODIER. 1 vol. gr. in-8 raisin, illustré de 200 vig. d'après les dessins de M Ch LEMERCIER. . . . . 10 fr.

Le *Robinson suisse* partage avec son aîné, *Robinson Crusoé,* les prédilections de l'enfance.

VOYAGES ILLUSTRÉS DE GULLIVER

Dessins par GRANDVILLE. 1 beau vol. gr. in-8 raisin, papier glacé. . . . . 10 fr.

Pour la première fois, l'ingénieuse fiction de Swift a été exactement rendue et religieusement respectée. Le quatre cents sujets de Grandville y luttent de finesse et d'esprit avec l'original.

CONTES DES FÉES

Par PERRAULT, Mme D'AULNOY, HAMILTON, et Mme LEPRINCE DE BEAUMONT. Nouvelle édition, illustrée de nombreuses vignettes dans le texte et de dix grands bois hors texte, par MM. STAAL, BERTALL, etc. gravés par MM. GUSMAND, CORDIER, etc. 1 volume grand in-8 raisin. . . . . 10 fr.

FABLES DE FLORIAN

1 vol. grand in-8, illustré par GRANDVILLE de 80 grandes gravures, 25 vign dans le texte. . . 10 fr.

L'illustration de Florian appartient de droit au crayon qui venait de peindre avec tant de bonheur les bêtes de la Fontaine.

LES ANIMAUX HISTORIQUES

Par ORTAIRE FOURNIER, suivis des LETTRES SUR L'INTELLIGENCE ET LA PERFECTIBILITÉ DES ANIMAUX, par C. G. LEROY, *et de particularités curieuses extraites de Buffon.* 1 vol. grand in-8 raisin, orné d'illustrations de VICTOR ADAM. . . . . 10 fr.

Prix de la reliure de chacun des onze volumes ci-dessus:

Reliure toile mosaïque, tranche dorée, 4 fr. — Demi-reliure, maroquin, plats toile, doré sur tr., 4 fr.

FABLES DE LA FONTAINE

Illustrations de GRANDVILLE. 1 splendide vol. grand in-8, sur papier jésus glacé, satiné, avec encadrement des pages et un sujet pour chaque fable. Édition unique dont les soins qui y ont été apportés. . . 18 fr.

Traduire par le dessin les animaux de la Fontaine, les mettre en scène, leur donner une allure, une expression, un vêtement conformes à leur rôle, tels en un mot qu'il ne leur manque que la parole, c'était là une tâche difficile à accomplir, impossible même à tout autre qu'à Grandville.

Reliure toile mosaïque, doré sur tr., 5 fr. 50. — Demi-reliure, chagrin, plats toile, doré sur tr., 5 fr. 50

PARIS. — IMP. SIMON RAÇON ET COMP., RUE D'ERFURTH. 1

www.ingramcontent.com/pod-product-compliance
Lightning Source LLC
Chambersburg PA
CBHW070345030726
47504CB00001B/66